KB093437

윤백남
선집

윤백남
선집

백두산 엮음

H
현대문학

윤백남.

부산 피난시절 부인과 함께(왼쪽).

해군 복무 시절(아랫줄 가운데).

유엔군 위문사업협회 회의, 1952년 10월 12일(첫줄 오른쪽 두 번째).

만년의 윤백남 모습(왼쪽).

〈윤백남 초상〉, 윤석구, 아크릴, 43x60, 1995.

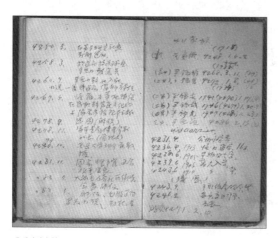

윤백남의 수첩.

한국현대문학은 지난 백여 년 동안 상당한 문학적 축적을 이루었다. 한국의 근대사는 새로운 문학의 씨가 싹을 틔워 성장하고 좋은 결실을 맺기에는 너무나 가혹한 난세였지만, 한국현대문학은 많은 꽃을 피웠고 괄목할 만한 결실을 축적했다. 뿐만 아니라 스스로의 힘으로 시대정신과 문화의 중심에 서서 한편으로 시대의 어둠에 항거했고 또 한편으로는 시대의 아픔을 위무해왔다.

이제 한국현대문학사는 한눈으로 대중할 수 없는 당당하고 커다란 흐름이 되었다. 백여 년의 세월은 그것을 뒤돌아보는 것조차 점점 어렵게 만들며, 엄청난 양적인 팽창은 보존과 기억의 영역 밖으로 넘쳐나고 있다. 그리하여 문학사의 주류를 형성하는 일부 시인·작가들의 작품을 제외한 나머지 많은 문학적 유산은 자칫 일실의 위험에 처해 있는 것처럼 보인다.

물론 문학사적 선택의 폭은 세월이 흐르면서 점점 좁아질 수밖에 없고, 보편적 의의를 지니지 못한 작품들은 망각의 뒤편으로 사라지는 것이 순리다. 그러나 아주 없어져서는 안 된다. 그것들은 그것들 나름대로 소중한 문학적 유물이다. 그것들은 미래의 새로운 문학의 씨앗을 품고 있을 수도 있고, 새로운 창조의 촉매 기능을 숨기고 있을 수도 있다. 단지 유의미한 과거라는 차원에서 그것들은 잘 정리되고 보존되어야 한다. 월북 작가들의 작품도 마찬가지다. 기존 문학사에서 상대적으로 소외된 작가들을 주목하다 보니 자연히 월북 작가들이 다수 포함되었다. 그러나 월북 작가들의 월북 후 작품들은 그것을 산출한 특수한 시대적 상황의 고려 위에서 분별 있게 이해되어야 할 것이다.

이러한 당위적 인식이 2006년 한국문화예술위원회의 문학소위원회에서 정식으로 논의되었다. 그 결과 한국의 문화예술의 바탕을 공고히 하기 위한 공적 작업의 일환으로, 문학사의 변두리에 방치되어 있다시피 한 한국문학의 유산들을 체계적으로 정리, 보존하기로 결정되었다. 그리고 작업의 과정에서 새로운 의미나 새로운 자료가 재발견될 가능성도 예측되었다. 그러나 방대한 문학적 유산을 정리하고 보존하는 것은 시간과 경비와 품이 많이 드는 어려운 일이다. 최초로 이 선집을 구상하고 기획하고 실천에 옮겼던 한국문화예술위원회의 위원들과 담당자들, 그리고 문학적 안목과 학문적 성실성을 갖고 참여해준 연구자들, 또 문학출판의 권위와 경륜을 바탕으로 출판을 맡아준 현대문학사가 있었기에 이 어려운 일이 가능하게 되었다. 이런 사업을 해낼 수 있을 만큼 우리의 문화적 역량이 성장했다는 뿌듯함도 느낀다.

〈한국문학의 재발견-작고문인선집〉은 한국현대문학의 내일을 위해서 한국현대문학의 어제를 잘 보관해둘 수 있는 공간으로서 마련된 것이다. 문인이나 문학연구자들뿐만 아니라 더 많은 사람들이 이 공간에서 시대를 달리하며 새로운 의미와 가치를 발견하기를 기대해본다.

2013년 3월
출판위원 김인환, 이숭원, 강진호, 김동식

참 구포 선생, 하고 최군이라 불리운 사나이도 말참견을 하여, 자기가
독견獨鵑의 「승방비곡」과 윤백남의 「대도전大盜傳」을 걸작이라 여기고 있
는 것에 구보의 동의를 구하였다. 그리고, 이 어느 화재보험회사의 권유
원인지도 알 수 없는 사나이는, 가장 영리하게,
   "물론 선생의 작품은 따루 치고……."

—박태원, 「소설가 구보씨의 일일」 중

박태원은 1930년대 초반 경성의 거리풍경에 윤백남의 「대도전」을 그
려 넣었다. 구보의 이름도 똑똑히 발음하지 못하는 최군은 윤백남의 작
품을 스스럼없이 '걸작'이라고 칭한다. 「소설가 구보씨의 일일」에 등장
하는 1930년대 경성 문화의 스케치에서 윤백남과 최독견은 대중소설과
대중문화의 대명사로 등장한다. 윤백남에 대해 호기심이 들었던 것 역시
위의 구절을 읽었을 때부터가 아니었을까 생각한다. 「소설가 구보씨의
일일」을 읽고 일반적으로는 최군에게 조롱당하는 구보를 딱하게 여기고
책장을 넘기겠으나, 나는 그만 최군의 입장을 궁금하게 여기게 된 것이
다. 구보의 장과 백남의 장 사이에 있을, 그가 사랑하던 극장과 배우들,
유성기에서 울리던 유행가, 그날의 신문소설, 가끔 라디오에서 들려주던
야담과 재미삼아 따라하던 만담, 그들이 호흡하던 경성의 문화는 무엇이
었을까.
   나는 윤백남에 대한 자료를 모으고 논문을 쓰는 것부터 공부를 시작
하였다. 비유하자면, 나에게 윤백남의 글을 보는 것은 탐험가가 출항 전

암초와 해류가 상세히 적혀 있는 해도海圖를 뚫어져라 보는 것과 비슷했다. 1910년대부터 30년대까지, 식민지 조선 대중문화의 거친 밭을 적시는 마중물 역할을 했던 것이 백남이기 때문이다. 그는 1910년대 배우, 연출가로 신파극 개량을, 20년대에 연출가, 극작가로 민중극 운동을 시도하였고, 영화제작, 대중소설 집필, 야담가, JODK 조선어방송의 설계자 역할을 하였다. 그 활동들은 대부분 미완이었고 시련의 역사로 기록되었으나, 그가 개척한 항로는 뒤이어 도착한 다음 세대에 의해 단단해졌다. 1930년대 백남은 야담가와 대중소설가로 성공을 거두었지만 평생 그를 따라다니게 된 '대중소설가'나 '야담가'라는 이름은 기뻐하기도 거부하기도 어려운 낙인과도 같은 것이었다.

윤백남의 삶을 따라가다 보면 식민지 대중문화의 분기점마다 그의 역할이 있었음을 알 수 있다. 1910년대 윤백남은 '장절쾌절'한 감각을 중시하던 임성구의 혁신단 시대에 부녀자들의 손수건을 적시는 일본 가정비극 레퍼터리를 도입하며 신파극의 판도를 바꾸어 놓았다. 뒤이어 가정비극의 시대에는 서구 근대극을 시도하여 '음탕황란'의 장이라 손가락질받았던 극장에는 차마 올 수 없었던 학생들을 극장으로 이끌었다. 20년대에는 〈운명〉 등의 사회극 창작과 민중극 운동을 시도하였고, 백남프로덕션을 통해 조선인의 힘으로 영화를 만들었다. 30년내에는 고려 공민왕 시대에 국가에 저항하는 '무뢰'의 무협을 그린 〈대도전〉으로 대중의 사랑을 받았고, 야담 운동을 통해 새로운 대중예술의 장을 열어놓기도 하였다. 이러한 흐름은 '역사의 대중화'라는 시대적인 흐름과 부합하기도 했다. JODK 조선어방송의 초대 방송과장으로 앞으로 다가올 시대에 라디오가 문화생활의 중요한 역할을 차지할 것임을 역설하였다. 요컨대 윤백남은 대중의 요구와 대중문화의 사명, 두 가지의 지향점을 알아채어 이를 조율한 조선 대중문화의 숨은 기획자였던 것은 아닐까.

이 책을 기획하였을 때 가장 많은 도움을 주신 윤백남 선생의 유족 윤석연, 윤석남 선생과 윤석길, 윤석재, 윤석구, 윤애라 선생의 도움에 감사드린다. 나는 이 책을 기획하면서 유족들이 저간 모아둔 윤백남 선생의 책과 원고를 살펴볼 수 있었다. 작가의 수첩을 살펴보면서 초창기 영화사 이영일 선생 등이 언급한 윤백남의 연보가 수첩에 적힌 자필 기록으로부터 온 것이었다는 사실도 알게 되었다. 공부를 하다 보면 들여다보는 것이 내내 종이라서, 그것들이 뼈와 살을 지닌 사람에게서 나온 것이라는 기본을 잃고 헤매는 때가 있다. 유족들과의 만남을 통해 그 종이에 간신히 혈관을 이어붙일 수 있었다. 열아홉에 시집온 故 원정숙 여사는 윤백남 선생의 사후 홀로 여섯 남매를 키우며 손수 벽돌을 찍어 집을 지었다. 복사기도 없던 시절부터 집안의 대들보가 되었던 윤석연 선생은 평생 아버지의 글을 찾아 원고지에 베껴냈고, 초창기 윤백남 선생을 연구하던 학자들은 그녀에게서 자료를 받아 글을 만들었다. 미술가인 윤석남 선생과 대화하면서 나는 그림을 즐겨 그리고 아이들에게 자상하며 술은 도통 입에 대지 않았던 생활인 윤백남의 모습을 찾을 수 있었다. 지면을 빌어 감사드린다.

원고를 정리하다 보니 아쉬운 점이 한두 가지가 아니다. 가장 아쉬운

것은 분량 관계로 윤백남의 소설과 비평을 충분히 수록하지 못했다는 점
이다. 후속 작업을 기약하며, 많은 질정 바란다.

2013년 3월

백두산

* 일러두기

1. 이 선집은 백남 윤교중의 작품 중 희곡과 소설, 문예비평을 중심으로 엮었다.
2. 1부에는 2012년 현재까지 발굴된 윤백남의 모든 희곡을 수록하였다. 2부에는 윤백남의 방송소설을 수록하였다. 3부에는 연극론, 대중소설론, 야담론, 라디오방송론을 중심으로, 다양한 문예운동에 관여하였던 윤백남의 예술세계를 이해할 수 있는 주요 비평을 수록하였다.
3. 희곡과 소설, 비평 원문에 각제角題와 부제가 기록되어 있는 경우 표시하였다. 희곡의 무대 지시문은 현대역으로, 대사에서 조사와 사투리, 일본어 어휘 등은 최대한 원문대로 표기하였다. 다만 원문을 훼손하지 않는 수준에서 현대 한글맞춤법에 따라 띄어쓰기와 어휘, 문장부호를 고쳤다.
   예) 배경급무대의장치 → 배경 및 무대의 장치
   　　망헐爲人가트니 내 그러케 말해도 또 그짓을 허는군? → 망헐 위인 같으니. 내 그렇게 말해도 또 그짓을 허는군.
4. 한자는 한글로 바꿔 표기하되, 원문이 한자로 되어 있는 단어 중 한글만으로 의미 파악이 어려운 부분은 한자를 병기하였고, 부분적으로 각주에 뜻풀이를 하였다. 어휘 뜻풀이 및 현대역은 『20세기 전반기 어휘조사(2)』(남기심, 국립국어연구원, 2001), 국립국어원 표준국어대사전 등을 참조하였다.
5. 윤백남의 연보와 작품목록은 「윤백남 희곡 연구―문예운동과의 관련양상을 중심으로」(졸고, 서울대 석사논문, 2008)를 바탕으로 수정, 보완하였다.

차례

제3부_문예비평

해설_윤백남과 식민지 조선의 대중문화 기획 • 461

제 1 부 ｜ 희곡

희극喜劇 국경 (1막)

장소

자택

시일

구久 기모일期某日 오후 5시경

등장인물

삼일은행三一銀行 지배인   안일세安逸世 32세

동同부인   영자榮子 23세

하녀   얌전이 18세

사동使童   점돌 18세

의학사   박도일朴道一 35세

양복점원   맹오일孟五日 20세

배경 및 무대의 장치

무대 좌우에 각실各室이 유有. 중간은 마루가 있고 양실兩室 문은 마루로 개開하였으며 출입 인물은 마루 후면後面으로 함.

영자, 화장을 마치고, 반지궤를 내어놓고 이것저것 고르면서

영자   이애 얌전아— 이년이 무엇을 하나. (초인종을 울리고) 이년이 외투를 만들어가지고 오려나. 얌전아— 이— 이것 보아 얌전아—. (회중시계를 꺼내보며) 에그머니 시간이 되어오는데, 얌전아—.

얌전   네—. (얌전이가 망토*를 두르고 들어온다)

영자   이, 이년아 골백번을 불러도 대답이 없더냐, 무엇했어.

얌전   아씨도 거짓말 퍽 하시네. 네 번밖에 더 부르셨습니까?

영자   네 번 부르도록 세고 있으면서 대답을 아니 했단 말이야.

얌전   들어가 있었으니까 그렇지요.

영자   어디를 들어가.

얌전   작은집.

영자   에그, 미친년, 아, 저년 보아 만도를 입고 섰네, 얼른 이리 다구.

얌전   에그머니 참 하도 보기 좋기에 입어보았지요. (하며 벗어 영자에게 입힌다)

영자는 거울을 들여다보며 홀로 웃었다, 노했다 여러 가지로 얼굴 표

| * 원문은 '만도'.

정을 하여 본다.

얌전   아씨 그게 무슨 짓이세요.

영자   이게 표정술이란다. (시계를 내어보고) 늦었다 어서 가자—. 이
           번 음악회에는 나의 독창이 제일일 듯하다는데 어서 가자.

    점돌이가 들어온다.

점돌   아씨 벌써 가십니까?

영자   그래.

점돌   아, 영감이 오셔서 진지나 잡수셔야지요. 아직도 해가 있는데
           가셔요.

영자   영감은 장 계신* 영감이지, 음악회는 일 년에 몇 번밖에 없단다.

점돌   아, 그래도 영감마님은 진지**를 어떻게 하세요.

영자   니가 있는데 무슨 걱정이니.

점돌   쇤네가 진지를 어떻게 지어요.

영자   못하겠거든 서양요리나 사다가 드리려무나.
           저리 가 주제넘게 굴지 말고.

얌전   저리 가—. 주제넘게 굴지 말고.

점돌   (얌전이를 보며) 이년이 왜 이래.

얌전   저놈이 왜 이래.

점돌   저놈이 무에야.

얌전   저년이 무에야.

* 장長 계신 : 계속 계시는.
** 원문은 '진○'로 탈자 되어 있음. '진지'로 추정됨.

점돌   이년.

얌전   이놈.

점돌   이년.

얌전   이놈.

점돌   이년.

영자   요란스럽다.

얌전, 점돌은 서로 입은 다물고 입과 몸을 움쭉거린다.

영자   자—가자. (영자 및 얌전이 퇴장)

점돌   (독어獨語) 참 기가 막힌다. 내가 열일곱 살 먹는 오늘까지 이런
        집 저런 집에 고용도 많이 하였지마는 이 댁처럼 거꾸루 된 집
        은 처음 보았어. 소위所謂 영감은 아침바람에 찬이슬을 맞고 은
        행에 가서 하루 종일 주판과 씨름하지, 이렇게 한 달을 애를 써
        서 번 돈이 모두 어디로 가느냐 하면 아씨 향수값 반지값 분값
        외투값 옷값에 다 들어가는데 당신은 인력거도 아니 타고 참 세
        상에 이런 일도 있을까. 이것은 모다 아씨가 편한 데서 나온 것
        이것다. 첫째에 영감은 사철 양복을 입으시니까, 바느질할 것
        없이, 속옷은 빨래집에 보내고, 음식은 얌전이란 년이 되지 못
        한 솜씨에 뚜딱거리어 만들지. 그 중에도 우습고 기가 막히고
        능글능글한 게, 아씨가 만드는 서양요리렸다. 삐푸스데기*라고
        만드는 것이 신창같이 질기고 스틔우**라고 만든 것이 갈분에***

---

* ビーフステーキ(비프스테이크, beefsteak).

** シチュー(스튜, stew).

*** 칡가루. 일본요리에서 많이 사용됨. 원문은 '갈분의'.

고깃점 베어낸 것 같으니, 먹을 수가 있어야지. 그래도 영감은 그것이 좋다고 (먹는 흉내를 내며) 응 이것은 맛난데 간이 조금 덜 들었는데. 에그 참 기가 막히지. 그것은 오히려 예사이나, 서양요리를 만드시면 서양요리 만드는 법 책을 옆에다 놓고 소금이 몇 푼술, 빠다*가 몇 푼, 밀가루가 얼마, 빵가루가 몇 숟가락, 일일이 저울에다 달아서 만드시는 광경이냐 참 구경할 만하지. 그것도 하시지 않는 날에는 소설책과 소리 하시느라고 집 안이 떠들썩하고, 오늘은 무슨 회 오늘은 무슨 회 하시고, 밤마다 돌아다니시니 암만 인품이 좋으신 영감이지만 말 한마디 없을 수가 있나.** 참고 계시다가 못하여 두어 마디 말씀하시면 도리어 아씨께서 언덕 위에서 물 내려 부으듯 남녀동등권이니 가정개량이니 예전처럼 심창에 들어앉을 필요가 없고 아무쪼록 교제에 힘을 써서 은연중 남편의 지위를 견고하게 하는 것이 오늘 부인의 직책이라고. 아이고 나는 다 옮길 수도 없어ㅡ. 또 그러고 맨 끝에 무어라 그러시드라 오ㅡ라ㅡ. 빨래하고 밥 짓는 것만 계집의 뚜뚜뚜 뚜뚜뚜틔ㅡ***가 아니야, 오라 띠유틔(Duty)라든지. 영감께서 말 한마디 하실 적에 아씨는 천 마디나 하시니 될 수 있나 고만 흐지부지ㅡ 되지. 제기 나 같으면 말하기 전에 한번 딱 붙이고**** 한번 들었다 놓것드라. 그러면 (여자의 음성으로) 애고 왜 사람을 이리 땅땅 치시우. 때리지 않으면 말 못하시오. (남자성男子聲으로) 너 같은 것은 주먹으로 얼러서***** 따끔한

---

* バター(버터, butter).
** 원문에 '있다'로 표기. '있나'의 오기로 추정됨.
*** '뚜리' 또는 '쭈틔'로 추정되나 인쇄상태로 인해 확실치 않음.
**** 붙이다 : 남의 뺨이나 볼기 따위를 세게 때리다. 원문은 '부치고'.
***** 상대편이 겁을 먹도록 무서운 말이나 행동으로 위협하여. 원문은 '얼녀서'.

경상을 보아야 한다. 좀 맞아보아라 하고 또 한 번을 딱 붙이면

이때에 안일세 집에 돌아온 모양으로 아내 방 가까이 온다.

점돌   (여자의 음성으로) 에그, 사람 살리우.

안일세 깜짝 놀라서 모자를 눌러쓰고 두 팔을 걷으면서 깜짝 놀라

점돌   에그 영감 오십니까.
안일세   아, 이놈 너 혼자냐?
점돌   네.
안일세   지금 사람 살리라 하던 계집 목소리가 나지 않았느냐?
점돌   소인이 혼자 연극을 했습니다.
안일세   (어안이 벙벙한 모양으로) 미친놈. 그런데 아씨는 어디 가셨니.
점돌   음악회에 가셨습니다.
안일세   음악회에? 언제 가셨니.
점돌   가신 지 얼마 아니 되었습니다.
안일세   (입맛을 쩍쩍 다시며) 시장하다. 밥이나 어서 가져오너라.
점돌   저녁이 없습니다.
안일세   없다니…….
점돌   안 지어 놓고 가셨습니다.
안일세   얌전이란 년은 무엇했단 말이냐.
점돌   얌전이도 갔습니다.
안일세   아 얌전이까지 갔단 말이냐?
점돌   가다 뿐이에요. 그년이 어떤 년인 줄 아십니까. 음악이라면 알

지도 못하면서 사족을 못 쓴답니다.

안일세   그래 아무 말도 없이 갔단 말이냐.

점돌   왜요. 소인이 영감마님이 오시면 어떻게 하시라고 진지도 아니 지어놓고 가느냐 하니까 아씨 말씀이 영감마님은 평생을 계실 양반이고 음악회는 일 년에 몇 번밖에 없는 것인 즉 불가불 시간 전에 가보아야 하겠다고 하시면서 영감께서는 서양요리를 사서 드리라 하시던 걸이오.

안일세는 점점 분기가 택중하여 오는 모양으로

안일세   (혀를 끌끌 차며) 에이 응— 참 이애 점돌아 너는 나가 있거라. 이런 제기. 아마 세상에 나같이 우스운 사람은 없을 것이다. 일 년 열두 달 정성 들여 벌어다가 저축은 못 해보고 모다 마누라의 반지값 옷값에다 들어가버리지. 그리고 본즉 나는 반지와 옷값에 고공살이*하러 이 세상에 태어난 사람이요, 또 한편으로 생각하면 아내를 위하여 사는 사람쯤 되는구나. 그러면 내 마음이나 받아주거나 서로 아끼어주고 알아주는 맛이나 있어야지. 남편이란 의례히 아내를 위하여 돈을 벌어다가 주는 동물쯤 아는 게야. 은행에서 빵조각 얻어먹고 집에 돌아와서 따듯한 음식이나 먹을까 하고 오니까 요 모양이란 말이냐. 부처님 얼굴도 세 번만 문지르면 노한다든가, 사람이 골이 나서 못 견디겠다. 응—. (하며 일어나서 이리 왔다 저리 왔다 방 속을 거닐면서 화가 점점 나는 듯이 교의**를 보고) 이건 왜 맨 가운데에다 놓았어. 한옆

---

* 고공雇工살이 : 머슴살이.
** 교의交椅 : 의자.

으로 좀 못 치나. 이애 점돌아.

점돌　(무대 후면에서) 네. (점돌이 등장) 부르셨습니까.

인일세　아 이놈아 방이나 좀 잘 치워 놓지, 응.

점돌　잘 치웠습니다.

인일세　아 그런데 아 이놈아 아씨가 가시거든 얌전이라도 붙들어 두지 못했단 말이냐.

점돌　할 수 없는 것을 어떻게 합니까.

인일세　그러면 굶어야 옳단 말이냐 응? 그래 그런 경우가 어디 있네. 음악회는 좀 늦게 간들 무슨 상관이야. 아 또 일찍 가야 할 일이면 밥이나 지어놓고 상이나 보아놓아서 계집의 손이 없드래도 먹도록 해놓아야 하지 글쎄 응?

점돌　(머리를 긁으면서) 글쎄 절 가지고 꾸중만 하시면 무엇하십니까.

인일세　(깜짝이 정신을 차린 모양으로 어색하여) 응, 응, 저리 가.

　　점돌이 퇴장.

인일세　이걸 어떻게 하면 좋아, 오거든, 내 한번 몹시 꾸짖어야 하겠다. 내가 말하면 필연 또 남녀동등권 문제를 꺼내 놓으렷다. 에그 지긋지긋하다.

　　위 때에* 무대 후後에서 인성人聲이 나며, 영자, 얌전이, 점돌이 등장.

점돌　(주인 방으로 들어오며) 아씨 오셨습니다.

| * 원문은 '위쩌에'.

26

안일세 (옷을 정제하고 얼굴을 별안간 무섭게 하며) 어서, 이리 들어오시
래라.

점돌이가 마루에 나아가서 영자를 안내하여 들인다.

안일세 응─응─.

영자 왜 어디가 아프시우? 응─응─ 하시니─. 아주 음악회가 어떻
게 재미가 있는지 그저─ 매리 씨라든지 그 양반의 피아노 독
주야말로 정신이 황홀하여지고 저절로 몸이.

안일세 듣기 싫어.

영자 듣기 싫으시면 그만두시구려.

안일세 대관절 아내의 일이 무엇인지 아우.

영자 모르니까 가르쳐* 주시구려.

안일세 제 일에** 남편의 마음을 따라서.

영자 남편의 마음을 따라서.

안일세 반항하지 아니하고 남편으로 하여금.

영자 남편으로 하여금 항상 유쾌한 마음을 가지게 하고 가정에 봄바
람이 불게 하는 것이야. 하하하…….

안일세 남편이 말하는데, 웃는 것은 실례가 아니오.

영자 실례는 말고 간에 우스운 걸 어떻게 해요. 그런 소리는 귀머리
따고 다닐 때부터 귓속에 못이 박히도록 들었다우.

안일세 왜 그럼 실행하지 아니하우.

영자 내 줏대와 다르니까 그렇지요.

안일세 그러면 그 줏대라는 것 들어봅시다그려.

---

* 원문은 '몰르링가리키어'. 탈자가 있는 것으로 보임.
** 제일第一에. 원문은 '대일에'.

영자   말할 것 없이 날마다 실행할 것이니 저것이 저 사람의 줏대이로구나 하시오구려.

    영자 나가려 한다.

안일세   응—응—. (하고 신음하다가 영자가 거진 문밖으로 나아가려 할 때에 비로소 생각이 난 듯이) 여보 여보 아차 잊어버렸다 여보.

영자   왜 그러세요. (다시 들어온다)

안일세   그런 법이 어디 있소.

영자   무엇요.

안일세   남편의 저녁을 굶기는 법이. 아— 음악회가 중하오 남편이 중하오—, 응.

영자   누가 굶으라 여쭈었소. 양요리라도 차려다 자시지 않고. 자기가 좋아서 굶었지요. 나는 오다가 청목당靑木堂*에 들어가서 요리를 먹고 왔는걸요. 대저 음악이라 하는 것은 고상한 예술이니—.

안일세   듣기 싫소— 여보 고만둡시다. 이러다가는 사람이 부아가 터져서 못 견딜 것이니 우리 서로 상관을 맙시다. 내가 부인의 일에 간섭할 것도 없고 부인이 내 일에 간섭도 말고, 국교단절을 합시다—. 이리 나오.

    두 사람과 두 하인이 모두 마루로 나온다.

    안이 백묵으로 종선縱線 획획劃을 하고

안일세   자 이것이 국경선이야. 까닭 없이 또 허락 없이 이 국경선을 넘

---

* 1906년경 개업한 경성 남대문통의 서양요리 전문점.

어오지는 못한단 말이오. 부인은 부인 방에 가 있소. 인제는 서
로 말도 아니 할 터이니 어서 가우.

영자   누가 싫어요. 더 좋지요. 얌전아 너는 내게 오너라.

안일세   점돌아 너는 내게로 오너라.

네 사람이 서로 갈라 들어간다.

안일세   점돌아 가서 서양요리나 좀 차려오너라.

영자   얌전아 가서 과일이나 좀 사오너라.

두 하인이 출거出去.
영자는 무답舞踏 흉내를 내고 있고
안은 의자를 이리 놓았다 저리 고쳤다 하고 있다.
점돌이가 양복 점원 맹오일을 안내 등장.

맹오일   영감―. 기체 안녕하십니까?

안일세   오―. 너 언제 왔니.

맹오일   (청구서를 내어 놓으면서) 저 일전에 지어온 아씨 양복값 받으러
         왔습니다.

안일세   아씨 양복값……. 입으신 이에게 가서 주십시사고 하여라. 일없
         다 이제는, 국교단절을 하였으니까.

맹오일   국교단절이요?

안일세   말하자면 가교家交단절이다. 어찌 하였든지 입으신 이에게로 가
         라. 나는 일없다.

맹오일이 퇴장. 도到 영자실英子室 전前.* 점순이가 안내 입실.

맹오일   안녕하십니까. 저 양복값 받으러 왔습니다.

영자**   무엇 양복값? 왜 이리 왔니.

맹오일   대감께서 국교단절 되었으니까, 인제는 일없다고 입으신 이에
        게로 가라고 그래서요?

영자   무엇 국교는 단절되었더래도 그것은 단절되기 전의 것이니까
        저리 가 받아라. 소급은 아니 하니까.

맹오일   그것도 그리할 듯합니다.

        맹오일, 점순 퇴장. 재도再到 영감실슈監室.

맹오일   아씨께서는 상관없다고 하십니다.

안일세   왜 상관없다고 하시더냐.

맹오일   입으시기는 아씨께서 입으시었더라도 그것은 국교단절되기 전
        이니까요. 무엇 소급을 아니 한다나요.

        안일세가 대금을 지불. 맹오일 퇴장.
        영자 독창 일곡, 안일세가 국경선 외에서 경이절청傾耳竊聽***타가 부지
중 오입경내誤入境內.**** 영자가 안일세의 국경 침입한 것이 화장경에 비친
것을 보고 돌연히 일어서며

* 영자의 방 앞에 이름.
** 원문에는 '安'으로 되어 있으나 '영자'의 오기로 보임.
*** 귀를 기울이고 훔쳐 들음.
**** 원문은 '娛入境內', 誤入境內의 오기로 보임.

영자　　아니― 왜 남의 국경에를 기탄없이 침입하십니까―.

안일세　(주저하면서) 아― 아―니―.

영자　　아니가 다 무엇이오니까. 어서 곧 나아가십시오.

　　안일세가 무료無聊히* 쫓겨 나아와서 분함을 못 이기어 두 손으로 머리를 짚고 웅웅거리다가 무엇을 깨달은 듯이 일어나서 자문자답한다.

안일세　(여자음성) 안녕하십니까? 요사이는 일기가 참 추워요.

　　　　(남자음성) 참 추운데 어떻게 오십니까. 어서 들어오십시오―.

　　　　아니요. 그리는 가시지 마십시오― 자 이리 앉으십시오.

　　　　(여자음성) 추운데 왜 혼자 계십니까.

　　　　(남자음성) 찾아오실 줄 알고요.

　　이때 영자가 자기 방에서 책을 보다가 여자의 음성을 듣고 기색이** 변하고 엿보며 나오다가 안일세가 미리 알고 점점 더하는 여자음성에 끌리어 오입경내. 안일세가 돌연히 나서면서

안일세　아니 왜 남의 국경에를 기탄없이 침입하십니까―.

영자　　(주저하면서) 누― 누가 온 것 같아서…….

안일세　누구가 다 무엇이오니까. 어서 곧 나가시오.

　　영자는 무참히 퇴退하고 안일세는 유쾌한 모양으로 소파에 가 앉아 손을 부비다가 밤 지낼 생각을 하고 눈을 크게 뜨며 점돌이를 시키어 침

* 부끄럽고 열없이.
** 원문은 '氣色을'.

31

구인도寢具引導를 청구하다가 거절을 당하였다.

점돌이가 의사 박도일을 안내 등장.

안일세   어서 이리 들어오게— 아— 이 웬일인가.

박도일   이 근처에 환자가 있어서 다녀가는 길인데 과문불입過門不入이야
         할 수 있나. 그러나 늦도록 혼자, 이것—. (하고 사면을 둘러본다)

안일세   국교단절을 하였다네.

박도일   국교단절이라니, 내어 쫓긴 모양일세그려. 여하간 왜 그랬다는
         말인가.

         안일세가 이유를 대개 설명한다.

박도일   그러면 화평할 생각은 없나?

안일세   원 남자체면에 화평하자고 기어들 수는 없고, 저편에서 하자면
         하다 뿐인가? 그러나 그것은 생각도 아니 하여야 옳으니까.

박도일   저편에서 무조건 굴복을 하시도록 할 터이니 내 말만 듣게.

안일세   듣다 뿐인가. 무엇인가.

박도일   저 밖에 계신 모양이니까.

         박, 일세 귀에다 대고 무엇을 이른다.
         이때 양전이가 목욕물 준비됨을 고하여 영자 퇴장.
         안일세가 가병의모假病擬貌*를 연습하고 박사朴士가 교련. 영자 환실還室.

박도일   여기는 어떠한가.

────────────

| * 병에 걸린 듯 흉내 내는 모양. 원문은 '가병옹모假病凝貌'이나 오기로 보임.

안일세   아구구구구, 거기도— 아구구구 막— 걸려— 아구구구 죽겠네
        그려 아구구구.

        영자가 경하驚呀, 도到 국경國境, 호呼 박 의사.*

영자   안녕하십니까. 그런데 웬일입니까?

박도일   낮에 은행에서 썩은 햄을 잡수시었다는데 그것이 관격**된 모양
        이올시다. 아조, 무엇 급하여요. 가만히 계십시오, 이야기할 틈
        없습니다. 또 어떻게 되었는지.

        박 의사가 황황히 입入.

박도일   좀 더 하게. 차차 되어오네.

안일세   아구구구구 죽겠네— 거기도— 아구구구구.

        영자 재초再招*** 의사.

영자   좀 어떻습니까?

박도일   무엇 말이 아니올시다. (하고 또 들어가려 한다)

영자   여보시오. 제가 좀 들어가 뵈오면 어떠하겠습니까.

박도일   무엇 국교를 단절하시었다지요. 본인에게 물어보고요. (급히 들
        어가서) 거진 되어 가네. 좀 더 하게.

안일세   아구구구 그것은— 은— 아구구구 아니 되네— 아구구구.

---

* 영자가 놀라 입을 벌리고 국경에 와서 박도일을 부름.
** 관격關格 : 먹은 음식이 갑자기 체하여 가슴 속이 막히고 위로는 계속 토하며 아래로는 대소변이 통하지
   않는 위급한 증상.
*** 다시 부름.

박이 재도再到 경선境線*

박도일   아니 된답니다. 아주 말이 아니어요. 병은—.

영자   그래도 어떻게 좀.

박도일   그러면 좋은 도리가 있습니다. 그런데 무조건 항복을 하시겠습
        니까?

영자   (주저주저하며 약한 음성으로) 하—지—요.

박도일   그러면 내 불을 끌 터이니 곧 오시어서 좀 만져주십시오. 자.

        영자 입실. 얼마 후에 박 의사가 갱점등화更點燈火.**

안일세   나는 박도일인 줄 알았더니 영자로군. 어째서 국경을 넘어 들어
        왔어. 안 되어, 어서 가우.

박도일   아—니 그런 게 아니라, 자네 부인이 전사前事를 후회해서 무조
        건으로 항복을 하셨네.

안일세   무엇야. 무조건 항복이야.

영자   (간신히) 네.

안일세   옳다 그러면 목적을 달했구나. 30년래에 처음 유쾌한 일을 당하
        였구나. (소파에서 뛰어 일어난다)

영자   에그머니 정말 급병인 줄 알았더니.

안일세   이것이 다 작전 계획이올시다.

영자   박 의사 같은 참모가 계시니까.

박도일   어찌 되었든지 평화처럼 유쾌한 일은 없습니다.

* 박도일이 다시 국경선에 이름.
** 다시 불을 켬.

34

풍금 소리 나며 삼 인이 함께 무답舞踏의 흉내를 내며 점차 고요히 폐막.

—《태서문예신보》12호, 1918. 12. 25.

사회극社會劇 운명 (1막 2장)

일명一名 희무정喈無情

예술협회, 민중극단, 각지 청년회 소연所演

시

현대 여름

장소

미령포왜米領布哇* 호놀룰루 시

인물

이수옥李季玉	미국 유학생(일본 북해도 농과대학 출신)
양길삼梁吉三	양화洋靴 수선업자
박朴메리	그의 처(이화학당 출신)
장한구張漢九	제당製糖회사 인부 감독
송애라宋愛羅	전도사 부인
인근 여인 갑甲	이좌민移佐民의 처
인근 여인 을乙	이좌민의 처

| * 미국령 하와이.

36

제1장

호놀룰루 시 교외에 가까운, 빈민동貧民洞 내內 양길삼의 집 방 안. 하오 6시경.

정면에 큰 유리창, 좌편 벽에 도어, 정면 유리 좌편에는 간단한 취사용 기구, 우편에는 목제 침대. 그 아래,* 벽에 석판 유화, 방 안 중앙에 칠이 벗은 사각 테이블 그 주위에 삼각三脚의 허튼 의자. 방 좌편 무대 끝쯤에 양화 수선기구와 석유통 궤櫃가 놓여 있다.

모두가 빈한貧寒을 드러낸다.

박메리, 흰 상의와 검은 치마의 질소質素한 양장으로 등을 객석으로 지고 설거지를 한다.

멀리 교당敎堂에서 울리는 종소리 흘러들어 온다.

메리   (에이프런으로 젖은 손을 씻으며) 에그 벌써 여섯 시 종을 치나베.

테이블 옆으로 걸어 나와서 우편 쪽 의자에 힘없이 걸어앉는다.** 두 팔을 테이블 위에 내던지며 어깨를 축 늘어뜨리고 한숨을 짓는다.

밖에 노크소리.

메리   (깊은 꿈에서 깬 듯이 잠깐 놀라서) 누구세요, 들어오세요.

여인갑   (도어를 열고 들어서며) 에그머니나 캄캄해라. 저녁은 벌써 치셨소. 혼자 계시구료.

메리   아이참, 전깃불 들어왔겠죠. (일어서서 전등 스위치를 틀었다. 방

* 원문은 '그아'.
** 걸어앉다: 높은 곳에 궁둥이를 붙이고 두 다리를 늘어뜨리고 앉다.

안은 일시에 소생한 듯이 밝다)

여인갑   몇 신데, 그러시우. 아이참, 또 무슨 아따 저 무어 옳지 공상인
       가 무엇인가 하고 계셨구료.

메리   아―네요. 지금 막― 설거지를 치르고 가빠서 숨 좀 돌리고 있
       었답니다.

여인갑   (방 안을 휘휘 둘러보고 나지막이) 안 들어오셨구료 바깥양반.

메리   네, 아니 저 인제 곧 들어오겠죠.

여인갑   나한테야, 무어 그리 기우실 것 있소? 엊저녁에 아니 들어오신
       게로군. 그러기에 큰일들예요. 돈푼이 뫼이면 무얼 허우, 한번
       에 갖다가 쏟아버리는 걸― 그래서 민회에선가두 아주 그걸로
       말들이 많다우― 사내들은 이 사람 저 사람 헐 것 없이 모두 뜨
       끔한 구석들을 좀 보아야 해― 사면을 돌아다보아야 돌봐줄 집
       안내* 하나 없는 이런 천지에 와서 있으면서 누구를 믿고 살 줄
       알고들 그러는지 모르지. 에그 그런 생각을 허면 그저 고생을
       좀 폭폭들 했으면 좋겠어. ―그나마 당신같이 학문이나 있어서
       혼자라두 벌어먹을 수나 있으면 모르거니와 우리 같은 위인들
       이야―.

메리   별말씀을 다 허십니다. 내가 무슨―.

여인갑   아니, 사내들이 모두 그럽디다. 양서방네 댁은 혼자 벌어도 양서
       방버덤도 날 것이라고― 참 그렇지 양서방에겐 과만허지**― 무
       얼 바른말 했다고 누가 어쩔구?― 에이 망헐 놈의 것 오나가나
       모두 고생들이야. (테이블 위에다가 손에 들었던 무엇을 내던졌다)

---

* 집안사람들.
** 과만하다 : 분수에 넘치다.

메리   (좀 놀란 기색으로) 에그 그게 무엇이에요?

여인갑   허, 참 기가 막혀 웃음도 안 나가우. 그게 쥐 꼬랑지라우.

메리   (조금 눈살을 찌푸리며) 에그머니나— 쥐 꼬랑지는 왜 가지고 오셨어요.

여인갑   하도 내 우스워서 혼자 속에다만 담어두기가 아까워서 이야기 좀 하려고 가지고 왔죠. 내 말을 좀 들으시우. 내 참 우스워 못 견디겠지. 어제가 반공일*이 아니우? 그래서 집사람이 공전工錢**을 타왔단 말에요. 그래 돈 얼마를 내주면서 허는 말이 내일은 공일이니까 무슨 좀 별식을 만들어 보라는구료. 돈 적게 드는 별식을 맨들라니 더구나 무얼 허우. 그래서 생각다 못해서 생선이나 사다가 오래간만에 전유어煎油魚나 맨들어줄까 하고서 오늘 점심때나 겨워서 바깥사람이 출입헌 뒤에 아니 부리나케 생선을 산다 밀가루를 팔어 들인다 한참 법석을 허지 않었소. 그래 다 저녁때나 돼서 겨우 좀 전유어 비스름헌 것을 맨들어놓았구료. 아 그런데 막— 손을 씻고 나려니까 앗다 저— 다이아몬드 농원에 다니는 마서방댁이 황당스럽게 들어와서 급작시리 편지 한 장을 써달란다 말이야. 아 왜 이리 수선을 떠느냐고 그랬더니 자기 남편 몰래 남편이 알면 또 뺏어다가 써버릴까 봐서 친정으로 돈을 좀 부치겠나. 그러나저러나 날더러 편지를 써달라니 어떻게 허우. 낸들 개발괴발 내 편지나 쓰지 남의 편지를 어떻게 쓰우. 아 그래도 하도 졸라싸킬래 몇 자 적어주려고 서로 앉어서 부르거니 쓰거니 한참 허는데 무에 덜커덩 허드니 접시가 절컥 허고 떨어져서 산산박쪽이 났죠. 깜짝 놀래서 보니

---

* 반공일半空日 : 토요일.
** 물건을 만들거나 어떤 일을 하는 데 드는 품삯.

까, 내 참 하도 기가 막혀─ 일껀 없는 솜씨에 애써 맨들어 논 전유어가 헙수룩해졌구료. 쥐가 물어갔지. 아 그래 얼른 쥐구녕을 보니까 아니할 말로 족제비만한 쥐가 꼬랑지만 쏙─ 내놓고 들어갑디다그려. 그래서 분김에 가만가만 걸어가서 그놈의 꼬랑지를 꼭 잡아버렸지. 아니 그랬더니 이것 좀 보아요. 세상에 빠져나와야지. 나중에 확 잡아다리니까* 쥐 꼬랑지만 홀라당 벗겨져 나옵디다 그려. 그런데 내 요절을 헐 뻔했어. 내가 확 잡아빼는 김에 내 뒤에서 들여다보고 있던 마서방댁이 꽝 허고 나가자빠졌죠. 편지 쓰러 왔다가 엉덩이 깨졌다고 야단이구료. 대관절 전유어가 반이나 없어졌으니 어떻게 허느냐고 그랬더니 이것 좀 봐요, 쥐 꼬랑지를 증거물로 두었다가 바깥양반이 오시거든 약차若此** 이러러저래서 전유어가 없어졌다고 그러라고 그러는구료. 하도 우스우니까 어디 말이나 나갑디까.

메리　아이고 참 세상에 징그러운 증거품도 있어라. 내버리십쇼. 어디 징그러워서 손에나 들겠습니까.

여인갑　그러나저러나 참 저─ 지지난달에 새로 들어왔던 김 서방댁. 아따 저─ 사탕회사에 있는 이의 아내 말예요.

메리　네, 그이가 어째서요?

여인갑　그이가 아까 세 시에 일본 배 파나마 환丸 갑판 위에서 칼에 찍혀서 죽었단다우.

메리　네? 칼? (놀라서 일어서며) 그건 또 웬일예요.

여인갑　그, 김 서방이란 이가 좀 허우. 술만 먹으면 아주 미친 사람 모양으로 공연헌 사람을 가지고 들볶지요. 그런데다가 요새는 또

---

* '다리다'는 '당기다'와 같은 뜻이다.
** 이와 같이.

누구허고 눈이 맞았느니 누구허고 배가 맞았느니 허고 막 칼을 가지고 날뛴다는구료. 그래 아마 참다 못해서 조선으로 도로 도망을 가려고 했는가 봅디다그려. 원래 학문도 있는 이니까 남편 몰래 아마 빙표憑票* 섯건 모두 내 두었던 게야. 자기 친정도 견딘갑디다. ─중매쟁이한테 속아 들어왔지─ 그래서 오늘 떠나는 파나마 환丸을 몰래 탄 게야. 그런데 누가 가서 알렸던지 김 서방이 뒤미처 쫓아와서 내려가자고 그러니까 죽여도 아니 가느니 어쩌느니 허고 아마 옥신각신 말이 된 끝에 칼질이 났다 봅디다그려─ 에구, 이러니저러니 말허면 무얼 해. 죽은 사람밖에 더 불쌍헌 건 없지─.

메리 (힘없이 의자에 걸어앉으며) 그래 아주 죽었어요? 불쌍도 해라─ 그래.

이때 밖에서 (좌편 도어) 노크소리 난다.
메리, 고개를 든다.

여인갑 (메리를 보고) 누가 온 게로군. 들어오라고 그럴까요?
메리 네, 누구세요. 들어오십쇼.
여인을 (엉덩이를 움켜쥐고 들어오며) 엉덩이 깨진 계집 들어갑니다.
메리 에구 누구시라구. 어서 이리 오십쇼.
여인갑 여기까지 왜 또 껍적거리고** 왔소. 남의 전유어만 모두 없에주고─.
여인을 남의 엉덩이 깨진 생각을 좀 허우. 그런데 당신이야말로 이 댁

* 여행 허가증.
** 껍적거리다 : 방정맞게 함부로 자꾸 까불거나 잘난 체하다.

에 와서 또 무슨 흉을 보았소?

여인갑 흉은 무슨 흉, 지낸 대로 이야기했지.

여인을 그런데, 전유어는 있으면 무얼 허우. 자실 양반이 계셔야지.

여인갑 왜, 승천입지昇天入地*를 했단 말이우. 들어오면 찾을걸.

여인을 여보 꿈도 꾸지 마우. 오늘 들어오시긴 틀렸소.

여인갑 왜, 어째서요?

여인을 지금 누가 와서 그러는데 왕가王哥의 집 아따 저— 광동반점廣東飯店인가 허고 있는 왕가 말이야. 그 집에서 노름판이 벌어졌는데, 거기에 있드라우 댁 영감이. —그뿐이오? 다이아몬드 농원에 있는 박 서방허고 전등회사에 있는 최 서방허고— 또 이 댁 바깥양반허고.

메리 네?

여인갑 망헐 위인 같으니. 내 그렇게 말해도 또 그 짓을 허는군. 내 가서 좀 막 염병 때를 부려야지 그냥 두구는 볼 수 없단 말이야. (나가려 한다)

여인을 가서는 무얼 허우.

여인갑 아—니 모양 흉헌 꼴을 좀 뵈야지—. (메리는 고개를 숙이고 수연愁然**히 있다) 갑니다. (급히 나간다)

메리 네.

여인을 에구 쫓아가 보면 무얼 해. 한 세상 그냥저냥 지내지. 못된들 지금버덤 더 못될라구. —갑니다. 좀 놀러 오셔요. —심려허시면 무얼 허우.

메리 네, 또 오세요.

---

* 하늘로 솟고 땅으로 들어감. 자취를 감추고 사라짐.
** 시름이나 걱정에 잠겨.

42

여인을 퇴장.

메리는 깊은 우수에 싸여서 왼손을 바른편 어깨 위에 얹고 번민한다.

양구良久.* 노크 소리.

메리, 일어서 가서 비扉**를 손수 열었다.

메리   에구, 어서 들어오셔요.

애라   (들어오며) 바깥양반은 어디 가셨어요?

메리   네 어디 좀 나갔습니다―.

애라   그런데 메리 씨. 나는 밖에 손님을 뫼시고 왔어요. 좀 만나보아 주렵니까.

메리   저를 보시려고 그러세요? 누구신데 왜 뫼시고 들어오시지 않으셨어요. 내 가서 여쭈어드릴까요. (하며 2, 3보 걸어나가려 한다)

애라   (그것을 막으며) 아니 가만히 계셔요. 여인이 아니라 남자시랍니다.

메리   네 에?

애라   수상스럽게 생각허시지 마세요. 만나보시면 잘― 아시는 터이시라니까. 그 양반 이름도 물으실 것 없습니다. 내가 이런 조건 아래에 뫼시고 왔을 적에야, 메리 씨에게 욕될 양반이야 뫼시고 왔겠습니까― 어떻게 허실 테에요, 만나보아 주시렵니까?

메리   (조금 웃으며) 참 이상헌 소개도 허십니다. 그러나 사모님의 인격을 믿고 만나 뵈올까요? 누구신데 그러시나―.

애라   그럼 승낙허신 줄로 알고, 들어오시라고 허겠습니다. (비扉를 열고 내다보며) 이리 들어오십쇼.

* 시간이 꽤 지나다.
** 문짝.

수옥秀玉의소리 (밖에서) 네 들어가겠습니다—.

메리는 바깥 목소리에 귀를 기울인다.
수옥이 회색 세루* 조복鳥服을 입고 모자를 벗어들고 들어온다.
메리는 이윽히, 수옥의 얼굴을 보았다. '의외'가 그를 잠시 동안 의운
疑雲**에 싸이게 하였다. 그러나 마침내 수옥인 줄 알았다.

메리   오— 수옥 씨—. (2, 3보 달려들려 하다가 애라가 있음을 깨닫고 걸
        음을 멈추고 외면했다)

수옥이는 억지로 냉정한 태도를 짓고 서서 있다.
애라는 유심히 이 광경을 보고 홀로 점두點頭***하였다.

애라   (메리에게) 나는 또 복음회가 있으니까 곧 가봐야 허겠습니다.
        용서하십쇼.
메리   (무언, 다만 고개로만 답할 따름이다)
애라   그러면 (수옥에게) 천천히 오십쇼. 먼저 갑니다.
수옥   네, 그러면 있다가라두 또 뵈옵겠습니다. 감사헙니다.
애라   천만에, 또 뵙겠습니다.
메리   안녕히 가십쇼. (공손히 예한다)
애라   있다가 교당에 오시겠죠. 갑니다.

---

* 세루セル. 소모사梳毛絲로써 능직으로 짠 옷감인 서지serge의 일본어 표기. 학생복 등에 많이 쓰이는 옷감
이다.
** 의심스러운 점이나 사건을 비유적으로 이르는 말.
*** 머리를 약간 끄덕임.

애라, 퇴장.

양인 간에는 잠시 동안 침묵이 계속된다.

수옥   (한 걸음 나서며) 오래간만에 뵙겠습니다 메리 씨!

메리   ……. (별안간 몸을 던지듯 의자에 엎어진다.* 격렬한 전율이 그의 어
        깨에 나타난다) …….

수옥   (한참 동안 그것을 이윽히 바라보고 있다가) 왜 그러십니까. 이러
        실 줄 알았다면 찾아뵙지를 아니헐 것을 그랬습니다.

메리   (엎드린 채로) 아니올시다. 너무나 뜻밖이라 꿈결도 같고 또, ―
        뵐 낯도 없어서―.

수옥   볼 낯이 없어요? 볼 낯, ―나는 메리 씨에게 예전 상처를 집어
        떼이는 것 같은 고통을 드리려고 온 것은 아니올시다. 내가 미
        국유학을 가는 길에 이 하와이에서 우연히 2, 3일간 두류逗留**허
        게 된 것을 기회 삼아서 메리 씨의 근황을 알고자 헌 것이올시
        다. 그리고 하나는 나와의 약속을 저버리시고 이 하와이로 들어
        오시게 된 동기와 원인을 고요히 냉정히 듣고자 함에 지나지 않
        습니다.

    이렇게 이야기하는 동안에 메리는 일어나서 종용從容히*** 의자에 걸
어앉아서 수옥이와 서로 대하였다.

메리   모두가 나의 죄올시다. 용서해주셔요.

* 원문은 '업대인다'.
** 체류.
*** 차분하고 침착하게.

수옥	용서요? 용서허고 아니고가 어디 있습니까. 나에게는 그런 권리도 없고 의무도 없습니다. 다만 자기의 불행을 느끼고 허영과 불순의 벌레가 메리 씨의 정신을 좀먹어 들어갔던 것을 한탄헐 따름이죠.
메리	이곳에 오게 된 것으로 말씀허면 여러 가지 사정과 경위가 있어서 그렇게 된 것입니다. 마는 어쨌든 내가 굳세지 못했었던 까닭이올시다―. 그런데 미국으로 가시면 어디로 가실 예정이십니까?
수옥	뉴욕으로 가겠습니다.
메리	그러면 여러 해 되시겠습니다그려.
수옥	그렇지요. 10년이구 20년이고 내가 고국으로 돌아가고 싶은 때까지는 그곳에 있을까 헙니다. 그러나 또 내일이라두 고국으로 가고 싶은 생각만 나면 곧 떠날는지도 모릅지요― 고때나 지금이나 나는 독신이올시다. 무상無常과 무주無住의 진리를 깨달았습니다. 홀로 있는 몸뚱이에 무슨 구애가 있겠습니까.
메리	그렇지만 노경老境에 계신 자당께서는!
수옥	어머니요? 어머니께서는 올봄에― 돌아가셨습니다―.
메리	네? (고개를 들었다가 다시 숙였다)
수옥	(점점 흥분하여가며) 어머니께서는 돌아가실 때에 내 손목을 붙드시고 이 세상에 아무 유한遺恨은 없으나, 다만 한 가지의 한이 있다고 허셨습니다. 다만 한 가지 한, ―자부子婦를 얻지 못하고 가는 것이 한이라고 그러셨습니다―. 아― 나는 나의 주의主義와 고집과 실망이 착한 어머니 가슴에 한을 품게 하였습니다. 불효의 죄를 입었습니다.
메리	……. (회한, 책임, 자기를 저주하는 여러 감정이 그의 가슴을 태웠

다—. 뜨거운 눈물이 양협兩頰*에 흘렀다)

수옥   아, 아, 쓸데없는 이야기에…… 실례했습니다. (힐끗 메리 쪽을 보고 다시 냉연冷然한 태도로) 그런데 한 가지 청헐 일이 있습니다.

메리   (눈물을 걷고) 네, 무슨 말씀이셔요.

수옥   다른 게 아니라 내가 고국에 있을 때에 드린 반지허고 또 나의 서간등속書簡等屬이 만약에 남아 있거든 모다 내게 돌려보내 주십쇼.

메리   (잠깐 생각하고, 나지막이) 그건 못 허겠어요.

수옥   네에—. 어째서 못 하셔요.

메리   수옥 씨. 나에게 옛일을 생각허는 자유를 용서하셔요. —그거나마— 아무리 내가 미우실지라도, 빼앗아 가시지 마셔요.— 사막과 같은 쓸쓸한 나의 생활 가운데에 다만 그것 하나가 때때로 나의 가슴에 따뜻한 피가 뛰놀게 헙니다. 모든 영화스러운 꿈과 환락이 그 속에 있습니다 —. 그것만은 용서해 주세요.

수옥   (흥분해서) 영화스러운 꿈? 환락? 어—참 그렇지요. 영화스러운 꿈이지요— 남자를 조롱허는 영화스러운 꿈이지요.

메리   네?

수옥   그렇지요. 황금에 눈이 어두워서 약속헌 남자를 저버리는 것이 남자를 조롱함이오 연애를 장난감으로 여기신 게 아니면 무엇입니까. 메리 씨에게 영화스러운 꿈은 나에게는 추악한 꿈이올시다.

메리   …….

수옥   황금에 뜻이 기울어져서 일신을 의탁허는 것은 길고 짧은 시간

| * 두 뺨.

47

의 틀림은 있을망정 아침에 이랑李郎을 맞고 저녁에 장가長哥를 보내는 창부娼婦의 행동과 구분이 없습니다— 그러나 나는 이제 와서 메리 씨의 과거를 추구追씀*치 아니하려 합니다. 다만— 정신이 빠진 비인 껍질에 지나지 못허는 종잇장은 두어서 무얼 허십니까.

메리　(울면서) 그래도 그것만은 용서하세요. —그러나 반지는— 드리겠습니다.

수옥　……. .

　　메리는 정면 우편 구석 침대 밑에 있는 트렁크 속에서 금지환金指環을 내어다가 종용히 수옥의 앞으로 밀어 놓는다.
　　이때에 정면 유리창 밖에 장한구張漢九의 얼굴이 나타났다가 곧 없어졌다.
　　양인兩人은 조금도 그것을 알지 못하였다.
　　수옥은 그 지환을 고요히 집어넣었다.

메리　수옥 씨! 바쁘시지만 않으시면 나의 이야기를 좀 들어주세요. 아니 꼭 좀 들어 주셔야만 허겠습니다— 이번에 가시면 이 억울한 가슴 속을 영원히 여쭈어 볼 날이 없을 것 같습니다.

수옥　네—. 이야기하시면 듣겠습니다. —바쁘지는 않습니다.

메리　지난해 봄 일이올시다. 아버지께서 교당에서 돌아오시더니 웬 남자의 사진 한 장을 내보이시고 미국으로 가볼 생각이 없느냐고 물으셨습니다. 아버지께서는 원래 전도사라는 직업 관계상

| * 지나간 뒤에 전날의 허물을 나무람. 원문은 '追求'이나 오기로 보임.

48

서양인과 교섭이 많으시고 무엇이고 서양 것이라면 덮어놓고 숭배허시는 폐弊였습니다. 그런 까닭에 서양에 더욱 미국에 있는 사람이라면 모두가 훌륭헌 인격과 지식과 부가 있는 줄로만 오신誤信허셨습니다. 나는 극력 그렇지 않은 이유를 설명하고 반대했습니다마는 아버지의 성격은 수옥 씨도 짐작하시거나 고집이 여간 허십니까. 자식에게 대한 아버지의 권위가 침해되고 하늘이 내리시는 행복을 발길로 차버리는 것인 줄로만 생각허신 게지요. 꾸지람이 여간치 않으셨습니다. 그리고 중매 든 사람한테 혼자 승낙을 해버리셨습니다. 나는 잠을 이루지 못하고 번민했습니다. 그러나 나는 수옥 씨와의 약속이 있는 것을 자백하지 못했습니다. 지금 생각하면 어찌 그리 약하고 어리석고 빙충맞었든지요— 천지신명이 굽어살피시드래도 조금도 부끄럼이 없는 우리 두 사람의 약속을 어째서 아버지 앞에서 굳세게 주장하지 못 했었던지요. 그릇된 도의의 관념이 오늘날의 나의 불행을 빚어냈습니다. 그렇지만 수옥 씨! 나에게도 불순헌 마음이 다소라도 있었던 것을 자백합니다. —수옥 씨! 나의 죄를 용서허십쇼— 서양을 동경하는 허영이 나의 양심을 적지 아니 가리웠던 것도 사실이올시다. 그래도 그것은 그것은 결코 나의 마음의 전부는 아니었습니다. 그래서 나는 퍽 반대를 했습니다마는 급기야에 아버지께서는 전보로 여비를 청허신다 여행권을 내신다 여러 준비를 나 몰래 허신 뒤에 망성거리는* 나를 잡아끌 듯 당신이 횡빈橫濱**까지 안동해*** 오셔서 배 타고 떠나는

---

* '망설거리다'의 방언. 망설거리다 : 이리저리 생각만 자꾸 하고 태도를 결정하지 못하다.
** 요코하마.
*** 안동하다 : 사람을 데리고 함께 가거나 물건을 지니고 가다.

것까지 보시고야 가셨습니다. 자세한 긴 이야기를 어찌 다—허겠습니까. 그래서 급기야極其也에 이곳에 들어와 보니까 훌륭한 성공자라는 남편은 구두를 고치는 생활을 허고 있습니다. 수옥 씨— 나의 심중의 고통을 미루어 생각해주십쇼.

수옥 구두 고치는 생화? (비로소 방 안을 둘러보았다)

메리 네, 그렇습니다. 더구나 교양이 없는 사람이라, 술만 먹으면 말 못할 구박이 자심헙니다.

수옥 사진결혼의 폐해올시다. 또 하나는 썩어진 유교의 독즙毒汁이올시다. 부권의 남용이올시다. 그러한 그릇된 도의와 부유腐儒*의 습속이 우리 조선사회에서 사라지기 전에는 우리 사회는 얼빠진 등걸밖에 남을 것이 없습니다. 인생의 두려운 마취제魔醉劑**올시다. 모든 생기와 자유를 그것이 빼앗아 갑니다. —그런데 왜 메리 씨는 이 하와이에 오신 뒤에 그 결혼을 거절치 아니 허셨던가요? 일종의 사기결혼이 아니오니까?

메리 어디 그럴 겨를이 있었나요. 배에서 내리자 남편 될 이가 찾아 나와서 곧 그 길로 교당에서 결혼의 서명을 해버렸는 걸이요.

수옥 ……. (다만 점두할 따름)

메리 수옥 씨, 저는 영원히 이 그릇된 결혼의 희생이 되어서 일생을 마쳐야만 옳을까요? 네, 수옥 씨!

수옥 ……. (심사양구沈思良久***) …….
그런 일은 나로는 알 수 없습니다. 단언할 수 없습니다. 메리 씨도 모르실 것이올시다. 만약 그것을 미리 아는 이가 있다 하면

* 썩은 유교.
** 원래 의식이나 감각을 잃게 하는 약물이라는 마취제의 한자는 '痲醉劑'이나, 작품에서는 마귀 마魔를 사용하고 있다.
*** 조용히 정신을 모아 깊이 생각하기를 오랜 시간 동안 함.

그것은 아마 하나님뿐이시겠죠. 우리 인생의 모든 일은 결코 조그마한 우리들의 마음대로는 아니 될 것이올시다. 숙명의 무거운 지게문*은 그 속이 비밀인 까닭으로 존귀헙니다— 그러나 메리 씨, 당신께서는 지금의 자리를 떠나려 하시지 말으십쇼. 그리고 굳세게 서십쇼. 굳세게 서서 뜨거운 사랑의 힘으로 무지한 남편을 한 걸음 한 걸음 향상의 길로 이끌어가십쇼. 그것이 메리 씨의 밟아가실 길이올시다. 자기가 뿌린 씨는 자기가 거둬야만 하겠죠. 행복은 남이 주는 것이 아니올시다— 메리 씨는 남편의 무교육을 한탄허셨지요? 그러나 그것은 누구의 죄도 아니올시다. 다만 모험적 제비를 뽑은 메리 씨에게 죄가 있지요— 그러나 그러나 메리 씨! 결코 비관치 말으십쇼. 행복이니 평화이니 허는 것도 결코 절대가 아니올시다.

메리   …….

수옥   아, 메리 씨 너무 오래 앉았었습니다. 남편 되시는 이가 계셨다면 좀 뵙고 갈 것을— 내가 타고 온 춘양환春洋丸이 상처가 생겨서 그것을 수선할 동안은 이곳에서 구류區留허게 되었습니다. 아마 2, 3일간이나 된다나 봅니다. 푸리스톤 호텔에 있으니까 또 만나 뵐 기회가 있을 듯합니다. (일어선다)

메리   네, 그러면 내일이라도 폐만 아니 되신다면 찾아가서 뵙겠습니다.

수옥   그러면 가겠습니다. (공손히 예를 마치고 나간다)

메리는 도어 턱까지 전송하고 돌아와서 의자에 힘없이 몸을 의지하

---

* 옛날식 가옥에서 마루와 방 사이의 문이나 부엌의 바깥문.

고 긴 한숨과 함께 두 손으로 얼굴을 가려 싸고 번민한다.

이때 장한구가 양이 넓은 파나마를 쓰고 골통대를 문 채 좌편 도어를 소리 없이 열고 고개만 먼저 쑥— 들이밀더니 한 걸음 방 안으로 들어왔다. 내흉스러운* 미소를 띠고— 메리는 조금도 그것을 모르고 있다.

장한구 (에헴 하고 기침하며) 밤새 안녕허십니까—.

메리 (깜짝 놀라 일어서며) 에그머니—.

장한구 (빈들빈들하며) 놀래실 것 없습니다. 사람이 왔는데 왜 그리 놀래십니까—. 무얼 그리 생각하고 계십니까. 아마 길삼이가 아니 들어와서 그리시는 모양이지요.

메리 (노기를 띠고) 아무리, 친근한 터이라도, 남편이 없고 계집 혼자 있는 집에 그렇게 아무 통기 없이 들어오시는 법이 어디 있어요.

장한구 아하— 이건 참 실례했습니다그려. 그러나 길삼이두 그런 경우에 내세우기는 훌륭헌 남편감이올시다그려. —그래 이런 보기 싫은 놈은 남편 없는데 들어와서는 못쓰고 해반주그레**한 젊은 놈은 남편이 없는데 불러들여도 관계치 않다는 말인가요?

메리 (가슴이 뜨끔해서) 네?

장한구 아, 아—니, 이를테면 말이지요. 여보시오 메리 씨, 내 입에서 그런저런 말이 나가두룩 허실 것이 무엇 있소. 네? 다, —오는 정이 있으면 가는 정도 있을 것이니까. (한 걸음 두 걸음 메리 옆으로 간다. 메리는 우편 구석으로 피신한다) 그러니까 여보시우 얼른 결말을 냅시다그려. 사람을 너무 그렇게 말리지 말고 요전에

---

* 내흉(內凶)스럽다: '내숭스럽다'의 방언.
** 겉모양이 해말쑥하고 반듯한 모양. 원문은 '해반죽으러한'.

말한 것은 생각을 좀 해보셨소? 어떻게 하실 테요. (메리의 어깨
에다가 손을 얹었다)

메리   (본능적으로, 그 팔을 뿌리치며) 왜 이러세요. 너무 사람을 업수히
여기지 마십쇼. 그런 불의의 추행醜行은 헐 수 없어요. 양심이 있
거든 부끄러움을 아십쇼—.

장한구   허허허 이애 이건 좀 돈한데,* —나는 귀머거리가 아니오. 그렇
게 꽥꽥 소리 지르지 말고.

이때 창 바깥 거리에서 술 취한 양길삼의 휘주**하는 소리 들린다.

메리   어서 나가셔요. 어서 나가셔요.

장한구   오—냐 어디 두고 보자. (황당히 문밖으로 나아갔다)

메리는 머리와 옷깃을 가다듬었다.

양길삼이는, 한 손에 위스키병을 들고 비틀거리며 들어왔다.

양길삼   으, 어—이 아하하하 마누라 마누라. (건들건들하며, 메리가 한편
에 우두커니 서서 수연愁然한 기색이 가득함을 보고) 이건 도무지 저
러니까 못쓴단—마 말이야. 남편이란 사람이 들어오거든 아,
인제 오십니까— 허고 맞을 것이니 이건 제—미 오리정五里亭
장승 뻔으로*** 딱— 서서 있기만 하면 제일이람. 대관절 저녁은
치렀소?

* 돈하다 : 매우 단단하고 세다.
** 후주醹酒의 북한어. 후주는 '주정한다'는 뜻이다.
*** '모양으로'와 의미가 통함. "동물원의 곰 뻔으로 한 곳을 왔다 갔다 하는 주인의 얼굴을 힐긋힐긋 보며
안으로 사라진다."(「아내에 주린 사나이」)

메리	나는 먼저 먹었어요. 저녁은 어떻게 하셨소.
양길삼	나? 나는 빠—*에서 실컷 들이마셨으니까 고만두우. (테이블 위에 있는 컵에 위스키를 따라서 한숨에 마셨다)
메리	(가까이 오며) 그런데 대관절 가정을 어찌 헐라구 매일같이 이렇게 술을 자시고 또 어젯밤은 무얼 하셨길래 아니 들어오셨소.
양길삼	친구들이 모여서 술을 먹으면 자연히 그—.
메리	속이지 마세요. 부부간 불화의 제일 큰 원인이 서로 속이는 데 있어요. 제발 그 잡기만 좀 고만두어 주시우.
양길삼	알면서 물을 건 무어야. 이런 제—미, 홍, 밖에 나가서는 주머니를 톡톡 털어서 잃고 집안에 들어와서는 바가지 긁는 소리를 듣는다 이래서야 어디 사람이 견딜 수 있나. 잔말 말고 술이나 좀 칠 생각허우. 응, 여보.

메리는, 대답이 없이 침대 위에 놓였던 성서와 찬미가 책을 가지고 왔다.

메리	여보시우 혼자 술을 자시던지 무엇을 허시던지 마음대로 허시우. 나는 교당에 좀 갔다 올 터이니.
양길삼	교당? 그 교당에 간다는 꼬락서니 참 볼 수 없다. 이건, 삼일예배三日禮拜이니 복음회이니 공일예배空日禮拜이니 하고 사흘이 멀다고 교당출입이라, 아 이래가지고 살림이 돼? 그렇게 교를 믿다가는 집안 망하겠다.
메리	그건 무슨 상식이 없는 말씀예요. 교를 믿어서 집안이 망하다니

| * 바bar.

54

요? 당신은 교를 아니 믿어서 얼마나 집안을 이루셨소, 네? 교를 아니 믿으시면 고만이지 교를 그렇게 험담하는 법은 없어요. 주일마다 신성한 마음으로 교당에 모여서 정신상에 위안과 신앙을 누리는 설교를 듣는 것이 좋은 일인 줄 이해치 못하실망정 그렇게 험담하실 것이야 무엇 있어요. ―나는 갔다가 오겠습니다. (한 걸음 두 걸음 나아간다)

양길삼   그래. 오라. 그래. 오라, 어서 가우, 입으로야 당해낼 장비張飛* 있나―.

메리는 비외扉外로 나아가 버렸다.
양길삼은 독적獨的으로 또 술을 마셨다. 노크소리.

양길삼   (몽롱한 눈을 바로 뜨고) 누구냐.

장한구   (고개를 들이밀며) 길삼이 들어왔나?

양길삼   오, 형님이시구려. 들어오시우 들어오시우.

장한구   (들어와서 걸어앉으며) 웬일인가, 어디서 먹었나?

양길삼   아따 그 왕가의 집에서 한판이 벌어져서 있는 돈은 죄다 까발었지. 그래서 홧김에 한잔 먹었소. ―자아, 형님 한잔 잡수시우. (술을 따라 권한다)

장한구   (들이마시고) 주는 술이니까 먹기는 먹네마는 자네도 너무 그러지 말게. 집안을 생각을 해야지.

양길삼   무슨 생각, 있으면 쓰고 없으면 말고 그러지.

장한구   돈이야 그까진 어찌 되었든지 꿈 좀 깨게 자네도. 자네 마누라

---

* 중국 삼국 시대 촉한의 무장. 자는 익덕益德.

님이 좀이 먹어.

양길삼   좀? 좀이 먹다니!

장한구   글쎄, 내 처지로 앉아서 자네에게 이런 말을 허는 게 좀 허기 싫은 말일세마는 또 내가 아니면 누가 이런 말을 자네에게 들려주겠나.

양길삼   응, 그래서?

장한구   내가 아까 자네를 찾으러 저 창 바깥까지 왔더니 방 안에서 이상헌 소리가 난단 말이야. 그래서 좀 안 된 일이지만 가만히 들여다보았네그려. 아, 그랬더니 웬 젊은 놈허고 울고불고 짜고늘고 막 야단이데그려.

양길삼   (한참 동안 대자對者*의 얼굴만 노려보고 있다가 별안간 빙글빙글** 하면서) 이건 왜 이리시우. 형님도 참 농담을 해도 분수가 있지— 아니야 아니야, —어쩌니 어쩌니 해도 마누라는 신자는 착실헌 신자라우.

장한구   옳—지 그렇게만 믿어라. 말을 들어 이야기를 듣노라니까 조선 있을 때부터 관계가 있는 모양인데 그 위인이 미국으로 가는 길에 일부러 들른 모양일세그려.

양길삼   아—니 정말이오?

장한구   그럼 이 사람아 무슨 농담을 헐 게 없어서 남의 내외간사內外間事를 들어서 말헌단 말인가.

양길삼   응—. (신음呻吟 양구) 그래 그놈이 어떻게 하려고 허는 세음***이야!

---

* 마주한 이.
** 입을 슬며시 벌릴 듯 말 듯하면서 자꾸 소리 없이 부드럽게 웃는 모양.
*** 세음細音 : '셈'을 한자를 빌려서 쓴 말.

장한구   그것이야 낸들 아나 남의 뱃속을. ―좌우간 자네 마누라님하고
        이 방에서 만나서 울고 짜고 헌 사실만 보았으니깐 하는 말이지.

    양길삼의 얼굴에는 격렬한 질투의 빛이 오른다. 거의 무의식으로 술
잔을 들이마셨다.

장한구   자네가 내 말을 종내 믿을 수 없거든 저기 (침대 밑을 가리키며)
        있는 자네 마누라님의 트렁크 속을 뒤져보게. 그러면 그 속에서
        증거품이 나올 것이니.
양길삼   (조금도 망상거리지 않고 침대 옆으로 가서 트렁크를 끌어냈다. 그것
        이 잠긴 것을 알고 다시 테이블 위에 있는 나이프로 트렁크 장식을 비
        틀어 열었다. 그리고 그 속을 황당스럽게 뒤적거리다가 수옥의 편지
        한 장을 발견하여 잠시 떨리는 손으로 그것을 읽었다. 그의 눈에는 점
        점 불온한 광채가 나타났다. 편지를 포켓 속에 부벼 넣고 다시 뒤적거
        려서 마침내 수옥의 사진 한 장을 끄집어냈다. 양길삼의 얼굴에는 이
        미 주기酒氣가 사라졌다) 여보, 여, 여보 형님, 그놈이 이놈입디까?
장한구   (사진을 들여다보며) 옳다 그놈이다. 자네 같은 수염 텁석부리에
        다가 대겠나. 내가 계집이라도 좀 생각해볼 일이지―.

    양길삼은 사진을 마룻바닥에 힘껏 내던지고 손에 나이프를 든 채 바
로 밖으로 뛰어나가려 한다.

장한구   (가로막으며) 어디로 가려나?
양길삼   (입살을 떨며) 교당으로 가서 메리를 불러내서…….
장한구   메리는 둘째일세. ―이런 사람 같으니― 그놈이 지금 푸리스톤

호텔에 있어. 그러니까 우선 그놈을 제독을 주어야지.

양길삼   푸리스톤 호텔? 응. (무엇을 결심한 듯이 비외扉外로 나아갔다)

장한구   (비외를 바라보며) 아 여보게 나하고 함께 가세. (내흉內凶한 미소
가 다시 그의 입살에 오른다) 이렇게 뜨끔 영令을 좀 내려놓아
야— 어디 한잔 먹고—.

(테이블에 있는 위스키를 병째 들어서 한 모금 마신다)

— 제1장 끝—

第2장

포왜布哇 공동묘지 앞, 오후 8시경.

정면에 공동묘지의 철문, 좌우편으로 철책, 철문과 철책 너머로 멀리
십자가의 묘표墓標가 검성드뭇이 서서 있으며 문간이 열대의 화초와 야자
수가 서서 있음이 월광 아래에 처랭凄冷히 보인다.

철문으로서 조금 좌편(객석에서 보아서)에 조그마한 대합실 비스름한
건물이 있다.

좌편에는 3인쯤 앉을 만한 벤치.

이수옥이 우편에서 등장. 피우던 시가를 땅에 던져 끄고 2, 3차 철문
앞을 거닐었다.

이때에 어느덧 검은 구름이 달을 가리었다. 음습한 바람결과 함께 우
렛소리 나며 빗방울이 뜬다.

수옥   (하늘을 쳐다보며) 아, 비.

손을 들어 비 내리는 여부를 검檢하고 갈까 말까 하는 망상거림이 있다. 비가 소리쳐 오기 시작하며 천둥소리 크게 가까이 일어난다. 이수옥이는 황당히 철문 옆 대합실로 몸을 피했다.

그러자 박메리가 좌편에서 번개와 비에 쫓겨서 달음질하여 나왔다. 그리고 미리 예정한 듯이 대합실 속으로 바로 뛰어들어갔다.

무대 암흑. 다만 날카로운 번개 빛이 빗줄기를 뚫고 번뜩일 뿐이다.

수옥   오— 메리 씨!

메리   아, 수, 수옥 씨!

긴 포옹.

비가 끊이고 구름이 걷히매 월색은 일층 영롱하다.

수옥   (대합실 밖으로 나오며) 용서허십쇼 메리 씨! 급작스레 너무나 지독허게 쏟아지고 천둥번개가 곧 불이 내리는 것 같아서 예의를 차릴 여유가 없었습니다.

메리   그렇게 말씀허시면 저는 더구나 부끄럽습니다. 저는 노상 겪는 일이건만 하도 천둥소리가 지독허니까 번쩍만 허면 몸서리가 쳐집니다. 수옥 씨가 아니 계셨다면 무서워서 어쨌을는지 몰라요. 퍽 놀래셨죠?

수옥   네—. 좀 놀랐습니다. 그렇게 맹렬허고도 급작스레 오는 것은 처음 보았습니다.

메리   열대지방의 특색이랍니다. 그런 줄 알면서도 저는 이따금씩 퍽 놀래요. 그런데 이런 고적헌 데를 어째서 혼자 나오셨어요.

수옥   식후의 산보도 헐 겸 일부러 고적헌 데를 찾아 나왔습니다. 한적*한 곳에는 존귀한 시詩가 잠겨 있습니다. 허위가 가득한 사람의 마음도 이런 한적헌 데 있으며 모두 그 가면을 벗습니다. 그런 이유로 ─그런 이유라면 어째 말이 너무 과장된 듯도 헙니다마는 실상 나는 한적한 곳을 좋아허는 버릇이 있어요. 그런데 메리 씨야말로 어째서 이곳으로 오셨어요.

메리　교당에 가는 길이었어요. 교당이 바로 저 ─ 건너편에 있으니까요.

수옥　(점두)

메리　그런데 수옥 씨 만약 상치相値되는 약속이 있지 아니 허시면 이곳에서 잠시 동안 저의 이야기를 들어주실 수 없어요?

수옥　나는 관계치 않습니다마는 교당에 가신다면서 예배시간에 상치가 아니 되겠습니까.

메리　아─니요 관계치 않어요. 예배는 오늘에 한한 것이 아니에요. 그러나 수옥 씨는 이번에 동쪽으로 가시면 또 어느 때 만나뵈올는지─ 어쩌면 생전에 다시 만나뵙지 못할는지도 모르지 않습니까?

수옥　네에. (잠깐 생각하고) 그러면 (벤치에다가 수건을 내어서 깔고) 이리 와서 앉으시죠.

메리　수옥 씨도…….

수옥　네, 그러면 함께 앉으십시다.

　양인이 걸어앉는다. 수옥은 좌편으로 메리는 우편으로, 양인 간에는, 잠깐 침묵이, 계속되다.

|　*원문은 '곤적困寂'이나 한적閑寂의 오기로 보임. 이후 수옥의 대사에는 '閑寂'을 사용하고 있음.

메리 수옥 씨! 나는 아무리 기를 써도 영원히 지금 고통으로서 해방
될 날이 없을른지요?

수옥 해방요? 그것은 될 수 없는 아니, 생각허실 것도 아니겠지요—
메리 씨는 영靈으로서 살으십쇼. 영으로서 구함을 받으십쇼.

메리 영으로요? 그렇게 될 일일까요. 저는 그것을 노상 번민합니다.
수옥 씨, 육肉으론 죽어버리고 영靈으로만 구함을 받는 것은 필
경 병신밖에는 아니 될 듯해요. 불구자이올시다. 저는 그것을
안타까이 생각해요. 시원스럽지 못하게 생각해요. 저는 영과 육
을 고대로 말끔 옮겨갈 만한 자리를 구해야만 살 것 같아요. 내
가 이곳에 온 뒤로 끝없는 번민과 고통이 얼마나 나를 마르게
했는지 아십니까. 그래서 고국에 있던 때의 나와 오늘의 나와는
아주 다른 계집—성격상으로 보아서 그렇게 되어 버렸어요. 최
초야 굳세지 못했었던 뉘우침이 이제는 자기를 저주허게까지
이르렀습니다. 자기가 미웁구두 빙충맞은 생각의 어느 때에는
이러한 고생을 허는 것이 이렇게 오뇌懊惱에 싸이는 것이 당연헌
일이다, 나에게 대헌 상쾌한 응보라고까지 자기를 떠나서 냉정
스러이 볼 때도 많이 있었습니다. 그래서 내종에는 헐 수 없이
영으로나 구함을 받으려고 애를 썼어요. 그렇지만 육이 나날이
더러워져 갈 때마다 겨우 버티어가던 영의 힘도 밑둥서부터 꺼
부러져* 버립니다그려.

수옥 늦었어요, 늦었습니다 메리 씨! 그러한 굳센 힘이 왜 고국을 떠
날 최후의 날에나마도 없었던가요. 나는 한없이 그것을 애달프
게 생각헐 따름이올시다. 모두가 과거올시다. 과거는 다시 어쩌

| * 꺼부러지다 : 기운이 빠져 몸이 구부러지거나 생기가 없이 아주 나른해지다.

61

지 못할 엄숙한 사실이올시다 — 다만 — 그렇지요 — 의례히 하는 말 같으나 — 메리 씨는 그 뜨거운 굳센 감화의 힘으로 남편되는 양길삼의 사랑을 한 걸음 한 걸음 참된 사랑으로 인도허실 수밖에 도리가 없겠죠. 이런 말씀으로 여쭐 수밖에 나는 다시 더 할 말을 모르겠습니다. 이러한 타협을 뜻 없이 아니할 수 없는 것이 아마 우리 인생이겠죠. 그곳에 모든 슬픔과 희생의 아름다움이 있습니다.

메리 (수건으로, 수옥이 모르게 눈물을 씻었다) 만약, 암만 그리해도 아무 효력도 없고 다만 나란 계집만 도로徒勞의 희생이 된다 하면 그래도, 그래도, 나는 그것을 참고 있어야 할까요?

수옥 (두 손으로 메리를 얼싸안고 잠깐 심사沈思한다) 아아, 운명이올시다. 모두를 운명으로 돌려보내죠. 아니 신명께 맡기십쇼. 우리 조그마한 인생이 아무리 운명의 테바퀴*를 벗어나려 헌들 그것은 큰 바다에 조약돌 하나 던진 만큼도 힘이 없을 것이올시다. (일어서서 거닐면서 감개무량한 듯이) 그렇습니다. 모두가 운명이올시다. 오늘 밤이 이국풍정異國風情이 가득한 하와이 공동묘지 앞에서 메리 씨와 함께 앉아 있는 것도 또한 운명의 신의 작난作亂인가 합니다 — 아까도 댁에서 내가 잠깐 말씀한 거와 같이 나는 메리 씨를 만나보면 통쾌히 인정없이**—가사假使*** 그것이 자기를 떠난 한 덩이의 고기에 지나지 못한다 하더라도 — 나는 메리 씨를 박주고 박주어서 메리 씨의 고통과 오뇌를 냉정한 미소로 내려다볼까 했었습니다. 그러나 그것도 쓸데없는 꿈인 줄

* 원문은 '테박휘'. 쳇바퀴보다는 수레바퀴[輪]의 의미로 해석하는 것이 옳을 듯하다.
** 원문은 '안정업시'.
*** 가령.

깨달았습니다. 그래서 모든 것을 냉정히 객관客觀하려고 결심했습니다.

수옥이 다시 걸어앉았다.

메리   (흥분해서) 저를 미워허십쇼. 그리고 마음껏 꾸짖어주셔요. 꾸짖고 꾸짖어서 나를 실컷 울려주십쇼. 네, 수옥 씨!

메리, 운다.

수옥   (그의 두 눈에는 정열의 이슬이 눈자위를 뜨겁게 해간다) 아, 아, 메리 씨— 그런 말씀은 말으십쇼. 그래서 멀리 동쪽으로 떠나가는 나의 가슴을 쓰리게 허지 말으십쇼. —메리 씨! 그런 말씀을 허실 때마다 내 가슴에는 옛적 그대를 애달프게 생각허는 원한이 독사와 같이 솟아오릅니다.

그의 눈은 멀리 처량한 묘지로 돌았다. 침묵 양구.

수옥   (일어서며) 저— 반딧불을 보십쇼 메리— 씨. 저것을 보니까 우연히 고국생각 아니 고국에 있던 때의 생각이 납니다. 청량리 늦은 저녁에 메리 씨와 나와는 옷자락을 이슬에 적시며 꿈으로서 꿈을 좇아서 지향 없이 돌아다녔었지요. 그때에 우리 두 사람이 서로 속살거리던 것은 무엇이던가요. 그때에 내 손을 쥐었던 메리 씨의 보드랍고 따뜻한 손의 촉감이 이제껏 사라지지 않습니다. 아아— 그때에 풀숲에서 명멸하던 반딧불은 오늘날의 이 얕은 꿈을 암시하던 그것이던가—.

메리　(마저 일어서며) 늦은 봄 가는 비 내릴 때에 삼청동 깊은 고을에서 서로 다투어가면서 국수버섯을 따던 생각이 때때로 나서 온 밤을 잠을 이루지 못헌 일도 한두 번이 아니올시다.

양인의 눈에는 다디단 옛 환락을 회상하는 몽롱한 빛이 가득하여 간다.

수옥　그렇지, 그 어느 해 겨울이던가. 옳지 내가 고국을 떠나기 전해 크리스마스 날 밤이던가 보오이다. 정동 예배당에서 돌아올 때올시다. 모진 삭풍에 눈이 날려서 살을 에이는 듯이 추운 밤이었었죠— 그때에 메리 씨가 자기의 망토 속에 나를 집어넣고 남이 볼까 부끄럽다고는 허면서도 머리를 한데 대이고 갔었죠. 그때의 가슴속에서 뛰놀던 피의 고동은— 이제껏 나의 귀밑에 남아 있는 것 같습니다.

메리　(열정적으로 달려들어 안기며) 수옥 씨—.

수옥　(잠깐 포옹하였다가 고요히 내밀며) 아, 아 죄악이올시다. —고통이올시다.

이때 메리는, 우연히 앞길을 바라보았다. 공포의 빛이 일순간에 그의 얼굴을 스쳤다.

메리　아 여보셔요 수옥 씨. 저—기 오는 것이 필경 나의 남편 양길삼이올시다. 그리고 그 뒤에 오는 것이 장한구라고 허는 나에게 불의의 추행을 강청强請허는 고약헌 사람이올시다. 이런 광경을

64

보면 또 어떤 오해로 시비를 일으킬는지 모르니까 나를 좀 숨겨
주세요.

수옥   (잠깐 황당히 일어나 곧 냉정으로 돌아와서) 숨는다 하더라도, 옳
지. 그러면 저 대합실 뒤에 가서 계십쇼.

메리―는, 곧, 대합실 뒤로 몸을 감추었다.
수옥이는 냉정한 태도로 거닌다.
양길삼이 앞서고 장한구는 그 뒤로 비틀거리며 등장.
양길삼은 수옥을 보고 다시 장한구에게 향하여 눈짓했다.

장한구   (눈으로 대답하며) 옳다. 그 위인이야.

양길삼   (달려들어서 수옥의 멱살을 붙들고) 이놈아 이런 빤질빤질헌 녀석
같으니라고. 그래 이 자식아 그렇게 계집이 귀해서 하와이까지
남의 계집을 뺏으러 와 이 자식!

수옥   (종용從容히) 이 손을 놓으시우. 상말에 아닌 밤에 홍두깨로 이게
무슨 무례헌 일이오.

양길삼   무례? 아, 이런 도적이 외장친다더니.* 아, 이런 빌어먹을 자식
보아라. 잔말 말고 어서 내놓아, 이 자식.

장한구   톡톡히 으르게. 섣불리 허다가는 안 되겠네.

수옥   (양길삼에게) 대관절 당신은 누구요. 원 이런 어디.

양길삼   누구냐? 누구냐? 알고 싶어? 알아야만 허겠니. 이런 도무지.
(수옥의 엄연한 태도에 다소 눌려서, 멱살을 놓으며) 메리의 서방이
다, 왜 어째!

---

* 도적이 외장치다 : 도둑이 다른 사람을 무시하듯 고래고래 떠들다. '외장치다'는 '독장獨場치다'와 같은
  의미.

수옥　　네 그러하십니까. 나는 이수옥이라는 사람이올시다. 그야 당신 아내 되는 메리 씨하고는 이전에 서로 연애가 없었던 것은 아니 올시다. 그러나 그것은 당신허고 결혼허기 전, 일이올시다. 길게 말허고 보면 되려 당신의 양심에 부끄러운 일이 있지 않겠습니까?

양길삼　이애 이 자식 봐라, 무어 어째. 이런 주제넘은 자식 같으니. 어서 이 자식아 내놓아.

장한구　여보게 이건 무얼 그리고 있어. (고개로 대합실 쪽을 아르키며*) 그래버리지.

수옥　　아, 잠깐만 계시우 당신에게—.

양길삼　(수옥의 말은 귀에 들리지 않는 듯이, 장한구를 보고) 여보게 이 자식을 좀 맡게. 이런 년놈은.

　　수옥이 전진하려는 양길삼을 가로막았다. 그렇게 아니할 수 없는 경우에 빠졌다. 양길삼은 질투의 불길에 끓었다. 그래서 힘껏 수옥을 뒤로 내밀치고 대합실 뒤로 들어갔다.

　　장한구는 쫓아 들어가려는 수옥을 가로막았다. 모두가 순간이었다.

　　대합실 뒤로서 남녀의 노매怒罵,** 비창悲唱이 엉클어져 나온다.

　　두 남녀는 서로 얽혀 부비닥이치며 무대로 나왔다. 양길삼의 손에는 큰 나이프가 번득였다. 문득 나이프는 메리의 손에 빼앗겼다.

　　메리는 격렬한 공포와 증오에 거의 무의식으로 (손에 칼 든 것을 모르고) 양길삼의 가슴을 내질렀다.

* 아르키다 : 가리키다.
** 성내어 꾸짖음.

양길삼   아, 앗―.

일순의 고민과 함께 엎드려졌다.

수옥   오― 메리 씨! (메리에게로 달려들어 어깨와 팔을 잡았다)
메리   …….

메리는 뜻하지 아니한 두려운 결과에 거의 혼도昏倒할 지경이라, 격렬
한 전율.
장한구는 과연果然히 자실상태自失狀態에 있다가 양의 시체로 가서 상
처를 검檢한다.
메리는 달음질하여 양길삼의 시체 위에 덮어 엎디며 울었다. 이윽고
메리는 고개를 들었다. 얼굴은 핏기없는 창백 색이요, 입살에는 약한 경
련*이 일어난다.

메리   (수옥에게 달려들어 안기며) 수옥 씨―.
수옥   메리 씨. 어쩔 수 없습니다. 운명이올시다. 어디까지든지 메리
        씨를 전유專有허려든 길삼이는 이 세상을 떠나가고 메리 씨를 뜻
        허지 아니헌 이 수옥이는 마침내 메리 씨를 얻게 되었습니다.
        메리 씨 안심허십쇼. 나는 어떠한 희생을 바치더라도 그대에게
        행복이 있게 하려고 이곳에서 결심했습니다.
        (모자를 벗어 땅에 던지며)
        오― 하나님이시여, 불쌍한 길삼의 영靈을 아버님 계신 곳으로

| * 원문은 '경솔痙率'. '경련痙攣'의 오기로 보임.

인도해주시고 죄 많은 우리들에게 갈 곳을 지시하소서—.

장한구는 모자를 벗어들고 무릎을 꿇었다.
멀리 찬미讚美 소리와 종소리로.

막.

—『운명』, 창문당, 1930년.

사회극社會劇 박명희朴明姬의 죽음 (전4막)

─노동문제극勞動問題劇

(소인小引, 이 극은 일본 극작가 구메 마사오久米正雄 씨의 원작 〈삼포제사장
三浦製絲場〉* 4막을 역譯한 것이오나 원작에 의하여 인물의 이름과 지방의 이름까
지라도 원작대로 직역함이 아니라, 그 이름을 조선 이름과 조선 지명으로 번안
飜案하고 겸하여 될 수 있는 대로는 조선 사정과 풍기風紀에 적합하도록 고치었
은 즉 따라 원작에 대한 모독이 될까 하는 염려로 극제劇題도 고치고 또 원작자
의 이름도 쓰지 아니하였사외다. 말하고 보면 역譯도 아니고 작作도 아니외다.)

장소
경성

시대
현대

---

* 원작은 구메 마사오(久米正雄, 1891~1952)의 〈삼포제사장주三浦製絲場主〉(1920, 신조사新潮社).

인물

권영국權永國	제사製絲공장 사장 30세
권동하權東何	그의 부친 57세
동소 부인	그의 모친 51세
애라英愛	가정교사
박명희朴明姬	여공. 후에 영국의 부인 23세
송하철宋夏喆	직공장職工長 31세
김필수金泌洙	의사 31세
이형구李亨求	직공 30세 전후
김연백金然伯	직공 30세 전후
남홍南弘	직공 30세 전후
배의균裵義均	직공 30세 전후
장 첨지張僉知	노老 직공
순이順伊 어머니	그의 여식. 과부 27세
경자慶子	간호부 24세
비婢, 여공, 인근 주민 등	

제1막 직공장 송하철 가家

왕십리 어느 동내洞內 초가 내부. 하수下手*에는 가로街路에 면한 소문小
門이 있고 그 문을 들어가면 조그마한 마당이 있고 상수上手에 두 간 마루
방과 그에 연連하여 웃간 방의 반면半面이 보인다.

| * 객석에서 보았을 때 무대의 왼쪽. 상수上手는 무대의 오른쪽.

매연에 더러워진 벽, 메어진* 미닫이, 허접쓰레기 가구, 그것들이 이 구석 저 구석에 산재하였다. 그러한 부정돈不整頓만으로도 능히 그 집이 홀아비의 살림인 줄을 짐작할 수 있게 되었다.

상수 쪽으로 여공 박명희가 병상에 누워 있다. 명희는 제사공장 기계에 걸리어서 한편 팔을 다치고 더구나 불완전한 치료로 말미암아 여병餘病이 병발倂發된 까닭에 고통 중에 있던 것을 잠시 동안 송하철이가 데려다가 구호救護하는 중이다.

그 여자는 물론 독신이오 지방에서 온 사람이다. 막이 열린 때는 하철이가 주찬晝餐**을 마치고 그 식탁 위에 두 팔죽지를 올려놓고 턱을 괴이고 앉아서 과연果然히 깊은 생각에 빠져 있을 때이었다. 한 곳을*** 의시疑視하는 그의 눈은 그 자신이 '반항'인 것 같은 광채가 번뜩인다. 살 여윈 창백한 양협兩頰은 동맹파공同盟罷工의 수두首頭로 수일래數日來 고민에 고민을 거듭하는 심로心勞를 충분히 표현한다.

하철이는 의연히 석상과 같이 앉아 있다.

근처로 지나가는 기차의 소리와 울림이 이 침묵을 잠시 깨트린다.

명희   (얼굴을 들어 사위四圍를 둘러본다. 산란해진 머리털 틈에서 그 여자
        의 빈 구석 없는 얼굴의 윤곽과 수연愁然의 색이 가득한 눈이 보인다.
        그리고 명료한 음성으로 부른다) 여보셔요 송 서방.

송하철   (묵상에서 소스라쳐 깨쳐서) 왜 그러우.

명희   대관절 나는 어찌된단 말씀이에요.

하철   또 시작이 되었구. 글쎄 염려 말라니깐 왜 이러우. 당신의 몸에

---

* 메다 : 뚫려 있거나 비어 있는 곳이 막히거나 채워지다.
** 점심식사.
*** 원문은 '한편곳을'. 〈삼포제사장주〉에는 '一と所に'.

	대해서는 생각하는 바가 있으니까 공연히 궁성거리지 말어요.
명희	그래도 장 이렇게 폐만 끼치고 있을 수가 있나요.
허철	그야 나로 말허드래도 언제까지나 한없이 당신의 구호만 허고야 있을 수 있겠소. 그러나 결단코 그대로 내박칠 리야 있소. 회사로서 임자 상처에 대헌 정당한 치료금과 또 설사 한편 팔이 없어질지라도 일평생 아무 걱정 없이 살어갈 만한 배상금은 넉넉히 내가 딱 잡아 제쳐낼 것이니 아직 좀 가만히 안심하고 계시우.
명희	그렇지만 그때 30원을 받지 않았습니까. 사장이라도 그렇게 자꾸 내놓을 리가 있나요.
허철	홍 참, 명희도 여간 바보가 아니구려. 그래 그 30원이 어쨌단 말이야. 벌써 그림자도 없이 다― 써버렸지. 그야 그 30원으로 당신 상처가 아조 나아버렸다고나 하면 말이 될까. 자꾸 더 나빠질 뿐이지. 아―니 이러니저러니 헐 것 없이 30원이라는 푼돈으로 부러진 한편 팔이 그전대로 될 것인가 아닌가 좀 생각을 해보구려.
명희	모두 내 잘못으로 기계에 다친 것이 아니에요…… 그러니까.
허철	그렇게 명희 혼자 마음을 돌려버리고 말 한마디도 못해보고 죽고 싶으면 그리 생각해도 관계치 않지. 그렇지만 이런 일은 당신 한 사람의 문제가 아니란 말이오. 우리 직공 전체 노동자 일반의 문제란 말이오. 만약 이대로 명희가 슬며시 고개를 숙여보아. 그야말로 회사 편에게는 더할 수 없는 좋은 전례가 되고 말 것이야. 그리고 그로부터는 그 전례를 내세우고 어떤 괴악_怪_惡한 짓을 헐는지 알 수 있나. 한편 팔은 고만두고 한쪽 다리가 없어지더라도 30원이나 40원쯤 되는 푼돈으로 쓱싹해버린다고 헙시다. 그래 그래도 우리가 안심허고 일을 헐 테야? 몇천 볼트

의 전력으로 혁대革帶가 왔다갔다 허는 그 틈을 안심하고 걸어
다닐 테야? —그야 말하고 보면 이번 임자의 상처는 명희가 부
주의한 까닭이라고도 말할 수가 있지. 그렇지만 그래 30원밖에
못 되는 돈으로 시침을 뚝 떼어버리는 공장이 이 천지에 있다는
말이야.

명희　그렇지만 나 때문에 여러분이 공장을 쉬시고까지 담판을 하신
다니 나는 여러분께 미안치 않습니까.

하철　명희도 참 너무나 사리를 모르는구려. 아까부터 말헌 것과 같이
이번 동맹파공은 결코 임자 하나만 위해서 하는 것이 아니고 모
두 직공된 자기네들을 위해서 하는 것이란 말이오. 그야 생각하
고 보면 이번 일의 직접 원인은 임자가 이번 일 당한 것이 초점
이 되었다고 하겠지마는 우리들의 목적은 무슨 당신 하나만 위
해서 사회로서 돈을 뺏는다던가 또는 만일 이다음일지라도 우
리들의 총중總中에서 몸을 다치는 일이 생긴 때에 이용하려고
한 가지 전례를 만들어두자는 것도 아니란 말이오. 실상은 이번
일을 기회 삼어서 구주대전란歐洲大戰亂* 이래로 한 번도 올리지
아니한 공전工錢을 3할을 올려볼까 하는 계획이 있어서 하는 것
이란 말이야.

명희　글쎄 그렇기나 하면 관계치 않지만 만일에 나만 위해서 함이면
참 미안해서…….

하철　기실로 말하면 우리들은 벌써부터 기회를 노리고 있었더란 말
이야. 긴 세월 동안에 쌓고 쌓였던 불평이 우리들 몸속에서 용
춤을 추고 있으면서 터져 나아갈 구녁**을 찾고 있던 차에 마침

* 제1차 세계대전(1914~1918).
** '구멍'의 방언.

73

일이 되느라고 임자의 사실이 일어났단 말이야. 명희는 우리에게 다만 좋은 기회를 주었을 뿐이지.

명희   (몸을 좀 일으키어 경청하고 있다)

하철   (흥분한 어조로) 직공과 공장주와의 사이는 맞둥을 들추어 놓고 보면 별다른 게 아니라 서로 노리고 있는 맹수와 같아서 쌍방이 서로 뛰어 덤빌 틈이 없을까 물어박지를* 기회가 없을까 하고 노리고 있단 말이지. 그래서 어느 편이던지 조금이라도 틈이 생기면 벽력같이 덤비어들 것이지. 그리고 본즉 우리는 한때라도 방심하고야 될 수 있소? 그러니까 항상 그자들에게 대한 반항심을 북돋아 놓았다가 무엇이든지 조금이라도 거추장거리는 일이 있으면 용서 없이 우리들의 권리를 주장해야 헐 것이지.

명희   (하철의 말을 양해諒解**하였다 함보다 그의 흥분에 대해서 그대로 있을 수 없는 듯이 점두點頭한다)

노 직공 장 첨지가 이 담화 중도부터 문외門外에 서서 가만히 집 안 동정을 살피다가 이때 종용從容히 문을 열고 들어와서 점두로만 인사하고 마루 끝에 걸어앉아서 묵묵히 송하철의 이야기를 듣고 있다.

하철   (노 직공을 돌아다보고 동정同情***을 구하는 듯이)
그렇지 않우 장 첨지. 우리들이 무엇이 그리 애가 말라서 아무리 일을 좋아한다기루 타인을 위해서 동맹파공을 한단 말이오— 이렇게 며칠씩 공전工錢을 희생하고 처자들에게 고생을 시

---

* 물어박지르다: 짐승이 달려들어 물고 뜯으며 마구 몸부림치다. 원문은 '무러박질늘'.
** 남의 사정을 잘 헤아려 너그러이 받아들임.
*** 동감, 동의.

켜가며 하는 것도 모두가 자기가 애달프니까 하는 일이야. 우리들도 다— 사람이지. 아—니 자본가들과 같이 모두가 행복을 희망하고 있는 인생들이지. 그런데 우리들만 공장의 먼지를 마시어가며 매일 뼈가 깎여 내리고 살이 여위도록 일을 하면서 극기야極其也에 우리에게 떨어지는 게 무에야. 턱주가리 밑에 주름이 잡히고 이맛살이 늘어갈 뿐이지. 이거야 사람이 살 수 있나. 우리들도 그네들과 다름이 없는 인생이 아닌가— 그만헌 일은 누구나 다— 모를 사람이 없건만 그 위인들은 정말 그런 사위事爲를 모른단 말이야. 우리들은 하다못해 그것이나마 좀 그 위인들한테 알려 주어야지.

명희   (조금 일어나서) 참 그렇고말고요.

장 첨지는 묵묵히 하철을 바라볼 뿐

하철   여보 장 첨지. 아마 영감 나이쯤 되고 보면 우리들이 하는 것이 모두 쓸데없는 소동같이 보이리다. 그러나 우리는 결코 일시의 혈기로 이따위 짓을 하고 있는 것은 아니오. 그야 그놈의 사장을 미워서 하는 조그마한 감정도 없는 것은 아니지. 그렇지만 적어도 이 하철이는 근본적으로 더 좀 크낙한* 일을 생각하고 하는 것이라. 나는 이번 일을 장래의 인생과 미래의 노동자를 위해서 희생이 되어주자는 생각이오. 원체 이 자본가와 노동자의 계급싸움은 아직도 백 년이나 이백 년은 아무렇게 해도 계속될 것이란 말이야. 오늘까지 벌써 몇백 년 동안을 싸움해왔으니

| * 크나큰. 원문은 '큰악흔'.

까 또 지금부터 몇 해 동안 그 짓을 헐는지 누가 알 수 있나. 그러니까 설사 지금 우리가 힘이 없어져서 실패를 한다손 치더래도 오늘까지 해 온 일이 결코 허지虛地에 돌아갈 것은 아니야. 이다음에 반드시 우리들의 시체를 밟고 넘어서면서 우리들이 애지중지해서 길러두려는 이 존귀헌 직공의 단결심과 반항심으로써 무법無法헌 자본주와 대항할 사람이 틀림없이 생기어나지. 그리고만 보면 세계는 평등으로 이익을 분배하게 될 것이고 세상 사람들은 입으로만이 아니고 진심으로 노동의 신성을 인정하는 결과로 노동자를 정말 존경하도록 될 것이란 말이야. 나는 그와 같은 세계를 꿈꾸고 있어. 우리들이 활갯짓을 크게 켜면서 가로상街路上에 돌아다니게 되는 시대를 마음에 그리고 있소— 아—참 그렇게만 되면 어찌 될고. 그렇지— 다시는 실골목 속 구더기 끓는 똥개천 옆에 다 쓰러져가는 오막살이도 없어질 것이고 이 행랑방 저 움집 속에서 말라붙은 어미의 젖을 찾아서 보채서 우는 어린 것들의 소리도 들을 수가 없을 것이다— 아—참 그렇게만 되면— 진정 그렇게만 되면— 우리들은 좋아서 좋아서 미칠 것이다— 그렇지 않소 장 첨지!!

장첨지 (나지막하게) 그렇게만 되면— 참 그렇게만 되고 보면야. (일어서서 서서히 밖으로 나아가다가 문 옆에서 이윽히 돌아보며) 그렇지만 그렇게 되기 전에 이놈은 황천으로 돌아갈 테지. (나아가버린다)

허철 (묵연히 목송目送*하고) 대관절 무얼 허러 왔드람.

명희 (깊은 감동으로 몸을 일으키려다가 부상한 한편 팔을 다치고 고통에

| * 떠나는 사람을 말없이 바라보면서 보냄.

느끼어 소리 지른다) 애고 아 아이고.

하철　어 왜 이러우.

명희　안요. 지금 좀 일어나려다, 아이고 아이고 아퍼.

하철　(옆으로 가서) 일어나려니깐 그렇지. 가만히 좀 누워 있어요. (안아 뉘려 한다)

명희　참말로 참말로 불안스럽습니다. 지금 허시는 이야기를 듣고 어찌 감동이 되었던지 부지중에 일어나려고 했었어요.

하철　자— 이렇게 가만히 누워 있어야만 허우—자 인제 관계치 않지. (자리에 뉘었다)

명희　네 고맙습니다.

하철　(안고 있던 손을 놓으려 하다가 재차 명희의 얼굴을 이윽히 본다. 돌연히 격렬한 정열의 충동을 받아 황급히 뜨거운 접문接吻*을 하려 한다)

명희　에그머니 못써요. (하철의 얼굴을 밀어내려 한다. 그리하려는 노력이 또 좌완左腕의 상처를 아프게 하였다. 그래서 외쳤다) 에그 아프어!!

하철　(손을 떼고 황황慌慌히) 왜 그래, 네, 왜 그러우.

명희　아녜요. 아무렇지도 않아요. 그렇지만 못씁니다. 그렇게 나한테 덤비시면 (열읍咽泣**한다) 정말 그래선 못쓰세요.

하철　아 참 내가 이게 아주 잘못되었소. 네 참으시오, 네. 용서를 하셔요. 내가 참 미쳤든가 일시의 감정을 참지 못하고 또 이따위 짓을 하다니— 아—— 나야말로 참—.

명희　그런 일을 허실 것 같으면 나는 댁에 있을 수가 없습니다. 덕을

* 입술을 대다.
** 목메어 울다.

77

받고 있을 수가 없어요— 어젯밤에도 그런 일을 해버리시니……

하철 아 아 다시는 제발 어젯밤 이야기는 고만두시우. 내가 어째서 그따위 생각이 났던지 미쳤어— 나는 진정코 깊이 후회를 하고 있소. 아무쪼록 명희 씨도 이번 일이 한 괴악怪惡한 꿈이었다고만 생각하시고 아주 싹 잊어버리어 주시오.

명희 그야 나도 잊어버리려고 하지요. 그렇지만 다시 또 그런 일을 하시면 오늘까지 나한테 하신 덕은 덕이 되어버리시지 못합니다. 송 서방은 나를 데리고 그 짓을 하시려고 댁으로 끌어들이신 것은 아니지요.

하철 그런 말을 듣고 보면 어찌 무참헌지, 정말 구녕이 있으면 들어라도 가게끔 되오. 나는 자기의 고결한 주의主義를 실행하는 필요상 명희 씨를 내 집으로 데려다 놓고 있으면서 그따위 더러운 짓을 해버리다니— 아 참— 나의 죄를 용서하시우. 명희 씨가 용서헌다고 말하기 전에는 나는 꺼림칙해서 못 견디겠소. 그리고 나는 인제는 다시 결코 그따위 짓을 아니힐 것이니 안심하고 내 집에 있어주시우.

명희 내가 용서하고 안 하고가 무엇 있어요. 그것을 언제까지던지 노怒하고 있지는 않을 뿐 아니라 되려 마음에는 기쁩니다. 그러나 송 서방은 아무쪼록 정한 마음으로 나를 댁에다 두어주셔요. 나는 다시 어디로 갈 곳이 없는 사람이니까.

하철 그러면 그냥 내 집에 있겠단 말이지.

명희 네. 내가 그렇게 청하는 것이에요.

하철 인제 나도 안심했소.

명희 은혜만 받고 있으면서 제멋대로만 해서.

하철	별소리를 다 하우. 그렇지 않소. 결코 그렇지 않소— 그러나 여보시우, 생각을 하고 보면 명희 씨가 내 집에 있기는 인제 몇 날이 못 되는지 모르겠소. 명희 씨한테는 아직 이야기도 아니 했지마는 실상은 늦어도 오늘 밤 내로는 엎어지든 젖혀지든 간에 해결이 될 것이란 말이야. 부협의원府協議員 김응순金應淳 씨의 중재로 오늘 하오 5시에는 이편 위원이 그편 사람과 면회하기로 되었는데 김 씨의 말을 들으니깐 오늘 저— 동경에 가 있던 사장의 아들이 나와서 양편 사정을 조사해보고 나서 이편 요구를 듣겠다고 헌다든가. 그렇지만 그 역시 횡포헌 사장의 아들인즉슨 여간 한두 번 딴죽에 넘어갈 위인이 아닐 것이란 말이야. 그러니까 잘된다 하드래도 아직도 2, 3차는 더 담판이 되어야 하겠지만 아무리 그렇더라도 그대의 일은 먼저 어떻게든지 멀지 않아서 좌우간 변단辨斷*이 될 터이니까 좀 있기가 불편하드래도 참고 있구려.
명희	에그 왜 또 그렇게 말씀을 하세요— 그러나 지금 말씀하신 대로 내 일이 얼른 규정 만나면 송 서방께에도 더 폐를 끼치지 않게 될 것이고 나도 안심을 하겠습니다. 참말로 그 아드님 되신다는 양반이 속이나 트이신 이 같으면 좋겠는데.
하철	글쎄 그렇고만 보면 아무 잔소리 없이 우리들의 일도 귀정歸正이 될 것이지. 도대체 이쪽 요구라는 것이 하나나 부당한 것이 있어야지.
명희	그이 역시 지금 사장 모양으로 몰인정한 이면 어쩔까요.
하철	무얼 그까짓 것. 그렇고만 보면 이편에서 일보一步도 양보치는

| * 분별하여 결단함.

아니할 뿐이지 별수 있나. 어떠한 일이 있던지 이편 요구가 관철이 못 되면 이번 동맹파공은 중지하지 않을 것이니까.

명희   (잠시 침묵타가 결연히) 여보세요 송 서방.

하철   왜 그러시우.

명희   저— 내 일로 말하드래도 무엇 그리 큰일도 아니겠고 또 여러분께서도 여간 곤란하시지 않으니깐 고만 회사하고 그만저만 타협해버리시고 내일부터라도 일을 다시 시작하시는 게 어때요.

하철   또 그 말이야. 에이 여보 그렇게 누누이 말하건만 몰라 들우. 글쎄 아무 말 말고 있어요.

명희   네—.

양인兩人은 잠깐 침묵해버렸다. 그때에 장 첨지의 여식 순희順姬가 들어오다. 순희는 27, 8세의 과부로 의복이 다소 남루한 점에 비하여서는 훨씬 원기 있는 안색과 성음聲音을 가졌다.

순이어머니   (문외門外에서) 아무도 아니 계셔요?

하철   누구요.

순이어머니   (문을 열고 들어오며) 나올시다.

하철   아 순이 어머니시우. 나는 누구라고. 어서 들어오시구려.

순이어머니   (뜰에 서서) 오늘은— 좀 어떠세요.

명희   고맙습니다. 훨씬 나은 것 같아요.

하철   부은 것은 좀 내린 것 같지만 암만해도 전대로는 되지 못하겠지요.

순이어머니   암만해도 베어야 할까요.

하철   그렇지도 않지마는 그런 상처라는 것은 잡물雜物이 들어가기 전에 곧 치료를 시작해야 하는 겐데 고만 이러니저러니 하다가 늦었지요. 병이 쇘답니다*그려. 그게 좀 심려에요.

순이어머니 만일 참 한편 팔이 아주 못 쓰게 되면 저를 어쩔까.

명희 관계치 않아요. 그렇게야 되겠습니까.

하철 나도 염려 없을 줄은 압니다마는 상처가 여간 상처라야지요.

순이어머니 그렇고말고요. 부디 조심하셔서 잘 고치세요. 우리들의 목숨이 손 하나에 달리지 않았습니까. 손이 없어지면 원수_{寃讎}에 먹을 줄이 끊어지니깐.

하철 그러니까 우리들은 이렇게 야단들을 쳐가면서 명희 씨의 평생을 지내갈 만헌 금전을 요구하고 있지 않습니까.

순이어머니 에그 저것 보셔. 참 그래야만 할 일이지요.

   (조금 사이 뜨다)

   그런데 참 저— 아까 아버지 오시지 않았던가요.

하철 네 다녀가셨지요. 왜 무슨 일이 있습니까.

순이어머니 안요. 아무 일은 없어요. 그런 게 아니라요 이 댁에 와서 또 무슨 실례되는 말씀이나 하지 않았나 그래서 염려가 되길래 왔습지요.

하철 아무 일도 없었는데요. 말 한마디 없이 비틀비틀하고 들어오시더구만요. 그때 마침 나는 저 명희 씨하고 이번 이야기를 하고 있으려니깐 아무 말 없이 듣고 앉으셨더니 무에라고 입속으로 중얼중얼하시면서 비틀거리고 나아가 버리십디다. 가신 지 벌써 10분이나 되었는걸요.

순이어머니 에그 그렇기나 했다니깐 마음이 놓입니다. 이것 좀 보셔요. 오

| * 쇄다 : 한도를 지나쳐 좋지 않은 쪽으로 점점 더 심해지다.

늘 아버지는 빈속에도 술을 자시고 잔뜩 취하신 김에 내가 가서
이번 동맹파공을 중지시키고 온다고 아주 한 모퉁이나 치실 듯
이 하고 나오셨답니다─ 그러면 아마 댁에 와서 이야기하시는
걸 듣고 있다가 술이 깨니깐 아무 말도 못 하고 가신 게로구면
요. 평상시에는 새아씨 같은 양반이 술만 들어가면 늙으신 품으
론 여간 야단이 아니랍니다.

하철   그런 목적으로 오셨더란 말이야. 아─니 그러면 무어라고 말이
나 하지 않고 쑥─ 들어왔다가 쑥─ 가버리니 알 수가 있어야
지.

순이어머니   나는 또 무슨 주견主見 없는 말씀이나 아니하셨나 하고 사과하
러 왔습지요. 인제 안심했습니다.

하철   (얕은 한숨을 쉬고) 참 여러분네의 걱정되시는 것도 알지요마
는…….

순이어머니   에그 참 별말씀을 하시네. 우리들은 결코 댁에 대해서 불평이
있거나 그렇진 않답니다. 아버지도 술을 좀 과도히 자셨으니깐
공연히 이런저런 생각을 했던 것이지요.

하철   피차에 서로 말을 꾸미자면 많겠지마는 이게 다 모두 타인을 위
해서만 허는 것이 아니니까 조금만 더 참으시우. 내일까지도 갈
것이 아니라 오늘 밤 내로 그편짝허고 협정이 될 것이니깐 좌우
간 일양일─兩日* 내로 해결이 될 게란 말이지. 그러니깐 조금만
더 참고 계시우. 그러고만 보면 갈 데 없이 우리 편의 승리가 될
것이니. 요 때에 이편이 수그러지는 기색을 보이면 오늘까지 해
온 일이 수포가 되어버릴 것이 아니요. 그러니깐 아버님께에도

| * 하루 이틀.

　　　　　암만 어렵드래도 조금만 참으시라고 여쭈어주시우 부—디.

순이어머니　네 말허고 말고요. 내가 잘 타일러 드립지요. 우리들이야 어느
　　　　　때까지라도 참고 있죠마는 아버지는 여간 완고가 아니시니까.
　　　　　또 댁에 와서 무슨 실례의 말씀을 헐는지 알 수 있어요? 그렇더
　　　　　래도 조금도 어찌 아시지 마세요.*

허철　　　어찌 알기야 허겠습니까만 그런 노인께까지 걱정이 되시게 허
　　　　　는 일을 생각허면 어찌 마음에 미안한지……. (나지막하게) 그러
　　　　　나 우리들의 장래를 생각하고 보면 아직도 아직도 훨씬 이 이상
　　　　　의 희생과 인내가 필요합니다. 아직 좀 더— 굳세게 우리 총중
　　　　　의 심약한 꾀를 눌러 가야만 하겠습니다— 조금만 더 있으면
　　　　　되는 걸, 조금만 있으면…….

　　3인은 제각기 무언無言에 빠졌다. 돌연히 문을 열고 공장 사동使童이
들어왔다.

사동　　　(조금 숨이 찬 모양으로) 송 서방 계세요.

허철　　　응 누구냐 왜 그래.

사동　　　사장께서 전갈허십디다.

허철　　　무에라고.

사동　　　저— 다른 게 아니라요 사장께서 오늘 하오 다섯 시에 여러분
　　　　　허고 면회허실 약속이었지만 별안간 생각허신 일이 있어서 곧
　　　　　이리 오실 터이니 그리 아시라구요.

허철　　　지금 곧 온다구. 아니 그 사장이 친히.

---

* 원문은 '웃지아시지마쎼요'. 현대역으로 '나쁘게 생각지 마세요' 정도로 보임. 〈삼포제사장주〉에는 "どう
ぞ惡く お思ひにならないで下さいまし゜"(제발 나쁘게 생각지 말아주세요)라고 되어 있다.

사동	네 저—그 젊으신 사장 말예요.
하철	젊고 늙고가 어디 있니. 사장이라면 중늙은이 하나밖에 더 있니.
사동	아따 오늘 동경서 나오신 전前 사장의 아드님 말예요.
하철	응 그 아들이 온단 말이야 그래?
사동	아무쪼록 직공 중의 주요한 이가 모여달라구요.
하철	또 그러고.
사동	그뿐예요. 아셨죠. (사거辭去*할 기색을 보인다)
하철	이애 이애. 잠깐만 있어. 청 하나 헐 게 있다. 가는 길에 좀 어렵다마는 광희문光熙門 안 이형구 집에 들러서 곧 좀 내게로 오라고 일러라. 응.
사동	네 그럼 갑니다. (2, 3보 걸었다)
하철	이애 또 한마디 부탁해야것다. 어차피** 심부름해주는 길에 두 다리목 의균의 집에 가서 여럿을 좀 데불고*** 오라고 일러주럼.
사동	아니 누가 그편짝까지 가나요 바쁜데.
하철	아따 얼마나 된다구 그러니.
사동	(두어 걸음 나아가며) 싫어요 싫어요. (급히 나아가다)
하철	이애 좀 가주어…… 요런 벼룩 귀신 같은 자식. 벌써 가버렸구나.
순이어머니	(일어서서) 송 서방, 나라도 관계치 않으면 배서방한테 갔다 오지요. 그렇지 않아도 가려고 허던 차니까 기왕 가는 길에 들러 갑죠.
하철	안되었습니다그려. 좀 그렇게 해주셨으면 좋겠습니다.
순이어머니	에그 별말씀을 다 허시네. 무에 그리 어려워서요. (명희를 보

---

* 인사를 하고 떠남.
** 원문은 '어차어피於此於彼'.
*** '데리고'의 방언.

고) 조리나 잘 허세요.

명희   고맙습니다. 안녕히 가세요.

하철   어르신네께 잘 말씀허세요.

순이어머니   염려 마세요. 갑니다.

순이 모 퇴장하다. 하철이 문을 닫고 방으로 돌아오다.

하철   자— 인제는 별수 없이 명희의 일이나 우리들 일이나 2, 30분 안에 결말이 난단 말이야.

명희   잘이나 되었으면 좋으련만. 나는 아까 장 첨지의 말을 듣고 마음에 어찌 안되었는지 모르겠던 걸요.

하철   잘만 되면 이것저것 헐 것 없이 한 시간이 넘기 전에 해결이 될 게란 말이야. 인제 와서 웬일인지 별안간 외로운 생각이 일어나는걸.

명희   에그머니나, 왜요.

하철   아—니, 그렇게 생각이 든단 말이야.

명희   저편에서 또 무슨 어려운 트집이나 잡지는 않겠지요.

하철   글쎄 그야 알 수 있나. 일이 이쯤 되고 보니깐 지금 나의 마음은 어찌 보면 좋은 것도 같고 언짢은 것도 같고 무슨 바로 큰일이나 기다리고 있는 것 같은 이상한 심사가 일어나는걸. 만일에 신령이 계시다면 그 양반 앞에 엎드려서 축원이나 올리고 싶은 생각이 되는걸.

명희   단 대엿새밖에 안 되었지만 여간 심려로 지내셨나요.

하철   (이상스러이 감상적으로) 혹시 어찌 되면 그대하고 나하고 이렇게 한 지붕 밑에서 있는 것도 아마 한 시간이 못 되는지 몰라.

이상한 인연이 있었던 게지. 이런 일도 일후日後에 잊어버릴 수 없는 한 옛이야기가 될 터이야. 여보 왜 그런지 좀 섭섭한 생각이 드는구려.

명희   나 역시 그렇게 생각이 됩니다.

하철   명희, 명희 씨 우는구려.

명희   아―뇨.

양인은 서로 외면하고 잠시 침묵에 잠겼다. 문을 열고 직공 이형구 들어오다.

형구   잘 잤나.

하철   형구인가. 자 올라오게. 오라고 그래서 안되었네.

형구   무얼, 마침 나도 궁금해서 이야기를 들으러 오려고 하던 차야…… 명희 씨는 좀 어떤가.

하철   응 오늘은 좀 나은 모양이야.

형구   그래 다행일세― 그런데 사장의 아들이 곧 이리로 온다더니―.

하철   응 그래 아마 오늘 밤까지 기다릴 수가 없던 게지.

형구   대관절 사과하러 온다는 말인가? 책망하러 온다는 말인가.

하철   그건 나도 모르지. 그러나 좌우간 한번 담판은 툭툭이 해야 헐 것이니까 미리 우리의 뱃속을 작정해두어야 헐 것이 아닌가. 그래서 급히 자네를 불렀지.

형구   응 그야 우리 편의 말 떨어지기에 달리지 않았나― 그런데 웬일들이야―.

하철   인제 올 테지. 의균한테도 사람을 보냈으니까.

형구   대관절 저편은 몇 사람이나 올구.

허철	글쎄 사장 늙은이하고 아들, 또 회계 그렇게 세 사람은 올걸.
형구	그 아들이란 위인이 속이 트인 것 같으면 좋으련만 회계란 녀석은 몇천 년 묵은 능구렁이니깐.
허철	무얼 이번이야말로 능구렁이 수작醉酌을 받나.

직공 배의균과 남홍이 들어오다

의균	잘들 잤나.
남홍	웬일이야 급히 불렀으니.
허철	담판하러 온다네그려.
의균	오는 걸 보면 저편이 벌써 굽히는 수작일세. 일층 굳세게 나가세그려.
형구	그러기에 의논이지. 연백이는 웬일이야.
남홍	곧 온댔어.
의균	별수 없어. 일보도 뒷걸음질은 마세.
남홍	그야 임기응변을 해야지. 함부루 떠들기만 하면 되나. 다른 직공들도 얼른 결말나기를 고대하는 형편이 아닌가.
의균	그래도 굽혀서는 안 되네. 그러면 우리의 요구라는 게 관철될 때가 있어야지.
남홍	그러드래도 저편에서 충분히 타첩妥帖* 하려는 기색이 있는 이상에는 이편에서도 온당한 태도를 가져야지 덮어놓고 굳세게만 나가면 저편인들 악이라는 게 없다. 어쨌든 이런 싸움이라는 건 원래 감정에서 나온 게란 말이야. 그러니깐 참을 건 참어야지.

* 일 따위를 탈 없이 순조롭게 끝냄.

87

형구	감정? 저편에선 주판질을 하면서 하는 일일세.
의균	감정이든 주판질이든 지금 와서 약한 소리를 하는 패는 창자가 없는 위인일세.
남홍	그렇다고 함부루 떠드는 건 더구나 바보가 아닌가.
형구	이건 싸움들 하러 왔나. 고만두게, 창피해.

하철이는 묵연히 보고 있을 뿐이다.
직공 김연백이 급히 들어오다.

연백	늦어서 안되었네— 저—기들 벌써 오나보데.
형구	(문에 나아가 길을 바라본다) 음 그런 듯해. 자— 지금 문제는?
하철	(결연히) 그것은 나한테 맡기게.
형구	맡기는 게 어려운 게 아니라 어떠한 태도를 가질 인가.
하철	(굳세게) 물론 강경하게 나아갈 뿐이지. 어떤가.
형구	음 좋지.
의균	아무렴.
연백	별수 없네. 그래야지.
남홍	(주위의 위력에 눌리어서 부득이 점두한다)

잠깐 긴장한 침묵에 잠기다.

| 형구 | 왔나부다. |

권영국이 동내 아동의 안내로 문외門外에 서다.

권영국   여기로구나 고맙다. (문을 열고 공손히 모자를 벗고 들어서며) 송
       하철이란 이의 댁이 여기오니까.
하철   네 그렇습니다 누구신가요.
권영국   내가 권영국이올시다.
하철   네 그러십니까. 오신다고 기별하셨길래 기다리고 있었습니다.
       누추한 데나마 이리 올라오시지요.
권영국   네 그러면 좀 올라가 앉겠소이다.

       적당한 좌석을 점占하다.

형구   혼자십니까. 다른 분 누가 오시지 아니하셨습니까.
권영국   나 혼자 왔습니다. 그게 편헐 듯해서 (일차 직공들을 쭉 둘러본 후
       최후에 송하철을 향하여) 당신이 송하철이시오.
하철   네— 내가 송하철이올시다. 처음 뵙습니다.
       (양인이 강강强하여 공손한 예를 교효交하다) 그리고 이 사람이 이형구
       올시다. (일일이 지적하며 소개한다) 이 사람은 남홍. 김연백. 배의
       균. 그렇습니다, 말씀대로 머리가 난 위인들만 불러놓았습니다.
권영국   수고하셨소이다. (여러 사람에게 목례한다)
하철   그리고 저 여인이 박명희라고 하는 이번에 기계에 상한 여공이
       올시다.
명희   (반쯤 기신起身하여* 예하고자 한다)
권영국   어— (점두하고) 아니 그대로 계시오 네.
명희   네 그러면 용서하셔요. (드러눕는다)

| * 몸을 일으켜.

권영국	나는 여러분께서 아시겠지만 권영국이라고 하는 사장의 아들이 올시다. 최근까지 동경에 있었던 까닭에 여러분하고 가까이 지낼 기회가 없었지마는 지금부터는 불가불 여러분의 힘을 입어야 하겠소이다. 아마 내 생각 같아서는 여러분하고 난 모두 초면 같습니다마는.
남홍	(조금 나와 앉으며) 이 사람은 남홍이라고 하는데 저—.
권영국	남홍? 으— 저 동구洞口 안에 사시던 아따 그 무언가 옳지 도기전陶器廛 하시던 이의 아드님.
남홍	네— 그렇습니다. 어렸을 때에 뵈시고 놀았었지요.
권영국	그랬던가요. (생각이 난 듯) 오— 그때 아마도 고등 2년급級까지 당신하고 같이 있었지요— 노형도 참 꽤 변하셨소이다그려.
남홍	변하고말고요. 그 후 얼마 못 되어서 아버님은 돌아가셨습니다.
권영국	네— 그러셨어요. 그건 참 아니되었소그려— 그런데 지금은 어째 신색이 대단히 좋지 못하구려. 어디가 편치 않으시우.
남홍	아니요 별로—.
형구	(빈정거리는 말로) 무얼요. 밥을 많이 먹지 못하는 까닭이지요. 다만 그뿐예요. 그것이 만약 병이라고 하면 우리들은 모두가 병들었지요.
의균	그야말로 정말 만성병이지요.
권영국	(앞을 내려다보며 침묵)

  잠깐 침묵. 차시此時에* 직공 비스름한 사람 하나가 문에 서서 가만히 규시窺視**하더니 집 안의 이야기가 점점 진행되자 일인 이인씩 부근 빈민

* 이때에.
** 몰래 훔쳐봄.

남녀와 아동들이 모여들어 점점 그 수가 늘어가더니 내종乃終에는 대문 내외가 그의 군중으로 가득히 찼다. 그 사람네는 서로 수군거릴 뿐이고 대화에는 교섭交涉이 없다.

하철　(나와 앉으며) 그런데 오늘 이렇게 급히 오신 요건要件은?

권영국　네 말하지요― 그런데 우선 무엇보담도 먼저 여러분께 여쭈어 드릴 말은 내가 무슨 일시적 중재로 여기에 온 것이 아니라 말 하고 보면 영구히 노형네와 행동을 함께하자는 결심으로 온 일 이올시다.

하철　(조금 예상 밖이라는 색으로) 네―.

권영국　나는 대학을 마친 뒤에 2, 3년간 동경에서 실지實地*를 밟을 겸 취직을 하고 있었으니까 이 회사에 대해서는 모두가 생소하지 요. 그런데 이번에 돌연히 동맹파공이 일어났다는 말을 듣고야 비로소 그러한 좋지 못한 사정이 있었나 하고 대단히 놀랐소이 다. 그래서 돌아오자 오늘 곧 대개 사정을 조사해보았소이다.

형구　그런데도요, 회사의 장부만 가지고는 깊은 사정은 아실 수 없을 줄로 각覺합니다.

하철　쓸데없는 말은 말고 말씀하시는 게나 들어.

권영국　아니, 말씀과 같이 정말 장부만으로는 알 수 없지요. 그뿐 아니 라 노형네의 사정이라는 것은 정신적이든지 물질적이든지 거진 조금도 모른다고 해도 과언이 아니겠지요. 그러나 회사편 일에 대해서는 과연 부당한 이익을 탐하여 왔는지 아닌지 그것을 잘― 조사해보았습니다. 그랬더니 그 결과는 불행히 제군이 주 장하는 말과 같이 부당한 이익을 취득한 것을 발견했습니다. 나

| * 현장.

91

는 그것은 이 자리에서 구체적으로 말할 용기가 없소이다. 다만 나는 오늘까지 가친家親이 해 내려오신 태도를 너무나 애달프게 생각했다고만 여쭈면 족할 줄로 믿습니다. 나는 참으로 제군을 보기가 부끄럽습니다.

여러 직공들은 서로 눈을 맞춘다.

권영국　그야 또 구습에 젖으신 가친의 말씀을 들으면 그 역亦 또 상당한 이유를 붙이십니다. 그러나 공평히 보아서나 역亦 회사의 시설은 너무 불량하다고 생각합니다. 취중就中* 박─명희라든가 그 여자의 경우로 말하드래도 결코 정당한 배상을 했다고는 말할 수 없소이다. 그러니까 그것을 근거로 삼고 직공의 대우를 개선하라고 주장하는 것은 되려 정당한 요구이지요. 그래서 나는 오늘부터 단연코 그러한 태도를 고치고 동시에 책임상 사장의 자리를 인퇴引退하시라고** 가친께 간諫했습니다. 나이도 노령이시고 경우도 경우이거니와 대외 체면상 또는 당신네와 항형抗衡***하는 편의상으로 보아서라도 가친이 직접 공장관리에 당當한다는 것은 좀 사양하십사고 간했었습니다.

하철　그렇지만 사장께서는 그것을 승낙하셨나요.

권영국　가친께서도 억지로라도 고만두긴 싫으신 모양이었으나 끝내 승낙을 받고야 말았지요.

하철　그러면 그 후임은 누가 되시는데요?

* 특별히 그 가운데, 그중에서도 특히.
** 인퇴하다 : 직무를 그만두고 물러나다.
*** 서로 지지 아니하고 맞섬.

권영국 　그것은 내가 인계하지요. 너무 하느라고 하는 것 같으나 그 공장을 가친으로서 인계하는 것은 자식 된 나의 책임이라고 생각합니다. 나는 보는 바와 같이 나이도 젊고 경력도 없으나 이상과 ○념*을 가지고 있으니까 전력을 다해서 그 공장을 훌륭히 만들어보지요. 단연코 사리사욕만 영위한다든가 인도人道에 벗어나는 행위는 아니헐 것이올시다. 어제까지 먼지와 피로 더럽혀진 제사공장을 '이상理想의 공장'으로 빛나게 하려 합니다. 그것이 나의 포부이지요.

하철 　그러면 오늘부터 영감이 사장이십니다그려.

권영국 　그렇습니다. 여기에 온 것도 사장의 책임으로 온 것이외다.

하철 　그러면 다시 사장영감의 입으로 확실히 말씀하시는 것을 듣고 싶은데요. 포부는 어찌 되셨든지 제일 긴급한 우리들의 문제는 어떻게 되나요. 그것을 무엇보담도 먼저 들어야 하겠습니다.

권영국 　네. 그것은 나도 지금 말하려든 차이올시다 ─ 그러면 확실히 여쭙죠─ 임금 3할 증增이라는 노형네의 요구는 두말없이 응하겠습니다. 그리고 그 위에 회사 측의 이윤을 조사해보아서 더 좀 올려드릴 수가 있으면 더라도 드리고 싶은 생각이올시다. (군중이 서로 수군거린다) 그러니깐 어떨까요. 내일부터라도 곧 다시 공장에 나와서 일을 해주실 수 없습니까.

하철 　우리들까지도 전前대로요.

권영국 　물론 그렇지요 전대로 한 사람도 빠지지 않고─.

하철 　그러면 영감께서는 우리들에게 대해서 조금도 감정을 품으시지 않고 전대로 고용하시겠다는 말씀이시오─ 아니 우리들과 같은

─────────────

* 원문은 '○념'으로 탈자되었으나, 신념信念으로 추정됨. 〈삼포제사장주〉에는 '理想と信念'으로 되어 있다.

위험인물까지라도—.

권영국   나는 여러분네를 되려 존경할 뜻이 있습니다. 그리고 아까도 말하였거니와 제군과 같이 자각한 노동자와 힘을 함께하여서 '이상理想의 공장'을 만들고자 생각하고 있습니다.

허철   그렇습니까. 영감의 심중은 잘 알았습니다. 여보게들 말 듣게. 이 젊으신 사장의 말씀이 내일부터 임금은 3할을 올려주시고 전대로 한 사람도 빠지지 않고 모두 고용해주신다는데 별로 이의는 없겠지.

여러 사람이 점두 또는 '없소 없소' 외쳐 동의를 표한다.

형구   그건 잘 되었네마는 박명희 씨의 일은 어떻게 되나.

여러 사람이 명희 쪽을 본다.

권영국   박명희라고 허시는 이의 일도 결코 그렇게는 아니하지요. 우선 상처가 전유全癒*하기까지 비용은 나의 담당으로 경성병원에 입원허시는 게 어떤가요. 그로 말하면 내 친구가 경영하는 것이고 또 설비도 비교적 완전하니까 거기서 충분히 치료한 뒤에 다시 상의하지요. 여러분 의견은 어떠신지요. 물론 본인이 싫다고 하면 또 다른 방법도 있을 것이니까—.

허철   글쎄올시다. 우리들은 그 여자의 행복을 바라는 터이니까. 물론 불복점不服点이 있을 리 있습니까— 그야 치료만 잘하면 입원까

| * 완쾌.

94

지 아니 해도 관계치 않을 듯은 합니다마는— 명희 씨 어때 당자 생각에는—.

명희 　(눈을 크게 떴을 뿐이고 부답不答)

권영국 　어때요. 우선 경성병원에 입원하시는 게 (가까이 가서) 아직도 퍽 아프십니까.

명희 　그리 대단치는 않습니다만—.

권영국 　(명희의 얼굴을 가만히 들여다보며) 퍽 쇠약한 모양인데 매일 신열이 있습니까.

명희 　(수연愁然히) 아—니요.

권영국 　(어쩐지 애처로운 생각에 끌리어) 상한 팔이 이 팔인가요.

명희 　에그. (나직하게) 더럽습니다. 손대지 마세요.

권영국 　(이윽히 내려다보며) 어때요. 내 말대로 하시는 게.

하철 　어떻게 할 테야. 그러면 여기서 치료할 테야.

명희 　내가 저— 그처럼 해주시기를 바라야 옳을는지요.

권영국 　아—니 그건 내가 그렇게 해주셔야겠다는 게니까.

명희 　그러면 처분대로 하십지요.

권영국 　그렇습니까. 곧 승낙을 해주셔서 고맙소. 그러면 곧 입원하도록 주선하지요. (하철 등에게) 그리하는 게 좋지요.

하철 　(억지로 냉담하게) 예. 이의 없습니다.

형구 　아— 인제 대강은 결말이 났군.

권영국 　그렇소이다. 이로부터 비로소 우리는 건설시대에 들어가는 게니까 부족하나마 나도 헌신적으로 노력할 것인즉슨 제군도 피차 신뢰해서 공동으로 모범공장을 만들어봅시다그려. 물질적으로 공장의 규모는 적더라도 정신적으로 훌륭한 대공장으로 만들어봅시다. 나는 사력을 다해서 모범적 공장주가 될 터이니 제군도 아무쪼록 모범적 직공이 되어 주시구려. 그래서 서로 찬연燦然한 모범공장을 수립해봅시다그려.

군중 가운데에서 누구인지 '아—멘'이라고 소리 지른다. 참을 수 없는 홍소哄笑*가 일어나다.

하철   (군중을 향하여) 누구냐 사장께서 모처럼 모범적 공장을 세워서 도청道廳에서 표창이라도 받아보자고 하시는데 누구냐 그따위 소리를 하는 게. 미친 자식들 같으니.

권영국   (그러한 암풍暗諷에 잠시 눈살을 찌푸렸으나 억지로 불쾌한 마음을 억제하고 침묵하였다)

이때에 송하철의 질타로써 겨우 진정되었던 군중을 헤치고 순이 어머니가 안색이 변하여 들어왔다.

순이어머니   송 서방! 큰일 났습니다. 아버지가 돌아가셨어요.
형구   무엇?
순이어머니   아버지께서 뒷골목에서 목을 맸어요. 얼른 좀 오셔요. (울면서)

군중이 동요한다.

하철   (태연히) 음— 끝이 그래버렸구나.
권영국   대체 웬일입니까. 누가 죽었다는 말이오.

| * 입을 벌리고 웃거나 떠들썩하게 웃음.

하철 　　　장 첨지라고 하는 늙은 직공이지요. 오늘 결과를 참다 못해서
　　　　끝내 죽어버렸습니다그려. 이번 동맹파공의 유일무이한 희생이
　　　　올시다.
권영국 　　(혼잣말같이) 역시 내가 늦게 왔었구나.

　　모두가 무언으로 창으로 비쳐 들어오는 석양빛을 음참陰慘한 낯으로
바라본다.

　　　　　　　　　　　　　　　　　　　　　　　　　　　　막.

　　제2막

　　질소하되 청결한 양식 병실. 정면에 낭하廊下로 통하는 비扉. 우편 벽
에 조금 큰 창이 있고 실내 중앙에는 양식 병풍이 세워 있어서 방은 두
간間으로 갈리었다.
　　그 우편 쪽 간間에는 창 밑 병상 위에 박명희가 드러누워 있고 창에서
는 밝은 일광이 쏟아 들어와서 병상 위 흰 홑이불에 비추어 있다.
　　좌편 간에는 1각脚의 탁자가 있고 그 주위에는 의자 2, 3각과 병실용
기구가 있으며 막이 열리면 간호부 경자는 병상 옆에 있는 의자에 걸어
앉아서 잡지를 읽고 있다.
　　명희는 병상에 누워서 창 밖 푸른 하늘에 오락가락하는 구름을 바라
보고 있을 뿐이다.

명희 　　(나지막한 신신치* 아니한 목소리로) 꺼내버릴까 아직 좀 더 둘까.
　| * 신신하다 : 마음에 들게 시원스럽다.

　　　　　　　　　　　　　　　　　　　　　　　　　　　　　　　97

경자   (잡지를 덮어놓고 시계를 본다) 글쎄요 벌써 7분이 지났으니까 관
          계치 않겠지요.

     간호부는 병상 옆으로 가서 명희의 회중懷中*에서 체온기를 끄집어내
서 밝은 데로 내밀어 도수를 본다.

명희   열이 있어요?
경자   아니요. 6도 5분밖에 안 돼요 겨우. (체온표에 기입하고) 아주 평
          온平溫인데요.
명희   언제나 퇴원할 수 있을는지.
경자   곧 되실 걸요. 그러니깐 그리 심려를 마셔요.
명희   별로 심려라고는 아니 합지오마는……
경자   인제는 쇠약해졌던 몸이시던지 또 절개한 상처이던지 거의 다
          나았으니깐 안심하시고 퇴원되시는 날만 기다리셔요.
명희   참 당신의 덕택으로— 어찌 고마운죠.
경자   천만에 아무 힘도 써 드리지 못했는데요.
명희   정말 당신 같은 친절헌 이가 아니 계셨다면 나야말로 참 어느
          지경에 갔을는지 좀— 한심했을 일예요? 사장께서는 매일 문병
          차로 오시긴 허지만 기껏 오래 계셔야 한 시간이 넘지는 못 허
          지 않아요?
경자   에그 참 별말씀을 다 허시네. 내가 친절히 한다는 것이야 이것
          이 직업이니까 그리 장헌 것이 아니지만 사장양반의 친절허신
          것이야말로 우리들까지라도 참 감복하는 걸요. 그렇게 매일 문

| * 품속.

98

병허러 오시는 것이야 다른 양반은 꿈에도 못 할 노릇이죠.

명희   당신은 그렇게 생각해주십니까.

경자   네, 왜요?

명희   그래도 다른 양반은 그렇게만 생각해주시지 않는다는데요.

경자   그럼 어떻게 생각들 하고 있다는 말씀이오?

명희   다른 사람들은요 사장께서 나에게 오시는 걸 무슨 별다른 생각
        이 있어서 그리는 것이고 결코 단순한 친절뿐만이 아니라고들
        헌다나요. 사장과 내가— 수상하다는 말이죠…….

경자   에그 참 정말에요?

명희   참 나같이 불행헌 계집도 없어. 일평생을 남의 앞에 썩 나서보
        지도 못하고 남의 친절을 받는데두 남의 눈치만 보게 되었으니.

경자   별 걱정들을 다 허는 위인들이야— 그런데 그런 소리를 누구한
        테 들으셨어요.

명희   사장께 들었어요. 어제 오셨을 때에 그리시던 걸요— 저— 자
        기는 오늘날까지 매일같이 그대를 심방尋訪했었지만 요새 세상
        소문을 들은즉 아마 수상하게들 오해를 하고 있는 모양인즉 지
        금부터는 좀 드문드문 올 터이니 결단코 나를 그르게 생각허지
        말라고 몇 번 당부를 허시두구만요. 그야 그따위 말을 허는 위
        인은 몇몇 되지 못한 위인들일 것이니까 별로 그것을 꺼려서 그
        리는 것은 아니지만 그런저런 말로 공연히 나의 친절이 도리어
        아니한 것만도 못하게 되면 피차간 억울치 않느냐고 눈물이 글
        썽글썽하시면서 그리시겠지. 나도 울었어요. 그래 너무들 하지
        않어요? 어쩌니 어쩌니 참 세상 사람들은— 남의 말이라면—
        은 분수가 있지요.

경자   그렇고말고요. 아무라도 골이 나지요 그런 소리를 들으면— 그

러면 오늘부터는 사장께서는 문병하러 아니 오십니까.

명희 네— 그러니깐 오늘은 인제 아니 오실 줄 생각하는 걸요. 나는 참 아까부터 한심하고 한심해서 마음으로 울고 있었답니다.

경자 그러면 적적해서 어떻게 허나— 그래도 직공장 송 서방이라는 이는 오늘쯤 오실 때가 되었는데요.

명희 그이는 바쁜 몸이니까 와두 일 주간에 한 번쯤이지요. 그뿐 아니라 간병하러 와준다 해도 어째 그런지 그이는 맘이 놓이지 않어요.

경자 글쎄 그래도 사나이답게 된 양반이시던데.

명희 당신은 어때요 사장이.

경자 좋은 양반으로 뵙디다— 그래 명희 씨는 어때요.

명희 나요? 나는 아무렇지도 않어요.

경자 저를 어쩔까. 그래서야 사장께 뵐 낯이 없지 않어요? 그렇게 친절하게 뒤를 보아주시는데 당신같이 복 있는 이는 없습디다. 나는 당신 같이만 복을 받을 것 같으면 언제든지 한쪽 팔쯤은 베어버릴 테에요.

명희 에그머니나 왜요.

경자 글쎄 생각해 보셔요. 당신이 고생을 허고 계시면 여러분들이 아주 더할 수 없이 동정을 표해주시고 또 이번에는 그런 친절한 사장이 이렇게 병원에 입원을 시켜놓고서 매일같이 문병을 와주시지 않어요. 그만허면 족허지요.

명희 그야 이렇게 어—허고 지낼 때는 좋지만 이런 병신이 되고 보면야 어느 양반이 돌아본 체할 사람이 있단 말이오? 그리고 보면 이다음에 긴 세월을 어떻게 지내갈까 나는 이따금 문득문득 그런 생각이 날 때마다 차라리 이대로 죽어버렸으면 좋겠습디다.

경자   그래도 그것은 사장께서 또 어떻게든지 조처해주시겠지요. 아무리 세상 사람들은 잔혹하더라도 명희 씨 같이 솔직한 성정과 훌륭한 외화外華*를 가지신 바에야 그냥 내버려두실 리가 있습니까.

명희   말하면 그렇다 하더라도 나는 생각헐수록 왜 그리 한심한지요……. (눈물짓다)

경자   에그 그리 심려 마시는 게 좋아요. 네? (옆으로 가서) 자 그런 이야기는 그만두십시다. 명희 씨의 머리야말로 참 고와요. 앓고 난 이의 머리 같지 않아요. 인제 몸은 아주 회복이 되셨으니 내일은 머리를 올리시지요? 그러면 좀 시원하실 터이니. 서양 쪽은 나라도 쪽 져 드릴 수가 있는데. 명희 씨는 무슨 머리를 좋아 허셔요.

명희   (조금 마음이 풀린 듯) 나는 역시 조선 쪽이 좋아요.

경자   네— 그럴 테야. 그것이 얼굴에 맞을걸.

명희   그럴까요. 언젠가 사장께서도 조선 쪽이 제일 들어맞는다고 그리셨다우. 사나이 양반이 별것을 다 참견하셔.

경자   그 머리에다가 큰머리를 얹고 족두리를 쓰면 더 예쁘겠다구 말씀허시고 싶었을걸.

명희   에그 망신헐 양반 같으니. 경자 씨까지 그따위 말씀을 하셔요.

경자   에그 용서하셔요. 노하시진 마셔요— 그러나 마나 정말 조선 쪽으로 쪄 보셔요.

명희   망신을 헐 양반 같으니. 아직 시집도 아니 간 사람한테 그건 무슨 소리야.

| * 겉으로 드러난 풍채.

경자   양¥머리는 쪽이 아닌가요?

명희   그래도 다르지요 호호호…… 심심해서 어떻게 해요.

경자   그러면 또 성서나 읽어드릴까요.

명희   나는 무슨 소린지 잘 알아들을 수가 없습디다.

경자   그래도 사장께서 일부러 틈틈이 읽으시라고 갖다가 놓으신
      걸요.

명희   글쎄요. 그럼 좀 읽어주세요.

   간호부는 테이블 위에서 가죽 껍질의 성서를 가지고 와서 의자를 병
상 가까이 대어놓고 책장을 넘긴다.

경자   어디까지 읽었던가.

명희   나는 어디 아우?

경자   (책장을 넘기며) 누가전路加傳 제6장—이라— 아 참 여기까지 읽
      었었군…….

   몸을 도사리며* 읽기 시작하려 할 때에 비扉를 나지막이 두드리는 소
리가 난다. 간호부는 책을 덮어놓고 일어선다.

경자   누구신가. (입구로 향하여 가다가 돌아다보며) 필경 사장이시지
      아마. (급히 비를 연다)

   권영국 가家의 가정교사 영애는 과물果物 넣은 바구니를 손에 들고 들

| * 도사리다 : 팔다리를 함께 모으고 몸을 웅크리다.

어오다. 현대적 미모와 화려한 의복의 소유자이다.

경자　(조금 황당한 기색으로) 저! 누구이신가요.

영애　나는 권사장 댁에 있는 가정교사 영애올시다. 오늘 사장께서 오실 수가 없다고 하셔서 내가 그 대신 위문차로 왔습니다.

경자　네 그러십니까. 그러면 이리 걸어앉으십쇼. (의자를 권한다)

명희　일부러 먼 데를— 고맙습니다.

영애　참 뵙기는 처음이올시다만 말씀은 노상 사장영감께 들었습지요. (인사를 마치고 간호부에게 과물 바구니를 내어주며) 되지 못한 물건이올시다만 병자께 무엇이 좋을는지 알 수가 없어서 좀 골라보았다는 게 이 모양이올시다.

경자　에그머니나 왜 그렇게 말씀허세요. (명희에게) 이것 보셔요. 이런 훌륭한 물건을 가지고 오셨어요.

명희　너무 황송합니다 그렇게 허셔서는.

영애　부끄럽습니다— 그렇게 말씀허셔서는— 오늘은 사장께서 당신이 못 오시니까 대신 얼른 다녀오라고 하시길래 급히 오기는 왔습니다마는 ○나 되지 않겠습니까.

명희　천만에요.

경자　이제껏 단둘이 심심해서 못 견디던 걸요. (의자를 권하며) 좀 걸어앉으셔요.

영애　고맙습니다. (걸어앉다) 그런데 상처는 좀 어떠셔.

명희　여러분 은혜로 훨씬 회복이 되었어요. 조금만 더 있으면 퇴원헐 수도 있을까 헙니다마는— 너무나 사장영감댁 힘만 입어서—.

영애　에그 그런 말씀은 허시지도 마셔요. 그러나 상처는 나으신다 한들 불편해서 어떻게 허시나요 참……

명희   그것도 팔자소관이지요. 억지로 헐 수 있나요.

영애   참 그런 액운이 어디 있어요.

        잠깐 침묵.

명희   이런 말씀을 허면 어떻게 생각허실는지 모르나 사장댁 여러분
        께서는 아마 저를 퍽 미워들 허시죠.

영애   그건 무슨 말씀예요. 만약에 그럴 것 같으면 이렇게 사장께서라
        든지 내가 일부러 무슨 정성에 매일같이 올 리가 있나요.

명희   그래두요. 제 생각에는 저 때문에 여러 성가신 일이 생기지 않
        았습니까. 더구나 요 전前 사장께서는 더 허실 걸요.

영애   그 영감께서는 원래 그런 양반이시니깐 어떻게 생각허시고 계
        실는지 모르지만 지금 사장이시라든지 또 우리들까지라도 퍽
        참 당신께는 동정허고 있습니다.

명희   사장댁허고는 어떻게 되셔요.

영애   아니요. 원래 내 집하고는 대대로 세교世交가 있던 집안예요. 그
        리다가 나의 양친이 일찍 돌아가시고 보니깐 전 사장께서 나를
        데려다가 공부를 시켜주시죠.

명희   네— 그러면 지금 사장과도…….

영애   물론 남이죠.

명희   세교가 계신 집안끼리시니깐 저는 또 혹或이 부모끼리 약혼이나
        하신 사이가 아닌가 해서.

영애   (얼굴 붉어지며) 아녜요. 나야 어디 그런 일을 압니까마는 결코
        그렇지 않어요.

명희   에그머니나 나란 사람이 참 너무 무례한 말씀을 여쭈어서 어찌

생각허실까 용서하세요.

영애　용서구 무어고가 어디 있어요. 천만에— (잠깐 침묵. 이때에 간호부는 과물 2, 3개를 벗기어 접시 위에 놓아 가져오다)

경자　(접시를 머리맡 사이드 테이블 위에 놓고 먼저 영애에게) 보내신 능금을 벗겨 왔습니다. 하나 자셔 보셔요.

영애　고맙습니다. 나도 먹을 테니 어서 좀 자시게 하세요.

경자　네 어서 하나 집으셔요. (명희에게) 명희 씨도 자시죠.

명희　네.

영애　(가려는 기색을 보이며) 그러면 나는 가야 하겠습니다. 사장께 전 갈하실 말씀이 있으면 전해 드리겠습니다.

명희　에그 왜 벌써 가시려고 그러세요. 이야기나 더 하시지 않고. 좀 더 노세요.

경자　좀 더 놀다 가신들 어때요. 명희 씨도 퍽 심심해하시는데.

영애　인제 자꾸 오지 말래도 올 걸요. 오늘은 좀 일찌거니 가야 하겠어요. 또 음악선생한테 들러 가야 할 테랍니다.

명희　네— 그러세요. 그러면 또 한 번 늦도록 놀다 가셔요.

영애　고맙습니다. 그럼 조리나 안녕히 하세요. (간호부에게) 또 뵙겠습니다.

경자　안녕히 가셔요. 사장께 전갈이나 좀 해주셔요.

영애 인사를 마치고 사거辭去하다. 간호부는 비扉까지 전송하고 비를 닫고 돌아오다.

경자　퍽 젊습니다그려. 아직도 어린 태態가 있어요.

명희　글쎄요— 그 치마가 무슨 감예요, 아시우?

경자	새로 난 게라나. 금사金沙 지리멘*이라나요.
명희	네— 참 좋—던데.
경자	우리네는 본정통本町通** 포목전에 진열해놓은 것이나 구경할 수 있지요.
명희	잘 생겼더구만.
경자	그런데 머리가 좀 붉읍디다.
명희	사장께서 어째 그이를 보내셨을까.
경자	심심해하실 테니까 그렇죠.
명희	사장께서는 이제껏 그이 이야기라고는 한 번도 하신 일이 없더니 별안간 오늘 보내셨으니 무슨 생각으로 그리셨을까.
경자	……
명희	(홀로) 그렇지 꼭 그래.
경자	무에 그래요.
명희	안요, 아녜요. 아무것도 아니야. 저— 필경 그이가 사장영감의 부인이 될 양반인 게야. 꼭 그렇지.
경자	그럴까요. 그렇기만 하면 더할 수 없는 얌전한 내외분이 될걸. 두 분이 다— 얌전하시니까— 그렇지요? —그래도 아까는 그렇지 않다고 쾌쾌히 떼우든*** 걸요. 그러니까 실상 아무 관계도 없는 게야.
명희	글쎄. (마음을 돌리고) 그런 이야기는 고만두십시다. 남의 일을 이러니저러니 떠들고 있은들 무어 실속이 있소? 그것보담 아까 읽다가 논 책이나 또 읽어주시구려.

---

* ちりーめん, 축면縮緬, 견직물의 한 종류. 바탕이 오글오글하게 된 평직의 비단. 금사 지리멘은 직물이 얇고 아주 섬세하여 아름다운 주름이 나타난다.
** 지금의 중구, 충무로 일대.
*** '떼이다'의 방언.

경자   그럼 좀 읽을까요.

명희   잘 알지는 못해도 그것을 듣고 있으면 퍽 유쾌합디다.

경자   (전과 같이 좌정하고) 그럼 읽기 시작합니다.

　　간호부는 맑은 목소리로 성서를 읽기 시작하고 명희는 고요히 그를 듣고 있다. 잠시 동안 그것이 계속되다.

경자   잘 알아들으실 수가 없지요.

명희   (나른한 목소리로) 아—니오?

　　경자는 한 5분 동안 읽기를 계속하다. 명희는 처음부터 명목瞑目*하고 있더니 곤해 잠이 들었다. 나지막한 숨결 소리 들리다. 경자는 청자가 너무 고요함에 의심이 나서 책장을 덮고 가만히 "명희 씨" 하고 불러보았다. 그러나 대답이 없었다. 경자는 침대 가까이 가서 얼굴을 들여다보며 "에—게"** 하며 미소하였다. 그리고 이윽히 명희의 잠든 얼굴을 보다가 머리맡에 있는 약병을 집어 들고 나가는 길에 커튼을 내리고 가만히 나가버린다. (동안 뜨다) 밖에서 나지막하게 비扉를 두드리는 소리가 난다. 그리하기를 한동안 지났으나 아모阿謨 대답이 없으므로 가만히 비를 개開하고 권영국이 머리를 내밀다.

　　방 안에 아무도 없고 다만 명희 한 사람만 잠자고 있음을 알고 들어와서 우선 병상에 가까이 와서 명희의 얼굴을 이윽히 들여다보더니 고뇌의 한숨을 쉬고 머리맡을 떠나서 병풍으로 간을 막은 옆간間으로 들어가서 종용히 의자에 걸어앉고 회중懷中에서 궐련卷烟을 내어 피우다.

* 눈을 감다.
** 원문은 '너-궤'.〈삼포제사장주〉에서는 "まあ".

거미구*에 의사 김필수金泌洙가 비를 열고 고개를 들이밀고.

김필수　자네 여기 있었나.

권영국　떠들지 말게. 병자가 잠이 들었네. 들어오게그려.

김필수　응. (들어오다. 그리고 나지막이) 잠이 잘 들었군. 여보게 그럴 것
　　　　없이 내 방으로 오지 않으려나. 병실에서 어디 잡담이야 할 수
　　　　있나.

권영국　글쎄 그러나 어째 이곳이 제일 편한 것 같으이. 잠자는 데 방해
　　　　가 되지 않을 만치만 종용히 이야기하세그려. 나는 여기가 이야
　　　　기하기 나으이.

김필수　대관절 자네의 이야기라는 것은 무엇인가.

권영국　가만히 있게. 천천히 이야기할게. (명희 쪽을 넘겨다보고) 이쪽
　　　　구석으로 오게.

　　　　양인은 좌편 구석 탁자 옆에 석席을 점하다.

김필수　복잡한 의논인가.

권영국　글쎄 이사람 그리 급하게 굴지 말게. 자네처럼 딱 차리고 앉아
　　　　서 물으니깐 어디 대답이 잘 나가나. 자— 궐련이나 우선 하나
　　　　피우게.

김필수　고마우이. (궐련 한 개를 집는다)

권영국　그런데— 참 자네 팔자는 편하데그려.

김필수　무에 편해, 천만에. 지금이야 겨우 회진을 마치고 잠깐 숨을 돌

| ＊거미구去未久 : 오래 지나지 않아.

리는 세음細音일세. 지금부터 한 시간만 지내보게. 또 법석이 나네.

권영국   바빠야 수가 있지.

김필수   나는 어찌 되었든지 자네의 회사는 어떤가. 잘 되어가는 모양이데마는—.

권영국   그야 착착 진보 중이지. 아직도 개량하고 또 신설도 할 일은 여간이 아니지. 처음부터 완전을 기할 수야 있나. 도대체 이제껏 말하고 보면 악덕의 소굴이었었으니까…… 나의 이상理想의 실행도 용이치 않거니와 또 그러하니까 일해볼 맛도 있단 말일세. 그리고 아직도 내부에는 여러 가지 반대는 있지마는 어느 때든지 반드시 나의 정신을 알어줄 때가 와서 내가 생각하는 대로 될 시대가 올 줄로 믿으니까 조금씩 끈기 있게 개혁을 해가는 중일세.

김필수   내 눈으로 보면 자네의 하는 짓은 좀 너무 청교도淸敎徒뻘인 듯 생각이 되네마는 어디 한번 자네 생각대로 해보는 것도 좋지.

권영국   해보고 어찌고 하는 해묵은 생각이 아니라 실제로 아니하지 못할 것이야— 저— 내 가친의 하시는 수단을 보거드면—물론 일례에 불과하지만—적지 않게 한심한 일이 있데그려— 이렇단 말이야. 자— 어디 자네 좀 들어보려나. 여기에 한 어여쁜 여공이 있다손 치게. 그러면 가친께서는 그것을 여러 여공 중에서 뽑아내 가지고 남공들 있는 곳으로 실 빼 감는 틀을 나르게 하거든. 그리고만 보면 자연 남공들 사이에는 하나라도 남보담 더 많이 해서 그 미인이 자주 자기에게로 나르도록 하느라고 맹렬한 경쟁이 일어난단 말이지. 그러니깐 자연히 일은 빨라질 거 아닌가— 자 이따위 수단으로서 서로 약탈하기를 시작한단 말이지. 그리고 그 결과는 대강 경우에는 그 와중에 섰던 가련한 여공을 비참한 운명에 떨어트려 버린다네.

김필수　그럴듯한 말일세. 그건 그럴 게지.

권영국　저기 있는 박명희 (명회 쪽을 보다) 같은 사람도 자칫하면 그런 사람이 될 뻔했지. 지금이야말로 저기 저렇게 흰 모포에 싸여서 평안히 누워 있지만 전前으로 말하면 저 여공의 주위에는 유혹이 서리어 있었다네. 무서운 악마가 손톱을 갈면서 기다리고 있었지. 나는 다행히 그 여자를 그러한 상태로서 구해낼 수 있었던 것을 상금尙今 나의 한 큰 자랑거리로 생각하고 있네. 그리고 가사假使 회사 쪽 개혁이 어떠한 반대를 만나서 좌절될지라도 저 여자를 구해냈다는 사실이 나에게 최후의 위안을 줄 것일세. 저 여자를 구하는 것이 나의 이상을 실현하는 최초의 계단이 되었네. 저 여자는 말하고 보면 나의 이상주의의 상징이지. 만약 저 여자가 재차 전과 같은 경우에 빠져서 몸을 버린다 하면 그때야말로 나의 이상은 모조리 파산될 것이지. 그러니까 나는 어디까지든지 저 여자를 받들어 세워서 결코 전과 같은 비참한 상태로 돌아가지 못하게 하려 생각하고 있네.

김필수　흠— 그래서?

권영국　그러니까 내가 아까부터 자네에게 이야기하려 하던 문제가 돌아왔네. 실상 나는 저 박명희와 결혼할까 생각하고 있네. 결혼으로써 영구히 그를 구하려 생각하네— 자네의 덕으로 다행히 절개한 흔적도 나아버리고 신체도 몰라볼 만치 회복이 되었으니까 인제 수이* 퇴원해도 좋을 것 아닌가. 그러나 퇴원하드래도 우선 어디로 가면 좋을는지 또 무얼 하고 지내갈는지 그것이

| * 쉬이.

110

저 여자에게는 중대한 문제일세. 그것은 금전으로 타첩妥帖될 일 같으면 저 여자의 평생 생활의 보장이 될 만한 액額을 주어도 좋겠지만 그것도 한限이 있는 금전으로 며칠 못 가서 막다른 곳으로 들어가게 될 것이고 더구나 단 한 몸의 여자론 이 유혹이 많은 세상에서 어떻게 몸을 버리지 아니하고 있을 수 있나. 타락이 눈앞에 보이네. 그러니까 나는 저 여자가 뻔—히 남한테 욕보고 있는 것을 보고만 있을 수가 없어. 그래서 나는 결혼으로써 저 여자를 완전히 구하려고 생각하였네.

김필수   응 그것은 논리상으로 이론異論은 없네. 그러나 여보게, 자네는 그 논리 이상으로 명희 씨에 대한 애정을 가지고 있다고 감각感覺하나. 그것이 무엇보담 긴공緊功한 제일의 문제라고 생각하는데.

권영국   그야 물론 자각하고 있지. 지금 나는 진심으로 저 여자를 사랑하고 있네. 그야 어제까지라도 그것을 확연히는 자각치 못했었지. 그런데 우연히 어느 곳에서 무슨 소문을 들은 후부터는 내가 나의 마음도 반성해본 결과 비로소 자각을 했네. 자네도 알듯이 내가 거의 매일같이 여기에 왔지. 그것도 처음에는 얼마쯤 의무적으로 다니든 경향이 있었지만 그러는 동안에 점점 여기에 오는 게 한 낙樂이 되어서 내종乃終에는 아니 올 수 없을 만큼 되어버렸네. 물론 어제까지는 그렇게까지 자각은 못 했더니 어제 우연히 대합실 앞을 지나려니까 자네의 조수와 간호부들이 나의 이야기를 하는 것을 들은 후로 다시 자기의 몸을 돌리어 생각해본즉 좀 양심에 부끄럼이 있었더란 말이야. 그래서 어제도 당자當者에게 이유까지 이야기하고 세상 소문이 성이 가시니 오기를 좀 삼가겠다고 말까지 해 두었었는데 오늘 되고 본즉슨 여기에 오고 싶은 마음이 꽤 강한 힘으로 끓어오름을 자각하였네. 그래서 억지로 그것을 참고 일부러 다른 일에 손도 대보고 또 영애 씨를 대리로 보내기도 해보았으나 생각하면 생각할수록 나에게는 저 여자와 만나는 것이 필요하게끔* 되었단 말일세. 나는 이제껏 무의식이었더래도 적이 격렬한 애정을 가졌었던 것이야. 그렇게 자각하고 보니깐 어디 일각이라도 참고 있을 수 있던가. 그래서 급히 이리 와버렸네.

김필수   옳지 그래 그만하면 자네의 심중은 대강 이해했네. 이성적으로든지 감정적으로든지 이 결혼이 자네에게는 합리라 하겠네그려. 그러나 자네는 저— 그 영애 씨하고 결혼할 약속이 있지 않았었던가? 그렇다 하고 보면 이 문제도 좀 다시 생각을 고쳐볼 필요가 있지 않은가.

권영국   집에서들은 어떤 생각을 하고 있는지 모르나 나에게는 그런 약속은 단연코 없었네.

김필수   응 그래? 나는 지금까지 영애 씨와 군君과는 장래에 배우配偶가 될 줄로만 알고 있었는데— 그래 자네는 명희 씨의 일을 일응—應** 집안 어른에게 품의稟議***해 보았나.

권영국   아니 아직 안 했네. 자네에게뿐이지.

김필수   자네는 가족의 반대를 예기豫期치 아니하나?

권영국   그야 꼭 있을 것이지. 그러나 나는 그것을 배척하고 결행할만한 용기가 있다고 자신하네. 지금 결심은 어떠한 반대를 당하더라도 초지初志를 돌리지는 아니할 터일세.

김필수   응. 군에게 그만한 결심이 있다 하면 불초不肖한 나일지라도 자

---

* 원문은 '必要ᄒ게쯤'.
** 우선.
*** 웃어른이나 상사에게 말이나 글로 여쭈어 의논함.

네의 편당便黨이 되어서 노력을 함세.

권영국   자네가 찬성해준 것은 나에게 대해서는 무엇보다도 든든하여이. 그러면 아무쪼록 잘 진력해주기를 바라네.

김필수   자— 그건 그렇다 하고 대관절 자네는 명희 씨 그이의 의향을 다져보았나?

권영국   아니 그것도 아직 못했네. 인제 다져보려고 했네.

김필수   (다시 목소리를 낮추어) 다만 나는 모든 일 되기 전에 의사醫師의 책임상 일응 군에게 경고를 해두는 것인데 저런 계급에 속한 여자는 그 나이쯤 되기까지에 대개는 벌써 처녀가 아니라 하는 것일세. 그것만은 자네가 미리 머릿속에 깊이 짐작해두어야 하네.

김필수   고마우이. 그러나 나의 연애는 그까짓 일쯤이야 용서할 힘을 가지고 있을 듯하니까.

김필수   그야 그렇겠지마는 흔히 그런 일로 결혼 후의 파탄이 일어나기 쉬운 것이니까.

권영국   만일 그런 일이 일어난다 하면 나의 본지本志는 전연히 없어질 것이니까 맹서盟誓코 그런 결과에 빠지도록은 아니하겠네.

김필수   좋아. 그러면 우선 무엇보담도 당자當者의 의사를 다져보게. 모든 일이 그걸 해놓고야 되지. (시계를 내어보고) 그러면 나는 실례하네. (일어서다)

권영국   아 그러면 아무쪼록 좀 잘해주게.

의사는 나가는 길에 명희를 한번 둘러보고 비를 열고 나간다. 권영국은 비를 닫으려다가 의사의 가는 곳을 보고 있다. 돌연히 히스테리컬의*

| * 원문은 '스데티칼의'. 〈삼포제사장주〉에는 'ヒステリカル'.

체읍涕泣* 소리가 명희 병상에서 일어나다. 권은 놀래어 돌아다보고 급히 병상 앞으로 오다.

권영국 왜 그래, 왜 그래. 가위가 눌렸든가?

명희 (띄엄띄엄히) 아—니오 아니오. 나는…… 저…… 지금들 하신 이야기를 듣고 있었습니다.

권영국 예? 그럼 우리 이야기를 말짱 들었단 말이지.

명희 네. 조금!

권영국 그랬었더란 말이야. 그럼 더욱 좋아. 나는 실상 들어주었으면 하였소. (흥분을 억제하고) 그러면 다시 내가 말을 할 터이오. 나는 그대에게 결혼하기를 청하는데 그를 들어줄 터이오, 또 혹은 무슨 이론異論이 있소?

명희 (간신히 나지막한 목소리로) 이론이야 없죠마는 나 같은 것이…….

권영국 명희 지금은 그런 말 하고 있을 때가 아니야. 나는 명희를 진심으로 사랑허오. 명희는 나를 사랑해줄 수가 없소?

명희 아—니오. 저는 벌—써부터 사모했었습니다. 그렇지만 그렇지만…… 결혼 등사等事에는 한 번도 생각해본 일이 없었습니다…… 너무 별안간이니까…… 저는 무어라고 여쭈어야 모를는지 몰라요.

권영국 그럼 사랑해준단 말이지. 그것을 시원하게 뚜렷하게 말 좀 허우 응.

명희 네…… 그야…… 사랑하고 말고요.

| * 눈물을 흘리며 슬피 욺.

114

권영국	그럼 좋―지 않소? 두 사람은 벌써 한마음이 되어 있으니까 인제는 결혼하는 수밖에 없지 않소. 그렇지 않으면 혹 달리 약속한 사람이나 있소?
명희	에그머니나, 그런 사람은 한 사람도 없어요.
권영국	그러면 명희를 생각하는 사람이 또 어디 있는 게지.
명희	(잠깐 주저한 뒤에) 아―니오. 무에 있어요?
권영국	그러면 승낙하지. 승낙해줄 터이지 응 응. (한편 손을 잡고 흔든다)
명희	(기쁨을 감추고 나지막이) 네.
권영국	고맙소― 인제야 겨우 나는 안심했소. 그대를 완전히 구할 수가 있게 되었으니까.
명희	(묵묵히 사나이 손에 몸을 의지하고 기쁜 눈물을 흘리다)

양인은 잠깐 동안 탄희歎喜에 취한 상태에 잠기었더니 남녀는 서로 눈물에 젖은 얼굴을 들어 마주 본다. 이 광경이 잠시 동안 계속된다.

권영국	(―) 얼굴이 눈물에 너무 젖었소. 좀 씻구려.
명희	(미소하며) 그래요? 더럽죠. (씻는다) 더 있어요?
권영국	오― 인제 말짱하우. 그래야지 그래야지― 그러면 또 올 터이니 종용히 누워 있소.
명희	(온순히) 네.
권영국	여러 가지 방해를 받게 되는지 모르겠지만 어디까지던지 우리 두 사람은 한결같이 응.
명희	네.
권영국	그럼 또 오리다.

명희   안녕히 가셔요.

　권이 비扉를 개開하려 할 때에 급작스레 비가 밖에서 열리자 직공장 송하철이 들어오다.

하철   (조금 놀라서) 아— 사장이십니까. 지금 가시는 길예요?
권영국   아, 그런데 문병차로 왔소?
하철   네 그렇습니다.
권영국   그렇소? 너무 수고만 끼쳐서— 자 나는 먼저 가우. (거去하다)

　송은 답례를 하고 비를 닫고 오다.

하철   사장은 매일 오나.
명희   …….
하철   사장이 매일 올 것 같으면 나도 매일 오지 않아서는 아니 될 것
　　　이니까.

　반항적으로 권사장이 나아간 편을 의시疑視한다.

제3막

권영국 가家
어지간히 넓은 조선방(서재). 정면은 벽. 좌우편에 입구. 좌편은 사랑
으로 통하고 우편 입구는 내사內舍로 통하는 길이라. 방 안 중앙에는 자단

116

책상紫檀冊床과 진유화로眞鍮火爐*가 놓여 있고 정면 벽화 아래에는 책가冊架가 있다.

　막이 열리자 가정교사 영애(권영국 모친 친정의 원척遠戚)가 손에 생화 일속一束**을 들고 들어와서 책상 위 화병에 꽂는다. 이때에 권영국 모친 등장.

부인　너 혼자 여기 있니. 메누리는 어데로 갔나.

영애　뒤꼍 장독대로 가는 모양이던데요. 무슨 일이 계셔요.

부인　아니 별일은 없지만.

영애　일이 있거든 저에게 말씀하십쇼. ―아―참, 그런데 여쭈어볼 일이 있어요.

부인　응 무엇.

영애　저― 일전에 젊은 영감이 말씀헌 김필수 씨와 저의 결혼문제 말씀예요― 저는 아직 거절해버릴까 생각허고 있어요.

부인　아직 아직 허다가 늙으면 어찌허니.

영애　일평생 독신생활을 해볼까 해요.

부인　독신생활? ―그렇게 니가 말허니까 말이지 너의 심중은 내가 잘 안다. 네 심중을 생각허고 보면 불안헌 마음이 적지 않다. 나도 생각허기를, 너도 짐작허니깐 말이지 영국이허고 너를 내외삼으려고 벌―써부터 마음들을 먹고 있었단다. 그랬더니 영국이가 고만 고집을 세우고 제멋대로 탁 그래 버리니까 부모인들 억지로 어떻게 허니. 나는 천생 너한테 빚진 것 같다.

영애　에그머니나 별말씀을 다 허시네. 막비莫非 저의 팔자입지요. 제가 못생겨서 그럽죠.

부인　글쎄 고집도 분한分限이 있지. 어디 가서 아내를 못 얻어서 한편 팔이 없는 병신을 얻을 게 무어냐. 남이 부끄러울 지경이다.

영애　그래도 어떻게 헙니까. 벌써 정식으로 결혼을 해버리시고 더구나 의가 좋으신 모양이니 다행입죠.

부인　그러나저러나 원래 천한 사람이니까 문견聞見이나 있어야지 만일에 가명家名에 관계되는 일이나 없을까 하고 그게 주야로 근심이야.

영애　참, 참, 그게─ 극히 주의허실 일이에요. 무슨 일이 있을는지 알 수 있나요.─(급히 소리를 낮추어) 여보셔요, 나는 좀 수상히 생각허는 일이 있어요. 다른 게 아니라요 댁으로 시집오기 전에 아마 누가 있는 게예요.

부인　누가 있다니?

영애　처녀가 아닌가 하는 말씀예요.

부인　그야 나도 영국이한테 한두 번이 아니라 여러 번 다져보았단다─ 그래 무슨 증거나 있니.

영애　증거랄 건 없지만 좀 수상해요.

부인　무어이.

영애　이번에 아기를 배셨죠. 그런데 댁에 시집온 지가 석 달 되지 않았어요?

부인　그래.

영애　석 달 된 배로는 좀 너무 부르지 않아요?

부인　참 네 말을 들으니깐 그런 듯도 하다.

영애　만일, 무슨 추악한 짓이나 있으면 그런 변이 어디 있어요.

부인　그렇고말고. 그러고만 보면 여간 수치냐. 만약 그렇고만 보면 어떻게 처치해버려야지. 그냥 둘 수야 있나.

영애 이다음이라도 매사에 주의해 보셔요.

부인 아무리 영국이가 덮으려고 하드래도 내가 아니 들어먹을 것이
니까.

이때에 여종이 좌편 입구에서 들어온다.

여종 마님, 저— 송하철이라는 양반이 오셨어요.

부인 젊은 영감이 출입하셨다고 그리지.

여종 네, 그랬답니다. 그러니까 젊은 마님이라도 좀 뵙고 가겠다고
그러세요.

영애* 송하철이라니. 아따 그 직공장 말이냐.

여종 아마 그렇지요— 젊은 마님을 그전부텀 아시는 모양이던걸요.

영애 (점두하며) 옳—지. (무슨 뜻이 있는 모양으로) 그러면 이것 보셔
요 아주머니. 우리들은 저—리 가는 게 어때요. (여종(婢)더러)
여보게, 나가서 이리 들어오시라고 그리고 뒷방에 가서 젊은 마
님을 여쭈어 오게그려.

여종 네. (거去하다)

연連하여 여인 두 사람은 급히 안으로 들어가자 송하철이는 여종女從
의 안내로 좌편에서 등장.

여종 여기 앉아 계십시오. 곧 젊은 마님께 여쭙겠습니다.

---

* 원문에는 인명이 누락됨. 〈삼포제사장주〉에는 미우라 토시三浦とし(〈박명희의 죽음〉의 영애)의 대사로
기술되어 있다. 미우라 토시는 〈삼포제사장주〉에서 미우라 준키치三浦淳吉의 종매從妹임.

하철   네, 너무 수고를 끼치우그려.

　　여종이 거하자 송은 사방을 둘러본다. 이때 명희가 안으로 종용히
들어와서 두 사람은 서로 면을 대하자, 명희는 놀란 기색으로 자리에 앉
으며

명희   나는 누구시라구요.
하철   하철이올시다.
명희   (강잉强仍히* 냉담하게) 주인에게 무슨 말씀하실 일이 있다고 하
　　　　셨는데, 이 사람이 대신 들은들 잘 알 수가 있을까요—.
하철   아니, 그 일도 일이지만 실상, 그것은 둘째 일이올시다. (나지막
　　　　이) 다만 나는 잠깐 당신 아니 젊은 마님을 만나뵙고 여러 가지
　　　　여쭐 말도 있으려니와 또 물어볼 말도 있어서 염치없이 찾아왔
　　　　습니다— 사장이 아니 계신 게 되려 다행으로 알았습니다.
명희   아니 그러면 처음부터 그럴 예정으로 오셨소이다그려.
하철   네, 좀 너무 모험일까요?
명희   그러면 대단 실례인 듯합니다만. 좀 곧 가시지요. 나는 당신하
　　　　고 별일도 없는데 앉아 이야기헐 필요가 없습니다.
하철   아니 그렇게까지 말씀헐 것이야 무엇 있습니까. 그렇게 폐가 됩
　　　　니까.
명희   그래두 집사람들이 듣지 않습니까?
하철   무슨 관계가 있습니까. 별로 악한 의논을 하는 것도 아니겠고
　　　　다만 옛 친구가 찾아와서 세상 이야기나 몇 마디 하고 갈 뿐이

──────────
| * 억지로 참으며 또는 마지못하여 그대로.

아닙니까— 그것도 다른 사람 같으면 모르겠습니다마는 당신
하고 나하고는 한 솥에 밥을 먹고 한 지붕 밑에서 열흘 가까이
같이 있었던 터가 아닙니까.

명희   제발 이전 말씀은 고만두세요. 그런 말로 나에게 고통을 주지
마셔요.

하철   (조소적嘲笑的으로) 하하— 그리고 본즉 당신 같은 여자도 역시
내버린 이전 사람의 일을 생각하면 좀 가슴이 쓰린 겝니다그
려— 자본가의 노예로 몸을 팔은 죄이죠. 신분에 불상당不相當*
한 결혼을 한 값이죠.

명희   나는 당신 하시는 말을 듣기 싫어요. 제발 가십쇼. 어서 가셔요.
어서 가셔요. (눈물을 머금고) 참 너무하십니다. 과한 말씀을 하
십니다.

하철   그렇게까지 말씀하면 가지요. (일어서려 하면서) 그러나 내 말
한마디만 더 들어주십쇼— 지금 나는 내치는 김에 공연히 욕설
을 하였습니다마는 결코 아니 무얼 부인을 성가시게 하러 온 것
이 아니었습니다. 욕하긴설네 나는 항상 부인 행복을 축원하고
있습니다. 그리고 일각이라도 일찍 당신이 아니 부인께서 이런
노예와 같은 경우를 벗어나서 고향이라고 말할만한 우리들 있
는 곳으로 재차 돌아오시기를 기다리고 있습니다. 그러면 또 뵙
겠습니다. (가려 한다)

명희   하철 씨 잠깐 계셔요.

하철   왜 그러십니까.

명희   나는 일간 당신한테 하나 말씀해두어야만 할 일이 있어요. 좌우

| * 서로 걸맞지 아니함.

간 그때가 오면 좀 들어주셔야 하겠는데요—.

하철　무슨 일인지 모르겠습니다마는 나에게 관계가 있는 일입니까.

명희　네, 그렇습니다.

하철　그러면 언제든지 말씀만 하시면 듣겠습니다.

명희　그러면 어서 가십쇼. 또 뵙겠습니다.

하철　네, 사장께 문안이나 드려 주십쇼.

　　송하철 퇴장, 명희는 송하철의 나아감을 이윽히 보다가 무슨 깊은 생각에 잠기었다. 영애 안에서 등장.

영애　에그머니 손님은 벌써 가셨네.

명희　네, 저—. 무슨 말인지 사연을 알아들을 수가 있어야지요. 그래서 영감 계신 때에 오셔달라고 말씀해 보냈죠.

영애　네— 저— 그 양반은 직공장으로 있는 송하철이란 사람이 아녜요?

명희　네, 그 사람예요.

영애　그 전에 당신께서는 그 양반 댁에 계신 일이 있었지 않아요?

명희　네, 그 동맹파공이 있었을 때에 잠깐 있었죠.

영애　그이는 몇 살이나 되었나요.

명희　잘 알 수 없어요.

영애　아직 독신이시죠.

명희　그런 듯해요— 그런데 왜 그리 나한테 그 사람 말을 물으십니까.

영애　아니— 그이가 동맹파공의 수령首領되었던 이가 아녜요. 그래서 어떤 사람인가 해서 하는 말이죠. 그래 무섭게 보이는 이도 아니로구면…….

명희   그런가요?

영애   아니 그렇지 않아요. 나는 좀 더 수염이나 많은 사람인 줄 알았었죠. 그래도 눈은 좀 무섭게 뵈는데요.

명희   (신신치 않게) 글쎄요.

영애   그이는 참 명희 씨에게는 은인입죠.

명희   ……그렇다고 할 건 없지만요…….

영애   그래도 그이가 앞장을 서서 명희 씨를 위해서 여러 가지 운동을 해주지 않았어요. (명희의 기색을 살피며) 명희 씨는 그이에게 고맙게 생각하지 않으셔요?

명희   그야 고맙게 생각하고 있죠.

영애   단 생각만?

명희   그럼 더 무얼요?

영애   아니 글쎄 말예요…….

잠깐 불안한 침묵.
여종, 안에서 등장.

여종   젊은 영감마님 오셨습니다.

명희   벌써 오셨어.

급히 일어서다. 이때 권영국이 등장.

권영국   (명희에게 외투를 주며) 오늘은 오는 길에 김필수한테 들려 왔지. 명희가 나날이 얼굴이 못해가고 몸이 거북한 모양이길래 좀 와

서 보아달라고 그랬지. 아마 곧 올걸. 오거든 곧 한번 보아 달
라지.

명희   (조금 황당하여) 에그 나는 아무렇지도 않은데요. 아무렇지도 않
다고 몇 번이나 여쭈었더니— 오시라고 아니해도 좋을 걸 그러
셨어요.

권영국   웬일인지 날마다 얼굴빛이 좋지 못한 모양이니 좀 보는 게 좋지.

명희   그래도 아무렇지도 않은 걸요. 정말 괜찮아요. (외투를 여종에게
주다. 여종은 그것을 가지고 퇴장. 영애 역시 퇴장하려 한다)

권영국   아, 영애 씨. 잠깐 이야기할 일이 있는데.

영애   네. (걸음을 멈추고 다시 앉는다)

권영국   역시 김필수의 일인데. 내 좀 옷을 갈아입고 나올 테니 여기서
좀 기다리우.

영애   그 일이시면 나도 여쭙고 싶던 터이니깐 기다리고 말고요. 천천
히 갈아입으시고 나오○요.

권영국   그러면 옷이나 갈아입고 천천히 이야기헙시다. (명희에게) 오늘
은 이따가 또 잠깐 어디 출입을 해야 할 터이니 좀 얌전한 것을
내어 주우.

명희   네. (두어 걸음 가다가) 저— 의사를 보아야만 할까요.

권영국   그렇게 해서 나를 좀 안심시켜 주우그려. (영애에게) 곧 나오리다.

양인은 안으로 들어가고 영애 홀로 매연呆然*히 무얼 생각하고 있다.
얼마 아니 되어서 김 의사 들어오다.

| * ぼう-ぜん. 맥이 빠져 멍함. 망연.

김필수   아까 영국군이 와서 말을 하길래 잠깐 틈을 타서 곧 댁으로 왔습니다.

영애   곧 와주셔서 참 고맙습니다. 사장께서도 들어오신 지 얼마 아니 됩니다. 지금 막 옷을 갈아입으러 들어가셨으니 조금만 기다리셔요.

김필수   네 그래요— 그런데 영국 씨 부인께서 어디 좀 편치 않으시다는 모양이던데—.

영애   네, 아마 좀 거북한 게죠.

　　잠깐 침묵. 두 사람은 얼굴을 들고 우연히 시선이 맞으매 황망히 서로 외면을 한다.

김필수   (마음을 도사려 먹고) 저— 나의 일은 아마 벌써 영국군한테 들으셨겠죠.

영애   (주저치 않고) 가○ 이야기 들었습니다.

김필수   그래서요?

영애   그야— 저 같은 미거한 계집을 그처럼 말씀해주시는데 되려 제 말만 내세우는 것 같아서 안되었습니다만— 저도— 또 제껏은 여러 가지 생각한 일도 있어서 오늘까지 대답이 밀려왔습니다. 혹시 들으시기에 불쾌한 말씀이 있더라도 아무쪼록 용서해주셔요.

김필수   천만에. 그야, 영애 씨의 일평생의 대사이니까 잘 생각하신 뒤에 좌우간 대답을 해주시면 나도 이러니저러니 섭섭히 생각할 리가 없습니다. 그리고 또 나로 말하더래도 실제로 당신의 남편이 될 만한 자격이 있는지 어떤지 좀 위태합니다— 다만 만약 자격이 조금이라도 있다고 하면 그것은 당신을 사랑하는 점으로 보아서 어느 누구에든지 뒤지지 않겠다는 일 뿐이올시다—.

영애 에그, 그렇게 말씀하시면 저 같은 것은 무에라고 말씀하여야 옳을는지 모르겠습니다. 저한테야 정말 너무나 과분한 것이야 다시 말할 게 있습니까마는— 에그머니나 이런 데서 그런 말씀을 해서— 용서하셔요.

김필수 나 역시 이런 이야기를 할 터이가 아닌데 너무 염치없는 말씀만 해서 실례했습니다.

영애 아—니요. 저야말로— 용서하셔요— 그런데 다른 일이지만 좀 청할 말씀이 있어요.

김필수 청이시라니— 무슨 일인지요. 내 몸으로 될 일이면 무어든지 협지요—.

영애 별난 청 같습니다만 오늘 명희 씨를 진찰하실 테죠.

김필수 네. 그럴 양으로 왔습니다.

영애 저는 명희 씨가 신병으로 그리신 게 아니라 확실히 잉태하신 줄로 아는데요.

김필수 하— 나 역시 그럴 듯 짐작하고 있었죠. 그래서?

영애 그래서요, 이상한 청 같습니다마는 진찰하신 뒤에 몇 달이나 된 것인지 좀 가르쳐주실 수 없을까요.

김필수 그건 알어 무얼 하실라고요.

영애 노부인께서 청하신 거예요.

김필수 네 그래요. 그까진 거 무어 용이한 일이죠. 그렇지만 진찰만으로는 확실히 알 수 없으니까 본인한테 물어보시는 게 제일입지요.

영애 네, 그도 그렇지요. 그러나, 선생님의 말씀을 듣고 싶으니까요. 바른 말씀을 해주셔요.

김필수 네 알았습니다.

권영국이 안에서 등장.

권영국   아 벌써 왔던가. 도무지 모르고 안에서 차를 얻어먹느라고—
           너무 대待리게 해서 미안하여이.

김필수   무얼. 마침, 틈이 나데그려. 그래 곧 제백사除百事*하고 왔지. 어
           떤가 병세가. 지금 영애 씨한테 들으니까 그리 대단치는 아니한
           모양이시데그려…….

권영국   응. 별로 대단치는 않으나 어째 좀 모양이 이상히— 어디 좀 보
           아주게. 그러면 나도 안심할 터이니까.

김필수   그러면 어디 곧 좀 보세. 안방에 계신가.

권영국   응, 가만히 있게 내가 불러낼게.

영애   아니 제가 안내하지요.

권영국   영애는 나하고 좀 이야기할.

영애   아니요. 그 일 같으면 지금 선생님께 다 이야기했어요. 좀 더 생
           각해보아, 아주 좌우간 다녀가신 뒤에.

권영국   그래? (김필수에게) 그러면 들어가 좀 보게.

영애   (김필수에게) 이리 들어오셔요.

김필수   미안스럽습니다.

양인은 안으로 들어가다. 영국이 홀로 웃음을 띠우고 앉았다. 이때
영국의 부친이 등장.

권동하   너 혼자냐.

---

* 한 가지 일에만 전력하기 위해 다른 일은 다 제쳐 놓음.

권영국 네 그렇습니다.

권동하 어떠냐 요새 회사형편은. 역시 직공들에게 야소교耶蘇敎의 설교를 하고 있니.

권영국 (고소苦笑할 뿐)

권동하 어제도 어느 곳에서 창고회사 박 전무를 만났더니 그이도 이런 말을 하고 웃더라. 영국군의 하는 일은 똑 마치 집 개를 방 안에서 기르는 세음이니 개라는 짐승은 암만 먹어두 배부른 줄을 모르는 것이라. 자꾸 줄수록 받아 처먹기만 하고 별로 고마운 얼굴도 아니하고 내종乃終에는 걸핏하면 주인의 정강이나 물어박지르기 쉽게 되리라고 하는 말이더라.

권영국 웃는 작자들에게는, 마음껏 웃으라죠. 어차피 그런 완고덩이들에게는 내 사상을 이해하진 못할 것이니깐요.

권동하 자 그것 말이다. 정말 네 생각은 너무 고원高遠해서 낸들 이해할 수 있니. 나뿐이라더냐. 제일 필요한 직공들도 모른단 말이다.

권영국 그야 오늘날까지는 직공과 주인 사이에 여러 가지 장벽이 있었기 때문에 나의 역亦 심心으로 나온 말도 일시는 양해諒解치 못하는 폐가 있었지만 다행히 요새는 직공들도 나에게 신뢰하기 시작한 모양예요. 이로부터 나의 이상도 착착 실현될 희망이 분명히 있습니다. 벌써 대강 이전 시설 중에 못된 것은 제해버리고 새 설비는 차차 효과가 눈에 보이고 참. 나는 아버지 근일 대단히 유쾌합니다.

권동하 네 말대로 하면 퍽 훌륭한 배포이지만 암만해도 수입은 그리 좋지 못한 모양이지. 이상이니 무어니 하는 것은 어차피 돈하고는 인연이 먼 것이지.

권영국 아니 좀 두어보십쇼. 내 마음을 직공들이 잘 이해하고 모든 직

공들이 나와 하나가 되어서 참 정신적으로 노동에 종사하는 때
가 돌아오면 생산액은 틀림없이 지금의 배액은 될 터이니까.

권동하 그렇게만 되면야 낸들 무슨 말이 있겠느냐마는 그것이 개 잠의
노루 꿈*이나 되어버릴 것이 아니면 좋―지.

권영국 별말씀하실 것 없어요. 내 손에 사장의 권리가 있는 이상에는
내 마음대로 해보지요. 그래서 내 생각대로 되지도 않고 또 그
로 해서 좋지 못한 결과가 생긴다 하면 그때에 다시 아버지의
명령을 받을 생각이니까 지금 일하기 전에 그런 비방은 마시죠.

권동하 그야 낸들 하고 싶어서 하니. 너의 하는 일이 어린애 작난作亂 같
아서 앞이 멀지 않을 것 같으니깐 말이지.

권영국 어린애 작난이든지 무어든지 어디 끝 가는 데까지 해보아야죠.
심려하시는 게 좀 너무 이를까 합니다.

권동하 그야 어디 끝까지 해보기는 하려무나. 가사假使 실패한다 해도
너 하나의 경험은 될 거이니까― 좌우간 조금 지내봐라. 그러
면 인자주의仁慈主義로만으로는 아니 될 줄 알 것이다.

권영국 그래도 아버지처럼 폭학暴虐만으론 더군다나 안 될 것이죠.

권동하 니가 암만 그래도 알 때가 있지. (일어서다)

권영국 그렇고 말고요. 아실 때가 있지요.

부父, 조소嘲笑를 띠우고 퇴장하자 김 의사 등장.

권영국 벌써 보았나. 수고했네. 그래 어때?

김필수 (웃음을 띠우고) 염려할 것 없어. 병이 아니라 경사일세.

| * 노루 잠에 개꿈 : 설고 격에 맞지 않은 꿈.

권영국	그야 나도 짐작은 하고 있지.
김필수	아모 다른 덴 아픈 곳이 없으니까 별말 할 것 없이 섭양攝養만 잘 하시도록 하게그려. 그리고 좀 이야기할 일이 있으니 오늘 밤에 틈을 타서 와주게나.
권영국	응. 그리고 영애의 일도 있으니까 오늘 밤 구장區長의 집에 다녀 오는 길에 들름세. 영애의 대답을 들어다 줌세.
김필수	수고가 많으이. 꼭 오게. 좀 총총하니까* 곧 가겠네.
권영국	그런가. 바쁜데 안되었네.
김필수	몸조심하시도록 하게. 있다가 건위제健胃劑**든지 무어든지 보낼 테니 아직 그런 게나 복용하시도록 하○. 안색이야 곧 회복되 지. 자 실례하네.

김 의사 밖으로 퇴장. 영국도 따라 나아가다. 영애 안에서 등장.

영애	(다시 들어온 영국에게) 선생님은 벌써 가셨나요.
권영국	아, 지금 갔어. 자 그러면 약속대로 이야기를 좀 들을까.
영애	저— 이야기하기 전에 영국 씨에게 꼭 여쭈어볼 일이 있는데 들어주실까요.
권영국	무슨 일?
영애	들으시기 싫으실는지 모르나 명희 씨 일에 대해서 꼭 알려드릴 일이 있어요.
권영국	왜 그리 영애 씨는 명희의 말만 하시우.

---

* 총총悤悤하다 : 몹시 급하고 바쁘다.
** 위장을 튼튼하게 하는 약제. 소화액의 분비를 왕성하게 하고 위장의 운동을 촉진시켜서 소화·흡수 작용 을 돕는다.

영애	내가 무얼 명희 씨 일만 주의할 리가 있나요— 모두 영국 씨의 일을 생각하니까 그렇지요. 영국 씨 신상에 좋지 못한 일이나 없도록 생각해서 하는 일이죠.
권영국	그러면 고맙게 듣지요. 대체 무슨 일이오, 응.
영애	(도사려 앉으며) 영국 씨께서는 충심衷心*으로 명희 씨를 사랑하시죠?
권영국	그건 물론이죠.
영애	그러면 명희 씨도 진심으로 영감을 깊이 사랑할까요?
권영국	물론 사랑하는 줄로 알죠.
영애	정말 그렇게 믿으셔요?
권영국	음, 그렇게 믿죠.
영애	어디까지든지 명희 씨의 애정을 순결한 줄로?
권영국	그렇지.
영애	만일 영감의 그런 마음과 반대되는 사실이 있으면 어떻게 하실 테에요.
권영국	그런 사실은 절대로 있을 수 없지.
영애	그래두 있으면 어떻게 하셔요. 영감 이외에도 애정을 준 증거가 있으면 어떻게 하세요.
권영국	그런 일은 절대로 없으리라고 하니까.
영애	그러면 여쭙겠습니다. 이것은 물론 증거라고 할 만한 일은 아닌지도 모르지만 우리들 생각에는 암만해도 수상한 일이 있어요. 들으시면 영감도 필연 놀라실 것이지요.
권영국	무어야. 말하구려.

| * 마음속에서 우러나는 참된 마음.

영애	영감께서 그이하고 결혼한 지가 삼삭三朔밖에 못 되었죠.
권영국	그렇지. 그래 그게 어쨌단 말이야.
영애	명희 씨는 지금 잉태 중이더구만요.
권영국	그것은 나도 전부터 짐작은 했지.
영애	김 선생한테 자세 말씀을 들으셨어요?
권영국	별로 자세한 말은 못 들었소. 다만 잉태 중이라는 말만 알았지. 그래서?
영애	명희 씨의 태기는 암만 보아도 5개월쯤 된 배에요.
권영국	다섯 달?
영애	그것 보셔요. 그렇게 놀라셨죠. 겨우 석 달 전에 결혼하신 이가 다섯 달이나 되는 배를 가지고 계시면 누가 보던지 수상하겠죠?
권영국	그래도 확실히 그렇다고는 알 수 없지.
영애	김 선생도 그쯤 되었다고 그러시던데요— 다섯 달 전이라 하면 똑— 그 동맹파공 때거나 늦어도 그이가 병원에 계실 때이지요.

잠깐 동안 영애는 기승氣勝스럽게 바라보고 있다.

권영국	(조금 비통한 소리로) 그러면 별로 수상할 게야 무엇 있소.
영애	어째서요.
권영국	그때부터 나는 명희를 사랑했었으니까.
영애	아니 그러면 짐작하신 일이 있었단 말이죠.
권영국	(나지막하게 그러나 똑똑히) 부끄러운 말이지만, 있었어.
영애	(의외의 대답에 놀라서) 네—. (점두하다)
권영국	(창백한 얼굴을 들고) 이야기할 건 그뿐이오.
영애	네. 그러면 별말씀 여쭐 건 없습니다.

양인이 잠깐 침묵. 각기 심사沈思하다.

영애　(돌연히 신경질적으로) 영감, 저는, 어쩔까, 두 분을 의심만 내고 있었습니다. 용서해주셔요. 그리고 마음껏 꾸짖어주십쇼. 나는 참으로 마음까지 추한 계집이올시다. 무슨 큰 공이나 세우듯 명희 씨의 결점을 찾아내서 그로다가 영감의 애정을 움직이어볼까 생각하고 있었으니 생각할수록 내흉內凶한 계집이올시다. 저는 지금이야말로 영감의 명희 씨에 대한 깊은 애정을 알았습니다. 그래서 나 같은 것은 도저히 영감의 사랑을 받을 자격이 없는 걸 알았습니다. 내가 오늘까지 김필수 씨의 결혼문제를 자꾸 미뤄 내려온 심사도 다른 게 아니라 언제든지 영감의 사랑을 받을 기회가 있음을 홀로 믿었던 까닭이외다. 그러나 인제는 그런 일을 생각 안 해요. 부끄럽습니다.

권영국　그렇게 영애 씨가 토파*를 하면 되려 내가 부끄럽소.

영애　나는 인제 결심했습니다. 그리고 영감께서 권고하신 대로 김 씨한테로 가겠습니다. 그 양반은 그렇게까지 저를 말씀하시는 터이니까 나는 온 사랑을 그이에게 바치겠습니다. 오늘까지의 죄를 용서하셔요.

권영국　응 그렇게 결심을 하셨다. 아 인제야 나도 무거운 짐을 벗은 것 같소.

영애　영감, 용서하시겠습니까.

권영국　내가 되려 청하겠소.

양인은 감격의 눈으로 마주 보았다. 양구良久. 안에서 영애를 부르는

---

*　토파吐破 : 마음에 품고 있던 사실을 다 털어내어 말함.

소리 난다.

영애   네—. (일어서다)

권영국   그러면 오늘 밤에 김한테 가도 좋구만. 필수는 필경 좋아 날뛸
            것이다.

영애   (미소하고) 잘 말씀하세요. (퇴장)

　　영국이 홀로 되매 긴장이 풀리고 고뇌의 한숨을 쉬며 고개를 숙이어
심사沈思하다가 문득 고개를 들며 나직이 "그렇지 용서해야지" 하고 독어
獨語하다 조금 있다가 여종을 부른다.

여종   (등장) 부르셨습니까.

권영국   안에 들어가서 아씨께 내가 곧 출입할 터이니 마고자하고 새 모
            자를 가지고 나오시라고 그래라.

여종   네. (퇴장)

　　명희, 마고자와 새 모자를 가지고 등장.

명희   벌써 출입하셔요.

권영국   아, 잠깐 다녀오리다.

　　양인은 묵묵히 옷을 입고 입히고 한다.

명희   (결심한 어조로) 저 출입하시기 전에 꼭 여쭐 말씀이 있는데요.

권영국   (무슨 짐작의 심량心量을 감추고) 무슨 큰일이나 있소?

명희	네. 꼭 여쭈어야만 할 일예요— 저 저의 일신의 일이죠마는!
권영국	그런 일이면 다녀와서 들읍시다그려.
명희	아녜요 아녜요. 지금 꼭 여쭈어야 하겠어요. 이대로 일시라도 그냥 있을 수가 없어요— 저— 저는 참, 영감께 대해서 죄를 졌어요. (울면서) 용납지 못할 일을 저질렀어요.
권영국	(비통한 얼굴로) 죄? 죄라면 명희, 그대의 뱃속 아이 말이오?
명희	벌써 그런 줄……?
권영국	명희가 잉태하였다는 건 아까 누구한테 들어서 아오.
명희	그러면 저— 김 선생한테 자세히.
권영국	아니 김 선생한테가 아니야. 어찌 되었든지, 그대의 임신이 다섯 달이나 된 것인 줄 들어서 알았는데 그건 정말이오?
명희	네. (울며 엎드리다) 잘못했습니다— 저는 원래 영감의 아내가 될 만한 몸이 아니었습니다.
권영국	그러면 그것을 처음부터 알고 있었소. 아니, 태기가 있는 줄 알고도 나에게로 왔느냐 말이야.
명희	아니요 아니요. 아무리 몰염치한 계집인들 설마 그런 일이야 할 수 있습니까— 다달이 보이는 게 뵈지 않길래 일시의 무슨 몸의 상치相値가 있나보다 하고 예사로 두었었죠. 그리고 그런 일보다도 영감 댁으로 들어오게 된 것이 어찌 기쁘던지 전후 생각을 할 여지가 없었습니다— 참 그것만은 진정의 말씀이올시다.
권영국	응 그래— 그러면 상대자는 누구야. 아이 아버지는— 그러나 이것은 결코 그대를 꾸짖기 위해서 물어보는 게 아니야. 다만 알아둘 필요도 있으니깐 그리는 게지.
명희	송하철이에요.
권영국	그리고 언제야.

명희	그 사람 집에 있을 때에요. 어느 날 밤에 훌쩍 눈을 떠보니깐 어느 틈에 그이의 몸이 내 몸 옆에 있어요. 저는 정말 깜짝 놀랐습니다. 저는 그 외의 일은 조금도 생각이 아니 납니다.
권영국	그랬어. 나는 그대가 숨기지 않고 자백해준 것을 감사하게 생각하고.
명희	아니요 아니요. 제발 그런 말씀은 마셔요. 이렇게 말씀 여쭌 이상에는 더 댁에는 있을 수 없을 줄 결심했습니다. 그러니까 마음껏 꾸짖으시고 어디로든지 밀어내 주십쇼. 마음이 풀리시기까지 때리시거나 꾸짖으시거나 마음대로 하십쇼. 그것이 저의 애원이올시다. 죽더라도 영감 손으로 마음껏 해주시면 이 빠개질 듯한 마음이 조금이라도 풀리겠습니다. 그리고 곧 이혼을 해주십시오, 네.
권영국	(결연히) 명희, 그대는 무슨 소리를 하고 있소. 그대는 나의 애정을 믿을 수가 없소? 나의 심중을 그만하면 알 터인데.
명희	(남편의 위엄에 눌리어 얼굴을 들다)
권영국	명희, 내가 아까 어느 사람한테 그대의 태기가 다섯 달이나 되었는데 그냥 내버려 두느냐고 질문을 당했을 적에 그대는 내가 무어라고 대답했을 줄 아오. 응, 나는 그때 즉시 그대가 병원에 있을 때부터 관계가 있었다고 대답을 했어. 가사 명희의 과거에 어떤 컴컴한 일이 있을지라도 내가 그대에게 대한 애정은 변하지 않는단 말이야. 나는 원래 그대의 과거를 죄다 용서하고 있는 터가 아니오? 응.
명희	(어깨를 떨고 운다) 잘못했습니다. 고맙습니다.
권영국	명희, 생각하고 보면 우리들은 처음부터 행복한 내외는 아니었었지. 세상 사람들은 비웃고 집사람들에게는 반대를 받아가며

겨우 여기까지 견디어 오니까 인제 또 이러한 시련이 우리들을 기다리고 있구려. 그러나 나는 요까짓 일에 패하지는 않소. 더, 더, 곤란한 일이라도 인내할 힘이 있소. 우리들은 이미 만난萬難을 배제排擠하고 결혼을 했지— 이 뒤일 지라도 만난을 물리치며 살아가야지 응. 알았소?

명희 네. —그렇지만 영감, 나는.

권영국 나와 같이 먹은 이상을 목표로 하고 끊이지 않고 나아가려는 사람의 길은 어차피 아무 위안이 없는 적적한 길이다. 나는 처음부터 그것을 각오하고 있소. 그러나 내가 그대를 얻었을 때에 하늘이 나에게 그 적적한 길 동무를 내리신 것 같이 생각이 듭디다. 그래서 나는 그대를 이상 실현의 상징으로 여기고 어떠한 고통이라도 그로써 위안을 받았었소. 무엇에 패하고 무엇에 부족이 있을지라도 나에게는 그대가 있소. 그대 있는 동안에는 나의 이상도 파산할 리 없을 줄 아오— 명희, 그대가 나한테 이혼을 요구하는 애처로운 그대의 심지는 나도 눈물 섞어서 동정을 하우. 그러나 이까짓 일로 우리 두 사람이 이혼이 된다서야 말이 되우. 그렇게 생각한다 하면 그것은 명희가 나의 애정을 덜 알았다 할 수 있겠소.

명희 그것을 모를 리가 있나요.

권영국 명희, 그런 소리는 하지 말고 나와 함께 있습시다. 그대가 가면 나는 어찌되우. 나의 생활은, 나의 사업은 다 어찌되우. 나의 헌신적 사업이 나에게 가장 가까운 가정의 파탄으로 시작이 되어서 결국 모든 것이 근본부터 뒤집어 엎어지면 어찌 될 줄 아우, 응. 그대는 나의 이상의 주석柱石*이오. 중심이오. 그러니깐 별말 말고 가만히 있어, 응. 나에게는 아직도 이런 일을 인내할 만한 힘이 있소. 더 큰, 더 큰 고통을 참어갈 만한 힘이 있소. 그대의 마음은 알고 있소. 그러니까 내 말대로 가만히 있소, 응.

명희 　(나지막이) 네, 알았습니다.

권영국 　그러면 자, 결단코 자폭自暴한 마음을 먹지 마오, 응. 그 뱃속의 아이는 어디까지든지 나의 아들이니까.

명희 　황송합니다. 부끄럽습니다.

권영국 　그러면 다녀올 터이니 어서 눈물을 씻고 안심하고 있소, 응. 그 래요. (시계를 보고) 아 늦었군. 그러면 다녀오리다.

명희 　네, 다녀오셔요.

　양인은 안으로 들어갔다가 명희 혼자만 다시 등장. 눈물을 흘리며 남편의 벗어놓은 옷을 개키다가 다시 엎드려 운다. 저녁 그늘이 방 안에 기어들어 와서 방구석은 캄캄하여 물건을 분별치 못하게 되었다.

명희 　(울면서 띄엄띄엄) 그렇게 말씀은 친절히 해주시지만. ―그냥 이 대로야 얼굴을 들고 어떻게 있나. (엎드려 울다가 다시 무엇을 결심한 듯한 얼굴을 들고) 그렇지. 역시 그대로 해야 하겠다― 그대 로야 있을 수 있나…….

막.

제4막

직공장 송하철의 집.

| * 기둥과 주춧돌.

무대는 제1막과 동同. 때는 전 막으로부터 수 시간 후의 밤.

막이 열리면 송하철이는 미훈微醺을 대帶하고* 무엇인가를 의시疑視하는 자태를 짓고 있으며 그 눈에는 역시 '반항'의 기색이 가득하다. 그러나 어쩐지 고독한 을씨년스러운 기운이 돈다.

순이어머니 (문을 열며) 계셔요?

하철   아— 들어오시우. 지금 막— 심심해서 못 견디던 차이었소. 들어와 좀 이야기나 허다가 가시구려.

순이어머니 (들어오다) 웬일이십니까. 자시지도 못 허는 술을 흠뻑 자신 것 같으니 대체 웬일에요.

하철   (이 홉二合 드는 술병을 가리키며) 무얼 겨우 요것 한 병을요. 좀 다른 이들의 흉내를 내보느라고 먹었더니 조금도 재미滋味가 없는걸.

순이어머니 대관절 술을 먹어야만 헐 일이 있었더란 말이오? —오, 또 명희 씨 생각을 허신 게로구면.

하철   미친 소리— 명희 생각을 어느 놈이 해. 그 위인은 지금은 훌륭헌 사장영감의 부인이신데— 우리허구는 인종이 다르단 말이야. 말하고 보면 옥교자玉轎子를 탄 세음이야.

순이어머니 옳지 아무렴 그렇고말고. 왜 이러우 응. 입으론 어쩌니 어쩌니 해도 뱃속에는 보고 싶은 생각이 간절허단 말이렸다. 그러니깐 그따위 비꼬는 수작을 허지. 그리지 말고 똑바로 보고 싶다고 그래요. 가슴이나 좀 시원—허게.

하철   보고 싶어? 미친 소리 허지 말어. 다시는 얼굴도 보기 싫어.

순이어머니 얼굴도 보기 싫어? 아니 그러면 언제 그 사람을 만났습디까.

| * 거나하게 취하여.

하철   음 아닌 게 아니라 오늘 그 위인의 집에를 갔었지. 그래 잠깐 만
      나보고 왔어.

순이어머니   아니 당신이 갔어?

하철   이렇게 된 일이야. 사장허고 좀 이야기헐 일이 있어서 갔었지.
      그랬더니 마침 사장은 없단 말이야. 그러길래 에이 망헐 놈의
      것. 사장이 없다니 명희나 좀 만나볼까 허는 생각이 버썩* 나더
      란 말이야. 그래서 좀 보자고 그랬지.

순이어머니   그래 명희 씨는 나왔습디까.

하철   응 나오기는 나왔는데 말이야 어디 말을 붙여나 보겠든가. 사장
      의 부인이 되고 보니깐 좀 위엄이 다르든 걸.

순이어머니   무엇을 그리 그렇게 쭉— 빼더란 말이오?

하철   저는 빼려고 허는 것은 아니겠지. 그렇지만 너무 매정스럽게 가
      라구만 그러기에 나도 좀 부아가 끓더구면. 그래서 두어 마디
      욕을 해 붙였지.

순이어머니   그러니깐 무어래.

하철   무어래긴 무어래. 그뿐이지. 그리고 자꾸 가라면서도 좌우간 한
      번 이야기헐 일이 있으니까 자기가 온다나.

순이어머니   아따 점잔 빼는군. 이야기라는 건 무어야?

하철   필경 날더러 다시는 일평생 오지 말라는 청이겠지. 그렇지 않으
      면 옛적 일에 대해서 입을 봉해달라는 말인지도 모르지— 내
      입 한 번만 벌어지면 그 위인도 사장의 부인이라고 반죽 좋게**
      큰소리 허고 다니지는 못 헐 것이니까— 생각허고 보면 사장이
      란 자식도 미친 자식이야. 남의 후後국을 먹으면서도 헤에—허

---

* 생각이나 기운 따위가 급작스럽게 일어나는 모양. 원문은 '벗석'.
** 반죽 좋다 : 노여움이나 부끄러움을 타지 아니하다.

고 있는 꼬락서니라니.

순이어머니 이불 속 활개는 잘도 치네. 만나서 왜 그런 소리는 해보지 못해.

하철 그야 골이 날 때는 망헐 놈의 것 내쏟아 버릴까 허다가도 어디 차마 그럴 수야 있드라고.

순이어머니 역시 생각이 다른 게로군. 발목이 잡혔어.

하철 무슨 발목.

순이어머니 홀린 발목.

하철 미친 소리 허지 말어. 누가 그 따위헌테—.

순이어머니 얼—사. 왜 이러우.

하철 이거 왜 이래.

순이어머니 그럼 안 그래. 꼭 그렇지 무얼.

하철 성이 가시게 왜 이래. 등을 밀어낼 터이야.

순이어머니 그럼 나는 갈 테야. 그렇지만 거짓말은 허지 말아요. 얼굴에 명희를 보고 싶다 보고 싶다고 그리어 있는데.

하철 아니 또 무어라고 지절거려?*

순이어머니 그럼 아무 말 아니 허고 가리다 (문 옆에서) 그러나 송 서방 화난다고 술은 자시지 마우. 남 보기에도 안되었고 몸에도 해로우. 갑니다. (문을 탁— 닫고 나가다)

하철 빌어먹게 찬찬허다.** 미친 것.

그는 담아 있는 술을 한숨에 들이마시고 다시 의시疑視의 자태를 짓다. 동안 뜨다. 밖에서 여인의 목소리 나다.

* 지절거리다 : 낮은 목소리로 자꾸 지껄이다.
** 찬찬하다 : 성질이나 솜씨, 행동 따위가 꼼꼼하고 자상하다.

명희   (밖에서) 주인양반 계십니까.

하철   누구시오, 들어오시우.

명희   (문을 열고 들어오다. 창백한 얼굴빛) 나올시다.

하철   아 나는 누구라구. (강잉强仍히 놀라움을 감추고 냉담하게) 무슨 보실 일이 있습니까.

명희   네 아까도 말씀 여쭈었거니와 좀 들어주셔야 헐 일이 있어서 일부러 왔습니다. 인제는 불가불 이야기해야만 헐 시기가 왔습니다.

하철   네— 그렇습니까. 그건 또 꽤 속히 오셨습니다그려. 아까는 바로 가라고 야단을 허시다시피 허셨길래 아직 이렇게 오실 줄은 몰랐습니다.

명희   나 역시 이렇게 속히 오게 될 줄은 몰랐어요. 그러나 불가불 오게만 되었어요.

하철   불가불이라고 허시면 여간 중대헌 일이 아닌 듯한데 사장의 부인 되시는 몸이 혼자 이런 데 오시면 댁에 대해서 관계치 않겠습니까. 다행히 아무도 보고 있는 사람이 없으니깐 지금 곧 아무 말도 마시고 돌아가시죠. 만약 다른 사람한테 들키면 시댁에서 성이 가신 문제를 일으킬 것 아닙니까.

명희   시댁 일은 염려 없어요. 다만 꼭 당신한테 말헐 말이 있어서 왔어요.

하철   대체 부인이 나한테 일이 있을 까닭이 없는데.

명희   말씀 여쭙기 전에 미리 말씀해둘 것은 내가 당신한테 이야기헌다는 일은 그것을 말해서 무슨 조처를 해달라든지 그 대신 무얼 내달라든지 허는 것은 아니올시다. 그런 염려는 마셔요. 다만 내 가슴에 있는 말을 해버리지 아니 허면 께름칙해서 못 견디겠으니깐 허는 말씀이에요.

허철 미리 늘어놓는 말씀이 많습니다그려. 대관절 무엇입니까.

명희 (나지막하게 그러나 명료하게) 나는 잉태중이올시다. 뱃속에 있는 아이는 당신의 아들이에요.

허철 무어? (급히 거친 말소리로) 나의— 내 아들을 배다? 미친 소리는 허지도 말어. 아무리 하나님 작난을 좋아하신다 헌들 그럴 이치야 있나.

명희 그래도 사실인데 어찌 허우. 벌써 다섯 달이나 되었어요, 잉태헌 지가. 생각해보시우. 그런지가 똑— 다섯 달 되지 않았소?

허철 그렇지만 그것이 확실히 그런지 알 수가 있나.

명희 아뇨. 제일第—에 내가 그렇게 생각허고 있고 의사도 그렇게 말할 뿐 아니라 영감도 그렇게 짐작허고 있어요.

허철 흥— 정말이야. (잠깐 무엇을 생각하고 있더니 돌연히 기묘한 웃음소리를 지르며) 하하하 하나님도 여간 작난이 아니시지그래. 내 자식을 배고서 사장한테로 시집을 가게 된다— 노동계급에서 자본가에게로 가지고 가는 선물로는 너무도 훌륭헌 물건인데 허…….

명희 (외면하고 듣고 있더니) 그따위 말씀이 여전히 나오십니까— 그야 말하고 보면 아니 당신의 말대로 하면 가지고 가기에 훌륭한 선물이라고 하지만 가지고 나오기에도 훌륭한 선물이라고 말헐 수 있겠죠.

허철 무어? 그러면 이혼을 당했단 말이야?

명희 아—니.

허철 그럼 어쨌단 말이야 응. 남편은 무어라고 그래 응.

명희 남편요? 그 양반은 시원스럽게 훌륭히 나를 용서하셨습니다.

내가 이것저것 모조리 자백헌 데 대해서 한마디도 꾸짖지 않으시고 나의 죄를 용서하셨어요.

하철　그럼 벌써 내 말도 했겠군.

명희　네 그럼요. 맨 먼저 말해야만 헐 일 아녜요?

하철　아니 그 말을 듣고도 용서헌다고 해? 명희를 전대로 부인으로 그냥 두고 나의 자식을 자기의 아들로 삼어서 기르겠단 말이야.

명희　확실히 그렇게 말씀하셨어요.

하철　그럼 나한테 왜 왔어.

명희　그러니까 아까도 말한 것과 같이 다만 그런 말이라도 알려드리자고 왔지요.

하철　명희가 여기에 온 것은 집에서 알고들 있소? 모르고 있소.

명희　시댁에서는 모르지요. 아무 말도 아니 허고 나왔으니까.

하철　그러면 만약 시집에 이런 말이 들어가면 어떻게 헐 테야 응. 글로 해서 일껏 용서를 받은 일이 와해가 되면 어떻게 허누. 명희가 이런 밤중에 나를 찾아왔다는 게 귀에 들어가면 아무리 용허고 용헌 사장이라도 가만히 둘 리 없지 않은가 응.

명희　그러니까 그것도 아까 말헌 것과 같이 어쩔 수 없는 일이지요. 그렇게 되면 시댁에서 내쫓길 뿐이지요.

하철　그러면 내게 있겠단 말이지. 그래서 내게 찾아왔군.

명희　아─뇨, 천만에. 그것도 아까 말한 대로……

하철　(말이 끝나기 전에 흥분해서) 그러나 내게로 꽁무니를 들이밀고 일 마감을 해달라고 헌들 내가 상관헐 일이 없어. 아까도 아니 명희가 어느 때에든지 내게로 다시 오기만 허면 환영을 허겠다고 그랬지만 그것은 그때 듣기 좋게만 헌 말이야. 누가 아니 어느 미친놈이 한 번 남의 마누라가 된 계집을 아주 그리 고마워서 받겠느냐 말이야. 나는 그 용허디 용헌 사장과는 달라서 당신한테 홀리지는 아니했으니까 지금 와서 뒷배*를 보아달라고? 그건 참 헐 수 없어.

명희 누가 당신헌테 보아달랍니까.

하철 그러면 어디로 가느냐 말이야.

명희 어디로 가든지 알어서 무얼 허시우. 아무 데나 가지요.

하철 아무 데?

명희 가는 데까지 가지요. 어디를 가요.

하철 아니 정신을 좀 차려서 말허우?

명희 정신이 어때요.

하철 아니 혹시 세상을 버리고자 해서.

명희 죽어요? 내가 죽어요? 글쎄요 죽을 수가 있을는지요.

하철 그러면 왜 집에서 아무 말 없이 몰래 나오느냐 말이야. 일—껏 용서헌 것을 왜 일부러 깨트리려 하느냐 말이야. 첫째 내게 오는 것이 틀렸지. 그러니깐 길게 말헐 것 없이 일찍 집으로 가는 게 좋지. 용서를 받았거든 반죽 좋게 받지. 별수 있나.

명희 그 양반 아니 남편이 아무리 용서허신다 해도 내 마음이 용서치를 아니해요. 그이의 넓은 사랑을 예사로만 알고 내가 이 더러운 몸으로 더— 폐를 끼쳐요? 나는 그것을 예사로 여길 수가 없어요. 그이는 그렇지 아니해도 여러 가지 상심되는 일이 많은데 그 위에 더 상심거리를 만들어드려요.

하철 그야 무슨 그런 종류의 사람들은 응당 걸머져야 헐 짐이란 말이야. 관계치 않으니 될 수 있으면 힘껏 짐을 지워버리지. 그런 일

| * 곁으로 나서지 않고 뒤에서 보살펴주는 일. 원문은 '뒤ㅅ뼈'

이나 없으면 너무 흥청거리는 작자들이니까. 어서 가우. 가요. 그리고 얼마든지 좀 고생을 시켜야 헐 것이야. 나는 지금 그이가 명희를 용서헌다고 말하던 그 심지를 잘— 이해할 수가 있소. 고생 좀 해 고생을. 그것이 너희들에게 대하는 천형天刑이야. 자본가 계급에 있는 자에게 대한 천벌이라고 헐 수 있어. 자— 명희는 어서 가게. 행망쩍게* 돌아다니지 말고 바로 가란 말이야.

명희 지금 허신 당신의 말씀으로 당신의 심사는 알았소이다. 당신은 자기의 주의를 위해서는 어떠한 혹독한 일이라도 예사로 허시는 이구료. 나는 물론 갑지요. 도저히 당신 댁에는 있을 수 없어요. 그리고 말씀대로 가기는 갑니다마는 당신께서 바라는 것과 같이 영감에게 고통을 주게 될는지 아니 될는지는 알 수 없습니다. (일어서서) 평안히 계십쇼.

하철 안녕히 가시우— 인제 다시 만나볼 수는 없으니까 아무쪼록 잘 지내시우.

명희 고맙습니다. 당신이야말로 안녕히 계십시오. (명희는 그림자와 같이 힘없이 나가다. 하철이는 잠시 동안 매연히 앉아 있다)

하철 (짧은 한숨을 쉬고) 아아 또 술이 깨어버렸다. 망할 놈의. (남아 있던 술을 들이마시다)

잠깐 불안한 기운이 돈다. 직공 남홍이 등장.

남홍 송 서방 계시우.

하철 들어오게그려. 오— 자네인가.

| * 행망쩍다 : 주의력이 없고 아둔하다.

146

남홍	지금 댁에서 나가신 여인네는 누구신가요.
허철	길에서 만났나. 어디로 가던가.
남홍	바로 요 밖에서 만났는데 저— 철로길 게로 가데그려.
허철	무어? 철로길로? 웬일일까.
남홍	왜 그래? 무슨 일이 있나?
허철	무얼 아무것도 아니야. 지나다 들어온 여인이야. 날더러 길을 묻데그려. 그래서 길을 자세히 가리키어 주었는데 (혼잣말 비스름히*) 캄캄허니깐 아마 길을 잘못 들은 게로군.
남홍	아마 그랬는지도 모르지.
허철	(모든 것을 씻어 잊어버리고자 하는 모양으로 술잔의 물방울을 지으며) 여보게. 한잔 해보게그려.
남홍	이건 참 오늘 밤엔 웬일이십니까. 어디 그럼 한잔 마시어볼까요.
허철	(술이 조금밖에 없다) 안되었네. 모처럼 술을 권허고도 따라줄 술이 없대서야 말이 되나— 여 여보게 미안하네마는 한번 더 심부름을 해줄 텐가.
남홍	그러죠. 대관절 무엇에요.
허철	(술병을 흔들어 보이며) 이것을 좀 더 사다 주게그려. 여기서 좀 멀지만 저 아래 동내洞內 나羅가의 집에 가서 한 오십 전어치만 받아가지고 오게. 내 말로 그러게그려, 적어두라구.
남홍	그럼 어서 얼른 좀 다녀올까요.

남홍이 술병을 들고 퇴장. 밤이 깊어간다. 권영국이 창백한 얼굴에 눈은 충혈하여 등장.

| * 거의 비슷하게.

권영국 (송하철의 집 문 안으로 들어서며) 잠깐 실례허오. 여기 나의 처가 아니 왔습디까.

하철 아 누구시라구. 사장께서 이건 웬일이십니까. 이리 올라오십쇼.

권영국 아니 그럴 틈이 없어— 내 아내가 온 일이 없소?

하철 부인께서요?

권영국 아니 왔었소?

하철 저 조금 전에 잠깐 다녀가셨죠.

권영국 그래서.

하철 (결심한 듯) 내 자식을 뱄다나요. 그래서 사장께 무안해 못 견디겠다고 말씀허시길래 잘 말씀해 보냈습니다. 별말씀 없이 돌아가셨은즉 아마 벌써 댁에 가셨을 걸요.

권영국 아니 집에는 돌아오지 않았소. 확실히 만약 다른 데 들르지 않고 곧 올 것 같으면 길에서라도 만나보았을 터인데 중로中路에서도 못 만나본 것을 보면 아마 꼭 다른 데로 들른 듯하오.

하철 그러면 혹시 (서로 얼굴을 마주친다)

권영국 그러기에 말이요. 그러기에 말이요. 그런 변이 있을까봐 겁이 난단* 말이오— 그러면 이렇게 있을 일이 아니로군. 좀 찾아보아야 허겠소. (황당히 퇴장하려 한다)

하철 (잠깐 생각하고) 사장영감. 잠깐 기다리십쇼.

권영국 (돌아다보며) 왜 그러우.

하철 한마디 여쭐 말씀이 있어요. 이런 기회를 이용허는 것은 좀 잔혹헌 태도 비스름합니다마는 똑 마침 좋은 기회이니 한마디 들어주십쇼.

* 원문은 '겁이란'.

권영국   무슨 말인지 속히 해보구료.

하철   사장 내 말을 깊이 생각해 들으십쇼. 만약에 명희 씨가 오늘 비참헌 결말을 지어버렸다 가정하면 그것은 꼭 영감의 책임이올시다. 영감의 그 되지 못한 인자심과 억지로 그런 체—허는 관대심의 죄이올시다. 영감은 섣불리 명희를 구하려 하다가 되려 그이를 못 견디게 만들어놓았단 말예요. 섣불리 그 사람을 용서한다고 해놓고 되려 그이의 양심에 가책을 받게 허지 않았습니까. 영감은 아직도 정신을 차리지 못허십니까. 이번 일에도 영감의 인자주의는— 아니 온정주의는 파탄이 생기었습니다.

권영국   무엇이오—.

하철   말을 다— 들으십쇼. 유독 명희의 경우뿐이 아니지요. 우리들에게 대하는 영감의 태도를 고치셔야지요. 영감은 우리들에게 대해서 참 인자한 공장주인이셨죠. 그렇지만 공장주인의 인자를 고맙게 생각하는 것은 봉건시대의 유물이올시다. 금일 시대로 말허면 일종의 노예의 심성이지요. 우리들 각성한 노동자들은 그것을 도리어 모욕으로 생각합니다. 우리들은 공장주인과의 사이를 정당한 대등 관계로 하자 허는 말예요. 정당히 요구하는 것을 정당히 주면 고만 아니냐 허는 말예요. 그 되지 못한 청하지도 아니한 은혜라든가 인정이라든가는 다— 없애버리자 그러는 말예요. 명희의 경우도 그랬죠. 그때 명희의 치료비라든지 부조료라든지만 상당히 내놓았으면 고만이지. 무얼 구하느니 어쩌니 천생 소설모양으로 떡— 결혼까지 해가지고 구해준다고 허신 것이 원래 잘못 생각이십니다.

권영국   …….

하철   이러한 창졸슐卒*간에 이해허실 수 없거든 댁에 돌아가신 후에 깊이 생각해보십쇼. 그래서 잘못된 줄을 깨달으시거든 주제넘은 충고 같으나 태도를 변하느니 무얼 하느니 허실 것 없이 일각이라도 일찌거니 사장을 내놓으시고 다시 일본유학이나 가시죠. 영감이 인자를 베풀수록 직공들은 점점 반감을 가질 줄로 믿습니다. 그렇지 아니해도 사장을 용허게 생각하고 있으니까 그러다가 더— 능욕을 받으시는 것보담 그 '이상적'이라는 깃발을 걷어가지고 가시죠. 그것이 약은 일이올시다.

권영국   …….

이때에 돌연히 집이 울리도록 기차의 소리가 들리자 기적 소리 맹렬히 일어나다.

권영국   (무슨 예감에 전율하며) 어? (하며 귀를 기울인다)
하철   기적 소리가 이상허다. 무슨 일이야—.

불안한 침묵 가운데에 양인은 서로 눈을 맞춘다. 밖에는 달음질하여 가는 발자취 소리 들리다.

행인의소리 기차에 치었다. 기차에 치었어.
인근사람   (문에서) 송 서방 또 누가 차에 치어 죽었답니다. (달음질하여 간다)
권영국   무어, 치어 죽었어? (급히 퇴장)
하철   그렇지. 역시 그렇지. (갈까 말까 하여 번민하는 모양이다)
남홍   (급급히 등장하여) 송 서방 큰일 났어. 사장부인 명회 말이야. 그이가 기차에 치어 죽었소그려. 사람들이 북적거리길래 가보았

| * 미처 어쩌할 사이 없이 매우 급작스러움.

150

더니 아 명희가 죽었습디다그려. 좀 가봅시다그려. 가보아요.
술은 여기다 놓았소. 아니 가보려오. (송하철 무언無言) 그러면 나
혼자 다녀오리다.

남홍이 급히 퇴장.

하철　(술을 2, 3배 들이마시고) 나의 죄가 아니야. 참말 나의 죄가 아니
　　　야. 모두 그 위인들이 나쁘지— 그 위인들이 말려 죽였지—.

이때 권영국이 재차 등장. 그의 눈에는 이슬을 머금고 그의 얼굴은
창백하고 엄숙하다.

권영국　(종용한 목소리로) 송군. 명희는 필경 죽고 말았네. 자네 말대로
　　　비참한 최후를 지어버렸네. 그야 혹은 나의 섣부른 '온정주의'의
　　　결과일는지도 모르지. 그러나 군들의 '반항하기 위한 반항'의 죄
　　　도 적지 않은 책임이었다 할 것을 피차에 깊이 생각합시다—.
　　　나는 장사葬事나 치르면 곧 군의 충고대로 동경으로 가기로 결심
　　　이 되었길래 최후에 한마디로 군들의 반성을 청하는 바이오.
　　　아—참 나는 일로부터 우리들의 희생이 된 불쌍한 여자의 으깨
　　　어진 시체를 운반하여야 허겠소.

고요히 퇴장. 하철이 무언. 권영국의 발자취 소리 멀리 들리다.

막.

—《시사신문》2~5호. 1922. 5~9.

영겁永劫의 처妻 (전2막)

윤백남 번안

시대

현대 초춘初春

장소

서반아西班牙* 마드리드 시

등장인물

리 하이넷트	청년 화가. 불국인佛國人** 28세
데레제	바 주인 52세
오르가	작부酌婦 19세
마리오	동同 17세
이보릿지	서반아 육군 대위 34세
파드로프	병졸

* 스페인.
** 프랑스인.

이리	동同
스나핏트	동同. 음악광
듀워쓰 하이넷트	청년 화가 하이넷트의 형
애스터	청년 화가의 약혼녀 18세

제1막

등장인물

오르가

리 하이넷트

스나핏트

데레제

마리오

파드로프

이리

이보릿지

경景

　장방형의 양실洋室 좌우 방(객석에서 보아서)에 도어. 좌방左方 도어는 옥외로 통하는 문이오 우방右方의 그것은 옥내 주방으로 통하는 문이다.

　정면에는 노도路道에 면한 2개의 유리창이 있으며 창 외에는 난국暖國의 녹색이 깊은 가로수가 그 반면半面을 보이고 있다. 정면 창과 창 사이에 원형 괘종이 걸리어 있고 그 밑에 원형 식탁과 의자 수 각脚이 부정돈不整頓하게 놓여 있으며 그로서 조금 우편으로 1개의 사각형 탁자와 그 옆에 주병酒瓶을 늘어 세운 진열붕陳列棚이 있다.

진열붕 최상층에는 진홍眞紅의 로즈화 일륜一輪*이 은색 화병에 꽂히어서 그 연연妍妍한** 빛을 자랑함과 같다.

정면 창에서 석양의 붉은 광선이 사면斜面으로 긴 삼각형을 방 안에 던졌다.

파드로프는 사각 탁자 위에 올라앉고, 이리는 원형 탁자에 엎드려 잠자고, 스나핏트는 이취泥醉***하여 박수로 박자를 맞춰가며 노래한다.

파드로프　　주인, 절뚝발이, 여보. 이런 빌어먹을 영감쟁이ㅡ. 귀까지 처먹었느냐. 절뚝발이 데레제ㅡ. (일층 소리를 높이 지른다)

마리오　　(무대 뒤에서) 네ㅡ.

음악광 스나핏트는 박수로 조자調子****를 맞춰가며 소리한다.

마리오는 그 박자를 따라 우편 도어에서 춤추며 나온다.

스나핏트는 일어서서 마리오가 춤추는 대로 따라가며 박자와 노래를 일층 소리 질러 한다.

파도로프　　이애 마리오.

스나핏트는 깜짝 놀라 소리를 그치고 자기의 자리로 돌아가 앉는다.

마리오　　네ㅡ.

* 장미꽃 한 다발.
** 고운.
*** 술이 곤드레만드레 취함.
**** 가락.

파도로프 네— 하고 대답만 하면 제일이냐. 손님이 불렀거든 네— 하고
       대답하고 와서 무슨 일로 부르셨습니까 허고 물어보는 게 옳은
       일이지. 대관절 내가 누구를 부른지 아니.

마리오 절뚝발이 데레제 주인 영감태기.

파도로프 그래 그러면 있다든지 없다든지 좌우간 대답이 있어야지.

스나핏트 그야 대답헐 겨를을 주고…….

파도로프 시끄러. 자네는 자기의 헐 일만 허고 있게.

마리오 없어요. 홍성興成*허러 저자에 나갔어요.

스나핏트 옳—다. 그 언젠가같이 살은 거위를 사다가 우리를 먹이려는
       게다.

파도로프 믿는 나무에 곰이 핀다. 절뚝발이가 없으면 술도 없단 말이냐.
       위스키— 큰 병 하나만 가져오너라.

스나핏트 함께 탄산수도 한 병.

마리오 파도로프.

파도로프 없단 말이냐?

마리오 지하실에 들어가 보면 발에 걸리고 눈에 보이는 게 모두 술인
       데— 파도로프 지금 무어라 그랬소. 절뚝발이 데레제—? 주인
       이 들어오면 파도로프가 커—단 목소리로 절뚝발이 데레제라고
       불렀다고 이를걸. 그리고만 보면 다시는 은전銀錢을 포켓 속에서
       쩔렁쩔렁 소리내기 전에는 술 한 잔 막무가낼 터이니—.

     파도로프와 스나핏트는 서로 바라보고 매연呆然.

＊홍정.

파도로프　마리오— 지난 크리스마스에 그렇지 그 공작의 깃을 꽂은 우단
　　　　　羽緞* 모자를 누가 사다 준 지 생각이 나겠지.

스나핏트　연분홍 로즈 같은 명주실 버선허고.

마리오　옳—지. 그런 뇌물을 주었으니까 고자질 말아 달라는 말이지.

파도로프　교육을 받은 여자는 다르다. 자— 어서 위스키— 한 병만 가져
　　　　　와.

스나핏트　탄산수도 한 병.

마리오　돌아오는 크리스마스도 멀지 않았으니 어디 그래볼까.

스나핏트　주제넘은 마리오

마리오　무어?

스나핏트　(손으로 자기의 입을 막으며) 아—니 주정酒酊허는 공작새라 라라
　　　　　라—.

　　마리오 우편 도어로 거去.
　　스나핏트, 파도로프, 소리를 함께하여 홍소哄笑하다.
　　스나핏트는 원형 탁자 한끝에서 엎드려 자고 있는 이리의 옆으로
갔다.

스나핏트　(이리의 어깨를 탁탁 치며) 이리, 이리. 위스키—가 왔네. 위스키
　　　　　가 왔어. 기름이 죽죽 흐르는 위스키—.

　　이리는 가만히 고개를 들며 떨리는 손으로 박수를 치며 라 라…….
그 우스운 태도에 막을 수 없는 홍소가 또다시 파도로프, 스나핏트, 양인

---

　* 벨벳.

간에 일어난다.

　마리오, 탄산수와 위스키병을 가지고 나와서 원형 탁자에 놓았다.

　파도로프, 스나핏트, 양인은 아호餓虎가 육괴肉塊를 향하여* 달려들 듯 탁상으로 그 손을 뻗었다.

　양인은 각기 한 병씩 탈취하듯 빼앗아 들었다. 4인은 '우라―'를 고창高唱하고 건배하였다.

파도로프　스나핏트, 이리. 우리가 여기서 이렇게 술을 먹고 노는 것도 몇 시간이 못 될 것이다. 그 이보릿지, 상관의 수염의 먼지를 털어 준 덕으로 대대장으로 뛰어오른 이보릿지가 훈장이란 훈장은 죄다 내차고 내종乃終에는 출정出征 기념장記念章까지 몰아차고 오르가를 만나보려고 이 바에 올 것이다. 그러면 우리는 별수 없이 퇴각退却을 해야지― 걸핏하면 군율軍律을 끌어내는 작자이니까.

이리　오르가한테 미쳐서 정신이 없다는 걸.

스나핏트　이보릿지 대대장은 실연의 결과로 35세를 일기로 이 세상을 하직하였다 하는 신문기사가 오래지 아니해서 날 것이다. 짝사랑도 분수가 있○. 오르가는, 이보릿지를 보기만 해도 구역이 오른다더라.

파도로프　이보릿지가 자살을 헌다고. 어리석은 소리는 허지도 마라. 이보릿지가 어떤 위인인지 알거든 말해 보아라. 모르지. 일곱 살 먹든 해에 부모를 다 여의고 조모 손에서 자라나서 사관학교에 들어가던 해에 조모마저 돌아갔다. 자― 그 뒤부터는 심술꾸러기 이보릿지라. 더욱더욱 막힐 곳 없이 함부로 날뛰었다. 그 어느

| * 배고픈 호랑이가 고깃덩어리를 향하여.

157

때냐, 신병교련 헐 때에 소위가 너무 무르게 가르친다고 소위 보는 눈앞에서 어느 신병의 볼치*를 어떻게 쥐어박았던지 이 한 개가 빠졌다지. 그런 위인이 자살을 해? 자살을 하기 전에 몇 사람은 궂힐** 테지.

이때에 바 주인 데레제가 절뚝거리며 우편에서 등장. 마리오는 데레제가 나오자 안으로 들어가고 3인은 데레제가 나온 줄 모르고 이야기를 잇다.

이리　　이보릿지. 이름만 들어도 몸서리가 쳐진다.

데레제　　외상만 안 먹었으면. (3인이 깜짝 놀라 데레제를 본다)

파드로프　　오— 데레제—.

스나핏트　　절뚝⋯⋯.

파도로프, 이리 양인, '쉬—' 하고 스나핏트를 눈으로 별지別止하였다.

파도로프　　허허.

데레제　　<u>흐흐</u>.

스나핏트, 데레제, 파도로프, 이리, 4인이 소리를 함께하여 홍소哄笑.

데레제　　이—보릿지도 외상만 아니 먹으면 살겠는데 만약 아니만 드린다면 술병이라 접시라 할 것 없이 칼자루 맛을 보기 시작헌단

* '볼따구니'의 방언.
** 궂히다 : 죽게 하다.

158

말예요.

우편 도어에서 오르가 등장.
데레제는 빈 병을 집어가지고 우편으로 거去하다.

파도로프   오—오르가—.

스나핏트   얼마나 우리가 오르가의 얼굴을 보기를 기다렸든지.

이리   너무 잘 생긴 것도 죄악이다.

오르가   호호호 나는 여러분을 보고 싶어서 나왔더니 승강기 뻔으로 올
          렸다 마음대로 날뛰는구려.

파도로프   아니 아니 오르가 여기 좀 앉으우.

파도로프, 스나핏트를 잡아 일으킨다.

스나핏트   상등병 각하의 안색이 없구나.

오르가 의자에 걸어앉다.

이리   (컵을 오르가에게 주며) 오르가 내 술 한잔…….

파도로프   술값은 이놈이 내고.

스나핏트   생색은 이리가 낸다. 에라 술은 내가 치자. 하하하.

파도로프   오르가 지금 우리가 이야기를 했는데 아따 그 저— 이보릿지
          대대장 말이야.

오르가   파도로프 그런 이야기는 고만두어요. 그 능구렁이처럼 생긴 이
          보릿지 그것이 대대장이야? 우리 서반아 군대의 욕을 보이려고.

스나핏트 옳은 말이다.

이리 인중지말人中之末* 이보릿지.

파도로프 전지戰地에서 탄환 방패로는 소용이 있지. 허허허.

　　4인이 모여서 건배하려 한다. 이때 이보릿지 대위는 취안醉眼이 몽롱하여 그림자와 같이 소리 없이 좌방左方에서 들어와 선다.

이보릿지 기착氣着.**

　　오르가는 태연히 앉아 있고 3인은 각기 컵을 손에 든 채 기착의 자세를 가진다.

이보릿지 이리, 이 자식아. 너는 왜 여기 와서 있니 응. 이 자식 상관의 종
　　　　　졸從卒***이면 상관의 신을 닦거나 헐 것이지 낮부터 술을 처먹고.

이리 상관은 밤이니깐 술을 자셨습니까?

이보릿지 떼기 놈.

파도로프 상관이나 하관이나 술맛은 매한가지지ㅡ.

이보릿지 기착ㅡ 오르가 오르가.

오르가 …….

이보릿지 오르가 이 훈장이 안 보이나. 이 칼이 안 보여. 자ㅡ 이 팔뚝을
　　　　　보아. 인제는 이 이보릿지는 대위영감이야 응.

오르가 참 훌륭하구려. 그래 대위가 어쨌단 말이오. 굉장허구려.

* 사람 가운데 행실이나 인품이 제일 못난 사람.
** 차렷.
*** 특정한 사람이나 부서에 속하여 있는 병졸.

이보릿지　꽹장허고말고. 여간 출세가 아니지. 내 부하가 수백 명, 월급은
　　　　　많아지고 연금 붙은 훈장은 늘어갈 뿐이지.
오르가　듣기 싫어요.

　　오르가는 컵을 들어 파도로프에게 술 따르기를 청한다. 파도로프는
상관의 눈치를 보며 그런다.
　　이보릿지는 "응—" 하고 노려본다. 이리는 입을 막으며 허리를 구부
려 웃는다. 이보릿지는 열화烈火와 같이 노하여.

이보릿지　이리, 이 자식. 왜 가라니깐 안 가고 있어. 어서 가, 가 이놈아.

　　이리, 황망히 좌편으로 퇴거退去.

오르가　왜 이리 소리를 고래고래 지르우. 연병장인 줄 아우. 동내洞內 집
　　　　　여인네의 간담이 떨어지겠구려. 누가 무서워할 줄 알고 이러우.
　　　　　왜 이렇게 마뜩지* 않소. 그래 훈장이 어쨌단 말이야. 칼? 칼이
　　　　　무서우면 대장간 앞으론 못 다니겠네.
이보릿지　술이 취헌 게로구나 응. 그리지 말고 내 말 아—니 대위영감의
　　　　　말을 들으란 말이다.
오르가　싫어요. (꽥 지르다) 오르가는 한번 싫다면 싫어요. 왜 이리 추근
　　　　　추근허오. 이 오르가는 비록 이런 바에서 술을 치고 사는 위인
　　　　　이라도 뼈가 있어. 뜨거운 피도 있어. 오르가는 임자와 같이 칼
　　　　　이나 차고 훈장이나 매단 것을 하늘에 별이나 딴 듯이 알고 있

| ＊마뜩하다 : 제법 마음에 들 만하다. 원본은 '맛덕지'.

는 위인은 보기만 해도 구역이 나.

이보릿지 무어? 가만히 두고 보려니까.

오르가 어쩌요. 왜 이런 수작을 허우. 너무나 사람을 업수이 여기는구려. 매소부賣笑婦의 입에도 단 것 쓴 것을 아오. 그래 칼을 찼으니 어쨌단 말이오. 누구를 죽일 테야. 오르가는 지위나 황금에 눈이 어둘 계집으로 알았습디까. 미안헙니다그려. 어디 다른 데 가서 찾아보시죠— 나는 칼도 못 차고 훈장도 못 찬 이런 이가 좋더라. (옆에 서서 있는 파도로프에게 술잔을 준다. 파도로프는 이보릿지의 눈치를 보며 좋기도 하고 무섭기도 한 표정으로 술을 마신다)

이보릿지 응.

스나핏트 하하하.

이보릿지 이놈들아. (2, 3보 스나핏트 앞으로 가다)

스나핏트, 웃음을 끊고 기착의 자세를 가진다.

이보릿지 자— 너무 이애 고집 좀 고만두어라. 그리지 말고 내 말만 들으면—.

오르가 듣기 싫어!

이보릿지 죽어도?

오르가 귀찮아요!* (소리 지르고 우편 도어로 발을 높이 구르며 퇴장)

이보릿지 이애 오르가. (오르가의 뒤를 쫓으려 한다)

주인 데레제, 그 뒤에 마리오가 우편에서 나온다.

| * 원문은 '귀치 안어요?'.

162

데레제　영감 오셨습니까. 오르가는 그렇게 막 다루어서는 안 됩니다.
　　　　세상에 계집이 오르가 하나뿐이란 말입니까.

마리오　나는 참, 저 대위영감같이 좋은 양반이 없더라. 이보릿지 대위.

이보릿지　물러가. 오르가더러 나오라구 그래라 응. 어서.

데레제　벌써 뒷문으로 헤헤헤. 삼십육계를 지었지요.

이보릿지　잔소리 말어. 지금 옆방으로 들어가는 걸 보았는데.

마리오　아—니랍니다.

이보릿지　듣기 싫어.

　　　이보릿지는 데레제와 마리오를 밀치고 우편 도어로 황황히 들어간다.
　　　데레제, 마리오, 파도로프, 스나핏트는 모두 뒤를 쫓아 퇴장.
　　　파리의 청년 화가 리 하이넷트 좌편 입구에서 완완綏綏히* 들어온다.
어깨에 유화의 기구를 메고 손에는 삼각三脚 의자를 들었다. 좌편 쪽 원형
탁자 위에 그 기구를 놓고 의자에 걸어앉는다.
　　　두 팔쭉지를 테이블 위에 얹어놓고 그 손으로 머리를 얼싸안고 잠시
번민하다가 문득 고개를 들어 사방을 둘러보고 테이블 위를 두드린다.
　　　데레제 우편 입구에서 상장上場.

데레제　(조금 놀란 기색으로) 손님이 오신 것을 몰랐습니다그려. 잘 오셨
　　　　습니다.

리하이넷트　목이 말라서 들어왔으니 맥주 있거든 한 병만 주시우.

데레제　네, 네. (우편으로 퇴장)

＊ 동작이 느리고 더디게.

리 하이넷트는 또다시 길게 한숨 쉬고 수연愁然히 앉아 있다.

데레제, 맥주를 가지고 나와 리 하이넷트에게 부어준다.

하이넷트는 한숨에 그것을 들이마신다.

데레제　손님께서는 뵈오니 외국에서 오신 양반 같은데.

하이넷트　잘— 아십니다그려. 파리에서 왔습니다.

데레제　내— 벌써 옷 입으신 태도라든지 말씀허시는 게라든지 때가 쪽 빠지셨단 말이야. 그 웬일일까요. 같은 옷을 입는데도 골에 탁 박힌단 말예요— 그런데 요새 차차 꽃은 피어오고 구경 다니시기 참 좋은 절계節季가 돌아옵니다.

하이넷트　구경하러 온 사람이 아니라 나는 그림을 그리는 사람인데……

데레제　네, 네. 그림을 그리셔요. 세상에 참 팔자가 좋으신 양반이십니다. 좋은 풍경을 구경도 허시고 겸해서 그림조차 그리신단 말이었다. 소위 일거양득이란 이런 일을 두고 허는 말입지요.

하이넷트　주인, 서반아에는 미인이 많다지요.

데레제　미인? 미인이야 그야말로 우리 서반아를 제쳐놓고야 어디 있을 수가 있습니까.

하이넷트　글쎄 나도 파리에 있어서 그렇게 들었길래 일부러 여기까지 왔었지요.

데레제　헤에—? 미인을 찾아서?

하이넷트　미인을 찾아서 왔다면 어떻게 오해하실는지 모르겠소마는— 나의 이야기를 좀 들어주시우. (데레제, 마주 걸어앉는다) 나는 화가올시다. 화가란 이름을 들은 이상에는 파리 미술전람회에 한 번이라도 입선이 되어서 나의 예술을 후세에 남기고자 매년 힘을 써 왔습니다. 그러나 불행히 해마다 낙선을 해왔습니다.

그래서 금년에는 남이 따르지 못할 화재畵材와 암시를 받아서 한 번 자기의 일대일차一代一次의 걸작을 해보려고 고심하던 차에 그 어느 날이던가 '카르멘' 극을 구경하였습니다.

오— 카르멘, 카르멘이야말로 내가 화초畵肖*로 머릿속에 그리어 있던 이상의 미인이었습니다. 그래서 나는 자기의 죽을 힘을 다해서 그 카르멘을 그리어볼까— 아니, 꼭 아니 그릴 수 없는 충동을 받았습니다. 그래서 그 산 모델을 구허기 위해서 카르멘의 고향 서반아로 왔던 일이올시다.

데레제   카르멘, 카르멘 같은 인물이야 우리 서반아에야 뭇**으로 엮을 만치 수두룩하지요.

하이넷트   웬걸. 내가 여기 온 지가 2주일이나 되었습니다. 그러나 아직도 카르멘— 아—니 나의 이상理想의 미인을 만나지 못했소이다.

데레제   헤에— 2주간? 대관절 손님께서는 파리에서 여기까지 오시기도 여간 정성이 아니신데 더구나 2주간씩이나 묵으셨다니 그리고 보면 비용도 적지 않습니다그려— 그래 그렇게 비용을 들여서 그림을 그리신다 헌들 거기서 무에 생긴단 말씀입니까.

하이넷트   자기의 예술욕을 만족시킬 뿐이지요.

데레제   예술욕, 응, 예술욕. 이런 놈은 암만해도 알아들을 수 없는 말씀이올시다.

우방右方 집 안에서 훤화喧譁***의 소리 일어나자 이보릿지가 앞을 서고 오르가, 마리오가 뒤를 이어 나온다. 데레제는 놀라 일어나 선다.

* 밑그림.
** 짚, 장작, 채소 따위의 작은 묶음을 세는 단위.
*** 시끄럽게 지껄이며 떠듦.

이보릿지　어디 보자. (격노에 떨리는 모양)

오르가　에그머니 무서워라. 왜 이리 아니꼬운 수작이 많소? 어서 가요.

이보릿지　오―냐. 어느 때던지 니가 무릎 밑에 엎드려서 애원헐 날이
　　　　　있다.

　　　발을 콱콱 구르며 좌편 도어로 퇴거退去.

오르가　　호호호호.

　　　리 하이넷트, 오르가를 이윽히 바라보다가.

리하이넷트　오―, 오, 카르멘. (소리 지르며 달음질하여 오르가에게로 달려든다)

오르가　　(나지막이) 에그머니.

　　　몸을 조금 물러서며 피한다.

리하이넷트　(어깨로 숨을 쉬며) 아, 아. (좌방左方으로 물러서면서) 이런 실례
　　　　　가 없습니다. 너무 흥분되어서 그랬습니다. 용서허십시오.

데레제　　이 양반은 파리에서 오신 화가시란다― 어디 좀 안으로 들어가
　　　　　서 그릇이나 치워볼까. 마리오 너도 어서 들어가자. (함께 좌방左
　　　　　方으로 거去)

　　　오르가는 각형角形 식탁 옆에 걸어앉아서 궐련에 불을 붙여 피운다.

오르가　　파리에서 오신 손님, 내가 지금 안에서 나올 때에 바로 몇 해나

만나보지 못하던 그리고 그리우던 연인에게 달려들 듯 안색까지 변하시고 달려드셨지요. 또 그리고 오— 카르멘이라고 부르셨지요— 무슨 곡절이 있는지 이야기나 좀 해서 들려주십시오.

리하이넷트 이야기하지요, 이야기하고말고요. (마주 걸어앉는다) 나는 그대가 안에서 나올 때에 다년多年 심중에 그리고 그리던 카르멘의 재래再來인가 하고 꿈속같이 놀라서 전후를 살피지 못하고 달려들었었소이다. 그대의 얼굴, 아—니 얼굴뿐이 아니라 그대의 모든 것이 카르멘과 일분一分이 틀리지 않습니다.

오르가 호호호호. 내가 카르멘과 같아요? 그래서.

리하이넷트 나는 파리에 사는 화가올시다. 매년 파리 미술전람회에 낙선이 되는 치욕을 금년에는 일거에 씻어버리려고 다년 심중에 그리어두었던 카르멘을 그리어서 출품하려고 마음먹었습니다. 그래서 미인의 고향인 서반아로 카르멘의 모델을 얻으러 왔었습니다. 온 지가 벌써 2주간이 되도록 이리저리 암만 돌아다녀도 카르멘 모델은 없었습니다. 그야 그럴듯한 미인은 많이 있었지요. 그렇지만 나의 이상理想 카르멘과는 모두가 거리가 많았습니다…….

에이 나의 운명이다 팔자다 이렇게 낙담하면서도 오늘은 얻겠지 내일이야 설마, 이렇게 지내길 벌써 또 며칠이 되었습니다. 이 위에 또 며칠 동안 찾아보아서 목적을 달達치 못하면 아마 이 하이넷트는 객지의 귀신이 되어버릴 것이외다.

오르가 자살을 하시려고까지—.

리하이넷트 그렇지요. 자기의 예술에 만족을 얻지 못하여 이 세상에 하직하는 것은 권리權利 다툼에 희생이 되어서 죽은 후에 훈勳 몇 등을 얻어 갖는 것보담 얼마나 뜻이 있을까요. 오르가라고 이르시는 이, 나는 당신에게 청하려 합니다. 아니 애원합니다. 카르멘 모델로 1주간 동안만 나에게 몸을 빌려주시지 못하겠습니까.

오르가 　내가 카르멘의 모델로……. (오르가는 일어서서 2, 3보 무대 전면으로 걸어나와서 이윽히 천정을 쳐다본다) 나 같은 것이 카르멘의 모델이 되어서 당신의 예술이 완성되고 따라서 당신의 자살을 구할 수 있으면 1주간 아니라 2주간이라도—.

리하이넷트 　(흥분하여) 허락하신단 말씀입니까. (일어섰다)

오르가 　네—.

리하이넷트 　고맙습니다. 인제야 이 리 하이넷트의 예술은 살았다.

오르가 　그런데 여보셔요. 이 지방을 떠나서 먼 곳으로 가지는 못 허겠습니다.

리하이넷트 　천만에. 바로 이 근처에 화실 하나를 얻어서 그곳에서 1주간만 그리겠습니다.

오르가 　그러면 이까짓 천한 몸 하나…… 마음껏 부리십시오, 당신의 예술을 위해서.

리하이넷트 　오— 리 하이넷트의 구주救主 오르가. (오르가의 손을 잡으려 한다. 이때에 데레제 급급히 우방右方에서 나온다)

데레제 　오르가, 오르가. 잠깐 가만히 있어. 오르가가 있으니깐 이 구지레—헌* 바에도 매일 손님이 밀리는데 오르가가 가면 이 늙은 놈의 입에는 거미줄을 칠 모양이란 말이야.

오르가 　나와 같이 천한 몸으로 사람 하나를 구할 수 있으면—.

데레제 　그 사람 하나 구하느라고 우리 집 몇 사람이 죽어도—.

오르가 　쓸데없는 인물들은 일찌거니 죽어버리는 게 옳지요.

| * 구지레하다 : 상태나 언행 따위가 더럽고 지저분하다.

데레제   이애 이건 돈헌* 말이구나 허허.
오르가   호호호 자— 데레제, 이것만 있으면 관계치 않겠죠.

　가슴 포켓에서 돈 한 봉을 던져준다.
　데레제, 받아 펴본다.

데레제   이백 원. 돈만 주면 1주간이 아니라 2주간이라도 헤헤헤.
리하이넷트 그러면 나는 집을 구하러.
오르가   나도 함께.
리하이넷트 오— 그러면 우리 둘이.

　오르가는 화기구畵器具를 하이넷트에게 메어 준다.

제2막

화가 리 하이넷트의 화실

등장인물
리 하이넷트
듀워쓰 하이넷트
오르가
데레제

| * 돈하다 : 매우 단단하고 세다.

애스터

이보렷지

경景

질소質素한 화실. 정면 좌우 쪽으로 유리창이 있고 창외窓外에는 녹음이 우거짐이 보인다.

정면 우방右方 쪽 벽상壁上에 유화 현판이 걸리었고 그 밑에 테이블과 의자 수 각脚이 있다. 좌우방方에 입구. 좌방 쪽 창 앞에 화가畫架가 놓여 있고 그 위에는 오르가의 초상을 휘호揮毫*하는 캔버스가 있다.

오르가는 우방右方 쪽 테이블 옆에 서서 있고

리 하이넷트는 그를 모델로 삼아 캔버스에 휘호揮毫 중이다.

오르가는 화려한 옷을 벗고 질소質素한 검은 의상을 입었다.

하이넷트, 오르가의 자세를 수차 고친다.

오르가는 다소 피곤한 기색을 띠었다.

오르가　하이넷트, 그림이 얼마나 되었어요.

리하이넷트　오르가의 열성의 덕으로 벌써 열의 아홉은 된 세음이오.

오르가　열의 아홉? 오— 인제 한고비만 넘기면 다— 됩니다그려— 그러나 하이넷트, 나는 어쩐 일인지 곤해서 못 견디겠는데 좀 쉬고 할 수 없을까요.

리하이넷트　내 욕심만 채우느라고 남의 고통을 생각지 않았소그려. 용서하시오. 자— 한동안 쉬어봅시다— 자! 오르가 이 그림을 좀 보오. 일대일차의 그림, 나의 온 정력을 다한 그림. 이만큼만 되면

| * 붓을 휘두른다는 뜻으로, 글씨를 쓰거나 그림을 그리는 것을 이르는 말.

틀림없이 미술전람회에 당선이 될 것이야. 아—니 당선화 중의 정화精華*가 될 것이야. 오— 오르가, 오르가는 인제야 영원히 살았소. 나도 또 아니 나의 예술도 비로소 구원의 생명을 얻었소.

오르가는 하이넷트의 어깨에 반신을 의지하고 그림을 보다가 완완緩緩히 하이넷트를 정면 의자 있는 곳으로 인도한다.

하이넷트는 의자에 걸어앉고 오르가는 옆에 서다.

오르가   하이넷트— 내가 여기로 온 지가 몇 날이나 되나요.

리하이넷트 (손을 꼽아보고) 벌써 2주간이 넘었소.

오르가   벌써 2주간? 나는 한 5, 6일밖에 아니 되는 듯하게 생각이 됩니다.

리하이넷트 5, 6일? 오르가 그게 진정의 말이오?

오르가   오르가는 거짓말 잘한다는 증거가 있어요?

리하이넷트 용서허시오. 그런 뜻으로 말한 게 아니라 내 집에 있는 것이 싫
            증이 아니 나고 2주간 동안이 겨우 5, 6일밖에 아니 되는 듯 생
            각이 되기까지 나에게 있는 것이 즐거우시냐 허는 말이올시다.

오르가   2주간은 말고 2주년이라도!

리하이넷트 네? 네? 또 한번 말씀해주시오, 또 한 번.

오르가   2주간은 말고 2주년이라도!

리하이넷트 (돌연히 오르가의 두 손을 잡았다) 오— 오르가 나하고 일생이라도.

오르가   영원히— 저 세상까지라도!

리하이넷트 (비상히 흥분하여) 오— 오르가 나는—. (양인이 포옹한다)

| * 정수가 될 만한 뛰어난 부분.

양구良久.

리하이넷 너는* 나에게 아니 나의 예술에게 큰 생명을 주는 은인이었더
        니 인제는 나에게 나의 온 정신에 새로운 힘을 주는 애인이 되
        었소.
오르가   나의 사랑하는 남편 하이넷트.
리하이넷 나의 가장 사랑하는 아내 오르가!

        양인이 함께 수태羞態**를 짓다.

오르가   나는 정말 인제야 이 세상에 태어나온 번애***가 있습니다. 비로
        소 사나이의 사랑을 알았습니다. 오늘까지 열아홉 살 되는 오늘
        날까지 나는 나에게 아첨하고 자랑허고 교만하고 투기 많은 누
        陋한**** 남자만 보아왔습니다. 아— 나는 당신을 만나서부터 비
        로소 남자다운 남자를 보았소이다. 내 몸에 잠겨 있던 정情의 싹
        이 인제야 봄바람을 만난 듯이 모두 그 눈을 떴습니다.
리하이넷 아, 오르가. 더 말하지 마시오. 그래서 나의 정신을 가다듬게
        허시오.
오르가   하이넷트, 나는 다만 한 가지 바라는 게 있어요— 이 따뜻한 서
        반아를 떠나지 마셨으면.
리하이넷 누가 그 복잡하고 더러운 파리에 다시 갈 테라구.

* 원문은 '나는'이나, '너는'의 오기로 보임.
** 부끄러워하는 태도.
*** '본의', '보람'과 의미가 통함. "미간지未墾地에 논을 푸는 번애와 유쾌가 그네들 앞에 드러누워 있는 줄
   로 생각합니다."(「민족성과 연극에 취하여」)
**** 천한.

오르가   정말?

리하이넷트 성신聖神의 이름으로—.

  오르가와 하이넷트는 서로 마주 손을 잡고 이윽히 피차의 얼굴을 보다가, 손을 놓고 서로 외면하여 수태를 짓다.

오르가   아, 참, 나란 사람이. 하이넷트 시장하시죠.

리하이넷트 오르가도 퍽 시장할걸.

오르가   네, 나도 시장해요— 그러면 내가 저자에 나가서 무엇이든지
        자실 걸 좀 사가지고 들어올 터이니 가만히 기다리셔요.

리하이넷트 오르가가 친히 간단 말이야?

오르가   그러면요. 사랑하는 남편을 위해서.

리하이넷트 고맙소. 그러면 얼른 다녀오.

  오르가, 안에서 바구니를 옆에 끼고 나와서.

오르가   얼른 다녀올게요.

  하이넷트 점두.

  오르가, 좌편 입구로 나가려다가 돌아다보고 키스를 던지고 나가다.

  하이넷트는 화가畵架 앞에 가서 이윽히 화면畵面을 보다가 다시 실내를 좌우로 거닌다.

  노크소리 난다.

리하이넷트 들어오시오.

데레제   영감 그동안 안녕히 지내셨습니까.

리하이넷트 오— 데레제— 나는 누구라구. 그래 요새는 재미 좀 보오?

데레제   여러분 덕택으로 잘 지냅니다— 그런데 그림은 다— 마치셨
          나요.

리하이넷트 웬걸. 아직도 며칠 더 있어야 되겠소. 그러나 거반 다 되었으니
          까 인제 한고비만 더 넘기면.

데레제   네— 저희들이야 무슨 그리 관계될 게 있습니까마는 오르가가
          댁에 올 때에 한 1주간이면 마친다 하길래 그쯤 알고들 있었지
          요. 아 그랬더니 열흘이 되어도 아무 말씀이 없고 2주간이 되도
          록 아무 기별도 없으시길래 하도 궁금해서 왔습니다. 매일같이
          오시는 손님들이 오르가는 어떻게 했어, 오르가는 어디로 갔느
          냐고 이 늙은 놈은 매일 여러 손님께 주리를 틀리다시피 됩니다
          그려— 그뿐이랍니까. 아따 그— 이보릿지라고 허는 육군 대위
          그 위인은 아주 미친개같이 눈이 뒤집혀서 그놈의 화가의 집에
          를 들이치느니 죽이느니 살리느니 하고 아주 말 아니올시다.

리하이넷트 대단히 미안헙니다. 좌우간 2, 3일 안으로는 끝이 날 것이니깐.

데레제   네— 그야 무슨 이놈이야 별말이 있을 리가 있습니까— 에그
          참 이놈의 정신 보아라— 영감을 찾아오신 손님이 계신데— 파
          리에서 오셨다나요— 한 분은 훌륭한 신사시고 한 분은 젊은 부
          인. 내 집에 오셔서 물으시길래 그냥 번지수만 아르키어 드릴
          수가 없어서 뫼시고 왔습니다. 저 문밖에 계십니다.

          하이넷트 심사양구沈思良久.

데레제   들어오시라 헐까요?

174

리하이넷트 그럼 들어오시라고 하오.

데레제   그럼 나는 그 말씀만 전갈하고 곧 가겠습니다.

리하이넷트 그럼 잘 가시오. 수고를 끼쳤소이다.

데레제   안녕히 계십시오. 오르가는 어디 갔나요.

리하이넷트 밖에 나아갔나 보오.

데레제   네―. (절뚝거리면서 나간다)

　　하이넷트는 의자에 걸어앉아서 묵고黙考한다.
　　노크소리 좌편 도어에서 난다.

리하이넷트 (일어서며) 들어오셔요.

　　듀워쓰 하이넷트, 애스터 양인이 방 안으로 들어온다.

리하이넷트 오― 형님.

애스터   (달음질하여 하이넷트의 가슴에 안기며) 하이넷트, 반갑습니다―
　　　　우리들은 얼마나 당신을 기다렸던지요.

　　하이넷트 슬며시 애스터를 밀어내며.

리하이넷트 반갑소이다. 그러나 나는 기다림을 받고 싶지 않습니다.

애스터   네?

듀워쓰하이넷트 그건 또 웬 말이야. 하이넷트 거기 좀 걸어앉아라―.

　　하이넷트 형제는 의자에 걸어앉고 애스터는 좌편 쪽에 두 사람과는

좀 거리가 있게 서서 있다

듀워쓰 하이넷트 하이넷트, 대관절 그게 무슨 말이냐. 그게 근 50일이나 보
지 못하던 형과 약혼한 이에게 대하는 인사人事이냐? 더구나 너
를 찾아서 이 머나먼 외국까지 온 우리 두 사람에게 대하는 온
당한 말이라고 하느냐. 그러해서야 어디 형이니 아우이니 하는
의誼가 어디 있으며 미래의 아내라 하며 장래의 남편이라는 정
이 어디 있겠니. 대관절 니가 여기 온 지 얼마나 되는지 알고나
있니?

리 하이넷트 겨우 40여 일밖에 더 되었습니까.

듀워쓰 하이넷트 40일이라는 게 그렇게 짧은 시일인 줄 아느냐. 니가 집에
서 떠날 적에는 1주간의 예정이었었지. 집을 떠난 후론 한번 자
세한 편지가 있나. 1주간이 넘어 2주간, 3주간이 획 지나가고 5
주간이 넘도록 이렇단 소식을 알 수 없으니까. 좀 바꾸어 생각
해보아라, 얼마나 궁금할까. 사람이 왜 그 모양이란 말이냐. 그
러고 급기야에 만나보니까 눈이 빠지게 기다린 사람의 사정은
조금도 살피지 않고 그래 '기다림을 받고 싶지 않다.' 그게 어디
당當한 소리냐. 어떻게 하는 세음細音인지 너의 속은 알 수 없다
마는 그래도 사람이라는 게 말 한마디에 정이 붙느니라. 그런데
어떻게 되었니, 너 그린다는 그림은.

리 하이넷트 저기 있는 저 그림이 그것이올시다.

듀워쓰 하이넷트 어디. (하며 그림 옆으로 가서 이윽히 들여다본다. 애스터 역시
듀워쓰와 함께 들여다본다) 인제 다― 되었구나.

하이넷트 네― 인제 조금만 더 수정허면 고만이지요.

듀워쓰, 다시 자기의 자리로 돌아온다.

듀워쓰 하이넷트　그러면 하이넷트, 파리에서는 늙은 어머니께서도 기다리
　　　　시고 또 미술전람회도 출품기일이 절박해 오니 오늘이라도 곧
　　　　우리와 함께 가자. 나머지 그림은 파리에 가서 그리려무나ㅡ.
　　　　애스터 씨, 좀 그렇게 권해주시우.
애스터　　형님께서 말씀하시는 대로 허시면 어때요. 나도 하이넷트 씨가
　　　　여기로 오신 후로 편지 한 장도 아니 해주셔서 얼마나 가슴이
　　　　쓰리었든지요. 네, 하이넷트 씨.

　　하이넷트 외면한다.

듀워쓰 하이넷트　너는, 너의 눈에는 저 가련한 애스터ㅡ 씨가 보이지 않느
　　　　냐.
리 하이넷트　형님, 나는 이곳에 온 것이 놀러 온 것이 아니올시다. 카르멘의
　　　　모델을 구하러 오지 않았습니까. 고심에 고심을 거듭하여 다시
　　　　얼을 수 없는 훌륭한 모델을 얻어가지고 인제 저만치 된 그림을
　　　　그대로 걷어가지고 가요? 그것은 나의 예술을 사랑하는 뜻으로
　　　　형님 말씀을 좇을 수 없습니다ㅡ 형님 나는 영원히 파리로 돌
　　　　아가지 않으려 합니다.
듀워쓰 하이넷트　무어!
애스터　　네?
리 하이넷트　애스터 씨, 애스터 씨에게는 대단히 미안합니다. 그러나 나는
　　　　영원히 파리로 갈 생각이 없습니다.
애스터　　만약 내가 이 서반아에 영원히 살겠다 허면?

리하이넷트 그래도 아니 되지요— 애스터 씨, 나에게는 연인이 있습니다.
　　　　　아니 일생을 함께하자는 굳은 심약을 맺은 내가 나의 모든 것을
　　　　　바치고 사랑하는 여자가 있습니다. 애스터 씨와의 약혼은 이 자
　　　　　리에서 파약破約합니다.

애스터　　네? 아, 아. (뒤로 혼도昏倒하려 한다. 듀워쓰 그의 몸을 받들다. 애스
　　　　　터 다시 정신을 가다듬어 서며 운다)

듀워쓰하이넷트 (흥분하여) 사랑하는 여자— 파약?

리하이넷트 저—기 저 그림의 모델 오르가가 나의.

듀워쓰하이넷트 듣기 싫다. 너의 입으로 그런 파렴치한 말이 이 형 앞에서
　　　　　나오니, 응. 부모가 허락한 약혼한 처녀를 죄 없이 내버리고 자
　　　　　기의 임의로 창기娼妓와 같은 모델 계집하고. 에이 분락墳落한 사
　　　　　람 같으니. 아— 우리 가문은 너로 해서 오점이 박혔다.

리하이넷트 (앙연快然*히) 나더러 가문의 희생이 되라고요? 나는 어디까지
　　　　　든지 나올시다. 나를 가장 사랑하는 자는 이 세상에 나밖에 더
　　　　　할 사람이 없을 것이외다. 형님의 마음에 좋은 것이 반드시 나
　　　　　의 마음에도 좋으리라고 누가 그런 어리석은 결론을 형님께 가
　　　　　르치더이까—.
　　　　　형님, 형님은 형님의 만족을 얻기 위해서 나를 굴복시키려 하시
　　　　　죠? —나는 나 자신을 위해서 고집하려 합니다.

듀워쓰하이넷트 무엇이야? 나는 나의 만족을 얻고자 억지를 쓴다? 좋—
　　　　　다, 무어라고든지 해라. 나는 꼭 너를 데리고 파리로 갈 터이
　　　　　다— 하이넷트, 고집을 말고 생각해보아라. 파리에서는—.

리하이넷트 더 들을 필요가 없어요. 나는 죽어도 아니 갈 테니 생각대로 하

| * 마음에 차지 아니하거나 야속하게. 원문은 '앙연昻然'이나 '앙연快然'의 오기로 보임.

세요.

리 하이넷트, 노기를 띠고 황급히 우편 입구로 나간다.

듀워쓰하이넷트　아—, 애스터 씨, 부끄럽습니다.
애스터　천만에 말씀예요. 모두 저의 불찰이올시다. (운다)

좌편 도어에서 오르가가 바구니에 식료품을 사 넣어가지고 급급히
흔연欣然한* 태도로 들어온다.

오르가　(손 있는 줄 채 모르고) 하이넷트 하이넷트, 맛있는 걸 좀 사렸더
　　　　니 저…….

비로소 두 사람과 시선이 맞으매 깜짝 놀랐다가 다시 의아한 표정으
로 두 사람을 보며 완완緩緩히 우편 도어 쪽으로 걸어간다.
애스터는 오르가를 주의하고 오르가 역시 애스터를 의시疑視한다.
듀워쓰 하이넷트, 모자를 벗으면서.

듀워쓰하이넷트　나는 하이넷트의 형 듀워쓰 하이넷트라 헙니다. 이 여자는
　　　　(애스터를 가리키며) 하이넷트의 약혼녀 애스터 양.
오르가　(다소 황당한 기색으로) 하이넷트의 친구 오르가.
듀워쓰하이넷트　아, 오르가 씨. 뵈옵기가 오히려 늦었습니다. 아우 하이넷
　　　　트가 너무 여러 가지 폐를 끼쳐서 불안합니다. (의자에 걸어앉

ㅣ　* 기쁘거나 반가워. 기분이 좋은.

는다)

오르가 　　…….

　오르가는 바구니를 우편 쪽 탁자 아래에 놓고 아무 말 없이 의자를 다가서* 걸어앉았다.

듀워쓰하이넷트 　처음 뵈옵는 오르가 씨에게 이런 말씀 하기는 좀 어렵습니다마는─ 하이넷트하고 관계를 끊어주실 수 없을까요.

오르가 　　그건 웬 말씀예요. (냉연冷然히)

듀워쓰하이넷트 　아우 하이넷트와 오르가 씨의 관계는 내 아우의 입으로 자세히 들었습니다. 그러나 내 말씀을 좀 들어주십시오. 하이넷트에게는 이미 부모가 허락한 약혼한 처녀가 있었습니다. 저─ 애스터 양이 그 처녀이올시다. 그뿐입니까? 하이넷트는 조만간 파리로 돌아갈 사람이올시다. 지금은 암만 일시의 흥분으로─ 아니 정情에 격해서 전후의 생각이 없이 오르가 씨와 굳은 언약이 있는지는 모르겠습니다마는 하이넷트는 필경 외국 사람이 아닙니까. 그리고 보면 내종乃終에는 피차간에 좋지 못한 결과가 생길 것이외다. 그러니깐 아주 일찌거니 손을 끊으시지요. 그리고 하이넷트를 우리에게 보내주시오.

오르가 　　(분연奮然히) 말씀을 중지허십시오. 무엇예요? 피차간에 재미없는 결과가 생긴다, 누구를 가리키시는 말씀이십니까. 오르가도 비록 교육은 없는 계집이지마는 자기의 애인이 외국 사람인지 아닌지를 가리지 못 허는 계집은 아녜요. 청하지 아니한 말씀은

─────

| * 어떤 대상이 있는 쪽으로 더 가까이 옮기어. 원문은 '닥아서'.

180

길게 허실 필요가 없습니다.

듀워쓰하이넷트 　그러면 관계를 끊지 않겠단 말씀이지요.

오르가 　물론이지요— 오르가는 열아홉 살 되는 오늘까지 자기의 정인을 남에게 빼앗겨본 일이 없어요— 참 별소리를 다 듣는군— 누가 하이넷트를 억지로 빼앗아 왔습니까. 한두 살 먹었으니 업어왔단 말이요. 남이 정이 있든 살든 말든 당신네한테 권고를 받을 오르가가 아니란 말예요.

듀워쓰하이넷트 　그러기에 이편 사정을—.

오르가 　사정이요? 사정이 어째요. 그따위 사정을 듣게 되면 오르가가 얼이문이* 있어도 오늘까지 살아 있지를 못했을 것예요. 듣고 싶지 않은 사정 이야기는 고만두시죠.

듀워쓰하이넷트 　그러면 이렇게 애원을 해도.

오르가 　성가셔요. (꽥 소리 지른다)

듀워쓰하이넷트 　오—냐. 너 같은 마녀는 완력으로라도.

　　듀워쓰 일어선다.

오르가 　완력? 호호호 굉장하시구려. 오르가는 주먹이 무서워서 애인을 뺏길 여자가 아니야.

듀워쓰하이넷트 　예—끼. 너 같은 계집은.

　　의자를 집어 머리 위에 높이 들고 오르가를 치려는 기세를 보인다. 오르가는 태연히 있다. 애스터 황급히 듀워쓰를 만류하고 완완緩緩히 오

| * '열 여든이' 정도의 뜻으로 추정되나 정확한 의미 불명.

르가 옆으로 와서 땅에 무릎을 꿇고 오르가의 무릎 위에 손을 얹으며

애스터   오르가라고 하시는 이, 나는 아무 말도 아니 허겠습니다. 오르
       가를 원망할 생각도 없습니다. 모두가 나의 숙명인가 보오이다.
       나는 나의 몸의 불운을 슬퍼하기 전에 오르가 씨의 뜨거운 정열
       에 느끼었습니다. 두 분 정의情誼를 떼는 것이 하늘의 죄를 받을
       것 같소이다. 오르가 씨, 나는 나를 원망할 따름이올시다. 나에
       게 하이넷트의 정을 어데까지던지 잡아 끌 만한 힘이 있었다면
       오늘날 이 결과가 생길 리가 있습니까. (운다) 사나이로 생겨서
       일층 더— 뜨거운 정열이 있는 여자에게 정을 둘 것은 정定한
       이치인 줄 압니다. 오르가 씨, 나는 열여덟 살을 일기로 속세를
       떠나서 여승이나 되어서 일생을 두 분 행복을 축수하기에 바칠
       생각이올시다. 오르가 씨, 아무쪼록 영원히 그 사랑을 변치 마
       시고 평화헌 가정을 이루시기를 바랍니다. 다만— (오열하다)
       다만— 이 세상에 불쌍한 애스터란 계집이 있었다는 것은 두 분
       께서 기억해주신다면 그것으로— 그것만으로 위안을 삼겠습니
       다. (운다)

   오르가는 애스터가 말하는 동안 석상과 같이 묵연默然히 앉았더니 돌
연히 격렬한 감동과 함께 뜨거운 눈물이 방타滂沱히* 뺨에 흐른다.

오르가   (애스터의 어깨를 얼싸안고) 아— 애스터— 더 말씀 마시오. 더
       말씀 마세요. 그래서 오르가를 울리지 마십시오— 오르가는 오

| * 방타하다 : 비가 세차게 좍좍 쏟아지다. 눈물이 뚝뚝 떨어지다.

늘까지 여간해서는 눈물을 모르던 계집이올시다. 천병만마千兵萬馬가 눈앞에 닥쳐 들어오더라도 눈 하나 깜짝일 내가 아니올시다. 날카로운 메스가 내 가슴을 찔러 후비더라도 굴할 내가 아니었습니다. 그러나 아— 애스터— 나는 그대의 성인과 같이 착한 말에 일찍 맛보지 못하던 뜨거운 눈물이 앞을 가립니다. 아— 오르가의 운명의 끝이 돌아왔다. 맹수와 같은 색마色魔들을 한마디에 물리치던 오르가도 그대와 같은 연약한 처녀의 거침없는 착한 말에는— 오— 용서허시오 애스터— 나의 죄를 용서허셔요.

애스터 오— 오르가 씨.

오르가 아무 염려 마십시오. 오르가가 한번 승낙한 이상에는— 훌륭히 단단斷斷코 정을 떼어버리고 하이넷트는 곱다랗게 그대의 손으로 돌리어 보내겠습니다.

애스터 네? 하이넷트를 나에게로?

오르가 염려 마십시오. 아— 나는 역시 데레제의 바에서 아첨으로 썩은 남자들에게 고기를 베어 파는 것이 나의 운명인가보다. 아—. (운다)

애스터 오— 나의 은인 오르가.

　　양인은 굳세게 포옹.
　　문외門外에서 이보릿지의 취한 목소리 난다.
　　오르가는 문득 일어서서 듀워쓰와 애스터의 양인을 우편 도어로 퇴장시킨다.

이보릿지 아무도 없느냐, 아무도.

오르가 ······.

이보릿지 (문을 박차고 들어와서) 오— 오르가. 너는 부러 이러니, 환장이 되었니. 내가 너를 보고 싶어서 얼마나 고생을 했는지 아—니. 그 되지 못한 해반주그레한* 화공장이한테 그래 너 같은 미인을 빼앗겼대서야 이 이보릿지의 얼굴은 어찌 되니. 아—니 서반아 군인의 치욕이란 말이야.

오르가 굉장한 일에다가 군인을 내세우는구려. 나라에서 녹緣을 내릴 때에 미인 다툼 하라는 명령이 있습디까. 당치않은 소리는 고만 두고 나가시우. 남의 집에 들어와서 이건 무슨 야료**요?

이보릿지 너를 만나본 이상엔 무슨 결말이든지 내고야 말지, 그대로 돌아 갈 내냐.

오르가 결말은 무슨 결말.

이보릿지 쉽게 말하면 싫다든지 좋다든지.

　　　오르가의 옆으로 달려든다.

오르가 비켜서세요. 싫다는데 왜 이러우. 벌써 언제부텀이오. 한 번이 나 백 번이나 매한가지에요.

이보릿지 정녕 싫어.

오르가 너무 추근추근하구려. 싫어요.

이보릿지 (열화와 같이 노해서) 예끼— 너 같은······. (하고 달려들려 한다. 이때에 우편 입구에서 황급히 청년 화가 하이넷트가 들어온다)

이보릿지 (하이넷트를 보고) 오— 너로구나, 환장이 하이넷트란 놈이— 오

＊ 해반주그레하다 : 겉모양이 해말쑥하고 반듯하다.
＊＊ 야료惹鬧 : 까닭 없이 트집을 잡고 함부로 떠들어댐.

　　　　냐, 잘 만났다. 나의 원수다. 자, 두말할 것 없이 완력으로라도
　　　　오르가를 빼앗아 갈 터이니 그리 알아라.

리하이넷트　완력? 오―냐. 니가 바라는 게 완력이면 하이넷트의 장력掌力
　　　　을 보여주마.

이보릿지　무어 어째? (장갑을 벗어서 하이넷트 앞에 던지고 칼을 빼어 든다)

　　하이넷트 포켓 속에서 육혈포를 꺼내어 든다.

오르가　(두 사람 가운데로 나서며 먼저 하이넷트의 손에서 육혈포를 빼앗아
　　　　들며) 점잖은 양반들이 이게 무슨 짓들예요. (이보릿지를 보며)
　　　　군도軍刀라는 것은 전지戰地에서나 빼서 들 게지 그렇게 함부로
　　　　쑥쑥 빼신단 말이오. 여보시오 이보릿지, 왜 그리 속이 없소. 조
　　　　금만 참으면 큰일 나우? 사람의 속은 모르고…… 글쎄 생각을
　　　　좀 해보오. 저이는 (하이넷트를 가리키며) 외국 사람이지. 임자는
　　　　고향 사람이지. 더구나 대위라는 벼슬을 허고 있지 않소? 돈푼
　　　　이나 있을 듯하니깐 한참 동안 주물러가지고 돈이나 마음껏 뺏
　　　　어 먹은 뒤에 훅 불어세우고* 나서 임자하고 살려고 벌써 생각
　　　　하고 있는 지가 오랜데 왜 이렇게 알심**이 없소?! 임자도 그렇
　　　　지 않소. 돈 만萬이나 가지고 가면 싫다고 헐 테요?

이보릿지　(점점 자세가 무너지고 입이 벌어지며) 그러면 그렇지. 내― 어쩐
　　　　지 너 허는 모양이 좀 수상하더라니. 아니 그러면 이 사람아 미
　　　　리 좀 그런 눈치나 (칼을 자루에 꽂는다) 조금이라도 보이지 이
　　　　사람아― 자 그러면 돈도 고만두고 내게로 (하며 오르가의 손을

---

* 불어세우다 : 사람을 따돌려 보내다.
** 보기보다 야무진 힘.

잡으려 한다. 오르가는 돌연히 이보릿지를 저격하였다. 이보릿지는 고민하며 엎어진다. 모든 일이 순간이었다.)

오르가는 이보릿지의 죽어가는 것을 주시할 따름이다.

하이넷트 (경악하여 오르가에게로 달려들며) 오— 오르가—.
오르가 　(좌수左手를 공중에 내밀며) 하이넷트, 오시지 마셔요. 당신은 지금부터 내 몸에 손을 대지 마세요. 안 되어요, 저리 가셔요.

오르가는 돌연히 자기의 목에 육혈포를 대고 일발—發 놓았다. 아 소리 지르며 뒤로 자빠지려 한다.

하이넷트 (황급히 달려 오르가를 안고) 오— 오르가 이게 무슨 일이오?
오르가 　하, 하이넷트. 최후의 내 사랑 하이넷트. 나는 죽더라도 나의 정신은 저기 저 (그림을 가리키며) 그림에 쏘, 쏟아놓았으니 아무쪼록 아무쪼록 영원히 그, 그대의 머리맡에 노, 놓아주시우. 아—.

이때에 총소리에 우편에서 듀워쓰, 애스터 나와 선다.

하이넷트 (떨리는 목소리로 뜨거운 눈물을 뿌리며) 오르가, 오, 오르가. 오르가는 지금 죽어도 나의 영겁의 아내이다.
애스터 　(오르가에게로 달려들며) 오르가—.

오르가는 떨리는 손으로 애스터의 손을 잡는다. 애스터에게도 뜨거운 눈물이 흐른다.

　듀워쓰는 모자를 벗는다.

　어느 곳에서인지 사현금四絃琴*의 애원哀怨한 곡조가 흘러들어온다.

막.

─『운명』, 창문당, 1930년.

희무정噫無情 (2막)

고故 불국문호佛國文豪 위고 원작

윤백남 재각색再脚色

시대

1815년 10월 초

장소

불국佛國* 시골 소도회小都會 떼이뉴

인물

장발장	19년 수囚**
승정僧正 미리엘	70세가량
승정의 매妹	50여 세의 노과부老寡婦
콜빠쓰	주점 주인
同	여주인
노병老兵 카루노	

* 프랑스.
** 죄인, 감옥수.

헌병
형사
소녀 마데일드
부근사람 갑, 을, 병
소아小兒 7인

제1장

불란서 시골 소도회 떼이뉴 동리 끝에 있는 콜빠쓰 주점 앞.

후편에 비스듬히 보이는 벽돌집 주점酒店. 중앙에 있는 열어놓은 비扉로 그 내부가 조금 들여다보이고 비 앞에 수 개의 테이블과 의자가 부정돈不整頓하게 놓여 있다.

정면에는 잔설殘雪이 산골짜기에 줄기져 남아 있는 연산連山과 그 앞으로 넓은 들이 멀리 보인다.

좌편에는 낙엽落葉된 수목樹木. 때는 겨울 석양. 우편 쪽 첫머리 테이블에는 3인의 객이 트럼프의 승부에 열중하다가 승부의 끝을 마쳤는지 와―하는 환성喚聲이 일어나다.

노병   자아, 뚜로아가 졌지.

갑   그러면 그렇지 별수 있나. 자아 두말 말고 오늘 세음細音은 뚜로아가 치르게.

을   내가 졌어야 물지.

노병   졌어야지라니? 원 참 세상에 자네같이 뻔죽뻔죽*헌 사람은 처음 보았네. 졌거든 졌다고 승복을 헐 일이지.

을	결국結局이나 다 짓고 말을 해야지. 끝도 나기 전에 자네들이 뒤흔들어버리지 않았나. 그러구서 무슨 승부가 났다고 헐 수 있나.
노병	아―니 그러면 자네의 뜻은 한 번 더― 해보잔 말인가?
을	아무렴, 해보고말고. 내가 이기기까지.
갑	허허허, 이기기까지라 뱃속은 퍽 유헌걸.
노병	다섯 번을 내리 진 위인이 또 허면 무얼 허나. 재수가 있을 적에 덤벼들게. 그야 자네가 부득부득 허자면 허기야 허지. 내 주머니는 끄르지 않을 것이니까. 그러니까 여보게 고만 닻줄 감게. 섣달 대목이 내일모레가 아닌가. 정초에 술잔값이나 남겨 두어야지, 그렇지 않은가?
갑	옳은 말이야. 나이 먹은 이 아니면 그런 말이 나올 줄 아나― 오늘 술값이나 내고 고만두게.
을	그따위 잔소리는 고만두고 또 해보잔 말이야. 승부는 최후 5분간에 있으니까.
노병	승부는 최후 5분간에 있다? 승부는 최후 5분간. 이애 이건 참 반가운 소리를 듣는군. (일어서서 을에게 악수를 청하며) 자네는 나폴레옹 황제의 병법을 고대로 쓰잔 말일세그려. 자네 군대생활을 했던 일이 있나?
을	아―니.
노병	그러면 군대와는 조금도 관계가 없었단 말이지?
을	다소 관계가 있었다면 있었다고도 헐 수가 있지.
노병	그러면 그렇지. 그렇지 않고서야 최후의 5분간이라는 훌륭한

---

* 번번하게 생긴 사람이 자꾸 얄밉게 이죽이죽하면서 느물거리는 모양.

신념이 있을 리가 만무허지— 그런데 참 요새 자네는 직업을 고 쳤다데그려. 무얼 허나.

을   직업? 직업은—, 빨래장수—.

갑   빨래장수— 허허허.

노병   아—니 웃을 게 아니야. 나폴레옹 황제의 교훈이 빨래장수 허 는 사람에게까지 감화를 누린 것을, 생각허구 보면 더욱더욱 나 폴레옹 장군이 참 미웅美雄이었던 것을 알 수 있단 말이야. 내 어 느 때 한번 내가 이야기했던가 이태리 마렝고 싸움에 장군께서 나한테 직접 허신 말씀이 이제껏 쟁쟁허게 남아 있어.

갑   못 들었는걸.

노병   못 들었어. 그러면 똑— 마치 좋—군. 내 이야기를 헐게 들어보 게. 이태리 마렝고 싸움이라면, 가만히 있거라. (손을 꼽아보며) 벌써 20년이나 되네마는 그러지 아니해도 따뜻한 이태리인데 더구나 여름이라 폭양暴陽은 내리쬐고 매일같이 행군만 헌다. 그 리고 보니까 병정들이 견딜 수가 있나. 기가 턱턱 맥힐 지경이 지. 병정들뿐인가 사관들까지라도 죽을 지경을 당허고 보니까 이 구석 저 모퉁이에서 수군거리는 게 모—두 장군에게 대한 원망이오 불평뿐이라— 장군만 맛있는 음식을 먹고 색다른 이 태리 계집을 노상 품 안에 끼고 있는 줄로만 빈정거린단 말이 야— 그 어느 날 밤이던가. 내가 보초병으로 전선에 서서 있을 적에, 그때가 마침 칠월 중순이라 밤에도 푹푹 찌고 사지가 나 른한데다가 도대체 대장에 대해서 불평이 가득헌 때라 고만 정 성精誠이 탁 풀어졌다. 그래서 예—끼 망헐 놈의 것, 나도 잠이 나 한잠 푸근—허게 자고나 보자고 어깨에 메었던 총을 옆에다 내던지고 쿨—쿨— 코를 골고 한잠 잤네그려. 아, 잠이 든 지

몇 시간이나 되었던지 새벽녘 선들선들헌 바람이 목덜미를 선뜩선뜩 스쳐 가는 바람에 깜짝 놀래서 깨보니까 옆에 놓았던 총이 간 곳이 없단 말이야. 이애 이게 웬일인가 허고 앞을 보자니까 어느 틈에 다른 병정 하나가 내 대신 떡— 서서 있데그려. 대관절 누가 이렇게 친절히 내 대신을 보아주나—허고 눈을 부비면서 한 걸음 두 걸음 앞으로 나아가보니까— 내 어찌 놀랬던지 정신이 아득하데— 밤눈에도 번쩍번쩍허는 금색견肩은 갈 데 없는 나폴레옹 장군이더란 말이야…… 너무도 일이 창졸간이라 어안이 벙벙히 있으려니까 장군이 나를 힐끗 한번 보시더니 종용從容히 '니가 이곳을 맡아가지고 있었더냐. 매일같이 행군과 전투를 하려니까 몸이 피곤해서 그런 것도 용혹무괴容或無怪*어니와 보초의 임무라는 것은 극히 중대헌 것이야 응. 보초의 실책으로 전 군대의 패배를 짓는 일도 적지 아니하니까. 이후부터는 극히 조심을 해야지. 오늘은 다행히 내가 대신을 보았으니까 관계치 않지만' 허시고 다시 아무 말 없이 총을 내주시고 가버리시데그려. 내 어찌 감격했던지 등에선 진땀이 흐르고 저절로 눈물이 흐르데. 그 이튿날 여럿이 모인 곳에서 그 이야기를 퍼트려 놓았더니 누구나 다— 대장의 관후寬厚한 덕을 칭송 아니 허는 자가 있겠나. 그 뒤부터는 대장에 대해서 감히 불평을 머금는 자가 없어졌단 말일세.

갑   응— 참, 굉장헌 일일세. 그러면 나폴레옹 장군은 계집을 끼고 자긴설네** 개 모양으로 온밤을 군중軍中으로 돌아다니던 게로구면.

---

* 혹시 그럴 수도 있으므로 괴이할 것이 없음.
** 자긴커녕.

192

을	이애 그래도 나폴레옹 장군은 계집을 좋아하더란다.
노병	나폴레옹 장군이 호색을 헌다? 미친 위인들 같으니. 장군의 허시는 일은 모—두가 국가를 위해서 허시는 일이란 말이다.
갑	국가를 위해서 호색을 헌다?
을	이애 이건 참 굉장헌 일이다. 그러면 나도 국가를 위해서 주둥이가 망나니구 응덩이가 함부로 퍼진 우리 마누라를 내쫓아버릴까 부다. 허허허.

갑, 을 양인이 홍소哄笑.
이때 바의 여주인이 안에서 나온다.

갑	이애 나도 국가를 위해서 주인 아씨의 손목이나 한번 쥐어보겠다.
을	어디 나두 한번.
여주인	호호호 웬 말씀들예요. 국가를 위해서라니? (방 안에서 합창소리 들린다) 우리두 국가를 위해서 박자나 쳐줍시다그려.

4인이 노래를 따라 그리한다.
이때 장발장이 좌편에서 긴 지팡이에 몸을 의지하여 비척거리며* 들어와서 좌방左方 끝에 있는 의자에 몸을 던진다. 4인이 박자치기를 중지하고 수상스레 그의 행동을 살핀다.
여주인은 장발장에게로 가까이 간다.

| * 비척거리다: '비치적거리다'의 준말. 몸을 한쪽으로 약간 비틀거리거나 가볍게 절룩거리며 계속 걷다.

여주인　무엇을 자시렵니까.

장발장　면포麵麭허고 무엇이든지 따뜻한 국 한 그릇만.

여주인　네에—. (머뭇머뭇한다)

장발장　아니 돈은 여기 이렇게 있습니다.(회중懷中에서 돈주머니를 내서 흔들어 보인다)

이때 남男주인이 좌편 도어에서 등장.

여주인　아—니 그런 게 아니라요, 우리 집에서는 전부터 처음 오시는 손님에게는 선세음先細音을 받던 터이니까 그랬습니다.

여주인은 남주인에게로 가서 무엇인지 사어私語*하였다. 남주인과 여러 사람의 얼굴에는 안도의 빛이 올랐다.

남주인은 도어 안으로 퇴장.

병　(좌편에서 등장) 카루노—. 아, 여기 계십디까. 댁에서는 파리에서 편지가 왔다구 영감을 찾으러 다니시는 모양입니다.

노병　나를 찾어. 아마 또 그 파리에 있는 쫄쥬란 놈이 돈 좀 보내달라고 허는 편지이겠지. 어디 좌우간 가서 볼 수밖에. 여러분 앉아서 노시우. (카루노는 퇴장하고 남주인이 다시 등장)

갑,을,병　네—.

병　곧 다녀오십쇼.

갑　그 노인, 사람은 참 좋—더라.

─────
| * 드러나지 않도록 조용히 하는 말.

194

을	나폴레옹 이야기만 끄집어내지 말았으면.
남주인	그건 그렇게 허실 말씀이 아니죠. 구은舊恩을 잊어버리지 않는 게 그 노인의 좋은 점입죠. 그런데 그 노인의 생질生姪 한 분이 파리에 가서 계신데 아주 난봉이랍니다.
여주인	(남주인에게) 손님 자실 것을 좀 얼른 만들라고 그래요.
남주인	아, 참, 어디 들어가 보자.

남주인 퇴장.

여주인	(병에게 술을 치며) 무슨 재미있는 이야기나 좀 허시구료, 네.
병	날더러 이야기를 허라고? 별로 재미있는 이야기는 없지마는 그 끄저께 내 참 이상헌 이야기를 들었지.
여주인	무슨 이야기에요 좀 허십쇼그려.
병	그끄저께 내가 쓰론에 볼 일이 있어서 갔었지. 그런데 내가 가던 전전날에 쓰론 감옥에서 19년 수囚 하나가 방송放送이 되었대.
갑,을,여주인	19년 수?
병	19년 동안이나 옥에 갇혀서 있던 위인이니까 방송이 된 후라도 또 어떤 흉악헌 짓을 헐는지 모르겠다고 해서 쓰론 시에서는 아주 야—단이 났드라데.
갑	그럴 테지.
을	그래서.
병	그래서 아마 경찰서로 운동했던지 그 위인이 감옥에서 나온 그 이튿날 곧 쓰론 시에서 내쫓아버렸데그려. (장발장은 몸을 돌리어 여러 사람과 외면하였다) 자아 그러고 보니까 이것 좀 보아. 그 놈을 내쫓은 쓰론 시에서는 좋겠지마는 다른 동리에서는 좀 걱

정거리가 아닌가.

을　　　 아무럼 그렇구말구. 그놈이 거쳐 가는 동리마다 주민들이야 안
　　　　심허고 잘 수가 있나.

여주인　그래 어디로 갔답디까 그 위인이.

병　　　 아마, 뽄다리에로 갔다지.

여주인　뽄다리에? 에그머니나 저를 어쩔까. 뽄다리에 가려면 이 동내洞
　　　　內를 거쳐 가야 헐 텐데.

병　　　 저를 어쩌다니, 별수 있나. 물건이란 물건은 죄─다 내놓고 목
　　　　숨만 살려줍쇼, 헐 수밖에 없지.

갑　　　 그래 그 위인의 이름은 무엇이라든가.

병　　　 장발장, 이라지 아마.

　　장발장은 악연愕然히* 놀랬다. 조금 전부터 장발장의 행동을 살피던 갑
은 장발장 앞으로 가서 앉으며 술잔을 준다. 여주인, 우편 도어로 퇴장.

갑　　　 자아 내 술 한 잔 먹어보게 장발장.

장발장　……．

갑　　　 어째 아니 먹으려나, 응. 내가 주는 술은 먹을 수가 없단 말인가.

　　이때 여주인이 면포 한 접시를 가지고 나와서 장발장에게 주려 한다.

갑　　　 (가로막으며) 아니 가만히 있어. 그것을 주기 전에 내가 좀 물어
　　　　볼 말이 있단 말이야─ 자네 어디서 왔나, 응.

────────────
| * 몹시 놀라 정신이 아찔하게.

장발장   …….

갑   어디서 왔느냐 말이야. 이 사람, 시원스럽게 대답을 좀 허게. 이
         건 벙어리가 되었나— (여주인이 안에서 수프를 가지고 나왔다. 갑
         은 그것을 가로 뺏었다)

장발장   왜 이러십니까 네. 그것은 내가 부탁해 만든 것인데 왜 아니 주
         려고 그리십니까.

갑   누가 아니 준다나. 내가 묻는 말에 대답만 허면 얼른 내줄 텐데
         왜 대답을 아니 해 응. 자, 어디서 왔느냐 말이야.

장발장   저, 저, 쓰론에서 왔습니다.

갑   쓰론?

         여러 사람을 돌아다보고 눈짓한다.

갑   쓰론, 쓰론에두 동리가 있지. 넓은 쓰론 어느 동내洞內에서 왔느
         냐 말일세. —응— 말 못해— 그렇지, 대답허기 어려울 것이
         다. 니가 대답을 못 허면 내가 대신 말해줄까— 쓰론 감옥에서
         나왔지— 그리고 너의 이름은 장발장.

을,병,여주인 장발장—?

         이때 안에서 남주인이 다시 등장.

갑   자아 어때, 틀림없지.

남주인   웬일이십니까.

갑   이 자식은 전과자야. 징역을 살았어.

남주인	징역을 했다?
갑	징역도 여간인가. 19년 동안이나 감옥에 있던 유명헌 장발장.
남주인	19년 수囚? 에그 그러면. (하고 상 위에 있는 음식을 가지고 가려 한다)
장발장	왜 이러십니까 주인. 그것은 내가 먹으려고 부탁해서 만든 것이 아닙니까. 그러기에 돈은 얼마든지 있다고 그러지 않았습니까 네.
남주인	돈이구 무엇이구 그런 흉악헌 전과자인 줄 안 이상에는 음식을 팔 수 없어.
장발장	그건 무슨 인정 없는 말씀이십니까. 내가 가사假使 장발장이든 아니든 돈을 내놓고 음식을 사려는데 아니 파는 경우가 어디 있습니까. 전과자에게는 음식을 팔지 말라는 법률은 없겠죠. 자— 그러시지 말고 기왕 가져온 그 음식이나마 먹도록 해주십쇼.
남주인	안 판다면 안 팔어요.
장발장	아, 여보십쇼. (갑에게 향하여) 당신의 말씀으로 이렇게 된 것이니 그러시지 말고 저 면포 하나만 팔도록 말씀을 좀 해주십쇼.
갑	내가 무엇이 안타까워서 그래. 못 해. 전과자는 보통사람과 달러. 너같이 간밥* 냄새가 몸에 젖은 흉인凶人허고는 말도 허기 싫어— 우리는 너 같은 위험헌 인물이 옆에 있으면 마음이 꺼림칙해서. (을이 갑에게 가서 옆구리를 쿡 지르며 눈짓한다) 무얼 어째 상관있나. 제가 어쩔 테야.
장발장	위험한 놈이라고 허시지만 어째서 내가 위험합니까 네? 그야 이제껏 감옥에 있었긴 했었죠. 그러나 만약 내가 위험헐 것 같

| * 은어로 '쉰밥'을 이르는 말.

198

으면 감옥에서 내놓을 리가 있습니까. 인제는 위험치 않다 다시는 흉악헌 짓을 아니 하리라는 생각이 돌았길래 방송放送한 것이 아니오니까— 너무 그리시지 말고 될 수 있으면 여러분 틈에 끼어서 함께 음식을 먹게 해주십쇼.

갑   이런, 되지 못한 송아지가 응뎅이에서 뿔이 난다구, 제 신분을 모르고 함부로 날뛴다. 그야 관청에서는 가두어 두는 한이 있으니까 방송했을 것이지만 우리는 도저히 용서헐 수 없단 말이야.

여주인   여보 돈도 싫으니 어서 좀 내보내 주우.

을   그 위인을 내보내지 않으면 우리가 모두 가는 수밖에 없지.

병   그렇구말구. 일찌거니 각기 제집으로 돌아가서 문들이나, 튼튼히 잠그는 게 아마 제일 상책일 것 같다.

　　을이 여주인에게 무엇인지 사어私語한다. 여주인은 황급히 좌편으로 퇴장.

남주인   자아, 저걸 보아. 그대 하나 때문에 여러분 손님이 다— 가신다고 허신단 말이야. 자, 잔말 말고 어서 좀 나가주게 응.

장발장   나가긴 허드래도— 저 면포 하나만 팔어 주시우. 네 주인.

남주인   안 된다는데 이건 참 벽창홀세.

장발장   벽창호? 어느 쪽이 벽창호야. 자아, 손님이 돈을 가지고 물건을 사려는데 아니 판다? 그러면 이곳에서는 이 돈은 (쩌렁쩌렁 흔들면서) 통용이 아니 되는 돈이란 말이오?

남주인   …… (말이 탁 막히었다)

장발장   그래 천하에 통용되는 돈을 가지고 물건을 팔라는데 아니 준다. 전과자는 음식을 먹지 말라는 법은 없겠지— 예—끼 망헐 놈의 것. 내가 마음대로 가져갈 터이다.

　장발장은 아호餓虎같이 음식 있는 곳으로 달려든다. 여러 사람은 실색하여 그를 내박쳤다.* 장발장은 땅 위에 엎어졌다. 그의 눈은 분노에 뒤집혔다. 그래서 다시금 맹렬히 싸우고자 일어설 때에 여주인의 급고急告로 헌병이 달려왔다.

헌병　　이놈아.

장발장　네, 나으리. (하며 주저앉았다)

헌병　　반항을 허면 쏘아 죽인다.

장발장　천만에 반항을 헐 리가 있습니까.

헌병　　(주인에게) 대관절 어떻게 된 일이야.

남주인　이 위인은 전과자랍니다. 19년 동안이나 옥에 있던 흉악헌 놈이랍니다. 아, 집에 와서 면포를 내노라 국을 가져오너라 합지요. 그건 어찌 되었든지 간에 여러 손님께서 벌써 전과자인 줄 아시고 모두 가신다고 그리십니다그려. 그래, 저로 말하더래도 여러 손님을 위하지 저 위인 하나를 위할 리가 있습니까. 그래서 빨리 나가 달랬더니 아, 막 야단을 치고 극기야極其也에 물건을 막 빼앗아 가려고 헙니다그려.

장발장　아, 아니올시다. 그런 게 아니라…….

헌병　　시끄러워. 잔말 말고 어서 나가, 응. 더 오래 있으면 양민의 방해가 되니까.

장발장　여보십쇼 나으리. 저는 나흘째 음식다운 음식을 못 먹고 굶다시

| * 내박치다 : 힘껏 집어 내던지다.

피 허고 왔습니다. 그리고 이 추운 날에 오늘도 또 먹지를 못하고 한데서 자고 보면 저는 이, 얼어 죽습니다 나으리. 나으리의 덕택으로 음식을 좀 사서 먹게 해주십쇼.

헌병　　얼어 죽든 굶어 죽든 내가 아랑곳이 있느냐. 잔말 말고 어서 나아가.

장발장　아아—. 다—다— 같은 주인이건만 어째서 나는 사람의 대접을 못 받는고— 아, 어쩔 수 없습니다 나으리 저를 감옥으로 다시 보내주십쇼. 감옥밖에는 나를 평안히 재워줄 곳이 없습니다.

헌병　　감옥에? 흐응, 감옥에 가고 싶거든 무슨 죄든지 지어보렴 응. 그따위 소리 고만두고 어서 가거라.

장발장　나으리, 제, 제—발 저 면포 한 개만.

헌병　　에이, 잔소리 말라니까. (장발장의 어깨를 매정스럽게 쳤다) 내가 너의 심부름꾼이냐?

　　장발장은 땅 위에 엎드려졌다. 헌병은 여러 사람에게 바 안으로 들어가라고 눈으로 일렀다. 여러 사람은 헌병과 함께 차디찬 조소를 얼굴에 띠고 바 안으로 몰려 들어갔다.

　　어느덧 해는 떨어져 버렸다. 바 안에서는 일시에 불을 켰다. 그리고 우라를* 고창高唱하는 환성喚聲의 홍소가 한동안 떠들썩했다.

　　장발장은 땅에 엎드린 채 죽은 사람과 같이 오랫동안 움직이지 아니하였다.

　　이때 소녀 마데일드가 좌편에서 등장.

* 우라hourra를 : 건배를, 만세를. 〈영겁의 처〉에서도 건배, 만세의 의미로 '우라'가 쓰였음. 원문은 '우과를'.

소녀	(엎드려 있는 장발장을 보고 소스라쳐 놀랐다가 다시 장발장에게 가까이 오며) 영감님 영감님—. 땅에 누우셨네— 어디가 아프신가, 영감님.
장발장	(간신히 머리를 들고 한참 동안 마데일드를 노려보다가) 너는 나를 보고도 무섭지 않으냐?
소녀	아—니요. 왜 무서워요?
장발장	나는 사람들이 모두 싫어하는 전과자이다.
소녀	전과자? 전과자라는 게 무엇에요, 네 영감님.
장발장	감옥에서 징역을 허든 위인이란 말이다. 커—단 사람들도 나만 보면 무서워하고 미워한다. 그뿐이냐? 돈은 있건만 음식도 아니 팔고 재우지도 아니하고 내쫓으려고만 헌다.
소녀	에그 참 겁쟁이들도 많어이. 그래서 영감님은 이 땅 위에서 주무십니다그려. 우리 집이 좀 넓었더면 뫼시고 가서 주무시게 헐걸 그랬습니다. 어머니께서는 내 말이라면 무엇이든지 들어주시는데— 오, 참 좋은 수가 있습니다. 영감님 저— 승정僧正님 댁에 가보시지 않으셨죠?
장발장	아—니.
소녀	그러면요, 그리 가보셔요. 나두 그 댁 앞으로 지나서 갈 테니까 뫼셔다 드리지요.
장발장	거기선들 나를 재워줄 리가 있느냐.
소녀	아네요, 그렇지 않습니다. 그 승정님께서는 사람 구허기를 좋아 허신답니다요.
장발장	(잠깐 생각하다가) 어디 그러면 네 말대로 가볼까 보다.
소녀	네, 그렇게 허세요. 거기는요, 따뜻한 담요도 있답니다.
장발장	(꿈속으로 거니는 듯한 동경에 잠기어서) 오— 따뜻한 자리? 아아,

꿈이거든 깨지 마라—.

　장발장은 비틀거리며 일어섰다. 소녀는 장발장의 오른팔을 잡고 저
축거리는* 장발장을 인도해나간다.

막.

제2막

　승정 미리엘 저邸 실내. 하오 7시경.

　방 좌우에 비扉. 좌편의 그것은 가로街路로 통하는 문이오 우편의 그
것은 주방과 내실로 출입하는 비. 정면 중앙에는 벽난로에 불이 얼른얼
른** 타고 있고 그 벽을 격隔하여 좌우 양편에 한 간통***쯤 쑥 들어간 간間
이 있다. 실내 전부는 마치 요凹자형을 지어 있다. 좌편 쪽 간間에는 유리
창 두 개가 있고 그 밑에 장의자長椅子 1각脚이 있으며 우편 쪽 간에는 조
그마한 창 하나가 있다. 그리고 그 창 밑에는 목제침대가 놓여 있다. 벽壁
스토브 위에는 황금색 십자가, 그 양 옆에 은촛대, 그 위 벽에는 성모마
리아의 초상화가 걸리어 있다. 실室 중앙에 테이블 그 주위에 3각의 의자
가 있다. 모든 기구는 질소검박質素儉朴하고 벽과 천정은 이곳저곳이 퇴락
했다.

　승정의 노매제老妹弟는 혼자 테이블 위를 치우고 승정의 식탁을 준비
하는 중이다.

---

* 저축거리다 : 다리에 힘이 없어 다리를 절며 걷다.
** 큰 무늬나 그림자 따위가 물결 지어 자꾸 움직이는 모양. 원문은 '얼넝얼넝'.
*** 넓이의 단위로, 칸통과 같은 말. 한 칸통은 집의 몇 칸쯤 되는 넓이이다.

빨래장사   (전막에 나오는 을乙. 좌편 비를 열고 고개만 들이밀며) 승정님 계십
　　　　니까.

노부인(승정의 매제) 나는 누구라고. 들어오게그려. 승정께서는 안에서 편지를
　　　　쓰시는 중이신데 왜 무슨 일이 있나? 아직 빨래는 나지 않았네.

빨래장사   (들어와서 빨래보퉁이를 내려놓으며) 아니올시다. 빨래할 것을 줍
　　　　시사고 온 것이 아니라 승정을 뵙고 좀 여쭈어둘 일이 있어서
　　　　왔습니다. 다른 말씀이 아니라요 이 동내洞內에 흉악헌 전과자가
　　　　들어왔습니다.

노부인   흉악헌 전과자?

빨래장사   네ー. 19년 동안이나 감옥에 있었던 장발장이라고 허는 위인이
　　　　랍니다. 그 소문이 나자 동내 사람들은 모ー두 문을 단단히 잠
　　　　그고 총에다가 탄환을 재워둔 집도 있다든걸요. 그래서 그 위인
　　　　이 또 댁에나 혹시 와서 승정님을 몰라뵙고 어떤 흉악헌 짓을
　　　　헐는지 몰라서 좀 연통을 해드리자고 왔습니다.

노부인   고마우이. 그런 흉악헌 위인이 또 어쩨 이 동내로 들어왔단 말
　　　　인가.

빨래장사   쓰론 감옥에서 나온 후에 뽄다리에로 가는 길이니까 아마 이 동
　　　　내로 들어온 모양이올시다.

노부인   그래 자네 눈으로 그 위인을 보았나?

빨래장사   아, 보고말고요. 지금 막ー 콜빠쓰 바에서 그 위인을 보고 여럿
　　　　이 그 위인을 내쫓은 뒤에 곧 댁으로 왔습니다. 아따 키하고 눈
　　　　된 품이 흉악헙디다. 키는 아마 여섯 자가 넘죠. 보기만 해도 어
　　　　마헙디다.

노부인   에그머니나. 말만 들어도 몸서리가 쳐지네.

빨래장사   에그 참, 나야말로 이야기에 팔려서 볼일을 잊었었군. 그럼 저

는 물러갑니다. 승정님 뵙고 그런 말씀이나 아뢰십쇼— 갑니다 조심하십쇼— 에이 추워—.

노부인　조심해 가게.

　빨래장사가 퇴장하자 승정이 우편 쪽에서 나왔다.

승정　무얼 그리들 떠드느냐.

노부인　지금 막— 빨래장사가 왔다 갔는데요 이 동내에 흉악헌 전과자가 들어왔답니다그려. 그래서 동내 사람들은 야단들이랍니다. 저 촛대도 안에 들여다 두지요.

승정　아니 그냥 두어라. 그 은촛대로 말허면 할아버지 때부터 전해 내려오던 우리 집 보패寶貝*로 하루라도 불을 아니 켠 날이 없지 않느냐 응. 은촛대에다 불을 켜놓고 은접시로 따뜻한 국을 마시는 게 하나님께 바친 나의 간난艱難*한** 생활 가운데에 유일의 낙이 아니냐.

노부인　네—. 그럼 오라버님 말씀대로 그냥 두겠습니다마는, 문이나 굳게 잠글까 합니다.

승정　그것도 쓸데없는 짓이야 응. 이 집으로 말허면 내가 있으려고 지은 것이 아니라 교당敎堂 한 모퉁이에 빈민병원용으로 지었던 것을 내 집하고 바꾸었던 것이 아니냐. 아무리 문을 굳게 잠갔드래도 벽 한 겹 밖에는 바로 큰 길이 아니냐 응. 들어오려고만 허면 벽을 뚫고라도 들어올 수가 있지. 집 밖에 있는 도적을 두려워하기 전에 자기 가슴속에 있는 마귀를 먼저 두려워할 것이

---

* '보배'의 원말.
** 간난하다 : 몹시 힘들고 고생스럽다.

다— 만약에 날은 저물고 갈 바를 모르는 나그네가 찾아와서 진심으로 문을 두드린다 허면 너는 어떻게 헐 터이냐 응. —하나님께서는 무엇이라고 우리들에게 말씀하셨나 —구해라 그러면 받으리라. 두드리라 그러면 열리리라— 허셨다— 아 참 예전 버릇으로 고만 설교가 되어버렸구나. 자아 음식이 식기 전에 그러면 함께 먹자. (양인은 식전의 기도를 올린다. 그리고 식탁에 앉으려 할 즈음에 좌편 문밖에서 노크소리 난다)

승정 들어오시오. 누구신지는 모르나 염려 마시고 들어오시오.

　　장발장, 비척거리며 들어온다.

노부인 (실색하며) 아 두려운 전과자, 저 사람이로군.

승정 (종용히 손으로 노부인*을 제制하며) 요란스럽다.

장발장 네, 전과자올시다. 그렇습니다 두려운 전과자올시다. 이제껏 이름을 감추고 다니다가 가는 곳마다 실패를 했습니다. 나는 장발장이라고 부르는 두려운 전과자올시다. 무엇이든지 먹을 것을 좀 팔아주십쇼. 그리고 마부간馬夫間 북데기** 속에서라도 관계치 않습니다. 하룻밤만 드새고 가게 해주십쇼.

승정 이 집은 내 집이 아니올시다.

장발장 그러면 뉘게다 청해야 합니까. 뉘게다 부탁해야 헐까요. 이곳에서도 나를 내쫓으시렵니까?

승정 진정허시오. 그리고 이리로 와서 걸어앉으시오. 이곳에서는 아

---

* 원문의 무대지시문에는 '노부인老婦人'과 '매제妹弟'가 섞여 사용되었으나, 여기서는 '노부인'으로 통일함.
** 짚이나 풀 따위가 함부로 뒤섞여서 엉클어진 뭉텅이. 원문은 '북덕이'.

	모阿某도 당신을 내쫓으려는 사람은 없소이다. 그리고 맛은 없으나마 따뜻한 음식도 있으니까 아무 염려 마시고 하룻밤 아니라 며칠 밤이라도 주무시고 가시죠.
장발장	당신께서는 금방 내 집이 아니라고 그러시지 않으셨습니까?
승정	그렇습니다. 이 집은 모—든 가난한 사람들의 집이올시다. 날은 저물어 갈 바를 알지 못하는 나그네, 세상 사람에게 욕을 당하고 괴로움을 받는 모—든 간난艱難한 우리 동포 형제의 집이올시다— 나는 당신이 말씀하시기 전에 벌—써 당신의 이름을 알고 있었습니다.
장발장	내 이름을 벌써 알았었다.
승정	그렇지요— 나의 동포, 형제라는 이름으로.
장발장	(깊은 느낌에 떨면서) 형제? 형제. 19년 동안 옥에 있던 전과자더러 형제라고?
승정	그렇지요. 누구나 다— 나에게는 반가운 형제올시다. —자아 음식이 식기 전에 맛이 없으나마 이리 와서 자십쇼.

　장발장은 김이 무럭무럭 나는 음식을 이윽히 바라보다가 맹렬한 식욕의 충동으로 아호餓虎같이 식탁으로 달려들어서 떨리는 손으로 허벌떡 먹는다.
　승정은 동정의 눈으로 그것을 바라보고 있다. 노부인은 안에서 다른 음식을 가지고 나와서 장발장 앞에 밀어놓고 들어갔다.

승정	자아, 얼마든지 사양 말고 자십쇼. 우리 집에서는 어떠한 반가운 손님에게라도 더 맛있는 음식은 준비허지 아니합니다— 그러나 내일이나 되면 닭이라도 잡아서 자시게 하겠습니다.

장발장	……. (다만 극도의 감격이 그의 눈자위를 붉게 했을 뿐이다)
승정	당신도 오늘날까지에 여간 고생이 아니었습니다그려.
장발장	고생? —고생— 나는 오늘날까지 아모阿某한테도 말하지 아니하던 나의 내력을 모—두 쏟아놓고 싶다. (일어서서 다른 의자에 바꾸어 앉으며) —나는 파리에서 그리 멀지 아니헌 뿌라이 땅 산중에 있던 초부樵夫의 아들이었습니다. 열두 살 먹던 해에 부모를 다 여의고 매부의 집에 일신을 의탁하게 되었습니다. 무슨 팔자가 그리도 기구하던지 내가 20세가 되자 매부는 대수롭지 아니한 병이 원인으로 일찍이 세상을 떠나고 보니 나는 누이의 일가족을 먹여 살리게만 되었습니다. 열세 살이 제일 위로, 어린것이 일곱이나 있고 보니 여간 힘으로는 그것들의 배를 충분히 채워줄 수는 없었습니다. 그나, 밑천이 좀 있다든지 식자識字나 좀 있을 것 같으면 그리 걱정될 것은 없겠지마는 그렇지도 못하고 보니까 어쩔 수 없이 닥치는 대로 내 힘껏 일을 했었습니다. 나는 나무도 베어냈다, 티질*도 했다, 사냥질도 했다, 어떠한 막벌이일지라도 돈만 생긴다면 죽을힘을 써 보았습니다마는 내 팔뚝 하나만으로는 아무리 해도 아홉 가족의 입속에 따뜻한 음식을 넣어줄 수는 없었습니다. 그나마 날이나 좋으면 이럭저럭 호구를 해가게 됩니다마는 눈바람이 치거나 비가 오구 보면 아무도 일을 시켜주는 이도 없을 뿐 아니라 어쩌다 가족들이 병이나 들고 보면 며칠 동안씩 굶어보기도 한두 번이 아니었습니다— 어느 때에는 면포 한 조각을 가지고 니가 먹느니 내가 먹느니 허고 다투다가도 누이는 너는 일을 하러 가는 사람이

| * 개상에 볏단을 메어쳐서 곡식을 떠는 짓.

니까 너나 먹고 나가라고 그 면포를 내게다 권합니다— 그러
나, 불쌍한 누이가 음식을 못 얻어먹으면 뻔—히 젖이 아니 나
오는 걸 알고서야 어찌 이놈의 아가리에 그 그 음식이 들어갈
리가 있습니까— 철없는 아이들은 젖을 달라, 음식을 멕이라고
불쌍한 누이만 붙들고 졸라댑니다— 아아, 하나님도 무심하시
다. 세상은 어째서 우리들에게만 이다지 무정허냐고 남매가 서
로 붙들고 울기도 한두 번이 아니었습니다—.

나이가 스무 살이면 동내 계집애들의 궁둥이나 쫓아다니거나
맛있는 몇 잔 술에 콧노래나 부르고 다닐 나이가 아닙니까. 그렇
지만 나는 그럴 틈도 없고 그럴 생각도 없이 주야로 일을 해 왔
습니다마는 어려운 살림은 도리어 피어갈 길이 없었습니다—.

그 어느 해 겨울이던가. 눈바람은 내리치고 먹을 것은 없어서
생각다 못해서 읍내로 일을 찾아서 내려갔었으나 원래 몹시 추
운 날이라 누구 하나 일을 시키는 사람이 없어 쓸쓸한 동내를
이리저리 정처 없이 돌아다니다가 우연히 어느 면포상점 앞에
이르렀습니다. —그 상점 앞을 들여다보니까 주인이 팔다 남은
면포를 쓸어 모으는 중에 그 옆에는 검은 개 한 마리가 꼬랑이
를 치고 있습디다. 주인은 아깝지도 아니헌지 때때로 면포 조각
을 그 개에게 던져줍디다— 아아, 저 개에게 던져주는 면포 조
각을 산에 있는 아이들에게 주었으면 얼마나 좋아할고. 우리들
은 저 개만도 못한 신세로구나, 이런 생각을 하니까 원통하고
분한 생각에 아무 생각할 겨를이 없이 그 상점 유리창을 깨트리
고 면포 한 조각을 집었습니다. 한 조각밖에는 아니 집었습니
다— 아, 잘못했구나. 왜, 주인한테 그런 사정을 말허고 얻어가
지를 못했던가 하는 뉘우침도 생기었으나 벌써 일을 저질러 논

뒤라 어쩔 수가 없었습니다. 상점주인은 나를 쫓아왔습니다. 나는 힘껏 달아났으나 잔뜩 허기가 진 끝이라 얼마 못 가서 잡혔습니다. 나는 눈물을 흘려가며 변명을 했으나 유리창에 베어진 팔뚝에서 뚝뚝 흐르는 피가 어쩔 수 없는 증거가 되어서 경찰서로 붙들려 갔습니다. 결박을 당해서 가는 길에도 산에서 동서東西를 가리지 못하는 철없는 아이들이 주린 창자를 움켜쥐고 울며불며 내가 돌아오기를 기다릴 생각을 허니까 참을 수 없는 눈물이 앞을 가립디다. ―경관이 산에 있는 내 집을 조사하러 갔다가 면허장 없는 사냥총이 있는 것을 발견하고 면허 없이 사냥을 하던 위인이니까 어떤 흉악한 일을 했었는지 모르겠다고 해서 5년 징역의 선고를 받았습니다. 아―. 면포 한 조각에 5년 징역, 나는 원통해 울었습니다. 내가 쓰론으로 호송이 되는 길에서도 끊일 새 없이 나는 울었습니다. 그러나 구경허는 사람들은 모―두 비웃었습니다― 쓰론 감옥에 있은 지 4년이 되던 해에 산에 있는 가족들은 살았는지 죽었는지 궁금도 하고 내가 본래 악인이 아니라는 원통한 생각에 참을 수가 없어서 파옥을 했습니다. 그러나 이틀 만에 잡혀서 형기가 늘고 또 도망질하다가 잡혀서 늘고, 이렇게 하기를 3, 4차 하니까 어언간於焉間* 19년이란 긴 세월이 지나갔습니다― 지금부터 4일 전에 인제부터는 자유한 몸이라는 언도를 받고 옥에서 나왔으나 19년 동안 모은 돈이 생각한 데서 반밖에는 아니 되는데 픽 놀랐습니다. 그러나 오―냐 인제부터는 내 마음대로 내 힘껏 벌이를 하겠다, 가족들과도 만나보겠다는 기쁜 마음에 저절로 눈물이 앞을 서더이

| * 알지 못하는 동안에 어느덧.

210

다. —그러나 세상은 냉정하더이다. —내가 가는 곳마다* 전과자인 줄만 알면 일도 아니 시킬 뿐 아니라 작정한 삯돈도 반밖에는 아니 줍니다. 그뿐입니까. 세상은 모—두 나를 말려 죽이려고 합니다— 아아 세상 위인들은 이름 좋은 도적질들을 하고 있습니다—.

자아 이것을 보십쇼. (목에 걸은 긴 끈을 낚아서 황색 카드와 같은 것을 회중懷中에서 꺼내었다) 19년 동안 옥에서 배워준 글은, 이, 이것을 읽으라는 글이던가—방면수放免囚, 도盜를 범하여 5년, 파옥을 모謀함이 4회, 가장 위험하고 주의할 인물이라고 써서 있지 않습니까. 아아 이 원인이 면포 한 조각이올시다. —이 누—런 도찰盜札이 있는 동안에는 나는 어디로 가든지 개 도야지만치도 못한 대접을 받아야만 헌단 말이올시다. 이러고도 이러고도 나더러만 착하라고? 나더러만 정직하라고. 내 말이 그릅니까 네? 승정님.

| 승정 | 잘— 알아들었습니다. 당신의 심중은 잘 알았습니다. 그러나 당신이 그런** 경우로서 더 사람을 원망치 아니하고 세상을 저주치 아니하면 당신은 참 누구나 따를 수 없는 착한 사람이올시다. |

| 장발장 | 암만 나는 그리하려고 해도 세상 위인들이 가만히 두지 않습니다. 나는 죽기까지 세상 위인들하고 싸우려고 합니다. |

| 승정 | 싸우는 것도 좋지만— 하나님의 가리키시는 대로 나아가는 것이 첫째는 자기를 위함이오 둘째는 세상을 위함이올시다. |

| 장발장 | 세상을 위한다? 세상, 세상 위인들은 나에게는 원수올시다. |

| 승정 | —그러면 이 세상에 만약 한 사람이라도 당신에게 진심으로 동 |

* 원문은 '가는마다'.
** 원문은 '나런'.

211

정을 표한다 허면 그 사람도 당신에게 원수가 되겠습니까.

장발장   그런 위인은 한 사람도 없겠죠.

승정   그러면 이 사람도 당신에게 원수가 되겠습니까.

장발장   …….

승정   자아, 그런 토론은 또다시 허려니와 좌우간 지금은 밤도 깊었고
         퍽 피곤도 허실 것이니까 일찌거니 주무시는 게 좋을 듯합니
         다― 이애 아무도 없느냐.

노부인   네―. (하고 나온다)

승정   내 자리를 펴서 이 손님을 주무시게 해라.

노부인   그러면 오라버니께서는?

승정   나야 하룻밤 어디서 못 자겠느냐― 자아 어서 (장발장에게) 안
         으로 들어가서 주무시죠.

장발장   날더러 안으로 들어가서 자라고?

승정   그렇지요. 반가운 손님에게 대하는 예의올시다.

장발장   승정님. 내가 다시 도적질을 아니 허리라고 누가 그럽디까. 아
         니, 내가 살인을 아니 허리라고 누가 그런 보증을 헙디까.

승정   그것은 다만 (하늘을 가리키며) 하나님이 아실 따름이올시다.

장발장   …… (고개 점점 숙인다)

     장발장은 노부인의 안내로 우편 쪽 간으로 들어갔다. 노부인은 승정
과 함께 기도를 마치고 승정이 좌편 쪽 간 유리창 밑에 있는 장의자에 들
어가 누우매 노부인은 촛대의 불을 끄고 우편 도어로 들어갔다.

     교교皎皎한 월광*이 비스듬히 창으로 비치어 들어와서 승정의 얼굴을

| * 썩 맑고 밝은 달빛.

스쳐 있다.

　　양구良久.

　　캄캄한 가운데에 우편 쪽 간 정면 벽이 흐릿하게 밝아진다. 그러고
그 가운데에 몽롱히 일곱 아이의 초쇠한* 얼굴이 나타난다.

장발장의 목소리　아, 아, 너희들이냐. 나, 나는 너희들에게 주려고 면포 한
　　조각을 집었다가 잡혀서 19년 동안 옥에 있었다. 그러나 하루
　　라도 너희들의 생각을 아니 한 날이 없었다. 그래 무어? 응. 어
　　머니는 어떻게 되었니 응 어머니는 무어? (일곱 아이는 일제히
　　손을 들어 눈을 가린다) 어째? 죽었다? 무어, 너희들까지 모조리
　　다 죽어버렸다? 아아―. 무어, 하룻밤 따뜻이 잤다고 세상에
　　대한 원망을 잊지 말라― 오―냐 잊을 리가 있느냐 너희들의
　　원수를, 갚아주마―.

　　일곱 아이의 얼굴은 몽롱히 사라져버렸다. 장발장은 발자취를 조심
하며 승정이 누워 자는 곳으로 더듬어 왔다. 그리고 단도를 꺼내 들고 승
정을 찌르려 하였다. 그러나 월광에 비친 승정의 얼굴은 천사와 같았다.
장발장은 팔이 떨려서 칼을 떨어뜨렸다. 그리고 다시 더듬거리며 우편
도어로 들어가서 은접시를 훔쳐가지고 나와서 바람같이 좌편 도어로 나
가버렸다. 어느덧 월광은 사라졌다.

　　양구.

　　날이 샜다. 아침 해가 유리창을 붉게 했다.

| ＊초쇠憔衰한 : 초췌하고 쇠약한.

노부인   (안에서 황황히, 나와서 장발장이 누워 있던 방을 들여다보고 다시 나
          오며) 오라버니 오라버니 큰일 났어요. 어저께 재운 위인이 은
          접시를 가지고 달아났습니다. 인제부터는 무엇으로 국을 자시
          게 헐는지요. 그러기에 사람을 구허시는 것도 보아서 허세요ㅡ
          경찰서로 기별이나 해둘까요?
승정   (자리에서 일어나며 종용히) 요란스럽다. 어제 손님이 은접시를
          가지고 갔다? 은접시가 없으면 사기접시도 관계치 않지ㅡ 아마
          급한 소용이 있던 게로구나.
노부인   …….

이때 좌편 도어에서 노크소리 높이 급하게 난다.

승정   들어오시오.

헌병이 앞서고 형사가 그 뒤로 장발장을 결박하여 앞세우고 들어온다.

헌병   (공손히 예를 마치고) 이른 아침에 댁에 와서 떠드는 것은 황송합
          니다마는…… 이 위인이 (장발장을 가리키며) 지난밤에 댁에서
          잤습니까.
승정   그렇소이다ㅡ 그런데 무슨 일이 있었습니까.
헌병   다름 아니오라 이 위인이 오늘 새벽같이 장거리에 와서 은접시
          를 팔려고 합니다그려. 가만히 보니까 암만해도 신분에 상당치
          못헌 물건이길래 수상히 생각해서 잡아 물었더니 어젯밤 댁에
          서 잘 때에 승정님께서 주신 게라고 그럽니다. 그러나 알 수가
          없어서 데리고 왔습니다.

승정	그렇습니다. 틀림없소이다— 그러기에 이 사람, (장발장에게) 내가 어제 무엇이라고 그랬나. 그런 남루헌 의복을 입지 말고 좀 깨끗이 허라고 그랬지. 흔히 세상은 외화만 보고 사람의 값을 정허는 버릇이 있으니까— 아, 그리고 어젯밤에 그 은접시보담 이 은대銀臺가 값이 더 나가겠다고 가지고 가랬더니 왜 아니 가지고 갔나 응. 이 촛대도 마저 가지고 가지.
헌병	그러면 이 위인의 진술한 것은 틀림이 없다는 말씀입니다그려.
승정	물론 그렇소이다.
헌병	……되려 미안허게 되었습니다…….

　형사에게 장발장의 포승을 끄르라고 눈짓했다. 형사는 묵묵히 그리하였다.

장발장	(헌병에게) 인제는— 죄가 없다는 말씀입니까—.
헌병	증거가 없는 이상에는 죄를 논할 수 없겠죠— (승정에게) 물러갑니다.

　헌병과 형사는 공손히 예를 마치고 나간다.

장발장	(달려들어 무릎 꿇으며 떨리는 목소리로) 승정님—.
승정	장발장, 이 촛대를 가지고 가시오. 나는 이 은촛대로 당신의 영혼을 사고 싶습니다. 이 은촛대를 나로만 여기고 아무쪼록 착한 사람이 되기를 바랍니다. 사람은 누구나 다— 본래는 착한 것이올시다— 또다시 어느 때에 만날는지는 모르나 이 다음날 만날 때에는 훌륭헌 사람이 되어 있기를 바랍니다—.

장발장은 이윽히 승정을 바라보다가 떨리는 손으로 그 촛대를 빼앗듯 받았다. 그리고 비척거리며 밖으로 나가려 할 때에 문득 교당에서 부르는 아침 찬미 소리 들린다.

승정과 노부인은 두 손을 높이 들어 묵도黙禱를 올린다. 장발장은 그 숭엄崇嚴한 신에* 느껴서 손에 들었던 촛대를 떨어뜨리고 무릎 꿇었다— 서서히 막 내리다.

—『운명』, 창문당, 1930.

| * scene. 원문은 '씬—에'.

비극悲劇 루이 16세 (전1막 2장)

윤백남 역저譯著

등장인물

루이 16세	폐제廢帝 39세
페시오	파리巴里 시장市長 54세
안트안	원시종元侍從 60세
사관	감시병장 32세
병사	감시병 2명
왕비	앙트와네트 37세
왕녀	마리 15세
왕자	줄리안 12세

시대

서력西曆 1792년 1월 21일 오전 1시경

장소

파리 교외 담불 구 성내舊城內의 일실一室

경景

정면에 엔간히* 큰 세 개의 창(장방형)이 있는 질소質素한 방이다. 별로 혹우酷遇**는 받지 아니하나, 루이 16세는 이미 폐제가 되어서 이 방에 감금된 이후로 제帝는 깨달은 바 있어 극히 안정이 장차 닥쳐올 최후의 날을 기다리고 있다.

방 안에는 붉은 융전絨氈***과 중앙에 놓인 큰 테이블과 2, 3의 서적과 은제銀製 램프가 있을 뿐이요 그 외에는 아무 수식修飾****이 없다. 의자 3각은 퇴색은 되었으나 왕후 소용所用에 상당한 훌륭한 것이다.

실室 좌편에 방외房外와 통하는 넓은 비扉가 있고 우편 중앙에는 침실로 통하는 소小 입구가 있으며 그 입구에는 흑색 커튼이 늘이어 있다.

정면 창에는 청색 커튼이 늘이어 있다.

막이 열리면— 램프 아래에서, 루이 16세는 술이 두터운 라틴어의 성서인 듯한 책을 읽고 있다. 극히 고요하다.

이때 좌편 비를 두드리는 소리 나다. 루이 16세는 소리 나는 쪽을 이윽히 바라보고 있다. 두드리는 소리 점점 높아가다.

루이16세 (나지막한, 떨리는 목소리로) 들어오—. (책을 탁 덮는다)

비가 열리자 혁명군 사관士官의 감시병장이 방 안으로 들어와서 일례一禮한 후 종용從容히 루이 16세의 옆으로 걸어오다.

---

* 대중으로 보아 정도가 표준에 꽤 가깝게. 원문은 '웬간히'.
** 혹독하게 대우함.
*** 융으로 만든 담요.
**** 겉모양을 꾸밈.

사관   전하께서는 아직 취침하시지 아니하셨습니까. (발등을 내려다
          보다)

루이 16세 지금 막— 취침하려던 차이었소…….

사관   네— 그러십니까. (조금 어름더듬*하다가) 저— 다른 게 아니오
          라 지금 군 사령부로서 통지가 왔습니다. (가슴 포켓에서 서장書狀
          을 끄집어내어 우수右手에 쥐고) 아마 곧 시장께서 오신답죠—.
          (하며 겨우 서장을 탁상에 놓았다)

루이 16세 이제야 필경 최후의 때가 왔소그려. (조금 떨리는 좌수左手로 서장
          을 집는다)

사관   아니 저—……. (하며 차마 볼 수 없는 양으로 급히 나가려 한다)

루이 16세 아 여보. 잠깐만 기다리오. (사관은 걸음을 멈춘다. 루이 16세는 급
          히 서장을 읽은 후 그것을 손으로 굳세게 쥐며 일어서서)
          내일이다…… 아니 벌써 오늘이다— 인제 여섯 시간밖에 아니
          남았다. (황당히, 다시 마음을 돌리고)— 너무 여러 가지 폐를 많
          이 끼쳤소. 무엇이든지 하나 기념으로, 아니 예물로 그대에게
          남길까 허나 아는 바와 같이 나는 아무것도 가진 것이 없소. (사
          방을 둘러보다가 이제껏 읽은 바이블을 손에 들고) 오— 참, 자—
          이 책은 내가 이곳으로 온 뒤로부터 한때라도 나의 신변을 떠나
          지 아니 허던 나의 마음이라고 할 수 있소— 이것도 인제는 오
          늘뿐이오— 원컨대 이것을 나인 줄 생각해주시오. 하나님은 반
          드시 그대 신상에 행복을 내리실 것이오. 아니, 모든 사람 머리
          위에— 바라건대 나의 이 뜻을 모든 사람에게 전하여주시오.
          (바이블을 사관에게 주다)

| * 말을 자꾸 더듬으며 우물쭈물 행동하는 모양.

사관   (무언無言으로 바이블을 받아 그것에 키스한다) 참 무엇이라고 아뢸
         는지요…… 그러허오나 시간은 아직도 멀었습니다― 아무쪼록
         종용히 진념軫念하십시오.*

루이16세 아니오. 인제는 모두가 최후.

사관   그래도 전하.

루이16세 더 말하지 마오. 나도 부르봉 왕가의 혈통을 받은 자이니까.

사관   지당한 말씀이외다. 그러나 전하, 전하의 영생을 위하여 또는
         비전하妃殿下, 왕녀, 왕자의 장래를 위하사―.

루이16세 아니, ―아니. 불초불민不肖不敏한 이 몸이로되 죽음보다 더한 치
         욕을 어찌 모르겠소― 그대의 호의는 감사허나, 나는 여러 사
         람의 호의와 등을 질 수밖에 없소. ―나와 생사를 맹서盟誓한 비
         妃 앙트와네트의 신상은― 가련하기가 짝이 없으나, 운명이, 운
         명이 그를 끌어서 그와 같이 함에야 그 역亦 인력으로 어쩔 수
         없는 일이오― 그러나 아무 죄가 없는 마리나 줄리안의 신상에
         무슨 재화災禍가 내릴 줄은 나는 믿을 수 없소. ―이지理智에 밝
         고, 정의情義에 두터운 불란서 국민은 반드시 그것들의 생명을
         구할 줄로 나는 믿소. 원컨대 이 말을 혁명군 사람들에게 전해
         주시오. 그러면― 오, 그리고 시장 페시오에게 일부러 올 게 없
         다고 그리우. 루이는 명일, 아니 오늘 오전 7시에 콩코르드 광
         장에서 종용히 하나님께로, 조상 계신 곳으로 아니 영원의 지옥
         으로 길 떠난다고 일러주시오. 자―, 그러면 어서, 나도 곤困허
         니, (말을 마치고 탁자에 엎드린다. 사관은 잠깐, 눈물지어 보고 있다
         가 일례―禮하고 힘없이 걸어나간다. 한참 지나, 루이는 머리를 들어

―――
* 진념하다 : 임금이 신하나 백성의 사정을 걱정하여 근심하다.

서 사방을 보고 일어서다)

루이16세 아니다. 나야말로 이같이 심약해서 어찌하노. 이미 각오한 일
　　　　을― 아름다운 죽음은 아름다운 생보다 일층 어려울 것이다.
　　　　하나님은 나에게 그 기회를 다행히 내려주셨다. 오―.

　　루이는 정면 창 있는 곳으로 걸어가서 세 개의 창의 커튼을 걷어 젖
힌다. 정원의 수목들은 낙엽을 지어버리고 그 옷 벗은 나무 사이로 한밤
중* 파리의 시가가 창백한 월광 밑에 잠자고 있음이 보인다.
　　이 고요한 아름다운 시가의 어느 곳에서는 장차 일어날 비극의 준비
로 날카로운 칼을 갈고 있을 것이다.
　　월광이 세 창으로 방 안에 비쳐 들어오다. 루이는 초연히 그 월광에
몸을 잠그고 파리의 시가를 바라보고 있다.

루이16세 어―파리! 아름다운 파리! 세계의 화향花鄕, 조국 불란서의 수부
　　　　首府! 39년 동안 나를 길러준 파리야. 아―, 너를 대하는 것도
　　　　오늘뿐이다. 이 차디찬 월광 밑에서, ―아, 그것도 인제는 일각
　　　　의 생명이다!
　　　　부르봉 왕가의 오랜 요람이던 너에게도 이 몸이 최후로 영료永遼
　　　　히 이별 아니 할 수 없게 되었다. 나는 참 슬프다― 세상은 필
　　　　연코 나의 이름을 웃을 것이다― 사랑허는 처자와 이별하고 정
　　　　깊은 파리와 등을 지고 영원의 어둔 길 죽음의 나라로 길 떠나
　　　　려는 이 내가 이렇게 슬퍼함이 우습다 허느냐. 오―냐 웃는 자
　　　　는 웃어라. 나는 마음껏 울고 싶다. 애처로운 아내도 만나보고

| * 원문은 '정밤중'. '정밤중'은 '한밤중'의 북한 방언이다.

싫다! 아름다운 이 서울을 떠나고 싶지 않다. 어떠한 짓을 나에게 하더라도 밉지 아니한 동포 불란서의 사람들과도 작별하기가 참으로 싫다. 나는 어느 때까지든지 쨍쨍히 밝은 일광 아래에서 살고 싶다. 어떠한 곤란이 있더라도 생활의 숨을 쉬고 싶다. 이렇게 생명을 아끼고 죽기를 싫어하는 내가 인제는 아무리 해도 죽어야만 허게 되었단 말이냐— 아— 나의 슬픔을 뉘라 웃으려 하느냐. (그때 마침 우편 쪽 창 밖에서 감시병 2인이 루이를 보고 목례하고 지나가다)

아— 저 사람들이야말로 얼마큼 행복에 젖었으랴. 내일이나 모레나 저 사람들은 따뜻한 태양 빛 밑에서 이 세상 희로애락을 맛볼 것이다. 그러나 이 나는, 나의 생명은 몇 시간밖에 없지 않은가. 아, 숙명이다. 나는 그를 주저呪詛한다.* 내가 부르봉 왕통의 피를 받지 아니하고 일개 서민의 아들이었다면 나는 반드시 노예가 되어서라도 목숨을 아끼었을 것이다. 그러나 내가 왕이던 것은 사실이다. 이제까지 루이 16세라고 부르는 불란서의 왕이었었다. 설혹 시대가 변천되어서 왕의 필요가 없어지고 또 사람이 사람의 왕 됨이 불합리하다고 하자. 그렇더라도 나는 이제까지 왕위에 있던 자가 아닌가. 어찌 오늘부터 여러 사람이 권허는 것과 같이 서민庶民 루이 카페**로서 궁생窮生을 도모함이 옳겠느냐. 200만 프랑의 연금이 적다고 하는 게 아니다— 어제까지 왕위에 있던 나로 목숨을 아끼어서 일시민一市民이 되었다고 허는 것이 부끄럽다. 조상의 이름에 욕을 보이는 것이 차마 헐수 없는 일이다. 그렇다고 왕당王黨의 사람들이 나에게 누차 권

* 주저하다 : 저주하다. 원문은 '주저呪詛헌다'.
** 루이 카페Louis Capét. 원문은 '루이카베—'.

하듯이 서반아西班牙로 몸을 피한 후 다시 기회를 보아서 불란서의 왕위를 부활하라 하나 그것은 더구나 하지 못 헐 일이다. 아니 될 일이다. 국민은 그것을 바라지 아니한다. 루이 대대의 정사政事는 결코 공평치 못하였었다. 백성의 원소怨訴*의 방패로 또한 조상의 죄겁罪㤼을 위하여 나는 단두대 상의 이슬이 되기를 싫어하지 아니하겠다. 그렇다. 나는 망상거릴 것이 아니다. 운명 아래에 약속 아래에 하나님의 심판하시는 자리로 나아갈 뿐이다. 저 낙엽과 같이 봄에는 싹이 나고 여름에는 무성허고 가을에는 마르고 겨울에는 낙엽이 되는 것과 같이 누구를 위함도 아니오 누구의 소위所爲도 아니고 다만 자연의 조화를 따라서 사라질 뿐이다. 그리고 그것이 장차 새로운 싹의 비료가 될 뿐이다. 그와 같이 나의 죽음도 장차 생겨날 인생의 거름이 될 것 같으면 무의미하게 생生하고 무의미하게 죽어버리는 여러 사람들에게 비해서 결코 가치가 없을 것이 아니다, 아니다. 참 우리 인생이란 결국 낙엽과 같이 사라져서 땅으로 돌아가 버릴 것이다. 50년이라 100년이란 것도 대자연에 비하면 일순一瞬에 지나지 못한다. 어차어피간於此於彼間 모든 인생은 한번 죽음을 면치 못할 것이다. 그리고 보면 나의 죽음도 다만 하루가 남보담 이를 뿐이 아닌가, 허허허허.

이때에 마침 비를 두드리는 소리 난다. 루이 16세는 서서히 일어나서 친히 비를 열었다.

시장 페시오 들어오다. 루이, 시장에게 악수를 허許하다.

| * 원망하여 하소연함.

223

페시오　전하의 심중은 배찰拜察하기에* 넘칩니다. 그러하오나 어쩔 수가
　　　없었습니다― 다만 한 가지 남아 있는 일은 어제도 여쭈었거니
　　　와 일시민―市民 루이 카페― 즉 서민이 되신다 허시면 국민의회
　　　는 곧 이번 명령을 취소할 것이외다. 그리고 전하는 물론이거니
　　　와 가족 일동의 생명을 보증하옵고 약소는 하옵지마는 종신연
　　　금 200만 프랑을 드리기로 결의가 될 것입니다. 결심이 어떠하
　　　신죠.

루이16세　(결연히) 여러분의 후정厚情은 뭐라** 감사의 뜻을 표할는지 모르
　　　겠소. 그러나 나는 운명이 가리키는 대로 순종하기로 결심했소.
　　　두터운 정의情誼를 배반함이 유감이지만 그리 알기를 바라우.

페시오　네. 그처럼 말씀하시는 바에야, 더 무어라 여쭙겠습니까. 그러
　　　나 왕비, 왕녀, 왕자의 신상을 생각지 아니 허십니까. 애달프게
　　　생각하시지 않으십니까. 시기時機는 두 번은 오지 않습니다.

루이16세　아―니, 아니, 제발 더 아무 말도 마시오. 모든 일을 생각해보
　　　았소이다― 다만― 이렇게 된 이상엔 당신의 진력으로 아니 당
　　　신에게 두 어린 왕자王子들의 몸을 의탁합니다. 모든 죄겁罪劫은
　　　나에게 있을 뿐이오. 그것들은 아무것도 모르는 것들이니까―.

페시오　그와 같이 결심을 하신 바에야 다시 더 무어라고 여쭙겠습니
　　　까. 그렇사오나 다만 한마디 말씀으로 행, 불행이 갈리는 터이
　　　올시다.

루이16세　시장, 나도 사나이요.

페시오　황송한 말씀이외다. 그러면 나의 전단專斷***으로 지금부터 한 시

* 배찰하다 : 삼가 공손히 살피다.
** 원문은 '무라에'.
*** 혼자 마음대로 결정하고 단행함.

간 동안만 왕비 왕자께 면회허시도록 주선하겠습니다. 이것도 세상인정의 습속習俗이올습니다. 아무쪼록 마음껏 고별告別허시기를 바랍니다.

루이16세 아니 시장, 호의는 감사허나 그것도 고만두시오. 지금 다시 처자와 만나 그들의 슬퍼함을 차마 어찌 볼 수 있겠소. 나도 역시 마음의 평정을 산란케 하기 싫소.

페시오 (깊은 동정에 견디지 못하는 안색으로) 아, 참 숭엄崇嚴한 말씀이올시다…… 그러면 무엇이든지 다른 일에 희망이 계시면…….

루이16세 고맙소. (잠깐 생각하고) 그러면 호의를 이용하여 폐를 끼치는 것 같으나, 나의 전前 시종으로 있던 안트안을 잠깐만 만나보게 하여주시오. 한 10분 동안만—.

페시오 네 어렵지 않습니다. 그러면 곧 부르겠습니다. 그리고 다른 말씀은 없습니까. 대승정大僧正을 불러올까요.

루이16세 아니, 나는 별로 참회할 죄가 있다고는 생각지 아니해요. 그럴 뿐 아니라 이제 곧 하나님의 심판을 받을 자가* 인간의 심판이 무슨 필요가 있겠소.

페시오 네. 그러면 처분대로— 그리고 무슨 일이 계시거든 아무 고애하실** 것 없이 사관에게 명령하십시오. 이따가 또 나도 뵈러 오겠습니다. 아무쪼록 마음을 진정하소서.***

루이16세 고맙소. 여러 가지 폐를 많이 끼쳤소. 그럼 부디 평안히.

페시오 (무언無言으로 손을 내밀어 루이의 손을 굳게 쥔다) 오늘은 남의 신세가— 명일明日은 나의— 아— 부디 마음을 편하시게 자십시

---

* 원문은 '者이'. 훈독하여 '놈이'라고 현대역할 수도 있으나, 이 책에서는 '자가'로 통일하였다.

** 원문은 '고외허실'. '어려워하실', '꺼려하실' 정도의 뜻으로 추정되나 정확한 의미 불명. 여기서는 현대 한국어 발음으로 기록해놓았다.

*** 원문은 '鎭靜허세서'.

요……

급히 나가다. 루이는 일어서서 심사양구沈思良久타가 서서히 테이블 주위를 2, 3차 돌아다니다가 탁자를 향하여 걸어앉아 유서를 쓴다. 몇 번 탄식하고 몇 번 붓대를 멈추다가 고민의 표정으로 겨우 쓰기를 마치고 다시 한 번 묵독한 뒤에 그 서면書面 위에다가 자기 머리를 조금 베어놓고 이윽히 그것을 들여다보고 있더니 별안간 그 위에 엎드려 소리 질러 울음 운다. 이때 밖에는 구름이 월광을 가리고 바람이 일어나서 창을 울린다. 비扉를 두드리는 소리 높이 들린다.

루이16세 들어오시오.

비扉가 열리면 원시종元侍從 안트안이 곤두박질을 하여 들어온다. 루이도 달려들어 두 사람은 굳은 포옹을 하다.
오랜 침묵. 무언의 비태悲態가 사면을 엄습한다.

안트안 폐하, 얼른, 얼른, 저— 마차를 준비하고 폐하를 기다립니다.
루이16세 마차의 준비라니. 아직도 다섯 시간이나 남아 있어.
안트안 아니올시다 아니올시다. 자꾸 늦어갑니다. 어서어서 준비를 허십시오.
루이16세 그리 급하게 굴 게야 무엇 있나 응.
안트안 아, 아 폐하께서는 황송한 말씀이오나 알아들으시지 못하신 모양이올시다. 왕당王黨 사람들은 애를 태우고 있습니다 자— 어서.
루이16세 아, 가만히 있어. 나는 잘못 알아들었군. 그러나 안트안, 그것은 공연헌 계획인 줄 아네. 아니 어려운 계획이야. 이 중위重圍*의 파리를 아무리 한들 빠져나갈 수 있겠나. 속히 가서 그 사람들에게 그러한 공연헌 일을 만들었다가 그 일로 말미암아 고통을 받지 말라고 허드라고 그래. 그리고 나 역亦 이미 결심허고 생명을 마치려고 하였으니까 그런 일은 중지해버리는 게 내 마음을 되려 편하게 해주는 것일세.

안트안 서반아 국경에는 10만의 군대가 준비하고 있습니다. 그리고 이태리의 원병, 연합국의 군병 수만도 이쪽 편을 들어서 거사만 되고 보면 이 파리로 물밀듯 쳐들어와서 왕조의 깃대를 흩날릴** 계획이올시다— 폐하— 감시병도 지금이 마침— 교대시간이고 아무 수비도 없습니다. 자— 이 외투를 입으시고. (여용女用 외투를 루이 몸에 두르려 한다)

루이 16세 (그것을 거절하고) 안트안, 내 말을 듣게. 시대가 변하고 사람이 갈리어서 이 불란서에는 이제 왕의 필요가 없어졌네. 불란서 백성은 왕이 없고도 나라를 다스릴 만치 진보가 되었네. 그러한 시대진운時代進運***을 거역하여 억지로 왕위를 보존하려 함은 사리사욕이라 한들 무어라 대답할 여지가 없을 것이고 가사假使 백만의 군대가 있다 한들 사욕을 채우기 위하여 어찌 삼천만 동포의 피를 볼 수 있나, 응. 더구나 타국의 병력을 빌어서 조국 수부首府를 쳐? 아— 두려운 죄악이다. 그들이 무슨 성의가 있어 응—? 불란서의 안위에 관한 일이면 마땅히 불란서 국민이 이에 당當할 것이 아닌가. 지금 나의 일로 말하면 일개 부르봉

* 여러 겹으로 에워쌈.
** 원문은 '헌날닐'.
*** 시대의 진보할 기세나 기운.

왕가의 사사私事가 아닌가. 나의 일신으로서 조처할 일사사一私事에 지나지 못한 것으로서 어찌 동포를 사지死地에 빠지게 하여 동족이 상식相食*하는 어리석은 일을 감히 하려 하나 응.

안트안   아니올시다 폐하.

루이16세   너의 말도 모르는 게 아니다. 너희들의 애정과 호의는 감사하다. 그러나 나는 스스로 사死를 선택하였다. 타국에 망명해서 오명을 천세千歲의 뒤까지에 남기기는 참으로 하고자 하는 바가 아니다. 사람으로 생겨나서 뉘라 목숨을 아끼지 않는 자가 있겠느냐마는 만약 내가 몸소 타국에 망명할진대 불란서 국민들은 어느 때까지라도 나는 물론이거니와 왕당 사람들을 감시하고 시기해서 평안한 날이 없을 것이 아닌가. 또 사실상 왕당의 사람들은 내가 생존해 있는 동안에는 기회를 따라 왕조를 회복코자 할 것이 아닌가— 그러고 보면 평화는 영구히 돌아올 때가 없을 것이다. 일국민의 반서反噬**는 도리어 타국민이 조국을 엿볼 기회를 주는 일이 왕왕 있는 터인데 어찌 피아간彼我間의 화를 구하려 할 것이냐. 모든 계획을 중지해버려라. 그리고 나에게 안정安靜한 시간을 남겨다오.

안트안   (무릎 꿇으며) 오— 하나님.

루이16세   알아들었소 응, 안트안, 그래야 비로소 그대가 나를 기르다시피 한 본의가*** 있소. 그대도 인제 여명餘命이 얼마 남지 아니헌 몸이 아니오? 자중자보自重自保해서 국가를 위해서 힘을 써주오. 나는 책임을 모피謀避****하는 것 같으나 한걸음 먼저 저세상으로

---

* 서로 잡아먹음.
** 기르던 짐승이 은혜를 잊고 주인을 해침.
*** 원문은 '본의가'.
**** 피하려고 꾀를 냄. 또는 그렇게 하여 피함.

갈 터인즉 뒷일은 아무쪼록 그대가 잘 보아주기를 바라오.

안트안   오, 폐하— 그러면 바라옵건대 폐하께서는 혁명정부가 요구하
는 것과 같이 일시민이 되어서 평화한 여생을 보내시는 게 어떠
하실는지요—.

루이16세 안트안! 그대도 왜 그리 지각이 없는 말을 하오 응. 이 루이는
어젯날까지 불란서를 지배하던 왕이었소. 부르봉 왕가의 연면連
綿*한 혈통을 받은 루이가 생명을 아끼어서 일서민이 된다 그래
서 머리에 치욕을 뒤집어쓰고 다닌다? 무슨 낯으로.

안트안   그러면 암만해도.

루이16세 사나이답게 가려면 죽는 길밖에 없을 줄, 아니 죽는 게 마땅한
일이라 하겠소.

안트안   폐하!

루이16세 안트안!

안트안   이 늙은 놈도 폐하와 함께.

루이16세 되지 않을 일이요. 그보담 나는 그대에게 청할 일이 있소. 의탁
할 일이 있소. 뒤에 남아 있을 두 어린 것들의 신상과 또 왕당
사람들이 다시 그런 모반을 하지 않도록 내 말을 간곡히 전해주
오. 그래야 그래야 나의 최후도 뜻이 있는 죽음이 될 것이오.

안트안   (느끼어 운다)

루이16세 그대밖에 누구에게 이런 부탁을 허겠소. 안트안 울지 마오. (탁
자에서 유서와 머리털을 집어 들고) 이것을 비妃에게 전해주오. 이
러나저러나 아— 그대까지 나의 마음을 상하게 하는구려.

안트안   (그것을 받으며) 그러면 혁명정부는 비전하와 왕녀께 고별허실

| * 혈통, 역사, 산맥 따위가 끊어지지 않고 계속 잇닿아 있음.

시간도 아니 드리었습니까.

루이16세   천만에. 혁명정부는 나에게 극히 동정을 표해서 몇 번 가족과 면회허기를 권하였지만 내가 그것을 거절했소. 만난들 죽을 사람이 살 리 없고― 되려 피차의 슬픔을 돋울 뿐이겠고, 더구나 나 같은 약자도 그로 해서 상심된 끝에 어떤 부끄러운 일을 행하는지 모르니깐― 아, 그대도 신정부新政府에 대해서 결코 악의를 먹어서는 안 될 것이오. 인간에는 절대악이란 없을 것이오. 망하는 자는 망할 만한 이유가 있을 것이요 흥하는 자는 흥할 만한 자격이 있을 것이오.

안트안   황송한 말씀이오나 너무 굳센 마음이십니다. 잠깐이라도 만나 보시지 아니하시면 다음날 이 늙은 놈이―.

루이16세   원망 듣는단 말이지, 허허허― 멀지 아니해서 어차피 만날 것이니까.

안트안   ……. (눈물짓다)

루이16세   (눈을 돌려서 창을 바라보며) 아― 구름이 일었다. (창으로 가까이 가서) 독한 바람이 분다. 안트안, 금년은 추위가 심할 것이니 감기 아니 들도록 몸조심을 하오.

안트안   (감정에 극極하여 루이에게로 달음질하여 가서 무릎 꿇으며) 폐하! 폐하의 심중을 배찰拜察하면* 이 늙은 놈의 가슴이. (느끼어 운다)

루이16세   ―(무언, 다만 눈물을 씻는다)

바람 소리 점점 높고, 눈이 부슬부슬 오기 시작한다.

| * 배찰하다 : 삼가 공손히 살피다.

안트안   왕자 줄리안께서는 날로 장성해가십니다.

루이16세 (문득 안트안의 옆을 떠나며) 그러면 안트안 부디 평안히…….
         (침실로 들어가려 한다. 안트안 달려가서 옷자락을 붙들며)

안트안   폐하, 잠깐, 잠깐—.

루이16세 안트안, 나에게 안면安眠*할 시간을 주게. 모양 흉한 꼴을 세상
         사람에게 보이기 싫으니.

안트안   그렇다 할지라도, 이대로, 고만—.

루이16세 이별하기는 슬프되 그렇다고 세상에 대한 수치는 보다 더 고통
         이란 말이오. 안트안, 그대에게도 39년 동안을 은혜만 받고 아
         무 갚는 것 없이 영원히 작별하는 것이 참으로 슬픔이오. 그러
         나 저승에서라도** 은혜를 갚을 날이 있겠지— 그대나 나나 이
         다음에 세상에 환생하거든 다리 밑에 있는 걸인의 아들로 납시
         다, 안트안!

안트안   (무언無言. 제읍啼泣***)

루이16세 두 어린아이들의 신상을 그대에게 부탁하오. 아무것도 모르는
         그것들은 이로부터 장구長久한 세월을 부평초와 같이 떠다닐 것
         이다—.

안트안   세상이 세상 같으면 왕자 왕녀께서는 아—아, 그러고 왕비께는.

루이16세 나와 같은 불운한 사람의 아내가 된 것을 불쌍히 생각헌다고 일
         러주오. 부디 전해주오. 참으로 불운한 박명한 여자이다. 남편
         과 영원히 작별하고 또, 자식까지에라도.

안트안   네?

---

* 편안히 잠을 잠.
** 원문은 '저生애셔라도'. '저生'은 '저승'과 의미가 같다.
*** 소리를 높여 욺. 원문은 '謕泣'.

루이16세 아니, 아니, 아무쪼록 몸 성히, 만사는 그대에게 부탁이오. (문
         득 안트안을 끌어안는다) 영별永別*일세. 부디 평안히.

안트안   그러면 폐하. (느끼어 운다)

　눈은 점점 심하게 오고 바람 소리 들리다. 창 밖에는 병사 하나가 모
자에 눈이 쌓인 채 왔다 갔다 한다.

루이16세 자— 안트안, 어서 나가 주우. 나도 지금부터 좀 잠을 이루어야
         할 테니.

안트안   (묵묵히 비 쪽으로 걸어가다가) 폐하!

루이16세 안트안!

안트안   폐하. (달려들려 한다)

루이16세 (안트안을 비 밖으로 내밀고 비를 닫으며) 모든 일을 그대에게 부
         탁이오!

안트안   (비 밖에서) 폐하, 하나님은 반드시 폐하에게 행복을 내리실 것
         이외다—.

루이16세 오—.

　부르짖으며 침실로 달려 들어가다. 창 밖에 있던 병사는 창 밖에서
창 내를 들여다보고 좌편으로 가버린다.
　무대 공허空虛. 바람 소리 없어지고, 눈도 어느덧 그치고 월광이 교교
히 비치다. 멀리 느끼어 우는 듯한 사현四絃 소리 들린다. 그 소리 가까워
지며 무대는 점점 캄캄하여 가다가 바로 비 밖에서 음악 소리 들리자 무

| *　* 영이별.

대는 아주 암흑하게 된다. 음악 소리 그친다.

　다시 무대가 점점 밝아오면 무대 중앙 창 옆에 십자가에 걸린 루이 16세의 나체가 보이고 그 아래에 왕비, 왕녀, 왕자의 슬퍼 엎드려 있는 광경이 광선 가운데에 나타난다. 무언─ 약 3분간.

　암전─ 침실에서 루이 16세는 소리 지르며 방 안으로 달려나와 사위 四圍를 바라보고 이마의 땀을 씻으며 의자에 힘없이 걸어앉는다.

루이 16세　아─ 꿈이었구나. 아 불쌍한 그것들, 아비를 원망치 말아라. 나는 너희들에게 고통을 주려고 이 세상에 너희들을 낳은 것은 아니다. 행幸이 있으라 복이 있으라고 바라고 기르던 것이 오늘날 이런 불행이 올 줄이야 누가 뜻할 수 있었겠느냐. (깊은 번민에 빠졌다. 이윽고 올연*히 일어서며) 아! 역시 보고 싶다. 불쌍한 처자!─ 나는 죽는 사람이다. (방 안을 거닌다. 무대 중앙에 와서) 오─ 나는 약하다! 나는 약하다─ 오─ 하나님이시여─. (무릎 꿇고 두 손을 높이 들어 우러러 부르짖는다)

　파리의 시가에서는 아득히 인마人馬의 소리와 무엇을 고告함인지 나팔 소리 멀리 들린다─ 마르세예즈의 합창.**

막.

─《시사평론》2권 1호. 1923. 1.

---

* 올연兀然 : 홀로 우뚝한 모양.
** 라 마르세예즈La Marseillaise.

직장織匠의 가家 (전1막)

〈우리 댁 마님의 옷〉의 1장*

에드워드 놉록** 원작

윤백남 역譯

인물

론쥐	견포絹布***상인의 점원
니코라스	직장織匠****
안넷트	그의 처
페엘 시몬	노 직장老織匠
쪼안니	직장織匠

장소

불란서 리온 교외.

---

* 원작은 에드워드 놉록Edward Knoblock(1874~1945, 영국)의 〈My lady's dress〉(1914)이다. 3막 9장의 원작 중 〈직장의 가〉는 1막 3장 부분을 극으로 구성했다.
** 원문은 '에드워ㅡ드·크노쌜록'. 에드워드 놉록Edward Knoblock의 본명은 에드워드 구스타브 크노블라우크Edward Gustav Knoblauch이다.
*** 비단과 무명을 아울러 이르는 말.
**** 피륙을 짜는 장인.

크로아 룻스,* 니코라스 직장織匠의 집 조그마한 방. 그 방은 얇은 벽 하나로(좌편에 큰 유리창, 정면에 출입하는 비扉가 붙어 있는) 베틀 놓인 방하고 격隔해 있다.

방 안은 검박儉朴한 대로 조출하게 꾸미어 있다. 좌편에는 탁자 하나와 그 옆에 의자 2개가 놓여 있다. (그것은 바로, 간격을 지은 벽 유리창 밑에 있게 되었다) 우편에는 물레를 붙박이로 만들어 붙인 무명으로 꾸민 큰 의자**가 있으며 그 옆 소탁小卓 위에는 조그마한 램프가 놓여 있다.

우편 큰 의자에 니코라스가 걸어앉았다. 나이는 28세쯤 되었고 병으로 해서 쇠약하였다. 그는 물레를 돌리며 극히 조심해서 금사金糸를 얼레에다가 감고 있다. 때때로 성盛하게 나는 기침은 1, 2초 동안 그의 일하는 손을 머무르게 한다. 기침이 가라앉으면 다시 실 감기를 잇는다.

유리창 저편에서는 25세쯤 된 계집 안넷트(질소質素한 의복에 파란 바탕에 흰 점을 띄엄띄엄 놓은 행주치마를 입고)가 부리나케 비단을 짜고 있는 것이 보인다.

베틀의 달칵달칵하는 소리와 물레바퀴의 붕붕 우는 소리가 잠시 동안 연連해서 들리다가 문득 베틀 소리 그치자 좌편 도어에서 (관객에게는 보이지 않는다) 노크소리 난다.

니코라스 (힘없는 음성으로) 들어오시오. 들어오셔요!

문 손잡이 돌리는 소리 나며 페엘 시몬이 들어오다. 자안백발赭顔白髮***의 칠십 노옹의 직장. 노경老鏡****을 썼고 전 세기世紀 60년대에 유행하던 기

---

* 원작 〈My lady's dress〉(Edward Knoblauch, Doubleday, Page&company, 1916)에는 'Croix Rousse'.
** 원작에서는 'to the right a large upholstered chair with a wheel for winding the silk on bobbins'.
*** 불그스름한 얼굴에 흰 머리.
**** 돋보기.

묘하게 만든 동그란 끽연모喫煙帽*를 썼으며 의복도 구식인데 기려綺麗한** 나무신을 신었다.

시몬   들어오라고 했는지 들어오지 말라는지 알아들을 수가 있어야
       지— 그러나 좌우간 덮어놓고 들어왔네.

니코라스 (의자에 걸어앉은 채 반쯤 돌이키어) 아, 페엘 시몬, 밤새 안
       녕……. (말을 마치기 전에 기침을 한다)

시몬   (니코라스의 손을 쥐고) 잠깐 저 아래 동리까지 가려는 길인데,
       그런데 어떤가 오늘 아침에는.

니코라스 할 수 없는 걸, 할 수 없어— 암만 있어도 돌아설 가망이 없는
       걸— 고맙소.

시몬   그렇지만 오늘은 꽤 좀 나은 모양일세— 훨씬 다른 때보담 얼굴
       이 생기가 있는데…….

니코라스 (무서운 얼굴을 지으며) 관 뚜껑에다가 못을 박기 전에 시체의 얼
       굴을 들여다보고 흔히 그따위 소리들을 허겠다.

시몬   미친 사람 같으니. 봄까지 기다리게.

니코라스 (매정스럽게) 봄까지 기다리게 두나.

시몬   옳지. 자네 지난밤에 잠을 잘 못 잔 게로군.

니코라스 응, 한잠도 못 잤어. 기침은 나고 대관절 저 듣기 싫은 베틀 소
       리가 끊일 새가 있어야지.

시몬   자네, 자신은 일하려고 덤벼들진 않았겠지.

니코라스 나는 안 했어. 안넷트는 했지, 온밤을 쉬지 않고. (기침하다) 무

---

* smoking cap. 담배냄새를 머리에 배지 않게 하기 위해 신사들이 실내에서 쓰던 모자. 1840~80년대 빅토
  리아 시대에 유행하였음. 원작에서는 'a funny round smoking cap'.
** 기려하다 : 곱고 아름답다.

슨 짓을 하더라도 오늘은 꼭 피륙을 바쳐야만 한단 말이야. 부탁을 받은 것이— 그렇지 벌써 2, 3개월 전인데 그때는 아직 내가 병들기 전이야. 그야 속에는 병이 있었던지는 모르지만 이렇게 대단치는 않았었죠. 망할 놈의 것. 벌써 전부터, 내 몸속에 병이 보금자리를 치고 있던 게라— 빌어먹을 놈의 것. (자기의 가슴을 탁탁 치며)— 이, 이 망할 놈의 것—.

시몬   (병인에 대한 예사 투로) 사람이란 것은 누구든지 병 하나씩은 있는 법이니— 자세 알고만 보면.

니코라스 (골이 난 모양으로) 듣기 싫소. 그따위 나막신을 신기려면 누가 신소. 일없어요. 바보인 줄 아는구려. 도대체 나는 엉거주춤은 싫단 말이야. 죽든지 살든지 치우쳐버려야지. 그러나 저기 있는 안넷트, 저 위인은 인물도 예쁘고 나이도 젊지. 그런데— 그런데 말이야 그런 것이 이놈을 위해서 진심으로 노동을 해준단 말이오. 나만 무병無病히 땅속으로 들어가 버리면 저 위인에게도 운수가 트일 것인데.

시몬   (가로막으며) 그, 그런 말이 어디 있나—.

니코라스 튼튼한 장정이라도 배겨나지 못하는 것이야— 직조織組 일이라는 건. 그것을 계집이 한단 말이지. 더구나, 다 죽어가는 서방이 목덜미에 매달린 채—.

시몬   니코라스, 그따위 소리해서 되겠나. 벌罰이 내리네, 벌이.

니코라스 벌이라? 그 벌이 어디로 내려. 이렇게 해가며 살아서 무얼 하느냐 말이야. 대체 나란 위인이 무엇에 쓸 데가 있는지 그것을 알고 싶어.

시몬   그것이야 낸들 아나. 그렇지만 하나님은 우리들을 무엇에다든지 쓰려고 이 세상에다가 두시는 게지. 그리고 무엇을 위해서든지 이 세상에 남겨둔 게란 말이야. 그것은 자네도 알겠지. 설혹 자기 자신들은 무얼 했으면 어떻게 했으면 좋을지 모른다 하드래도 그것은 관계치 않어. 바로, 저 베틀에 올려 있는 실과 같이— 나는 일상 그렇게 생각하고 있네. 우리들은 무슨 일에든지 쓸 곳이 있겠지— 그것이야말로 틀림없는 말일세.

니코라스 그런 말은 나는 알 수가 없어. 암만해도 믿을 수가 없어. 이것저것 할 것 없어. 모두가 작난作亂이야— 커—단 작난이야. 우리들은 모두가 그 작난감이 된 세움細音이라.

안넷트가 비단 피륙을 가지고 들어오다. 피곤해서 축 늘어졌다. 고운 머리털이 얼굴에 흩어졌다. 그러나 니코라스의 옆으로 와서는 선선한 미소와 쾌활한 태도를 짓는다.

안넷트 니코라스 겨우 인제 손 떼였소. 자, 인제는 언제 찾으러 오더라도 걱정 없지. (피륙을 좌편 쪽 탁상에 놓는다)

니코라스 응, 그래— 어떻소 페엘 시몬, 이상한 계집이지.

안넷트 에그머니나, 조금도 몰랐었네. (페엘 시몬에게로 가까이 가서 그와 악수하다) 나는, 오늘 아침에는 조금도 눈이 보이지 않습디다. 밤새도록 실만 노려보고 있었더니 그런 게야. 그러나저러나 집 사람은 좀 어때요. 퍽 나은 것 같지요? (니코라스에게 다정하게 접문接吻을 한다)

시몬 지금 바로 그 말을 하고 있던 차이라우.

안넷트 우유를 갖다 드리리다. 좀 데우는 게 좋지.

니코라스 응. (아내 편을 보고 미소하다)

안넷트 (어린아이에게 하듯이 니코라스의 머리를 쓰다듬어주며) 그러면 데

워가지고 오리다, 곧. (우편 도어로 퇴장)

시몬   아, 아 계집이야, 계집, 계집이 없구서는 우리들은 꼼짝을 못한
        단 말이야. 아내를 얻지 않고 홀아비로 잘 지내가는 직공을 자
        네 하나라도 본 일이 있나. 없겠지. 베틀은 먼지가 케케로 쌔고*
        마루는 쓰레기 천지가 될 게지. 어언간** 비단장사들은 주문主文
        을 아니하게 되고 내종乃終에는 집을 판다, 그리고—.

좌편 도어 밖에서 누구인지 불란서 속요俗謠를 휘파람으로 불고 있는
소리 들린다.

시몬   훌륭한 증거가 저걸세. 누군지 알겠지.
니코라스   쪼안니겠지.
시몬   쪼안니지. 마누라 떼레즈가 달아난 후로 저 위인이 어떻게 된지
        아나. 주酒망태 벌너광이지.*** —그렇게 되어버렸지. 그전에는
        크로와 룻스 중에서 그만큼 훌륭한 일을 해내는 위인은 없다고
        했었는데—.

좌편 도어에서 노크소리 나더니, 대답을 기다리지 않고 곧 쪼안니가
들어왔다. 30세쯤 되어 보이는 외입쟁이**** 같은 행색이나 똑똑한 얼굴
의 소유자이다. 새까만 머리털이 숱 많게 늘어져 있다. 조금 빳빳한 위
로 뻗친 웃수염. 불란서 직공들이 흔히 입는 우단羽緞바지***** 쿨렁쿨렁

---

* 쌔다 : '쌓이다'의 준말.
** 어언간於焉間 : 알지 못하는 동안에 어느덧.
*** 원작은 'A drunken, dissolute sot'.
**** 외입外入쟁이 : 오입쟁이.
***** 벨벳으로 만든 바지.

한* 것을 입었다. 어깨에는 동그란 나무로 심心을 삼아 말은 비단 뭉치를 둘러메었다. 그 비단은 종이로 싸고 그 위를 테이프로 맵시 있게 잡아뗐다. 이 막이 내리기까지 쪼안니의 태도에는 다소 주기酒氣로써 앙기昂氣** 된 점이 보이나 결코 과장적으로 기울어지지는 않는 편이다.

쪼안니   (비단을 탁상 옆에 세우며) 야— 잘들 계셨나. 이애— 노老 철학자
         도 와 계시다 하하. 또 무슨— 천지의 이론을 캐고 계신가. 또
         는 내 험담을 늘어놓고 계신가. 오늘은 어느 쪽이오, 네? 선생.
         (페엘 시몬의 등을 두드렸다)

시몬   (성가셔서) 나가게. 술 냄새에 견딜 수 없으니.

쪼안니   (병을 보이며) 요것이 포켓트마다 스몄단 말이야. 네, 그렇지
         않소?

시몬   쪼안니— 자네 그러다가는 얼마 안 가서 말할 수 없이 되리.

쪼안니   얼마 못 가서? 흥, 페엘 시몬, 벌—써 그렇게 되어버린 지가 오
         래요. 그리고 지금 다시 되풀이야. 나는 거꾸루 좋은 곳으로 돌
         아간단 말이야. 나는 칠십만 되면— 당신같이— 성인聖人이 꼭
         될 테지.

시몬   우리 시대에는 젊은이는 늙은이를 존경할 줄 알았것다.

쪼안니   근자에 그렇게 아니 허게 된 것은 대체 누구의 죄야 응. 젊은 놈
         의 죄요? 또는 늙은이의 죄요?

시몬   (심하게 코를 울리며) 아, 아.

쪼안니   자— 여보시오. 여보시오 영감, 그렇게 노하셔서는 못 쓰우. 나
         는 영감의 골을 울리려고 온 것은 아니니까. 앓는 이에게 문병

---

* 척 들러붙지 않고 들떠서 크게 자꾸 부풀어 들썩거리는 모양.
** 기운이 오르다.

240

차로 온 것이지. 어떤가 니코라스.

니코라스   조금도 차도가 없어.

쪼안니   좋아, 심려 말게. 병인이 신령神靈과 같은 심지心志가 되어서는
되겠나. 볼일 다 보았지. 그만한 게 상등上等일세.

시몬   (노해서) 나는 고만 가겠네.

쪼안니   아— 가시우. 어서 제발 좀 가시우.

시몬   (니코라스와 악수하며) 무엇이든지 일이 있거든 곧 안넷트를 보
내게. 그리고— (안넷트가 데운 우유컵을 가지고 또 들어와서 컵을
니코라스에게 준다) 옳지 참— 안넷트— 비단이 끝나는 대로 무
얼 하거든 내가 대신 상점에 갖다 주고 올까?

쪼안니   고만두어요. 실상은 내가 안넷트에게 그 말을 하려 온 것이야.

시몬   (비꼬아서) 물론 그럴 것이지.

쪼안니   그렇고말고. 당신은 거짓말이라고 헐는지 모르나 니코라스허고
나하고는 같은 주문을 받았단 말이야. 같은 빛 같은 무늬로—
사 가는 사람까지 한 사람이라. 그러니까 자연히 두 사람의 일
은 똑같지—.

시몬   똑같이라니, 흥. 자네의 솜씨와 니코라스의 솜씨가 매한가지래
서야 말이 되나. 잰* 척하지 말게.

쪼안니   이애 이건 코를 싸쥐어야 허겠네. 주머니가 없나.

시몬   일 년 내, 알코올에 파묻혀 있으면서 훌륭한 것을 맨드는 직공
이 만약 다 있다고 하면 나는 그 위인의 얼굴을 좀 보소 싶으이.
—또 만나세.

| * 재다 : 잘난 척하며 으스대거나 뽐내다. 원문은 '재인'.

페엘 시몬은 좌편으로 거去하다. 도어를 닫는 소리 들린다. 니코라스는 의자에 걸어앉은 채로 쪼안니 쪽을 보고 유심히 웃었다. 그 웃음이 해수咳嗽*로 변했다. 쪼안니는 일순간 입살을 깨물고 서 있더니 이윽고 매몰스럽게

쪼안니 망헐 늙은이, 오늘은 쫓겨 간 세음이로군. 안넷트, 그 램프를 가지고 오시우. 당신한테 보여드리고 싶은 것이 있소. (테이프를 풀고 견포絹布를 싼 종이를 벗긴다. 그동안에 안넷트는 남편 옆 탁상에서 램프를 가지고 온다) 세상 위인들은 나는 다시는 직조를 잘하지 못할 줄로만 알고 있단 말이야. 왜, 그러냐고 허면 계집이 없는 까닭이란단 말이야. 아까 그 늙은이도 그랬지. 그야 내 마누라가 달아나기야 했지. 그렇지만 그 대신이 피켓트** 아씨를 (술병을 두드리며) —마누라로 삼았다. 자, 그것이 그 위인에게 무슨 관계가 있누, 흥. —아니 또, 세상에 대해서 무엇이 되느냐 그러는 말이야— 어느 놈이 어째.

안넷트 그렇고말고 안니, 그야 그렇지. 그러나 다만 좀 어쩐지 아까운 생각이 듭니다. 당신같이 훌륭한 재주가 ○는 이가—.

쪼안니 아니 이건 당신까지 이러우. 이 어여쁜 새아씨가— (술병을 보이며) —내 벌이를 방해할 것 같소? 자아, 이것을 보시오. 당신은 알 테지, 이 무늬라든지 올 고르게 박힌 품이 잘되었는지 못되었는지, 응. 아니, 저기 당신도 이와 같은 것을 짰지. (안넷트가 짠 비단을 가리킨다) 자, 어때 응, 이것에서 알코올 냄새가 나느냐 말이야, 이것에서.

---

* 기침.
** Piquette. 프랑스어로 시름한 포도주, 막포도주.

안넷트　(보며) 에구 참 곱기도 해라.

쪼안니　으레* 그럴 것이지. 술을 먹었든 안 먹든 ─하려고만 하면 요만
　　　　한 일은 아무것도 아니야. 나는 이것을 좀 세상 위인들한테 보
　　　　여줄까 했지.

안넷트　그야 당신의 재주야 고까짓 것하구 남지.

쪼안니　미친 위인들이야. 당신도 그 위인들이 무어라고 말들 하는지 아
　　　　우? 나는 여간 수치가 아니야. 뒷손가락 짓을 아니 하나, 침을
　　　　아니 뱉나. 그 소문이 리온까지 퍼졌지. 그래서 견포상인들 귀
　　　　에까지 들어갔단 말이야. 그러니까 내가 주문을 받으러 가도 어
　　　　느 상점에서든지 코대답뿐이라 일거리를 주어야지. 우선 현재
　　　　이 비단을 주문한 집 차인** 녀석 놈 좀 보아. 내가 정말 베틀에
　　　　손을 대서 일을 하고 있나 아니하고 있나 보느라고 열두 번이나
　　　　왔더란 말이오, 지난달 한 달 동안에. 내 참 끝끝내 참다 못해서
　　　　요전번에 그 빤질빤질하고 매끈매끈한 얼굴을 쑥─ 내미는 것
　　　　을 어찌 한번 쥐어박았든지─.

안넷트　론줴란 이 말이오.

쪼안니　─그래. 그, 론줴라는지 그 애송이 녀석 말이야. 아, 나한테 그
　　　　따위 말 버르장머리가─.

안넷트　그 사람은 여기도 한두 번 왔었다우. 나는, 니코라스 때문에 퍽
　　　　염려했다우. 만약 병든 줄만 짐작하면 다시 일거리를 보낼 리
　　　　있소? 계집 손으로야 제아무리 잘한다 한들 훌륭한 직조는 못
　　　　할 줄 아니까요. (목을 낮추며***) 또 그야 그렇지요. 계집은 암만

---

* 틀림없이 언제나. 원문은 '의례依例'로, '으레'의 옛말임.
** 차인差人 : 남의 장사하는 일에 시중드는 사람.
*** 원문은 '목을나치며' 원작은 'Dropping her vioce'.

해도 안 되어요. 억지로 힘이 없는걸. (니코라스의 의자 쪽을 흘끗 본다) 자— 저걸 보셔요. (자기의 직물을 가리킨다) 저따위—. (머리를 두르며* 눈살을 찌푸린다)

쪼안니   나쁜 실만 쓰지 않았으면 그렇게 나쁜 것이 될 이치는 없을 것이지.

안넷트   (니코라스에게 들려서는 좋지 못하다는 뜻으로 입살에 손가락을 댄다. 문득 생각난 듯이) 니코라스, 우유를 좀 더 자시려우.

니코라스 부답不畓.

안넷트   (조금 지체하다가 쪼안니에게 귀띰한다) 잠들었어요. 따뜻한 젖을 먹으면 일상 좀 가라앉는다우. (자기의 직물을 가리키며) 안 됩디다. 암만해도 할 수 없어, 보잘것없어요. 다만 나는 오늘 점원이 와서 볼 때에 아무 일 없이 받아주기나 했으면— 하고 그것만 하나님께 축원하고 있답니다. 저것 하나 하는데 나는 닷새 동안이나 밤을 새고 앉았었더라우. 원수의 돈에 욕심이 나서 동전 한 닢이라도 소홀히 할 수 있습디까 어디. 대관절 저렇게 우유를 흠뻑 먹지요. 저이는 인제 일하기 어렵단 말에요. 겨우 한다는 게 저 물레나 돌리는 게 힘껏이지. 그런데다가 집세라 의원이라, 겁이 더럭 나지요— 이러다가 인제 어찌 되나— 하는 생각을 하면—. (고개를 숙인다. 쪼안니는 거의 절망적으로 안넷트의 직물을 보고 있더니 이윽고 나지막이 소리쳐 웃는다)

안넷트   에그머니나, 왜 그러시우.

| * 두르다: 둥글게 내저어 흔들다.

쪼안니　왜 그런지 나도 몰루. 나는 다만 생각할 뿐이오. 사람이란 것은 우스운 것이라, 그렇지 않소? 여기에 당신하고 나란 두 사람이 있다. 그런데 당신은 쓸 곳이 없는 남편을 가지고 있고 또 나란 사람은 쓸 곳이 없다고 하는 것보담 좀 더 나쁜 계집이 있다, 허허허.

안넷트　그래도 도망간 마누라님은 더 예뻤던 걸요.

쪼안니　좀 넘쳐 예뻤지.

안넷트　요새 무슨 기별이나 있소?

쪼안니　(불쾌한 듯이) 기별? 응, 기별이 있었지. 계집년한테서 온 것은 아니지만 소문은 들었지― 듣기 싫도록 들었지. 지금 와서는 파리에서 자동차까지 가졌다더군. 그리고 하인까지 부린대. 굉장한 일이지.

안넷트　왜 이혼은 아니 허우.

쪼안니　왜, 무엇 때문에 이런 좋은 친구(술병을 두드리며)가 생겼는데, 또 결혼을 하라구? 고마운 말이지만, 고만둘 수밖에.

　　좌편 도어에서 노크소리 난다. 안넷트는 그것을 열어 갔다. 쪼안니는 선 대로 안넷트의 비단을 뒤적거리고 있다.

안넷트　아, 론줴 씨, 안녕하십니까 자, 들어오셔요.

론줴의소리　주문한 것은 되었는지 그것을 알려고 왔습니다. 오늘 꼭 써야만 할 일이 있어서―.

　　론줴, 들어오다. 22, 3세의 청년. 조촐하게 차린 의복. 태도는 극히 공손하나 분명히 자기의 우월권을 느껴서 자존自尊의 염念이 그 얼굴을 조금씩 조금씩 내민다. 피륙을 검사할 때는 보통 리넨* 감을 조사하는 때에 사용하는 조그마한 네모진 회중 확대경을 사용한다. 손에는 부드러운 펠트 모자를 가졌다.

안넷트　　네, 마쳤습니다. 자 좀 앉으셔요. 곧 바깥사람을 깨우겠습니다. 실상 그것을 마치느라고요 밤을 다 새기 때문에.

론쮀　　아— 고만두세요, 가만두시우. (안니를 보고) 아 당신 여기서 보겠구료.

쪼안니　　왜, 놀랬소?

안넷트　　(니코라스의 옆에 가서 가만히) 니코라스.

론쮀　　아니 재워 두시우. 자지 않으면 몸이 견디나. (비단을 보고) 좋— 다, 잘 되었다. 훌륭하다. 니코라스의 솜씨는 한번 보기만 하면 안단 말이야.

쪼안니　　그렇소? 홍—.

론쮀　　적어도 나는 알 수 있단 말이야. (피륙 하나를 만져보고) 아마— 이것은 당신의 솜씨지.

쪼안니　　어떻게 해서 아우.

안넷트　　(돌아와서 론쮀가 피륙을 잘못 집은 것을 알고) 아니 그것은—.

쪼안니　　(안넷트의 팔을 두 손으로 잡아 막고 눈짓하며 다시 론쮀를 보고) 어떻습니까, 내 솜씨는. 네? 젊으신 양반.

론쮀　　(간결하게) 내가 미리 생각한 것과 틀림없지. 자이 실보무라지** 를 보아. 그리고 이 올, 여기도 그렇군. 이런 솜씨는 내 생후生後 에 처음 보는 솜씨인걸. 우리 상점에서 이따위 날림을 받을 줄

* linen. 아마亞麻의 실로 짠 얇은 직물을 통틀어 이르는 말. 원문은 '린넬'.
** 실의 잔부스러기.

알아서는—.

안넷트 (움찔하며) 네?—에.

론쥐 (안넷트에게) 아니 아니, 이 위인을 가엾게 생각할 게 없어요. 좋은 본보기지요.* 그야말로 이렇게 되는 것이 당연한 일이지요. 이것 보아 여보, 이따위 물건에다가는 약속한 돈의 반밖에는 치를 수 없소. 원래 말하면 조금도 치르지 않아도 관계치 않지만— 인제 다시는 일거리를 부탁하지 않을 것이니 그리 아우, 응. 꼭 그렇게 아우.

안넷트 (쪼안니에게 눌렸으면서도) 아니 저—.

론쥐 아니 아니, 아무 말도 마시우. 여인네는 인정이 너무 있어서 못쓰겠더라. 이것은 생화**올시다. (미소하며) 그러면 바깥양반의 이 피륙을 우리 전방으로 전하도록 좀 말씀해주시우. 열두 시까지에— 더 늦으면 안 되어요. 그러면 갑니다.

론쥐는 예禮하고 좌편으로 퇴장. 문 닫는 소리 난다.

안넷트 아 여보셔요, 왜 그렇게 말리셨어요. 어차피 한번은 발각이 날 일인데 그렇게 해서는 되레 좋지 못하지 않을까요.

쪼안니 그 자식한테 알릴 필요가 무어 있소. 아니— (동안 뜨게) 결코 알려서는 못쓰지—.

안넷트 그래도 끝내 모를 수야 있나요.

쪼안니 당신만 입을 봉하면 되지.

안넷트 그래도 나는 말 아니하고는 꺼림칙해서.

---

* 원문은 '번박이지오'. 원작은 'It's a disgrace!'.
** 생화生貨 : 장사를 함.

쪼안니 천만에, 결코 말해서는 못쓰지. 그까짓 것 무슨 일이 있소. 지금 그 위인이 말한 대로 (자기가 짠 비단을 가리키며) 이것은 당신이 짠 것 (안넷트의 것을 가리키며) 그리고 이것은 내 솜씨라—고만 하면 고만이지.

안넷트 그래도 그렇지 않은 것을 암만—.

쪼안니 그렇게 만들면 그렇게 되지요. 그렇게 말해버리면 고만이지 어째.

안넷트 그러면 당신이 한 것을 내가 뺏어가지고 제 것이라고 내놓는단 말이죠.

쪼안니 그렇지, 그래.

안넷트 아니에요, 그럴 수야 있어요. 그런 불량한 일이야 할 수 있나요.

쪼안니 당자當者가 승낙한 바에야 무슨 일이 있소. 무에 불량하우. 다른 사람이 알 바가 아니지— 두 사람 틈에만 비밀을 지키면.

안넷트 그래도 그럴 수가 있소. 그런 희생을 무슨 턱으로 받아요?

쪼안니 희생? 허— 그런 문자는 없애버립시다.

안넷트 그래도 희생이지 뭐에요.

쪼안니 아니 그렇지 않지. 결단코 그렇지 않아. 요까짓 일이 무슨—.

안넷트 첫째 당신은 반밖에 돈을 못 찾지 않소?

쪼안니 그야 그렇지. 그게 어째. 나는 돈이 일이 없어. 이리 치나 저리 치나 나는 외톨백이라. 내 이 장미꽃 빛나는 마누라 (술병을 보이고) 이것에게 드는 돈이라는 건 당신네가 야윈 니코라스에게 드는 돈의 십분지 일도 못 된단 말이야.

안넷트 그야 그럴는지 모르죠. 그렇지만 장차 생화는 어떻게 하실라우— 당신의 평판은 어떻게 될 줄 아시우.

쪼안니 내 평판이라? 홍홍홍 그렇지, 내 평판이야 벌—써 옛적에 옥살을 당했단 말이야. 나는 몇 달 동안 벌써 막 닥치는 대로 거친 일을 했지. 세상은 그렇게 되기를 바라거든— 실상 만약 내가 거칠게 일을 하지 않고 보면 흔들비쭉거리는* 세상은 되려 골을 낼 것이라. 꼭 그렇지. 그러니까—.

안넷트는 말을 막는 듯 손짓을 한다.

쪼안니　아니— 진담이지. 니코라스는 나와 달라. 응— 니코라스는 나쁜 평판을 들어서는 못쓴단 말이야. 대관절 단지 저 사람에게 제일 필요한 것은 돈이라— 그건 당신도 그렇게 말했지. 우유도 많이 먹여야지. 그런데 말이야 더구나, 응 안넷트, (극히 온유하게) 오래 부지를 할는지 그것은 당신도 알 것이지—.

안넷트　네, 그것이야 나도 알고말고요.

쪼안니　그러니깐 말이야, 그렇게 해두어 버리면 좋지 않소? (억지로 농弄 비스름히) 아니 그러면 내가 한 솜씨는 당신 마음에 들지 않는단 말씀요, 네?

안넷트　(미소한다. 눈물이 글썽글썽하다) 저런— 쪼안니, 쪼안니. (의자에 주저앉으며 울어 엎드린다)

쪼안니　아, 아, 왜 이러시우.

안넷트　용서하세요. 울지 않을 수가 있습니까, 네. 우리들을 울리는 것은 이 세상 박절한 것이 아녜요. 고마운 일이 우리를 울립니다. 당신— 당신이 하시는 일이 너 너무나 고마워서 (울음을 잇는다)

쪼안니　(부정하는 듯이) 너무 고마워, 너무 고마워?

| * 변덕스러워 걸핏하면 성을 내거나 심술을 부리는. 원문은 '흔들빗죽어리는'.

안넷트 그렇고말고요, 그렇고말고요. 1주간 동안이나 나는 집 살림을 위해서 밤을 낮으로 삼아 일을 했었죠. 그 끝에 론쉐가 와서 그 고생을 일시에 벗겨는 주었다 한들 그 대신 그 대신 당신은……. (또 운다)

쪼안니 무얼, 무얼, 그래. 자아 마음을 도사려 자시우. 이래서는 못씁니다 — 공연히 나까지 눈물이 나는구려. 울지 맙시다. 무얼, 알코올의 눈물이로구나.

니코라스 (돌연히 기침을 하며 눈을 뜨다. 그리고 불평不平한 듯이) 안넷트 안넷트, 램프는 어쨌소, 캄캄한데.

안넷트 곧 가져가리다. (좌편 탁상에 있는 램프를 집어 들고 니코라스 쪽으로 간다. 쪼안니는 그동안에 안넷트의 비단을 종이에 말아서 옆에 낀다)

니코라스 론쉐 씨가 왔습디까. 그 사람 음성이 나는 듯했는데 꿈을 꾸었나.

안넷트 꿈이 아니라우. 정말 왔다 갔소.

니코라스 그래 비단이 어떻다고.

쪼안니 여간 칭찬이 아닌데. 좀 자네에게 들렸으면.

니코라스 아, 자네 이제껏 있었던가.

쪼안니 응, 지금 막— 가려는 터일세. 노하진 말게.

니코라스 노하다니 왜. 그러나 가는 게 좋긴 하여이. 우리들은 일을 해야겠네. 안 하고는 배길 수가 없으니깐 놀고 있을 수는 없어.

　　부지런히 실바퀴를 고르기 시작한다. 안넷트는 쪼안니 쪽으로 간다. 쪼안니는 옆에 낀 피륙을 가리키고 또 니코라스 쪽을 눈으로 알리며 입살에 손가락을 대는 것으로 니코라스에게 아무 말 하지 말라는 뜻을 알린다.* 안넷트는 잠깐 주저하다가 승낙의 미소를 억지로 주며 고개를 끄덕거린다.

쪼안니   또 봅시다 안넷트. 또 만나세 니코라스.
니코라스 (평심平心으로) 또 만나세. (물레를 돌리기 시작한다)
안넷트   (쪼안니를 이윽히 보며 다정히) 쪼안니 (쪼안니와 굳은 악수를 나누
         다) 잘 가시우 쪼안니.

    안넷트는 빠르게 뛰어 밖으로 나가서 베틀에 앉는 것이 보인다. 쪼안
니는 바지를 추키고 병에 입을 대고 한 모금 술을 마셨다. 그리고 안넷트
의 비단을 어깨에 메고 휘파람 불며 좌편으로 나아가다.

막.

1923. 1. 7.

―《시사평론》 2권 2호, 1923. 3.

---

* 원문은 '알ㄷ다'. 오기로 보임.

암귀暗鬼 (1막)

권혁權赫	전前 정위正尉.* 맹인 44세
숙진淑鎭	그의 후처 30세
애연愛蓮	그의 딸, 전실 소생 13세
이명선李明善	그의 친구. 전前 부위副尉** 43세

이명선 그러면 자네는 결국 우리의 이번 운동에 반대란 말이지.

권혁 아니 반대라는 것보담…… 주창자의 한 사람이 되기는 싫단 말야.

이명선 왜, 뭣 때문에 그리나. 모양이 수퉁타고*** 해서 하는 말인가.

권혁 아—니지.

이명선 그러면.

권혁 그런 박약한 이유가 아니야…… 그런 말을 허는 걸 보니 아마
자네 마음 한구석에 그런 생각이 있나뵈그려.

---

* 대한제국 군 직제 중 위관급의 셋째 자리. 지금의 대위.
** 대한제국 위관급의 둘째 자리. 지금의 중위.
*** 수퉁맞다 : 투박하고 흉하다.

이명선　먹구 살 수가 없으니깐 허는 짓이지 무에 그리 번듯헌 일이
　　　　되나.

권혁　　그렇거들랑 애초에 허지를 말게. 먹구 살 수 없어, 먹구 살 수
　　　　없어 허지만 돈이 있으면 얼마나 잘 먹구 살 것인가. 전前 참위參
　　　　尉* 전 참령參領**이라는 생각은 떼 내버리게. 모자도 벗어버리고
　　　　두루막도 없애버려. 양말 뒤꿈치가 뚫어진 것이 창피해서 마누
　　　　라의 비녀를 전당국典當局으로 보내는 대신에 목도꾼*** 십장에게
　　　　막걸리 한 잔을 대접헐 준비를 허는 게 옳지 않은가.

이명선　어허— 우리 같은 놈에게는 그런 막벌이도 차례가 오지 않는다
　　　　네. 자네 같은 사람은 저녁거리가 있으니까 허는 말이지.

권혁　　저녁거리 흥…… 앞 못 보는 죽다 남은 놈이 아내가 산파産婆질
　　　　해서 벌어오는 돈에 목을 매고 있는 것이 그렇게 부러운가……
　　　　그것은 자네나 나의 문제가 아니라 일반의 문제이지. 그러니까
　　　　말로만 어쩌니 어쩌니 허느니 우선 두루마기를 벗고 나서보란
　　　　말이지.

이명선　그럴 수도 없고 저럴 수도 없으니까 궁극에 받을 것이나 받어먹
　　　　자는 게 아닌가.

권혁　　운동을 힘 있게 허느라고 한 사람이라도 필요허다니까 대수롭
　　　　지 않은 내 도장이야 거절 않고 내놓겠네마는 내가 양심으로 찬
　　　　성 못한다는 것이 그 점에 있어. 우리들이 응당 받어먹을 것이
　　　　었다면 왜 정정당당히 당초에 받어먹지를 못하고 인제 와서 군
　　　　인부조금이니 은급恩給이니 구휼금이니 헐 것 무엇 있어. 당초에

* 대한제국 위관급의 첫째 자리. 지금의 소위.
** 대한제국 영관급의 첫째 자리. 지금의 소령.
*** 무거운 물건을 목도하여 나르는 것을 직업으로 하는 사람.

받어먹지 않아야 옳을 것이 지금 와서 별안간 받어야 헐 이유가 생겼나. 먹구 살 수가 없으니까 이유를 붙이고 인연因緣을 붙여서 돈을 달라는 게지. 두게 두게, 그만두어. 도대체 지금 와서 그이들에게 돈을 달라는 자네들이…….

이명선　창피허지. 허지만 그것을 가릴 여유가 없게 됐으니깐 그렇지…… 대관절 어쩌려나. 청원서에 도장을 찍어주려나 못 허겠나.

권혁　글쎄…… 양심에 없는 일야.

이명선　여러 사람의 운동을 돕는 게 아닌가.

권혁　…….

이명선　(옆에 놓여 있던 보褓 속에서 서류를 꺼내면서) 청원서까지 가지고 왔네.

권혁　그렇게 자네가 그처럼 허니.

뭉기적뭉기적하고 방 한구석에 놓인 책상 앞으로 가서 도장갑을 꺼내 가지고 온다. 그동안에 이명선은 골통대에다가 다시 불을 댕겨서 피운다.

이명선　고마우이. (청원서의 페이지를 넘겨서 권혁의 이름이 쓰인 것을 찾아서 그것을 권의 손에 쥐어주며) 자아 자네의 손으로 찍게.

권혁　허허허허. 자네는 너무나 형식을 채리네그려. 눈 멀은 사람보단 자네가 찍기가 편치 않은가. 자아 찍게그려. (도장을 내밀어 준다)

이명선　으흥. (고소苦笑를 하며 말대로 한다)

권혁　여보게 노허지 말게.

이명선　무얼.

권혁	내가 주창자 되기를 거절헌 것을 말야.
이명선	…….
권혁	자네 보듯이 나는 맹인이 아닌가. 다른 사람이 보면 말야 내가 제 몸을 생각허는 것보담 더 비참한 경우에 있을는지도 몰라. 그렇게 뵈겠지. 그렇지만 이 위에 또 이 눈 멀은 것을 팔고 싶지 않단 말일세…… 당당한 이유가 있으면 이유로 가지…… 그런 군인 중에는 이러헌 비참한 위인도 있소…… 허고 그들의 동정심에 매달리고 싶지는 않어, 결코…….
이명선	그건 자네가 너무 지나친 생각이야. 무슨 자네의 실명헌 것을 내세우라고 헐 리야 있나. 자네가 그전에도 무슨 일만 있으면 앞장을 서던 터이니까 허는 게지. 그렇게 곡僻허게 생각 말게.
권혁	그 이야기는 그만두세…… 지금 생각하면 찬 땀이 흐르네. 모두가 거짓이었어…… 매사가 자기의 이욕매명利慾賣名* 수단에서 나온 허세 아닌 것이 없었단 말야. 또 한편으론 일을 좋아하던 성질을 만족시키려는 데서 나오기도 했지만. 폐일언하고** 추악헌 심사였단 말야. 사람사람이 제각기 약점을 숨기려는 것은 당연헌 짓이지. 그렇지만 자기의 약점을 숨기려고 남을 해친 일이 얼마나 많은지……. 도대체 생각허구 보면 내가 눈이 멀기 전에는 여러 가지 욕심이 잔뜩 잠겨 있었던 것을 근자에 와서야 역력히 생각이 나네.
이명선	여러 가지 욕심이라니.
권혁	그렇지. 욕심이지. 눈에 보이는 것이 유혹거리 천지니까 그렇지……. 지금 와서는 그런 욕심은 적어졌네. 결국 눈 멀은 지금

---

* 사사로운 이익을 탐내고 재물이나 권리를 얻으려 이름과 명예를 팖.
** 폐일언하다 : 이러니저러니 할 것 없이 한 마디로 휩싸서 말하다.

이 행복일는지도 모르지.

이명선 …….

권혁 눈 뜬 자네로는 지금 나의 심의心意를 해석허기는 어려울 것이
   지……. 눈이 멀은 후부터는 떴을 때보담도 더 사물의 이면을
   알 수가 있어. 뚜렷이 보인다 말야. 그릇 해석헐 방해물이 보이
   지 아니하는 까닭이겠지……. 사람의 마음도 잘 알 수가 있어.

이명선 참 그럴 것이었다…… 그럴듯한 말야.

권혁 그만두세, 그만두어. 암만해도 눈 뜬 사람으로는 우리들의 심리
   를 안다구 헐 수가 없는 일이니까 허허허허허. (을씨년스럽게 웃
   는다)

이때 미닫이 밖에서 "아버지—"하는 딸 애연이의 목소리가 난다.

권혁 어 애연이냐.

애연 네. (미닫이를 열고 얼굴만 들이밀며) 놀고 왔어요. (이명선을 보고
   는 웃는 낯으로) 오셨어요.

이명선 오—냐. 요새 학교 잘 다니느냐.

애연 네. (미닫이를 닫는다)

이명선 아이구 나도 인제 가야겠군. (일어서며) 일간 또 옴세.

권혁 가려나. 그럼 또 만나세.

이명선은 청원서 보를 집어 들고 미닫이를 열고 나간다.

권혁 애 애연아, 손님 가신다.

애연 (목소리로만) 네—.

밖에서 "잘 있거라" "안녕히 가셔요" 하는 소리가 들린다. 그동안 권혁은 귀를 기울이고 있다가 빙긋이 웃고 나더니 옆에 놓았던 삼(麻)노*꼬는 그릇을 앞으로 다가놓고 노를 꼬기 시작하려 한다.

애연	아버지—. (방 안으로 이렇게 부르며 들어온다. 손에 조그마한 보통 이를 들고)
권혁	?
애연	어머니 어디 가셨소.
권혁	모른다. 사온(司醞)골 어디 좀 다녀온다구 허구 나갔다.
애연	…… 사온골요? 어머니는…… 자동차를 탔던데.
권혁	자동차는 웬 자동차. 미친 소리 마라.
애연	아니 아버지, 내가 탑골공원 앞을 지나려니까 저어 어제부터 다니는 경성부 자동차라나요. 그것이 와서 서길래 자동차 속을 좀 구경허려구 들여다보았지. 그랬더니 아버지— 거기에 어머니가 타셨겠지. 어머니는 나를 못 봤어. 그래서 어머니 허구 부르려구 했더니 그만 차가 가버렸다우. 남대문 밖으로 가는 차라는데.
권혁	…….
애연	어머니는 벌—써 나가셨소?
권혁	…….
애연	아버지 아버지, 그런데 조선 여자가 표를 팔아요. 양복을 입구.
권혁	혼자 탔더냐.
애연	어머니?

| * 삼 껍질로 꼰 노끈. 삼노끈.

권혁	응
애연	아아 참 저어, 일상 오시는, 앗다니, 고치시는 이 말에요.
권혁	박 의사.
애연	네. 그이허구 무에라구 이야기허구 계십디다. 아버지 그이도 우리 집에 오셨다 가셨소?

권혁의 얼굴에는 고민의 빛이 완연히 올랐다. 보이지 아니하는 눈으로 방 안 구석을 노리고 있다가 서서히 딸 애연에게로 향하였다.

권혁	(날카로운 목소리로) 너는 어디 갔었었니?
애연	(할끔할끔* 아버지의 기색을 보며) 저어 교당에 갔다가 왔다우.
권혁	교당? ……수표교…… 왜 거기 가지 말라니깐 또 갔어.
애연	…….
권혁	그래서.
애연	저어 아버지 거기서 전前 어머니를 만났어요. 그랬더니.
권혁	집을 떠난 사람은 어머니가 아니라고 이르지 않았니. 그래도 너는 역시 그전 어머니가 못 잊어서 허는구나 응. 그렇게 가지 말래도 가니.
애연	아버지. (아버지 앞으로 다가앉으며 무릎에 손을 대고) 아버지, 나는 암만 꾸중을 허셔도 전 어머니밖에는 어머니 같지 않은 걸 어떻게 허우!
권혁	…….
애연	아버지, 어머니는…… 왜 갔소.

* 곁눈으로 살그머니 계속 흘겨 보는 모양.

258

권혁	…… 그 전에 교당에서 만나서 너더러 뭐라고 허더냐.
애연	아—니. 아무 말두 안 허십디다. 모두 어머니의 잘못이라고, 그 말 뿐야.
권혁	어머니의 잘못이라구…… 그러더냐. 어머니의 잘못두 아니구…… 아버지…… 잘못두 아니지. 눈이 멀고 가난해지고 그리고 또 지금 어머니허구…… 아버지가…… 살림을 살었지…… 그래서 그렇게 된 것이다. 이다음에 다 알지.
애연	그러면 아버지, 전 어머니는 다시.
권혁	올 수 없지……. 물론 너는 전 어머니가 좋—지.
애연	……네.
권혁	연아, 전 어머니한테로 가고 싶지 않으냐 응……. 교당에서 전 어머니가 너한테 ……오란 말 아니허디. 허지.
애연	아—니 아—니. 그런 말은 안 해. 오래두 나는 안 갈 테야.
권혁	어째서.
애연	어머니는 노상 출입하시구 아버지 혼자만 계신데…… 아버지는 앞을 못 보시지. 그런데 내가 어떻게 가우.
권혁	음……. (애연이를 끌어안고 머리를 쓰다듬는다)

한동안.

애연	아 참 아버지…….
권혁	?
애연	(물러앉아서 보퉁이를 집어 들며) 저 거시기 교당에서 전 어머니께서 이것을 집에 가지고 가라구.
권혁	뭣인데.

애연   보에 쌌어요. 열어볼까 아버지.

권혁   (보를 끄른다. 그 속에서 간유肝油* 한 병이 나온다) 아이구 아버지,
           이것이 뭐야. 약병 같아요. 술병인가.

권혁   약병? ……어디 보자.

애연이 아버지 손에 전한다. 그는 두어 번 그것을 더듬어본다.

권혁   여기 무에라고 쓰여 있니. 알아보겠니.

애연   (약병을 들여다보며) 안경을 그리고, 무슨 유油라고 써서 있어요
           아버지.

권혁   간유, 안경표 간유.

애연   간유? 간유라는 게 무슨 약야 아버지.

권혁   눈에 좋은 약이란다.

애연   그런데 이것을 내가 주더라고 허지 말구 아버지께 드리라고 그
           럽디다.

권혁   ……(약병을 들고) 얘, 연아.

애연   네?

권혁   (약병을 내밀며) 어디다가든지 갖다가 치워놔라.

애연   왜 아버지.

권혁   (고개를 흔들며) 갖다 두어.

애연이는 불평한 빛으로 그것을 받아서 방바닥에 놓는다.

| * 명태, 대구, 상어 따위 물고기의 간장에서 뽑아낸 지방유. 영양 장애, 구루병, 빈혈증, 선병질 따위에 쓴다.

권혁	지금 몇 시나 됐니.
애연	(책상 위에 놓인 좌종坐鐘을 보고) 세 시 반이 좀 넘었어요. 인제
	십오 분만 있으면 네 시야.
권혁	너의 어머니를 오기를 기다리지 말고 저녁을 좀 지어다우. 시장
	허다……. 전에 지어봤지.
애연	에구 아버지두, 일상 내가 짓는데. 참 그런데 아버지 점심을 아
	니 자셨구려.
권혁	지금 점심을 먹으면 저녁밥이 맛이 있겠니. 아주 저녁으로 지어
	다우.
애연	요새는 일곱 시가 돼도 해가 있는데요.
권혁	아마 아침 먹은 상도 그대로 있을 것이다. 설거지도 허고 그럭
	저럭 허면 되지 않겠니. 조금 이르면 상관있니.
애연	그럼 천천히 시작헐 테야 아버지.
권혁	……. (고개로만 끄덕거린다)

애연이는 밖으로 나갔다. 권혁은 앉은자리 근처를 더듬더듬해서 간유
병을 집어다가 다시 그것을 어루만지며 무엇인가를 깊이 생각하고 있다.
밖에서 "생선 조기 드렁* 사료—" 하는 행상소리가 떠들어온다.
양구良久.

애연	아버지. (미닫이 밖에서)
권혁	?
애연	(방 안으로 들어오며) 아버지.

* 예전에, 장사치들이 물건을 사라고 외칠 때 물건 이름 뒤에 복수의 뜻으로 붙이던 말.

권혁	(급히 약병을 밀어놓으며) 왜.
애연	부엌에 이런 편지가 떨어졌어요. 불쏘시개를 하려고 종이뭉치를 찾으니까 그 속에 이런 편지가 들어 있겠지.
권혁	겉봉에 무엇이라고 써 있길래 그러니.
애연	진서眞書로 어머니 이름을 써서 숙진 씨 허고.
권혁	꺼내서 읽어봐라.
애연	종이가 찢어져서 읽을 수가 없어요…… 가만히 있어. 아버지. (종잇조각의 주름을 펴며 한 자 한 자 주워 읽는다) …… 오는…… 일요일 문밖으로 오로, 오로 그 뒤는 잘 안 뵈요 아버지.
권혁	(조금 흥분한 목소리로) 끝에 이름자를 봐라.
애연	없어요.
권혁	그러면 봉투를 넘겨봐.
애연	오 참 여기 있어요. 아주 박혔네. 인사동 46번지 무슨 천당天堂.
권혁	응 알었다. 그만둬라. (흥분을 억제하려는 고민의 빛이 얼굴에 올랐다)
애연	이게 무슨 편질까…… 오는 일요일이 언제야. 오늘요?
권혁	아니다 아냐. 그것은…… 아무 것두 아니다…… 그 편지는 나를 주고 어서 부엌에 가서 일을 해라 응.
애연	네…… 아버지, 갖다가 태우지 그까짓 것…… 또 어머니가 그런 것을 주워다가 아버지 드렸다구 꾸중하시면 어째.
권혁	무얼…… 아버지가 말허지 아니헐 테니 괜찮다. 어서 가서 봐.
애연	네. (밖으로 나간다)

권은 딸이 나가서 미닫이를 닫는 소리를 듣더니 편지를 손에 들고 고민한다. 손에 들은 편지는 다섯 손가락이 꼬깃꼬깃 구겨 잡았다.

보이는 듯 마는 듯한 전율.

그는 더듬더듬하며 윗목에 있는 아내의 경대 놓인 곳으로 가서 분, 향수,* 크림 그릇을 집어 들고 한동안 냄새를 맡고 만지작거렸다 하더니 마는 미움과 흥분의 빛으로 분 병을 그 옆에 놓인 다듬잇돌 위에다가 힘 껏 메다쳤다. 그것은 산산이 쪼개져서 흩어졌다.

그리고 나서는 다시 자기 자리로 돌아와서 아랫목 머리맡에 놓인 궤를 열쇠로 열고 그 속에서 단총短銃을 끄집어냈다. 그리고 그것을 두세 번 만지작거리다가 두 손으로 그것을 꽉 잡고 한동안을 생각하고 있다. 이때 방 밖에서.

애연   (목소리로만) 어머니 인제 오시네.
숙진   (목소리로만) 부엌에서 뭘 허니. 벌써 저녁야, 에구머니나.

권은 그 목소리에 단총을 급히 자리 밑에 감추었다.

숙진   (방으로 들어오며) 이 부위 영감 아니 오셨습디까. 나가다가 만
        나 뵀는데.
권혁   …….
숙진   (윗목에 산산이 깨져 있는 분 병을 보고 놀라며) 에구 이게 웬일야.
        누가 이랬어.
권혁   …….
숙진   (남편의 기색을 이윽히 보고 선 채로) 영감이 그랬었구료.

| * 원문은 '분香水'.

이때 애연이가 살그머니 미닫이를 열고 들여다보고 금시 또 미닫이를 조용히 닫았다.

권혁 그래 내가 그랬어. 거기 좀 앉어.

숙진 ⋯⋯.

권혁 남편은 눈이 멀어서 산송장이 되다시피 허구 있는데 당신은 어딜 그렇게 싸다니우 응. 분을 바르고 향수를 뿌리고.

숙진 새삼스럽게 그게 웬 말씀요, 네. 분과 향수를 어제오늘 시작했단 말요. 대관절 웬 곡절요, 이게 모두⋯⋯. 내가 행망쩍게* 싸다녔소, 가만히 앉았는데 누가 먹을 것 갖다가 준답디까, 네.

권혁 그러면 나다니는 게 모두 돈 벌러 다니는군. 좋지 좋아. 산파나 됐게 망정이지 그렇지 못했더면 뭘로 핑계를 삼았을구.

숙진 왜 오늘은 이러시우. 참 내 별일도 다 보겠소. 왜 그렇게 사람의 비위를 거슬러 놓으시우.

권혁 그까진 비위 맘껏 거슬려져라⋯⋯ 내가 이런 불행한 팔자에 빠지고 보니까 그런지 몰라도 당신 혼자가 행복을 찾으려선 아니 돼⋯⋯ 내가 참을 수 없어. 내가 이런 벌을 입게 된 것두⋯⋯ 말허구 보면⋯⋯.

숙진 (간유 병을 집어 들어서 두세 번 남편의 얼굴과 겨끔내기로** 보더니 무엇을 깨달은 듯이) 말우, 말어요. 무슨 일을 비꼬아서 생각 마시우. 근래 와서는 더 허십디다. (병을 가만히 놓는다)

권혁 그런 말이 의젓허게 나오나.

숙진 못 헐건 무엇 있소. 내가 벌어서 살어간다구 허는 말이 아니지만.

* 행망쩍다 : 주의력이 없고 아둔하다.
** 서로 번갈아 하기.

권혁	버는 것, 버는 것두 성가시오. 하루 한 끼를 못 먹어도 사람이란 속이 편해야 사는 게야.
숙진	내가 당신께 속 불편허게 해드린 게 무엇이오. 네 네.
권혁	나는 이 모양으로 보지를 못 허지. 그렇지 않어. 내가 보지 못 허는 분단장이 무슨 필요냔 말야. 눈에 보이지 않는 단장보다도 나에게는 마음 단장이 필요해. 따뜻한 친절이 필요해.
숙진	여보, 다른 사람이 들으면 큰일 나겠소. 내가 마음 괴악허게 먹은 일이 무엇이오. 도무지 못 알아들을 말이로구려.
권혁	못 알아들어. 홍 (비웃으며) …… 오늘은 어디 갔다가 왔어, 응. 오늘은 어디 갔다가 왔어.
숙진	그건 또 새삼스럽게 왜 물으시우. 아니 그러면 여보 영감 당신은 내가 어디를 갔다가 왔다구 일러바치지 않으면 나를 믿지 못 하시겠소?
권혁	나의 눈은 보지를 못 허니깐 속일 수가 있어도 나의 심안은 속일 수가 없어.
숙진	그게 못쓰는 장본예요…… 영감은 심안으로 무어든지 뚜렷이 안다구 그리시우. 아는 것이 병이란 말예요. 세상일이란 속속들이 알구 보면 아무 재미도 없고 희망도 없어요. 있다구 하면 불평과 절망뿐이지. 사람사람이 제각기 비밀이라는 건 다 있다우.
권혁	비밀. 자아 그것이 못쓰는 일이야. 부부간에 비밀이 무엇야, 응.
숙진	영감도 참 한심허우. 전엔 그렇지 않으시더니 실명하신 뒤로는 왜 그리 감정에 모순이 많소. 부부의 사이에라도 비밀이 절대로 없다구 헐 거 있소? 그것이 남편에게 욕되지 않는 이상엔 말예요…… 영감은 눈이 안 뵈는 지금이 되려 행복이셔야 헐 텐데 왜 그렇게 마음으로 고생을 허시우. 소위 의심암귀疑心暗鬼라는

게 그것이라우.

권혁   모순? 모순이라두 좋아. 뭣이라든지 말헐 대로 해보아. 우선 오 늘만 해두 갔다 온 데를 말헐 수 없지. 양심이 있거든 해봐라. 예—끼 이……

숙진   나중에 다 알 일이오. 너무 그리 마시우.

권혁   또 뭣이라구 덮어 넘기려구…… 박 의사허구 갔지. (날카롭게)

숙진   (뜻밖에의 말에 조금 놀란 낯빛)

권혁   왜 대답이 없어, 응. 양심이 있으면 대답헐 수가 있나…… 자 이 편지를 봐. (봉투째 내밀며) 이런 증거가 있어.

숙진   (편지를 잠깐 들여다보더니 문득 안심과 고소苦笑가 엇설긴 감정의 빛 이 얼굴에 올랐다) ……영감의 심리가 참 가엾수…… 그 편지가 어쨌단 말이우, 네. 그것이 무슨 증거란 말요. 박 의사허구 어디 를 갔다 왔으니 어쨌단 말요.

권혁   그런 말이 예사로 나와, 응. 예사로 그런 말이 나가느냐 말야. 남 편 있는 여자가 일요일을 틈타서 다른 남자와 문밖으로 놀러 나 간다면…… 그 가운데에 무엇이 있어, 응. 무엇이 있느냐 말야.

숙진   그야말로 영감 마음속에 암귀暗鬼가 생겼소…… 그러기에 나중 에 알 일이라고 그랬지요.

권혁   속일 일이 무어냐 말야. 속여야 헐 컴컴한 구석이 있어서? 내가 실명한 뒤로는 밤낮없이 너무 나다닙디다. 내 속마음에 거슬린 일이 한두 번이 아니야. 그래도 그것을 이제껏 꾹 참고 내려왔어.

숙진   ……(한숨을 쉬며) 여보 영감, 그렇게 못 믿고 그렇게 알구 싶소. 정히 영감이 그러시다니 내가 이야기를 허리다. 오늘 과연 박 의사허구 남문 밖에는 가긴 갔소. 미리 이런 말을 영감헌테 알 리면 한사하고* 말리실까 봐서 속이고 가긴 갔소마는 어느 벼락

을 맞을 계집년이 눈먼 남편을 두고 불의한 꿈을 꾸러 갈 년이
있단 말요…… 내가 함부로 말이 나가오마는…… 산파라구 문
패는 붙여놓았지만 발이 넓지 못헌 탓인지 어디 그리 수입이 있
소. 먹어가는 것도 어렵거니와** 딸 명색이라곤 애연이 하나밖
에는 없는 것을 사내자식과 달라서 남에게 빠지지 않게 해놓아
야지요. 나이는 한 살 두 살 먹어가는데 남의 집에 보내더라도
벗고 입을 것은 해주어 보내야 허지 않소. 그렇지 아니해도 남
의 입에 오르기가 쉬운데 그 꼴을 해놓아 보. 아이구 계모라는
게 그렇지…… 허지 않겠소. 그 소리가 죽기보다도 싫으니까 어
찌하면 좋을까 허든 차에 남대문 밖에 있는 제사회사製絲會社에
서 기숙사 감독 겸 교사를 뽑는데 월급이 식비는 거기서 담당허
고 60원을 준다고 그럽디다그려. 그 말을 누가 하느냐 하면 요
앞서 박 의사헌테를 들르니까 자기와 친분이 있는 이가 그 회사
에 있는데 그 사람이 그리더라고 헙디다그려. 그래서 내가 아니
그것을 소개해달라고 그리지 않았소. 미리 그것을 영감한테 의
논하면 영감은 영감대로 또 미안하게 생각하셔서 찬성하실까
싶지를 않단 말예요. 그래서 좌우간에 그 회사 내막이나 자세히
알아보구 나서 할 양으로 했더니 그저께 박씨한테서 이 편지가
옵디다그려. 그래서 오늘 박씨하고 같이 가서 보지 않았소.

권혁   …….

숙진   내가 미리 말 아니 한 것은 잘못했지만…….

양구良久.

* 한사限死하고 : 죽기로 기를 쓰고. 원문은 '한사허구'.
** 원문은 '어렵거냐'.

권혁	……여보 마누라…… 나같이 미련한 놈이 없어…… 속 좁은 놈이 없어…… 이것을 보……. (자리 밑에서 단총을 꺼냈다)
숙진	(놀래며) 에그머니나 그건 왜.
권혁	아까는 어찌나 흥분이 됐던지 그전 군인의 기념으로 몰래 남겨두었던 이것을 꺼내 가지고 만약에 마누라의 말이 바르게만 아니 나가면 이 육혈포로 당신도 쏘고 나도 함께 죽어버리려고 했소.
숙진	에구 여보.
권혁	아니, 그러는 게 장래가 없는 나의 일생 마감도 시원허게 되고 또 딸년은 딸년대로.
숙진	갈 곳이 있단 말이지요.
권혁	어허허 그만둡시다. 늙은 몸의 흉악한 꿈자리지. 자아 오늘부터는 새로운 생활로 들어갑시다. 가난이 무어야 그까짓…… (단총을 든 채) 이런 것이 있으니깐 그런 흉악한 꿈을 꾸었어. 이런 것은 애초에 탄환을 없애버려야지. (미닫이 쪽을 노린다)
숙진	에구 여보.
권혁	무얼 이까짓 것 딱총 소리만도 못할걸. (방아쇠를 제쳤다)

딱 하고 소리 나자 미닫이 밖에서 으아…… 하는 비명과 함께 사람 엎드려지는 소리 났다. 숙진이는 놀라서 뛰어나가고 권은 망연자실하였다.

숙진	(애연이를 안아 들고 들어오며) 아이구 여보, 이를 어쩌나 이를 어쩌나. 얘가 맞었소, 얘가 맞었어.
권혁	응! 맞어 마. (반신을 일으켰다가 펄썩 주저앉는다)
숙진	어깨가 맞었어. 병원으로, 병원으로 가야지. (황당해서 한 방 안을 두어 번 갈팡질팡하다가 안아 든 채로 나간다)

권혁은 더듬더듬해서 단총을 집어 들어서 자기의 이마에 총부리를 대고 방아쇠를 제쳤다. 그러나 소리는 나지 않는다. 그는 두 번째 제쳐보고 나서 급히 단총 총신을 꺾어보고 나서 만져보고 비로소 탄환이 없는 것을 알았다. 그는 힘껏 방바닥에다가 메다 붙였다.

　　　　　　　　　　　　　　　　　　　　　　　　　　막.

　　　　　　　　　　　　　　　　　　　－《별건곤》14, 1928. 7.

아내에 주린 사나이 (전1막)

일명 파산破産

인물

고유풍高裕豊	××은행 전무취체역專務取締役* 40세
박영순朴英舜	그의 네 번째의 아내 28세
문봉희文奉禧	부인 잡지사 여기자 24세
화순和順	여 하인
구걸具乬	남 하인
한 의사	(무대에 나타나지 않는 사람)

때

어느 해 늦은 봄

곳

박영순의 거실.

| * 예전에 '전무 이사'를 이르던 말.

양실洋室. 고급조도高級調度로 화려하게 꾸민 방. 정면 하수下手 쪽으로 다가서 마루로 통하는 도어가 있고 상수上手 쪽 기역자로 꺾인 벽에는 다른 방으로 통하는 도어가 있다. 그리고 정면에 있는 두 개의 유리창에서는 툇마루를 건너서 마당의 화초가 커튼 틈으로 보인다.

하수편 사면斜面진 벽에는 피아노, 그 위에 몇 권의 악보책. 그리고 그 위 벽상壁上엔 유회油繪의 액額*이 걸리어 있다. 방 중앙에 둥근 테이블, 그 위에 탁상 전등과 홍차 그릇 그리고 과실을 벗기어 먹은 접시 등속이 질서없이 놓여 있고 상수 쪽 벽 구석에 화려한 서양의장西洋衣欌,** 그리고 그 곁에 발틀 씽거 재봉기***와 전기모터의 축음기 그리고 두 개의 소파와 네 개의 여느 의자. 그 모든 조도調度가 값지고 스마트하다.

남편 고유풍은 테이블 옆 소파에 몸을 파묻고 신문지로 얼굴을 가리다시피 하고 읽고 있으며 아내 영순은 피아노 앞에 떨어져 앉아서 모사편물毛絲編物****을 하느라고 손을 놀리고 있다. 둘이 다 양장이다.

고   (얼굴을 가리고 있던 신문 위로 얼굴을 내밀어 올리며) 그럼 당신은 기어코 이혼을 해달라는 말요.

영   이혼을 해달라고 청하는 게 아녜요.

고   그럼.

영   내가 이혼을 하겠다고 하는 말예요.

고   매한가지가 아뇨.

영   어째 같아요, 다르죠. 당연히 이혼해야 할 경우에 청하긴 뭘 청

* 유화 액자.
** 서양식 옷장.
*** 1851년 설립된 미美 싱거SINGER사에서 제작한, 발틀(페달)이 달린 재봉틀.
**** 털실로 뜨개질하는 것.

해요. 내가 가버리면 고만 아녜요.

고　　　어느 나란가의 식으로 말이지.

영　　　진리이죠.

이렇게 수작하는 동안 영순이는 편물 하는 손을 쉬었다 했다 한다.

고　　　(손에 들었던 신문지를 테이블 위에 놓으며) 아니 부인은 정신에
　　　이상이 생겼소? 아까부터 그만큼 나의 심중을 말했으니 그만하
　　　면 나의 체모도 좀 생각해줘야 허지 않소 글쎄.

영　　　네, 그만허면 어지간히 체모두 봐드렸소 네. 생각해보시우. 당
　　　신한테 속은 것을 안 때부터 1년이 넘도록 참아드렸으면 그만
　　　해도 흡족허시지 않소. 그래도 더 욕심을 채우려구 남의 감정을
　　　짓밟어도 분수가 있지 않소. 생각해보셔요.

고　　　내가 부인을 속인 것이 뭐요 응. 내가 부인을 사랑허는 게 남에
　　　게 지우? 그야말루 내게 정부인이 따로 있단 말요. 돈을 아니
　　　쓰우. 무에 부족해서 그리우. (고高는 흥분해서 소파에서 일어서서
　　　왔다 갔다 하며) 당신이 내게 왔을 때에 그 피아노가 놓였습디까.
　　　이 삑트로라*가 있습디까. 그리고 이 문화주택은 누굴 위해서
　　　지은 거요 응. 모두가 당신을 위해서 지은 거요 응. 모두가 당신
　　　을 위해서 당신의 뜻을 받기 위해서 돈 들인 것이 아뇨. 그런데
　　　더 어떻게 사랑을 하란 말요.

영　　　그야 그런 줄 알죠.

고　　　그럼? 그러니깐 말야, 당신이 얼마 전부터 이혼문제를 자꾸 끄

|　＊빅트로라Victrola : 빅터사에서 판매하던 콘솔형 고급 축음기.

272

집어내는 까닭을 나는 알 수 없다는 말요. 당신은 한 개의 유치원 보모로 반생을 마칠 사람이 지금 와선 은행 전무의 부인이 되지 않았소. 사교계의 꽃이오. 그리고 자가용·빠카드*는 언제든지 당신의 명령을 기다리고 있소. 무에 부족허우, 무에 부족해.

영   당신은 유치원 보모로 평생을 마칠 가련한 여자를 출세시켜 준 자선가이시구려, 하하하. 왜 그리 유치한 말씀을 허시우. 내가 유치원 보모로 있으니 날 출세시켜달라고 당신께 애걸복걸을 했단 말요. 당신이 날 보고 좋아서 데려오지 않았소. 내가 미인인지 아닌지는 모르겠소마는 미인 아내를 데려왔다는 자랑을 삼기 위해서 날 데려오지 않았소. 꿈도 꾸지 않고 있는 나에게 갖은 운동을 다 해서 날 데려왔죠. 당신의 욕심을 채우려고 한 것은 슬쩍 덮어놓고 그런 말씀을 어쩌면 뻔뻔이 하시우. 보모 노릇 하는 내 처지가 불쌍해서 문화주택을 짓고 피아노를 사들이셨구려. 당신의 욕심을 채우려고 한 짓을 왜 내게다 은혜로 삼어서 뒤집어씌우시우, 네. 난 그런 은혜는 받구 싶지 않어요. 날 만났을 때 당신은 무어라고 그랬소. 당신 같은 미인을 하루라도 아내라고 불렀으면 지금 죽어두 한이 없겠다구 현재 그 입으로 그리시지 않었소. 않었소, 안 했거든 안 했다구 그리시우. 나야말로 당신에게 큰 자선을 해왔소.

고   (아내 곁으로 바싹 다가서서 허리를 구부리고) 그렇다구 헙시다, 그렇다구 헙시다. 내가 말을 잘못했소. 자— 당신이 지금 부인이 말한 대로의 말을 내가 했다고 헙시다. 아니 확실히 내가 했소. 그러구 보면 더욱 내가 당신을 사랑한 증거가 아니겠소. 그리고

| * 패커드Packard : 1899년 설립된 패커드 사의 자동차 모델. 1920년대 백악관 등에서 애용하던 고급 차종.

사실 난 당신을 내놓고 살 수 없소. 그리고 세상에 대해서도 체모가 됐소.

영   그만하면 오랫동안 체모를 보아 드렸지요.

고   나는 희생한 게 없단 말요.

영   돈요?

고   무어든지.

영   많이 쓰셨죠. 그렇지만 펭키* 간판 한 개 사려두 돈인데 산 사람하나를 간판으로 사들이는데 그만한 돈이 안 들어요. 당신은 날어여쁜 아내를 가졌다는 자랑거리와 자기 자신의 불구不具를 감추자는 생각으로 얻어 들인 셈이 되지 않았소.

고   내가 정신으로나 물질로나 얼마나 당신을 사랑했던 것은, 아니현재두 하구 있는 것은 조금도 알아주지 못하겠다는 말요.

영   당신이 지금 말하시는 사랑이라는 뜻으로 보면 당신은 참 많은사랑을 허셨죠. 그렇지만 그따위의 사랑은 난 싫어요. 감옥보다더 답답한 고통을 내게다 주는 무서운 사랑이죠.

고高는** 거닐던 걸음을 딱 멈추고 아내를 노려본다. 어안이 벙벙한얼굴로……

영   내가 요구하는 사랑은 그따위 물질로서 보여주는 사랑이거나아버지가 자식을 자랑하고 형이 아우를 사랑하는 것 같은 그따위 사랑이 아녜요. 당신은 오늘날까지 나에게 어떠한 고통을 주어왔소? 나에게 만족을 주어본 적이 있소? 네. 만족한 남편 노

---

* 펭키ペンキ : 페인트paint.
** 원문은 '蔿은'이나, 오기로 보임.

274

룻을 이행한 적이 있어요? 차라리 남편이 없다면 또 그대로의 단념을 가질 수도 있어요. 그렇지만 (아내는 편물을 내던지고 일어서서 남편 앞으로 와서) 당신이란 남 보기에 훌륭한 남편이 있구서도 (화가 나는 듯이 분증*을 내며 왔다 갔다 한다) 당신이 내게 가까이 허면 헐수록 내게는 더할 수 없는 고통을 준단 말요. 이름 좋은 한울타리야.

이 동안 남편은 소파에 힘없이 주저앉아서 두 손으로 골을 싸쥐고 엎드려 듣는다.

영   나의 이 시원치 못한 답답한 고통을 무엇으로 풀어요. 만약에 내 평생이 이러하다면 나는 양잿물이라두 먹구 죽어요. 죽지요, 죽고말고요. 여보 아무개의 아내라는 이름만으로 평생을 보내면서도 말 한마디 못하고 지내온 옛 부인네들은 불쌍한 무지자無智者들이요 그릇된 도념道念의 희생자들이요 봉건적 사상의 노예죠. 그러나 그들의 눈물이 베개를 적시지 않았으리라고 누가 증명을 할 것이오. 그러나 그들은 남편이 자기에게로 돌아오리라는 일루一縷**의 희망은 있었죠. 그렇지만, 그렇지만 당신은 어떻소. 당신은 성性의 불구자가 아니오? 평생을 간들 당신의 몸이 여자를 만족시킬 수는 없을 것이 아니겠소. 그렇지요, 그렇지요. 그렇지 않다고 용감스럽게 대답을 해보시우.

고   (힘없이) 옳소. 당신의 말이 옳은 줄은 아우. 그렇지만 그것은 내 죄가 아뇨.

* 원문은 '부증'이나 문맥상 '분증症'으로 해석하는 것이 적절해 보임.
** 한 오리의 실이라는 뜻으로, 몹시 미약하거나 불확실하게 유지되는 상태를 이르는 말.

영	물론 동정은 하지요. 당신을 불쌍히 여기지 않는 것은 아녜요. 당신이 날 속인 소위所爲로 보면 분하기는 하지마는 당신이 날 속이게 된 심중을 생각허면 가엾이 생각하지 않는 것은 아녜요.

고	그러니까 그 동정을 더 좀 깊게 허면 어떻소, 응. 못할 건 무엇이오. 이 역시 당신의 팔자소관이 아니겠소. 세상에 과부로 평생을 마치는 사람이 하나 둘요. 당신도 과부 된 셈 치고 참어주. 그 대신 나는 무엇으로라도.

영	아니 그건 안 될 말예요. 나는 못해요. 과부 쳐놓고 히스테리를 면하는 계집이 몇이나 되는 줄 아시우. 열녀문 밑에서 울음 우는 여자가 하나 둘일 듯싶소. 그따위 위선은 난 싫어요. 난 비록 토막살이를 하더라도 날 힘껏 안어주는 사람이 있다면 (히스테릭한 코웃음을 친다) 당신이 장가가 몇 번째요. 당신을 떠나가는 아내에게마다 품행이 부정하다는 이름을 들쳐 씌우셨다죠.* 만약에 과연 그들의 품행이 부정하였다면 그 죄는 누구에게 있소. 난 그런 이름을 받을까봐 미리 가겠다는 말예요.

고	그러기에 당신에게는 처음부터 모든 것을 용서해오지 않았소. 누구허구 어델 가든가 나는 당신의 자유를 조금도 간섭허지 않지 않았소.

영	그것이 싫어요. 난 그러한 비굴하구 아첨하는 불간섭을 받고 싶지 않아요. 간섭하고 꾸짖고 질투할만한 굳센 남편, 그리고 아내에게 애달픈 부족을 주지 않는 남편이 좋단 말요.

영순은 이 말을 마치고는 피아노 앞으로 가서 얼굴의 화장을 고치기

| * 원문은 '씌우섯겟다요'.

시작한다.

    님편 고高의 눈은 점점 분노의 빛을 띠우기 시작한다.

고   (테이블에 놓인 홍차 컵에 떨리는 손이 닿으매 그것을 부지중 쥐어들
        고 두어 걸음 나서며) 그럼 기어코 이혼을 하겠단 말요, 응. 가겠
        단 말야. (언성이 높아졌다)
영   (거울을 들여다보는 자세 그대로) 언제부터 허는 말예요. 무얼 그
        리 애쓰우. 구실야 얼마든지 있지 않소. 품행이 부정해서 내쫓
        았다구 허시구려.
고   무어?

    하고 한 걸음 더 나아갈 때에 상수 쪽 도어가 열리며 여종 화순和順이
가 들어온다.

화   아씨께 전화가 왔어요.
영   어데서.
화   저 수하정水下町에서 허신다고요.

    고高는 손에 든 컵에 손수 차를 따라서 먹고 싶지 않은 것이지만은 열
쩍음을 면하기 위해서 마신다.

영   오냐. 주인 선생님 목성이시디.
화   네―.

    영순이는 화장을 건둥건둥 마치고 상수로 들어가고 여종 화순이는

차 그릇을 주섬주섬 거두어가지고 동물원의 곰 삠으로 한 곳을 왔다 갔다 하는 주인의 얼굴을 힐긋힐긋 보며 안으로 사라진다. 그동안 안에서는 전화하는 말소리.

　　"네, 네. 곧 가겠어요. ○직들 안 오셨어요. 그럼 혼자 계시겠네. 네네 그러시죠. 곧 가요. 네네. 글쎄 곧 간다니까요."

　　하는 소리가 들린다. 그리고 거미하에* 이리로 나왔다. 그리고 다시 안쪽을 향하여.

영　　아 참 화순아―.

화　　(목소리로만) 네―.

영　　저 자동차 준비를 하라고 일러라.

화　　네―.

영　　(남편을 보고) 오늘 밤에 음악회의 준비, 아니 연습회가 있는 것을 잊었어요. 난 지금부터 수하정 한 의사 댁에 갔다 와요. 그동안 충분히 생각해두셔요. (하고 다시 한 번 거울을 들여다본다)

고　　(우루루 달려가서 아내의 어깨를 잡아 이리로 돌려세우며) 여보.

영　　왜 그리셔요.

고　　한 의사허구.

영　　……?…….

고　　내 눈을 기이진** 않지.

영　　호호호호, 김빠진 초 같은 실속 없는 질투는 마시우. 여보, 날 그렇게 여기시우. 몰래 그 짓을 허라면야 얼마를 못할까 봐. 그

---

* '곧', '머지않아'와 의미가 통함. "그가 횃불을 휘두른 지 거미하에 그리 멀지 아니한 하류에서 역시 횃불을 휘두르는 것이 보이었다"(「대도전」).
** 기이다 : 어떤 일을 숨기고 바른대로 말하지 않다.

러기 싫으니까 당당하게 이혼을 하고 나서려는 게 아니우.

이때에 화순이가 또 들어온다.

화   자동차가 대령했어요.
영   오냐.

영순은 화순의 뒤를 따라서 하수 도어로 사라진다.
고는 테이블 위에 놓인 신문지를 북북 찢어 방바닥에 퉁명스럽게 내던지고 화가 나서 몇 번 거닐다가 초인종을 두드린다. 화순의 목소리가 안에서 "네—" 하고 대답한다.

화   부르셨습니까.
고   위스키를 가져와.
화   각병角瓶요.
고   그래.

화순이는 안으로 들어갔다가 금시에 위스키병과 컵을 쟁반에 받혀가지고 나온다. 고高는 그것을 빼앗다시피 받아 들어 두 잔을 물켜듯* 마신다. 이때 밖에서 초인종 소리 난다. 화순이는 하수로 사라졌다가 고가 세 번째 잔을 마시려 할 때 들어온다.

화   영감 마님.

| * 물켜다 : 물을 한꺼번에 많이 마시다.

고　　　……?…….

화　　　저 부인 잡지사의 여기자가 오셨어요. 아씨께 여쭤볼 말씀이 있
　　　　어서 오셨다구요.

고　　　안 계시다구 그러지 왜.

화　　　네. (하고 밖으로 나가려고 한다)

고　　　얘, 전에 가끔 오시는 그 젊은 양반이시디.

화　　　네. 예쁘게 생기신 양반 말씀예요.

고　　　(잠시 무엇을 생각하다가) 음— 얘.

화　　　네.

고　　　이리 들어오시라구 그래라. 주인께서 잠깐 의논할 말씀이 있
　　　　다구.

화　　　네.

고　　　어서 나가봐. 뭘 허구 섰어.

화　　　이따가 아씨께 이런 말씀은 말까요.

고　　　듣기 싫어. 어서 나가보라니깐.

화　　　네—. (고개를 간들거리며 나간다)

　　그동안 고는 위스키병을 테이블 밑으로 또는 피아노 위로 이리저리
가지고 다니다가 급기야에 축음기 위에다가 놓고 다시 테이블 앞으로 돌
아와서 선다. 노크 소리.

고　　　들어오셔요.

여기자　(방 안으로 들어서며) 용서하셔요— 그동안 안녕하셔요?

고　　　오래간만에 뵙니다. 얼마나 바쁘셔요.

여기자　그저 일상 그럽지요.

고	이리 앉으십시오. (의자를 권한다)
여기자	네. 그런데 부인께서는 어데 출입을 하셨구만요.
고	네. 어데 좀 나갔습니다.
여기자	그런데 선생께서 뭘 의논하실 일이 있다시구요.
고	네.
여기자	무슨 의논이신지.
고	네.
여기자	말씀을 해주셨으면 좋겠어요.
고	(언궁言窮해서) 네―네. 그저 다른 말씀이 아니라, 난 직업은 소위 은행가로서 남이 알기엔 이름 좋은 취리取利*를 하고 있습니다마는 실상은 문화사업에 많은 취미를 가지고 있어서, 그 부인잡지 같은 것을 말예요. 한번 훌륭히 해보았으면 허는 생각이 있습니다.
여기자	(반색을 하여 의자를 다가앉으며) 참 반가운 말씀을 듣겠습니다. 인젠 우리 조선 여성들도 많이 깨였으니간요. 여성 중의 일꾼이 이것을 한번 잘해나갔으면 하는 생각이 있습니다마는 무엇보다도 먼저 돈이니까요.
고	그렇지요. 물론 자금 문제이지요. 그렇지만 자금이야 만약에 내가 후원을 한담에야 어려운 문제가 아니올시다. 얼마나 들면 합니까.
여기자	대략 1천 5, 6백 원은 있어야 그래두 4, 5호나 내 볼 자금이 되지 않습니까.
고	고까짓 돈을 가지고 어찌합니까. 적어도 만 원 돈은 가져야지요.

* 경제적인 이득을 얻음.

사무실도 빌딩 방 하나를 빌고 전화도 있어야 하고 기자도 유급으로 3, 4인 두어야 합니다. 그리고 굉장한 선전을 해야지요.

여기자   (점점 기운이 나서) 그렇게만 되면야 조선에 있어서 잡지계의 왕노릇을 할 수가 있어요. 그렇지만.

고   왜 그러십니까. 내가 그만한 자금을 못 대리라고 하십니까.

여기자   천만에. 선생 같으신 부호가 그만한 돈이 없으실라고요. 다만 그만한 열성이 계실는지가 의문이죠.

고   있습니다, 있습니다. 당신께서 그 일을 하시는 한내限內에는 얼마든지 돈을 내죠.

여기자   네?

고   당신께서 사장이 되셔서 진심으로 일을 하신다면 만 원 아니라 그 이상이라두 내지요.

여기자   (미칠 듯이 기쁜 것을 간신히 억제하며) 정말 그렇게 해주신다면. 그렇지만 뵌 지 얼마 되지 않은 저에게 뭘 신임허시구 그런 거액의 돈을 대주셔요.

고   나를 너무 희롱허십니다. 내가 거짓말할 사람같이 보입니까.

여기자   천만에요. 그런 뜻이 아니라 너무나 말씀이 고마워서 그러는 말씀이죠.

고   아니올시다, 아니올시다. 종시終始 날 못 믿어 허시는 말씀이란 말예요. 그럼 아주 꼭 믿으실만한 말씀 한마디 해볼까요.

여기자   네.

고   (의자를 조금 여기자 편으로 닥으며) 봉희 씨.

여기자   ……?…….

고   날 꾸짖지 마십쇼— 나와 결혼을 해주세요 네 나의 아내가 돼주세요.

여기자　？

고　　　부끄러운 말씀이올시다마는 난 벌써 전부터 봉희 씨가 기자생활을 하시기 전 산구山口은행의 집금원集金員*으로 다니실 때부터 실상 이 가슴을 태우고 있었습니다. 연애 앞에는 영웅도 없고 지위도 다— 쓸데없고 체모도 볼 수 없습니다. 나는 미상불 자기의 체모 때문에 오늘날까지 벙어리 냉가슴 앓듯 고통을 해왔습니다. 그런데 남은 날이 갈수록 열이 식어간답디다마는 나는 날이 갈수록 점점 열이 더해가서 인제 정말로 참을 수 없는 정도에 이르렀단 말예요. 그렇지만 어데 기회가 있습니까. 또 기회가 있었다 하드래도 이런 고충을 말씀할 용기가 없었단 말예요.

여기자　(얼굴을 붉히며) 너무나 뜻밖이라 무어라고 대답할 수가 없습니다.

고　　　그러시겠지. 물론 그러시죠. 그렇지마는 사람 하나 건져주시는 셈 치고서 나의 소원을 들어주셔요, 네.

여기자　소원을 어떻게 들어드릴 수가 있습니까. 첫째 부인께서 뚜렷이 계시지 않아요. 그리고.

고　　　아뇨 아뇨. 그 사람은 지금쯤은 자기 정인하고 앉아서 나에게 보낼 이혼장을 만들고 있을 것입니다.

여기자　이혼을 하세요?

고　　　그렇지요. 이 문제는 벌써 전부터 있어오던 것이 인제 귀정**이 났습니다. 그런 좋지 못한 품행을 가진 아내를 집에 둘 수 있습니까.

여기자　그렇다 하더라도 조금 생각을 해보도록 여유를 주셔야겠어요.

---

* 수금원.
** 귀정歸正 : 그릇되었던 일이 바른길로 돌아옴.

고   드리죠, 드리구 말구요. 그렇지만 결심해주십쇼. 허락만 하신다
         면 내일부터라도 봉희 씨는 은행 전무의 부인이오 사교계의 꽃
         이올시다. 그리고 부인 잡지사의 사장이 됩니다. 만약에 그것
         이 싫으시면 고만두어두 좋지요. 그리고 이 주택이 맘에 아니
         드시면 어데든지 좋은 자리에다가 별장 겸 집을 새로 세우지
         요. 그리고 빠카드 차가 맘에 없으시면 하드손*도 좋고 시보레**
         도 좋고.

   이 동안 여기자의 눈은 점점 무슨 환영을 쫓는 듯이 되고 얼굴은 상
기하여 확확 달아 있다.

고   무어든지 하시고 싶은 대로 해드리겠습니다. 나는 당신을 잃고
         는 살 수 없을 것 같습니다.

   여기자의 고개가 점점 숙어간다.

고   네 네.

   하고 고高는 여기자의 손을 잡았다. 봉희는 그것을 뿌리치려고도 하
지 않는다. 이때에 화순 한 사람이 돌연히 도어를 열고 들어선다. 고는
깜짝 놀라서 몸을 쪼그라뜨린다.***

---

   * 1909년 설립된 허드슨 사(Hudson Motor Car Co.)의 자동차 브랜드.
   ** 1911년 설립된 시보레 사(Chevrolet Motor Car Co.)의 자동차 브랜드.
   *** 원문은 '졸아트린다'.

화   부르셨어요.

고   안 불렀어.

    화순이 다시 사라진다.

고   (다시 여기자에게 다가앉아 손을 어깨에 얹고) 이 자리에서 한마디
        승낙만 해주시면 나는 그 준비를 하겠습니다, 네.

    하고 포옹하려 할 즈음에 화순이 또 고개를 방 안으로 들이민다.

화   영감 마님, 부르셨어요.

고   (화를 내며) 허— 그년. 부르지 않았어.

화   지금 시키실 일이 없으면 야시夜市에 좀 나갔다가 오겠습니다.

고   (반가워서) 응— 그래라 그래.

화   그런데 저 저.

고   (눈치를 채고) 이리 오너라. (포켓에서 50전 은화를 내서 주며) 실
        컷 구경허구 들어와.

화   네—. (하고 경정거리고* 나간다)

    고는 이제는 안심했다는 낯으로 여기자 곁으로 와서 그를 껴안았다.
여기자는 얼굴을 테이블에다가 박고 엎드렸다

고   인제 내일부터라두 "부인" 하고 부르도록 속히 일을 해야겠습

| * 경정거리다 : 긴 다리를 모으고 가볍게 자꾸 내뛰다.

니다. 오늘은 내게 어쩌면 이렇게 기쁜 날일까.

이때 별안간 하수편 도어가 열리며 영순이가 나타났다. 고高는 황당해서 두어 걸음 떨어지고 여기자는 무안해서 다시 고개를 숙였다. 영순은 잠깐 동안 험險한 눈으로 둘의 모양을 바라보다가 금시에 긴장한 얼굴이 풀리며 자지러지게 웃어 젖혔다.

영   호호호호, 여보 당신 참 어지간요. 어쩌면 그렇게 아내에 주렸소. 내가 잠깐 나간 새에 벌써 후보자를 골라 났구려. 호…… 봉희 씨! 두 분이 재미있게 노시는 방해를 해서 미안합니다. 내가 이 집을 떠나는 건 사실예요. 안심허세요. 그렇지만 평소에 친허게 지나던 친분으로 한마디 선물 겸 드리겠습니다. 다른 말이 아니라요, 1년이 되기 전에 당신이 경영하시는 잡지에다가 「내가 남편을 버리기까지」라는 고백문을 싣게 되시지나 않을까, 그것이 당신을 위해서 애처롭다는 말이올시다…… 꽃밭에 나귀 맨 격이 돼서 미안합니다. 잘— 노세요.

하고 그는 피아노 위에 놓인 악보책을 주섬주섬 집어 들며.

영   악보책을 가지러 왔다가 공연히 남의 흥만 깨트렸어.

하고 하수 쪽으로 사라져버렸다. 여기자는 여주인이 사라지는 것을 보자 고개를 들고.

여기자   (반 울음소리로) 여보셔요, 난 모욕을 당했어요. 이런 분할 데가 어데 있습니까, 네. 자아 인젠 어차피 피할 수 없는 누명은 듣고 말았으니까 하루라도 속히 결혼해주세요, 네. 소원대로 허세요.

고는 그 말에 대답이 없이 턱에 손을 받치고 왔다 갔다 한다.

여자   왜 아무 말씀이 없어요, 네.

고   (조용히 테이블 앞으로 와서 허리를 구부리어 절하며) 어서 돌아가셔서 일을 보십쇼. 지금에야 꿈을 깼습니다. 과연 나는 아내에 주린 놈이었습니다. 난 내가 성의 불구자— 병신이란 말을 숨기기 위해서 많은 여자에게 고통을 주었었습니다. 어서 돌아가셔서 원고정리를 하십쇼. 난 결혼할 자격이 없는 위인이올시다.

여자   (극도의 놀람에 벌떡 일어서서 잠시 고高를 노려본다. 그리고) 내 체몰 어떻게 허셔요, 네. 내 모양을 어찌해요.

고   지금 나는 영순에게 "아내에게 주린 놈"이란 욕을 먹었습니다마는 장차 당신의 입으로 "죽일 놈"이란 욕을 먹게 될 것이 확실헙니다. 어서 가시오, 네.

여기자는 잠시 고高를 노려보다가 화가 치밀어오르는 듯이 핸드백을 집어 들고 통통거리고 하수편 도어 앞으로 가서 또 잠깐 이편을 노려보고는 문을 거칠게 열어젖히고 밖으로 뛰어나갔다. 고는 테이블 위의 초인종을 두드리었다. 두 번, 세 번—.

구걸   (고개만 방으로 들이밀며) 부르셨습니까.

고   들어와.

구걸   네. (하고 방 안으로 들어와서 기착氣着의 자세를 하였다)

고	위층에 있는 세간을 말끔히 방으로 날러오너라. 그리고 황금정
	에 가서 고물상을 불러와.
구걸	(눈이 휘둥그레서) 밤중에 고물상은 왜 부르랍쇼.
고	불러오라면 불러와.
구걸	네.
고	이 집은 오늘 파산이다.

    고는 축음기 위에 놓인 술을 병째 켜고 있고 구걸이는 눈이 멀뚱멀뚱해서 입을 벌리고 있는 것으로 천천히 막이 내린다.
    ―(만약에 이것을 상연하는 경우에는 작자의 승낙을 받아주십시오)―

1932. 4. 13 작作

―《삼천리》4권 5호, 1932. 5.

화가의 처 (1막)

때

현대

곳

화실

인물

유동호兪東浩   화가

가경可敬   유兪의 아내

구윤섭具允燮   동호의 친구

프레임 상점원

할멈

경景

빈약한 화실. 넓이는 두어 간間이 넘은 방이나 아무 장식다운 장식이 없는 방이다. 화가畵架, 캔버스, 그리다가 내던져 둔 그림 조각, 회구繪具*등이 난잡히 놓여 있다. 모든 것에 추락한 빛이 가득하다. 그러나 그중에 이채異彩를 띤 것은 정淨한 커버가 씌워 있는 훌륭한 침대이다. 이 침대는 동호가 일상 남더러 "나는 이 침대맡에 그림을 그리네" 하고 자랑하는 고전식 장식으로 꾸민 훌륭한 침대이다.

동호는 그 침대 위에 비스듬히 누워 있고 프레임 상점원은 방 중앙에 놓인 화가畵架 옆 책상 위에 쌓여 있는 캔버스를 뒤적거리며, 가경이는 방 한구석 테이블에서 차를 끓이고 있다.

점원 모두 여섯 장이올시다그려.

동호 그밖에 안 되나.

점원 하하하. 그밖에 안 되나라니요. 그리신 양반께서 바로 남의 말 허시듯이 허십니다그려.

동호 그것두 그림이라구 붓을 잡구 보니까 몇 장이 됐는지 뉘 아나. 정신없이 그리구만 있게 되니까.

가경 (이편을 돌아다보며) 그러기에 내가 아주 애가 쓰인다우. 그까짓 것 아무렇게나 그려버리시지. 그렇게 정신은 들여서 무얼 허시느냐구 허면 들은 체나 하신답디까. 그러군 나중엔 머리가 아프시니 어쩌니 하시지.

점원 이만헙니다. 그렇지만 부인께서는 그저 사람을 앞에 놓으시구 너무하십니다. 그까짓 그림이니 무엇이니 돈이 들었답니다, 하하하하.

| * 그림물감.

| 동호 | 그건 가경이 말이 옳아. 돈만 들면 다 예술인가. 그러면 자네 조끼에 매달린 뎀뿌라 시곗줄*도 돈이 들었으니 예술품이라구 그럴까. |

| 점원 | 이건 너무 깔보십니다그려. 이건 그래두 한다 한 18금이랍니다. |

| 가경 | 전당국에 가면 큰소릴 못 헐 게 아뇨? 호호호. |

| 점원 | 원 부인께서두 허허허허. 난 이 댁에 오면 내외분 연합공격에 한 살씩은 감수를 허구 갑니다. |

| 동호 | 귀찮은 세상 더 살어 뭘 헐라구. |

| 점원 | 아닌 게 아니라 그래요. 그런데 참 큰일 났습니다. |

| 동호 | 무에. |

| 점원 | 가게에 있는 물건은 거지반 다 나가구 여섯 장쯤 가지고는 어느 구석에 박힌 줄도 모르게 되었습니다. 저는 오늘은 적어두 스무 장은 되었으려니 허구 왔습죠. |

| 가경 | 그러나저러나 인제는 그 값 받고는 못하겠습디다. 글쎄 한 장에 1원이면 무에 남을 게 있소. |

| 점원 | 새삼스럽게 그 말씀은 왜 내십니까. 지금 처음 아신 값이오니까. 1원 내구 저희가 사가지고 가서 프레임에 끼워서 얼마를 받는 줄 아십니까. 겨우 5원이나 6원이랍니다. 저흰들 무에 남는 줄 아십니까. |

| 동호 | 아니 그야 자네가 돈을 많이 남긴다는 말은 아니지. 하여튼 그런 데다 정력을 들이다가는 첫째 내 건강이 보존을 못 허겠다는 말이 아닌가. |

| 점원 | 글쎄요, 그건 딴 문제올시다마는. |

---

* 뎀뿌라 시계天ぷ5時計줄 : 엉터리 시곗줄. 뎀뿌라는 겉과 속이 다른 것을 지칭하는 은유이다.

가경   그건 어찌 됐던지 전람회가 가까워 오니까요.

점원   네에— 그럼 이번엔 내시게 됐습니까.

동호   어디 하나 내보자지. 남들은 내가 만약에 굶어 죽었다면 "못생
       긴 사람 같으니. 하다못해 펭키화*라두 그리어 먹구 살아놓고
       볼 일이지." 이렇게 핀잔을 줄 위인들이건마는 지금 내가 살 수
       가 없어서 펭키화를 그리어 먹는다구 "동호는 타락했어"가 내
       별명이 되지 않았나. 어디 분해서라두 내 한번 작품다운 작품을
       내놓구. (몹시 흥분해서 말이 탁 막힌다)

       가경은 차를 만들어가지고 와서 점원 앞에 놓으며.

가경   첫째 내가 분하구 절통해서 못 살겠다우. 저 양반이 타락을 허
       구 본택本宅에서 돈 한 푼 안 주게 된 것두 모두 나의 죄랍니다그
       려. 카페의 웨이트리스 따위허구 결혼을 허기 때문에 집에서 돌
       아다본 체두 허지 않게 된 게구, 먹을 게 없어서 펭키화를 그리
       게 된 것두 나 때문이구, 심지어 저 양반의 병환까지두 나 때문
       이라는구려.

동호   그따위 이야기 그 사람더러 헐 게 있소. 뭐 듣기 좋다구.

가경   기왕 이야기가 났으니까 말이죠.

점원   세상 사람들 허는 소리 종잡을 게 있습니까.

가경   원수에 귀는 밝거든요.

동호   (벌떡 일어나서 침대 앞을 거닐며) 아무렴, 그리어 놔야지. 그 위
       인들의 코를 머쓱하게** 해놔야지.

점원	하여튼 감축헙니다. 그럼 (하고 페인트화 여섯 장을 주섬주섬 집어 들며) 이걸 가지고 가겠습니다.
가경	그럼 선금받은 건 다—다— 세음 됐어요.
점원	옳습니다.
동호	왜 벌써 가려나.
점원	이렇게 넉살 피고 있는 동안에 이걸 찾는 손님이 몇 분 오셨을 는지 압니까. 소인은 1년에 하나 팔릴까 말까 하는 훌륭헌 그림 보다 손쉽게 나가는 이것이 밥거리니까요. 이것이 제일가는 예 술품 같습디다. 허허허허허.
가경	모로 가든 세로 가든 남대문만 갔으면.
점원	내겐 돈 버는 게 첫째죠.
동호	옳아. 똑바른 가경可敬야, 하하하. 안 팔리는 그림을 그리지 못해 서 애쓰는 우리는 결국은 모로두 세로두 남대문 못 갈 위인야, 하하하.
가경	호호호호.
점원	안녕히 곕쇼.
동호	또 만나세.
가경	이 가방.
점원	아이구 참.

점원은 검은 가죽 접가방을 받아들고 나갔다.

| 가경 | 재미있는 사람야. |
| 동호 | 익살맞지. 원래는 신문사 광고부 외교원으로 있던 사람야. 우리 집 세간 보던 사람의 조카야. |

가경   그래서 그렇게 언변이 좋군.

동호   아—아— 오늘은 기분이 좋아서, 좀 떠들어댔더니 다시 머리가 아프기 시작허는구려. (머리를 짚으며 고개를 숙인다)

가경   그럼 좀 어서 쉬시구려.

동호   아니 (복받쳐 오르는 기침을 연거푸 한다) 요까짓 것. 이번 작품은 나의 최후의 작품이 되더래두. (또 기침)

가경   (근심스런 낯으로 남편의 머리를 받쳐주며) 그런 말씀 말어요. 당신은 걸핏하면 그런 소릴 허십디다.

동호   아니 화가는 화필 잡고 죽는 것이 본망*이거든.

가경   하여튼 좀 쉬었다가 허서요. 그러구 다시 모델 하나를 얻어다가 그리기루 약속을 허셨지 않었소.

동호   그야 애초에 돈이 없으니까 당신을 모델로 삼었었지. 돈 변통이 된 이상에야 당신더러 벌거벗으라구 허기는 싫으니까 그런 약속을 했지마는.

가경   또 왜 변덕이 나셨소.

동호   변덕이 아니라 돈 받구 오는 모델이 오죽 허우. 그것두 조선이니까 말이지만 당신의 육체미만 할 수는 없거든. 그리고 거반이나 그린 것을 내버리구 다시 시작허게 되지 않소. 며칠만 더 서 주.

가경   그럼 다시 서기루 하더라도 오늘은 쉬셔요. 오늘 오후는 그이허구 만날 약속을 했으니까.

동호   그이라니.

가경   아니 저 교장선생 말예요.

동호   이번 돈 취해준 사람.

| * 본망本望 : 본디부터 가지고 있던 바람.

가경 네.

동호 왜 만나자는 게야.

가경 모르죠. 좀 오라구 허니까 가봐야 허지 않수.

동호 난 신기허다구 해야 옳을지 이상허다구 헐는지 도무지 모를
      일야.

가경 무에.

동호 내 코빼기도 모르는 교장이 돈 백 원을 선뜻 내놨겄다, 당신 말
      한마디만 듣고…… 가경이.

가경 ……?…….

동호 속이진 않았겠지. 난 명예도 싫소. 그림두 싫어. 순결헌 가경이
      하나가 내겐 필요허단 말야. 날 욕허지 마우. 난 어저께 당신이
      나간 후에 당신의 나체화를 들여다보구 있는 동안에 말헐 수 없
      는 오뇌번민이 생겼소…… 난 가경이의 육체와 마음을 완전히
      가져야 될 것을 깨달았어.

가경 너무 흥분 마슈. 병환에 해로워요. 그런 생각을 허는 것두 병환
      때문요. 언제나 나의 마음이나 육체는 당신에게 바치고 있지
      않소.

동호 그것두 알고 있어. 알고 있으면서두 그런 생각을 허게 되는 나
      란 말야.

가경 신경이 조해지면* 그런 생각을 더 하게 된다우. 자아 그런 쎈티
      헌** 생각 마시구 한잠 주무시우. 내 얼른 다녀올게. 할멈.

할멈 (밖에서) 네—.

가경 이리 좀 와요.

* 조燥하다 : 성질이 거칠고 딱딱하다.
** sentimental. 지나치게 감상적인.

할멈   네―. (문을 반쯤 열고 고개만 들이민다)

가경   이것 좀 봐.

  하고 허리춤에서 지갑을 꺼내서 연다. 그제야 할멈 방 안으로 들어서
서 두어 걸음 가경의 앞으로 와 선다.

가경   저― 가게에 나가서 사과 좀 사다가 나으리께 드려. 난 좀 나갔
         다 올 테니.

할멈   네― 사과는 고깽이 말씀예요.

가경   고깽이?

동호   국광* 말이구먼 그래. 허허허.

가경   호호호 할멈두…… 그래 그 고깽이 사와.

할멈   사과에두 별별 이름이 다 있으니…… 어디 알 수가 있어야죠.
         (나간다)

가경   그럼 얼른 다녀올게요.

동호   저녁 되기 전에 오.

가경   그렇게 늦게까지 뭘 허구 있어요.

  가경이 핸드백을 찾아들고 밖으로 나간다. 동호는 그의 뒷모양을 멀
거니 바라보고 있다가 문득 생각이 난 듯이 화구를 갖추어가지고 캔버스
에 향하여 앉는다. 노크소리…….

동호   누구야.

| * 국광國光 : 사과의 한 품종. 푸른빛을 띤 붉은색으로 작고 단단하여 오래 저장하기에 좋다.

296

구　　(도어를 열고 들어서며) 있네그려.

동호　시퉁그러지게* 노크를 다 허구.

구　　허— 이 사람. 전에는 마구 쑥쑥 들어와두 괜찮었지만 자네에게
　　　마담이 생긴 후야 그래서야 되겠나.

동호　앉게.

구　　응. 그런데 웬일야. 마담도 없구 할멈두 꼬리를 감췄으니.

동호　자네 말 좀 삼가허게.

구　　삼가허면 술 사준다든가.

동호　사줄는지 뉘 아나.

구　　여보게 그만두게. 발루 짓밟지나 말라게. 세상 녀석들은 조금만
　　　머리를 숙이면 먹을 콩인 줄 알구 깔보니까.

　　이때 할멈이 사과를 쟁반에 담아가지고 들어와서 테이블 위에 놓고
나간다.

구　　애 이것 봐라, 술 대신 사과가 생겼네그려. 이건 기적인걸. 그런
　　　데 어느 틈에 시켰어.

동호　마누라가 사들여 보낸 거야. 하나 벗기게.

구　　(한 개를 집어 들어 손수건으로 잠깐 문지른 후에 껍질째 베어 먹으
　　　며) 부인은 오늘두 어디 나가셨나.

동호　……?…… 나갔어. 그런데 어제는 자네 어디서 만났던가.

구　　아—니, 만난 게 아냐. 당신은 날 못 봤을 걸세마는 남대문 안
　　　재등빌딩 앞에서 택시를 타시데그려.

| * 시퉁하다 : 달갑지 아니하거나 못마땅하다.

동호	혼자?
구	아냐, 혼자 아니시어. 휙 지나느라구 자세 보진 않았지만.
동호	음.

구特는 사과를 어석어석 깨물어 먹으며 일어서서 캔버스의 그림을 들여다본다.

구	이것이 이번에 출품헐 겐가.
동호	…….
구	난 문외한이지마는 색을 쓰는 데는 자넬 따를 사람이 없어. 모델이 또 훌륭한 모델이구.
동호	재등빌딩이라니. 수박다리에 있는 거 말이지.
구	응. 그런데 디자인만 해놓구 색은 언제 쓰나.

동호는 대답이 없고 고개를 숙이고 두 손으로 머리를 짚는다.

구	왜 몸이 불편헌가.

동호는 머리를 숙인 채 고개를 조아린다.

구	그럼 드러눕게 응, 드러누워. 난 갈 텔세. 여보게 할멈…….
할멈	네―.
구	자 일간 또 옴세.

두어 걸음 걸어나가자 도어를 열고 들어오려는 할멈을 만나서 손으

로 막으며

구   누가 오든지 안 계시다구 따게.* 몸이 불편허시다니.

하고 함께 밖으로 사라진다.

동호는 숙이고 있던 머리를 들었다. 그의 얼굴은 창백하고 눈에 살기가 돌았다. 깨물은 입술에도 핏기가 없다. 그는 떨리는 손으로 책상 서랍에서 나이프를 꺼내어 화가畵架에 걸어놓은 캔버스를 북북 찢었다. 그러고 프레임을 발로 짓밟아 부쉈다. 그리고 화가畵架를 집어 들고 회구 그릇을 산산이 때려 부순다. 흥분의 선풍旋風…….

우지끈거리는 소리에 도어를 열고 들어선 할멈은 눈을 휘둥그렇게 뜨고 떨었다.

동호   할멈.
할멈   네 네.
동호   이것을 갖다가 모두 아궁이에 처넣고 불을 질러.

이때 밖에서 가경이 돌아와 이상한 소리에 급히 방 안으로 달음질하여 들어왔다. 동시에 방 안의 광경에 경악의 눈을 홉뜨고** 장승같이 섰다.

동호   (이윽히 가경을 노려본다. 처참한 침묵의 몇 초간) 넌 기어이 날 속였겠다. 나가 나가. 예—끼 이 더러운 년.

* 따다 : 찾아온 사람을 핑계를 대고 만나지 않다.
** 홉뜨다 : 눈알을 위로 굴리고 눈시울을 위로 치뜨다.

동호는 앞에 있는 회구 부스러기를 잡히는 대로 가경에게로 내던졌다. 가경이는 그것을 이리저리 피하였다.

가경　　(핼쑥한 얼굴에도 남편을 측은히 여기는 빛이 떠돈다. 그리고 부드럽게) 여보, 당신은 내가 뭘 속였다구 이렇게 흥분허슈 네?

동호　　그래두 날 속이려구. 인제는 더 속을 내가 아냐.

가경　　글쎄 뭘 어쨌단 말요. 맘을 진정허구 말씀을 허슈.

　　할멈은 산란散亂된 물건을 집어 모아서 테이블 위에 놓기 시작하였다.

동호　　어저께 재등빌딩에 갔지.

가경　　갔어요.

동호　　거기에 누가 있는 줄 내가 몰라? 니가 모나코에 있을 때에 미쳐 다니던 삘부로카* 허는 녀석, 그 녀석허구 어딜 갔어. 어딜 갔느냐 말야. 돈 백 원두 그 녀석에게 취한 것이었다 그리고 그 대상으로 예이 이 더러운 년.

가경　　(저기 안심한 빛. 그러나 쓸쓸한 고소를 띠우며) 재등빌딩엔 갔어요. 그렇지만 당신이 의심 내는 그 녀석은 지금은 공갈취재로 금계동에서 징역하구 있구요.

동호　　……?…….

가경　　돈 백 원은 재등빌딩 지하실에서 이발소 허는 이에게 취해 오느라구 거길 가지 않았수.

동호　　교장은 어디 갔어. 그럼 왜 교장이라구 속여.

| * bill broker : 증권, 어음 중개인.

가경	그 사람이 교장에요. 창동학원倉洞學院 교장으로 있는 이가 이발
	소를 경영허는 주인이란 말에요.
동호	…….
가경	여보 다시 생각해보. 내가 당신한테 올 때에 이런 가난한 생활
	이 아닌 줄 알구 온 터이란 말요. 당신이 안 할 말루 날 사왔단
	말요. 둘이 정이 있어 살게 됐는데 왜 그렇게 사람을 의심허우.
동호	그래두 또 하나.
가경	못 믿을 게 남았단 말이죠. 오늘 또 그이를 찾은 것은 그의 말이
	남대문 밖 삼판통에 있는 제사회사에 하오下午만 출근해서 교부
	敎婦*노릇을 해서라도 남편을 도와드리라구 권하길래 어저께 가
	서 사장만 만나고 오늘은 가서 사령서를 맡아가지고 왔어요.
	(핸드백 속에서 사령서를 꺼내어 남편에게 준다) 이걸 좀 보슈.

동호는 그 사령서를 받아들고 잠깐 들여다본다.

홀연 그의 얼굴에는 형용할 수 없는 혼란한 표정이 떠올랐다. 그리고
다음 순간에 그는 "음―" 하는 신음 소리와 함께 뒤로 넘어져 갔다.

가경	(달려들어 상반신을 안으며) 여보…… 여보게 할멈.
할멈	네―.

하고 달려든다. 무언중에 둘은 동호를 안아다가 침대 위에 뉘었다.
격렬한 기침. 가경이는 손수건으로 남편의 입을 막으며.

---

* 방직 공장이나 제사製絲 공장에서 직공에게 기술을 가르치고 지도하던 여자.

기경   할멈, 어서 가서 대야에 냉수를 좀 떠와.

할멈은 허둥지둥 나간다.

창밖 길에서 두부장사의 외치고 가는 소리 들린다.

고요히 막.

—《삼천리》5권 4호, 1933. 5.

야화野花 (5막)

막별

때

단종시대

서막 북청 진성 근교

제1막 등장인물

야화野花

행인 1

나무꾼

행인 2

포리 1

포리 2

포리 3

경景

멀리 높은 산악이 연긍連亘*하고 가까이 장림長林, 그 앞으로 약간 굽이
진 길이 뻗쳐 있다.

하수 도방道傍에 장림 두 개, 그리고 상수 도방에 비석이 서너 개.

그리고 천하지하天下地下의 두 장승이 비스듬히 서 있다.

때

늦은 봄

개막開幕

나무꾼 하나가 지게를 비석 근처에 버티어놓고 긴 자루의 갈퀴로 길
가 언덕의 풀을 긁고 있다.

상수에서 행인 하나 약간의 등짐을 지고 이리로 오다가 짚신 올이 끊
어졌다.

| * 길게 뻗침.

행인1 　(쩍하고 입맛을 다시곤) 허어 참 그놈의 신발 말썽을 부린다. (하고 등짐을 내려놓고 신발을 벗어 들어보며) 또 올이 끊어졌구나. (나무꾼은 모른 체하고 나무만 하고 있다.)

행인1 　여보, 나무 허는 젊은이.

나무꾼 　(이리로 향하며) 왜 그러슈?

행인1 　무슨 끄나풀이나 헝겊 오래기가 있거든 선사허우. 짚신 올이 끊어졌소.

나무꾼 　낸들 무슨 끄나풀이 있소마는 (하고 좌우를 둘러보다가) 가만히 계슈. 이걸 한 오래기 드리지. (하고 갈퀴자루에 감기어 있는 삼노 한 오라기를 끌러준다)

행인1 　미안허우. (하고 그 오라기를 받아가지고 내려놓은 등짐 위에 걸터앉아서 짚신을 고친다)

나무꾼 　(다시 갈퀴질을 하면서 노래를 부른다) (노래)
　　　　아리랑동 싸리랑동 아라리요, 아리랑 고개를 넘어간다.
　　　　길명천 앞바다에 그물을 치고 명태잽이 헌신에 노총각 되네.
　　　　아리랑동 싸리랑동 아라리요, 아리랑 고개를 넘어간다.
　　　　노랑두 뒤구리 삼단 머리 얼마나 모아서 장가를 드나.
　　　　아리랑동 싸리랑동 아라리요, 아리랑 고개를 넘어간다.
　　　　노랑두 저고리 분홍 치마 노처녀 응덩이는 분탕만 치누나.
　　　　아리랑동 싸리랑동 아라리요. 아리랑 고개를 넘어간다.

　이 노래가 끝나기 전에 행인2가 하수에서 나오다가 노래하는 나무꾼을 보고.

행인2 　허어 이 사람아, 갈퀴질은 건성내기구 노래만은 진짜로구나.

나무꾼	앗 저 저런 망헐 자식, 상근尙近이 아니냐.
행인2	이 자식아. 네 에빌 보구 함부루 이름을 불러.
나무꾼	에에끼 이 자식 까불지 마라. 그런데 괴나리봇짐에 발감갤* 허구 나섰으니 어딜 가는 셈야…… 강 너머 가니?
행인2	강을 넘게 되는지두 모르지.
나무꾼	삼 캐러?
행인2	이 사람아, 삼 캐러 가는 놈이 혼자서 나설라구.
행인1	아니 여보 (신발을 고치면서) 두 분 이야기허는데 중간치기가 안 됐소마는 삼 캐러 가는 데는 혼자 가야 헙넨다.
행인2	혼자서 심산궁곡 속엘 들어간단 말씀요?
행인1	아무렴 혼자 가야지. 혼자서 심산궁곡 속엘 들어가기가 무섭거들랑 애야 갈 생각을 말어야 헙넨다. 산삼이란 그렇게 여기저기서 버섯 따듯 캐지는 것두 아니구 말야, 노구메**를 짓고 정성을 들여야 되는 겐데 여럿이 몰려 댕겨서 되는 줄 아우? 누가 삼 몇 뿌리를 캤는지는 알어선 걱정야.
나무꾼	왜요?
행인1	허 참 이 사람들, 세상 인심이 어떤 줄 모르는군. 삼 소리를 내게 허지두 마우. 삼으루 망허기두 허구 흥허기두 해본 놈요.
나무꾼	옳아 그러면 상근이 자네 삼 캐러 가는 것두 아니구, 허면 뭘 허러 가는 게야. 백암장터루 계집애 사냥 가니?
행인2	이 자식아, 기껏 생각헌다는 게 그게야. 상근이 이놈이 돈 허구는 인연이 멀어두 말이다, 계집 복은 팔자에 타구 났었다. 덜퍽진*** 큰애기가 뭇으루 엮을 만치 내 궁둥이를 줄줄 따라다니는

---

* 발감개 : 버선이나 양말 대신 발에 감는 좁고 긴 무명천. 주로 먼 길을 걷거나 막일을 할 때 쓴다.
** 산천의 신령에게 제사 지내기 위하여 놋쇠나 구리로 만든 작은 솥에 지은 메밥.

판인데 뭐 부족해서 이 자식아, 계집애를 백암장터까지 구허러 가? 넌 줄 아니.

나무꾼 입이 가루 째졌다구 큰소리치누나.

행인2 큰소리구 작은 소리구간에 그렇단 말야.

나무꾼 그런데 참. (하고 갈퀴를 든 채 상근에게로 다가서며) 자넬 보니까 생각이 나네마는 일전에 말야, 장거리에서 자네 아버질 만나서 이야길 들었는데 말이지, 지금 진영에 잡혀 와 있는 최산이란 사람이 아주 훌륭헌 사람이라데그려.

행인2 그렇지.

나무꾼 그런데 목이 달아난다는 소문이 돌더니 요즘에 또 쉬 뇐다는**** 말이 돌데그려.

행인2 내가 지금 길을 가는 것두 그 최산이 때문야.

나무꾼 최산이 때문에 누굴 보러 가?

행인2 누굴 보러 갈 듯싶은가. 최산이 허면 야화란 계집 생각이 아니 나나 이 사람아.

나무꾼 야화라니, 야인 추장의 딸 말이지. 우리 말두 잘 헌다지. 자네 얼굴 봤나?

행인2 못 봤어.

행인1 야화라니 말이지…… (두 사람이 일시에 행인1에게로 시선을 보낸다) 잘 생겼지, 강 건너선 야화를 모르는 사람은 행세를 못 허우.

나무꾼 당신은 보셨수?

행인1 보구말구, 한 번 두 번이 아뉴. 이번에두 야화가 우리 옷을 입구 강을 넘어오는 걸 봤는데.

*** 덜퍽지다 : 푸지고 탐스럽다.
**** 뇌다 : '놓이다'의 준말.

행인2 　네에? 강을 벌써 넘었구려. (신을 고쳐 신고 짐을 지고 하수로 걸어 가며)

행인1 　얼굴두 모르면서 찾아간다는 게 연분이지, 허허허. 잘들 계시 우. (하고 하수로 사라진다. 두 사람은 멍하니 그의 뒤를 바라보다가)

나무꾼 　옳은 말야. 상근이 자네 공연히 고생헐라 말구 가지 말게.

행인2 　아버지 분부인데 안 갈 수 있나.

나무꾼 　그런데 최산이허구 야화는 한 짝인가?

행인2 　한 짝이구 뭐구 죽네사네야.

나무꾼 　그런데 야화란 호녀는 최산이의 뭘 보구 홀렸어?

행인2 　짝이 될만허지. 산이*의 출신으로 글 잘허구 말 잘허구 인물두 잘났거든.

나무꾼 　무당의 자식이라며?

행인2 　그러기에 신기허다는 게지. 하여간 제갈량 부럽지 않은 사람 이야.

나무꾼 　자넨 어찌 그리 자세 아나?

행인2 　나야 아즉 최산이허구 말 한마디 해보지두 못했지. 그렇지만 우 리 아버지가 여기 와서 옥사정이** 구실을 허기 전에 말이지, 이 고장으로 굴러들어 온 최산이헌테 덕을 무척 보셨나부데그려. 그래서 최산이라면 입에 침이 없이 칭찬을 허시거든, 이번에두 억울히 잡혀와 갇히긴 했지마는 우리 아버지 덕으로 편히 있을 뿐 아니라 뒤로 연줄을 찾아서 이 장군 귀에 좋은 말을 자꾸 들 여보냈거든. 그래서 이번에두 목이 붙고 쉬 뇌게 되면 단박에 군관으로 올라붙게 된다데.

* '산이(사니)'는 무당의 남편이나 남자 가족(아들 등)을 일컫는 말이다.
** 옥에 갇힌 사람을 맡아 지키던 사람.

308

나무꾼	참말루 억울헌가. 소문엔 간자 노릇을 했다며?
행인2	그게 생판 억울헌 소리란 말야. 간자 노릇 헐 사람이 아니거든. 계집 땜에 중상 무고를 당헌 거야.
나무꾼	야화 땜에?
행인2	그렇지. 애당초 요전번에 야인 오랑캐가 쳐들어왔을 때, 아니 쳐들어온 게 아니라 그것들이 백암산 속에서 큰 제사를 지내고 추장들이 거기에 모였는데 야화두 거기 와서 있었거든. 그런데 우리 진영 군사들이 그걸 쳐들어가지 않았나.
나무꾼	그 이야긴 들었어.
행인2	그때 말야. 그놈들은 싸우러 왔던 것이 아니니까 여지없이 쫓겨서 도망허다가 밤중에 높은 절벽에서 떨어졌더란 말야.
나무꾼	절벽에서 떨어졌으면 병신은 됐겠네그려.
행인2	그게 천우신조란 게야. 그 절벽 아래가 큰 늪이라 떨어지긴 했어도 물에 풍덩 빠졌기 때문에 상허진 않구 정신을 잃었나부데그려.
나무꾼	정신을 잃어야 물을 안 먹는 법야.
행인2	옳지, 하여튼 몸에 약간 상처는 났어두 말이지 목숨엔 아무 일이 없었단 말야. 그런데 바로 그 늪 근처 산막에 최산이가 있었더라는데그려.
나무꾼	산삼 캐는 자의 산막, 그러면 최산이두 산삼을 캐러 다녔구먼.
행인2	세상을 버린 처사 노릇을 했거든.
나무꾼	고게 모두 하느님의 장난야. 하필 거기서 살었어.
행인2	그러기에 말이지. 그런데 최산이가 말야, 풍덩 허구 무엇이 물에 빠지는 소리를 듣고 내달어 가보니까 호녀 하나가 빠져 있다 그래서 아니 산이가 야화를 들쳐업어다가 숨을 돌리게 허구는

남의 눈에 띄기두 쉽구 허니깐 더 깊숙이 들어가 있는 동무의 산막으로 옮겨다 두고 치료를 해줬는데 그러는 동안에 말아지…….

나무꾼 둘이서 정이 들었다?

행인2 갈 데 없지.

나무꾼 호녀란 정이 깊다데. 최산이 같은 잘난 위인에게 재생 은혜를 받았으니 내가 야화라두 홀리지 홀려, 몸을 바쳐야지 히히히히.

행인2 자식 또 계집 이야기라면 침을 께에 흘리고.

나무꾼 상근이 넌 이 자식 매우 점잖다, 히히히히.

행인2 허어 참 고만 웃어. 네 웃음소리를 들으면 구역이 난다.

나무꾼 구역이 나거든 속 시원히 토해라 히히히. 그래 그 뒤에 어떻게 됐어?

행인2 그 후에 그 동무 녀석이 생강짜*가 나서 야화가 일단 저희 나라로 돌아갔다가 다시 이리로 쳐들어올 때에 그 동무가 최산이를 내통 간자라구 관가에 찔렀더란 말야. 그래서 잡혀 오지 않았나.

나무꾼 옳아, 그래 야화두 쳐들어왔던가?

행인2 야화는 쳐들어오지 않았어.

나무꾼 그래서 간자루 잡혀 온 게로운 그래. 정녕 그렇다면 그놈을 그냥 둔단 말인가?

행인2 그냥 두기 전에 죽였어.

나무꾼 누가?

행인2 누군들 싶은가, 야화지. 야화가 최산이가 간자로 잡혀갔다는 소문을 들군 그 동무 놈의 무고인 줄 알구 강을 건너와서 단 한칼

| * 강짜하다 : 아무런 근거나 조건도 없이 억지를 부리거나 강다짐을 하다.

에 죽이지 않았나.

나무꾼 잘 헌다. 이야기만 들어두 가슴이 시원해이. 그런데 지금 자네
는 뭘 허러 가는 게야?

행인2 최산이의 부탁이지. 이징옥 장군이 무슨 생각이신지 최산이의
위조편지를 들려 보내서 야화를 이리로 유인해오는 중야!

나무꾼 그래서?

행인2 최산이가 그 기맥을 알군⋯⋯. (하고 행인은 손짓으로 바싹 다가서
라고 한다. 나무꾼은 행인의 곁으로 바싹 붙어 선다)

이때에 하수 쪽 장림 뒤에서 소리 없이 키가 훨씬 큰 괴인물이 살며시
나서서 둘의 귓속말 하는 것을 바라본다. 둘은 그것을 깨닫지 못하고 귓속
말을 마치고 서로 떨어져 선다. 동시에 괴인물이 다시 장림 뒤로 숨는다.

나무꾼 그러니까 야화를 오지 않도록 일러주러 간다?

행인2 쉬이 큰소리 내지 말어. 이 위인아 나는 새도 귀가 있어. (이 회
화 간간이 새소리 요란하다)

이 회화가 끝나자 장림 뒤의 괴인물이 한길로 썩 나선다. 노란 마 수
건으로 머리를 질끈 동인 위에 패랭이를 눌러쓰고 동저고리 바람이다.
행전*이 유난히 길어 정강이에 이르는 행장이다. 나무꾼과 행인은 깜짝
놀라서 한 뭉치가 된다.

괴한 젊은 내기.

* 바지나 고의를 입을 때 정강이에 감아 무릎 아래 매는 물건. 반듯한 헝겊으로 소맷부리처럼 만들고 위쪽에
끈을 두 개 달아서 졸라매게 되어 있다.

행인2	네.
괴한	나무꾼.
나무꾼	네에. (떨리는 음성이다)
괴한	돌아서 가.
행인2	네.
괴한	냉큼 발굽을 돌려 이 자식아, 읍내루 곧장 들어가지 않구 다른 데루 새기만 했담 봐라. 네 애비부터 내 손에 녹는다. 이걸 못 봐. (하고 꽁무니에서 육모 망치를 빼어 들고 한 손에 오라 포승이다)
행인	네 네.
나무꾼	가겠습니다. 가겠습니다. (하고 상수 쪽으로 걷기 시작한다)
괴한	어디루 가. (하는 호통과 동시에 비석 뒤에서 두 괴한이 일시에 썩 나타나 길을 막는다. 같은 행장이다)

　나무꾼은 벌벌 떨며 거기에 버티어 놓은 지게를 들어 등에 메는 둥 마는 둥 하며 황황히 하수로 사라진다. 괴한들은 무대 중앙에 모여들어 무슨 수작을 하려던 차에 무엇을 발견하였는지 서로 군호하며 일시에 다시 각기 서 있던 곳으로 숨는다.

　세 괴한이 숨어버리자 조선 여복을 가뜬히* 차리고 머리에 수건을 쓴 야화가 상수에서 나타났다. 그가 무대 중앙에 이르자 장송 뒤에서 포리捕吏가 썩 나선다. 동시에 비석 뒤에서도 두 포리가 나선다. 야화는 주춤하고 걸음을 멈춘다. 그리고 머리의 수건을 서서히 벗어버린다. 모두가 일순 무언이다.

| ＊가볍고 간편하여 다루기에 손쉽게.

포리1   (장송 뒤에서 나타난 자) 야홧!

포리2   (비석 뒤에 나온 자) 오오라를 받어라.

야화   (야화는 그제야 획 뒤를 돌아다본다. 정면으로 몸을 돌리며 한걸음 뒤
       로 물러선다) 벌레 같은 너희들이 무서워서 도망헐 야화는 아니
       다마는 누가 날 잡으라는 게야.

포리1   장군님의 명이다.

야화   이 장군두 머리에 녹이 슬었구나. 싸움터선 생포도 있지만 길
       가는 계집 하나 그렇게두 무서워서, 하하하.

포리2   군소리 마라. (하며 육모 망치 빼어 들고 야화에게로 달려든다)

    여기서 야화를 중심으로 약간의 격투가 벌어진다. 포리1이 들었던 몽
치*를 야화에게 빼앗기어 그 몽치에 얻어맞아 고꾸라진다. 이때에 하수
에서 또 포리 3, 4인 달려나와 야화를 포위한다. 야화는 그 광경을 둘러
보고 일순 무엇을 생각하다가 문득 손에 든 몽치를 내던진다.

야화   오라 지어라. (하고 두 손을 내민다. 그래도 포리는 얼른 대들지 못
       한다) 너희들 대여섯 죽이기도 허겠다마는 불쌍헌 잔생, 자아
       묶어라. 너희 장군 좀 보러 가자.

    그제야 우 달려들어서 야화를 결박한다.

포리3   (하수를 바라보며) 자비** 오너라.

---

* 짤막하고 단단한 몽둥이.
** 가마, 남여, 승교, 초헌 따위의 탈것을 통틀어 이르는 말. 원문은 '재비'.

313

하수에서 보교 바탕*만을 교군꾼** 둘이 메고 나와서 땅에 내려놓는다.

포리3   야화 타. (하고 보교를 가리킨다)

야화   야화는 두 다리가 성허다, 들것 치워라.

포리3   아따, 그러지 말어. 황토령 넘어서서 앞길이 칠팔백 리, 서울 구
        경이 네 팔자다.

야화   서울. (하고 놀란다. 일순 묵묵. 야화는 결심한 듯이 보교 바탕에 걸
        터앉는다) 너희 말대로 팔자다 가자, 하하하.

포리3   이 사람들아……. (하며 눈으로 보교를 메라 하고) 들어.

교군꾼 관노官奴가 보교를 메려 하는 과작科作으로 고요히.

막.

제2막 성북동 미력당

제2막 등장인물

방물장수 노파

여인

미력당 스님 (여)

윤尹 부인

야화

여女 하인 삼월三月

* 물체의 뼈대나 틀을 이루는 부분.
** 교군轎軍꾼 : 가마꾼. 원문은 '교군군'.

여종아兒

괴한

경景

긴 장원 이편에 별당(이중). 마당에는 만개한 추국이 그득하다.

담 너머로 본당의 처마가 보이고 그 곁으로 산이 보인다. 별당 방에는 보료, 안석,* 등 그리고 퇴**가 둘러 있다.

상수 쪽에 큰 고석古石이 놓여 있다. 심추深秋의 한낮.

본당 처마의 풍경 소리 들리며 개막.

멀리 들려오는 삼현육각의 풍악 소리, 가까이 미력당 본당의 정鉦 소리,*** 목탁 소리.

독경 소리.

방물장수   (퇴에 걸터앉아 있어서 일하는 여인 하나가 퇴에 걸레질을 치고 방 안을 정비하느라고 부산한 양을 보며) 아니 여보 본당에서 목탁 소리 허구 불경 외는 소리가 나는 건 미력당이 암자니까 으레 그걸 것이지만 저 풍악 소리는 웬 소리요. 이 위에 굿당이 있소?

여인   (일하는 손을 쉬지 않으며) 바루 이 등성이 너머에 굿당이 있지 않아요. 오늘마따나 대감놀이허구 성주풀이의 큰 굿이 겹쳐 들었다나 봅디다.

방물장수   구경은 게가 더 좋구먼.

---

* 안석案席 : 벽에 세워 놓고 앉을 때 몸을 기대는 방석.
** 툇마루.
*** 징소리.

여인 아까부터 삼현육각의 풍악 소리가 나니까 구경꾼이 모두 그리 몰리지 않았어요.

방물장수 그럴게요. 늙은 이년두 저 소릴 들으면 어깨가 으쓱으쓱해지는데 젊은 사람들야 말헐 나위 있소.

여인 (손에 걸레를 든 채 방물장수 곁으로 와서 앉으며) 내남죽 없이* 굿구경 싫단 사람이 있소. 저 김정승 댁 호마마를 뫼시구 온 사람두 마마님은 내던져 두고 모두 가 굿 구경허러 내빼지 않았수.

방물장수 조군꾼**들두 갔지.

여인 그 사람들이 더군다나 졸음 오는 불경 소릴 듣구 있겠소.

방물장수 호마마는 부처님을 모를 줄 알았더니 우리보담 더 헙디다그려. 부처님 앞에서 합장허구 절을 날아가는 듯이 허지 않겠소. 지금 두 부처님 앞에 향촉을 올리구 공양미 대신 돈 50냥을 내놓으셨다우.

여인 그래서 미력당 스님 마누라가 신이 나서 싱글벙글 허는구먼.

방물장수 돈 보구 싫단 사람 있수. 염라대왕두 돈 쓰기에 달렸다구 부처님은 발바닥 핧구 살어? (하고 밖을 내다보다가 스님 마누라가 들어오는 것을 보고) 에구 스님 오시는군. (하고 자리에서 일어선다. 여인은 부산히 일하는 체한다)

미력당스님 (싱글벙글하고 하수에서 들어오며) 방 다 깨끗이 치웠소?

여인 지금 이렇게 치우구 있지 않어요.

미력당스님 날이 쌀쌀해 불 좀 피워다 놔야 헐까봐.

방물장수 불은 피워 무얼 허겠소. 호마마님은 추위를 안 타시나 봅디다.

---

* '너나없이'와 의미가 통하나 정확한 의미는 불명. "그야말로 옥석이 혼효로 잘못하면 좋은 데로 갈 영혼도 지옥에 빠지는 수가 많답니다. 그러기에 내남죽 없이 돈이 있으면 죽은 이를 위해서 저렇게 재를 올려줘야 하는 겝니다마는." (「백련유전기」 중)
** 교군꾼.

　　　　　김정승 댁에 가끔 가봐두 불 쬐구 계신 걸 보지 못했어.

미력당스님　북쪽에서 오신 분이니까 그러신 게지. 그렇지만 궁마님께서
　　　　　미구에 오실 텐데.

여인　　　기별이 왔소?

미력당스님　방금 찹쌀 두 말을 보내셨던데.

방물장수　그저 생겨라 생겨라 허는구려. 호마마께서 돈 50냥 올리시구.

미력당스님　야화 야화 허구 세상에서 떠드는 호마마길래 어떤가 했더니
　　　　　참 인정 많구 호기 있는 마마야. 돈 50냥은 향초 값으로 내시구
　　　　　또 은자 50냥을 주시지 않어, 글쎄.

방물장수　저것 봐. 여보 한턱을 톡톡히 내야겠수.

　　　미력당 스님이 마당에 선 채로 수선을 피우다가 한턱 내란 말에 껄껄
대고 웃으며

미력당스님　히히히 내지 내, 한턱 아니라 두 턱이라두 낼 테야 히히히. (하
　　　　　고 하수로 퇴장한다. 방물장수와 일하는 여인이 좍 한 데로 모여서)

여인　　　아니 퍽 좋은 게야. 엉덩이 바람이 나는데 그래.

방물장수　돈 싫단 사람이 어디 있어.

　　　이때 또다시 풍악 소리 들린다.

방물장수　얼씨구 좋다. 나두 좀 가서 대감놀이 춤이나 구경허구 와야겠
　　　　　다. (하고 일어서 나가려 할 즈음에 미력당 스님이 황당히 들어오며)

미력당스님　오셨소 오셨어.

방물장수　호마마?

미륵당스님 호마마는 이런 제에기구, 궁마님 행차 오셨어.

여인   어이구 벌써 오셨어요, 어쩔까.

미륵당스님 뭘 어쩔까야, 이리 내려오구려.

방물장수 어디 나가 뫼시구 와야지.

미륵당스님 어서 나갑시다.

　　이때 하수에서 시녀 하나가 조그만 상자를 홍보로 싼 것을 머리에 이
고 앞을 서고 그 뒤에 윤 부인 그리고 뒤로 또 부리는 것(여인) 별배 두엇
이 들어선다.

　　스님은 내달아서 합장배례하고

미륵당스님 궁마님, 먼 데 행차허시느라구 얼마나 괴로우셨어요. 정갈헌
　　　　　　공양미까지 시주허셔서 부처님께서두 가상히 여기십니다. 나무
　　　　　　아미타불, 나무아미타불.

방물장수 (썩 나서며) 마님 밤새 안녕해 곕시오.

윤부인   오 할멈, 벌써 와 있었던가.

방물장수 마님께서 행차허시는데 쇤네가 뒤늦게 와서야 될깝쇼.

윤부인   (퇴 앞으로 걸어오며) 이 방인가?

미륵당스님 네, 이 암자 별당이옵니다. 방을 오래 쓰지 않구 닫혀뒀던 데
　　　　　　가 돼서 먼지가 케케 앉은 것을 오늘 궁마님 오신다구 해서 말
　　　　　　끔히 닦어놨습니다.

윤부인   한적해이.

방물장수 그러기에 별당입지요. 대문만 닫혀놓으면 개미 새끼 한 마리 얼
　　　　　　씬도 못 허옵니다.

윤부인   참 정갈해 맘에 맞네. 어이구, 저 국화 봐. (하고 만개한 국화밭을

본다)

미력당스님 손을 대지 않아서 제멋대로 피었습지요.

윤부인 이애 너희들은 내가 부르기까지 맘대로 나가서들 쉬어라. 스님.

미력당스님 네에.

윤부인 저것들 점심 좀 먹여줘야겠는데.

미력당스님 염려 맙시오. 저 본당 아래채에 다 배비해 놨습니다.

이때 또 풍악 소리 난다.

윤부인 뒤 굿당에 굿이 들었구면.

방물장수 오늘마따나 큰 굿이 들었답니다.

윤부인 애 그럼 삼월아.

여하인삼월 네에.

윤부인 너 그 상자 저리로 들여놓구 너두 점심을 얻어먹구 구경이나 가
거라.

여하인삼월 네에. (하고 반가운 명령에 재빠르게 방으로 올라가서 상자를 적당
한 곳에 치우고 내려선다)

방물장수 그저 인자허신 마님의 처분에 삼월이의 응덩이가 저절로 거뜬
거립니다그려.

여하인삼월 에구…… 할머니두.

모두가 히히덕거리고 웃고 윤 부인도 미소를 짓는다. 여하인, 별배,
일하던 여인도 함께 퇴장. 윤 부인은 비로소 방으로 오른다.

윤부인 그런데 저 김정승 댁 호마마님 와 계시다지?

방물장수   벌써 행차허신 지 오랩니다.

미력당스님   전곡을 많이 시주허옵시고 지금 본당에서 불공을 올리구 계십
　　　　　　니다. 한 식경만 지내오면 끝이 나십지요. 이 길로 나가서 궁마
　　　　　　님께서 행차허셨다구 여쭙겠습니다.

윤부인   아니 그럴 것 없어. 모처럼 정성을 들이고 계신 걸 그런 전갈을
　　　　해서 조급허시게 허면 못써요.

방물장수   그렇구 말굽시오. 그저 궁마님께선 남의 사정두 저렇게 알어주
　　　　　시어 히히히.

윤부인   내 몸두 고달프고 허니 저 골방에서 누워서 쉬고 있을 게니 호마
　　　　마께서 불공을 마치시거들랑 이리 뫼셔오고 불러주게나그려.

미력당스님   참 그렇게 허십시오. 바로 저 뒤가 침실로 되어 있습니다.

윤부인   안성맞춤이야.

방물장수   이 늙은 스님이 어떤 능구린데* 그럽시오.

미력당스님   에구 이 험구**야. (하고 방물장수 때리는 시늉 한다)

방물장수   히히히.

윤부인   그럼 부탁일세.

미력당스님   염려 마시구 한잠 주무십시오. 에구 참 이부자리를 펴놔야지.

방물장수   아까 일허는 사람이 펴놓았어.

미력당스님   응…… 그래?

　　　윤 부인 조용히 침실로 사라진다.

미력당스님   난 먼저 나가봐야겠소. 점심상을 배비해야지.

---

* 능구리 : 능구렁이.
** 험구險口 : 남의 흠을 들추어 헐뜯거나 험상궂은 욕을 함. 또는 그 욕.

방물장수 나 먹을 것두 두둑이 해 놓으우.

미력당스님 에그 이 늙은 욕심 덩어리야. (하고 고개를 휘저으며 퇴장한다)

　　방물장수가 저편에 놓여 있는 상자를 살짝이 들어서 흔들어보고는 싱긋하고 웃고 다시 조용히 내려놓고 밖으로 퇴장하려 할 즈음에 웬 키 큰 괴한이 문 안에 썩 들어선다.

방물장수 (깜짝 놀라며) 뉘요?

괴한 (조용히) 이게 별당입지요.

방물장수 그렇소.

괴한 여기에 저 김 정승댁 야화 호마마께서 와 계실 텐데.

방물장수 지금은 안 계신데요.

괴한 이리 오시기룬 돼 있지요.

방물장수 그렇지만 여기선 못 뵈오리다. 여긴 궁부인 마님께서 와 계셔서 잡인을 못 들게 허십니다. 호마마님 환택허실 때나 뵙구려.

괴한 머나먼 시골서 편지를 전하러 왔는데 드러내놓구 뵐 수 없는 처지입니다. (하고 고의춤에서 쇄은* 한 봉을 꺼낸다) 이걸 할머니 드릴 테니 이런 말 뉘게 발설 마시구 나중에 틈을 봐서 마마께 귀띔을 해주시우.

방물장수 (얼른 그것을 허리춤에 넣으며 음성을 낮추어서) 염려 마슈. 내 좋 두룩 틈을 보아 드리리다.

괴한 부탁헙니다. (하고 퇴장한다)

| * 쇄은碎銀 : 잘게 부순 은. 원문은 '쇠은'.

방물장수는 다시 은 봉지를 꺼내서 근량을 손으로 달아보곤 고개를 끄덕이며 퇴장한다.

방물장수가 퇴장하자마자 그 괴한이 다시 살짝 문 안으로 들어서서 전후좌우를 살피며 발소리를 죽여가면서 상수 쪽 큰 고석 뒤에 은신한다.

요란한 풍악 소리.

목탁, 바라, 북, 송경 소리.

여종아(야화의 시녀)가 황황히 들어와서 방을 둘러보고.

여종아   에그머니 마마님이 안 계셔 또 꾸지람을 톡톡히 들었군. (하고 밖으로(하수) 나가려다가 문밖을 바라보고는)

여종아   마마님.

야화   오. (조선 여복을 맵시 있게 입고 야화가 방물장수 노파를 앞세우고 무대 중앙으로 들어온다)

야화   (여종아를 보고) 굿 구경 다 했니?

여종아   지금부터가 정말 굿이라는뎁시오.

야화   이년아 굿에두 정말이 있구 가짜 굿이 있니. 미친년, 점심은 얻어먹었니?

여종아   아직 못 먹었어요.

야화   저런 년 봐, 너두 너려니와 조군꾼들은 어쩌라구 행망쩍게 구경만 허구 있어 글쎄.

방물장수   조군꾼들은 다 먹였습니다.

야화   그랬다면 모르지만 네년두 좀 얻어먹어야지.

방물장수   가자, 나하구 함께 가. 스님헌테 말해서 국밥 한 그릇 얻어줄게. 마마님 저 방에 올라 앉아 곕시오. 지금 궁부인께선 아마 한잠이 드셨는지도 몰라요. 마마께서 일을 다 보시구 오시거들랑 지체 말구 깨라구 허셨으니깝쇼. 쉰네가 이 아이 데리고 나가서 밥 차려주라고 분부허구 곧 돌쳐서* 오겠습니다.

야화　미안해이.

방물장수　별말쏨을 다 허셔. 이애 나가자.

여종아　그럼 다녀 들어오겠어요.

야화　올 것 없다. 점심이나 얻어 먹구 또 구경이나 허구 오려무나.

여종아　네에, 어이구 좋아라.

방물장수　구경이라면 미치지. (하고 시시덕거리며 퇴장한다)

　　방에 오른 야화가 퇴 끝에 서서 장원 밖으로 보이는 경치를 바라본다. 새 소리 요란하다.

　　이때 고석 뒤에 은신한 괴한이 우뚝 일어섰다. 야화는 그것을 모른다. 이윽고 괴한이 한 걸음 내딛으려 할 즈음에 무슨 인기척을 듣고 놀라서 다시 숨는다.

　　침실에서 윤 부인이 나온다.

윤부인　아이구 오셨어. (양인이 달려들어 손을 잡는다)

야화　그동안 안녕하신 줄은 방물장수 편에 들어서 압니다마는…….

윤부인　나 역 소식은 알구 있었지요.

야화　오늘두 벌써 와서 불공을 좀 드리고 있었지요.

윤부인　글쎄 난 뒤늦게 와서 그 말을 듣구는 저 침실에서 한잠을 잤지요.

| * 되돌아서.

이화 좀 더 주무실 걸 그랬지.

윤부인 예 오신 줄 안 담에야 자는 게 다 무어에요. 어서 좀 앉으십시다. (하고 방석 위에 앉는다. 그리고 안석(사방침*)을 내밀어 주며) 불공을 올리시느라구 곤허셨겠는데 여기 좀 의지허고 편히 쉬세요.

이화 젊은 사람이 무어 곤해요. 일단 싸움터에 나가면 말두 타구 천지가 암담헌 먼지가 쐬구 종일종야를 눈이나 붙여보나요.

윤부인 글쎄 나 같은 거야 그런 꼴 당허면 싸우기 전에 지레 죽지요 호호호.

이화 못된 팔자지요.

윤부인 난 이 별당은 처음 와보는데 내려다보이는 경치도 해롭지 않습니다. 이따금 이렇게 나와서 이런 경치를 바라보시는 게 시원치 않으셔요?

이화 여부가 있어요. 좁다란 마당을 내 천지로 여기고 방 안에 들어 엎드려 있으려니 옥중살이나 진배없습죠. 그렇지만 여기에 이 경치도 아까 한번 내다보았습니다마는 우리 고향에다가 비허면 조그만 마당과 다름이 없어요.

윤부인 아 그렇게 땅이 넓어요?

이화 끝이 하늘에 닿듯헌 벌판 천지랍니다.

윤부인 우리 조선에두 김제만경 넓은 들이란 말은 있습지요마는.

이화 그게 얼마나 넓은진 몰라두요 우리 만주에 비할 건 못 될걸요.

윤부인 하루바삐 고국으로 가셔야 허겠는데.

이화 갈 처지가 되나요.

윤부인 왜 못 가요.

---

* 사방침四方枕 : 팔꿈치를 괴고 비스듬히 기대어 앉을 수 있게 만든 네모난 베개. 길이가 한 자쯤 되는 널조각으로 여섯 면이 되게 짜고 겉에는 모양 있게 꾸민 헝겊을 씌운다. 원문은 '사방'.

야화	보내줘야 가지요. 생포된 죄수의 처지가 맘대루 됩니까?
윤부인	생포 죄수란 말씀이 웬 말씀야. 그럼 죄수를 데리구 사는 법도 있나요?
야화	글쎄 경위야 그렇습지요마는 첫째 김 대감 자신이 아니 보내주는데 누가 날 보내줄 사람이 있겠어요.
윤부인	도대체 김 대감이란 이가 무무해서* 남의 사정을 알어줄 사람이 못 돼요, 그렇지만 차차 보내드릴 사람이 생겨나지요.
야화	내 몸은 기위 버린 몸이지마는 이냥 이곳에서 썩어버릴 생각을 허면 (하고 한숨을 길게 쉰다) 그만두십시다 이런 이야기.
윤부인	왜요, 하늘이 무너져두 살어날 궁기가 있다구 어떡허든지 지금 처지를 벗어날 도리를 차리셔야지 그대로 썩다니 말이 돼요. 그런데 말씀은 내보셨습디까?
야화	내보기야 했지요.
윤부인	뭐라구 그러세요 김 대감이?
야화	북방이 평정되면 보내주신다는 게지요.
윤부인	그야말루 백년하청이로구먼요오, 호호호.
야화	뉘 아니래요. 숫제 안 보내겠다는 말씀이지요.
윤부인	때가 옵니다, 와요.

　　이때에 윤 부인 집 시녀 삼월이가 들어온다.

윤부인	오 너 점심 먹었니?
여하인삼월	먹었어요.

---

* 무무하다 : 교양이 없어 말과 행동이 서투르고 무식하다.

윤부인　　너 그럼 저 상자 가지고 나가서 정허게 차려오너라.

여하인삼월　네에. (하고는 홍보 상자를 들고 나간다)

윤부인　　때가 온다는 말씀은요 큰 바람이 불어야 한다는 말예요. 첫째
　　　　　지금 삼정승네 하는 꼴이란 완고하기 짝이 없구 그저 당신들 권
　　　　　세만 잃지 않으려구 애만 쓰지 나라는 어찌 되었든 불관不關이거
　　　　　든요. 그런데다가 집현전 학사니 뭐니 하는 사람들은 정치란 건
　　　　　도무지 모르는 썩은 선비들이지, 그래서 되겠어요. 첫째 그 삼
　　　　　공이란 정승네가 나라를 망친단 말씀예요.

야화　　　그래두 나 보기에는 지금 임금님은 나이는 어리셔두 착하신가
　　　　　봅디다그려.

윤부인　　그야 그렇지요. 그렇지만 임금님을 에워싸고 있는 신하들이 그
　　　　　모양이니 글쎄 일이 되느냐 말씀야.

야화　　　어느 나라든지 그렇기가 첩경이지요.

　　　　이때 삼월이 음식상을 들고 나온다.

윤부인　　오오냐, 예 갖다 놔라. (상을 갖다가 둘 앞에 놓고 한걸음 물러서서
　　　　　분부를 기다린다) 시장허실 텐데 이걸 좀 자셔보실까 해서 집에
　　　　　서 가지고 왔어요.

야화　　　댁에서 예까지 어떻게 가지고 오셨어요.

윤부인　　집에서 가지고 오노라니 진 음식이야 가지고 올 수 있어요. 그
　　　　　래서 이 약과허구 귤병,* 전복쌈** 이런 걸 가지고 왔지요. 입에
　　　　　맞으실는지 몰라, 어서 좀 들어보세요.

---

　* 설탕이나 꿀에 졸인 귤.
　** 마른 전복을 물에 불려 얇게 저미고, 잣으로 소를 넣어 접은 뒤에 반달 모양으로 오려 만든 마른반찬.

야화   네, 그럼 사양 없이 먹겠어요. (하고 야화는 귤병을 한 개 먹어본
       다) 우리나라에두 이것과 흡사헌 게 있긴 헙니다마는 이건 참
       맛이 좋군요.

윤부인 많이 자셔요. (삼월을 보고) 넌 나가 있거라. 이따가 재 올릴 때
       나 기별을 허려무나.

여하인삼월 네에. (하고 곧 퇴장한다)

윤부인 그러니까 그 꼴을 보다 못해서 일어서는 사람이 있을 거 아니겠
       어요. 바람이 불어야 헌다는 게 그것입지요.

야화   그렇다고 해서 이 나라가 지금 아무 일도 없는 태평세월인데다
       가 그런 바람을 일으켜서 쓰겠어요.

윤부인 아니지요. 이대루 두었다간 착허신 상감마마를 뫼시는 본의가
       아니니까 몇 사람만 고쳐 들면 될 일이지 바람을 일으킨다구 무
       슨 병란을 일으킨다는 건 아닙지요.

야화   그렇다면 모릅지요마는.

윤부인 이런 말이란 함부루 입 밖에 내지 못할 말이지요마는 마마는 처
       지가 다른 분이고 또 우리가 사귄 지는 일천허지마는 심지를 믿
       으니까 이런 말씀을 허는 겝지요.

야화   염려 마셔요. 어떤 소리를 듣던 남에게 옮길 사람두 아닐뿐더러
       어떤 분이 어떤 일을 허시던 내게야 무슨 아랑곳이 있어요. 그
       저 고국에나 쉬 돌아가게 되면 만행*입지요.

윤부인 글쎄 말씀예요. 고국에 쉬 돌아가시려면 무슨 변화가 생겨야 기
       틀도 생기는 게 아녜요.

야화   그건 그렇지요마는 상말에 무엇 떨어지길 기다린단 셈으루 언

| * 만행萬幸 : 아주 다행함.

제나 그런 기회가 생긴답니까.

윤부인　그걸 만드셔야지.

야화　네? 내가 그런 기회를 만들어요?

윤부인　그럼은요. 만들어보셔야지.

야화　오호호호, 아니 내 따위 죄수처럼 들어박혀 있는 계집이 무얼 어떻게 해요. 조롱 마시오.

윤부인　아녜요, 마마면 되는 일예요.

야화　내가요?

윤부인　그럼.

야화　무얼 어떻게 하라구 말씀 좀 해보세요.

윤 부인은 돌연히 일어서서 퇴로 나와 서서 대문께와 좌우를 살피고 는 다시 자리로 돌아서서 앉으며 과일 상 젓가락을 들어 수정과 국에다 가 저를 적시어서 상에다가 글씨를 쓴다.

그것을 고개를 기울이고 들여다보고 있던 야화가 깜짝 놀라며

야화　김종서 대감을.

윤 부인은 손을 들어서 야화의 뒷말을 막는다. 야화는 고개를 숙인다.

잠시.

삼월이 황황히 들어온다.

여종삼월　마님 마님.

윤부인　무얼 그렇게 수선이냐. 왜 그래?

여종삼월　지금 중들이 비단 가사를 입구 재를 올린대요. 스님이 마님 뵈

시구 오라고 그러던 걸요.

윤부인 사람들이 많디?

여종삼월 모두 부인네뿐인 걸요. 사내들은 굿 구경으로 몰렸나 봐요.

윤부인 그럼 마마, 구경 안 가시려우?

야화 난 여기서 좀 쉬면서 생각을 해보겠어요.

윤부인 그럼 참 그리하서. 내 좀 다녀 들어오리다. 절에 왔다가 부처님
께 절두 않구 가서야 될 수 있어요. 불벌이 무서워 호호호. 삼월
아 그럼 가자. (하고 일어서서 나간다)

야화 (따라 일어서며) 그럼 구경허구 오셔요.

윤부인 적적허시겠지만 앉어계세요. 이내 돌아올 테뇨.

　양인 퇴장.

　야화는 퇴로 나서서 기둥을 잡고 외경外境을 유심히 바라본다. 이때
고석 뒤에 숨어 있던 괴한이 나타난다.

　야화는 놀라서 한 걸음 뒤로 물러서며

야화 웬 사람야. (날카롭게 꾸짖어 묻는다)

괴한 놀라시게 해서 죄송헙니다. 북청서 마마를 뵙고 편지를 전허러
온 전인이올시다.

야화 북청, 북청 뉘게서 보내는 편지?

괴한 군관으로 계신 최산이께서.

야화 오오 최 씨가?

괴한 편지를 야화 마마께 전하되 남이 알지 못하게 은밀히 드리라구
신신당부를 허셨는데 어제부터 김 정승댁 근처에 머물고 있다
가 오늘 염탐한 결과 이 미력당에 행차허신단 말씀을 알구 아

까부터 이 고석 뒤에 숨어 있었습니다. (하고는 손에 든 편지를 전한다)

야화   이 편지 이외에 그대의 입으로 전하라는 무슨 전갈이 없었나?

괴한   왜 없었을 수 있습니까. 여러 가지의 말씀도 있습니다마는 지금 이런 자리에서 어이 장황히 말씀을 드릴 수 있습니까. 그러나 그 중에도 제일 중요헌 말씀은 그 편지에두 말씀하셨을 것으로 아옵니다마는 시골서 듣는 바에는 야화께서 수양부인 윤 씨와 자주 상종이 계시다는 점입니다. 소문과 같이 만일 윤 부인에게 매수를 당해서 큰일을 잘못 저지르신다면 그것은 모든 계획이 틀려지고 웃음을 후세에 남기는 것이옵니다. 그것을 최 군관께서는 몹시 근심하시고 계십니다.

야화   그렇지만 이 사람, 내가 그렇게나 허지 않으면 이 호랑이 구혈에서 어떻게 벗어난단 말인가. 난 지금 와서는 목적을 위해서는 구구한 수단을 가리지 않을 결심야.

괴한   아니올시다. 이정옥 장군님이시나 최 군관께서도 계획이 계십니다. 가만히 안심하고 계시면 이 구혈을 벗어나시도록 헐 것입니다.

야화   무슨 소리요. 그것은 여기의 정세를 모르는 소리요. 일은 급박해가는데 언제 그런 유유헌 계획이 성과를 이룬단 말이야. 나두 생각이 있어서 하는 일이라고 전갈허우.

괴한   그러나 깊이 전후에 끼칠 바 파문을 고려하셔서 선처하십시오.

야화   알겠소, 돌아가서 내가 몸 성히 있더라구 허구 내내 몸조심허시구 계시면 이 야화가 반드시 만나 뵐 날이 있으리라구 허더라구 전갈허소.

괴한   네, 그럼 남의 눈에 띄기 전에 물러가겠습니다. 부디 안녕히 곕시오.

야화   아 가만있어. (하고 머리 뒤에 꽂힌 황금 말뚝잠*을 빼서 내주며) 노수야.

괴한   노수는 가졌습니다.

야화   에이 군소리, 어서 가지고 가요.

괴한   그럼…… (하고 그것을 받아들고 굽실하고는 황황히 퇴장한다)

야화는 편지 봉을 뜯어 긴 주지**에 쓴 편지를 선 채로 읽는다. 편지를 읽는 중에 방물장수 노파가 들어오다가 그 광경을 보고 주춤하고 서 있다.

야화는 편지를 읽어 마치고 한 손에 편지를 든 채 무엇을 깊이 고려하다가 문득 문 안에 사람이 선 것을 보고 실색하여 편지를 감추며 앗 하고 놀랐다.

야화   난 누구라구, 구경을 더 허구 오지.

방물장수   놀라실 거 없어요. 마님 다 이년의 가슴에 (제 가슴을 두드리며) 접어 둡니다요, 오호호호호.

야화 고소하며 편지를 간직하는 것으로 고요히 하막下幕.

---

* 금붙이로 만든 비녀의 하나. 길이는 7cm 정도로 조금 납작하고 양쪽이 모가 지고 끝이 점점 가늘어져 뾰족하며 대가리에 수복이나 용 따위의 무늬가 새겨져 있다.
** 주지周紙 : 두루마리.

제3막 김종서 저邸

제3막 등장인물

김종서

야화

김승규金承圭   종서의 아들 30여 세

홍윤성洪允成   역사力士, 수양의 사람

여종아 춘섬

경景

김종서 집 안 사랑.

아래, 웃간으로 되어 있는 넓은 방.

하수 쪽이 웃간이고 상수 쪽이 아랫간이며 아랫간에는 사방침, 안석, 보료, 문갑, 화로, 재떨이, 타구* 등속이 배치되어 있고 정면 한 편에 벽장, 그 옆에 밖으로 통하는 문.

방문 옆 벽장에 활 두 개가 걸려 있고 아랫간 벽에 장창 하나가 기대어 있다. (이중二重 또는 평平)

때

초동절初冬節

이국정서가 흐르는 노래와 월금 소리 애련히 들리는 중에, 막이 오른다.

김종서가 아랫간에 앉아 있어 무슨 서간을 보고 서랍 속에 넣으며

| * 가래나 침을 뱉는 그릇.

종서　　이애 아무도 없느냐?

안에서 네에 하는 여종아의 대답 소리.
방 안에 들어서며

여종아　대감마님 부르셨어요.
종서　　오냐 너 별당에 가서 마마님 이리 나오시라구 해라.
여종아　네에……. (하고 안으로 퇴장)

이윽고 이국의 노랫소리 그친다. 그리고 야화가 조용히 들어온다.

야화　　(미소하며) 대감께서 환택허신 줄도 모르고 있었어요. (하고 조금
　　　　떨어져 종서와 직각형으로 앉는다)
종서　　상관있느냐. 그런데 너 지금 별당에서 부른 노래가 무슨 노랜지
　　　　는 모르겠다마는 그 노래만 듣구 있어두 북방 호지의 풍랑이 눈
　　　　앞에 선헌데 넌 고향 생각이 불현듯 나겠구나.
야화　　어째 아니 날 수 있어요.
종서　　그럴 테지. 그런데 너 뜯는 악기가 월금*이냐?
야화　　그렇습니다.
종서　　어디 좀 이리 내오라구 그래라.
야화　　네에. (하고 약간 몸을 추석이며**) 춘섬아……. (밖에서 "네에!" 하
　　　　는 여종아의 대답 소리) 너 별당에 가서 내가 뜯구 있던 월금 이

---

* 월금月琴 : 국악기 가운데 사부絲部에 속하는 현악기. 당비파와 비슷한데 달 모양의 둥근 울림통에 가늘고
긴 목을 달고 네 개의 현을 매었으며, 뒷면에 끈을 달아 어깨에 맬 수 있게 되어 있다.
** 옷이나 몸을 조금 추켜올리거나 흔들며.

리로 가져오너라. 곱게 가져와. ("네" 하는 대답 소리)

종서   오늘 같은 날은 관절이 쑤시고 심기가 불편해서 견디기 어렵다, 그래서 일찍이 사퇴*두 했다마는.

야화   약을 달이라고 헐까요?

종서   약이 소용 있니, 고질인 걸. 그보다두 애년 나오거든 약주상이나 좀 차려 오라구 해라.

야화   화사주 좀 자셔보셔요.

종서   좀 남었니?

야화   뱀술이니까 약으로 자시라구 남겨 두었습지요.

종서   좋지.

야화   소문 듣기엔 오늘이 영양위궁 공주님의 생신이라구 해서 상감께서 교동 정씨 댁으로 미행허셨다지요.

종서   아침부터 가 계시지. 상감께서 너무 미행이 잦으셔서 걱정이다마는 오늘 같은 날야 가 노시는 것두 좋구 또 선대왕께서 아니계신 지금엔 골육남매분의 우애지정을 생각헌들 가시지 맙시사고야 아뢸 수 있겠디.

야화   그럼은요. 그런 말씀을 어떻게 여쭤요. 섭섭히 생각허실 걸.

종서   다만 죄송헌 일은 내가 몸이 괴로워서 시어소**로 가서 뫼시고 있지 못 허는 일이다. 신자의 도리가 아니어.

야화   몸이 편치 못 허신 걸 어쩨요. …이년 뭘 허구 있을까. (그 말이 끝나자 문을 열고 춘섬이가 월금을 가지고 들어와서 야화 마마에게 올린다) 그러구 너 안에 들어가서 술상 차려줍시사고 여쭙구 화사주를 자실 테니 마른안주만 놓으시라고 해.

<hr>

* 사퇴仕退 : 벼슬아치가 정한 시각에 사무를 마치고 물러 나오던 일.
** 시어소時御所 : 임금이 임시로 지내던 궁전.

334

여종아	네에.
야화	화사주는 내 방 벽장 속에 있다. 너 알지, 오지병*에 붉은 딱지 붙은 거.
여종아	알어요. (하고 퇴장한다)
종서	그 월금은 우리나라엔 이름만 남어 있구 실물은 없는 악기다.
야화	참 그런가 봐요. 보는 사람마다 첨 보는 게라구 허지 않어요.
종서	그런데 아까두 너 뜯는 소리를 들었는데 율성이 매우 애련허더구나.
야화	그렇게 들으셨어요?
종서	목석 같은 몰풍류헌 위인이다마는 그거야 모르겠니. 그것을 뜯으면 네 심상이 편치 못 헐 게다.
야화	그런 줄 알면서도 때때루 그래서나마…….
종서	심회를 풀어버린다는 말이구나…… 그럴 게지…… 그렇지만 너 행여 날 원망 마라.
야화	원망이라니, 무슨 말씀예요. 막비 이년의 신운입지요. 누굴 원망허겠습니까.
종서	아니 막비신운**이라 하지마는 그렇게 생각하면 세상에 억울헌 일두 없구 원통할 일두 없을 게 아니냐. 사실 내가 너를 집에다 받어들인다는 것을 후회두 헌 적이 있다. 그렇지만 지금 와서 너를 내놓을 길도 없구 또 내놓는다면 너는 자칫허면 다시 어느 놈의 손에 잡혀 영영 타락해버리거나 목숨을 보존헐 수 없을 것이다. 그러니 그것이 너를 진정 생각해주는 본의가 아냐. 지금 와서는 니가 내 집에 있기 때문에 몸을 안전히 가질 수 있는 것

---

* 오짓물을 발라 만든 병. 일반적으로 장독, 단지와 색과 질감이 비슷한 호리병이다.

** 막비신운莫非身運 : 운수 아닌 것이 없음.

이다.

야화   근자에 와서 그 사세를 잘 알게 되었어요.

종서   다행이다. 그렇지마는 과히 상심은 말어라. 머지 않어서 너두 고향으로 돌아갈 수 있게 될 게다.

야화   그런 날이 와요? …… 어떤 일이 생겨야 제 몸이 돌아갈 수 있게 될까요?

종서   그 시기는 이징옥이 큰 뜻을 이루게 되는 때고 내가 조정에서 물러서고 어린 임금께서 아무 구애 없이 친히 정사를 보시게 되는 날에야 오는 것이야. 어쩌면 어지러운 정세가 일어나게 되는지도 모른다.

야화   화변이 일어나요?

종서   음 변이지, 사변이지. 만일에 그런 정세가 되면 너 같은 인물 돌볼 여유도 없는 사변이 되는지두 몰라.

야화   그럼 왜 그런 재변을 빚어낼 뿌리를 미리 뽑아버리지 않으셔요?

종서   어디 세상 일이 그렇게 간단히 되는 거냐. 화변을 빚어낼 우려가 있다는 것만으론 함부루 손을 못 대는 법야. 고약한 심지를 가진 놈들은 일쑤 허는 짓이다마는…….

야화   나라의 안태를 위해서는 대의를 좇으셔야 허지 않어요?

종서   그렇지. (하고 고개를 끄떡인다) 하여튼 요즈음 나는 너를 너의 고국으로 무난히 돌려보낼 기회를 만들려고 생각허구 있다. (이때 야화가 손에 든 월금을 내려놓고)

야화   대감. (하고 몸을 다가 비스듬히 안석에 반와半臥하고 있는 종서의 무릎에 손을 얹고) 왜 이런 말씀을 진작 이년에게 들려주지 않으셨어요. 대감의 깊은 뜻을 모르고…… 대감을 원망했습니다. 아까두 나를 원망치 마라 허실 때 막비신운이라고 말했지만 새빨간 거짓말입니다. 원망했습니다. (이때부터 야화는 눈물을 흘리기 시작한다) 별당살이 1년을 감옥살이루 알구 필경엔 (울며) 대감을……. (또 운다)

종서 나를…….

야화 죽이구 여기를 탈출하려구까지 (울며) 했습니다.

종서 음…… 여자의 일심－心이란…….

야화 몰랐어요, 몰랐어요. (하고 무릎에 얹은 손에 얼굴을 박는다)

종서 (종서는 무릎에 엎드린 야화의 등을 두어 번 두드리며) 좋다. 내 맘을 알았으면…… 인제 네 손에 죽지는 않겠구나, 하하하. 자아 머리는 들고 다시 유정헌 한때를 보내자꾸나.

야화 다시 몸을 정제하고 또다시 월금을 타려고 한다.
이때 춘섬이 술상을 들고 나와서 방에다 놓고 서 있다.

야화 넌 들어가.

여종아 네에. (하고 퇴장)

야화 (야화는 잔에 술을 부어 종서에게 올리며) 이 술은 약으루 자시는 것이니까 너무 과음허셔선 안 돼요.

종서 요전에두 먹어보니 술이 독허긴 허더라마는 고까짓 것 얼마 되느냐.

야화 그래두 석 잔만 자세요.

종서 너 대방의 부탁을 받은 게로구나, 하하하.

야화 아녜요. 아니지만 이것은 술이 아니라 약인 걸요.

종서 예에라, 내 북방 진중에서 한 병을 다 마신 적두 있다마는 까딱 두 없더라.

이때 방문 밖에서 잔기침 소리 난다. 종서와 야화의 시선이 그리로 간다. 방문이 조용히 열리며 아들 김승규가 들어선다.

종서   (아들을 쳐다보며) 왜?

승규   저 홍윤성이란 사람이 아버지께 문안드리구 가겠다구 왔습니다.

종서   홍윤성이, 아니 저 수양대군 댁에 드나든다는 사람 말이냐?

승규   네, 제 말은 훈련주부라구 허더군요. 힘깨나 쓰게 생겼습니다.

종서   옳다. 그자가 저 수양대군이 제천정清川亭에서 놀이를 허구 있을 적에 힘자랑을 헌 것이 인연이 돼서 수양 댁에 출입헌다더라. 제가 내게 새삼스레 문안이란 무슨 문안이냐.

승규   글쎄올시다.

야화   보실 것 없지 않어요?

종서   글쎄다. (하고 턱을 쓰다듬으면서 무엇을 생각한다)

승규   돌려보낼까요?

종서   아니 이리 불러들여라. 안 보구 쫓으면 수양이 웃을 게다. 불러 들여.

승규   이리로요?

종서   상관없어. 그런 위인에게 인사 차릴 게 있느냐.

승규   네에……. (하고 퇴장)

야화   수양이 보냈을까요?

종서   글쎄다.

야화   인심이란 알 수 없어요.

종서   수양이 보냈건 제 생각으로 왔건 의심헐 것두 없는 위인들이다.

웃간 방 문밖에서 기침 소리.

종서   들어오너라.

　밖에서 승규의 음성이 네에…… 하고 대답한다.
　방문이 열리며 승규의 인도로 홍윤성이 들어와 웃간에서 절하고 무
릎 꿇고 앉는다. 종서는 약간 허리를 구부리어 절에 답한다.

종서   자네가 홍윤성인가?

홍윤성 네, 소인이올시다. 대감께 문안드리러 왔습니다.

종서   훈련주부의 일을 보는가?

홍윤성 그렇습니다.

종서   그래 자네 자의로 날 보러 왔단 말인가?

홍윤성 아니올시다.

종서   그럼?

홍윤성 문안을 드리고 오라는 분부를 받구 왔습니다.

종서   누가?

홍윤성 수양대군께서.

종서   어 참 자네 수양대군 댁에 다닌다지. 들은 바엔 자네 장사라데
　　　　그려. (홍은 기가 눌리어서 고개를 잘 들지 못한다)

홍윤성 황송헙니다. 힘깨나 쓰기야 헙니다만 장사 소리야 어찌 감당허
　　　　겠습니까.

종서   (아들을 바라보며) 애 너 저 벽에 걸린 활 좀 다려*보라구 내줘라.

승규   네. (하고 아랫간 벽상에 걸린 활 하나를 꺼내서 홍에게 준다)

종서   좀 다려보게.

| * 다리다 : 당기다

홍윤성은 그 활을 받아들고 다리어본다. 활등이 구부러지고 시위가 귀를 넘다가 문득 활등이 딱 하고 부러진다.

종서   어 과연 힘깨나 쓰네그려. 그럼 (아들을 보고) 저 활을 내줘 봐라.

승규 묵묵히 또 한 개의 활을 내려다가 홍에게 준다. 홍은 그것을 받아들고 시위를 잡아당기려 해도 활은 휘청도 아니한다. 힘을 준다. 그래도 꼼짝없다. 홍은 그 활을 방바닥에 놓는다.

종서   하하하 내 계획이 틀렸네. 그 활을 능히 끊으면 상주를 주고 못 끊으면 벌주를 주렸더니 인제 자네 벌주를 좀 먹는 수밖에 없지. 그 활은 원체 장사가 아니면 끊지 못 허는 호궁일세. 야화야 술 한 잔 대접해라. 여보게 윤성이.
홍윤성 (머리를 숙이고) 네.
종서   이 술은 화사주야. 호지서 건너온 뱀술야.

야화가 술을 부어 놓으니 승규 이것을 받아 홍에게 전한다.

홍윤성 그럼 소인 벌주 먹겠습니다. (하고 그 술을 들어 마신다)
종서   벌주 삼 배라. 잡은 참에 권해라. (이리하여 석 잔을 먹인다) 술두 잘 먹네그려.
홍윤성 주시는 술 맛있게 먹었습니다.
종서   음. (하고 아들을 보고) 애야 너 저 활 좀 다려보겠니?
승규   전에 다려본 적이 있습니다.
종서   어디 내 눈앞에서 다려봐라. (승규는 활을 집어가지고 힘껏 당긴

다. 활등이 휘청 휘어서 반월형이 된다) 허어 집안에다 장사를 두 구두 몰랐구나, 하하하. 〆

승규   힘두 있어야 허겠습지요마는 힘보다두 묘득입지요.

홍윤성   소인 물러가겠습니다.

종서   가려나, 애. (하고 아들을 보며) 이 사람 데리고 나가서 어디 술 쌈이나 해 보내려무나.

승규   네에.

홍윤성   대감 안녕히 계십시오.

종서   잘 가게.

    양인 퇴장한다.

야화   (양인이 사라진 것을 보고) 큰 장사두 아니로구만요.

종서   장사야 될 게 있니. 그저 똘 힘깨나 쓰는 사람이지.

야화   그런데 수양이 어째서 그 사람을 보냈을까요?

종서   홍가를 큰 장사로 알구 내 기를 꺾어보려구 보냈는지두 모르지.

야화   만일에 그렇다면 어린애 장난예요.

종서   어린애 장난 하하하. 이애 그 월금이나 뜯구 노래 한마디 불러봐라.

야화   (월금의 줄을 고르고) 무얼 부를까요.

종서   진나라 후주가 지은 옥수후정화*란 게 있지 않으냐.

야화   유명한 노래지요.

종서   어디 좀 불러봐라.

---

  * 옥수후정화玉樹後庭花 : 중국 남북조 시대 진나라 후주後主가 빈객들을 청하여 부르며 즐기던 노래. 당태종과 양귀비도 이 노래를 즐겼다. 중국 문학의 전통에서 후정화에는 '망국亡國의 정조'가 스며 있다.

야화	조선말로 번역해 불러보겠어요.
종서	더욱 좋지. (하고 보료 위에 비스듬히 몸을 눕는다)
야화	(노래)

고운 집 꽃 핀 숲은 고루거각 대하였고

새 단장 고운 반달 본대가 미인이다

창호에 비친 교태 걷는 듯 마는 듯

휘장을 걷어 열고 곱게 웃어 맞는구나

요희의 고운 얼굴 이슬 먹은 꽃송이요

옥수의 빛은 흘러 후정이 밝았도다

옥수의 빛이 흘러……

(여기까지 노래 부를 때 월금의 줄이 탁 하고 끊어진다) 앗. (하고 입 맛을 다신다) 줄이 왜 끊어져. (하며 월금을 탁 내려놓는다)

종서	줄이 삭었던 게로구나.
야화	삭은 것두 아녜요…… 방정맞은 놈의 줄. (하고 눈살을 찌푸린다)
종서	과연 너는 여중호걸이다. 줄이 끊어지지 않았더라면 저 강총이 가 지은 규원*을 한번 부를 걸 그랬구나.
야화	줄이 한번 끊어지면 다시 탈 맛이 없어요.
종서	그럼 고만 치워라.
야화	네에. (하고 술상과 악기를 한구석으로 날라다 놓고) 자리를 펴 드 릴까요?
종서	글쎄다. 이부자리를 펴고 누우면 아주 병중인이 돼버리는걸.

이때 승규가 황황히 들어온다.

| * 중국 남북조 시대의 시인 강총江總의 규원편閨怨篇.

종서	왜?
승규	저 수양대군이 오셨습니다.
종서	대군이, 수양이 뭘 허러 다 저녁때에 오셨단 말이야.
승규	대궐서 사퇴허시는 길에 긴절히 말씀드릴 일이 생겨서 우정* 잠깐 들렀으니 어려우시지만 잠깐 마당에서 뵙구 가시겠다구 사랑에 오르시지도 않으십니다.
야화	대감 아까 홍가가 다녀가자마자 수양대군이 오신 게 어째 수상 허구만요.
종서	그게야 무슨.
승규	어떻게 몸 불편허시다는 핑계를 해볼까요?
종서	아니다. 그럴 법이 있느냐. 나가 뵈어야지, 옷을 내라. (야화는 벽에 걸린 관복과 사모를 내리어 입히고 씌우고 한다) 나가자. (하고 앞을 서 나간다. 야화는 승규를 보고)
야화	조심허셔요.
승규	네.
야화	저 사랑에 있는 신사면허구 윤광은 두 사람이 다 있지요?
승규	네.
야화	그이들더러 눈짓해서 대감 신변을 보호허두룩 허셔요.
승규	염려 마세요.
야화	여럿이 배종해 왔겠지요?
승규	아뇨. 서너 사람밖에 안 돼요. (하고 황황히 밖으로 나간다)

이중하수二重下手 쪽에 마당을 보이고 이중二重인 방에서는 직접 마당

* '일부러'의 방언.

으로 통하는 것이 아니라 일단 돌아서 나가게 된 구조를 보임.

　　방에서 김종서가 아들 승규의 부액*으로 돌아서 마당으로 나오는 것이 보이고 마당에는 수양, 임운林芸,** 유수柳洙, 양정楊汀 등이 적당히 서 있고 김종서 집 사람 신사면, 윤광은의 두 역사力士도 적당히 서 있다.

수양대군　　몸이 불편하시다는 것을 잠깐 나오십사 해서 미안허외다.

김종서　　사랑으로 오르십지요.

수양대군　　이미 황혼도 되고 또 몇 마디 말씀드리고자 해서 온 것이니까 여기서 말씀드리겠소이다. 저 영응군 부인이 포태胞胎를 못해서 동래온정東來溫井으로 약을 먹으러 내려간 것이 정원政院***에서 말썽이 일어난 모양인데 대감 생각엔 어떠하신지요?

김종서　　그거야 무슨 말썽이 될 게 있습니까?

수양대군　　그러면 안심허지요. 그런데 또 하나 대감이 보아주실 편지가 한 장 있습니다. (하고 고개를 숙이고 고의춤을 찾는 서슬에 사모가 벗기어지려 하여 그것을 고쳐 쓰려다가 뿔이 땅에 떨어져 부러진다. 부러진 게 아니라 일부러 부러뜨린 것이다. 이러한 마당에서의 대화와 과작이 있는 동안 이편 이중 방에서는 야화가 월금 등속을 치워놓고 근심스레 귀를 기울이고 있다)

수양대군　　앗 사모 뿔이 부러졌군. 대감 댁에 사모 뿔이 있을 테니 하나 빌려주시오.

김종서　　그렇게 하시지요. 애 승규야 안에 들어가서 사모 뿔 하나 가져

* 부액扶腋 : 겨드랑이를 붙잡아 걷는 것을 도움. 부축.
** 원문은 '임예林藝'이나, '임운林芸'의 오기로 보임. 소설 「야화」(원기사, 1955) 등에는 '임운'으로 표기하고 있음. 임운林芸은 수양대군의 가노 출신으로, 임어을운林於乙云, 임어을운이林於乙云伊, 임얼운 등으로 불렸으며 계유정난 이후 원종공신 1등에 녹훈되었다. 여기서는 '임운'으로 바로잡았다.
*** 승정원.

오너라…… 어서 내와.

승규 안으로 들어간다.
그 순간이다.

수양대군   편지 여기 있소이다. (하고 편지를 내주니 김종서 그것을 받아서 고
          개를 숙이고 들여다보는 순간 수양은 뒤로 물러서며 손을 든다. 양정
          이 뒤에 감추어 가지고 있던 철퇴로 종서의 골을 친다)
김종서   앗. (하고 고꾸라진다)

임운은 신, 윤 양인을 때려뉜다. 다음 순간에 승규 내닫는다. 유수가
앞을 막는 것을 유수의 철퇴를 빼앗아 유수의 팔을 쳐 엎친다.* 이때는
양정이 잼처** 종서를 치려 할 순간이다.
승규는 몸을 날려 아버지 몸 위에 엎드려 보호한다. 양정의 철퇴는
승규의 머리를 쳐 죽였다.

수양대군   됐다. 가자. (하고 대문으로 향하자 야화는 창을 가지고 마당으로 내
          닫는다. 수양은 빨리 문밖으로 도망한다)

야화는 으음 하고 수양 놓친 것을 분히 여기며 눈앞에서 팔이 부러져
엉기고 있는 유수를

야화   이놈 너두 적의 수족이로구나. (하고 창으로 유수를 찔러 죽이고

* 엎치다 : 어떤 사물 따위를 엎어지게 하다.
** 어떤 일에 바로 뒤이어 거듭.

345

창을 내던지곤 승규의 몸을 젖히고 종서의 얼굴에 흐르는 피를 씻어 주며 코에 손을 대본다. 그리고 가슴에 또 손을 대본다. 이때 김종서의 집 하인들이 우 하니 들어온다) 얘 너희들 대감을 안으로 뫼시려 말고 아직두 가슴에 온기가 계시니 빨리 남대문 밖 성 밑 집 알지…….

하인들   네에.

야화   빨리 그리루 뫼셔라. 나는 내 할 일이 따로 있다.

하인들   네에. (하고 종서에게로 모여드는 중에)

막.

제4막 영양위궁寧陽尉宮 대방大房

제4막 등장인물

단종

경혜공주敬惠公主

옹주翁主

상궁 윤연화尹蓮花

김연金衍   노老 내관內官

한숭韓崧   노 내관

수양대군

최항崔恒   승지承旨

권람權擥

한명회韓明會

346

야화

박朴 오위장

군사 수인數人

시녀

경景

이중무대. 넓은 대청과 큰 방, 방 내의 장치와 가구는 고귀화려高貴華麗
하다. 등촉이 휘황하다. 정면에 안으로 통하는 방문. 하수 쪽 중문으로
통하는 마당이 있고 상수로는 퇴를 돌아서 별방別房으로 통하는 것을 상
상케 하며 대청 하수로 통로가 있다.

때

초동初冬 밤(초저녁)

대방大房에 단종과 경혜공주와 옹주의 3인이 적당히 좌정하고 3인 가
운데에 과일 상이 놓여 있는 것으로……

개막.

단종 (경혜공주를 보고) 누님 이 과일 상 물리라구 허슈.

공주 좀 더 자시구 내보내죠.

단종 식과는 조금 먹어야지요 배가 불러서 못 먹어요. 누님네들이나
더 자시려면 모르겠소마는.

옹주 우리들야 뭘 더 먹어요. (공주를 보고) 그럼 물릴까?

공주 (밖으로 향하여) 이애 누구 좀 오너라.

밖에서 "네에" 하는 대답 소리 나며 상궁 윤연화가 조용히 들어온다. 머리 앞이마의 첩지*가 등불에 번쩍인다.

옹주   윤 상궁이 대답허셨구려. 부리는 것들 어디 갔소.

윤상궁   위에서 부르시는데 누군들 대답 못 허오리까. 왜 그러셔요?

공주   이 과일 상을 좀 물리라고 그러시오.

윤상궁   그럼 제가 물립지요. (하고 상을 집어 든다)

옹주   상궁이 손수 그래서야 쓰겠소. (하고 마주 일어선다)

윤상궁   상관있사옵니까. 게 앉아곕시오. 상감마마 자시던 상 상궁이 물
          리는 것이 법도이옵니다. 부리는 것들은 인제야 저녁상들을 받
          었답니다.

단종   오늘 밤엔 상감도 아니고 상궁도 아니어. 허물없이 소탈허게 놀
          아야지. 궁중의 그 잔사설 많은 법도 여기선 제례**야. 누님들두
          그리 아슈. 상궁두 오늘 밤엔 상궁이 아니라구 생각해.

윤상궁   황송허옵니다.

단종   허어 그래두 또 황송야, 아하하하.

공주와 옹주도 소리를 합하여 웃는다.
상궁이 상을 들고 안으로 들어간다.
공주가 일어서며 벽장에서 무엇을 꺼내려고 하니

단종   아 참 누님, 그 정경도*** 판허구 쌍륙**** 이리 꺼내 오슈.

---

* 예전에 부녀들이 예장禮裝할 때에 머리 위를 꾸미던 장식품. 은으로 용이나 봉황새 따위의 형상을 만들고, 좌우 쪽으로 긴 머리털을 달아서 가르마 위에 대고 뒤로 잦혀 매었다. 원문은 '쪽찌'.
** 제례除例: 갖추어야 할 식례式例를 덜어버림.

공주　패가 부족허지 않어.

옹주　글쎄 상감 말씀대루 오늘 밤은 법도를 제례 허신다니 윤 상궁을
　　　집어넣으면 되지 않어요?

단종　그럼 집어넣어야지. 그러구 김, 한 두 대감두 들어와서 구경허
　　　라구 해요. 노름 놀이할 때엔 구경꾼이 있어야 맛이 있지. (공주
　　　는 정경도를 펴놓는다)

단종　요전에 내가 세 판이나 참패를 했것다요.

　　이때 윤 상궁이 조용히 들어온다.

공주　지금 부르려구 했더니.

옹주　속담에 호랑이두 제 말허면 온다구 했지 않어요.

윤상궁　그러면 저두 지금부터 호랑이 행세를 해야겠구만요.

단종　얌전헌 호랑이야, 하하하.

　　여럿도 이에 맞춰 웃는다.

공주　상궁두 패에 들라시어.

윤상궁　듭지요. (하고 조용히 여럿의 틈에 끼어 앉는다. 이때 부리는 계집종
　　　이 무엇을 들고 들어온다)

공주　뭐냐?

*** 승경도 놀이. 넓은 종이에 옛 벼슬의 이름을 품계와 종별에 따라 써놓고 알을 굴려서 나온 끗수에 따라
　　벼슬이 오르고 내림을 겨루는 놀이. 또는 그 놀이 기구. 정경도政卿圖는 숭경도陞卿圖와 같은 놀이임.
　　원기사 판 소설 「야화」(1955)에는 '숭경도'로 표기되어 있음.
**** 여러 사람이 편을 갈라 차례로 두 개의 주사위를 던져서 나오는 사위대로 말을 써서 먼저 궁에 들여보
　　내는 놀이. 문맥상 여기서는 쌍륙놀이에 쓰이는 주사위(투자骰子)를 지칭하고 있음.

여하인	자리끼 가져왔습니다.
공주	그건 도루 가져가구 반비아치*더러 화채를 만들어서 두라구 그래라.
여하인	네에. (하고 도로 나가려고 한다)
옹주	그러구 김, 한 두 대감두 이리 들어오시라구 그래라.
단종	밥들 편히 먹게 그냥 두지.
여하인	다들 자셨습니다.
단종	그럼 나중에 들어오라구 그래. (여하인 조용히 나간다) 자 이걸 좀 보우 누님. (쌍륙을 혼자서 자꾸 굴리며) 이렇게 좋은 점만 나오는구려. 오늘은 두 누님을 머쓱허게 이겨봐야지. 자아 시작헙시다. (4인이 정경도를 중심으로 서로 편을 짜고 앉는다) 자아 나부텀 굴리우. (하고 주사위를 굴린다) 다섯, 됐다 됐어 대라야 대라, 대라 급제야.
윤상궁	상감마마께선 대번에 급젤 허셨어요.
단종	상궁 그 상감이란 말 빼, 상감이 과거보는 법이 있나 하하하.
윤상궁	그럼 뭐라고 불러 뫼시겠습니까?
단종	도련님, 아니 새서방님이라고 하지.
단종 공주	(함께) 새서방님. 오오호호호.
단종	자아 어서 누님…….
공주	(공주가 주사위를 굴린다) 에구, 단 둘야.
단종	둘 둘 겨우 생원야 생원.
윤상궁	공주 생원님이시구만요.

| * 반찬을 만드는 일을 맡아 하던 여자 하인. 반빗아치.

공주   남산골 생원님이지 오호호호.

이때 대청에서 김연, 한송 두 늙은 내시가 들어와서 국궁배례*하고 멀찍이 선다.

단종   너희들두 게 섰지 말구 이리 와서 앉아서 구경해라. 오늘 밤엔 군신의 분별을 없애고 논다.
김연   황송허온 처분이십니다.
한송   태평세월에는 군신이 농하시고 노시는 전례가 선대왕 시절에두 가끔 계셨습니다.

이때 군마의 와글거리는 소리가 들려온다.

단종   (귀를 기울이며) 저게 웬 군마의 소리야?

여럿의 시선이 일시에 밖으로 돌려진다.

김연   아마도 궁을 시위하는 순군巡軍들의 소린가 허옵니다.
단종   순군들의 소리론 너무 요란스럽지 않으냐.

이때 훤화** 소리 커지며 대청으로 누가 들어오는 기척이 들린다.
일동은 불안한 기색으로 일제히 머리를 들고 묵묵히 있고 노老 내시 김연은 황황히 대청으로 나선다.

---

* 국궁배례鞠躬拜禮 : 윗사람에게 몸을 굽히고 예를 갖추어 절함.
** 훤화喧譁 : 시끄럽게 지껄이며 떠듦. 원문은 '헌화'.

동시에 승지 최항을 뒤딸린 수양대군이 환도環刀를 한 손에 들고 대청으로 들어선다.

김연　　　　앗. (하고 놀란다)

수양대군　　상감마마 이 방에 계시냐?

김연　　　　아닌 밤중에 상감께 주품* 윤허를 받지 않으시고 이렇게 함부루 들어오시니 무엄헌 일이 아니시오니까?

수양대군　　화급헌 경위에 주품헐 겨를이 있느냐. 들어가서 상감께 김종서의 무리가 역적모의를 하여 일이 매우 위급해서 먼저 그놈들을 처치허고 자세헌 경과를 상감께 사뢰러 왔다고 아뢰어라.

김연　　　　네에? 저 김종서 대감이?

수양대군　　(최승지를 돌아보며) 내 직접 들어가 뵈올 테니 자넨 나가서 뒷일을 처리허소. (최승지 목례하고 나간다)

수양대군　　에라 비켜라.

김연　　　　안 됩니다.

수양대군　　화급한 때에 무슨 군소리냐. (하고 김을 떠밀치고는 방 안으로 썩 들어서 엎드려 단종에게 배례하고 일어선다. 일동은 꼼짝 못하고 목상木像과 같이 묵묵히 있다)

단종　　　　아 숙부.

수양대군　　영상 황보인, 김종서 등이 안평과 기맥을 통하고 반역모의를 하고 있는 눈치를 알고 미리부터 주의하여 오던 차에 이제 와서는 화급헌 형세가 매우 위태하옵기 그것을 주품할 겨를이 없어서 먼저 김종서 등을 죽이어 목전에 박두한 위급을 면하였삽기 상

|　* 주품奏稟 : 임금에게 아뢰던 일.

감께 아뢰러 왔습니다.

단종　아니 그게 웬 말씀요. 황보인, 김종서는 선대왕 고명의 중신*들
　　　이 아니오? 그자들이 모역을 하다니.

수양대군　그러한 중신들이오매 더욱 천이 용납지 못할 흉한들입니다.

단종　설혹 그렇다 하더라도 대신들을 의법국문**도 하지 않고 죽인
　　　것은 실수가 아니겠소?

수양대군　의법국문 헐 겨를이 없이 이징옥이 밀밀히 서울로 올려 보내온
　　　북방 군졸이 이미 성중에 미만했던***것입니다.

단종　놀라운 일이오. 그럼 여당餘黨도 있단 말씀요?

수양대군　있다 뿐이겠습니까. 좌찬성 이양, 병판 민신, 조극관, 군기 판사
　　　윤처공 등이 모두 동모자들이옵니다.

단종　놀라운 일은 막비 나의 부덕 소치요. 더욱이 선대왕 고명지신으
　　　로 내가 깊이 믿고 있는 김종서들이 모반이란 꿈엔들 생각헐 수
　　　있겠소. 이애 (하고 김연과 한송을 쳐다보며) 너희들이 항상 입에
　　　침이 없이 칭찬허던 김종서, 황보인이 역적질을 도모했다는구나.

김연　(한 걸음 나서며) 상감마마 황송허오나 수양대군께서의 오늘 처
　　　단은 기필코 모해중상하는 자들의 무고를 과신허시고 경경히
　　　처리하신 일로 아옵니다. 소인이 비록 천한 몸이오나 태종대왕
　　　때부터 금상마마까지 사조四朝를 뫼시는 중, 허다헌 신하를 보아
　　　왔사오나 황보인, 김종서 같은 충신을 못 보았습니다. 그분들이
　　　모역을 허옵다니 하늘이 두 갈래가 나는 일이 있을지언정 천부
　　　당만부당허온 일이옵니다.

---

* 고명중신顧命重臣 : 임금의 유언으로 나라의 뒷일을 부탁받은 대신. 고명대신顧命大臣.
** 의법국문依法鞫問 : 법에 의거하여 국청에서 중죄인을 심문하는 것. 임금의 명령이 필요하였다.
*** 미만彌滿하다 : 널리 가득 차 그들먹하다.

한송	연의 말이 지당헌 줄 아옵니다. 참소를 믿으사 일을 그르치시면 천추에 웃음을 남기심이 되옵니다.
수양대군	에이 이놈들, 요망스런 입을 놀려 어리신 상감마마의 총명하심을 흐리고저 하는 놈들이 아니냐. 이 (왕을 보고) 두 놈은 종서의 심복들이니 장차 어떤 흉모를 할지 모르는 터이온즉 이 두 놈을 신에게 내어주시오. (하고 둘을 보고) 네 이놈들 냉큼 밖으로 물러가서 대죄해라. (하고 환도를 빼어든다. 공주, 옹주, 상궁 모두가 실색하여 한데 모인다)
김연	나으리가 아무리 나라님의 숙부라시거니 지존 앞에서 칼을 빼어 든다는 건 이 무슨 무엄한 짓이오니까. 이런 일을 감행허시는 분이 무슨 일인들 못 허오리까. 나으리야말로 뜰에 내려가 대죄허시오. 나는 살아서는 상감마마의 앞을 떠나지 못하겠습니다.
수양대군	무어 어째, 누굴 보고 발악이냐 이놈 에이.

하고 수양은 김연의 몸을 친다. 김연은 비명과 함께 그 자리에 엎어지고 공주와 옹주들은 소스라쳐 놀라서 한몸이 되고 윤 상궁은 몸으로 단종을 가린다.
김연이 땅에 고꾸라지자

한송	(앞으로 나서며 호령하듯 소리친다) 나으리, 나으리의 목자*를 보니 사람 많이 죽겠소. 나으리 자신부터 외람헌 생각 먹지 마시오.
수양대군	이놈이. (하고 한송마저 쳐 엎친다)
윤상궁	(벌떡 일어서 앞을 막아서며) 나으리, 세상에 이런 무엄헌 일이 어

| * 목자目子 : 눈.

디 있소.

수양대군   이놈들이 다 역적 놈들의 수족이니 살려둬선 못 쓰는 게야. 상
　　　　　궁, 상감마마께서는 지금 곧 환궁허시기도 위험하시니 뒷방 조
　　　　　용헌 곳으로 뫼셔서 편안히 주무시도록 마련해. 어서 냉큼 거행
　　　　　못 허겠나? (하고 소리 지른다. 공주와 옹주 그리고 윤 상궁은 고개를
　　　　　숙인 채 떨고 있는 단종을 부액하고 안으로 퇴장한다. 수양은 칼에 묻
　　　　　은 피를 김연의 옷자락으로 씻어 자루에 넣고 방의 등잔을 끈다. 그리
　　　　　고 대청으로 나서자 밖에서 한명회와 권람 그리고 최항이 들어온다)

한명회   나으리.

권람   아퀴*를 지으셨습니까?

수양대군   상감께 전말을 아뢰서 뒷방으로 뫼시게 허구 늙은 내시 두 놈은
　　　　　요망스럽게 굴기에 목을 베었네.

권람   조만 처단헐 놈들은 단불에 치어버려야지요. 잘 허셨습니다.

한명회   생살부는 여기 마련했소이다마는 명패를 받아내셔야 허지 않습
　　　　　니까? (하고 손에 든 책을 흔들어 보인다)

수양대군   오 참 여보게 최 승지.

최항   네.

수양대군   상감은 뒷방에 계시니 자네 들어가 명패를 받어 내오게.

최항   연유를 아뢰야 헐 걸요.

수양대군   허어 이 사람, 구실이 없는가. 국가에 이런 대사가 생겼은즉 각
　　　　　사 중신들을 불러들여야 한다고 내가 그러더라구 아뢰게.

최항   그렇게 품허지요.

수양대군   품해보는 게 아냐. 명패를 내주었습니다고 아뢰란 말야. 명패는

----

* 일을 마무르는 끝 매듭. 원문은 '액휘'.

자네가 맡어 가지고 있을 게 아닌가.

최항　　　네.

수양대군　어서 들어갔다 와. (최항이 퇴장) 꾀는 있으나 심약헌 사람.

한명회　　그래두 이번엔 공이 있습니다.

수양대군　그야. (하고 고개를 끄덕인다)

권람　　　(대청 끝에 서서 (하수 쪽) 밖을 내다보며) 이리 오너라. 아무두 없
　　　　　느냐.

순군1　　네에이. (하며 마당으로 들어와 굽실한다)

권람　　　저 나가서 나으리 걸어앉으실 걸상 있거든 빨리 들여오너라.

순군1　　네에이. (하고 힝하니 나간다)

수양대군　우선 게들 좀 앉게.

한명회　　앉아 있을 겨를이 없소이다. 난 나가서 중문 내에 좌정해야겠소
　　　　　이다.

수양대군　살려 둘 자는 큰 사당으로 인도허도록……

권람　　　그건 벌써 배비해 놓았소이다.

한명회　　그보다두 중문에서 실수를 말어야 허겠습니다. (하며 퇴장)

　　이때 군사가 걸상 한 개를 들고 마당으로 들어와서 마루 위로 올린
다. 권람이 그것을 받어서 적당한 곳에 놓으며

권람　　　나으리는 관복을 입으셨으니 우선 예 걸어앉어 계셨다가 큰 사
　　　　　당에 사람이 모이거들랑 나가시지요.

수양대군　그러지. (하고 걸어앉으며 환도를 집장* 삼아 짚고 자루 위에 두 손을

|　* 집장執杖 : 지팡이를 잡음.

356

없는다) 그리고 새문 밖으로 내보낸 이홍상이 거느린 군사들은 아직 돌아오지 않았지?

권람   (서서 있는 채로) 아직 돌아오지 않았지만 치명상을 받은 종서 하나쯤야 문제가 아니겠습지요.

수양대군 글쎄 종서두 그렇지만 가족들이 있지 않은가.

권람   하여간 곧 회보*가 있을 겝니다.

이 대답이 끝나자마자 중문 쪽에서 나는 소리.
"영의정 황보인—."
하고 외친다.

수양대군 (벌떡 일어서며) 오, 시작했네그려.

권람   좀 나가봐야겠습니다. (하고 벌떡 일어서 나간다)

수양만이 대청을 왔다 갔다 거닌다.
또 밖에서
"병조판서 민신이—."
그럴 때마다 수양은 걸음을 잠시 멈추고 귀를 기울이다가 다시 거닌다.
이때 마당 한 갓으로(하수 쪽) 탈토脫兎와 같이 기어드는 인형, 눈 빠르게 이것을 발견한 수양대군 대청 중앙에 주춤하고 서며

수양대군 (날카롭게) 거 누구냐. (검은 인형은 화살같이 내닫는다. 순간의 일이다. 수양은 비상사태를 깨닫고 환도를 빼든다)

* 회보回報 : 돌아와서 보고함. 또는 그런 보고.

야화   호녀 야화의 킬을 받어라. (하고 한 발을 댓돌 위에 얹고 비수를 꺼
        내어 한 팔을 젖힌다)
수양대군 오오 야화.

순간에 비수가 수양을 향하여 난다. 수양이 몸을 날려 비키니 비수는
빗나갔다. 또 한 개의 비수 그것마저 빗나갔다.
수양은 대도大刀를 들고 마루 끝으로 내달아 야화를 치려 한다.
야화 몸을 날려 밖으로 도망하려 하자 밖에서 수인數人의 군사 뛰어들
어와 야화를 훔켜잡았다.* 황새 촉새의 형상으로 야화의 몸은 꼼짝도 할
수 없다.
그대로 질질 끌리어 마당 중앙에 이른다. 다른 군사 달려들어 결박하
여 땅에 앉힌다.

야화   오늘마따나 야화의 팔뚝에 녹이 슬었다. 천운이다. 하늘을 나는
        새두 나의 비수를 면치 못하더니…… 야화 일생의 실수다……
        수양…… 하늘이 그대에게 편드는 이상…… 하는 수 없다. 자
        당장에 내 목을 베어라.
수양대군 (대청 끝으로 나와 마루 끝에 걸어앉아 환도를 집는다) 종서의 원수
        를 갚으러 왔구나. 행동은 장허다마는 심지는 소졸허다.**
야화   (고개를 번쩍 들며) 어째서?
수양대군 이 나라를 구헐 사람은 나다. 그 대업을 이룩허려는 나에겐 하
        늘이 편드는 게 아닌가. 이국 소녀의 손에 이 목숨이 달어날 줄
        아는가…… 하늘이 굽어보는 대의를 살피지 못하고 한 개인의

* 훔켜잡다 : 손가락을 안으로 구부리어 매우 세게 잡다.
** 소졸疏拙하다 : 꼼꼼하지 못하고 서투르다.

358

원수를 갚고자 허는 것이 소졸헌 생각이란 말이다.

야화   천의를 받었다는 과대망상의 구실로 대권을 엿보는 겐가.

수양대군   무슨 소리, 군작*이 어찌 대붕大鵬의 뜻을 알겠느냐마는 나의 눈에는 구구헌 한 개 용상이 탐나는 것이 아니다. 그것은 외도요, 천의가 아니다. 이 나라 이 백성이다.

야화   무고헌 중신들을 죽이는 것두 천의인가?

수양대군   대의를 수행허자면 앞길에 걸리는 몇몇 사람의 목숨은 말거리가 못 되는 법이다.

야화   그대의 말과 같이 이 나라 이 백성을 위한다면 커다란 길이 따로 있지 않은가. 이 나라는 아직두 함길도의 북반에 세력을 뻗지 못하고 있고 우리 여진족의 무상 범경으로 백성은 도탄에 빠져 있지 않은가. 그대가 진실로 이 나라 이 백성을 위헌다면 북방 경략에 경험 있는 김종서와 이징옥 같은 장수를 포섭하여 그들과 손을 잡고 먼저 이 나라의 완전한 통일 대업을 이룩해야 헐 것이 아닌가.

수양대군   이징옥이 그런 인물이라고 믿는가?

야화   호녀 야화는 비록 한 개의 생포되었던 계집이지마는 이징옥과 합의하여 그대 나라의 북방 통일을 원조허고 우리들 부여족의 힘을 합하여 장백산 북쪽 땅 고구려의 옛터를 어울러서 대조선을 건설허려는 대지大志를 가지고 있다.

수양대군   그러헌 동지 이징옥이 너를 김종서에게 바치다니 하하하.

야화   그건 나의 남편 한인 최산이를 구원하여 나의 포부를 수행케 허려는 희생이다.

---

* 군작群雀 : 무리를 지은 참새라는 뜻으로, 평범한 뭇사람을 이르는 말.

권람	(이때 권람이 등장한다) 나으리 큰 봉변을 허실 뻔 했으니 경비를 맡은 우리들 불찰의 죄가 막중헙니다.
수양대군	(그편으로 고개를 돌리고 손을 들어 말리며) 그건 나중에 이야기 허세.
권람	지금 돈의문 밖에 내보낸 군사들이 회보를 아뢰고저 아까부터 등대허고* 있습니다.
수양대군	오오 참 그럼 불러들이게, 이홍상이던가?
권람	이홍상은 중상을 입고 누워 있고 오위장 하나가 군사를 거느리고 돌아와 있습니다.
수양대군	이홍상이 중상을 입어? (하고 놀란 기색을 한다)
권람	이애 박 오위장이란 사람 불러들여라.
군사갑	네에. (하고 하수로 퇴장)
수양대군	(나지막이) 거의 모였나?
권람	가리고 보니 몇 사람 안 됩디다.

　수양대군 고개만 끄덕인다.
　하수에서 박 오위장이 등장하여 수양대군에게 예하고 선다.

수양대군	김종서 집으로 바루 갔더냐?
박오위장	가는 길에서 경기감영의 군사가 김종서의 관자영장**을 받고 발병하여 오는 것과 만나서 어명이라고 소리쳐서 그들을 돌려보내고 김종서가 숨어 있는 남문 밖으로 달려갔습니다.

---

* * 등대等待하다 : 미리 준비하고 기다리다.
** 병사를 동원할 수 있는 문서. 소설 「야화」(1955)에서는 "관關자 도장을 꺼내서 경기감영의 군사를 풀게 하는 동병영장을 썼다"라고 서술되어 있음.

수양대군   살어났더란 말이냐? (소리 지른다)

박오위장   그렇습니다. 그래서 군관 이흥상이 김의 목을 치러 들어가다 중상을 당허옵고 뒤이어 소인이 뛰어들어가서 김을 죽였습니다.

수양대군   정녕 죽였느냐?

박오위장   틀림없습니다. 김의 시체는 그 집에 두고 군졸들을 파수 세워놓고 왔습니다.

수양대군   음…… 잘했다. 그런데 김종서가 죽을 때 아무 말이 없었더라.

박오위장   김은 원체 장상으로 간신히 여명이 붙어 있는 터이라 항거도 못허고 칼을 받었는데 그래도 기력이 강헌 사람이라 다시 눈을 뜨고는 야화만은 호지로 무사히 보내다우 하는 말을 하구 또 무슨 말을 허긴 허는데, 그건 벌써 숨이 넘어가는 때라 들리지 않습데다.

수양대군   음…… (한동안 무엇을 생각하고) 야화. (야화는 고개를 든다) 너의 소행은 죽여 마땅허다마는 너의 기략을 가상히 생각허고 종서 최후의 부탁을 받어 살려 보내니 고국에 돌아가서 조선엔 수양이란 인물이 있다고 이야기 삼어 해라, 하 하 하. 이애 그 결박을 끌러라.

군사들 달려들어 결박을 끄른다.

권람   나으리 저것을 살려 보내면 후환이…….

수양대군   무얼. (하고 품에서 마패를 꺼내어 야화에게로 던져주며) 마패다. (군졸이 그걸 집어서 야화에게 전한다. 야화는 아까부터 고개를 숙이고 깊은 감회에 빠진 듯 그대로 앉어 있다.)

수양대군   말 한 필 내어줘라.

군사갑   네에.

수양대군　여보게 정경.*

권람　네.

수양대군　한 편에선 사람을 죽이는가 허면 한 편에선 죽일 걸 살리기두
　　　　허네그려, 하하하하.

권람　그것이 소위 활살자재**란 것입지요, 하하하하.

고요히 하막下幕.

제5막 함흥 근교

제5막 등장인물
이징옥

야화

최산이

김金 오위장

박호문朴好問***

군사 수인數人

기녀

경景
멀리 연산連山이 보이고 한쪽에 바다가 보이는 함흥 근교의 낙락장송

---

* 권람의 자, 정경正卿.
** 활살자재活殺自在: 살리고 죽임을 마음대로 할 수 있음.
*** 원문에는 '朴好向'으로 되어 있으나 오기로 보임.

이 쪽 늘어선 가도街道.

화톳불 무더기 둘.

군사 수명數名이 화톳불 주위에 혹은 쭈그려 앉아 있고 혹은 서서 있다. 그 중의 몇은 무장을 하고 있다.

때

12월 20일경 초저녁

개막.

군사가	에이 날이 꽤 쌀쌀허다. 술을 먹으면 이 모양야, 덜덜 떨린다. (노래) 덜덜덜 떨린다. 내 몸이 떨려 오르면 나리면 잔기침 소리* …… 어이 추워.
군사나	저 자식은 술만 처먹으면 저 지랄야. 오르면 나리면 잔기침 소리? 이 자식아, 넌 일상 남의 집 노처녀만 꾀러 다니누나.
군사가	내 꾀임에 놀아날 처녀가 있기나 허면 좋겠다.
군사다	허어 저자식, 그래두 제 꼴을 짐작허는구나.

여럿은 소리를 합하여 웃는다.

군사나	이 사람들아, 너무 그리 낄낄대지 말어. 사또님 갈려 가시는데 전송 나온 사람들이 낄낄대구 있어봐라. 저놈들이 무에 좋아서 저러나 헐 게 아니냔 말여.

* '잔기침 소리'는 민요에서 연인戀人을 연상하게 하는 의미로 사용되는 경우가 많다. "오르랑 내리랑 잔기침 소리는/ 자다가 들어도 우리 님 소리라."(경남지방 '질꾸내기')

군사다 그럼 울구 있으란 말인가?

군사나 울고 있으란 게 아니라 경위가 그렇지 않으냔 말야. 생각해봐.
       갈리신 이 장군님은 얼마나 우리의 사정을 알아주셨으냔 말야.

군사 ○* 건 그래.

군사다 그런데 아니 이번에 갈린다는 소문두 없다가 별안간 내놓으시
       게 됐다니 대체 무슨 일야.

군사나 사또님두 잠자다 벼락 맞는 셈으로 후임이 내려와서 당신은 갈
       렸소, 허구 첩지**를 내놨다니 세상에 벼슬을 갈어 먹어두 분수
       가 있지 그런 법이 있느냔 말여.

군사라 그래 사또의 성미에 그래 그걸 그냥 받았단 말야?

군사나 안 받으면 어째.

군사다 난 무엇보다 후임 사또란 작자 보기두 싫더라.

군사라 이름이 뭐라지?

군사다 박호문.

군사라 전에 뭘 허던 분야?

군사다 글쎄 그게 벌써 틀렸다는 거야. 함길도 절제사라면 말야, (돌아
       앉으며) 훈련대장이나 병조판서나 헐만 헌 사람이 들어서야 허
       는 게거든. 그런데 박호문이란 뭘 허던 작잔 줄 아는가? 어느
       고을 하나쯤 살었다기두 허구 누구는 고을이 다 뭐냐, 그 전에
       어디 찰방***인가 역승인가 허다가 그것두 떨어져서 함흥 북청
       으로 돌아다니며 과객질까지 했다는 위인이라거든. 그따위가
       군사를 부릴 줄 알겠느냔 말야.

---

* 원문은 '군사 나'이지만, 이전 대사가 '군사 나' 였기 때문에 오기로 보인다.
** 첩지牒紙 : 조선 후기의 관리 임명장. 원문은 '첨지'이지만 '첩지'의 오기로 보임.
*** 조선 시대에, 각 도의 역참 일을 맡아보던 종육품 외직外職 문관의 벼슬. 중종 30년(1535년)에 역승을
   고친 것으로 공문서를 전달하거나 공무로 여행하는 사람의 편리를 도모하였다.

군사나 　허어 참. 아니 김종서 대감이 서울에 계시면서 그따월 보내다니 장님들이지.

군사라 　이 사람들아, 니나 내나 그따위 사또 앞에서 굽실거리고 살아야 허는 신세가 불쌍타, 그만둬.

군사나 　그렇단 이야기지. 서러운 사정야.

군사라 　우리들이야 서러우니 뭐니 해두 구실*살어 먹는 놈이 그저 녹미나 좀 얻어먹으면 고만이지만 별안간 갈리신 이 사또께선 어디루 가시는 게야.

군사나 　아마 서울루 가시겠지, 어디루 가시겠나. 사또님께서야 가실 데가 없어서 걱정이겠나마는 최산이 군관님이 끈 떨어진 망석중이**지.

군사다 　왜?

군사나 　왜가 뭐야. 최 군관은 이징옥 장군님께서 계시니까 힘두 쓰는 게지, 사또허구야 뜻이 맞는가?

군사라 　아마 그만두실 걸세. 아까두 그런 말눈치***던데, 너희들두 좀 산 보람 있는 세월이나 보내보두룩 허려구 일을 꾸미구 있었는데 별안간 이런 꼴을 당허구 보니 창졸 중에 뭐라구 말헐 수는 없다마는 사또께서 무슨 말씀이 계시기까지는 가만히 돼가는 일이나 구경허구 있지 공연히 새 사또가 어떠니 저쩌니 허는 말 경솔히 허지 말라구 허시데.

군사나 　아냐, 최산이 군관께선 의지헐 기둥이 있느냐?

군사라 　기둥?

---

* 관아의 임무.
** 나무로 다듬어 만든 인형의 하나. 팔다리에 줄을 매어 그 줄을 움직여 춤을 추게 한다. 원문은 '망석둥이'.
*** 말하는 가운데 은근히 드러나는 어떤 태도.

군사 라   기둥이지, 큰 기둥야. 야화가 있지 않은가.

군사 라   어허 참, 정신머리 없는 소리 씨부리지 마라. 야화가 지금 어디가 있는 줄 알어?

군사 나   김 정승댁이지 뉘 모르나.

군사 라   그러니까 일이 이렇게 되면 김종서 대감은 야화를 내놓으실 게고 최산이는 야화를 맞아가지고는 강을 넘을 게야.

군사 나   강을 넘어서 호인 놈이 되나?

군사 다   저 위인이 말귀가 어둬. 아무리기루 호인 놈이 되려구 강을 넘을까. 전에두 이 자식아, 최 군관이 우리들에게 헌 말이 있지 않어. 강 너머 땅은 원체가 우리 고구려 땅이니까, 그 땅을 찾어서 우리나라 땅을 넓혀야 살지. 그렇지 않어서는 함길도 전판 백성들이 살 길이 없다는 게거든.

군사 나   그건 알어. 아는 소리지만 말야, 야화가 있어야 허느냔 말이라니까.

군사 다   있어야 허지. 최산이허구 야화가 앞잡이를 서야만 강 건너 여진 추장 몇이 이편을 들어주거든. 이편을 들어줘야 사반공배*가 아닌가. (이때 군사 라가 문득 하수를 바라보다가)

군사 라   저게 무슨 불야?

    군사들 우 하니 일어서고 달려가 한 뭉치가 되어 멀리 바라본다.

군사 나   화톳불 아닌가?

군사 다   거기엔 인가가 있지.

| * 사반공배事半功倍 : 들인 노력은 적고 얻은 성과는 큼.

군사 나   아냐, 인가 있는 쪽이 아냐. 저 나무다리 있는 델세. 여보게 이
         편 불을 보고 화톳불을 내젓지 않나. 사람이 상했는가?

군사 다   사람이 왜 상해.

군사 나   그 다리가 중간에 큰 구덩이 났으니 사람 하나는 몽창 들어가
         떨어질 만헌 구멍야. 누가 빠졌나베.

군사 라   누가 좀 가보게. (이때 상수에서 김 오위장이 나온다)

오위장   왜들 그래?

군사 라   저어기 뵈는 다리에서 사람이 빠져 상했나 봅니다.

오위장   누가 가서 좀 봐주렴.

군사 나   내가 가보지. (하고 하수로 달음질하여 퇴장)

군사 가   오위장 나으리.

오위장   왜.

군사 가   최 군관께선 지금 술자리에 계십니까?

오위장   음.

군사 가   그래 이대루 물러섭니까?

오위장   글쎄다. 장군님의 흉중을 누가 알 거냐.

군사 라   전송 술은 빌어먹을 놈의 것, 요새 말루 설탕발림두 분수가 있
         지 그 술이 맛있게 넘어가실 거야, 글쎄.

오위장   그래두 남이 하는 것은 다 한다는 게지.

군사 라   귓구녕은 터져서.

군사 가   쉬! 말이 너무 무엄허다.

         이때 군사 나가 허덕거리며 돌아온다.

오위장   뭐야?

군사나	서울서 오는 군졸입니다.
오위장	서울서?
군사나	서울. 무슨 급헌 전인의 소임을 받어가지고 역마를 잡어 타고 오다가 저 나무다리 구멍에 말이 빠졌구먼요. 말은 다리가 부러져서 그 동리 사람들에게 내주고 이리로 옵니다.
오위장	어디로 가는 군졸야?
군사나	이 장군 진영으로 간다구 그러기에 지금 나와 계시다구 했습니다.
오위장	아닌 밤에 홍두깨로 벼슬을 갈어 먹었으면 족허지 이번엔 무슨 전인야.
군사나	그런데 조금 수상헙다. 나이 너무 어린 것 같고 말소리가 앳돼서 무슨 중대한 전인두 아닌 것 같습다.
오위장	오면 알겠지.
군사나	캄캄해서 낯판대기두 잘 볼 수 없습다.
군사라	저기 온다.

여럿의 시선이 모두 하수로 옮기어진다. 야화 서울서 떠날 때 입은 군복 그대로 벙테기*를 눌러쓰고 하수에서 등장한다. 여럿은 한 걸음 물러서고 오위장은 한 걸음 나선다.

오위장	어디서 오는 군졸인고?
야화	서울서 옵니다.
오위장	어디로 가?

| * '벙거지'를 낮잡아 이르는 말. 원문은 '벙태기'.

야화   이징옥 장군님이 계신 진영으로 갑니다.

오위장   무슨 소관으로?

야화   무슨 소관은 당신네가 알 바 안 되우. 장군님을 뵈어야 허우.

오위장   장군님이 너 같은 군졸 하나를 쉽게 만나 보실 겐가?

야화   길게 말씀 마시구 서울서 야화가 내려왔다구 전갈허우.

일동, "에?" 하고 깜짝 놀란다.

오위장   야화?

야화는 머리에 쓴 벙거지를 벗어서 뒤로 질끈 동인 고운 얼굴이 나타 난다. 그리고 재빠르게 군복을 벗어버린다. 반회장* 단 옥색 저고리에 남 치마를 입은 맵시 있는 야화가 요술같이 나타난다.

오위장   앗 야화. (하고 한 걸음 앞으로 나서며) 대체 이게 웬일이오니까? 어떻게 예까지 오시게 된 것입니까?

야화   이야길 허자면 밤이 깊겠소.

이때 상수 쪽 저편에서 "김 오위장—" 하고 부르는 최산이의 소리 들 려온다.

오위장   오 최 군관 나오시라구 허겠습니다. (하고 돌쳐서 상수로 퇴장)

| * 반회장半回裝 : 여자 저고리의 깃, 끝동, 고름만을 자줏빛이나 남빛의 헝겊으로 대어 꾸민 회장.

다음 순간에 최산이 달음질하여 상수에서 나오며 흥분하여

최산이 야핫.

야화 산이……. (양인은 달려들어 포옹한다. 체면이고 무엇을 볼 여유가 없다)

최산이 (야화의 두 팔을 잡고 얼굴을 보며) 야화. (하며 흐르는 눈물을 한 팔로 씻는다)

야화 산이, 장부의 눈물 흘릴 곳이 여기가 아니오. 우리는 앞에 태산 같은 일이 있소. 이 우리의 할 일을 다 해놓고 통곡두 허구 웃기두 헙시다. 산이, 김 대감 김종서는 죽었소.

최산이 어째? 김종서가 죽어? 누구 손에 죽어. (하고 소리를 버럭 지른다)

야화 수양대군의 손에 무참헌 죽음을 했소.

최산이 (야화의 팔을 놓으며 목쉰 소리처럼) 했구나…… 아아 김 대감이…… 도대체 체례만을 깊이 생각허는 이들은…… 음…… 큰 일을 헐 수 없는 게다.

야화 김 대감 죽는 바람에 나 역시 몇 번이나 죽을 고팽이*를 넘고 탈출했소마는 놈들이 날 탈출케 해놓고는 뒤를 쫓아 날 죽이려구까지 했더란 말유.

최산이 그래.

야화 내 아무리 미욱헌들 그까짓 놈들에게 죽을 사람요. 그런데 어째서 여기들까지 나와서 계시우.

최산이 죽일 놈들. 음…… 인제 알았다. 지금 우리는 새로 내려온 절제사의 전별 술을 받고 있는 중여.

| * 어떤 일의 가장 어려운 상황.

야화	새로 온 절제사라뇨?
최산이	박호문이란 위인이 첩지를 가지고 내려와서 우리 장군은 아무 연통도 없이 갈리지 않았나.
야화	그게 무슨 소리요, 응. 그게 무슨 소리요. 누가 우리 장군을 갈어 먹어, 그놈 수양이 보낸 사람요. 어명이 있을 수 없는 일요. 김 대감을 죽이고 김종서의 다리 팔두 잘러버리자는 거요. 그래 그놈의 술을 마셔? 어지신 이 나라 상감은 지금 옥에 갇힌 죄수와 같소. 누굴 갈구 누굴 제수헐 그럴 여유가 있는 게 아뉴.
최산이	(몸을 장수 쪽으로 돌리며) 음…… 죽일 놈. (하고 다시 뒤를 보며) 너희들두 지금 이야길 들었겠구나…… 김 오위장.
오위장	네에.
최산이	군막 친 데로 가서 장군께 야화가 왔다구 귀띔을 허소.
오위장	네. (하고 급히 상수로 사라진다)
최산이	(야화를 보고) 죽은 사람은 김종서뿐인가?
야화	그럴 리 있소. 황보인을 비롯해서 강직헌 중신은 모두 죽었으리다.

이때 상수에서 이징옥이 나오며

이징옥	야화가 오다니, 야화가 와.
야화	(서너 걸음 다가들며) 장군님.
이징옥	오, 야화.
최산이	장군. (하고 가까이 가서 귓속말을 한다. 이징옥 눈을 크게 뜨고 놀란다)
이징옥	수양이 종서를 죽여?

이때 상수에서 기녀 하나 무엇인가에 쫓겨 나오고 뒤이어 박호문이

박호문   이년아, 전관 사또가 일어서니까 네년까지 날 버리구 어디루 가
         는 게야 이년. (하며 쫓아 나온다. 기녀는 야화의 등 뒤에까지 도망
         해 선다)
야화   호문앗.

박호문이 깜짝 놀라서 정신을 차린다.

야화   네 이놈 북방 각지루 걸객질 허구 돌아다니던 간첩 같은 놈이
         수양에게 아첨해서 종서의 팔다리를 자르러 내려온 소인 놈. 네
         내 손에 죽어봐라. (하고 군사 하나가 가지고 있는 창을 빼앗아 들
         고 앞으로 내닫는다. 극도로 놀란 박이 "에?" 하는 소리를 지르며 상
         수로 도망하려니 거기엔 벌써 군사 두엇이 앞을 딱 막는다. 당황망조*
         한 호문이 도로 이징옥에게로 향하여 오며)
박호문   이 장군, 사또. (하고 무어라고 말하려는 것을 이징옥이 칼을 빼어
         호문을 쳐 엎친다)
이징옥   자업자득이다.
최산이   (썩 돌아서 군사들을 보고) 너희들 들어봐라. 악한 일에 가담헌
         요물은 이제 장군의 손에 죽었다. 자, 장군의 뒤를 따를 놈은 두
         손을 들어 장군의 천세만세를 불러라.

군사 일동이 모두 두 손을 들고 "이 장군 만세"를 부른다.

| * 당황망조唐慌罔措 : 당황하여 어떤 행동이나 조치를 취하여야 할지 모름.

최산이   장군님.

이징옥   오오 최산이, 오늘부터 최 군관은 나의 대장이다. 우리 군사의
         원수다.

야화   강 건너 넓은 벌판은 당신네들의 옛 땅입니다. 우리는 그 옛 땅
         을 회복해서 어리신 어진 임금이 거느리신 이 나라의 국토를 넓
         히어야 헙니다.

최산이   대조선의 건설이다.

군사일동 오 최 원수 만세— 야화 만세—. (외친다)

   용장한 군악 소리(고악古樂)— 유량한 가운데에 하막下幕.

—『한국문학전집33 : 희곡집』하권, 민중서관, 1964.

제2부 방송소설

다섯 개의 탄환

1946년 3월 8일 오후 8시 김선영金鮮英 낭독*

　　경희敬姬는 혼자서 쓸쓸한 점심을 먹기도 싫고 아침에 오빠하고 또 그 결혼문제로 말다툼한 것이 가슴에 뭉클해서 의자에 걸터앉은 궁둥이 살이 딴사람 것 같이 마비된 것도 모르고 편물編物의 손을 줄곧 놀리고 있었다.

　　손은 기계적으로 놀리면서도 마음은 딴 데 있었다.

　　생각하면 생각할수록 오라버니의 심사는 야속하고도 원통한 일이었다.

　　결혼문제는 물론 오늘 처음 일어난 문제도 아니고 벌써 서너 달 전부터 두고 졸라대는 문제이지마는 아무리 생각해볼지라도 뻔히 시집가지 못할 형편인 줄 알면서도 약간의 돈에 눈이 어두워져서 누이동생 하나를 팔아먹는 것과 다름없는 짓을 하는 것을 보면 오라버니의 얼굴을 마주 보기도 싫을 만치 능글능글하였다.

　　경희의 약혼자인 최영수崔永壽가 수원사건水原事件에 걸려서 현재 서대

* 서울중앙방송국에서 방송된 일자와 낭독자. 김선영(1914~1995)은 1940년대 현대극장, 낙랑극회, 극협 등의 극단 및 영화계에서 활동한 남자배우임. 한국전쟁 즈음 황철, 심영 등과 함께 월북.

문 감옥에서 신음하는 중이요 아버지 어머니가 일시에 구몰俱沒*하신 오늘의 오라버니 당신의 처지로는 이 교회 부속사附屬舍를 빌려준 장로들의 후의厚誼를 생각할지라도 반성에 반성을 해서 교회에도 드나들고 조심도 하고 하면 남매가 그럭저럭 호구해갈 길은 있을 것이다.

그럼에도 불구하고 오라버니 우석宇錫이는 술이 취해 들어오면 노름으로 밤을 새우고 누구 하나 눈 부라리고 꾸짖는 사람이 없다고 만심漫心을 해서 갖은 난봉을 맘대로 부리고 이제 와서는 군산群山 항구에서 요릿집을 경영하는 사십이 넘은 작자에게 후취로 시집을 가라는 것이었다.

물론 그 작자와 오라버니 사이에 결혼문제를 조건 삼고 어떠한 더러운 거래가 약속된 것은 말하지 아니해도 넉넉히 짐작할 수 있는 것이었다.

그러나 그것이 사실이고 아니고 간에 지금의 경희는 그러한 결혼문제를 설혹 일순간일 지라도 마음에 지녀보는 것조차 큰 죄악을 범하는 양 싶은 증오를 느끼는 것이었다.

그래서 경희는 오라버니의 말에 일상 침묵으로써 거절을 대신하는 태도를 가져왔다. 그러나 오늘 아침에는 너무나 마음에 원통하고 분하고 야속해서 한 마디 두 마디 말대답을 했던 것이 도화선이 돼서 단 두 식구가 살아가는 집안에서 큰소리가 나게까지 된 것이었다.

경희는 괘종이 네 시를 치는 소리에 꿈을 깬 듯이 고개를 획 돌려서 벽에 걸린 시계를 쳐다보고는 편물을 주섬주섬 걷어치우고 비로소 자리에서 일어섰다.

동시에 가벼운 현훈**이 일어나서 잉 하는 소리가 머릿속에서 들리는 것 같고 눈에서 별이 떴다가 꺼졌다 하였다. 그래서 그는 앞에 놓인 책상

---

* 부모가 모두 세상을 떠남.
** 현훈眩暈 : 정신이 아찔아찔하여 어지러운 증상. 원문은 '현운'.

에 머리를 숙이어 대고는 한동안 어지럼증이 가시기를 기다렸다.

"이 댁 아가씨 계신가."

하는 소리와 함께 도어를 덜크덕 하고 열어젖히며 이웃집 노부인이 들어오다가 이 광경을 보고는 무춤*하고 걸음을 멈추는 양 싶었다.

경희는 그 기척을 머리를 숙이고 있으면서도 알아챘다. 그래서 고요히 머리를 들고 입매에 가벼운 웃음을 지으며

"아주머니 놀라셨지."

"난 또 기도를 올리고 있나 했구려."

"울고 있었답니다."

"눈물도 없이?"

"호호호 오늘 종일 줄곧 편물을 해봤죠. 그러다가 저녁반비를 허려구 벌떡 일어났더니 핑 허구 머리가 내둘리겠죠. 그래서 아니 그걸 좀 간정** 허느라구 머리를 대구 있었어요. 그런데 아주머니 그건 뭘 들구 오셨어."

"지금 동대문서 올라오다가 배우개장***에 들렀더니 돗나물이라나, 해변에서 난대. 그래서 좀 사가지고 왔길래 무쳐 먹어보라구 가져왔지."

하며 헌— 신문지에 싼 나물 뭉치를 책상 위에다가 올려놓아 주는 것이었다.

"이건 이대루 그냥 무쳐 먹나요?"

"어이구 경희두 생것을 어떻게 그대루 먹어. 글쎄 삶아야지. 삶어서 초장에 무쳐 먹는다드구먼. 집에서 좀 무쳐 먹어보니까 괜찮어. 오지직 오지직하고 씹히는 게 먹을만해요."

"아주머니 신세를 어떻게 갚아야 옳아 일상 이렇게."

* 놀라거나 어색한 느낌이 들어 하던 짓을 갑자기 멈추는 모양.
** 소란스럽던 일이나 앓던 병 따위가 가라앉아 진정됨.
*** 동대문 시장의 옛 명칭. 동부 이현梨峴의 예지동禮智洞에 세워졌다 하여 유래함.

"온 별소릴 또 헌다. 저래서 걱정야. 그런데 아침에 한바탕 심술을 부리더니…… 안 들어왔어."

"들어올지 말지죠. 참 동리가 부끄러워요."

"뉘 모른다구 부끄러운 게 뭐야. 그런 위인에겔랑 장로님이 나서서 한번 톡톡히 꾸짖어줘야 해."

"넋두리루 아는 걸요."

"큰일야…… 그런데 참 날 봐, 일껏 알려준다구 근두박질*을 허구 와서는."

"네?"

"오늘 호외號外 돈 것 모르지."

"무슨 호외요?"

"새문 밖 감옥에서 저번 수원사건에 걸려들어 간 사람들이 파옥을 했다는구려."

"파옥요?"

경희는 관자놀이가 징 하고 가슴이 뛰기 시작하였다.

"파옥을 했는데 말이지 사람이 둘이나 왜倭간수놈들의 총알에 맞아 죽고 남은 다섯 사람은 감쪽같이 놓쳤다더구만 그래."

"수원사건에 걸린 사람들뿐이랍디까 아주머니."

"호외에 그렇게 났더래. 그러니 말이지."

"글쎄 말예요."

경희는 분명히 머릿속에 혼란을 일으킨 것을 자각하였다. 그래서 무엇부터 물어보아야 옳은지 입술이 떨리어 말을 되채지 못하였다.

이 이웃 노부인은 경희의 흥분이 가라앉기를 기다리듯이 잠시 뒷말

<hr>

* 근두박질筋斗撲跌 : 곤두박질.

을 멈추고 경희 얼굴을 유심히 바라보는 것이었다.

"더 자세한 말이 써 있지 않더래요?"

"글쎄 말이지. 수원사건이라면 최영수가 두목의 한 사람이 아니냔 말야. 그래서 아니 동대문 안서 그 이야기를 듣고 그 호외란 것을 얻어다 보기까지 허지 않었어."

"그래서요."

"그런데 신문사에서 어떻게 비밀을 알었던지 파옥헌 사람의 이름까지 적었단 말야. 그런데 그 호외를 경무국의 허락이 없이 제 맘대루 발행 했다구 신문사 기자가 붙들려 가구 호외를 가진 사람까지도 붙들어 간다구 해서 내놓지 않는 것을 간신히 얻어다가 주길래 자세자세* 상고를 해 보지 않었소."

"네."

"있어 있어. 최영수는 나왔어…… 어디루 도망을 했는지 지금 서울 테밖을 철통같이 에워싸고 찾는 중이래. 그래 내 그 호외를 보고는 그저 하느님 이 사람만은 잡히지 않도록 해줍쇼 허구 빌지 않었소."

"나왔어요? 정녕."

"이 눈으로 읽어봤는걸."

"네."

하고 경희는 의자에 고인돌이 무너지듯 덜컥 주저앉아서 책상 전두리**를 두 손으로 붙잡고 눈을 감는 것이었다.

초췌할 대로 초췌하고 때묻은 감복***을 입은 영수가 이를 악물고 산속으로 은신할 곳을 찾아 도주하는 광경이 눈에 떠오른다.

---

* 아주 자세히.
** 둥근 그릇의 아가리에 둘려 있는 전의 둘레. 또는 둥근 뚜껑 따위의 둘레의 가장자리. 주변.
*** 감복監服 : 감옥에서 입는 옷.

이웃 노부인이 무어라고 몇 마디 말을 더하는 것도 귀에 들어오지 않았다. 그는 일심으로 다만 하느님에게 빌었다.

◇

한동안을 이렇게 지냈다. 노부인은 경희의 귀에다가 입을 대고
"과히 염려 말아요. 인제 살았어. 그이가 옥에 앉아서 죽을 사람이 아니거든. 왜놈의 손에 죽을 이가 아냐."
하며 마치 어린애를 달래듯이 등을 가볍게 두드리고는
"어서 가서 저녁을 해야지 영감작자가 저녁이 조금만 늦두두 화를 내니까."
하고는 들어오던 문으로 나가버리었다.

경희도 운에 딸려서 일어서기는 했다, 그러나 부엌으로 나가지는 못했다. 가슴이 설렁하고 초조해서 일이 손에 잡히지 않을 것 같았다. 그는 아무런 지향도 없이 방 안을 서너 번이나 공연히 왔다 갔다 하였다.

그러다가 그는 문득 무엇을 생각하고 단 한 간의 온돌이오 침실인 웃간방으로 들어갔다. 그는 옷을 바꾸어 입고 호외를 얻어볼 생각으로 동무의 집을 찾을 생각이었다. 지목하고 가는 동무의 집에 그것이 없으면 바로 신문사로 찾아가서라도 기어이 그 호외를 읽어보리라는 결심이었다.

경희가 온돌방에서 옷을 바꾸어 입기를 마치자마자 너른 방 도어가 덜크덕 하고 열리는 소리가 났다.
"거 누구요…… 오빠요?"
너른 방에서는 아무 대답이 없었다. 그러나 누군지 걸어 들어오는 인기척은 틀림없이 귀에 들어왔다.

경희는 황황히 방문을 열고 너른 방으로 나섰다. 동시에 그는 기가

콱 질리도록 놀래서 그 자리에 일순간 못 박힌 사람처럼 딱 서고 말았다.

　너른 방 가운데에 이편을 노려보듯 하고 우두커니* 서 있는 것은 정녕 방금까지 머릿속에서 떠나지 않던 영수가 아니냐.

　영수다. 비록 입은 옷 머리에 쓴 모자가 눈에 익지 않은 것이오, 용모가 초췌했다 할지라도 정녕 영수임에 틀림이 없다.

　다음 순간에 경희는 부지중 "영수 씨—" 하고 부르짖을 뻔한 것을 순간적 예지가 날래게 움직여서 음성을 푹 죽이고,

　"영수 씨가 아뇨—. 영수 씨—."

　하고 그에게로 달려가서 그의 가슴에 안기려 하였다. 영수는 그러나 심해深海와 같은 침착과 돌과 같이 차디찬 태도로 경희의 손을 잡아 고요히 그의 몸을 바로 세워주며,

　"흥분 맙시다. 아직 나는 살지 못한 사람요. 지금 나의 종적을 사냥개처럼 쫓고 있는 왜놈들이 불이시각에 여기에 들이닥칠지도 모르는 형편이오. 나의 목숨은 우리 민족에게 바쳤소. 그렇기 때문에 더 오래 살아야 허겠소. 나는 당신이 보고도 싶었소. 그러나 나는 지금 애인을 찾아 만나는 마음의 여유가 없소. 이 집은 교회의 부속사니만치."

　"아니."

　경희는 황망히 그의 말을 막았다.

　"이 교회는 조선 사람들의 교회니까 선교사는 아니 계세요."

　"음."

　영수는 분명히 실망낙담한 것 같았다.

　"내가 찾아오기 딴은 당신의 소개로 선교사를 만나서 이번 사건의 직상直相과 왜놈들의 가혹무도한 내막을 이야기해서."

---

　* 원문은 '우둑히'.

영수는 거기까지 말을 그치고는 기운 없이 머리를 수그리었다.

"세상에 동지라 하던 놈들도 급기 죽는 마당에 이르고 보면 진정으로 믿을만한 놈이 없는 것을 이번에 나는 절절히 느끼었소. 필경은 나를 진정으로 숨겨주는 녀석 하나도 없습니다. 모두가 마치 마마귀신을 뫼셔내듯이 멀리하고 맙디다. 난 옥에 잡혀 들어가기 전에 어느 소위所謂 동지에게 맡겨두었던 이 피스톨을 찾아가지고는" 하고 포켓에서 육혈포를 내서 책상 위에 놓았다.

"앗."

별안간 경희는 이렇게 소리를 질러 영수의 말을 손을 들어 막고는

"사람이 와요. 이리루 이리루 들어가슈."

하며 온돌방 쪽을 가리키었다.

영수는 황황히 경희가 가리키는 침실로 몸을 날리듯이 은신하여버리었다. 동시에 경희는 책상 위 한편에 걸어놓았던 편물을 집어 들었다.

덜크덕 하고 도어를 열어젖히는 소리와 함께 오라버니 우석이 황황히 들어왔다.

"경희야."

"네?"

"파옥 소동이 났어. 그러구 저 아따 저 최영수가 도망을 했다는구나."

"어디서 들으셨소."

"어디서 들었든지 간에 그 위인이 나왔으면 필연 네게 찾아올 게다. 숨겨선 안 돼. 숨긴다구 모를 줄 아니. 헌병대선 벌써 니가 영수의 뭣인 줄은 다 알구 있거든. 공연히 숨겨주었다가는 너두 성치 못해."

"헌병대 사람을 만나서 들었소?"

"음."

"끄나풀. ─오빠는 헌병대의 사냥개구려. 그것을 해서까지 살구가 싶

소?"

경희는 전신이 부들부들 떨리었다.

"하여튼 그까짓 소린 뒀다 허구— 헌병들이 미구未久에 우리 집에두 들이닥칠 테야. 그래서 ○ 한 걸음 앞서서 오지 않었니. 만약에 니가."

하고 그는 우연히 책상 위를 바라보았다. 순간 그의 눈에는 영수가 내어놓은 채로 총망중에 잊어버리고 들어간 육혈포가 띄었다. "음?" 하고 놀라는 우석이의 소리보다도 "앗" 하고 기절할 듯이 놀라는 경희의 음성이 컸다. 그리고 순간에 그는 번개같이 달려들어서 그 육혈포를 가로채 가졌다.

"왔구나? 영수 놈이 왔어."

"왔으니 어쩔 테요. 여보 오빠, 오빠두 사람이면 돕지 않더라두 모른 체허구 눈감어 주."

"무슨 소리야. 우리 집안은 요나마두 망허란 말야. 쓸데없는 소리 허지 마라."

우석이는 이렇게 음성을 높여 누이동생을 몰아세웠다. 그러나 이제는 뻔히 영수가 침실에 숨어 있을 것을 짐작하면서도 그리로 들어가 볼 용기는 없었다. 그리고 그의 눈앞에는 수백 원의 상금과 헌병보조원의 견장이 번개같이 떠올랐다. 그래서 그는 몸을 획 돌려 밖으로 향하려 하였다.

"어딜 가우 오빠."

"집안 망하는 거나 면해야지. 너나 헐 것 없이 잡혀 들어가. 미리 가서 알려 놔야지 나중에 발뺌이 되지 않니."

"오빠, 민족을 팔어먹구 몇 날이나 호강이 되우 오빠…… 제발 오빠."

경희는 명치가 징 하고 눈물이 핑 돌아서 저절로 코 먹은 소리로 애원을 해보았다. 그러나 우석의 빙퉁그러지고* 잔인한 음성은 경희를 격분에 떨게 하고 말았다.

"이런 때에 집안 건지구 헌병 나—리가 돼보지 않으면 어느 때 돼."

하고 도어핸들에 손을 댔다. 만사가 글렀다. 경희는 서 있는 땅이 꺼지는 것 같았다.

"오빠—."

부지중 그는 소리를 버럭 질렀다. 그리고 마치 눈에 보이지 않는 어떠한 힘이 그를 시키듯 육혈포를 번쩍 들었다.

"우리 동포의 원수."

타이어 튜브가 터지는 소리 같은 소리와 함께 핸들을 잡았던 우석의 몸은 앞으로 푹 고꾸라졌다.

두 눈을 크게 뜨고 실신한 사람같이 서 있는 경희의 귀에 어떠한 소리가 들려왔다. 적실히 말을 달려 이 집 앞에서 멈추는 소리다. 그는 그 순간 번개같이 책상 앞으로 가서 교의交椅를 들고 와서 정면 유리창을 때려 부수었다. 그리고 다시 육혈포를 집어 고의춤 깊이 감추었다.

그러자마자 일본 헌병의 일대—隊는 이 집에 들이닥쳤다.

그들은 먼저 도어 앞에 총을 맞아 고꾸라져 있는 우석의 시체에 놀랐다.

"こりやどうしたことか"**

경희는 흐트러진 머리를 걷어 올리며 흥분한 구조口調로 영수가 찾아온 것과 그것을 안 오빠가 헌병대에 고발할 양으로 밖으로 나가는 것을 영수가 총으로 쏘아 죽이고 방금 이 유리창을 때려 부수고 도망해 나갔다는 것을 허둥대며 말하였다.

헌병들은 방금 저리로 나갔다는 데에 일시에 흥분해서 사리를 냉정

---

* 빙퉁그러지다 : 하는 짓이 꼭 비뚜로만 나가다. 원문은 '비퉁그러지고'.
** 이게 어떻게 된 일이지?

히 생각해볼 여유가 없었다. 그뿐 아니다. 탈옥수를 위하여 자기의 골육인 친 오라비를 설마 쏘았으리라고는 꿈에도 생각하지 못할 일이었다. 그래서 그들은 가택을 수색해보려고도 하지 않고 우—하니 앞을 다투듯 밖으로 나가버리었다.

헌병들의 말굽 소리가 저리로 사라지자마자 온돌방에서 영수가 조용히 이리로 나왔다.

"영수 씨—."

하고 경희는 다시 방으로 들어가라는 신호를 하였다. 그러나 영수는 고개를 흔들어 그것을 거절하였다.

"그 육혈포 도로 날 주슈. 그놈들이 철통같이 이 동리를 에워싸고 수색의 테를 줄이어 들 것이고 또 이제 어디 간들 도울 동지가 있겠소. 나는 방금 세상에서 다시 받아보지 못할 지고지상至高至上의 사랑을 받았소. 이 더 깊을 수 없고 더 거룩할 수 없는 사랑을 받은 것을…… 이 기쁨을 가슴에 껴안고 이 세상을 하직하고 싶소."

영수는 감격에 떨리고 정에 격해서 긴* 말이 나가지 아니하였다. 그래서 그는 경희의 어깨에 손을 얹고

"그 육혈포 이리 주."

하고 눈물에 갈린 음성으로 청구請求하였다.

경희는 울음이 터져 나왔다. 참을래야 참을 수 없는 울음이 악물은 이 틈으로 터져 나왔다. 그는 어깨에 물결을 치고 느끼며 품에 지닌 육혈포를 꺼내어 들었다.

"영수 씨, 이 육혈포에는 아직 두 다섯 방의 탄환이 쟁겨 있을 것입니다. 이 다섯 개의 탄환은 결, 결코 애…국…자를 쏘아 죽이라는 타, 탄환

| * 원문은 '기—ㄴ'.

은 아니올시다. 어서 이것을 가지고 이 뒷산을 넘도록 하셔요."

멀리서 호각 부는 소리가 은은히 들려온다.

어느덧 저녁의 발길이 창밖에서 이 음산한 방으로 기어들기 시작하였다.

영수는 육혈포를 손에 든 채 우석의 시체 앞으로 가서 고요히 무릎을 꿇었다.

(완完)

—『방송소설걸작선』, 선문사, 1946.

제 3 부 문예비평

연극과 사회

─병竝하여 조선현대극장을 논함

1

오늘 시대는 곧 모든 것의 개조改造를 규叫하고* 실행되어가는 시대라 하겠다. 그러나 오직 개조라 함은 기왕부터 세상에 존재하였고 계속하여 오는 것의 부족한 점을 각오覺悟하고 시대요구에 적절치 못함으로 말미암아 구시대의 유물이 되어버리려는 운명 가운데에 있는 것에게 개조의 신세력을 가하여 신생명과 계속성을 주는 것이라 하겠다. 그리고 보면 개조함에는 존재存在가 일요소─要素가 될 것이며 현실을 조금이라도 떠나지 못할 것이다.

사람의 사상思想에 따라 요구하고 갈망하는 바가 변變하고 혹은 동動할 것 같으면 그 변하고 동하기 전에 어떤 사상을 구체화하였던 사사물물事事物物은 또한 변하고 동한 후의 사상을 구체화한 물상物相으로 변하고 동하여야 할 것이니 그 과거의 구체화로서 신사상의 구체화로 이동하는 도정途程을 일컬어 개조라 한다. 그러면 우리 사회에는 그전에는 개조가

| * 부르짖고.

없었고 오직 근자에 이르러서만 개조열이 비로소 생生한 것이냐.

우리 인류는 진화커나 퇴화커나를 물론하고 수유須臾라도* 변천을 말지 않는 것인즉 오랜 동안에는 범백사물凡百事物에 취就하여** 무수한 변개變改가 있었을 것은 상상키 그리 어려운 일이 아니로되 오늘날 세계를 거擧하야 고창高唱하는 개조와는 그 성질상으로 보아서 크게 다른 점이 있으니 이는 곧 확고한 일사상급주의―思想及主義*** 하에 그 구체화의 형태만을 변개變改하여 가는 것과 그 형태의 변개 여하如何는 불문하고 시대사상을 근저根柢로부터 뒤집어엎고 구래舊來의 인습을 근본적으로 타파하고자 하는 점과의 틀림이다.

인류 전반全般사상에 한 새로운 '에포크'****를 획劃코자 하는 운동이다.

이것은 근대에 이르러 과학문명의 극도의 발달을 따라 인류사회의 실생활에 대한 불안, 의구疑懼, 번민 또는 자본과 노동의 우열적 차별, 압박, 이러한 고통이 우리 인류 다부분多部分의 가슴에 사무치고 또한 사람사람이 구도덕舊道德 하에 부자연한 제도와 괴이한 인습의 승繩으로써***** 우리 인류 본연의 역力을 무시 압박하고 거짓의 복종을 강청强請******하는 모든 누설纍絏에서******* 벗어났으면 하는 생각이 설혹 당자는 무의식이라 할지라도 각인各人 뇌중腦中에 충만하여 누구든지 한번 바늘로써 그 뇌대腦袋********를 찌르기만 하면 능히 막을 수 없는 굳센 힘으로 그 모든 사상이 쏟아져 나올 것이다. 이런 때에 마침 세계를 들어 수라항修羅巷에 몰아

* 잠깐이라도.
** 갖가지의 모든 사물에 따라.
*** 하나의 사상과 주의.
**** 에포크époque : 시대.
***** 노끈으로.
****** 무리하게 억지로 청함.
******* 죄인을 잡아 묶는 노끈. 원문은 '누설로서'
******** 대가리, 골통.

쳐 넣은 저반這般의 대전大戰이 일어났다.* 그래서 이 세계의 전란은 훌륭한 바늘 노릇을 하였다. 즉 신사상 유발誘發과 개조 절규의 일대 동기와 암시를 주었다.

그리고 본즉 요원燎原**에 화火를 방방放함과 같은 기세의 신풍조는 정치, 경제, 산업 등은 물론이거니와 그 외의 문물제도, 호상好尙,*** 신념, 감정 등 일체의 현상을 모두 개조코야 말랴 하는 기염氣焰이 있다.

능히 막을 수 없는 이 풍조를 어찌하면 미화美化케 하고 또 그 개조로 하여금 어찌하면 폐해 없는 결과와 유효한 열매를 맺게 하겠는가를 우리는 한번 깊이 생각하여 볼 것이다.

혹은 요로당국자要路當局者****가 사상의 통일을 암획暗劃하고 혹은 민력民力의 함양을 논창論昌함도 또한 이러한 뜻에서 나왔을 것이고 학자와 문사가 혹은 문장으로 혹은 강연으로 민본주의民本主義를 논하고 노동문제를 의議함도 또한 같은 의미와 필요에서 나온 것이겠다.

그러면 이러한 가운데에 우리가 특히 깊이 생각 아니치 못할 것은 우리 인류생활에 밀접하고 위대한 관계가 있다 함보다 곧 우리 생활의 혈맥이라 함이 가可할만한 문화기관의 유도개발誘導開發이오 또한 개조이다. 그러면 그 문화기관이라 하는 가운데 과연 어떠한 것이 가장 이 시대의 요구에 해당하고 민족을 교화하는 작용이 많이 있겠느냐. 이는 곧 연극을 이도利導하여***** 그 가진 바 특성을 발휘케 함이라 한다.

<hr>

* 제1차 세계대전(1914~1918)에 대한 은유임.
** 무서운 기세氣勢로 불이 타는 벌판.
*** 좋아하고 숭상함.
**** 영향력 있는 중요한 자리에 있는 당국자.
***** 유리하게 인도하여.

2

연극이나 음악은 일시에 다수의 사람에게 특이한 인상을 주고 또한 막대한 흥분의 침을 찔러서, 사람으로 하여금 최고 감정상에 저회低徊케* 하는 작용이 있다. 자못 경모輕侮**치 못할 감부력感孚力이 있다.

극을 지指하여 교화기관의 수粹라 함은 결코 과도過度의 포사褒詞***가 아니다 양洋의 동서를 물론하고 고성철인古聖哲人들은 모두 음악과 극의 효과를 중시 아니 한 분네가 없으니 아리스토텔레스는 "극劇은 국민단결의 요구要具라" 하였고 공자도 "예악禮樂"을 병칭並稱하여 혹은 "이풍역속移風易俗"****이라 "탕척사예蕩滌邪穢"*****라 하였다. 극은 음악에 비할 것이 아니다, 할적 이상의 효과가 있다고 단언하느니 극은 음악보다도 통속적通俗的이고 보편적普遍的이다. 또 교화작용이 극히 복잡하고 미묘하여 군중 심리의 작용을 교묘히 이용할진대 가히 그 시대의 민중 사상을 좌우하는 잠세력潛勢力이 있다 할 수 있다. 그것은 어찌한 까닭이냐.

극은 일민족과 일시대의 각종 예술을 이용하고 종합하여 혹은 이지理智, 감정 혹은 사상, 감각, 얼른 용이容易케 말하면 이耳, 목目, 심心에 즉 사람의 육체와 정신상에 상량商量키 어려운 굳센 힘을 일으킨다. 그런 까닭에 충분한 문자가 없으면 독讀하고 이해치 못할 소설 즉 연상적連想的으로 혹은 축차적逐次的******으로 인생을 묘사한 것보다는 보편이 될 것이오 속악俗惡에 추락墜키 이易하고******* 혹은 흥미전일주의興味專一主義의 활동사진보

* 머리를 숙이고 사색에 잠기면서 왔다갔다 하게.
** 하잘 것 없이 보아 모욕하거나 업신여김.
*** 칭찬의 말.
**** 나쁜 풍속이 좋은 쪽으로 바뀜. 풍속을 개량함.
***** 사악하고 더러운 것을 없애고 정하게 함.
****** 차례를 따라 하는. 또는 그런 것.
******* 속되고 악한 것으로 떨어지기 쉽고.

다도 인생의 미묘한 이취理趣를 알리고 명상시키기에 일층 더 효과가 있을 것이다. 극은 일종의 암시暗示라 한다. 현실을 긴축緊縮하여 명확히 보는 이의 두뇌에 깊고 굳센 암시를 여與하는* 것이다. 그럼으로 훌륭한 극은 몽환夢幻 같은, 그러나 꿈과도 다르고 명확하고 선명하고 또 미화된 인생, 또 세상의 수粹, 즉 Condense(응결)된 인생상을, 알기 쉽게 말하면 인생의 축도縮圖를 무대상에 약동케 하여 보는 이의 안전眼前에 무한한 깊은 생각거리를 주는 동시에 사람의 마음으로 하여금 반성케 하고 회오悔悟케 하고 발분發憤케 하고 위로하며 열悅케 하는 것이다.

영묘靈妙한 극정신의 파급은 다수관중을 도취케 하여 그 극을 보는 동안에는 고뇌와 우민憂悶을 모두 잊어버리고 한갓 일종의 별세계에 방황저회彷徨低徊**케 한다. 이것으로만 보아도 극의 작용은 참으로 홀시忽視치 못할 것이고 또 한 걸음 더 나가서 말할진대 극은 사람으로 하여금 관극觀劇 중 부지불식간에 일종의 묵회默會***를 득得케 하니 인간의 청미淸味와, 남녀의 문제 혹은 사회의 복잡한 불문율 혹은 신비유거神秘幽去한 인생의 인과율, 혹은 근대사조의 분석, 이해, 심리작용의 경과 등을, 어려운 문자와 복잡한 목록 하에 다수의 시간을 비費하는 폐가 없이 또 설명할 필요도 없이 직각直覺케 하는 힘이 있다.

극의 성질을 따라서는 부자계급에 있는 이로 하여금 빈자계급에 생生하는 비참한 세상을 보고 깨닫는 바가 있게도 하고, 또는, 빈자계급에 있는 이로 하여금 부자계급의 그 풍부한 물질의 향유와 사용으로도 정신적 고통을 능히 치료일소治療一掃하는 힘이 없어서 능라금수綾羅錦繡를 몸에 착着하여도 그 아름다움을 자열自悅하는 여유가 없고 산해의 진미도, 도

---

* 주는.
** 방황하며 생각에 잠겨 왔다 갔다 함.
*** 말없이 깊이 생각하는 가운데 스스로 깨달음.

리어 사력砂礫*과 같은 감각밖에는 없는 별타別他의 번민이 있거나, 또는 부富가 그것을 향유한 사람에게, 도리어 불행을 주는 등의 두려운 현실을 무대 위에 볼 때마다 자기의 빈한貧寒을 번민치 않고 자위분발自慰奮發하는 작용을 끼치는 수도 있고, 또는, 교단敎壇이나 혹은 회단會壇에서 훈계訓誡하거나 유고諭告**하는 무미건조한 논리설로 인생의 복잡한 심리를 통일교화統一敎化코자 하는 곤란과 이異하여 위대한 연극의 작용은 관극하는 이에게, 거의 무의식으로 반성도 하고 회오悔悟케도 하여, 위에 말한 논리설로 사람을 가르치고자 하는 노력보다도 일층 더 신속하고 힘들지 않고도 오히려 그 결과는 같을 수가 있다고 단언하겠다.

그러면 위에 말하여 온 여러 가지 작용은 소위 연극이 추상적으로 또는 구체적으로 교훈의 개조箇條***를 나열하여 보인 까닭으로 일어난 것이냐 하면 그런 것이 아니다. 이것은, 도리어, 그런 개조적 교훈箇條的敎訓이라든지 설교적 언구를 무대상에서 농弄하지 아니한 까닭이라 한다. 즉 연극 그 극정신이 군중심리에 파급하여 영묘한 예술적 마력이 사람의 마음을 도취케 하여 자연히 각인各人의 정서, 감각, 상상을 자아낸 결과로 사람이 그 극이 표현한 미美에 동화한 까닭이라 하겠다.

만약 연극을 무대상에 올림에 당當하여 고의로 설교적 언구를 쓰게 하거나 안가安價의 교훈****을 농할 것 같으면 그 극은 보는 사람의 반감을 야기케 하고, 따라서, 그 극이 자부自負한 기대와는 정반대의 결과를 맛볼 것이다. 위에 말하여 온 것으로는 극을***** 논함에 비구備具치 못한****** 점이 많이 있을 것이로되 대개 극이 우리 인생과 어떠한 큰 관계가 있는 것

* 사람이 손으로 쥘 수 있을 만한 정도의 크기를 가진 작은 돌. 자갈.
** 타일러 훈계함.
*** 낱낱의 조목.
**** 값싼 교훈.
***** 원문은 '▲을'. '劇을'로 추정된다.
****** 갖추지 못한.

인가의 외선外線만은 짐작할 수 있겠다. 그러면, 그처럼, 사람을 혹은 번살煩殺시키고* 혹은 원기를 고무하고, 또는 생명력을 주고, 희열을 주어서, 우리 인생으로 하여금 무한한 향상심과 선견先見과 이상理想을 발생토록 하는 연극은 그 자체가 과연 어떠한 요소로써 성成하는가.

연극은 미술이오 예술이다. 그러면 연극이 일개의 예술로 독립함에는 어떠한 요소를 구비하여야 하는가를 먼저 생각하여보지 않을 수 없다.

영국 현대극계에 심심甚深한 공헌이 유有한 고든 크레이그Gordon Craig**는 기저其著 「연극의 미美」라는 서書에 말하였으되 연극의 미술은 제1에 과科(동작)이니, 이것은 곧 연기의 정신이요 기교의 자체라 하였고 제2는 백白(언구言句)이니 즉 극의 본체라 하겠고 제3은 선과 색이니, 이는 무대의 중심을 작作하는 것이요 제4는 리듬(절주節奏)이니, 이는 무용의 요소가 되는 것이다. 이 4요소가 종합하여 성成한 것이 연극***이라는 미술을 작作한 것이라 하였다.****

3

그리고 본즉 위에 말한 4요소 중에 어느 것이 하나 부족하거나 혹은

---

* 괴로워 죽게 하고.

** 에드워드 고든 크레이그(1872~1966) : 영국의 무대미술가 겸 연출가. 20세기 초 상징주의적 무대예술을 추구했으며, 막스 라인하르트, 스타니슬랍스키 등과 작업하였다. '총체연극(total theatre)', '초인형론' 등은 후대의 연극론에 영향을 주었다.

*** 원문은 '演◉'. '연극'으로 추정된다.

**** 고든 크레이그의 『On the Art of the Theatre』(1911)의 다음 구절을 참조하라.
　"연출가 : (…전략…) 연극예술은 그런 각 영역을 함축하고 있는 요소들의 모임으로 이뤄져 있지요. 가령, 동작이 그겁니다. 그것은 연기의 근본을 의미합니다. 또 언어가 있습니다. 그건 희곡의 몸체가 되는 것이고요. 선과 색은 무대장치의 핵심이지요. 그리고 리듬이라는 요소도 있어요. 무용의 본질을 이루는 것 말입니다."(고든 크레이그, 남상식 역, 「연극예술─첫 번째 대화」, 『연극예술론』, 현대미학사, 1999, 174면)

조화를 깨트리는 일이 있으면 그 연극은 지리멸렬을 면치 못하여 사람에 게 미감美感을 줌은 고사하고 도리어 증오의 념念을 야기케 할 것이다. 의 상衣裳이 암만 훌륭할 지라도 배경이 그와 부당副當치 못하고 그 두 가지 가 모두 완전할지라도 배우의 과백科白이 참스럽지 못하면 필경엔 불구자 가 되고야 말 것이다.

인생의 축도, 세상의 응결된 바를 무대상에 올리어, 그를 보는 이에 게 일종의 암시를 여與한다 하면 즉 연극은 일종의 모방이요 소개요 해석 이냐 하는 논論도 따라 생生할 것이다. 그러나 이 문제에 대하여는 일후日 後 다시 기회를 얻어 순진純眞한 해부와 선진先進의 고설高說을 소개코자 하 느니 그때에 상론詳論하려니와, 잠깐 한마디로 말할진대 연극도 또한 훌 륭한 창작이니 결코 모방이나 소개가 아니라 단언한다.

위에 말하여 온 것으로 대개 연극은 어떠한 작용이 있고 극이란 그 자체가 어떠한 것인가를 기분幾分 이해할 수 있겠다. 그러나 기자記者는 교화기관인 극의 효용과, 그 이폐利弊를 더 일층 명백하게 말하기 위하여 고대로부터 현대에 이르기까지 어떠한 방법으로 경영하여 왔고, 어떠한 모양으로 이용되었는가를 위선爲先 구미歐美에 취하여 관찰하여 보고 다 음에 일본, 끝에 우리 조선에 현재한 소위 신파연극에 취하야 소견을 연 술聯述코자 한다.

극을 일국 위정상一國爲政上이나 혹은 사회상에 이용함에 대개 세 가지 구별이 있다 하겠다. 1은 희랍식이라 함이오 2는 영미식이오 3은 구주대 륙식이다.

1. 희랍식이라 함은 서력 기원전 삼사백 년 경에 가장 성대히 흥행되 었던 아테네의 극을 말함이니 이는 위안기관으로든지 교화기관으로 보 든지—비교적임은 면치 못하나—가장 이상적이었으니 즉 경세經世를 본 위本位 삼았었고 어디까지든지 국가본위를 떠나지 아니하였고 이세안민利

世安民을 목적 삼아 국가의 일사업으로 인認하였었다.*

아테네의 극은, 그 본래가 그 나라 종교에서 배태된 소위 법악法樂**이었던 까닭으로 종교적 연중행사 중에 한 중요한 식전式典이 되었던 것인데 그 극의 내용은 무용을 곁들인 대규모의 악극樂劇이니 국사國史 상의 위대한 인물 혹은 신화 상의 저대著大한 사실을 각색하여 무대에 올리었었다. 그는 당시 국민도덕의 고취와 시국문제에 대한 암시, 지도指導, 비판의 용用이 되었던 일면에는 또 이것을 이용하는 범위가 점점 넓어지고 또는 타락하여 가서, 정치가 당파기관黨派機關으로 이용되어 극으로써 반대파를 풍자도 하고 조매嘲罵***도 한 사실이 있었다. 동시에 타면他面에는 민중의 취미성을 함양하여 그 풍격風格을 향상시킴에도 막대한 공헌이 있었다. 철인哲人 아리스토텔레스가 말한 바 "정화淨化작용"이라 함도 곧 이를 두고 말함이다. 그리고 그 극의 작자나 음악가나 배우는 모두 참정권을 가진 훌륭한 시민이오 신사이었었더라. 유지자有志者가 국가를 위하여 노력한 기부흥행寄付興行이었고 남녀노유 빈부귀천을 막론하고 여하간 시민의 자격이 있는 자는 자유로 무료로 일시에 거의 1만 7천인 가량을 입장시키었다. 1만 7천여 인의 관객을 충분히 용탄容呑하였다**** 하면 그 극장이 얼마나 굉장하였던고 하고 일경一驚을 끽喫할***** 것이라. 그러나 그 극장은 오늘날 우리가 일상 보는 극장과 같은 건축장은 아니다. 즉 야천식野天式, 호외식戶外式의 극장******이었다.

상상하여 보아라. 광활한 청천여일하靑天麗日下에 한편에는 가까이 신

---

* 알았었다, 인식했었다.
** 나라에서 의식과 법도에 맞게 연주하는 음악.
*** 조롱하고 욕함.
**** 받아들였다.
***** 놀라움을 겪을. 일경一驚(いっきょう):깜짝 놀라다.
****** 노천극장, 옥외극장.

전의 웅고雄高한 옥개屋蓋*가 그 검은 등을 솟치어 있었고, 또 한편에는 멀리 살라미스**의 양양洋洋한 벽파碧波가 수천水天이 상접하였으니, 그 자연의 웅휘雄暉한 조화를 느끼지 않는 자— 없을 것이어늘 하물며 그 웅대한 자연을 배경으로 삼고 만여萬餘의 동포가 단락團樂하여 유쾌한 하루를 별천지에서 보냈었다.

이것이 참, 민중에게 얼마큼 유효한 작용을 주었겠느냐.

이처럼, 자연을 배경 삼은 굉대宏大한 무대이던 까닭에 그 극도 자연히 음악과 무용이 본위가 되고 배우의 과백科白도 따라서 유창하여 관극하는 이로 하여금 일층 더 고대숭엄高大崇嚴한 감상을 일으키었다.

극을 경세상經世上의 기관으로 이용한 선례로는, 이 희랍식이 가장 유효하였다. 그러나 금일 국가의 현 제도로도 과연 다시 이러한 식을 부활적용復活適用할 수 있겠느냐 하면 그것은 의문이로되 여하간 역사상의 특이한 실례實例이었고 또 가장 볼만한 성적을 얻었던 연유로 근대近代에 이르러 민중극民衆劇의 주창자들은 아테네 극을 수희갈앙隨喜渴仰하여*** 어찌하면 이것을 현대에 재현케 할 수가 있는가에 노력하고 고심하는 경향이 있다. 구미歐美 취중就中**** 미국에서 호외식戶外式 극장의 유효有效를 역설하고 또 착수한 예도 있는 것은 모두 이러한 의도에서 나온 것이라고 말할 수 있다.

---

* 지붕.
** 살라미스salamis : 키프로스 섬의 동쪽 해안에 위치한 고대도시. 그리스 연합군이 페르시아 군대를 궤멸시킨 살라미스 해전으로 유명하다. 원문은 '사라미쓰'.
*** 마음으로부터 기뻐하며 사모하여.
**** 특별히 그 가운데.

4.

　제2의 영미식이라 함은 희랍식의 경세본위經世本位와 정반대라 할 수 있으니 즉 교화보다도 오락을 본위 삼았고 또 영리전일주의營利專一主義에만 빠진 것이다. 그런 까닭에 사회적—일반 흥행업자 이외—무슨 기관이 있어서 순연純然한 예술본위로써 사회도덕관념의 지도를 자부하는 소위 국극國劇이라 일컬을 만한 것도 없고, 다만 시대와 공共히 추이推移*하여 공중의 호향好向을 따르고 영향迎向하고 미부媚附하여** 속악俗惡하고 혹은 천박하며 혹은 흥미 전일주의의 극을 연演하는 것이다. 그러나 이러한 흥행방침은 고원高遠한 이상에 상주하고 또는 일반一般 사회인심의 향상과 국민사상의 통일을 원려遠慮하는 문학가 또는 위정가爲政家의 견지에 서서 관觀할진대 가위可謂*** 극계의 사탄이오 악화惡化라 할 것이로되 영리를 주로 하는 일반 흥행업자의 견지로 볼진대 국민사상이 어떠하니 사회민심에 어떠한 영향이 있다 하는 것은 도시都是**** 일개의 이상에 불과하다. 각본이 아무리 속악하던지 연출이 아무리 야비할지라도 다수 공중의 호기好奇를 징발徵發케 하여 자가自家의 수입의 다多함만 무務하고 도圖하느니,***** 우리 인류사회에 이러한 종류에 속할 인人이 가장 다수가 되는 오늘날 세계 공통의 상태로는 어느 나라를 물론하고 위에 말한바 영미식의 연극이 극계에 은연隱然한 대세력을 부식扶植함은****** 면치 못할 사실이다. 그러나 취중就中 이러한 식을 수백 년간 답용踏用하고, 또 가장 융성한 역사를 계속한 나라는 영국이 대표적이라 말할 수 있고, 다음에

* 일이나 형편이 시간의 경과에 따라 변하여 나감. 또는 그런 경향.
** 아첨하여 달라붙어.
*** 한마디의 말로 이르자면. 또는 그런 뜻에서 참으로.
**** 도무지.
***** 힘쓰고 꾀하니.
****** 뿌리박음은.

는 동문동족同文同族인 관계상 미국이 이것을 습용襲用하여 오늘날까지 계속하여 오는 터이다. 이것이 곧 영미식이라는 이름이 말미암아 일어난 으뜸이다.

영국은 당당한 일등국이오 그 문명이 자못 학學할 바 다多하며 문학을 애중하고 셰익스피어 같은 대작가를 가진 나라로서 어찌 홀로 연극에 대하여 이러히 냉랭한 대접을 하였느냐.

이는 곧 퓨리탄* 전제시대專制時代의 유독遺毒으로 영국인의 예술에 대한 취미성을 위축케 하고 위미委靡**케 한 까닭이오. 또 한 가지는 앵글로색슨 인종의 실리주의, 현실주의의 종족성에 기인함이라 하겠다.

이러한 까닭에 수백 년간을 사회 또는 국가가, 그를 보호한 예가 없었고 전혀 영리본위의 흥행업자에게만 방임放任하였었다.

최근에 이르러서는 구주대륙의 영향을 수受하야 흥극興劇과 존극尊劇의 기풍이 점치漸熾***하였으나, 아직도 정당한 의미로 말하여 국립극장이라 할 만한 것이 없는 것에 징徵할지라도, 얼마큼 연극을 대우함이 타他보다 박薄하였는가를, 가히 헤아릴 것이다.

미국도 또한 영국의 전통을 계승하여 온 까닭으로, 오늘날 미국의 극이 예술상 내용에 빈貧하고 품위가 떨어지고 교화작용의 효과가 약하다. 이것은 참으로 자연의 수數라 말할 수 있다.

그러면, 제3의**** 구주대륙식이라 함은 무엇인가. 이것은 옛 이태리의 문예부흥기의 유풍遺風으로 주로 라틴 민족, 특히 불란서인의 취미성이 그를 조장함이었다. 그러나 최근에 이르러서 불란서보다도, 독일이 도리어, 이 대륙식 연극의 대표자라 하고 말할 만큼 성대히, 이를 진행하

* 퓨리탄Puritan : 16~17세기에 발생한 영국 프로테스탄트 개혁파 그리스도교도.
** 시들고 느른해짐.
*** 점점 성하다.
**** 원문은 '第二의'이나, 순서상 아테네식, 영미식 연극의 다음 순서이므로 '제3의'의 오기로 보인다.

였으니 이는 희랍식과 같은 순연한 경세주의도 아니고 영미식과 같은 영리에만 목적함이 아니니 기자記者는 이를 진극주의眞劇主義 또는 예술본위주의藝術本位主義라 말한다.

최근 독일이 궁정극宮廷劇, 시립극장의 연극이 모두, 이 식을 좇아 함이니 왕후 귀족과 위정자爲政者 또는 특지特志의 부호가 물질상 비호庇護를 여與하여 극의 품위를 향상시키고 또 그 보존에 힘씀이 다대多大하니 18세기경의 불국佛國의 궁정극과 그의 전설傳設을 잇는 모든 피보호극被保護劇이 모두 이 식 부류에 속하는 자라 하겠으니 이는 곧 불국과 독일의 문예적 감화가 이에 이르게 함이라 한다.

그리고 보면 불국이나 독일에는 영리를 주로 하는 흥행업자는 절대로 없느냐 하면 결코 그런 것이 아니다. 그러나 일반 흥행자가 경영하는 극단에서도, 그 연극의 착안점着眼點*과 표준점이 위에 말한바 피보호극의 기조를 따랐으므로 대체로 말하면 예술본위—타식他式에 비하여—라 말할 수 있다.

위에 말한바 세 가지 식에 취하여 그 장단이폐長短利弊를 편히 상론詳論코자 하나 이는 타일他日 기회를 다시 얻어 하려니와 저반這般의 대전이** 세계를 들어 미증유未曾有한 참담한 수라장을 현출現出함에, 그 두려운 현실의 광경과, 그 이면에 유일流溢한*** 기다幾多 비극을 목격한 결과 극단의 공포, 불안, 이 사회를 형성하고 유지하여 오던 모든 도덕관념과 사조에 일대 근본적 대변동을 야기하여 범백사물凡百事物에 개조의 부斧를 가加하고 쇠모衰耗된 국력을 경도傾倒하여 거의 일국一國을 새로이 건建함과 다를 바 없는 맹렬한 노력을 진盡한다.

* 원문은 '착복점着服點'이나 '착안점着眼點'의 오기임.
** 지난번의 세계대전이. 제1차 세계대전을 의미함.
*** 흘러넘치는.

목하目下 해외 각국이 민중극 진흥에 력力을 치致함도 그 방법은 나라를 따라 다르고 사람을 따라 다를 것이로되 그 뜻은 매한가지니 즉 신흥 국민의 원기를 고무하고 활동력과 신생명의 길을 가리키고자 함이다.

불란서나 미국에서 목하 성盛히 주장하는 호외戶外극장, 야천野天극장 등도 또한 국민의 지기志氣를 고무코자 함이오 생명력을 격려코자 함에 지나지 않는다. 그리고 보면 위정가爲政家, 경세가經世家, 부호富豪 등은 모름지기 자기의 천직의 일부분으로 목하의 급무인 문예운동에 기력을 치致 아니치 못할 것이니 우리 조선 현재의 위정가, 경세가, 부호 등 여러분네 중 자기의 천직이 어느 곳에 있는 것을 깨달아 이러한 운동에 뜻을 두고, 또는 적어도, 이를 이해하고 용납할 아량과 자각이 있는 이가 과연 몇 분이냐.

5.

책상을 안按하고* 가만히 조선 현대의 사회와 극단劇團을 돌이켜 생각하니 한심하고 비창悲愴한 마음을 거둘 수 없다. 기자記者의 천학淺學과 비재非才로 감히 각하刻下의 조선사회의 결함을 지적함은 당돌과 참월僭越의 기譏**를 면치 못하겠으나, 이는 지적하고 논의코자 하는 저의에서 출出하여 필筆을 하下함이 아니라 지적 아니할 수 없고 논의 아니할 수 없는 필연의 충동에서 출함이다.

한 나라, 한 사회가 참으로 문명하고 발전하였다 함은 초가草家가 석조石造로 변하고 재가在家가 회사會社로 변함만을 말함이 아니라 물론 그도

* 당기고.
** 지나치게 나무라거나 충고함.

문명 아님은 아니다. 그러나 이는 문명의 반면半面이오 전체가 아니다. 문화의 근본적 정신을 파악하여 자기 나라 자기 민족 생활요구에 적절한 정신적 문명이 기조基調가 되지 못할진대, 그 문명은 필경, 사구상砂丘上에 건설된 일개의 신기루라 말할 수 있다.

이러한 결함이 있는 사회문명은 물질문명의 극極으로 주走하여 정신과 물질의 조화를 파破하고 마침내 파탄백출破綻百出의 추악한 사회를 형성할 것이다. 우리 조선의 현 사회는 곧 이러한 추악한 사회를 형성하는 도정途程에 재在하다 할 수 있겠다.

우리 조선 현 사회에도 전 세계에 팽배한 신사조의 세례를 수受하여 혹은 민본주의民本主義를 논하고 혹은 노동문제를 운위云謂하며 혹은 여자 해방을 논하는 자 족출簇出하나* 그 일방에는 사회의 중추로 자임하고 또는 가히 공중을 지도할 만한 경우에 이는 자—아직도 고루한 도덕관념 하에 종래의 인습을 주종主宗 삼아, 이에 희생하고 이를 불문율로 삼아, 조금이라도 이에서 벗어나는 언행이 있는 자를 지指하여 이단자라 하고, 타락자라 하여 불완전한 사람이 모든 불완전한 윤리로써, 사람의 개성을 몰각沒却하고 그의 자유를 속박하려 한다.

이에 이르매 필연적 기세로 신구新舊사상의 충돌이 일어나고 계급쟁투의 암류暗流가 흐른다.

생각하여 보아라. 오랜 동안을 완고한 '에고이즘'에 응결되었던 우리 조선사회가 은은히 들리는 경성警醒**의 종소리에, 그 깊은 꿈을 깨기 시작한 때에는 고개를 들어 얼굴을 씻을 사이 없이 벌써 그 세계의 대세는 위대하고 불가항의 힘이 있는 그의 수장手掌을 벌리고 극동의 일괴반도—塊半島에 몰아쳐 들어왔다. 아— 비참한 것은 근저根底 없고 자각이 반伴치

---

* 떼를 지어 잇달아 나오나.
** 잠을 깸, 정신을 차려서 다시는 그릇된 행동을 못하게 타일러 깨우침.

못한 '에고이즘'의 파산이다.

어젯날의 문물제도는 벌써 어느덧 일개의 고물古物이오 남루襤褸다.

그러면 하등의 교육을 받지 못하고 따라 사상思想에 하등 배양培養을 받지 못하였으며 더구나 자유사상을 조지阻止하고* 압박한 위정爲政 하에 있던 우리 민족이 자기의 두뇌와 소양보다도 거의 반세기를 앞선 현대의 문명과 당면하여 얼마큼 주장낭패周章狼狽**하였겠느냐. 우리 민족은 참으로 내성적고찰內省的考察을 무務하는 여유가 없이 돌연히 침입한 현대문명을 저작연하咀嚼嚥下*** 아니하지 못할 운명에 도달하였다.

오늘날의 조선인은 위胃 확장의 병을 얻었다 한다.

교육이 초등서부터 중등으로 중등에서 고등으로 진進함과 같이 문명도 또한 점진적, 계급적으로, 자발적 경과를 밟아가야 할 것이라. 물론 외부의 자극도 필요하고 모방도 필요하다. 그러나 이것은 자발적, 다시 말하면 의식발달을 촉促하는 한 가지 영양으로 보아서 필요한 것이거늘 아무 의식이 없고 아무 준비가 없이 별안간 신新시설 신제도 신풍조의 관冠을 쓰게 되었다.

오늘날 우리 조선의 문명은 조선인의 문명이 아니다. 맛보고 써보지 못하던 외래外來한 대로의 문명이니 곧 빌어온 문명이다. 거기에 어찌 불통일과 시대착오와 신구사상의 쟁투가 양조釀造됨을 면할 수 있겠느냐.

이것이 곧 오늘날 우리 조선의 혼돈 불통일, 무주의無主義, 부정견不定見의 현 사회를 현출現出한 큰 원인이라 하겠다.

그러면 이러한 불통일 혼돈한 현 사회를 어찌하면 바로잡고 정화할까. 기백幾百의 보통학교와 기개幾個의 고등학교가 이것을 능히 하겠느냐,

---

* 저지하고.
** 당황하고 곤란하여 어찌할 바를 몰라 매우 딱하게 됨.
*** 씹어서 삼킴.

기개의 종교가 이것을 능히 하겠느냐, 또는 위정가 몇 분네가 이것을 능히 하겠느냐?

이것이 곧 기자記者가 독필禿筆을 강휘强揮하여* 위에도 누구이 말하였거니와 민중에 즉卽한 흥극사업興極事業을 고창高唱하여 경세가, 부호 여러분네에게 고언苦言을 정呈코자** 하는 소이所以이다.

명문가 여러분네, 부호 여러분네, 경세가 여러분네, 기자는 여러분네에게 흥극사업에 원조를 주지 아니하고 뜻을 두지 아니함을 감히 탄핵彈劾하고 책責코자 함이 아니다. 다만*** 여러분네에게 원願코자 하는 바가 있을 뿐이다. 이는 곧 극에 대한 여러분네 두뇌에 선입先入한 오견誤見을 타파하고 따라 극과 사회의 밀접한 관계를 이해하여 줍소사 함이다.

묻노니 여러분네는 극계에 대하야 어떠한 자기 판단을 가하였고 극계를 대하여 어떠한 눈으로 보았는가. 여러분네는 극계를 지指하야 특수부락特殊部落****을 삼고, 우리 미거하고 불완전한 인간이, 제 마음대로, 제 형편을 쫓아, 불완전하게 만들어놓은 농공상農工商이라는 계급 중에도 참여치 못할 가장 하층의 천업賤業으로 시視하지 않는가. 재인才人, 아아 어떠한 오욕의 이름이냐.

이러한 선입先入사상은 다년 인습과 전통적 교육이 그러한 사상을 조장시킨 것인즉 우리들은 먼저 이러한 오견을 타파하여야 할 것이다.

---

* 몽당붓을 힘써 휘둘러.
** 쓴소리를 드리고자.
*** 원문은 '다못'. '다못'은 '다만'의 전라도 방언이다.
**** 일본에서는 에도시대부터 차별대우를 받던 사람들이 거주하던 구역('부락')을 더욱 차별적으로 일컫는 용어로 사용되며, 일제강점기에 도입되어 조선에서 사용되었다.

6.

만약 우리 민족 일반이 연극 또는 배우에게 대하여 의연히 천대지賤待
之하고 특수부락시特殊部落視하는 누견陋見을 기기棄치 아니할진대* 이는 곧
자기의 입으로 자기 자신을 욕하는 모순과 부딪힐 것이다.

그를 천대하고 모욕하는 사람네는 욕하고 천대지할 때마다 양심 한
모퉁이에는 반드시 무슨 까닭으로 그를 모욕하고 천대하는가 하는 반문
이 일어날 것이다.

그리고 보면 이러한 반문에 대하여 우리는 과연 충실한 답변을 하여
본 일이 있느냐. 돌려 말하면 우리가 배우를 천대하고 연극을 모시侮視**
함은 무슨 확고한 주견主見과 이유가 있어서 함이냐 하는 것이다.

가발과 유두분면油頭粉面***으로 중인衆人이 환시環視하는**** 무대에 일어
선 것으로 말함이냐, 또는 그 직업상 관계로 혹은 배우가 표현하는 미美
의 인력引力이 유혹이 남녀 취중就中 감정感情에***** 주走키 이易한****** 여자
의 동경憧憬을 애愛하여 간간 남녀 간 정사情事가 일어나는 예를 지적하여
말함이냐. 만약 그로 말미암아 모시侮視하고 천대함이라 할진대 이는 참
으로 가소롭고 가증하고 가탄可歎할 일이다.

배우 이외의 사회는 얼마큼이나 청백하며 가발을 쓰고 안 씀이 얼마
큼이나 틀림이 있으며 분면粉面과 소안素顔*******이 무슨 그리 큰 도덕상 차
위差違가 있으며 기생조합의 번성繁盛과 은군자隱裙子의 도량跳梁********은 얼

* 좁은 소견이나 생각을 버리지 않는다면.
** 멸시.
*** 기름 바른 머리와 분을 바른 얼굴.
**** 뭇 사람들이 둘러서서 보는.
***** 남녀, 그중에서도 감정에.
****** 나아가기 쉬운.
******* 화장하지 않은 얼굴.
******** 함부로 날뜀.

마만큼 우리 일반사회의 청결과 반비反比하는 현실이냐. 빈빈頻頻히* 생生하는 남녀관계의 삼면기사는 배우사회 이외인 연유로 무관시無關視하느냐. 배우사회를 욕하는 우리들은 과연 욕할만한 청백이 있고 도념道念이 있느냐. 몇 걸음이나 틀림이 있는가 우리는 모름지기 깊이 자성 아니치 못할 것이다.

계급을 타파하고 노자평등勞資平等을 고창高唱하는 이 시대이며 팔자걸음이 그 발자취를 숨김이 벌써 오래 전이오 국무대신이 앞을 지날지라도 담군擔軍**의 곰방이***가 의연히 그 입에 물려 있는 오늘 시대에 금관자 옥관자 시대의 인습을 습수襲守하여 특히 배우에게만 굴욕과 인종忍從을 강청強請코자 함은 참으로 시대착오가 아니면 무엇일고.

직업에 귀천이 없다 하며 노동은 신성하다 함을 긍정하는 오늘날에 우리 사회에 무엇을 끼쳐주는 배우—우리에게 미美의 감흥을 주고자 하는 예술가—에게 대하여는 자기의 생 이외에 아무것도 없는 담군擔軍만치도 대우치 않는다 하면 그런 진리가 어디 있으며 그런 모순이 또 있겠느냐.

우리가 인류임과 같이 배우도 또한 인류이니, 우리가 배우에게 인류에 대한 대우를 아니함은, 곧 인류인 자신을 자기가 욕함과 같은 결과를 얻지 않느냐 하는 것이 이것이다. 사람은, 모름지기 옷을 벗고 상대하여 볼 것이다.

우리 조선극계의 과거는 참으로 고독하고 불쌍하고 참혹한 기록이며 굴욕과 인종忍從의 역사이었다.

사회의 유지신사有志紳士라 자칭하고 경세가로 자임하고 실업가라 칭

* 도수度數가 몹시 많거나 잦게.
** 무거운 것을 운반하는 인무.
*** 살담배를 피우는 데에 쓰는 짧은 담뱃대, 곰방대.

하는 분네 중에는, 자동차상에 미기美妓를 옹擁하고* 혹은 요정두실리料亭斗室裏에서** 추업부醜業婦로 더불어 남남喃喃함은*** 염연恬然히**** 부끄럼을 모르되, 극장에는 불량도不良徒*****가 가는 곳이라 하여 발그림자도 들여놓지 않는다 한다. 혹은 극장에 갈 지라로, 지면知面한 사람을 만날까 하여 국축局縮히****** 몇 시간을 지낸다 한다.

과연 이 말과 같을진대, 참으로 가여운 그네들이 아니냐. 그네들은 자기의 양심을 거짓하고, 본연의 요구를 꺾는 것이 아닌가.

관극觀劇은 재미있고, 또 흥미가 없는 것이 아니로되 불량도不良徒가 많이 가는 곳인 까닭에, 그 무리의 한 분자分子될까 두려워하여, 관극을 기피한다 하는 말을 들었다. 또 분명히, 그러한 경향이 있음을 간취看取하였다.

그 말이 참이오, 기자의 간취看取가 틀림이 없을진대, 그네들은 참으로 자기의 무주견無主見을 폭로함이오 의지박약을 표시함이다.

다른 관객을 불량도로 천단擅斷하고******* 자기를 선량하고 신용 있고 덕조德操가 있는 사람으로 자임하는 그분네는 참으로 행복이오 유치하며 불쌍한 심리리心理裏에 주住하는 그분네가 아닌가. 공맹孔孟의 도를 숭상하고 계급제도가 상금尚今껏 획연劃然한 지나支那에서도 극을 숭애崇愛하는 열熱은 고래古來부터 치열하여 어떠한 변지邊地에라도 수백의 호戶가 모인 곳에는 일개의 극장 없음이 없고 진객珍客이 유有한******** 때에는 반드시

* 자동차에서 아름다운 기생을 안고.
** 요정의 작은 방 안에서.
*** 매춘부와 재잘거림은.
**** 동요 없이 태연하게.
***** 불량배.
****** 몸을 웅크리고.
******* 제 생각대로 처단하거나 처리하고.
******** 귀중한 손님이 있는.

극장에 안내하여 더불어 관극함을 유일의 환영으로 인認하는 터이다.

우리 조선과 같이 몰미沒昧*하였고 유치하였던 가운데에 어찌 극의 발전을 기대할 수 있었겠느뇨.

나는 감히 우리 조선 청년 여러분네에게 청하노니 비록 타액唾液이 학갈涸渴되고** 목이 터지는 한이 있을지라도 함께 힘을 다하여 재래의 인습을 타파코자 부르짖음을 그치지 말자 함이다.

나는 현대 조선극단을 상론詳論하기 전에 먼저 위에 말한바 주장을 굳세게 하기 위하여 또 다른 나라에서는 국가나 사회가 흥극사업과 극劇의 향상에 얼마큼 큰 힘을 아끼지 않았는가를 거론키 위하여 그 예를 가까운 일본에 취하려 한다.

7.

일본연극의 기원과, 그 발달의 역사적 경과는 이에 논함을 피하고, 다만 일본극의 과거가, 위에 말한바 3양식 중에 어느 양식을 취하였는가를 잠깐 논論코자 한다.

일본극은 삼백 년간의 오랜 동안을 전연히 자유로, 만연적蔓然的 생장을 하여 온 야생 예술이니, 일본극의 과거가 순연한 영미식이었음은 명백한 사실이다.

국가가 연극에 대하여 누누이 가혹한 간섭을 가한 사事―있으나, 이는 치안상 혹은 풍기상으로 철주掣肘***를 가할 필요가 있어서 함이오, 결

---

* 취미가 없음.
** 침이 말라버리고.
*** 곁에서 간섭하여 마음대로 못하게 막음.

코 예술상 견지로써 함이 아니었으니 그를 선도한 전례도 없던 동시에 그를 압박한 전례도 없다. 그런 까닭에, 일본의 극은 제 마음껏, 제멋으로 자라난 야생아였다. 일본의 극은 삼백 년간을 시종일관하여 시상영합주의時尚迎合主義하에, 오락을 본위 삼고 영리를 본위 삼았었으니 국가나 사회도 그를 이용하여 경세안민經世安民의 일책一策으로 삼을 줄 몰랐고, 당사자도 또한 "극은 경세의 기관이라"는 자각도 없었으니 따라 포부가 없었음은 물론이다. 겨우 자각하였다는 정도가 "사事를 범근凡近*에 취하여 의義를 권징勸懲에 발發함"이라는 데서 지나지 못하였다.

사회상 굴욕과 계급상 천대를 수受하였음은 '하원자河原者',** '남지옥男地獄'***이란 명사가 오늘날까지라도 전래하여 옴을 보면 가히 추측할 수 있다.

그리하였던 까닭에 배우 자신도 사위四圍의 사정을 따라, 또는 종래의 인습과 겨뤄 싸움할 힘이 없고, 또 그 싸움한 결과 어떠한 고통과 불리不利가 내릴까 함을 타산打算하여, 마침내 천대를 감수하였고, 자비자굴自卑自屈하야, 귀녀진신貴女縉紳****의 총애를 실失치 아니함을 자못 힘쓰는 상태에 있었다 하여도 과언이 아니다.

따라서 각본도 천열淺劣하였고, 그 예藝도 기교본위였으니, 그 연극은 유희정신이 삼백 년간을 일관하여 저간這間 일본극의 황금시대이던 천명天明, 관정寬政 연간*****에는 다소 타국의 극과 다른 몽환극적 묘취妙趣가 있지 아닌 바 아니나, 그 난숙기爛熟期요 타락기인 천보天保, 홍화弘化, 안정安政, 문구文久 연대******에 이르러서는, 그 작위作爲의 누속陋俗과 천열이 가히

* 평범하고 가까움.
** 하원자(かわらもの): 중세의 천민, 강가 모래밭에 모여 살던 광대 등을 낮추어 부르던 말.
*** 남지옥(おじごく): 부녀와 음행을 일삼던 배우를 낮추어 부르는 도쿄 말.
**** 귀한 신분의 여성과 지위 있고 점잖은 신사.
***** 天明연간: 1781~1789, 寬政연간: 1789~1801.
****** 天保연간: 1830~1844, 弘化연간: 1844~1848, 安政연간: 1854~1860, 文久연간: 1861~1864.

형언할 수 없어 수기需奇의 속정俗情을 도발할 만한 외설, 잔인, 추괴醜怪한 극이 성행되어 시정의 풍속을 괴란壞亂 부패함이 불소不少하였었다.

그러나 난숙은 부패를 초래하고 부패는 혁신을 요구함은 진리라 할 수 있다. 일조一朝에 명치유신의 풍운이 대기大起하여 사회 각 방면에 파괴와 건설의 부월斧鉞을 가하매 극계劇界의 기운도 따라 혁신 아니 되지 못할 것이니, 이에 활력극活歷劇*이란 신명新名 하에 면목을 일신一新한 신극新劇의 난아卵兒가 부화된 동시에 당시 현관신사顯官紳士 중 극을 애호하는 이와 학자 등이 연극개량회**란 단체를 조직하여 비로소 연극 혁신에 착수하였다. 그 회會는 명치 19년 8월에 창립된 것이니 발기인 중에는 이노우에 가오루井上馨, 모리 아리노리森有禮, 시부사와 에이이이보澁澤榮一, 미사마 미치쓰네三島通庸, 호즈미 노부시게穗積陳重, 도야마 마사카즈外山正一, 야노 후미오矢野文雄, 스에마쓰 노리즈미末松謙澄 등의 기명記名이 있었고 찬성원贊成員에는 이토 히로부미伊藤博文, 오쿠마 시게노부大隈重信, 사이온지 긴모치西園寺公望 등의 당당한 정치가가 열명列名하였음을 견見할 지라도 얼마큼 그 회가 진지한 단체이었는가를 가히 알 것이다.

명치 21년에 이르러서는 연예교풍회演藝矯風會***가 생하였고 동同 22년에는 그 조직을 변경하였고 명칭을 일본연극협회****라고 회장에 백작 히

* 19세기 후반 가부키 배우 9대 이시카와 단주로가 고안한 역사고증에 비중을 많이 둔 신사극新史劇. 가부키 개량의 방법으로 시도되었다.
** 1886년 8월 스에마쓰 노리즈미末松謙澄를 중심으로 1차 이토 히로부미 내각에 참여한 고위관리들이 대거 참여한 어용 단체로, 대본의 개량, 극작가의 지위 격상, 신극장 건설 등을 목표로 활동하였다. 스에마쓰와 도야마 마사카즈外山正一는 연극개량의 방향을 두고 스보우치 쇼요와 논전을 벌이기도 한다. 이토 히로부미 내각이 해산되자(1888년 4월) 연극개량회도 흐지부지되기에 이른다.
*** 일본연예교풍회. 1888년 7월 창설. 구 연극개량회의 회원이 대거 참여하고, 연극개량회 활동에 비판적이던 스보우치 쇼요, 다카다 사카에高田早苗도 참가하였다.
**** 일본연예협회. 1889년 9월 설립. 오카쿠라 덴신岡倉天心, 스보우치 쇼요, 다카다 사나에 등의 젊은 인사들을 중심으로 조직되었고, 모리 오가이, 오자키 고요, 가와타케 모쿠아미 등도 참여하였다. 회장은 히지카타 요시土方奧志의 조부인 궁내 대신 히지카타 모토히사土方元久가 맡았다. 각본개량에 중점을 두어, 문예위원들의 신작 공연을 도모하거나 창작을 공모하는 등의 활동을 벌였다.

지카타 모토히사士方久元 부회장에 자작 가가와 케이조香川敬三 양 씨를 추대하여 연극향상에 노력하였다. 이상 3단체는 중도에 해산되었으나 그 노력의 효과는 참으로 위대한 바 유有하여 무대상舞臺上 풍기風紀가 현저히 진숙振肅*되고 동시에 각본, 무대장식, 분장, 예풍藝風, 색조色調 일체의 개량 및 향상됨이 막대하였다.

따라서 배우를 천대하는 인습을 대大히 타파하고 당당한 일개의 예술가로 그를 대우하였으며 현관명사顯官名士가 더불어 교유하는 등 파천황의 기록을 작作하였을 뿐 아니라, 마침내 명치천황의 천람극天覽劇을 연연演하기까지에 이르렀었다. 그러나 그네들이 기대하던 궁극의 목적은 달하지 못하였었다. 돌려 말하면 그네들의 노력으로도 일본의 극으로 하여금 영리본위의 흥행관습으로서 일보도 더 나가게는 못하였다.

민중의 위안 기관이 아닌 바는 아니나 현대 요구에 적절한 신 생명력을 주는 경세안민적經世安民的 위안이 아니니 의연依然이 속다속俗의 오락기관이오 협의俠義의 위자慰藉**기관에 지나지 못하고 현대와는 깊은 교섭이 없다 할 만한 권선징악주의 이외의 의미로는 아무 결실한 바 없었으니, 이것이 곧 오늘날까지 내려오던 일본연극의 대체이다.

위에 말함은 주로 일본 구극舊劇에 취就하여 말하였거니와 재래의 신파나 또는 소위 신극단이라 칭하는 자도 그 가운데 1, 2를 제除하고는 최초 예술본위의 극을 일으키고자 하였던 포부도 사위의 사정과 경우를 따라 대개는 영리본위의 대극장주의大劇場主義 또는 오락본위의 시호영합적時好迎合的 예술로 타락되었다. 이것을 항상 통분히 생각하던 문사와 신진 위정가들이 금차今次의 세계 대개조시大改造時를 당하여, 일대 활약을 아니하고는 말지 못할 충동으로 말미암아 일어난 것이 즉 최근에 창립된 국

* 어지러워진 규율이나 분위기를 엄숙하게 바로잡음.
** 위로하고 도와줌.

414

민문예회*란 단체이다.

국민문예회는 국무대신의 일인인 도코나미 다케지로床次竹二郎가 수뇌가 되고 신진 문사와 소장 위정가少壯爲政家 등이 중심이 되어 경세적 위안 기관의 연극을 실현코자 노력하는 것이니 〈동트기 전夜明前〉**이란 극을 제1회 공연으로 신토미자新富座에서 상연하였다.

나는 이 국민문예협회의 내용에 취하여 자세한 설명과 경과를 독자에게 보도報道코자 하는 마음이 간절하나 이는 지면이 허락지 아니할 뿐 아니라 다소 항장冗長에 유流하는 폐弊가 있을까 두려워하여 이를 중지하고 돌이켜 우리 조선 현대의 극단劇壇을 논하여 필筆을 적고자 한다.

8.

기자는 조선 현대극단을 논함에 당當하여 소위 신파라 구파라 함에 대하여 다소 이론異論이 있다.

신파라 하는 명칭의 유래는 상想컨대 조선 신파배우 제군이 그 창시 시대에 재래에 없던 신극을 새로이 일으킨다는 그네들의 포부의 일단을 표현하기 위하여 거의 무의식으로 신파란 이름을 썼음이 다 원인이라 하겠고 또 하나 중요한 원인은 최초 조선 신극을 창시함에 당하여 전부 일본 신파연극을 직수입 또는 모방하였던 까닭에 우연히 조선 신파라는 명칭을 부附하였습니다.

---

* 1919년 4월 설립. 오사나이 가오루, 나카타 히데오, 구메 마사오 등의 문학자들을 포함하여 정치가, 사업가, 군인 등 각계의 구성원으로 발기된 연극개량단체. 다이쇼 데모크라시의 분위기를 바탕으로 '연극의 민중화', '연극의 개조' 등의 주장을 펼쳤으며, 각본개량, 창작공모, 공연 활동 등을 벌였음.
** 오사나이 가오루 작, 국민문예회의 첫 활동으로 1919년 6월 신토미자에서 공연하였다.

그러나 일본의 소위 신파는 일본 고유의 구극舊劇에 대하여 칭함이니 이를 직수입하여 조선 신파라 함은 엄격한 의미로 이것을 논하여 그 타당치 아니함은 노노呶呶할* 바 없다. 그러나 신파라 하는 이름이 구파라 하는 것을 연상시키는 결과로 춘향가와 흥부전과 심청가를 창唱하는 창부들이 극의 의미를 해석치 못한 결과 무대의 색조를 무시하고 기교를 전연全然이 몰각하여 가극도 아니오 보통극도 아닌 일종의 변태창극變態唱劇(?)을 아희적兒戲的 정신으로 무대에 올리는 그네들의 소위 구파와 비교하는 폐가 있을진대 이는 조선 신극에 대하야 결코 사소한 관계가 아닐 것으로되 오늘날 일반 공중이 이를 비교시比較視치 않고 이해하고 또 신파란 문자에 대하야 하등 의아의 마음을 두지 않는다 하면 이름의 문제는 오히려 지엽枝葉의 문제이니 들어 깊이 논할 바 못 된다.

그러면 현재 우리 조선에는 어떠한 극단이 있으며 어떠한 정도의 극을 연演하는가.

현금 흥행을 계속하여 가는 단체는 이기세李基世 군이 주간하는 문예단文藝團, 임성구林聖九 군의 혁신단革新團, 김도산金陶山 군의 일행, 김소랑金小浪 군의 취성좌일행聚星座一行의 네 개의 극단이 있다.

그러나 그 네 개의 극단은 그 극단의 주의와 포부 또는 오늘까지의 경과, 사제관계師弟關係상, 연극의 풍격風格 등 여러 가지 점으로 보아서 이 대두목二大頭目으로 분分할 수 있다.

일一은 이기세 군이오 일은 임성구 군이다. 김도산 군은 원래 임성구 군 일좌一座의 좌원座員으로서 분립하여 그 예풍이 얼마큼 임 군의 예풍의 유流를 급汲하는** 경향이 있음으로써 기자는 임 군을 지指하여 이 두 개의 대표를 삼음이오 김소랑金小浪 군은 원래 이기세 군이 좌장座長이던 예성

---

* 노노하다 : 구차한 말로 자꾸 지껄이다.
** 물길을 끌어댄, 물길을 긷는.

좌藝星座시대의 일좌원으로 예성좌가 중도 해산하매 일좌를 조직하여 오늘에 이름이니 그 예풍이 또한 이기세 군의 감화가 다유多有하여 지금에는 그 개성적 특이한 예풍은 있을지라도 말하고 보면 이기세 군의 예풍을 흡수한 점이 있다 할 것이다. 그런 까닭에 이를 이기세 군 대표 하에 유留케 한 것이다.

그리고 보면 이기세 일행과 임성구 일행은 어떠한 극을 상연하여 왔으며, 또한 그 두 단체는 어떠한 점에 다른 바가 있느냐.

그 두 단체의 예풍을 논코자 할진대 불가불 그를 통솔하는 머리 된 두 사람의 예풍을 논할 수밖에 없다. 임성구는 일본의 소위 진사좌眞砂座식* 배우와 흡사한 예풍을 가진 배우이니 시상영합주의時尚迎合主義하에 잔인, 속악, 파륜破倫, 악독, 그 여러 가지의 사회의 더러운 반면을 무대에 올리어 저급관低級觀의 일시 박수를 나득贏得하였을 뿐 아니라 진취가 없는 난숙이 빠지기 쉬운 기교상 임성구의 식式이란 식(형型)이 있는 배우이다.

이에 말한 식이라 함은 분장인물을 표현함에 당當하여 다대한 결점이 있는 것이니 가량假量** 나폴레옹을 분장할지라도 그를 무대상에 표현함에 당하여 급기야에 임성구식의 나폴레옹이 되고 말 것이다.

또는 자기 일개의 일시 갈채를 수受하기 위하여 자기가 분장한 역이 어떠한 미천한 인물일지라도 과장한 언사(각본 이외)를 농弄하거나 또는 행동으로써 그 인물의 정신과 또는 지식보다는 월등한 짓을 하여 자기의 소기所期와는 정반대로 식자의 조소를 받는 일이 있다.

따라서 그 연극은 지리멸렬하여 부자연, 시대착오, 위속違俗, 이러한 온갖 파탄을 면치 못할 것은 분명한 일이다.

---

* 마사고자眞砂座 : 1893년 도쿄 나카스中洲에 가부키 극장으로 개장하여 이후 이이 요호, 가와이 다케오 등의 신파극이 공연된 극장.
** 가령.

그뿐 아니라 오늘 시대는 한 극 중에 십수 인의 살해를 연演하는 〈오호천명嗚呼天命〉이라던지 가정과 재산의 갈등으로 말미암아 첩이 주인을 독살하여 인간단말人間斷末의 고통과 유혈을 관객에게 보여서 그 흉악한 인상을 새기게 하는 등의 태극駄劇*만을 요구하는 시대가 아니다.

이러한 극은 시대가 요구치 아니할 뿐이라 사회에 끼치는바 그 효과도 참으로 미약함을 면치 못한다. 그리 말함보다도 도리어 해독을 유流한다 함이 가可하다.

그러면 이러한 시대착오의 극을 지키는 극단은 그 생명이 길지 못할 것이오 그 생명이 남아있다 할지라도 삼류 사류에 떨어질 것은 다만 시간 뿐의 문제라 단언한다.

일찍이 이를 고침에 자각하고 노력하지 않을진대 개인으로 오래지 않은 장래에 교제嚙臍**의 탄嘆이 있을 것이오 우리 극계론 일대 해독이오 유감이 될 것이다.

우리 조선사상계의 추이는 자못 치열하고 현황眩慌한*** 이 시대에 오직 이와 밀접한 관계가 있는 극계는 전시대의 유물인 권선징악주의에서 벗어나지 못하는 현상을 볼 때마다 기자는 한심한 심서心緒를 거둘 수 없다.

그러면 다시 고개를 돌이켜 이기세 군은 어떠한 주견 하에 어떠한 극을 상연하여 왔는가를 살펴보고 다음에 소위 연쇄극에 대한 소회를 말하고자 한다.

* 시시한 연극, 졸작.
** 후회함.
*** 어지럽고 황홀한.

9.

　문예단 일행의 수뇌 이기세는 배우계 중 유식자의 유일이오, 따라 예술적 양심이 있는 배우라 할 수 있다. 그뿐 아니라 숙夙히* 내지內地 교토京都에 도도渡하여** 일본 신파계 일방一方의 웅자雄者 시즈마 고지로靜間小次郎***에게 사사하여 수년간을 사도斯道에 취하야 연찬硏鑽한**** 바 있는 배우이며 수년 전 예성좌藝星座 시대에 진지한 노력을 아끼지 아니하던 배우로, 그의 평판이 극히 양호하던 그 사람이다. 그런 까닭에 문예단 일행이 이기세의 이름으로, 다시 극계에 기치를 세우고 나오매 일반이 그에게 대하여 기대한 바 결코 적지 않았었다. 더욱 극에 대한 유안자有眼者네들은 비로소 극다운 극을 볼 수 있겠다고 기대한 모양이다.

　그러나 그네들의 기대는 과연 만족한 결과를 얻었느냐.

　이기세 일개인의 예술은 중우衆優보다 수일秀逸한***** 점이 있음을 수긍하나 그 단체론 아직도 무대상의 불통일 부자연한 점이 많이 있으니 임파林波보다 그리 월등한 점을 볼 수 없다 하는 평판이 있었다.

　최초의 기대와는 상당한 거리가 있는 결과를 얻었다 할 수 있다.

　그리고 보면 상당한 예술적 양심과 포부가 있다 하는 문예단도 마침내 태극駄劇에 지나지 못하는 결과밖에는 있지 못함이 아니냐. 그러면 그것은 과연 무엇에 말미암아 그러함이냐. 상상想컨대 그것에는 여러 가지의

---

* 일찍이.

** 건너가.

*** 가와카미 극단에서 배우생활을 시작하여, 1898년경에는 구마가야 다케오, 기노시타 기치노스케 등을 규합하여 시즈마좌를 조직, 교토를 중심으로 오사카, 도쿄에서 활동하며 간사이 지방에 신파극이 뿌리내리는 데 기여한 배우이다. 시즈마 고지로는 쇼치쿠松竹 합명회사와 인연이 깊어서, 1902년부터 1914년까지 쇼치쿠 소속의 교토 메이지자에서 상설공연을 하였다.

**** 이 방면에 대하여 연구하고 닦은.

***** 빼어나게 우수한.

원인이 있다 할 수 있다. 홀로 문예단에만 취하여 하는 말이 아니라 조선극계 일반의 부진이 아래에 열거하는 여러 가지 원인에 말미암음이라 한다.

일. 각본(무대 기교가 반伴한)의 불저拂底
일. 대도구大道具의 불완전
일. 배경화가의 절무絶無
일. 무대감독이 없음
일. 극장이 없으므로 따라 무대장치의 불완전함
일. 금주金主의 무이해無理解
일. 창조력이 유有한 배우의 희소稀少
일. 흥행 상의 악인습惡因習

등이다. 위에 말한 바는 아무 순서도 없이 쓴 것이오, 그뿐 아니라 위에 쓴 것을 순서를 찾아서 일일이 설명하고자 하면 각각만은 지면을 요할 터인즉 그것은 타일他日에 양讓하고 다만 위에 말한 바에 취하여 개괄적 설명을 가加코자 한다.

우리 일반관객의 경우로는 일극단의 예풍을 논하고 배우의 예술을 허許함에 당하야 물론 무대상에 상연하는 극의 감화적 효과라든지 또는 표현방법의 교열巧劣,* 조화 등을 표준 삼아 하는 것이다.

그리고 본즉, 우리 조선 현대극단은 더구나 활동사진 연쇄극(이것은 차회에 논하거니와)이란 것이, 극단에 일대 유행을 작作하고 가위可謂 중심이 되는 형편으로 있는 동안에는, 붓을 들어 논할만한 가치가 없다고 자

| * 정교함과 열등함.

신한다.

그러나, 여하간, 극단을 논평함에 대하여 그 내막을 자세히 살펴볼진 대 그네들의 가여운 경우에 도리어 동정 아니 할 수 없는 마음이 선구先 驅를 작作한다. 그뿐 아니라 자래自來로 완전한 극의 발전이 없는 우리 조 선에는 그 노력의 여하를 따라서는 순수한 신극을 창조할 수도 있고 또 일본과 같이 구극과 신극을 비교하여 우열의 판判을 하下하는 폐도 없이, 한 길로만 발전하여 갈 수 있는 오늘 시대에 조선 신파연극이 일어난 지 10세歲가 되도록, 그 미미한 상태에서 벗어나지 못함은 도시都是 위에 말 한 여러 가지의 원인이 있는 까닭이라 단언할 수 있다. 배우는 결코 전지 전능한 그네들이 아니다. 그네들도 휴식을 요구하고 수면睡眠을 요구하 고 우리들과 같은 뇌세포밖에는 가지지 못한 인류에 지나지 않는다.

우리가 전지전능이 아닌 동시에는 그네들도 또한 이에서 넘치지 못 할 것이니 만약 넘치는 자— 있다 하면 그는 곧 희한稀罕한 천재라 말하 겠다.

생각하여 보아라. 오늘 조선 배우 특히 단장된 자들은 혹은 작자作者 도 되고 어느 때는 무대감독도 되고 어느 때에는 두취頭取* 노릇도 하는 이중삼중의 생활을 아니 할 수 없는 금일今日이다. 그러면 좌원 일동의 사 표師表가 되고 또는 통솔자가 되는 단장된 자— 그러한 이중삼중 생활의 강요를 수受하는 몸으로 해가奚暇에** 예술 그것에만 힘을 쓸 수 있으며 소 위 단장이 예술에 전력을 기울이지 못하거든 황況*** 일반 좌원이라오.

극이란 무엇인가를 이해치 못하고 단單히 사복私腹을 비肥케 함만을 욕심하고 도圖하는 고루한 금주金主들에게 이용되고 철주掣肘되어 자기들

* 우두머리, 은행장.
** 어느 겨를에.
*** 하물며.

의 포부를 펴보지 못하는 약하고 불쌍한 그네들이다. 그리고 본즉 우리는 배우를 편달鞭撻하기 전에 먼저 무대 뒤에 엉클어져 있는 정실情實과 인습을 타파하고 자각이 있는 금주金主의 출현을 고대하여 배우로 하여금 우려 없이 국축局縮함이 없이 일위전념一爲專念으로 자기들의 예술을 닦도록 하였으면 하는 희망이 앞을 선다.

10.

우리 조선극계 부진의 원인에 취하여 구체적으로 위에 말한 바를 간단히 부연하여보자.

완전한 각본(창작이나 번역을 물론하고)이 없고, 따라서 작자나 무대감독의 지휘 하에 완전한 무대예습을 하여보지 못하는 현상이다. 실력과 이상이 있는 무대감독이 없음으로써 무대장치와 제반조화의 파탄을 면치 못한다.

훌륭한 배경, 적절한 배경을 사용하면, 극의 효과로 하여금 일층 힘있게 할 수 있는 줄은 모르는 바 아니나, 과연 배경화가(전문적)가 몇 분이나 계시며, 대도구를 개조코자 하는 생각이 없지 아니하나 극장주, 또는 금주의 고루한 영리전일주의가 과연 대도구 개조에 다대한 금전을 비費하겠느냐.

설사 위에 말한바, 여러 가지가 완비하다 할지라도, 극을 연演할 만한 전문적 극장이 없는 동시에, 불완전한 활동사진관 무대에서 과연 소기所期한 성효成効를 얻겠느냐.

이러한 여러 가지의 내정內情과 불편과 결점이 곧 극계 전진에 큰 장애물이 되었다.

그뿐 아니라 흥행상 악인습이 완강한 그 힘으로 극계를 해독害毒함이 얼마이냐. 예를 들어 말하면 우천雨天에는 휴연休演하는 폐습과 일예제一藝題로 근僅히* 2일밖에는 흥행치 아니하는 인습을 말함이다.

당사자는 말하되 우리 조선인은 의관과 도로道路의 불완전으로 말미암아 우천을 기피하는 인습이 고래부터 전래하여 우천에는 가사假使 극을 연演한다 할지라도 관객이 극소하여 다대한 손해를 피한다 함이 그네들의 언자言資이다. 그러나 기자는 그에게 동감할 수 없나니 금일시대는 전일의 인순시대因循時代**와는 운양雲壤의 차***가 있고 또 대폭풍우大暴風雨가 아니면 우천을 불고不顧하고 흥행을 계속한다 함이 일반에게 지실知悉되는**** 그때에는 우천이라도 상당한 관객이 있을 것이다. 활동사진이 그 실증實證을 우리에게 보여주는 게 아니냐.

그네들은 우천이면 관객이 물론 극소할 줄로 자기단정自己斷定을 하下하여 스스로 자기의 무용無勇과 고식姑息을 표시함이 아니냐.

그네들 취중就中 고루한 금주들은 우중에도 관객들이 극장 문전에 쇄도하여 개연을 강청强請하여야만 비로소 그네들은 우중에도 개연하기를 시작하려 하는가.

그네들은 모름지기 시기를 획劃하여 가는 선견先見이 있어야 할 것이다.

그뿐 아니라 한 예제藝題로 1일 또는 2일밖에 개연치 못하는 금일 상태는 해가奚暇에 신 각본을 공부하며 무대예습을 행할 수 있는가. 재래의 연극이 지리멸렬함은 자연의 수라 단언한다.

끝에 임하여 간과치 못할 한 현상이 생하였다. 그것은 무엇이냐? 곧

* 겨우.
** 구습을 버리지 못한 시대.
*** 하늘과 땅과 같은 차이.
**** 자실하다 : 모든 형편이나 사정을 자세히 알다. 또는 죄다 알다.

우리 빈약한 조선극계를 더구나 속화俗化하는 연쇄극連鎖劇이 이것이다. 연쇄극 이것은 무엇에 쓰고자 함이오 무엇을 의미함이냐.

한 극의 내용 그 복잡한 내용을 5막이나 4막에 나누어 가장 인상이 깊은 사실의 면을 상연함에 당하여 속안俗眼을 만족케 하기 위하여 또는 흥미를 환喚코자 함에만 력力을 치致하여 막과 막 사이에 연락連絡되는 사실을 활동사진으로 보이는 것이다.

그리고 보면 극의 생명인 암시력이란 것은 전혀 소멸된다 하여도 가可할 것이오 따라서 관객도 극을 관觀하여 깊은 인상을 수受코자 함보다 자못 극의 줄기(사실)의 추이에만 흥미를 두는 폐가 생生할 것이다. 그리고 보면 극의 효과라 하는 것도 물론 가치가 없어질 것은 분명한 일이며 따라서 단일한 오락적 극에 지나지 못하고 속악俗惡을 면치 못할 것인즉 이는 곧 순수한 극의 발전을 독毒함이오 배우 자신의 진지한 예술적 양심을 마비케 함이다.

그뿐 아니라 임林이나 김도산 일행의 연쇄극이라 함은 극은 여하히 무미건조할지라도 마馬를 타고 쫓으며 자동차로 경주하며 위험을 모冒하는* 등의 사진으로 갈채를 득得코자 함이 확연하니 이는 주객이 전도한 변태의 극이 아닌가.

배우 제군아. 군 등이 촬영비에 투投하는 금전으로 의상에 비費하고 배경에 사용할진대 훌륭한 극을 상연할 수 있지 않은가. 또 군 등이 자기의 천직이 어디에 있음을 깨닫고 속히 사도邪道에서 헤어나지 아니할진대 군 등은 필경 장래 극계의 일낙오자─落伍者 되고야 말 것이다.

다시 고개를 굽혀 유지자有志者 부호청년 여러분네에게 고하노니 2천만의 민중이 있는 우리 조선이오 40만 인구를 포용한 서울에 일개의 극

장이 없음이 참으로 낯을 들 수 없는 일대 치욕이 아니냐.

외래인이 조선을 방訪하여 문화기관을 원람顧覽한다 하면 우리는 과연 무엇을 내밀어 보이겠느냐. "극은 문명의 계량기라" 하였다. 그리고 보면 우리 조선은 그 계량기에 걸어보지도 못할 유치하고 빈약하고 살벌한 그가 아닌가. 암흑하고 사막 같은 사회이다. 우리는 은행을 세우고 회사를 조직하고 학교를 건설하며 권번券番을 창설하기 전에 위선爲先 일개의 극장을 건설하여 완전한 극단을 보호하여서 그 가진 바 특성을 발휘케 하며 따라서 민풍개선民風改善의 기능으로 하여금 더욱 굳세게 함을 간절히 바라는 동시에 하루라도 속히 작자作者가 일어나고 진지한 무대감독이 생生하기를 거듭하여 바라는 바이다.

(완完)

—《동아일보》, 1920. 5. 4~16.

〈노라〉의 출현을 축祝하야

모든 위선의 탈바가지를 벗어 내던지고 참을 구하러 나가려던 우리
들에게 가장 두려운 장애가 그 무엇인가. 굳센 믿음이 없음이 그것이다.
믿음이 있어야 비로소 용기가 있을지며 용기가 있은 후이라야 굳기지*
않는 실행 있을 것이다.

사람이 있은 후에 도덕이 있을 것인데 완전한 인간이 된 후이라야 완
전한 도의를 깨달을 수 있을 것이다.

우리가 어느 때까지든지 도덕이란 선이란 이름 아래에서 모든 불평
과 불만과 고통을 엄벙거려 넘긴다 하면 그는 곧 자아自我에 충실치 못한
자이며 자아를 속이는 자이며 자아를 죽이는 자일지라. 자아에게 충실치
못한 자— 어찌 타他에게 충실할 수 있으며 자아를 속이는 자— 어찌 남
에게 바를 수 있으랴. 그보다 더 충실치 아니하고 보다 더 많이 자아를
속이고 보다 더 자아를 죽이는 자를 가리켜 군자라 하였고 독행篤行**이라
하였다. 아아 군자이었던 독행자이었던 그네들의 가슴속에 그 얼마나 쓰

---

* 일에 헤살이 들거나 장애가 생기어 잘되지 않다.
** 부지런하고 친절한 행실.

림이 있었으며 그 얼마나 현실폭로의 쓰린 웃음이 고개를 쏙쏙 내밀었으랴. 참으로 불행한 자가 그네들이었고 참으로 가민可憫할* 자— 그네들이었다. 그러면 그러한 현실폭로의 쓰린 웃음의 얀정**없는 비꼬음을 받은 자— 홀로 그네들이었으랴. 그러한 심리와 도의라 규구規矩*** 아래에 제정된 병신교육을 받은 모든 우리들은 의식하고서나 무의식이고서나 때와 마당을 가리지 않고 쏙쏙 내미는 자아 본연의 욕구를 '말지어다' 주의로 덮어 눌러버렸었다. 그리고 그것이 거의 제2의 천성을 지어서 고통도 그리 고통으로 여기지 아니하고 비애도 그리 비애로 여기지 아니하게 되었다.

'세상은 그러한 것'인 줄로만 단념해버렸다.

성욕문제, 여자해방, 결혼문제. 그러한 우리 인생이 일찌거니 깊은 연구를 하지 아니치 못할 거리에 대해서 이즈음 와서야 그것을 떠드는 자— 있게 되었다. 가사假使 이제 노골露骨하게 남녀의 성욕을 말하는 자— 있다 하자. 만인이 알아야만 할 것이오 들어야만 할 것이건만 이를 숭엄崇嚴한 태도로 신성히 논하며 들을 자— 과연 그 몇 사람이겠느냐. 사랑이 없어서 속마음으로는 서로 원수같이 생각하고 있는 내외로되 이를 색色에 현現하지 아니하고 구口에 올리지 아니하면 세상에서는 '평화한 가정'이란 난외欄外****에 틀어박아 버린다. 그래서 두 고깃덩이의 사는 시체를 늘려논다.

부창부수夫唱婦隨이니 칠거지악七去之惡이니 하는 남자에게는 극히 편리한 도율道律을 지어가지고 여성은 남성의 노예와 같이 대접을 하였다. 더구나 우리 조선에서는 아니 조선 뿐이랴마는 아내가 일보라도 남편의 지

* 가엾게 여길만한.
** '인정人情'을 낮잡아 이르는 말.
*** 일상생활에서 지켜야 할 법도를 의미하는 '규구준승規矩準繩'의 준말.
**** 울타리 바깥. 또는 신문이나 잡지, 책 따위에서 본문 가장자리를 둘러싼 줄의 바깥쪽.

위에 범犯치 못함은 물론이거니와 '계집'이라는 대명사가 일종의 업신여 김의 대명사가 되어서 사람의 자격을 주지 아니하였다.

참으로 노라가 "인人의 처가 되기 전에 사람이 되어야 하겠다"는 비장한 부르짖음을 남기고 남편의 집을 떠남이야말로 인생 본연의 외침이었다. 혁명의 봉화이었다. 모든 위축하고 얼빠진 여자에게 경이의 종소리이었다. 자각의 기쁨과 쓰림에 느끼는 여자에게 다시 얻지 못할 옥조玉條가 되었다. 문호 입센의 영필靈筆은 〈인형의 가家〉 노라로써 인순고식因循姑息의 여자계에 그 얼마나 신송辛竦한* 자극을 주었던가. 여자해방의 성聖 〈인형의 가〉는 1879년에 세상에 출出한 이후로 구주歐洲 각지의 극장에 상연되어 소위 도학자道學者들의 여론을 비등沸騰시키었던** 문제극이니 오늘에 이르기까지 독자의 폐부를 찌름이 있음은 이 곧 진리가 있음인 까닭이라. 이제 양형백화梁兄白樺의 난숙爛熟한 필치로써 〈노라〉의 전역全譯이 출현됨은 나날이 새로운 기운이 일고 여명기에 달한 우리 여자계를 위하여 적지 않은 공헌이 될 줄로 믿으며 충심으로 이를 기뻐한다.

—《시사평론》3, 1922. 7.

---

* 독하고 두려운.
** 물 끓듯 떠들썩하게 한.

민족성과 연극에 취就하여

1.

학자들은 말하기를 인류가 있는 곳에는 반드시 예술이 있을 것이며 예술이 있는 곳에는 반드시 어떠한 형식으로라도 연극이 있을 것이라고 말하였습니다. 물론 이러한 학자들의 말에는 나는 조금도 의심을 두지 않으려 하며 또 의심을 둘 여지도 없는 것 같이 보입니다. 그러나 학자들의 말과 같이 인류가 있는 곳에 예술이 있을 것이라 하는 단언에 대해서는 다시 논할 바 없이 믿을 수 있다 할지라도 예술이 있는 곳에 반드시 극이 있다 하는 말에 대해서는 다소의 의의疑義가 없을 수 없는 줄 생각합니다. 강强히 이것을 믿는다 할 것 같으면 먼저 아래와 같은 전제하에서 그것을 시인하려 합니다. 극이란 것을 퍽 넓은 뜻으로 보아서 꽃을 보고 춤추고 달을 보고 노래하는 인류본연의 감정으로서 우러나오는 동작이라든지 시가詩歌, 그 모든 미화된 과科와 사詞*를 역시 극이라는 한 테바퀴에 속에다 쓸어 집어넣는다는 조건하일 것 같으면 물론 다시 논할 여지

| * 몸짓과 말.

가 없는 정의라고도 말할 수 있겠습니다. 그러나 만약 그것을 악樂이라든지 무용이라든지 시가라는 여러 종류로 구분하고 본다 하면 인류 있는 곳에만 반드시 극이 있으리라는 정의는 극을 지상至上에 앉히고자 하는 뜻에서 나오는 즉 극의 발상을 최고最高에 두고자 하는 데에서 나온 말이 아닌가 생각합니다. 다시 말하고 보면 극은 종합예술이니까 그 속에는 물론 음악도 들어야 하겠고 시가도 들어야 하겠고 미술도 들어야 하겠습니다. 그러고 본즉 인류가 아직 원시시대를 벗어나지 못하였을 때에는 그 모든 감정에서 우러나오는 예술을 으리파인*하며 미화하고 또는 조화해서 일개의 극이라는 예술을 창작해내는 문화는 없었을 것은 분명합니다. 극이라 할 것 같으면 야외이든 실내이든 좌우간에 무대가 있어야 할 것이며 다수의 출연자가 있어야 하는 동시에 무대의 효과를 드러내기 위해서 여러 가지 복잡한 기교와 과학이 들 것입니다. 그러고 본즉 인지人智가 유치하고 문화가 천박한 옛사람들이 의식意識의 유무를 물론하고 개인으로서 춤출 수 있고 개인으로서 읊조릴 수 있는 음악과 시가에만 그의 본능의 요구를 만족시켰을 것은 분명합니다.

2.

그러나 인지人智가 차차 발달되어 갈수록 학자, 위정가爲政家 또는 사회개량에 대한 식견과 포부를 가진 자 또는 종교가가 일시에 많은 인중人衆에게 자기의 목적하는 바 마음먹은 바를 선포(연설 이외의 간접과 암시로서)하기 위하여서, 또는 우리가 일상 보고, 하고, 밟아오는 사물 이외

| * purify(정화하다, 정제하다) 또는 refine(정제하다, 개량하다)으로 추정됨.

의 무슨 숭엄한 형식과 동작으로서 사람의 감정을 최상까지 끌어올리려는 목적으로 음악, 시가, 미술을 종합한 극이라는 것을 창작하게 이른 것이라고 생각합니다. 고대 희랍의 종교가와 위정가가 신에게 대한 신앙과 숭엄을 중인衆人에게 인상주기 위해서 매년 바쿠스* 신전에 제사를 올릴 때 숭엄한 형식하에서 일종의 신전극神展劇**을 연演하였다 합니다. 살라미스의 양양한 벽파碧波를 배경 삼아 굉대宏大한 원대圓臺*** 아래서 수만 군중이 한 가지로 신전의 숭엄한 극을 볼 때에 그 얼마나 눈에 보이지 아니하는 위대한 인상을 받았을까는 용이容易히 상상할 수가 있지 않겠습니까. 그러하였기 때문에 그때의 배우는 모두가 위정가이며 또는 명사名士이었다 합니다. 이러한 종교적 색채 하에 극이란 예술이 발상되자 민중의 힘은 그것을 위정가나 종교가 등의 일종 특수한 계급에게 다 맡겨두지 아니했습니다. 내종乃終에는 차차 그것을 민중 가운데로 끌어내리게 되어서 오늘날의 극이 비로소 발전되어 온 것이라고 말할 수 있습니다. 서양에서 극이 발상된 근원이 과연 이러했든지 아니했든지 간에 근대 각국의 극의 발달과 현상을 볼진대 모두가 각국각양各國各樣의 민족성을 따라서 각자의 발달을 해온 것을 알 수 있습니다. 맨 처음 극을 정치의 구具****로 또는 종교선전의 구로 삼았을 시대에는 극 중의 다분多分의 교회敎誨*****적 언사와 과작科作이 포함되었었기 때문에 점차 인지人智가 상향되어갈수록 그것을 보는 사람으로 하여금 도리어 일종의 반감을 가지게 하는 것을 알게 된 이후, 또는 극이 진실로 민중의 것이 된 이후, 극은 수신修身의 교전敎典이 아니라는 이상 하에서 그러한 개조적個條的 윤리

---

* 바쿠스Bacchus : 디오니소스 신의 로마식 표기. 디오니소스 신은 포도주와 풍요의 신이자 연극의 신이기도 하다. 디오니소스 축제로부터 고대 그리스 연극이 시작되었다. 원문은 '빠카스'.

** 이 글에서 '神殿'은 모두 '神前'으로 표기되어 있음. 神殿劇의 오기로 보임.

*** 어마어마하게 큰 원형극장.

**** 도구.

***** 잘 가르치고 타일러서 지난날의 잘못을 깨우치게 함.

를 표현치 아니하는 순연한 인생의 축도를 무대에 드러내서 사람의 감각 · 감정 · 이지理智에 암시와 촉동觸動*을 주도록 힘쓰게 되어 왔습니다.

이것이 즉 민중의 요구이며 자연의 경과이었습니다. 오늘날 소위 신극이라 하는 것은 근대사조의 세례를 받아서 혹은 개인주의와 연애의 파국을 주재 삼고 혹은 연애의 삼각관계를 묘파하며 또는 근대문학의 기조가 되는 리얼리즘, 인생생활에 있어서 모든 모순된 반면半面, 그에 대한 반항이 기조가 되어 있습니다. 이리하여 극이 흥분된 감정 그것을 여실히 단순히 표현하든 소박한 고대의 형식을 벗어나서 비로소 일종의 교화용, 교회敎誨용으로 인과응보를 주근主筋** 삼는 종교적 색채를 가진 극의 형식이 생기게 되고 그것이 한 걸음 더 나아가서 오늘의 신극이 발생된 것이올시다.

3.

그러나 이것이 전 세계 어느 나라를 물론하고 이러한 극으로서만 극의 생명을 삼고 극의 맥을 보존하느냐 하면 그것은 결코 그렇지 않습니다. 요새 극을 논평하고 관觀하는 이 중에 무슨 극단이니 무슨 회이니 하는 단체가 조금이라도 민중에게 아첨하는 극을 한다 하면 몰아쳐 극이 아니라고 타매하고 민중이 알아먹거나 모르거나 또는 극단이 극단 자체가 재정상으로 파산을 당하거나 말거나 멀리 셰익스피어의 것이나 입센, 스트린드베리, 비에른손*** 또는 러시아 작가들의 것을 올려야만 비로소

* 자극하여 움직임.
** 건물의 기둥이나 대들보.
*** 비에른손(Bjørnstjerne Bjørnson, 1832~1910) : 노르웨이의 시인, 소설가, 극작가. 입센과 함께 노르웨이의 4대 작가로 불리기도 하였음. 1870년대부터 90년대까지 논쟁극(polemical play), 사회극(social play)을 표방한 극작품을 남겼으며, 1903년 노벨문학상을 수상하였다. 원문은 '표룬숀'.

극인 줄만 알게 되어 있습니다. 그것이 모두가 아니라 하더라도 그러한 경향이 많이 있는 것은 부인치 못할 사실인 듯합니다. 나는 이러한 경향을 보고 이러한 논평을 들을 때에 말할 수 없는 반항과 증오가 가슴에 끓어오릅니다. 물론 그네 선각자의 극이 우리를 계발啓發함이 적지 아니함도 모르는 바가 아니올시다. 그러나 그 모든 작作에는 배경이 있습니다. 그때의 민족과 그때의 사조를 따라 혹은 반항하고 혹은 비웃고 혹은 이서裏書*한 것이 아니오니까. 이것을 우리가 한 가지의 연구로 또는 그 작품을 만들어낸 그 시대의 사조가 오늘 우리 조선의 민지라든가 민족성과 부합하는 점이 있다는 견지 아래서 그러한 작품을 선택함이라 하면 오히려 수긍할 점이 있겠습니다마는 다만 서양의 신극이오 위대한 작가의 그것이니까, 나는 맹목몰아盲目沒我의 주견 아래서 숭배하고 하나로서 열까지 되나 못되나 아나 모르나 그것이라야만 극이라는 유견謬見**을 가짐에 대해서는 말할 수 없는 반항이 솟아오른다 하는 것입니다. 우리에게는 우리의 민중이 있습니다. 우리의 극이 있어야 할 것이며 있을 수 있을 것이라고도 생각합니다.

돌이켜 서양의 극계를 볼지라도 서양에서는 어느 때나 어느 극장에서나 매양 지금 말한 다 위대한 작품들만 상연하느냐 하면 그렇지 아니한 줄 압니다. 구 러시아 모스크바에 있던 미술좌美術座,*** 독일에 있는 몇몇 극장에서 전문적으로 또는 연구적으로 그러한 문인의 작품을 올리기 시작해서 극문학 애호자의 호평을 받았던 것이올시다. 서양에서 소극장 운동이 일어난 소유小由를 말하더라도 대극장 또는 영리적 극장에서는 그러한 문인의 작품으로만은 도저히 다수의 관객을 오래 끌 수가 없는 까

* 서화의 뒷면, 수표의 뒷면 등에 진물임을 증명하는 글을 쓰는 행위. 배서背書.
** 그릇된 견해.
*** 모스크바 예술극장. 스타니슬라프스키와 네미로비치 단첸코가 1898년 설립한 모스크바의 극장으로 리얼리즘 연극의 산실이 되었으며, 20세기 초 세계의 연극운동에 강력한 영향을 끼쳤다.

닭에 하는 수 없이 민중 일반의 호상하는 바를 따라 흥미전일주의의 흥행을 하게 되니까, 그것에 불만을 가진 극문학가와 신진배우 등의 열심가들이 고급관상가高級觀賞家의 후원으로써 소극장을 창설함에 이른 것이 아닙니까. 그러하니까 이러한 진지한 극장운동자를 그르다 하는 것도 아니올시다. 물론 숭배도 합니다. 그러나 그리하는 반면에는 민중 일반이 호상하는 극 그것도 역시 극으로서의 가치를 보아줍니다. 가죽신인 동시에 짚신도 신이 아니라고는 말할 수 없을 것입니다.

4.

우리 조선보다 모든 점에 우월한 태서泰西 각국으로서도 이러하거든 황차況且 우리의 현상으로서 전연히 민족성과 민지 또는 민중의 호상과 너무나 거리가 먼 극이 수지가 맞아 들어갈 이치가 있습니까. 가까운 예를 일본에서 취하여 보더라도 일본에 태서의 신극이 수입되고 또 유수한 몇 사람의 힘으로 신극 운동이 일어난 지 십유오년十有五年여의 시간이 경과된 오늘에도 아직 그것이 만족한 성적을 얻지 못하고 의연依然히 가나평본假名平本* 주신구라忠信藏가 극계의 독삼탕獨蔘湯의 위位**를 점유하고 이를 흥행하는 극장에는 어느 때나 만원찰지滿員札止***의 목패木牌를 내붙이게 되며 어령御寧 분라쿠자文樂座****의 인형지거人形芝居*****가 이수異數의 성

---

* '가나수본假名手本'의 오기로 추정됨. 가나본 주신구라는 히라가나로 쓰인 주신구라의 가장 정제된 판본으로, '가나수본' 자체가 주신구라를 가리키는 호칭이기도 했다.

** 독삼탕은 한방약의 하나로, 큰 출혈이나 쇼크를 입은 사람에게 쓰는 구급약이다. 이 글에서는 관객이 들지 않는 극장을 기사회생시키는 레퍼토리라는 의미로 쓰인 듯하다. '가나수본 주신구라'는 '연극의 독삼탕'이라 불리기도 했다.

*** 만원이 되어 매표를 중단함.

**** 오사카에 소재한 닌교조루리人形淨瑠璃 전문극장.

***** 인형지거(にんぎょうしばい): 일본의 전통 인형극. 닌교조루리라고도 한다. 일반적으로 인형조종자, 대사·해설을 노래로 전달하는 다유太夫, 샤미센을 연주하는 전문연주자가 함께 공연한다.

적을 나타내게 됩니다. 이것은 무슨 까닭입니까. 일본인에게는 일본인의 취미가 있고 전통이 있으며 도의관道義觀이 있고 미술이 있으며 무사도의 정신과 남녀의 정리情理가 있는 까닭이 아닌가 합니다. 쉽게 말하면 즉 일본 민족성에 부합하는 예술인 연고로 해서 그러하다 하는 것이올시다. 만근輓近* 우리 경성에서 일어나는 신극단체마다 꽃다운 성적을 얻어 보지 못하고, 우리가 항상 부실하고 보잘 것 없이 생각하는 광무대가 홀로 13년 동안이나 여일如─히 심청가, 춘향가로만 꾸준히 유지해 나오는 사실을 볼 때에 나는 이것 역시 경영자의 수완이 훌륭해서 그러한 것 뿐만으로 해석해버릴 게 아닌 줄 믿습니다. 심청가, 춘향가는 적어도 우리 민족성에 부합한 무엇이 그 속에 있고 아무리 징, 장고 소리가 시끄럽다 해도 그 속에 우리의 흥을 돋울만한 무엇이 잠겨 있는 까닭에 남녀를 물론하고 노소를 불문하고 그 노래만 듣고 그 소리만 나면 저절로 어깨춤이 나게 되는 것이야 어찌하겠습니까. 이것은 조선 사람이라야 멋을 알고 조선 사람이라야 느낄 수 있는 것이올시다. 춘향가 놀음을 볼 때에 많은 불만이 있습니다. 배경이나 광선이나 무엇 한 가지 취할 것 없고 비극희극에 분별이 없이 뒤죽박죽을 만들어버리는 요새 소위 창우倡優들의 행동과 예능에는 등에서 식은땀이 줄줄이 흘러내릴 지경이올시다. 그러나 아무리 그 위인들의 행작行作이 구역이 날 지경이라도 춘향가 그것과 심청가 그것의 본진本眞의 예취藝趣에 들어가서는 그것 저것 다 막설莫說해놓고 좋다 소리가 나게 됩니다. 이것이 즉 우리 민족성에 부합한 예술인 연고가 아니고 무엇이겠습니까.

중국에는 중국 독특의 가극이 있습니다. 나는 일찍 남만주에 여행했을 적에 봉천에서 중국의 가극을 구경하였습니다. 그리고 그네들의 독특

| * 몇 해 전부터 현재까지.

한 예술에 적지 않은 감흥을 맛보았습니다. 삼국지, 수호지나 서상기를 연演할 때 가끔 극장이 떠나갈 듯한 환호가 일어나는 것을 보았습니다. 그곳에는 양복 입은 중국인도 있었습니다. 양안경을 쓴 스포―트 차이니스도 있었습니다. 그러나 그곳은 확실히 딴 물이 한 방울도 들지 아니한 중화의 한 사회이었습니다. 확실히 충분히 중화의 기분이 가득하였었습니다. 이리하여 그네들은 중화의 예술을 북돋우고 중화의 꽃을 살려가던 것이었습니다. 중국 4백여 주 도처도회到處都會에 큰 촌에 이르기까지 반드시 창극희대唱劇戱臺가 있다는 말을 들을 때에 나는 그것을 퍽 부러워하는 동시쯤에 중화의 문화가 뿌리 깊게 있음을 깨달았습니다. 내가 구경한 곳은 중국 대륙으로 보면 북쪽 변방에 있는 한 도회에 지나지 못합니다. 그러한 곳에 그러한 성황이 있거든 하물며 문화의 중심지 되는 남방 일대에 이르러서는 찬란하고 흐무러진* 극예술의 꽃이 피어 있을 줄로 생각합니다. 이것은 도시都是 중국민족성이 만들어낸 중국의 극예술인 연고로 해서 그러한 역사와 발달과 생명이 있는 것인 줄 믿습니다. 아무리 구미 풍물에 도취하고 태서 문화에 젖은 일본인이라도 일본 고유의 기다유義太夫**를 듣고 눈물 아니 흘릴 사람이 몇 사람이나 되며 춘향가나 심청가의 맛있는 곡조를 들을 때 머리끝이 쭈뼛 아니할 조선인이 과연 몇 사람이나 되겠습니까. 만약 그런 사람이 있다 하면 그 사람은 조선인의 피가 흐르지 아니하는 사람이라고 말할 수밖에 없는 줄 생각합니다. 그러함으로 우리 조선에는 우리 민성에 부합한 가극도 있어야 할 것이며 신극도 있어야 할 것이라고 생각하며 또 있을 것이라고도 믿는 바이올시다.

---

* 흐무러지다 : 잘 익어서 무르녹다.
** 기다유부시義太夫節의 준말. 일본 조루리淨瑠璃의 한 종류로, 오사카의 다케모토 기다유竹本義太夫가 형식을 집대성하여 창안한 독립된 음곡音曲을 사용함.

5.

구미의 극을 두고 보더라도 영국에는 영국에 독특한 퓨리탄 전제정치의 전통과 앵글로색슨 민족의 실리주의實利主義가 많이 포함된 극이 발생되었고 구라파 남방 이태리의 극을 볼진대 남국南國에 특유한 정서가 흘러넘치는 연애극戀愛劇이 너무나 있습니다. 오늘날 우리가 태서 신극의 조祖로 생각하고 있는 극은 거의 그 발생이 북방 독일과 러시아에 있습니다. 북방 독일과 러시아는 한국寒國이올시다. 음참陰慘한* 공기와 심각한 생활이 있습니다. 어두운 반면이 많이 있습니다. 그런 까닭에 그의 극은 남방 불란서나 이태리의 그것과 같은 밝고 가벼운 반면이 없습니다. 따라서 인생의 참된 부르짖음과 생의 고뇌, 모든 모순에 대한 반항이 많이 포함되어 있습니다. 다시 말하면 심각합니다. 이것도 또한 그의 민족성의 발로가 아니고 무엇이겠습니까. 미국이 부자의 나라요, 생활이 풍유豊裕하며 계급제도의 전통이 없으므로 말미암아 민족적 고뇌가 적고 생의 고뇌가 적음을 따라 그의 가져 내려온 극도 향락과 낙천, 또는 천박한 연애를 묘사한 극이 대부분을 점하여 왔음을 볼지라도 극의 발전이 민중의 호상好尙과 민족의 성性을 따름이 적지 아니함을 가히 알 것이라 하겠습니다. 가까이 일본의 극의 내력을 살펴보면 일본은 고래古來 불교가 민중의 정신을 지배하여 오고 무사가 일본 사인士人의 머리를 지배하여 왔습니다. 그러나 일본에는 일본 독특의 민중의 문화가 있고 정町의 예술이 있고 정인町人의 힘이 있던 나라이올시다. 일본에 무사라는 일종 권력계급이 있는 동시에 정노町奴**의 세력이 있던 나라이올시다. 그런 까닭에 일본 고래극古來劇의 기근基根이 된 조루리淨瑠璃라던지 무사도를 중심 삼

* 음참한(いんさん-): 어둡고 참혹함.
** 정노(まちやっこ): 에도시대 정인町人 출신 협객.

437

은 무용극武勇劇 또는 복수극이 모두 민중의 소유이었으며 민중의 북돋움을 받아 내려왔었습니다. 이러하여 일본극이 천평원○天平元○*의 찬연한 문화와 폐퇴廢頹**적 기분으로써 난숙의 기期에 입入하고 도쿠가와德川 말기에 이르러서는 태평시대의 여세를 따라 인과응보율因果應報律의 인생관과 여성의 도덕관 정조관이 세와모노世話物***라는 독특한 일본극을 완성하게 이른 것이올시다.

돌이키어 우리 조선의 극계를 볼 때에 나는 나의 넉넉지 못한 고구력考究力으로는 그의 역사가 빈약함을 느끼고 따라서 붓대를 움직일 용기까지 없어짐을 면치 못하나 그러나 다시 일방으로 조선극을 창작하는 책임과 시기가 우리에 있고 지금에 있음을 알고 다시 한마디 말 아니할 수 없는 느낌을 가지게 되었습니다. 대저 우리 조선의 악樂으로 볼 것 같으면 우리의 아악雅樂은 세계에 희유稀有한 웅대한 규모와 절묘한 것이 있었다 합니다. 250인의 악수樂手를 요要하는 대규모의 오케스트라가 있었다 합니다. 아악을 제쳐놓고라도 속악에도 동동動動 · 서경西京 · 대동강大同江 · 오관산五冠山**** 등 24곡의 원조原調가 있었다는 역사를 우리는 가졌습니다. 우리 조선에도 확실히 예부터 창우倡優가 있었던 것은 명종조 때에 창우가 관중官中에 들어가서 명종대왕을 위하여 도목연희都目演戲를 을람乙覽*****에 공供하였다는 야사野史를 볼지라도 가히 증명하겠습니다. 광대가 있었고 재인이 있었고 화랑이 있었고, 여사당 남사당이 있었고, 산두山頭******가 있었고, 꼭두각시의 인형극과 면극面劇이 있었고, 야류野遊(들놀음)의 일종의

---

* 나라문화의 전성기였던 天平연간(729~748). 뒤의 시기는 인쇄상태로 인해 불명.
** 황폐하고 퇴락함.
*** 가부키나 조루리에서 서민사회의 사건이나 인정을 소재로 지은 작품.
**** 동동動動 · 서경西京 · 대동강大同江 · 오관산五冠山은 『고려사』 악지에 수록되어 있는 고려가요이다.
***** 임금이 보는 것.
****** '산두山頭' 또는 '산대山臺'로 추정되나 인쇄상태로 확인이 힘듦.

페젠트가 있었습니다. 그러나 이것이 모두 악樂이나 시가나 극이나 그대로 맨 처음 생길 때의 규모와 형型대로 겨우 유지만 해 내려오고 생명만 붙여오다가 그것조차 없어지고 하나도 진취되고 향상되고 개량되어온 것을 보지 못하였습니다. 그것이 향상된 예라고 하면 겨우 장안사 연흥사 원각사의 화용도華容道 놀음이었고, 기생들의 홍문연鴻門宴을 들 수밖에 더 없지 않겠습니까. 이것이 과연 우리네의 가진 극예술이었겠습니까. 이것밖에 가지지 못함이 바른 일이었겠습니까. 강화도 포대에 대포가 실리고 동학혁명이 깃발을 날리고 상투가 까까중으로 변하고 탕건포립宕巾布笠이 중절모자로 변하고 교군군轎軍軍이 인력거 차부로 변하고 철마가 한수빈漢水濱에 내시來嘶하게 되는* 동시에 우리의 극예술도 따라서 향상되어 왔으련만 유독 이것만은 고래의 그것까지도 잃어버리고 말았습니다. 정악은 어느 때나 영산靈山이 제일이요 염불과 타령이 제일이올시다. 산조는 사인士人이 탈것이 아니며 퉁소는 맹인이 불 것이오 걸인이 불 것이라 합니다, 이리합니다. 이리해서 우리의 악예樂藝와 극예劇藝는 난쟁이 귀신이 되어 버렸습니다.

6.

그러면 우리 조선인은 극예술의 천재가 없고 일개의 신곡작가도 없는가? 없는 것이 아니라 있을 수가 없었고 따라서 있을 리가 없었습니다. 원래 우리 조선에는 민중이 없었습니다. 민중이란 세력이 없고 민중의 문화가 없었습니다. 노래를 잘 부르고 악樂을 잘하면 재인악공才人樂工

| * 『정감록』의 한 구절인 '철마래시한수빈鐵馬來嘶漢水濱'.

으로 몰아넣어서 천인 중에도 천인을 만들어버렸습니다. 대가댁 마당에서 심청가를 부르고 장원급제 발림에 세피리나 불면 그네의 영광이오 호강이었습니다. 그네의 죄가 아니올시다. 그러한 예술을 자기의 전유로 삼고 완롱물玩弄物로 삼고 노예로 삼았던 소위 양반계급의 죄라고 말할 수밖에 없습니다.

그러면 그러한 일면에 민중이 이것을 사랑하여 이것을 보호하고 이를 장려하며 그네에게 물질로라도 많은 위안을 주었느냐 하면 그 역 도저히 바라보지 못할 ○○○이었습니다. 옛 때의 우리 민중은 있으나 없으나 아무 힘도 없는 민중이었으며 어찌하면 빼앗기지 아니하고 볼기 맞지 아니하고 살아볼까 하는 생각에 전전긍긍하던 불쌍한 무리들이었습니다. 귀족과 노예 이외의 나라의 문화와 부의 중심이 되는 민중이 없었습니다. 설령 그러한 포부가 있고 행동이 있는 사람이 있었다 할지라도 둥근 기둥을 세우지 못하고 색채를 쓰지 못하고 이층집을 세우지 못하던 우리 민족의 처지로 감히 희대를 지을 염念이 날 리 있으며 창우를 보호할, 또는 장려할 마음의 여유가 있었을 수가 있겠습니까. 인습이 이러하고 물질로 받음조차 타他보다 박하거든 어찌 이 속에 투신함을 좋아할 리 있으며 그 속에서 인물이 남을 기대할 수 있겠습니까. 인민은 인순고식이오 윤안偸安으로써 이상을 삼았습니다. 이러한 사회에 어찌 문화의 향상을 바랄 수 있었겠습니까.

문인은 한시를 힘쓰되 극작에 힘쓰지 아니하고 간혹 여기로써 짓는다 하면 치명置名으로써 연대와 지명을 중국으로 취하여 필화를 면코자 하였으며 극도의 숭화심崇華心은 국문을 천시하여 사대부로서 이를 사용함을 기忌하였으니* 그 가운데에 어찌 순연한 조선성의 문화가 있을 수

| * 꺼렸으니.

있었겠습니까. 춘향가가 남아 있고 심청가가 남아 있음은 우리의 보패寶貝*이며 기적이올시다.

전제악치專制惡治의 결과와 불교 배척의 정책이 민중의 진취성과 우리의 미술을 해독害毒함도 또한 헤아릴 수 없이 많았으며 지리적 관계로 하여서 외우外憂가 교지交至하는** 동시에 안으로는 혁조革朝의 변變이 ○유○有***하고 노소老少의 다툼으로써 세월을 보냈으니 민중을 근본 삼지 않는 나라에, 민중을 무시하는 나라에 무슨 발전을 얻어볼 수 있었겠습니까.

우리 조선 13도를 통틀어 놓고 한 개의 완전한 극장이 없는 오늘의 현상을 생각하매 다시 극에 대한 붓을 움직일 용기가 없어집니다. 조선 고유한 창우들은 자기의 손목을 이끌어 인도하며 자기의 앞길을 가리키어주는 패트론을 갈구하되 그의 뜻을 잇지 못하여 그날그날의 생활을 위하여 예술의 함락陷落을 돌아다 볼 여지가 없을 지경이며 몇 사람의 신극 창시자나 배우는 사회의 냉대보다 더 절실한 생활의 자資에**** 몰려서 마음에 없는 직업에 목을 매고 팔자에 없는 주판질을 하게 됩니다. 그러나 이러한 반면에는 그네의 전도前途에는 다른 나라 사람들이 맛보고 가져보지 못하는 희망이 있다고 할 수 있습니다. 무로서 유를 지어내고 찾아내며 어둠에서 빛을 찾아내며 지어내는 창작의 유쾌가 있을 줄로도 생각합니다. 남이 만들어놓은 답畓을 매는 것보담 미간지未墾地에 논을 푸는 번애와 유쾌가 그네들 앞에 드러누워 있는 줄로 생각합니다. 그러나 한 가지 절실히 느끼고 바라는 바는 극작에 종사하는 문인과 또는 미술가·흥행사, 그 모든 극계의 사람사람이 우리의 민족성에 즉卽하고 또는 민족성에서 우러나오는 예술을 북돋우기에 힘써서 비로소 우리의 것 우리의 예

---

* '보배'의 원말.
** 밖으로부터의 환란이 번갈아 오고.
*** '종유種有'로 추정되나 인쇄상태로 확인이 힘듦.
**** 재물에.

술을 완성하기를 기期할 것이며 우리의 아악이 일본 악리학자樂理學者 다나베田邊 이학사理學士*의 조사를 기다려서 비로소 귀중하였고 보패이었던 것을 알게 된 부끄럼을 다시 거듭하지 않도록 우리는 행해야 하겠습니다. 창작이 ○生되는 ○○에 이는 정도까지의 ○○로 용서 아니 할 수는 없을 것이며 또 그가 필요한 점도 전연히 없다고 말할 수 없습니다. 그러나 필경에 우리는 그것을 저작咀嚼하고 소화해서 필畢히 모방 그것으로써 자안自安하고 모방 그것으로써 생명을 마치지 아니하도록 힘써야 할 것이라 합니다.

—《시대일보》, 1924. 4. 22~24.

---

* 다나베 히사오田邊尙雄로 추정됨. 다나베는 일본 궁내성의 아악대 연습소 소속 이학기사理學技士이자 음향학자로 1920년 한국의 아악 조사를 위해 내한하여 아악조사를 실시하였고, 초기 아악연구 및 이왕직아악부 재건에 많은 영향을 끼쳤다.

야담野談과 계몽啓蒙

야담이란 말이 야사野史에서 나온 이야기를 주主 삼아 한다고 해서 지어낸 말이지마는 이야기가 반드시 야사에만 한限하지 않은 이상 이 야담이란 말은 적당한 이름이 아니라고 생각한다. 더구나 이 야野자란 조야朝野의 야野뿐이 아니라 야비野鄙, 야속野俗의 야野자가 되는 이상 구태여 야담이란 이름을 쓰기는 싫지마는 그만해도 전 조선적으로 이미 선전된 이름이라 지금 와서 새삼스러이 고칠 필요도 없는 것이다.

하여간 이 야담이란 한 개의 새로운 화술話術이오 또 교화적으로 선전적으로 계몽적으로 막대한 능력이 있는 것이라고 믿는다.

가까운 예를 들어보면 일본에나 중국에서 무식한 대중이 자기 나라 또는 세계의 유명한 사담이라든지 인물 위인의 사적事蹟 등을 알게 되는 것은 오로지 소위 강담講談이나 설서設書에서 배워지는 것이라고 볼 수 있다.

일본 대중이 무사도武士道나 대화혼大和魂의 정신적 교화를 받게 되는 것도 여기에 있고 또 보드라운 민족적 정조 아름다운 정서情緖의 수양을 받게 되는 것도 도화道話라든지 강담에서 직접 받게 되는 것이 적지 않다.

서적이나 신문잡지 그 중에도 신문은 일종의 보도기관에 불과한 현상現狀이 되고 잡지는 흥미 중심의 저널리즘밖에 아무것도 거기에서 구할 수 없는 현상에 있어서는 더구나 그것이나마 일부의 유산계급 또는 인텔리 계급 외에는 읽는 기회도 없지마는 야담은 일야一夜에 수백 수천의 사람에게 직접 감흥과 지식과 흥분을 줄 수 있는 것이라고 본다.

이런 의미에 있어서 야담은 극히 필요하다. 그러나 한 가지 어려운 경위는 다른 것이 아니라 야담을 잘할 수 있다는 것은 아래와 같은 제조건諸條件이 구비하여야 되는 점에 있으니

1. 전문적으로 또는 상식적으로 해박한 학식이 있어야 할 것.
2. 상당한 성량과 건강이 있어야 할 것.
3. 교묘한 화술이 있어야 할 것.

대략 이상 열기列記한 조건이 있어야만 비로소 완성된 야담을 들릴 수가 있게 된다. 그럼으로 이 세 가지 조건을 구비하기 어려운 이상 훌륭한 야담연사를 얻기는 매우 어렵다.

10인의 문인은 얻기 쉬우나 1인의 야담연사를 얻기는 어렵다.

더구나 '강화講話' 이것은 오늘까지의 강화 강화해온 그것이 아니라 만담적 강화漫談的 講話를 가리켜 말함이다. 이에 이르러서는 더욱 어렵다. 사담史談은 역사의 이면裏面이라든가 역사의 일부를 이야기함에 그치지마는 강화는 유머하고 위트가 많고 그리고 그중에 도화적 비유道話的 比喻 또는 미담, 풍자 이 여러 가지의 분자를 교묘히 섞어서 만들어내야만 하는 것이니 이것이야말로 실상은 야담보다도 어렵지 않은가 한다. 하여튼 야담이거니 강화거니 다른 무엇보다도 어렵다고 하는 것은 청중 직업상, 학문상, 환경상, 성상性上의 여러 가지가 각색 각종을 일률로 기쁘게 하고 수긍케 하고 탄복케 하고 흥미 있게 하여야만 될 것인 까닭이라. 다시 말

하고 보면 포퓰라 성性을 가져야만 된다는 것이다.

끝으로 한마디 해둘 것은 특히 우리 조선에 있어서는 이 야담이나 강화를 계몽적으로 활용하면 활용할수록 효능이 있게 의미가 있는 일이라고 믿는다.

—『계명』 23, 1932. 12.

신세대의 음파신문 라디오의 사회적 역할

—경성서 조선어 단독방송을 축祝하며

우리 인생에 있어서 우주의 모든 현상은 '불가해不可解'의 일어—語로 돌아가게 되느니 뉴턴이 일찍이 "우리의 우주에 대한 지식은 대해변大海邊의 백사白砂를 한 알 한 알 주워 올리는 것과 다름없다"라고 탄식한 것도 결코 과언이 아니라고 믿는다.

그러나 사람의 부단의 노력은 주워 올린 백사의 일립—粒 일립을 모아서 오늘의 찬연한 과학을 대성하여 시간을 초월하고 공간을 초월한 무선사업無線事業을 완성하게 되었다.

전기의 과학은 물론 아직도 장래에 속한 과학이다. 그러나 오늘까지에 완성된 그것만으로도 우리를 경쇄驚殺*시키기에 충분하다. 취중就中 무선전화에 관한 부분을 들어 말하면 1865년 맥스웰이 '광光(빛)'은 에테르 내에 일어나는 전자적 파동이라는 것을 수학적으로 설명하고 광파光波와 동종류의 전자파가 존재할 것을 예언하였다.

그 실재를 증명한 사람이 헤르츠(1887년)이고 이것을 실지에 응용한

| * 매우 놀람.

이가 무선계의 은인 마르코니(1897년)이니 그는 영국 브리스톨 해협에서 해상 9리涅 간의 무선통신에 성공하였으며 1899년 영불해협 32리 간의 무선통신에 성공하여 차차 완성 실용시대에 入함을 증명하였었다.

이것이 1901년 무선의 위력이 대서양을 건너감에 이르러 비로소 오늘의 성왕盛旺을 예상케 하였다.

이리하여 무선전화의 증명이 된 지 근근 30년 미만에(1920년) 미국에 세계최초의 방송국이 설치된 후로 전 세계는 시간과 공간을 초월하기에 노력하여 세계 각국은 서로 다투어 이 문명의 이기를 이용함에 이르렀다.

동양에 있어서는 대정大正 14년* 3월 1일에 도쿄東京에 JOAK 방송국이 설치되어 동同 7월 2일에 본방송을 개시하였고 동년 3월 20일에 JOBK가 탄생되었다.

이 신과학의 첨단을 걷는 방송국은 도쿄東京, 오사카大板의 자극을 받아 현재 일본 전국 25개소의 방송국을 갖고 청취자 수 개략 140만 인을 갖게 되는 성황을 이루었다.

중화민국은 상해, 남경, 광동, 북평, 천진 등지에 반半킬로 내지 2킬로와트의 방송국을 소유하여 극히 미미한 활동을 하여오더니 최근에 이르러 국민정부는 남경南京에 일대一大 무전대를 설치하고 75킬로와트 6백마력의 동력을 사용하여 수정발진식水晶發振式 7단 텔레푼켄** 진공관 사용 변조도變調度 70% 파장 440미터의 거대한 설비를 완성하여 동양 제일의 자랑거리를 삼았으니 이것은 결코 그네들의 과장이 아니라 그 실 설비實設備에 있어서 독일 뮤—랏껠 또는 뿌레쓰라우 대방송소大放送所에 비하여 손색이 없다.

* 1925년.
** 텔레푼켄TELEFUNKEN : 1903년 설립된 독일의 무선기술회사.

현재 우리 조선에 있어서는 대정 15년* 11월 30일에 경성방송국을 창설하고 소화昭和 2년** 2월 16일부터 본 방송국을 개시하여 1킬로의 미약한 정세를 지속하여 오던 중 작년도부터 이중방송 설비에 노력하여 금년 3월부터 조선어 단독방송의 실현을 보게 되었으니 10킬로 변조도變調度 100% 400마력의 발전 동력의 설비를 완성하였다.

하여간 라디오는 현 세계의 첨단적 총아로

1920년도(전 세계를 통하여)…… 2개소

1930년도…… 1,105개소의 근근 10년 미만에 1,103개소의 증가를 보게 되었다.

1930년도 조사에 의한 전 세계 방송국 수

현재년	아프리카	북미	남미	아세아	오스트레일리아	구주	합계
1920	-	2	-	-	-	-	2
1926	5	750	40	10	20	170	995
1930	10	695	85	26	51	238	1,105

이상의 통계는 1930년도의 조사에 의한 것인즉 이후 3년간에 더욱 증가되었을 것은 물론이다. 그리고 전 세계의 청취자 수 2천여만 인을 비하여 보면 약 백분지일강百分之一强의 성황을 이루고 있다. 이제 5개국의 청취자 비례를 적어보면 이러하다.

	청취자수	인구100인당비례
미국	7,500,000	7.1
독일	2,625,567	4.1
영국	2,628,392	6.0
불국	1,100,000	2.3
일본	1,400,000	1.7

* 1926년.
** 1927년.

라디오의 사회적 지위

방송 무선전화와 라디오의 특질은 시간공간을 초월한 전파電波 전파傳播의 순속성瞬速性과 보편성에 있다.

이 특성이야말로 방송 사업으로 하여금 최신첨단을 가는 독특한 문화 사업으로 그 존재가치를 점점 높게 하는 근본요소이다.

라디오의 출현은 바야흐로 획劃시대적 경이이며 국민문화생활상의 한 큰 혁명이다. 국가사회의 소장消長*은 오등吾等 개인의 소질, 생활력의 정도에 기인하나니 사회의 진보는 필경은 개인 생활의 일반적 향상을 의미하는 것이다. 이러므로 국가는 국민의 문화생활의 향상을 도圖하기 위하여 각반各般의 사회시설을 건설하기에 노력하지마는 공공시설의 대부분은 재정의 사정과 지리적 관계 기타로 일부 도회인都會人의 이용으로만 제공되는 느낌이 있어 전 대중에게 균첨均沾되지** 못하는 느낌이 많다.

이 점을 보족補足하고도 남음이 있는 것이 즉 라디오의 위력이다. 도시, 농촌, 산간, 해상海上을 물론하고 빈부귀천 노약남녀의 별別이 없이 무차별 평등으로 청취 장치가 있는 한에는 모두가 아무런 제시制時가 없이*** 들을 수가 있다. 여기에 라디오가 사회문화기관으로서 무한한 가치가 있음을 인식 아니 할 수 없다.

라디오는 시험시대, 오락시대를 지나 이제 완전히 실용시대에 입入하였다.

---

* 쇠함과 성함. 성쇠盛衰.
** 고르게 누리지.
*** 시간의 제약이 없이.

보도기관報道機關으로서의 작용

라디오의 기능을 방송내용에 의하야 검토하여보면 보도기관작용, 교양작용, 오락기관의 3작용으로 대별할 수 있다. 제1 보도기관으로서의 작용은 즉 라디오의 전 생명이니 넓은 의의로서 본 라디오의 사명은 교양부문이나 오락부문을 물론하고 모두가 무선전파에 의한 보도에 불과하다.

보도에 가장 중요한 신속, 보편의 2대 조건은 라디오의 특성으로 타他가 기급企及치 못할 능력이 있다.

국가의 비상시에 제際하여 가장 주목되는 것은 라디오의 활약이니 그 적절한 일례는 1915년 영국에서 폭발한 미증유의 총파업 당시 전국의 인쇄기능은 일제히 정지되어 신문지에 의한 보도가 불가능하게 된 때에 라디오만이 유일의 보도기관으로 그 임무를 완료하여 교란된 국민의 사상을 통제하여 국가의 위급을 탈脫케 한 사실이 있었고 최근 만주사변에 있어서도 라디오가 적에게 포위된 거류민에게 중대한 보도의 임무를 다한 사실도 있다.

국가와 사회의 비상사非常事는 물론이려니와 기미期米*시세 및 어민에게 폭풍경고의 방송을 하는 등 허다한 중대한 임무를 가졌다고 본다.

이외에도 보도기관으로서의 임무상 상론詳論함에 족한 것이 많이 있지마는 지면 관계로 략略한다.

| * 미두米豆.

교양기관으로서의 작용

이것은 국민 전반의 자질이 향상되고 교양의 표준이 높아져서 만반의 사회사상이 진전됨을 말함이니 결코 일부의 계급 특수의 부문만의 사상을 가리키어 말함은 아니다.

사상풍교思想風敎의 순화, 정조도야情操陶冶, 지식의 함양은 학교의 교육만으로 기대할 수 없다. 더구나 교육기관이 미비된 조선에 있어서는 더욱 필요를 느낀다. 대농민對農民의 초등 또는 상식강좌 대對가정 문맹부인의 계몽강좌 일요日曜의 수양강좌 등 허다의 임무가 있다. 교과서를 요要치 않고 장소를 요치 않고 유식 무식을 초월한 라디오의 강좌는 나날이 그 존귀한 사명을 완전히 실행하고 있다.

오락기관으로서의 작용

인생의 오락 위안의 기관으로서의 라디오는 경제적, 보편적 특성에 의하여 유일의 민중적 시설이다.

오늘까지의 오락기관은 유한계급의 독점물이 되어 있는 관觀이 있었으나 라디오가 오락기관으로서의 실력을 발휘함에 이르러 전 세계의 사람은 만찬 후의 단락團樂에 각국의 일류음악가의 연주를 앉아서 들을 수 있는 시대가 왔다. 명우名優의 목소리를 육성 그대로 산간벽지에서 들을 수 있는 시대가 왔다.

이것은 참으로 전 세계 근로계급의 일대 복음이 아니라고 할 수 없다.

라디오의 대사회 영향

라디오가 상술한 바와 같이 지식, 취미생활이 각이各異한 사회 대중을 대상으로 그의 전 생활을 계발하고 있는 것은 물론이거니와 라디오의 출현에 의하여 사회 일반에게 여하한 영향을 주는가를 구체적으로 관찰하여 보면

1. 과학사상의 향상
2. 일반 세인世人의 사회사상社會事象에 대한 판단력과 비판력의 확충
3. 음악 연예에 대한 감상적 향상
4. 가정생활 개선 향상
5. 국민 보건상에 급及하는 영향
6. 농촌생활의 개선, 계몽, 지도
7. 해상사변海上事變의 예방
8. 국제 정의심情誼心의 양성釀成

대개 이상과 같다. 이것을 각 조항에 따라 상론할 지면을 갖지 못하는 것은 유감이나 상술 이외에도 정치적 이용으로 보는 라디오의 효용은 세계 각국에 허다한 실례가 있다.

이중방송의 의의

보통 이중방송이라 함은 아침부터 밤까지 방송하는 본방송 이외에 특별방송을 가첨加添하여 방송하는 것을 말함이니 일본서는 특별강좌(교육용)에 한하여 이것을 실행한다. 그러나 현재 경성방송국에서 10킬로 이중방송실시를 도모하여 이미 공사가 완성되어 3월 중순경에 이중본방

송을 개시하게 되었으니 이것은 그 실질상 이중방송이 아니라 조선어 단독방송을 가리키어 말함이다.

조선어 단독방송이란 무엇인가?

오늘까지의 경성방송국에서는 일선日鮮 쌍방의 청취자가 있는 이상 일선어 두 가지의 말을 사용하지 않을 수 없었고 또 청취자 수의 비례로 보아서 (현재 일본 측 1만 4천 인, 조선 측 2천4백 인) 1일의 방송을 1단위로 하고 7:3 내지 8:2의 비로 프로그램을 작성하는 수밖에 없었다.

이리하여 조선 측은 원칙상 매일 강좌 1종, 연예 음악 1종의 방송과 매주 1회의 강연, 매주 2회의 아동 시간밖에는 방송할 시간을 얻을 수 없는 상태이었다. 그러기 때문에 조선 측 청취는 극히 빈약한 조선 측 프로를 듣고 청취료 금 1원만은 일본 측과 동일하게 납부하게 되는 불공평의 수익受益을 하게 되어 따라서 이것에 대한 불평으로 청취자 증가율은 극히 지지遲遲하였다.

이것은 이理의 당연한 바이다. 그러나 이 문제는 극히 델리케이트한 문제이니 조선 측 청취자가 소수인 까닭에 많은 시간을 제공하지 못하게 되는 반면에는 많은 시간을 제공하지 못하는 까닭에 조선 측 청취자가 증가되지 않는 원인이 잠재하게 된다. 그러나 경성방송국 창립의 목적이 조선의 문화를 촉진하는 데에 있는 이상 이러한 상태를 지속하는 것은 결국 자가당착의 공격을 면할 수 없게 되는 까닭에 소화 7년도* 가을부터 수십만 원의 국채局債를 기채起債하여가지고 1킬로의 전력을 일약 10킬로의 전력으로 확대하고 이에 일선어 이중방송의 실현을 기하게 되었다. 다시 바꾸어 말하면 일본 측 방송이 있는 동시간에 조선 측은 조선어로 단독방송을 실행하는 것이니 이리하는 결과 이제까지의 7:3의 비는 일약一躍하여

| * 1932년.

100%의 완전한 방송을 하게 되고 따라서 라디오 고유의 기능을 완전히 발휘할 수 있다. 이것이 경성방송국의 이중방송이니 프로그램의 질적으로 보아서 매일 강연강좌 3차, 아동 시간 1차, 연예 음악이 약 3차 풍부한 방송을 하게 된다.

조선 측 단독방송의 방침

원래 라디오방송의 사명은 그 방송국의 창립목적에 따라서 자연히 다르지마는 대개는
1. 민속敏速한 뉴스 방송
2. 가정교양
3. 청신한 오락
4. 아동의 교양 및 오락
5. 일반 성인을 위한 강연
의 수 항으로 나눌 수가 있다. 그러나 경성방송국의 조선어 단독방송의 방침은 조선의 문화를 참작하여 특수한 프로를 편성코자 하고 있으니
1. 민속한 뉴스 제공
2. 가정부인 계몽운동
3. 아동의 과외 독본적讀本的 교양 및 과학과 오락
4. 일반적 청신한 오락
5. 성인교양
6. 부업강좌
등이다.
그러나 취중就中 2, 3, 5항 등에 주력하고 또 뉴스 방송에 있어서도 될

수 있으면 로컬통신을 방송하기에 노력코자 한다. 이것이 우리 조선인의 주의注意와 감흥을 환기하기에 막대한 효과가 있지 않을까 한다. 그러고 가정적으로 이상적 교양과 지접持接을 받지 못하는 조선 아동들에게 라디오가 가진 특색과 사명을 전적으로 발휘하여 그들의 고상하고 순진하고 보드라운 정취를 배양코자 한다.

요컨대 조선 삼천리 강토 여하한 산간지대를 물론하고 문화의 첨단인 라디오의 육성이 흐르게 되는 날 우리 조선의 문화는 일반계階를 밟아 올라서게 된다고 믿는다.

끝으로 독자 제위諸位를 위해서 아세아에 있는 주요 방송국의 콜사인과 파장을 기록한다. (생략—편집자 주)

—《신동아》 3권 3호, 1933. 3.

신문소설 그 의의와 기교

1. 신문소설의 의의

신문소설이라는 숙어는 그 소설의 본질에 있어서 하등의 뜻이 없는 말이다. 작자가 신문을 위해서 썼다고 신문소설이라 하고 신문이 어느 작가의 소설을 갖다가 실었다고 해서 이것을 신문소설이라 하면 동일한 경과經過에 있어 잡인雜認소설이라 이름 하나가 또 생기어야만 될 일이다.

요컨대 지금 일반이 신문소설이라 하는 것은 통속소설 또는 대중소설을 가리켜 말하는 것 같다.

원래 신문에 실리는 소설에는 두 방면이 있으니 하나는 독자의 9분分을 점하는 일반대중을 위한 소설이오 하나는 개인주의적 다시 말하면 작자의 제일의적第一義的 욕구를 '자아완성'에 두는 소설이다. 이것을 세상에서는 순문예소설純文藝小說이라고도 부른다.

그러나 이 소위 순문예소설이라는 것에 대해서는 한 가지의 커다란 전환이 생生한 것을 볼 수 있으니 현대인의 생활은 그 생활방도에 있어 개인으로부터 집단으로 옮기어가는 경향이 있음을 따라 우리의 문학도 또한 이 '자아완성'의 껍질을 벗고 문학의 대중화로 옮기어 가지 않으면 아니 되는 형편에 있기 때문에 '문학을 위한 문학'이 아니고 '대중을 위한 문학'으로의 전환을 요구하게 된다.

이것이 '자기완성'의 문학이 점차 몰락의 길을 걷고 '대중에의 문학'이 차차 그 노력을 키워가는 원인이다.

원래 신문소설의 창작과 감상에는 두 가지의 포인트가 있는 것이니

일—은 그 소설이 본질로서의 얼마만한 가치가 있는가와

일—은 그 소설이 대중의 흥미를 끌고 대중이 요구하는 바의 요소가 포함되어 있는가

의 두 점이다.

이것에 반하여 소위 순문예의 '자기완성'에의 소설은 오직 첫 번째의* 점에 치중할 뿐이오 대중이 이것을 요구하든지 말든지 그것은 문지聞知하는 바가 아니다.

이러므로 대중을 상대로 하고 더욱이 한 개의 상품화된 신문이 대중소설을 요구하는 것은 필연의 세勢이다.

그런데 여기서 한 가지 굳세게 말해둘 것은 일반이 신문소설은 저급이라는—여기에 일반이라는 것은 대중은 아니다. 일부의 문학자 또는 일부의 인텔리를 말한다—착각을 가지고 또 작자 본인이 자기가 쓰는 바의 대중소설에 대한 엄연한 주의를 갖지 못한 경향이 있는 것을 유감으로 생각한다는 것이다.

전일에도 어느 좌석에서 당신은 어째서 대중소설만을 쓰오 하는 질문을 받았을 때에 신문이나 잡지에서 그것을 요구해오기 때문이란 대답을 한 것이 세상의 오해를 사게 된 일도 있거니와 나는 대중소설을 쓰게 된 동기의 하나로 그것을 말한 것이지 자기가 쓰는 바의 대중소설 그것

을 스스로 얕잡아 말한 뜻은 아니었었다.

만일에 그러한 작가가 있다면은 그것은 그 작가의 무정견無定見과 내용의 공소空疎를 폭로함에 지나지 못한다.

여기에 '대중'이라 함은 문학에 대한 특별한 교양이 없는 우리의 전체를 의미하는 것인즉 문학의 대중화는 문학을 전체에 보급시킨다는 뜻이며 일부 유한계급의 문학으로서 근로와 또는 무無교양 대중에의 문학적 활동이라고 믿는다.

물론 대중문학에는 일부 견개狷介* 예술가가 극도로 배척하는 유희적 요구 또는 방분放奔한** 공상과 해학과 풍자와 통쾌한 영웅주의가 실리는 것도 사실이다. 그러나 일반대중은 생활의 고투로 말미암아 최후의 욕망이 휴식에 있게 되는 것이며 최량最良의 휴식은 유희와 수면과 영양이다. 그럼으로 대중소설이 목표 삼는 독자가 이러한 대중인 이상 거기에 다분의 '재미스러움'을 담는 것도 또한 당연한 일이라고 믿는다.

그러나 현명한 대중작가는 나머지의 한 방면을 잊지 않는다. 그것은 무엇인고 하니 대중에게 새로운 힘과 희망을 주는 또는 암시하는 데에 힘을 쓴다는 것이다. 다시 말하면 대중의 소극적 방면뿐이 아니라 적극적 방면에의 진향進向이다.

'명랑'과 '유모어'를 실은 위에 대중의 갈 길을 암시하고 취미를 향상시키고 마음을 정화시키는 소설이 된다 하면 이것은 대중소설의 극치라 할 것이오 완벽이라 할 것이다.

'명랑'과 '유모어'는 잘못하면 경도輕挑를 동반해오기 쉽다.

이것이 가끔 대중소설의 가치를 운위하는 데에 집어내는 결점이 된다. 그러나 그것은 잘못 쓰여진 대중소설을 가리켜 잘 쓰여진 대중소설

---

* 고집이 매우 세고 지조志操가 굳은, 남의 주장主張을 용납容納하지 아니하는.
** 힘차게 내달리는.

에까지 책임을 분담시키는 과혹過酷한 공격이다. 대중소설의 대부분이 저급취미를 고취하고 비속鄙俗한 기풍을 조성한다면 '자기완성'에의 소위 문예소설이 신경쇠약자를 만들어내고 자살자를 만들어내는 폐단이 있는 것과 다를 게 없다.

대중은 청신하고 흥미 있는 대중소설을 요구한다. 따라서 대중을 대신한 신문은 이러한 소설을 갈망한다.

2. 기교로 본 신문소설

신문이 요구하는 소설이 '곧 대중에게 재미있게 읽히기 위한 소설'인 이상 작자는 대중의 심리를 파악하여 능히 대중을 활살活殺시키는 호흡이 있어야 할 것은 찬언贊言할 필요도 없다. 신문소설은 보통 장편소설의 형식이 아닌 특수한 기교를 요한다. 신문소설의 1회분이 어느 장편소설의 일부분이 되어서는 아니 된다.

다시 말하고 보면 신문소설의 1회에는 그 1회가 가진 특수한 신*이 있어야 한다. 이것은 물론 절대가 아니다. 그러나 될 수 있는 대로 변화 있는 신이 필요하다.

이것을 속된 말로 고쳐 말하면 독자가 내일 신문을 아니 보지 못하게 하는 일종의 매력을 가져야 한다.

표현의 청신은 물론이거니와 한 장면 또는 한 인물의 회화會話가 2회, 3회를 끌어나가는 등은 극력 피할 필요가 있다. 한 인물의 심리묘사 같은 것이 1회를 요하는 것도 극히 무미無味한 수법이다.

| * 신scene. 원문은 '「씬―」이'.

알기 쉽게 표로서 예를 들어보면

{ 전회의 계속
  또는 새로운 장면

{ 의외의 사실
  또는 차회의 암시

이러한 수법으로써 독자의 마음과 호기심을 끌어가야 한다. 매회 매회에 일종의 서스펜스를 지어야 한다.

수법에 있어 굵은 선과 가냘픈 선이 교착하여 변화하고도 간경평이簡勁平易*한 묘사를 가져야 한다.

조선에 있어 위에 말한 바와 같은 명랑과 청신을 담은 훌륭한 대중소설이 나오지 못한 원인은 작자의 무기력한 것도 있거니와 그보다 더 큰 원인은 우리 조선인 생활 그것에 명랑성이 있기 어렵고 또 변화하고 청신한 생활이 드문 것도 원인이다.

부르주아라 한들 얼마나 굉장한 부르주아가 있으며 시크하고 모던하다 한들 얼마나 시크하고 모던할 것이냐?

생활이 없는 곳에 묘사만이 있을 수 있느냐. 끝으로 한마디 붙여둘 것은 우리 조선에 있어서 작품을 발표할 기관이 적은 것도 사실이며 명랑한 생활이 적은 것도 사실인즉 그것을 비관하느니보다 이 적은 기관이나마 이용하게 되는 기회를 얻을 때마다 피차가 노력하여 명랑하고도 함축이 있는 좋은 신문소설이 나오도록 하여 보기를 간절히 바란다. (완完)

—《조선일보》, 1933. 5. 14

| * 간결하면서 힘차고 까다롭지 않고 쉬운.

윤백남과 식민지 조선의 대중문화 기획

_백두산

1. 윤백남, 식민지 조선 대중문화의 미중물

백남 윤교중(白南 尹敎衆, 1888~1954)의 이름 앞에는 '최초', '개척자'라는 수식이 많다. 윤백남은 연극운동으로 식민지 조선에 '문화'를 건설하겠다는 포부를 다졌고, 최초의 '조선영화'를 만들었다. 대중소설과 야담 공연, 라디오 방송 등 그의 문화 활동의 궤적은 초창기 조선 대중문화의 축도縮圖와도 같다. 문예 전반의 다기多技한 활동 탓에 한국 현대문학 연구에서 윤백남은 1910년대 연극운동가, 1920년대 극작가 및 감독, 1930년대 역사소설, 대중소설 작가로 분절되어 다루어졌고, 그가 남긴 수많은 비평과 활동들은 연구에서 잊혀지기 일쑤였다. 현재 윤백남에 대하여 비교적 활발하게 다루고 있는 분야는 연극 및 영화연구이다. 연극 분야에서는 희곡「운명」과 비평「연극과 사회」를 중심으로 논의가 이루어지고 있으며, 초창기 연극사에 대한 그의 기록은 연구의 귀중한 자료로 사용되고 있다.* 영화분야에서는 〈월하의 맹서〉 및 '백남프로덕션'이

---

* 노정 김재철로부터 시작된 한국근대연극사 연구에서 초창기 연극에 대한 윤백남의 회고는 매우 중요한 자료로 취급되었다. 김재철은 윤백남의 초창기 연극에 대한 회고와 자료를 이용하여 《동아일보》에「조선연극사」를 연재하였으며, 부기로 '윤백남 씨에게 사謝함'이라 밝히고 있다.(양승국,「김재철의『조선연극사』재론」,《통합인문학연구》5권 1호, 방송대 통합인문학연구소, 2013. 2)

연구의 주요 대상으로 다루어진 바 있다.

윤백남에 대한 연구는 1910년대부터 30년대까지의 식민지 조선 대중문화의 기획을 가늠해보는 작업이다. 백남의 다채로운 문화 활동의 빛깔 한편에는 이 땅 대중문화의 개척자들이 겪었던 '최초'의 고통이 채색되어 있다. 그렇기에 식민지 조선의 예술가 윤백남을 다시 보는 작업은, 한국의 대중문화가 거쳐 온 해로를 점검하며, 우리가 나아갈 문화의 항로를 탐색하는 의미를 지닌다.

2. '도망'과 도일渡日─유년시절

윤백남은 1888년 11월 7일 충남 논산군 성동면城東面 화정花亭 1리 73번지에서 윤시병尹始丙의 삼남 일녀 중 이남으로 태어났다. 본명은 교중, 아명은 학중學重이다. 고향을 떠나 서울로 이주하여 11세(1898년)에 경성학당京城學堂에 입학하였으며, 15세 되던 해에는 1살 연상의 서순자徐淳子와 결혼했다. 16세 되던 해인 1904년 경성학당 중학부를 마쳤다. 윤백남은 '독립협회사건으로 망명하신' 아버지 때문에 양친과 헤어져 고학으로 학업을 마쳤으며, 졸업하던 해에 일본으로 '도망'을 감행했다.

> 그 후 열여섯 살 때 그러니까 장가든 이듬해지요. 나는 다시 동경으로 도망을 갔습니다. 좀 더 큰 야심을 품고, 야심이라 하기에는 너무도 순진한─. 동경에 가서 고학을 하다가 열여덟 살 되던 해에 귀국하여 여덟 해 만에 진실로 여덟 해 만에 어머님을 만나 뵈오러 석성으로 내려갔습니다.
>
> ─「너무도 무심한─그러나 잊혀지지 않는 어머니」, 『신여성』, 1933. 12.

도일渡日의 길은 '도망'이었다. 윤백남을 이해하는 열쇠 중 하나가 바로 이 '도망'의 길이다. 윤백남의 아버지 윤시병은 무과로 등과하여 충청병사를 지냈으며, 독립협회 활동을 거쳐 1889년 11월 만민공동회의 회장으로 추대된 인물이다. 그는 독립협회 탄압 시기 은둔하며 정치적 재기를 모색하던 중, 친일정치인으로 변모, 정계에 다시 모습을 드러냈다.* 윤백남이 언급한 '독립협회 사건으로 망명하신' 개화사상가로서의 아버지는 이때부터 단절된 셈이다.** 마흔여섯 윤백남이 자신의 유년시절을 '도망'으로 기억하는 방식은 아버지의 그늘과 떼어놓기 어렵다. 시대에 대응하는 그의 '도망'은 반골기질과 방랑벽으로 나타났다.

윤백남은 도일 후 후쿠시마福島현 반조우盤城 중학교 3학년에 편입하여 학업을 이어가다 동경에 유학 와 있던 친척의 도움으로 와세다 실업학교 본과 3학년에 편입했다. 이후 와세다대학 정치과를 진학하였으나 황실 국비생에 추가로 선정되어 정치에 대한 꿈을 접고 도쿄관립고등상업학교東京官立高等商業學校에 진학하였다. 일본유학시기 윤백남이 쓴 필명은 '태백남인太白南人'이다.*** 일본유학시절 그가 이 필명으로《대한흥학보》에 발표한 시에는**** 민족적 정서와 문명개화의 이상이 담겨 있다. 백남이 겪은 문명개화의 이상과 일본 제국주의의 현실 사이의 골은 그 개인적 사정으로 다른 일본유학생들보다 더욱 깊었다.

1905년 일시 귀국한 윤백남은 다시 일본으로 건너가 고등상업학교에 다니면서 정치학이라는 '순진한 야심'을 거두고 연극에 눈을 돌렸다.

* 반민족문제연구소,『친일과 99인』1, 돌베개, 1993, 106~114면.
** 윤백남은 생전에도 부친에 대한 이야기는 꺼렸고, 평생을 부친과 형제들 가계와 교류하지 않고 지냈다.(유광렬,「한말의 기자상」35,《기자협회보》, 1968. 10. ; 졸고,「윤백남 희곡연구─문예운동과의 관련 양상을 중심으로」, 서울대학교 석사논문, 2008, 12면)
*** 「나의 아호雅號 나의 이명異名」(《동아일보》, 1934. 3. 30)에서 윤백남은 '태백남인' 중 한 자씩을 따서 '백남'이라는 예명을 지었다고 밝히고 있다.
**** 「조배공문弔裵公文」,《대한흥학보大韓興學報》, 1909. 6.

윤백남은 당시를 스스로 '연극에 미친〔劇狂〕' 시기였다고 회고한다.* 고등 상업학교의 동문이었던 극작가 운정雲汀 김정진金井鎭, 당시 일본에 체류하였던 국초菊初 이인직李人稙과의 교류 역시 이 시기 윤백남의 연극체험에 영향을 주었다.

윤백남이 일본연극을 체험한 1905년부터 1910년의 시기는 일본 신파극의 형태가 완성되던 시기이다.** 이 시기 일본연극계에서는 전문신파연극인과 극단, 극작가가 등장하여 활발한 희곡창작과 번안 공연이 시도되었다. 와세다대학의 스보우치 쇼오坪內逍搖를 중심으로 한 '문사극文士劇' 운동 역시 윤백남이 유학하던 1910년을 전후한 시기의 활동이다.*** 또한 《연예구락부演藝俱樂部》, 《연예화보演藝畵報》 등 연극과 기타 대중문화 공연을 다루는 잡지가 활발하게 출간되기도 하였다.**** 이 시기 일본연극과 서양 희곡, 영화, 대중문화에 대한 그의 체험과 학습은 이후 신파극에서 '신극'으로, 다시 대중문화 전반으로 확장된 그의 이후 활동의 자양분이 되었다.

---

* 윤백남, 「조선연극운동의 이십 년을 회고하며」, 《극예술》 1, 1934. 4.
** 야나기 에이지로오柳永二郎, 『신파 60년新派の六十年』, 가와데쇼보河出書房, 1948, 8~11면.
*** 당시 스보우치 쇼오, 시마무라 호오게츠 등을 위시한 일본연극이론가들의 연극비평과 연극개량의 각종 논쟁은 스가이 유키오管井幸雄, 서연호, 박영산 역, 『근대 일본연극 논쟁사』, 연극과 인간, 2003, 9~76면 참조.
**** 일본 박문관은 메이지 40년(1907) 《연예화보演藝畵報》를 발간하고, 동년 4월에 자매지인 연예종합지 《연예구락부演藝俱樂部》를 출간한다. 이 《연예구락부》에 윤백남의 첫 희곡인 「국경國境」의 원작이 실려 있다. 이 잡지에는 공연실황사진과 연극평, 연극운동론들이 다수 실렸으며, 스보우치 쇼오(「동서연극의 비교東西演劇の比較」 3호 등), 시마무라 호오게츠島村抱月(「문예의 두 가지 주의文藝の二主義」 3호 등)의 연극, 문예론, 연극개량 논설들이 게재되었다. 또한 일본 전통예능 개량론과 예능 레퍼터리가 수록되기도 하였다.

466

3. 초기 연극 활동(1912~1916)

1910년대 윤백남은 극단 활동을 시작으로 조선 예술계에 모습을 보였다. 1910년 고등상업학교를 졸업한 윤백남은 귀국하여 관립 경성수형조합京城手形組合에 근무하다 곧 퇴사하고, 이후 경성고등보통학교와 보성전문학교, 황성기독교청년회학관에서 교편을 잡았다. 귀국 후부터 백남은 연극운동을 모색한 것으로 보인다. 그 당시 조선 신파극을 관람한 감상을 적은 회고에서 윤백남은 임성구 계열의 조선 신파극이 보여주었던 대본의 미비, 연기, 의상, 무대에 대한 부족한 이해, 제3자를 이용한 줄거리 전달(조보ちょ।ほ)을 비판한다.* 이러한 '신파극 개량'의 기치 아래 윤백남은 1912년 조일재와 함께 극단 문수성文秀星을 창단하며 본격적으로 새로운 연극의 기획을 실천하기에 이른다.

문수성은 첫 공연으로 〈불여귀不如歸〉를 무대에 올렸다. 문수성의 〈불여귀〉는 도쿠토미 로카(德富蘆花: 1868~1927)의 동명 소설이 원작이다. 일본에서 〈불여귀〉는 당시 일본에서 '불여귀의 시대'라는 말이 생길 정도로 소설과 신파극 모두 대중의 사랑을 받았다. 문수성은 첫 공연부터 일본 신파극의 흥행 레퍼터리를 도입하고, 공연에 '정극正劇', '비극悲劇' 등의 각제를 사용하여 문수성의 연극이 기존 임성구 계열의 신파극과는 다르다는 자신감을 내비쳤다. 그러나 문수성은 활발한 공연 활동을 보여주지 못한 채 1912년 5월 내부 분열과 재정 문제로 해산하였고, 윤백남은 매일신보사에 입사해 기자생활을 시작한다. 문수성은 1914년에 재결성되어 〈청춘〉, 〈눈물〉 등의 창작공연과 〈비파가琵琶歌〉, 〈단장록斷腸錄〉 등의 번안 공연을 무대에 올렸다. 1912년부터 14년까지의 문수성 활동 시

---

* 윤백남, 「조선연극운동의 이십 년을 회고하며」, 앞의 글.

기 윤백남은 무대감독과 연기, 각본개량에 관여하였다.

윤백남은 문수성 해산 후 만 2년의 공백기를 거쳐 1916년에 일청一聽 이기세李基世와 함께 예성좌藝星座를 조직한다. 문수성의 경험과 이미 신파 극단을 운영하고 있던 이기세의 실력을 바탕으로, 예성좌는 기존의 극단 과는 달리 극단업무의 분업을 시도하고 여러 단체에서 우수한 배우들을 영입하는 등 진일보한 극단운영의 면모를 보여주었다. 단장은 이기세가 맡았고, 윤백남은 연극 각본과 개량을 담당하였다.

예성좌의 첫 공연 〈코르시카의 형제〉는 알렉산드르 뒤마Alenxandre Dumas의 동명 소설을 바탕으로 영국 극작가 다이언 부시콜트(Dion Boucicault: 1820~1890)가 창작한 3막의 희곡이다. 윤백남은 일본의 가와 가미 오도지로오天上音二郎가 번역한 공연각본을 인물과 배경을 조선적으 로 바꾸어 공연하였다. 예성좌가 시도한 서구 근대극 번안 공연은 일본 유학생들의 번안·번역 레퍼터리 공연보다도 이른 것이었으며, 그 시도 에는 당시 신파극들이 성취하지 못한 '전에 보지 못한 충실한 내용',* 곧 대본의 예술성을 높이고 극적 짜임새를 갖추려는 의지가 담겨 있었다. 이와 함께 예성좌 시절 윤백남은 문수성 시기부터 시도했던 일본 가정소 설 신파극 레퍼터리를 지속적으로 도입하였다.

문수성과 예성좌 활동은 1910년대 신파극의 전개에 영향을 미쳤다. 1910년대 문수성과 예성좌는 대본의 사전제작이라는 원칙을 가지고 있 었다. 당시 신파극단들이 줄거리만을 가지고 대사를 즉흥적으로 구성하 는 '구찌다데口建' 방식으로 공연한 반면, 문수성과 예성좌는 대본의 사 전제작과 충분한 무대연습을 통해 극적 짜임새를 확보하려는 노력을 보 인 것이다. 또한 문수성과 예성좌가 시도한 일본 가정소설 원작의 신파

| * 윤백남, 「조선 신극운동의 연혁 2」, 《신생》, 1929. 2.

극 레퍼터리는, 최초의 근대적 관객인 '신파극 관객'이 형성되는 과정을 추동하였다. 관객들은 공연관람을 선택할 때 특정한 감정적 반응을 기대한다. 초기 임성구의 신파극을 보는 사람들은 이러한 감정적 반응으로 '연극의 장절쾌절함'을 꼽았다. 문수성과 예성좌가 도입한 일본 가정소설을 각색한 신파극은 이와는 다른 관객층을 형성하는데, 이것이 신파극 관객의 특정한 정서적 반응인 '눈물'이다. 여기에 문수성과 예성좌가 선택한 작품들이 보여주는 근대적 가족, 도시의 일상생활, 근대제도와 문물은 '근대적 문화의 체험'이라는 또 다른 관객의 기대 지평을 충족하였다.

이러한 과정을 거치면서 문수성과 예성좌 시절 공연한 〈불여귀〉, 〈쌍옥루〉, 〈장한몽〉, 〈단장록〉 등은 1913년 이후 조선 신파극계의 인기 레퍼터리로 자리 잡는다.* 1910년대 윤백남은 일본 신파극의 도입과 서구 근대극의 번안 공연을 통해 수준 높은 대중극 공연을 시도했다. 사전 대본 제작의 시도와 다양한 번안 공연, 서구희곡의 번안까지 시도한 윤백남의 문수성과 예성좌 극단 활동은 신파극 관객층을 형성하는 촉매가 되었고, 조선연극계를 한층 더 풍요롭게 하였다.

4. 소설 창작과 연극운동의 모색(1918~1924)

초창기 소설과 희곡 창작

예성좌 활동 이후 매일신보사에 재입사한 윤백남은 「안조화雁造花」(《매일신보》, 1918. 10. 25~11. 2)로 소설 집필을 시작하고, 같은 해에 첫

| * 양승국, 「1910년대 한국 신파극의 레퍼터리」, 『한국 신연극 연구』, 태학사, 2001, 90~91면.

희곡 「국경國境」(《태서문예신보》, 1918. 12)을 발표하였다. 윤백남의 소설 집필은 《매일신보》 1면의 '함루회학含淚戱謔'이라는 코너에 「안조화」, 「기연奇緣」(1918. 11. 3~14), 「시주施酒」(1918. 11. 15~21)를 발표하면서 시작한다. 「안조화」는 기생 강상월에게 빠져 수만 원의 돈을 축낸 장주사가 그의 친구 박참위의 도움으로 강상월의 본심을 알기 위해 정사情死 소동을 일으키고, 그 과정에서 강상월의 정체를 알아채게 된다는 내용의 단편소설이다. 「안조화」는 희곡 「국경」과 같이 여성의 사치와 소비를 문제 삼고 있으며, 강상월과 기생모를 통해 이를 해학적으로 그려내고 있다. 초기 윤백남의 소설을 관통하는 것이 바로 이 민중의 해학적인 세계이다.

동병사 상련이라고 이 두 홀아비는 다른 친구보담도 특별히 각별하게 지내는 터인데 양첨지는 낮에는 낚싯대를 걸터메이고 뚝섬으로 물고기 잡으러 머나먼 길을 정강이 나귀에 채찍질하며 일참을 하고 밤이면은 주먹술을 집으로 청하여 놓고 장이야 군이야 등불을 달린다. 주먹술은 아침이면 다섯 시 반 기적 소리 나기 전에 동아연초회사에 사진하느라고 잠덜 깨인 눈을 혜번득이며 테메인 뚝배기에 차디찬 조밥 덩이를 넣어가지고 술국집으로 우선 먼저 사진하는데, 연초회사에 사진한다 하면 갈는 양복에 금테 안경을 콧등에 얹고 노란 깃도 단화를 빼각빼각 올리면서 사무실 안락의자에 몸을 파묻고 앞에 쌓인 서류에 수정도장만 꽉꽉 치고 있는 줄 짐작하겠지마는 그 실상을 파고 보면 연초 너는 목궤를 짜느라고 대패질하기에 잔허리가 시근시근하다는데 일급을 물어본즉—겨우 오십 전……

—「시주施酒」,《매일신보》, 1918. 11. 15.

백남의 초기 단편소설에 등장하는 경성 시민들의 일상은 가혹한 노동에 고단하면서도 오락거리에 열광하고, 선행의 응보로 따라온 기연과 행운에 운명이 바뀌는 해학적이고 낙천적인 세계의 소시민이다. 백골에 술을 부어준 선행으로 '귀신 색시'를 맞이한 양첨지를 따라 하다가 귀신에게 된통 당하는 피서방('주먹술')의 이야기(「시주」), 상점의 돈을 잃어버리고 자살하려는 기남에게 딸을 판 백 원을 선뜻 주는 선행을 베풀고, 결국 기남을 사위로 맞는 박외장의 이야기(「기연」) 등 윤백남의 초기 단편은 경성을 배경으로 야담의 화소를 차용하여 민중의 해학적인 세계를 그려내고 있다. 1910년대 경성사회에 대한 작가의 해학적인 시선과 야담화소의 차용은 이후 역사소설과 야담, 만담까지 이어져 오는 작가의 작품 활동의 연장선상에서 더욱 규명될 필요가 있다.

윤백남의 「몽금」(《매일신보》, 1919. 1. 1)은 일본의 라쿠고 「시바하마芝浜」의 번안이다. 「몽금」은 원작과는 달리 남편의 음주벽과 나태, 생활고에 의한 아내와의 갈등을 심각하게 다루지 않으면서도, 우연한 행운이 상실되는 순간을 더욱 비극적으로 그려내며 골계미와 함께 교훈성을 내포하고자 한다.* 「몽금」에서 나타나는 번안의식은 희곡 「국경」의 번안의식과 함께 살펴볼 필요가 있다. 「국경」 역시 원작의 줄거리와 소극적 소재를 차용하고 있으나 하인 점돌이의 발화를 통해 부르주아 가족을 비판하는 대사나 하녀 영자의 '따라 하기'를 통해 신여성의 사치행위를 풍자하는 등 번안 과정에서 원작 텍스트와는 다른 개작이 이루어지기 때문이다. 「몽금」은 1920년대 후반 윤백남의 야담 공연 레퍼터리로 다시금 등장한다.

윤백남의 첫 희곡 「국경」은 다구치 기꾸데이(田口掬汀 : 1875~1943, 본명은 다구치 교지로田口鏡次郎)의 동명 희극 「國境」(《연예구락부演藝俱樂部》3호, 1907. 6)를 바탕으로 재창작한 작품이다.** 윤백남의 「국경」은 부르주아

---

* 김주리, 「제국 텍스트의 번안과 계몽의 식민성」, 《현대문학연구》 35, 2011. 12.
** 양승국, 「윤백남 희곡 연구」, 《한국극예술연구》 16, 2002.

가정의 부부싸움과 화해를 그린 1막의 소극이다. 여권 신장, 남녀 평등의 담론을 대사를 통해 드러내면서도 남편의 구직과 집안의 평화를 위해 화해하는 원작 「國境」의 구조와는 달리, 윤백남의 「국경」은 여성론 자체를 문제 삼지 않고, 여성의 소비와 문화적 향유를 못마땅해 하면서도 어쩔 수 없이 용인할 수밖에 없는 부르주아 가정의 모순을 그리고 있다. 이 희곡에서 두드러지는 것은 영자를 둘러싼 화려한 박래품舶來品 오브제이다. 초인종, 거울, 외투, 회중시계, 반지궤, 화장품으로 꾸며진 무대와 이를 향유하는 인물들을 관찰하면서 관객들은 '근대적 문화의 체험'이라는 관극의 기대를 충족한다. 작가의 남성적 시야와 행복한 결말을 염두에 둔 부부싸움이라는 구성의 공식성은 「국경」의 한계이지만, 부르주아 가정을 비판한 작가의 시도는 눈여겨볼 필요가 있다. 윤백남 역시 「국경」을 "희곡을 처음 써 본 경험"으로 언급하면서도 희곡창작에 대한 부분보다 무대감독의 경험을 더 큰 비중으로 기억한다.*

연극과 사회 '개조' : 「연극과 사회」와 사회극 〈운명〉

1919년 7월 매일신보사를 퇴사한 윤백남은 이듬해 「연극과 사회 ─ 병幷하여 조선현대극장을 논함」(《동아일보》, 1920. 5. 4~16)을 발표하고, 희곡 〈운명〉(갈돕회, 1920. 12. 13 초연)을 선보인다. 「연극과 사회」는 연극의 미학적 특징과 사회적 효용 간의 관계를 체계적으로 서술한 한국연극사 최초의 본격적 연극론이다. 전대의 연극론이 연극이 아닌 희곡을 대상으로 하는 개론적 성격에 그쳤다면, 「연극과 사회」는 1. 연극의 본질과 효과(1~3회) 2. 그리스, 영국, 유럽 연극의 특징(3~4회) 3. 조선에서의 민중극 운동의 제창과 조선 관객들의 모순적 태도 질타(5~6회) 4. 일

| * 윤백남, 「조상俎上의 생선」, 《삼천리》, 1930. 7.

본연극의 역사와 일본의 극장개량운동(7회) 5. 조선 신파극의 문제와 조선연극의 현실 진단(8~10회)의 다섯 부분을 체계적으로 서술하며 연극이 사회 '개조'의 실천이며 사회적 교화를 이루는 '문화기관'이라고 역설한다. 사회개조에 가장 적합한 기관이 극장이라는 주장은 '극의 암시'라는 연극만이 지닌 특질에서 비롯된다.

> 극은 일민족과 일시대의 각종 예술을 이용하고 종합하여 혹은 이지, 감정 혹은 사상, 감각, 얼른 용이케 말하면 이耳, 목目, 심心에 즉 사람의 육체와 정신상에 상량키 어려운 굳센 힘을 일킨다. 그런 까닭에 충분한 문자가 없으면 독讀하고 이해치 못할 소설 즉 연상적으로 혹은 축차逐次적으로 인생을 묘사한 것보다는 보편이 될 것이오 속악에 추墜키 이易하고 혹은 흥미전일주의의 활동사진보다도 인생의 미묘한 이취를 알리고 명상시키기에 일층 더 효과가 있을 것이다. 극은 일종의 암시라 한다. 현실을 긴축緊縮하여 명확히 보는 이의 두뇌에 깊고 굳센 명시明示를 여與하는 것이다.

—윤백남, 「연극과 사회」 2, 《동아일보》, 1920. 5. 5.

'극의 암시'는 관객과 무대와의 관계에서 객석에 무의식적으로 작용하는 감정의 효과이다. 직접적으로 전달되는 설교와는 달리, '극의 암시'는 관객의 이해력과 연극의 예술적 형상화 사이의 역학관계 안에서 생성되며, 특정계층이 아닌 관객 대중 전체를 대상으로 한다. 고든 크레이그Edward Gordon Craig의 연극예술론에서 주장한 연극예술의 목표가 이상화된 것의 '상징'이었다면, 윤백남은 이 개념을 빌어 연극의 사회적 효용성을 주장하는 논리로 활용하고 있다. 윤백남이 연극을 사회 '개조'의 효과적 기관으로 역설하는 것은 1919년 3·1 운동의 여파로 사회 전반에

'개조'의 요구가 강력하게 일기 시작했던 이 시기의 분위기와 연결되어 있다. 윤백남 역시 후대의 회고에서 매일신보사 사무실에서 맞았던 3·1운동의 강렬했던 체험을 언급한다.* 「연극과 사회」에서 천명한 계몽적 연극론은 이후 윤백남의 민중극 운동을 통해 실천된다.

이 시기에 창작된 희곡 「운명」은 이전 시기에 쌓은 윤백남의 무대경험과 대중적 감수성이 녹아 있는 그의 대표작이며, 한편으로 그가 「연극과 사회」에서 주장한 민중극 운동의 구체적 방향을 보여주는 중요한 희곡이다. 또한 「운명」은 한국 근대연극사에서 드물게 창작 희곡으로 당대에 여러 극단에 의해 활발히 공연되었던 작품이기도 하다. 윤백남은 「운명」의 각제에 '사회극'이라고 서술하고 있다. 대중극과 사회극, 이 상이하게 보이는 두 흐름이 얽힌 자리에 윤백남이 기획한 독특한 민중극 운동이 자리해 있다.

「운명」은 하와이 호놀룰루 시의 어느 여름날 오후 6시부터 그날 8시경까지, 양길삼梁吉三의 집과 공동묘지 앞, 두 공간에서 일어난 사건을 다루고 있다. 「운명」은 공적 영역의 쟁점을 주제로 삼아 자유연애의 장애와 극복이라는 멜로드라마적 구조를 사용하여 극화한 작품이다. 윤백남은 「운명」의 창작 동기를 "포왜(하와이─인용자 주) 방면에 있는 동포들과 본국에 있는 사람이 성盛히 유행되어 있던 사진결혼의 폐해를 적출하고 그것이 재래하는 바의 비극적 과정을 그리어본 것"**이라고 밝히고 있다. 특정시대 사회구조의 쟁점을 극화하여 여론을 환기하고자 하는 사회극(social play)적 의도가 「운명」의 창작 동기에 드러나 있는 셈이다.

「운명」의 극적 사건은 '사진결혼에 의한 이별─재회─우연한 해후─우발적 살인과 재결합'이라는 순서로 전개되며, 대사와 극적 행위에서는

---

* 윤백남, 「3·1 운동 발발 당시의 인상」,《신천지》2호, 1946. 3.
** 윤백남, 「조상의 생선」, 앞의 글.

멜로드라마의 특징인 '감정의 과잉'이 드러나 있다. 「운명」의 1막에서 사진결혼의 폐해는 박메리가 '사기결혼'의 고통을 이수옥에게 토로하는 방식으로 나타난다. 2막에 전개되는 이수옥과 박메리의 만남 장면에서 연애의 숭고함은 다른 어떤 가치보다도 더 위대한 것으로 묘사된다. 자유연애를 통해 남녀의 '영육일치'를 주장하는 박메리는 '훼절'을 계몽이라는 영적인 구원으로 극복하고자 한 이전 문학의 '계몽적' 여성들과는 다른 새로운 여성상이다.

> 수옥 해방요? 그것은 될 수 없는 아니, 생각허실 것도 아니겠지요— 메리
> 씨는 영靈으로서 살으십쇼. 영으로서 구함을 받으십쇼.
>
> 메리 영으로요? 그렇게 될 일일까요. 저는 그것을 노상 번민합니다. 수옥
> 씨, 육肉으론 죽어버리고 영靈으로만 구함을 받는 것은 필경 병신밖에
> 는 아니 될 듯해요. 불구자이올시다. 저는 그것을 안타까이 생각해요.
> 시원스럽지 못하게 생각해요. 저는 영과 육을 고대로 말끔 옮겨갈 만한
> 자리를 구해야만 살 것 같아요. 내가 이곳에 온 뒤로 끝없는 번민과 고
> 통이 얼마나 나를 마르게 했는지 아십니까. 그래서 고국에 있던 때의
> 나와 오늘의 나와는 아주 다른 계집—성격상으로 보아서 그렇게 되어
> 버렸어요. 최초야 굳세지 못했었던 뉘우침이 이제는 자기를 저주허게
> 까지 이르렀습니다. 자기가 미웁구두 빙충맞은 생각의 어느 때에는
> 이러한 고생을 허는 것이 이렇게 오뇌懊惱에 싸이는 것이 당연헌 일이
> 다. 나에게 대헌 상쾌한 응보라고까지 자기를 떠나서 냉정스러이 볼
> 때도 많이 있었습니다. 그래서 내종에는 헐 수 없이 영으로나 구함을
> 받으려고 애를 썼어요. 그렇지만 육이 나날이 더러워져 갈 때마다 겨
> 우 버티어가던 영의 힘도 밑둥서부터 꺼부러져 버립니다그려.
>
> —「운명」, 『운명』, 창문당서점, 1930.

「운명」의 독특한 성격은 1920년대 '연애'를 '개조'의 맥락으로 읽어간 관객의 특성과 이어진다. 그 시기 연애는 봉건적 가정에 반항하는 젊은 남성과 구속을 거부한 새로운 여성이 영육일치靈肉—致라는 표어에서 결합하는 '개조'의 실천이었으며, 한편으로는 대중적 유행이었다. 이와 관련하여 〈인형의 집〉에 대한 윤백남의 평론 「〈노라〉의 출현을 축祝하여」(《시사평론》 3, 1922. 7)와 「위대한 극작가 입센론」(《시사평론》 4, 1922. 8)은 작가가 구상한 '사회극'의 기획을 알 수 있는 중요한 자료이다. 윤백남은 성욕문제, 여자해방, 결혼문제, 남녀의 사랑을 "색色에 현現하고 구口에 올리는"(「〈노라〉의 출현을 축하야」) 것으로 〈인형의 집〉의 사회극적 의의를 이야기한다. 윤백남은 비평에서 가부장적 가장과 그에 대항한 아내의 갈등이라는 계몽적인 해석의 행간에 '진정한 사랑'의 문제를 개입시킨다. 자유연애와 근대. 윤백남은 초기작부터 후기에 이르기까지 이러한 '사랑'과 가정의 문제를 다루는 희곡을 주로 창작한다.

「운명」은 무대지시문을 통해 조명과 음향은 물론이고 배우의 동작과 표정까지 세밀하게 지시하고 있다. 특히 2막에서 이수옥이 열대성 강우 스콜을 묘사하는 장면은 배우의 신체 행위와 음향을 사용하여 점점 거세어지는 소나기를 효과적으로 표현한다. 이러한 성취는 1920년 초연부터 1924년 희곡집 『운명』에 수록될 때까지 실제 무대화를 거쳐 다듬어진 과정을 겪으며 가능했을 것이다. 1920년대 사회극·민중극의 실천과 그 시기 대중적 감수성의 추이를 가늠할 수 있다는 점, 무대화를 통해 다듬어진 공연 텍스트적 위상을 고려할 때, 「운명」은 1920년대 초반 희곡으로 괄목할 수준의 공연성과 희곡의 성취를 보여주는 작품으로 재평가할 필요가 있다.

민중극 운동 : 극단 활동과 사회극 창작

「연극과 사회」의 발표와 「운명」의 창작으로 시작된 윤백남의 민중극 운동은 연극전용극장 건설과 극단 운영, 희곡 창작의 세 방향으로 추진되었다. 「연극과 사회」에서 조선연극의 각본, 대도구, 배경화가, 무대감독, 극장, 무대장치, 흥행업자, 배우, 흥행관습의 총체적 문제점을 지적한 윤백남에게, 조선 연극의 수립과 민중극 운동은 이 모든 것을 처음부터 다시 만들어내야 하는 지난한 도전이었다. 우선은 극장이 문제였다. 매일신보 퇴사 후 1920년 10월부터 시사신문사 편집국장을 지낸 윤백남은 곧 신문사 생활을 뒤로하고 1921년 3월 6일에 총독부에 극장건립인가를 신청하여 1921년 8월 경성부 장사동長沙洞 233번지에 중앙극장中央劇場 건립을 인가받는다. 비슷한 시기에 윤백남은 이기세, 민대식閔大植, 박승빈朴勝彬 등과 함께 예술협회藝術協會를 조직하여 1921년 10월 16일부터 단성사에서 이기세의 〈희망의 눈물〉, 윤백남의 〈운명〉, 김영보의 〈정치삼매情痴三昧〉를 공연한다. 예술협회는 전 시기의 신파극과는 차별화된 '신극단'임을 내세우는데* 그 실제 방침은 창작극과 사회극 위주의 공연이었다.

1922년 1월, 윤백남은 이기세와 결별하여 조일재, 김운정, 안광익安光翊, 송해천宋海天, 안종화安鍾和 등과 함께 민중극단民衆劇團을 조직한다. 민중극단은 무대감독이 윤백남, 각본은 윤백남, 조일재, 김운정 3인이 담당하는 체제였으며, 윤백남이 주재하던 반도문예사半島文藝社의 전속극단이었다. 민중극단이 활동하던 1922년부터 1923년까지 윤백남이 무대에 올린 연극은 번역·번안·각색까지 포함하여 총 20여 편에 이른다. 이 시기 윤백남의 민중극단은 예술협회의 창작극 위주 방침과는 달리, 번역·

| * 「예술협회출현―신극운동 제일성」, 《동아일보》, 1921. 10. 15.

번안 작품을 다수 공연하면서도 '사회극'을 표방한 연극을 다수 공연하였다.

이 시기에 발표한 작품 중 '사회극'을 표방한 작품군으로는 구메 마사오久米正雄의 「삼포제사장주三浦製絲場主」를 번안한 「박명희의 죽음」이 있다. 「박명희의 죽음」은 노동자와 자본가의 갈등을 배경으로 주인공 박명희의 비극적 운명을 그려내면서 「운명」과 유사한 그의 사회극 창작의 원리를 보여주고 있다. 이 밖에 번역 작품 「루이 십육세」, 빅토르 위고Victor-Marie Hugo의 「레 미제라블Les Mesérables」을 '재각색'한 「희무정噫無情」, 영국 작가 에드워드 놉록Edward Knoblock의 「My Lady's Dresee」의 1막을 번역한 「우리댁 마님의 옷」이 있다. 이 중에서도 「영겁의 처」와 「희무정」은 당대 인기 있던 레퍼터리이면서 작가의 극작술의 발전을 알려주는 문제적 작품이다. 이월화를 당대 인기배우로 만들었던 「영겁의 처」에는 고쳐 쓰기의 흔적이 남아 있다. 1922년 《시사평론》에 발표한 텍스트와 이후 희곡집에 수록된 텍스트를 비교하면, 무대지시문의 사용이 정교해지고 대사에서 침묵의 사용 효과에 주의한 작가 극작술의 전개 과정을 가늠할 수 있다. 「희무정」에서는 환영장면, 조명과 음향의 효과적 사용, 대사 사이의 침묵 등을 적재적소에 사용하면서 이전 시기보다 한층 성숙한 극작술을 보여주고 있다.

그러나 실제 민중극단의 번역·번안극, 특히 일본 희곡을 원작으로 한 공연에서 일부 평자들은 대사와 분위기, 무대의 색과 광선, 배우들의 동작 모두가 '조선화 되지 않았다'는 혹평을 내리기도 했다. '조선적인 것'. 1920년대 관객들이 요구한 조선적인 것의 무대화는 윤백남의 민중극 운동이 당면한 또 다른 과제였다.

5. 윤백남의 '조선영화' 만들기(1923~1935)

민중극단 활동 사이에 조선극장 공연을 위해 창설된 만파회萬波會에 잠시 관여하기도 한 윤백남은 1923년 연예종합지《예원藝園》창간을 시도한다. 그러나 극단운영과 잡지출판 모두 곧 한계에 부딪쳤고, 극장설립 계획 역시 유산流産되었다. 민중극 운동이 처한 위기에 직면하여, 백남은 영화제작이라는 새로운 방향을 모색한다. 그 첫 시도가 바로 총독부 체신국의 홍보영화〈월하月下의 맹서盟誓〉(경성호텔. 1923. 4. 9 개봉)의 제작이다. 민중극단 단원들을 주축으로 찍은 이 영화에서 윤백남은 각본과 감독을 맡는다.

〈월하의 맹서〉를 기점으로 1920년 중후반 윤백남은 영화계에서 활발하게 활동한다. 1924년에는 부산의 '조선키네마 주식회사'에 입사하여 고전소설 「운영전雲英傳」을 영화화한〈총희寵姬의 연戀(일명 운영전)〉(단성사, 1925. 1. 14 개봉)의 각본과 감독을 맡는다. 〈총희의 연〉의 흥행실패 이후, 1925년에는 서울에서 '백남프로덕션'을 창립하고 1회 작품으로〈심청전〉(이경손 감독, 윤갑용·김춘광 각본, 조선극장, 1925. 3. 28 개봉)을 기획한다. 〈심청전〉이후 작품으로〈개척자〉를 차기 작품으로 선택한 윤백남은, 〈심청전〉의 흥행 부진을 만회하기 위해 필름을 가지고 일본으로 떠나 행방이 묘연해졌고, 결국 백남프로덕션은 1925년 가을 해산하게 된다.

'조선적 정조'의 연극과 영화 : 「민족성과 연극에 취하야」와 '조선영화'의 모색

영화 제작에 투신한 윤백남은 고전소설의 영화화를 통해 '조선적인 것'을 요구하던 관객들의 기대와 자신이 주장하던 민중극 운동의 접점을 찾고자 노력했다. 이러한 논리는 민중극단 해체 이후 발표한 연극론 「민족성과 연극에 취就하야」(『《시대일보》』, 1924. 4. 22~4. 24)에 드러나 있다. 〈월하의 맹서〉 감독 후 안광익에게 민중극단 활동을 맡기고 김해 합성학교의 교편을 잡던 시기에 쓰여진 이 연극론에서 윤백남은 1. 민중과 연극의 관계(1~2회) 2. 신극인들의 번역관 비판과 대중극의 필요(3회) 3. 일본, 중국, 영국, 북유럽, 이탈리아의 민족성과 연극의 관계(3~5회) 4. 조선의 연희전통과 조선적 민중극의 필요(4~6회)를 서술하고 있다.

「민족성과 연극에 취하야」에서 윤백남은 서구 근대극 작품 번안 위주의 민중극 운동을 반성하면서 새로운 민중극, "민족성에 부합한 가극歌劇도 있어야 할 것이며, 신극도 있어야 할 것"이라고 주장한다. 엘리트 계층을 위한 번역극뿐 아니라 "민족 일반이 호상好尙"하는 연극이 필요함을 역설하면서, 이 기준을 우리의 전통연희에 이어져 오는 '민족성'과 '민지民智'에서 찾아내고자 한 것이다. '전통'과 '대중'의 결합이라 할 만한 이러한 논리는 이후 윤백남의 문예활동을 관통하는 지침이 된다.

6권 1,209척 분량의 〈총희의 연〉을 관람하던 관객들은 영화에 삽입된 조선무용과 '순조선음악'(타령)에 열렬한 박수를 보냈다. 그러나 한 장면의 촬영을 위해 100피트나 사용하거나 영화 소품에 대한 이해 부족, 배역선정의 실패 등의 촬영 에피소드로* 짐작건대 윤백남의 감독으로서의 역량은 아마추어 수준을 벗어나지 못한 것으로 보인다. 그러나 영화 감독 및 제작의 경험은 이후 윤백남의 영화 활동에 자양분이 되었으며, 백남프로덕션을 통해 영화계에 등장한 나운규, 이경손 등은 이후 조선영화 제작의 주체가 된다.

이후 윤백남의 영화 활동은 조선문예영화협회(1928. 11 창설)를 통한 영화인 양성을 모색한다. 이 시기에 발표한 비평 「영화업자의 소원」(《조

| * 윤갑용, 「〈운영전〉을 보고」, 《동아일보》, 1925. 1. 26, 안종화, 『한국영화측면비사』, 춘추각, 1962, 76~77면.

선일보》, 1929. 1. 1)에서 윤백남은 조선영화계의 당면과제를 자본의 확충과 인력의 확보(교육)로 규정하고 있다. 이러한 관점이 투영된 것이 조선문예영화협회의 조직과 활동이다. 이후 윤백남은 문예영화협회 소속 영화인들과 〈정의는 이긴다〉(이광수 원작, 1930. 3. 24 개봉) 각색·감독 작업을 벌인다. 윤백남의 영화 활동은 1930년대 '조선정조의 영화'를 만들겠다고 선언한 CCM 영화사 설립(1935)까지 이어진다. 결국 CCM 영화사는 윤백남의 갑작스러운 만주행으로 별다른 활동 없이 해산되지만, 1930년대 중반 그가 집필한 시나리오, 〈대도전〉(김소봉 감독, 윤백남 원작·각본, 1935. 2. 16 개봉), 〈홍길동전〉(김소봉·이명우 감독, 윤백남 각본, 1935. 5. 23)은 대중적으로 성공을 거둔다.

〈총희의 연〉부터 〈홍길동전〉까지 그의 영화 활동을 가름 짓는 논리는 '조선정조'의 탐구와 대중성의 모색, 조선 자생의 영화제작 환경의 개척이었다. 민중극 운동 시기 윤백남이 고민한 '조선적인 것'에 대한 탐구는 고전소설의 영화화로 나아갔으며, 영화제작 실패 이후에는 영화인 교육과 시나리오 창작으로 활동의 중심을 옮겼다. 그가 시도한 조선영화수립의 길은 결코 순탄하지 않았다. 무엇이 문제이며 무엇이 필요한가를 알아차리고 험한 땅을 적시는 것이 마중물의 운명이기 때문일지도 모른다.

6. 윤백남, 대중문예의 바다로 뛰어들다(1928~1937)

1920년대 후반부터 윤백남은 영화 활동 이외에도 야담 운동과 대중소설 창작, 출판사 창립, JODK 제2방송과 초대 편집과장 재직(1932. 6 ~10) 등 대중문예 전반으로 보폭을 넓힌다. 영화와 야담, 연극, 소설 등 전방위에서 활동하던 대중문예 활동을 통해 윤백남은 「민족성과 연극에 취하야」에서 표방하던 조선적 전통, 대중의 호상好尙, 민지民智 개발, 세 논리의 접점을 모색하였다.

1930년대 윤백남은 매체환경의 변화와 도시 대중문화의 탄생을 접하며 보다 적극적인 자세로 '대중의 오락'을 옹호하였다. 불혹이 넘은 나이에 연극계의 '원로'가 취할 구호는 아니었기에 주변과의 갈등은 종종 솟구쳐 올랐으나, 대중성이라는 중심은 별로 흔들리지 않았다. 백남의 대중문학의 기획에서 조선적 전통, 대중성, '교양'의 고양이 가장 적극적으로 추구되었던 분야는 1930년대 근대야담 운동과 JODK 방송 활동이었다.

야담 운동과 JODK 방송 활동

윤백남은 1927년과 8년 사이 야담 공연 활동을 시작한다. 1928년 12월 조선야담사朝鮮野談舍의 야담 공연에 참여하면서 언론에 부각된 윤백남의 야담 활동은 당대 대중에게 인기를 얻었으며, 이에 힘입어 1931년 5월부터 6월까지 동아일보사 후원으로 야담 삼남순회공연 활동을 벌이기도 한다. 1934년에는 월간야담사를 창립하여 《월간야담》을 간행하고 『조선야사전집』을 출판하였고, 〈왕소군王昭君〉(Regal, 1934) 등의 유성기 음반본 야담을 취입하였다.

윤백남이 야담 연사로 조선 대중문화계에 이름을 각인시킨 계기는 JODK 방송 활동을 통해서였다. 1929년부터 시작된 윤백남의 JODK 방송 활동은 〈기우노옹〉 등의 조선 야담과 〈전등신화〉 등의 중국 야담, 「기연」 등 자신의 창작물을 바탕으로 한 방송까지 다양한 방식으로 전개된다. 윤백남의 야담, 만담 방송은 저녁 시간(7~9시) 가야금 병창, 판소리 등과 함께 비정규적으로 편성되었던 조선 전통예능 방송의 주요 레퍼터리였다.

윤백남이 '조선 야담사'의 야담대회 연사로 출연한 것은 김진구의 정치적 '새 민중예술'의 기획과 윤백남의 '역사의 대중화', 야담을 통한 대중적 역사교육의 기획이 복합적으로 작용한 식민지 조선 근대 야담 기획의 초기 단면을 보여준다. 1929년 이후 정치적 탄압으로 김진구의 활동이 한계에 봉착하였을 때, 윤백남은 계명구락부에 가입하고 야담 공연 활동을 벌이며 식민지 조선의 대표 야담가로 부상한다. 차상찬과 신정언 등 1930년대 주요 야담연행자 그룹은 이러한 윤백남의 근대 야담 기획 아래서 본격적인 공연 활동 및 방송 활동을 벌인다. 이들 야담연행자 그룹은 나아가 연사의 정치성이나 목적의식보다 역사연구의 정밀성과 공연기술을 야담가의 중요 덕목으로 여겼는데, 역사소재 연구와 구연기술을 기준으로 김진구의 공연 활동을 간접적으로 비판하기도 한다.*

야담 운동론인 「야담과 계몽」(《계명》 23, 1932)에서 윤백남은 야담이 다양한 계층에게 '지식과 흥분'을 던져주어야 하며 이를 위해 '민중적 정조'를 기반으로 한 '포퓰라성性'을 가져야 한다고 역설한다. 이 비평에서 윤백남은 야담을 통해 일반대중을 대상으로 한 역사교육과 오락성이 가미된 대중적 공연형식의 가능성을 타진한다. 「민족성과 연극에 취하야」의 논지와 고전소설의 영화화에서 나타나는 '민족성'에 대한 작가의 강한 애정을 상기할 때, 이 시기 작가의 야담 운동과 역사소설 창작은 전통소재가 지닌 '대중성'에 더욱 천착한 변화를 감지할 수 있다.

윤백남은 20년대 후반부터 등장한 라디오 매체의 가능성에 주목하고 있었다. 1932년에 JODK에 입사하여 제2방송을 기획하였던 윤백남은 라디오 매체론 「라디오문화와 이중방송」(1933. 1. 7~9)과 「신세대의 음파신문 라디오의 사회적 역할」(《신동아》, 1933. 3)에서 라디오가 지닌 특

| * 「입심쟁이 대좌담회」, 『제일선』, 1932. 8.

징, 정보와 교양, 오락의 전달매체이자 문화기관이 도시에 집중되어 있는 공간적 한계 및 청취자의 성별, 나이, 학식 등 계층적 한계를 극복하는 매체의 확장성에 주목한다. 「야담과 계몽」에서 강조된 '포퓰러성'에서 보듯, 윤백남의 야담에 대한 인식은 라디오방송에 대한 인식과 서로 상통한다.

역사소설 창작과 대중소설론

윤백남은 「신역新譯 수호지」(《동아일보》, 1928. 5. 1~1930. 1. 10), 「대도전大盜傳」(《동아일보》, 1930. 1. 16~1931. 7. 13), 「탐기루만화探奇樓漫話」(《동아일보》, 1930. 9. 11~12. 17)를 연재하면서 대중소설 창작을 시작한다. 1928년부터 37년까지 JODK에 재직하던 기간을 제외하고 윤백남은 거의 휴식 없이 신문소설을 집필하였다. 「사변전후」(《매일신보》, 1937. 1. 1~10. 3)까지 이어진 10여 편의 역사소설은 도적들의 의협, 부패한 왕조에 대한 반기, 무협의 요소 등의 공통점을 가지고 있으며, 야담의 화소를 사용하는 특징을 보인다.

이 시기 윤백남은 대중소설론을 통해 대중성의 가치를 옹호하는 주장을 적극적으로 펼치기 시작한다. 이러한 윤백남의 대중문예론은 동아일보사의 「문인좌담회」(《동아일보》, 1933. 1. 1~11)에서 느꼈던 당혹감과 '통속소설가'로서 규정되던 좌담회의 분위기에 대한 작가의 비평적 대응에서부터 시작하였다. 윤백남은 「〈봉화烽火〉를 쓰면서」(《삼천리》5권 10호, 1933. 10)에서는 자신의 글쓰기 지향이 "읽기 쉽게, 알기 쉽게, 재미있게"라고 밝히며, 신문소설의 창작이 일부 계층에 국한되지 않는 대중을 염두에 두는 것임을 주장한다. 나아가 대중소설론인 「대중소설에 대한 사견私見」(《삼천리》, 1936. 2)에서는 순문예와 대중문예 사이의 예술성 차이를 부정하고, 통속소설과 구분되는 '대중소설의 진수'를 주장하며 계몽과 대중성의 결합을 옹호한다.

「바다로 가는 사람」(《사해공론》, 1936. 11~1937. 1)은 30년대 윤백남의 작품 중 드물게 역사, 야담 소재를 탈피한 소설이며, 3회까지 연재된 미완작이다. 소설은 30년대 조선과 만주를 배경으로 발동선發動船 선원 진태와 선주의 딸 인순, 인순을 차지하려는 동주를 중심으로 전개된다. 소설의 전반부는 진태를 초점화자로, 만주에 가서 밀수를 통한 치부 과정과 인순과의 과거 회상에 대한 서술이 주를 이루고 있다. 이전의 해학적이고 민중적인 소재의 천착과는 달리, 「바다로 가는 사람」은 조선과 만주의 밀수업과 발동기 어업, 자본주의 사회의 치부에 대한 욕망 등을 소재로 차용하며 창작의 변화를 꾀하고 있다. 이와 함께 사건전개의 속도감, 주변인물의 대화를 통한 소극笑劇적 장면의 삽입 등은 그의 대중소설 창작에 나타난 특징들을 보여준다.

'예술본위' 연극론과 '대중문예인'의 내면 : 후기 연극론과 희곡 창작

대중문예 전반으로 활동의 보폭을 넓히던 1930년대에도 윤백남은 연극계와의 끈을 놓지 않았다. 1930년 8월에는 박승희, 이기세, 홍해성 등과 '경성 소극장' 창립에 참여하고, 1931년에는 극예술연구회에 창립 동인으로 가담한다. 그러나 소극장운동을 계획한 '경성 소극장' 역시 유산되었다. 이전 시기 극단 활동에 주도적이었던 모습과 달리, 백남의 극예술연구회 가담은 극계 원로로서 상징적인 동인 활동에 머물렀다. 「'조선문예운동' 좌담회」(《조선일보》, 1930. 1. 3)에서 볼 수 있듯, 백남의 대중적 연극관과 해외문학파와의 연극운동론은 질적으로 차이를 보인다. 이 역시 백남이 극예술연구회 활동에 적극적일 수 없었던 내력을 암시하고 있다.

윤백남 우리의 극운동단체는 대체로 껑충 뛰는 현상에 있다고 봅니다. 어떤 나라든지 각각 자기 나라의 대중극이라는 것이 있습니다. 오늘날 이 땅의 대중에게 그들에게 맞는 대중극을 주지 아니하고 껑충 뛰어서 구미의 고전극 같은 것을 보여가지고는 그들을 움직일 수 없을 것입니다. 그러므로 우리는 먼저 신불출, 김소랑 등등의 극부터 개혁한 뒤에 차차 제외국諸外國의 수준에 도달하기를 힘쓰는 것이 정당한 길이라고 봅니다. 극장에서 상연하는 소위 신극운동을 표방하는 단체들의 극에는 일반대중이 흥미를 느끼지 아니하는데 도리어 학생극 같은 것은 그것이 서투르고 미비함에도 불구하고 관중은 무조건 하고 좋아합니다. 그것은 우리 생활에 뿌리박은 것이 있는 까닭이지요. 그러므로 우리의 극운동은 뚝 떨어져가지고 재출발하지 않으면 안 되겠다고 생각합니다. 그래서 하루바삐 우리 극을 만들어내지 않으면 극계는 망하고 말 것입니다.

정인섭 외국 것을 모방할 필요도 있거니와 일반관중도 외국 것에 대한 호기심을 갖고 있다고 봅니다. 그런데 지금 윤백남 씨가 신불출, 김소랑 등 극을 개혁시켜야만 되겠다는 데 있어서 그럼 어떠한 방법을 취할 것입니까?

윤백남 그야 외국 것도 있어야지요. 그리고 신불출을 든 것은 일례요 오직 각본 제공의 길을 만들고 정신을 차리게 지도해야 되겠다는 말입니다.

정인섭 그들이 지도를 받자고 할까요?

윤백남 물론 받겠죠.

이헌구 아니요. 듣지 않을 걸요.

이하윤 신불출 씨는 극계의 부진이 각본난에 있는 것이 아니라는 것을《동아일보》에 쓴 일이 있습니다. 그리고 극에 대한 우리의 평도 그들은 귀담아듣지 않습니다.

이헌구 앞으로 극계를 향상시키는 데는 새로운 길을 개척하는 수밖에 없
     을 줄 압니다.

서항석 희곡문제가 극방면으로 달아납니다.(일동 소笑) 희곡에 대해서만
     말씀해주시죠.

윤백남 그럼 그만하죠.(소성笑聲)

— 「문인좌담회(4)」, 《동아일보》, 1933. 1. 5.

정인섭의 번역극 위주론에 대한 윤백남의 반론에서부터 시작한 위의
좌담회는, 대중극계의 극본 개량과 창작 연극의 활성화를 통한 대중극의
부흥이라는 윤백남의 대중적 연극관의 피력과 이에 대한 해외문학파의
반박으로 전개된다. 윤백남이 웃으면서 입을 다물 수밖에 없었던 이 장
면은 극예술연구회 안에서 해외문학파와 운동론의 견해를 달리했던 백
남과 해외문학파의 위치를 보여준다.

이 시기 발표한 「연극운동에 대한 신제창」(《매일신보》, 1932. 1. 1~8)
에서 윤백남은 '예술본위' 연극을 주장한다. 야담 운동과 대중소설 창작
으로 대중문화계의 중심에 있던 윤백남이기에 이러한 주장은 낯설어 보
인다. 이를 해석하기 위해서는 위에서 언급한 극예술연구회 내에서의 백
남의 위치와, 한편으로 '대중소설가'라는 세간의 평가와 예술가의 자존
감 사이에서 갈등하던 그의 내면을 복합적으로 이해해야 한다. 그렇기에
「연극운동에 대한 신제창」은 예술본위의 연극론에 대한 '수사적' 신념보
다, 백남이 주장하는 실질적 연극운동 방법론을 핵심에 놓아야 한다. 이
비평에서 윤백남은 상업주의 하의 극장에서 자신의 이상을 펼치려고 해
도 결국 실패로 돌아가는 연극운동 기반의 모순을 지적하고, 예술본위의
연극을 펼칠 수 있는 물질적 기반으로 '드라마리그'와 관객조직을 제안

한다. 이러한 연극운동의 방안은 극예술연구회의 동인 중 가장 구체적인 것으로, 실제 극단운영의 경험이 있었고 누구보다 많은 좌절을 겪었던 윤백남만이 쓸 수 있던 것이었다.

이 시기 발표한 희곡으로는 「암귀暗鬼」(《별건곤》 14, 1928. 7), 「아내에 주린 사나이」(《삼천리》 4권 5호, 1932. 5), 「화가의 처」(《삼천리》 5권 4호, 1933. 5)가 있다. 작가의 후기 희곡은 모두 부부의 갈등을 다루고 있다. 1920년대 윤백남의 희곡이 연애의 승리를 그려내었다면, 후기 희곡은 도시화와 근대적 일상생활에 잠복한 '성性'과 '물질'이라는 새로운 갈등 요소를 다루고 있다. 이 중에서도 「아내에 주린 사나이」는 성불구자 남편과 젊은 아내 사이의 갈등을 그려내며 부르주아 가정의 비판적 형상화를 시도하고 있다. 윤백남의 후기 희곡들은 이전보다 멜로드라마적 극 구조가 더욱 두드러진다. 후기 희곡들이 성性이라는 소재를 가장의 의심과 해결이라는 구조로 그려내며 구성의 공식성을 벗어나지 못한다는 점과 극적 구조의 미비는 이 시기 희곡의 한계이다.

흥미로운 사실은 윤백남의 후기 희곡이 이전 시기 작품들을 조금씩 비틀고 있다는 사실이다. 「아내에 주린 사나이」는 은행가 집안의 화려한 가정을 배경으로 한다는 점에서 「국경」의 모티프와 닮아 있으며, 「화가의 처」는 「영겁의 처」와 모티프와 오브제 등이 매우 유사하다. 후기 희곡에서 이들의 사랑은 화해하거나 '영원'에 이르지 못하고 파멸한다. 성불구, 질병, 외도와 의심, 경제적 문제 등 사랑을 둘러싼 현실적 조건들이 부각되어 있다는 점은 후기 희곡의 특징이다. 또한 전시기와 같이 '새로운 문물'의 도입과 이를 둘러싼 호기심 어린 시선들 역시 희곡 곳곳에 배치되어 있다.

7. 1936년, 그 후의 윤백남

1936년, 윤백남은 가족을 데리고 만주로 이주한다. 1935년에 CCM 영화사를 창립하고 영화제작을 계획하던 시기에 돌연 조선을 떠난 것이다. 야담전집 간행으로 안게 된 부채, 원정숙元貞淑 여사와의 결혼 등 개인적인 사정과 함께 전시체제와 대중문화계의 재편, 전시총동원체제의 '협력'을 요구하던 일제의 압력 역시 그가 만주로 떠난 배경으로 작용하였으리라 추정된다. 백남 역시 대일협력의 파고를 완전히 피할 수 있었던 것은 아니다. 〈만주의 달밤〉(VICTOR 49129, 연도미상)은 청나라 마적떼에 잡혀간 언니가 일본군대에 의해 구출되어 집으로 돌아온다는 짧은 스케치sketch*이며, 「벌통」(《신시대》, 1945. 1)은 만주개척민소설이다. 이후 윤백남은 봉천과 신경 등지를 거쳐 연길에 거주하며 '재만조선농민문화협회 상무이사'** 직을 맡으며 교편을 잡기도 했다. 만주와 중국 거주시기 행적에 대하여 구체적으로 알려진 바는 없으나, 조선 밖에서 지닌 만 8년간 이전 시기에 비하여 작품 발표와 활동은 큰 폭으로 줄어든 것을 알 수 있다. 이 시기 작품으로는 《만몽일보》에 연재한 「팔호기설八豪奇說」(해방 이후 『대호전』으로 간행) 등의 소설이 있다.

1943년 잠시 귀국하여 경기도 안양에 거주하다가 다시 간도로 이주한 윤백남은, 1945년 8월 해방 직전 단신으로 귀국하여 1945년 9월 24일 조선영화건설본부 위원장에 추대되고, 1946년 3월에는 전조선문필가협회 추천회원으로 피촉되기도 한다. 해방 이후 그는 해공 신익희와 함께 국민대학관(國民大學館, 국민대학교의 전신) 설립에 관여하여 국민대학관에서 회계학 강의를 맡기도 하였고, 동년 10월에는 신정언申鼎言, 이구영李龜永 등

---

* 짧은 음악극. 구성이 긴박하지 않고 가벼운 오락을 위해서 제작된 짧은 연극. 삽입된 노래가 강조됨.
** 『조선의 마음』(계명구락부출판부, 1945)에 기록된 내용이다.

과 계몽구락부啓蒙俱樂部를 조직하여 야담 활동에 나서기도 한다. 해공과의 인연으로 국회사무처 이사관과 국회의장 비서실장을 지내며 정치활동을 모색하기도 하였다. 1949년에는 「회천기回天記」(《자유일보》, 1949. 4~9)로 신문연재소설 집필을 재개한다.

「다섯 개의 탄환」은 해방 이후 발표한 윤백남의 첫 소설이며, 1946년 3월 8일 김선영의 낭독으로 방송된 바 있다. 일제강점기 경성을 배경으로 한 이 소설은, 여주인공 경희가 약혼자이자 독립운동가인 최영수의 탈옥을 밀고하려는 오빠를 육혈포로 살해한다는 줄거리로 구성된다. 「운명」에서부터 이어지는 여성의 우발적인 살인과 자유의 쟁취라는 서사구조가 이 소설에서 다시금 변주되고 있다.

1950년 한국전쟁이 발발하자 윤백남은 충신동 처남 자택에 은신하다 인민군에게 체포되어 북으로 호송 중 도주에 성공, 동두천 처조카 자택으로 피신하였다. 이후 9·28 수복 직전 서울 충신동으로 돌아와 11월 30일 염상섭, 이무영과 함께 해군사관학교 특별교육대에 입대하였다. 이듬해인 1951년 3월 1일에는 해군본부 정훈감실에 중령으로 임관하여, 염상섭, 이무영과 함께 해군 62함의 서해안 경비업무에 종군하기도 했으며, 이후 부산에서 정훈장교로 근무하였다.* 1952년 해군을 제대한 윤백남은 다음 해 9월 서라벌예술학교(서라벌예술대학의 전신) 초대학장에 피선되었고, 1954년에는 예술원 초대회원이 되었다.

1953년 2월 13일, 대구문화극장에서는 국립극장 개관공연으로 윤백남의 소설 「야화野花」(《동아일보》, 1952. 8. 15~1953. 2. 15)를 극화한 윤백남의 희곡 〈야화〉가 공연된다. 예순여섯 윤백남에게 바치는 연극인들의 헌사였다. 〈야화〉는 계유정난이라는 역사적 사건과 여진족 '야화'와 '최

| * 윤백남의 종군기록과 그 시기 소설 창작은 신영덕의 『한국전쟁과 종군작가』(국학자료원, 2002) 참조.

산'이라는 가상적 인물들의 사건을 교차하여, 정사가 아닌 야사野史의 시각으로 계유정난과 이징옥의 난을 재해석하고자 시도한다. 〈야화〉는 식민지 조선의 대표적 야담가였으며, 야사 및 야담집 출간을 지속적으로 기획하였고, 『조선형정사』 등의 출간 등 역사연구에 많은 노력을 기울였던 윤백남이 남긴 '유일한' 역사극이라는 이채를 머금고 있는 작품이다. 주변 인물의 대화를 통한 사건의 전달과 희극적 장치, 역사적 사실과 예술적 허구를 교직하여 형성한 극적인 긴장감, 대극장 무대를 위한 스팩타클의 제공 등 「야화」는 극적 기교 면에서 윤백남의 작품 중 가장 높은 수준의 성취를 이루고 있다.*

1954년 9월 29일, 윤백남은 지병으로 자택에서 별세하였다. 향년 예순일곱, 자신의 이름 앞에 '최초'라는 수많은 수식어를 남긴 문화의 개척자가 역사 속으로 사라진 순간이었다. 안종화는 일찍이 백남을 '예단藝壇의 변종인變種人'이라고 지칭하였다. '변종인'이라는 어휘에는 대중문예의 물머리로서 그가 누린 영광과 고단함이 동시에 녹아 있다. 그의 다채로운 이력과 작품은 아직 충분히 해명되지 않았다. 백남의 발견은 그 편편히 흩어져 있는 식민지 조선의 문예운동 전반을 다시 구성하는 작업이다. 그리고 그러한 발견 뒤에 이 땅 대중문화의 뿌리를 찾는 작업이 시작될 수 있을 것이다.

---

* 〈야화〉는 국립극장에서 1953년과 1958년 두 번 공연되었다. 58년 공연은 하유상이 원작소설을 각색하고 박진이 연출하였으며, 53년 공연된 〈야화〉는 윤백남이 지은 희곡을 바탕으로 하고 있다. 윤백남의 희곡 「야화」의 원고는 윤백남 사후 민중서관과의 계약에 의해 민중서관 측이 맡고 있었다.(「피소당한 민중서관 대표」, 《동아일보》, 1960. 1. 20) 그렇기에 민중서관에서 출판된 『희곡집(상)』(유치진 편, 1960)의 5막 「야화」는 하유상의 각색본이 아닌 윤백남의 원고를 바탕으로 인쇄되었을 가능성이 크다.

1888년   11월 7일 충남 논산군 성동면 화정 1리 73번지에서 윤시병尹始丙의 삼남
           일녀 중 이남으로 출생. 본명은 교중敎重, 아명은 학중學重이며 예명은 태
           백남인太白南人, 백남白南, 미봉眉峰 등이 있음.

1894년   가족이 서울로 이사.

1898년   경성학당京城學堂 입학. 조일재와 동문수학.
           윤시병이 독립협회사건으로 망명하고 서울에서 형과 함께 고학.

1902년   1살 연상의 서순자徐淳子와 결혼. 슬하에 2남 1녀를 둠.

1903년   경성학당 중학부 졸업 후 도일.
           후쿠시마福島의 반조우盤城 중학교 3학년에 편입.

1904년   동경으로 이주하여 와세다실업학교早稻田實業學校 본과 3학년에 편입.
           8월 20일 윤시병, 일진회 초대회장에 선출. 이후 와세다대학早稻田大學 정
           치과를 진학하였으나 황실 국비생國費生에 추가로 선정되어 통감부의 요
           구로 도쿄관립고등상업학교東京官立高等商業學敎 진학.

1909년   동경 유학생 모임인 대한흥학회大韓興學會 가입.
           '틔빅山人'이라는 필명으로 시와 번역물 발표.

1910년   졸업 후 귀국. 관립경성수형조합官立京城手形組合 근무.

1911년   경성고등보통학교京城高等普通學校 교사, 보성전문학교普成專門學校 강사 역
           임.
           장남 석오錫午 출생.

1912년   조일재와 함께 극단 문수성 조직.
           5월 문수성 일본공연 교섭을 위해 도일.

1914년   문수성 재기. 문수성 해산 이후 매일신보사 기자생활.
           차남 석원錫元 출생.

1915년   이기세와 함께 예성좌 조직. 매일신보사 재입사.

1916년   장녀 영숙英淑 출생.

1918년   「안조화贋造貨」(《매일신보》, 1918. 10. 25~11. 2)로 소설 집필 시작.
           첫 희곡 「국경」(《태서문예신보》, 1918. 12) 발표.

1919년	7월 매일신보사 퇴사. 실업계 진출계획을 세우고 있었던 것으로 추정됨.
1920년	「연극과 사회」(《동아일보》, 1920. 5. 4~16) 발표.
	10월 시사신문사 편집국장 위촉.
	희곡 「운명」(갈돕회, 1920. 12. 13) 초연.
	장녀 영숙 사망.
1921년	3월 윤백남을 대표로 총독부에 극장건립인가 신청.
	8월 중앙극장中央劇場 건립인가.
	10월 이기세와 함께 예술협회 조직.
	장남 석오 사망.
1922년	반도문예사半島文藝社 창립.
	1월 조일재, 김운정과 함께 민중극단(반도문예사 소속) 조직.
	조선극장에서 만파회萬波會 활동.
1923년	민중극단 단원들을 주축으로 총독부 체신국 제작의 〈월하의 맹서〉(1923. 4. 9 개봉) 각본, 감독.
	5월 잡지《예원藝園》(반도문예사) 창간.
1924년	기독교계의 김해 합성학교 근무.
	연극운동론 「민족성과 연극에 취就하야」(《시대일보》, 1924. 4. 22~24) 발표.
	부산의 조선키네마 주식회사 입사.
	희곡집 『운명』 발간.
1925년	영화 〈총희의 연(일명 운영전)〉(단성사, 1925. 1. 17) 각본, 감독.
	조선인 배우들과 조선키네마 주식회사 집단퇴사 후 백남프로덕션 창립 (경성 황금정 5정목 77번지).
	제1회 작품 〈심청전〉(이경손 감독, 조선극장, 1925. 3. 28) 기획.
	제2회 작품으로 〈개척자〉(이광수 원작)를 계획하고 각색. 〈심청전〉의 일본수출교섭을 위해 도일.
	7월 고려키네마 주식회사와 합동으로 〈개척자〉(이경손 감독, 단성사, 1925. 7. 17)를 제작하고 백남프로덕션 해산.
1926년	귀국 후 김해 합성학교에 복귀.
1927년	5월 김해노야낙성 기념강연회에 '토요회' 소속으로 연설(「종잡을 수 없는

이야기」).

1928년 「신역 수호지」(《동아일보》, 1928. 5. 1~1930. 1. 10)를 시작으로 신문연
재소설 집필.

11월 영화 교육기관 조선문예영화예술협회(연지동 58번지) 설립.

12월 조선야담사 야담대회(1928. 12. 7) 연사로 등장.

1929년 본격적인 야담 활동 시작. JODK 라디오방송에 야담 연사로 정기 출연.

1930년 「대도전」(《동아일보》, 1930. 1. 16~1931. 7. 13) 발표.

영화 〈정의는 이긴다〉(이광수 원작, 1930. 3. 24) 각색, 감독.

홍해성, 이기세, 박승희 등과 함께 경성 소극장 창립.

잡지 《여성시대女性時代》 발간.

1931년 5~6월 동아일보 후원으로 야담 삼남순회공연 활동.

극예술협회 창립동인.

1932년 음력 1월 1일 부친 윤시병 별세.

계명구락부 가입.

야담운동론 「야담과 계몽」(《계명》 23, 1932) 발표.

연극운동론 「연극운동에 대한 신제창」(《매일신보》, 1932. 1. 1~8) 발표.

6월 JODK 입사. 조선어방송 준비.

1933년 4월~10월 JODK 제2방송과장으로 발령, 재직.

라디오 매체론 「신세대의 음파신문 라디오의 사회적 역할」(《신동아》,
1933. 3), 「라디오문화와 이중방송」(《매일신보》, 1933. 1. 7~9) 발표.

소설 「봉화」(《동아일보》, 1933. 8. 25~1934. 4. 18) 발표.

9월 동아일보 촉탁으로 피임.

1934년 원정숙(元貞淑, 1933년 당시 19세)과 결혼. 슬하에 3남 3녀를 둠.

월간야담사 창립. 《월간야담》 발간. 『조선야사전집』(계유출판사) 발행.

유성기음반본 야담 〈왕소군〉(Regal, 1934) 취입.

소설 「흑두건」(《동아일보》, 1934. 6. 10~1935. 2. 16) 발표.

1935년 12월 CCM 영화사(종로 6정목 11번지) 창립.

박기채(감독부), 양세웅(기술부) 등과 〈반도의 여명〉 제작을 준비함.

차녀 석연釋娟 출생.

1936년 대중소설론 「대중소설에 대한 사견」(《삼천리》 8권 2호, 1936. 2) 발표.

만주 이주. 이후 봉천과 신경 등지를 거쳐 연길에 거주.*

1937년　《만몽일보》에 「팔호기설八豪奇說」 연재.

1939년　삼녀 석남錫南 출생.

1940년　《만선일보》에 「선악일대善惡一代」(1940. 11. 1~) 연재.

1942년　삼남 석길錫吉 출생.

1943년　귀국. 경기도 안양에 거주.

1944년　간도로 이주.

1945년　「벌통」(《신시대》, 1945. 1) 발표.

　　　　해방 직전 단신귀국.

　　　　9월 24일 조선영화건설본부 위원장으로 추대됨.

　　　　12월 농촌운동론 『조선의 마음』 출간.

1946년　3월 전 조선문필가협회 추천회원으로 피촉.

　　　　해공 신익희와 함께 국민대학관(국민대학교의 전신) 설립에 관여.

　　　　10월 함화진咸和鎭, 이동일李東一, 신정언申鼎言, 이구영李龜永 등과 함께
　　　　계몽구락부啓蒙俱樂部 조직.

　　　　국민대학관(1946. 9. 1 개교, 1946. 12 문교부 인가)에서 회계학 강의.

　　　　사남 석재錫載 출생.

1947년　서순자 별세.

　　　　오남 석구錫九 출생.

1948년　국회사무처 이사관, 국회의장(신익희) 비서실장 역임.

1949년　「회천기」(《자유신문》, 1949. 4~9)로 신문소설 집필 재개.

　　　　서울 상도동 거주.

1950년　출판사 백림사白林社 창립.

　　　　인민군 서울점령시기 충신동 처남 자택에 은신. 인민군에게 체포되어 북
　　　　으로 호송 중 도주. 동두천 처조카 자택으로 피신.

　　　　9·28 수복 직전 서울 충신동으로 돌아옴.

　　　　11월 30일 염상섭, 이무영과 함께 해군사관학교 특별교육대 입대.

---

* 『조선의 마음』(계명구락부출판부, 1946. 1)에는 '前재만조선농민문화협회 상무이사'로 기재되어 있음.
　1938년《삼천리》 등에 윤백남이 북경에 거주하였다는 풍문을 기록한 기사가 있음.

차남 석원 월북.

1951년 3월 1일 해군본부 정훈감실에 중령으로 임관.

4월 1일 염상섭, 이무영과 함께 해군 62함의 서해안 경비업무에 종군.

염상섭과 함께 정훈장교로 발령. 부산에서 근무(토송동 거주).

1952년 해군 전역.

「야화」(《동아일보》, 1952. 8. 15~1953. 2. 15) 발표.

1953년 국립극장 개관공연으로 〈야화〉(윤백남 원작, 서항석 연출, 대구문화극장,
1953. 2. 13~2. 19) 공연.

9월 1일 서라벌예술학교(서라벌예술대학의 전신) 초대 학장에 피선.

사녀 애라愛羅 출생.

1954년 가족이 상경하여 서울 종로구 충신동 25의 34번지에 거주.

예술원 초대회원 피선.

9월 29일(음력 9월 3일) 지병으로 자택에서 별세.

※ 신문, 잡지 및 작가의 자술(수첩), 유족 윤석남, 윤석재와의 대담(2007. 12. 22)
자료를 바탕으로 작성하였음.

■ 희곡

1918년 「국경國境」, 《태서문예신보》 12호, 12.

1920년 「운명運命」, 갈돕회, 12월 13일 초연(『운명』, 창문당, 1924/1930. 수록).

1922년 「박명희朴名姬의 죽엄」, 《시사평론》 2～5호, 5～9.

　　　　　「영겁永劫의 처妻」, 민중극단, 1922년 10월 2일 초연.

　　　　　　　　　　　　《시사평론》 6호, 11(『운명』, 창문당, 1924/1930. 수록).

　　　　　「희무정噫無情」, 만파회萬波會, 1922년 11월 6일 초연(『운명』, 창문당,
　　　　　1924/1930. 수록)

1923년 「루이 십육세十六世」, 《시사평론》 2권 1호, 1.

　　　　　「직장織匠의 가家」, 《시사평론》 2권 2호, 3.

1928년 「암귀暗鬼」, 《별건곤》 14호, 7.

1932년 「안해에 주린 사나히」, 《삼천리》 4권 5호, 5.

1933년 「화가畫家의 처妻」, 《삼천리》 5권 4호, 4.

1953년 「야화野花」, 국립극장 개관공연, 2월 13일 초연(『한국문학전집33 : 희곡
　　　　　집』 하권, 민중서관, 1964. 수록).

■ 소설

1918년 「안조화贋造花」, 《매일신보》, 10. 25～11. 2.

　　　　　「기연奇緣」, 《매일신보》, 11. 3～11. 14.

　　　　　「시주施酒」, 《매일신보》, 11. 15～11. 21.

1919년 「몽금夢金」, 《매일신보》, 1. 1.

1926년 「월자月子와 시계時計」, 《동아일보》, 1. 9～14.

1928년 「신역 수호지新譯水滸志」, 《동아일보》, 5. 1～1930. 1. 10.

1929년 「기광출세」, 「몽금」, 「이혼」, 「정조」, 《신소설》 1호, 12.

1930년 「대도전大盜傳」, 《동아일보》, 1. 16～3. 24.

　　　　　「탐기루만화耽奇樓漫話」, 《동아일보》, 9. 11～12. 17.

　　　　　「위조은화僞造銀貨」, 《해방》, 12.

1931년 「대도전大盜傳」(후편),《동아일보》, 1. 1~7. 13.

「해조곡海鳥曲」,《동아일보》, 11. 18~1932. 6. 7.

1932년 「십이야화十二夜話」,《조선중앙일보》, 12. 5~1933. 3. 23.

1933년 「항우項羽」,《조선중앙일보》, 4. 1~1934. 8. 11.

「추풍령秋風嶺」,《신동아》20~28호, 6~1934. 2.

「신뢰信賴」,《여명》3호, 7.

「봉화烽火」,《동아일보》, 8. 25~1934. 4. 18.

「비련悲戀의 화상畵像」,《신세대》, 12.

1934년 「흑두건黑頭巾」,《동아일보》, 6. 10~1935. 2. 16.

1935년 「미수眉愁」,《동아일보》, 4. 1~9. 20.

1936년 「백련유전기白蓮流轉記」,《동아일보》, 2. 22~8. 28.

「바다로 가는 사람」,《사해공론》, 11~1937. 1.

1937년 「사변전후事變前後」,《매일신보》, 1. 1~1938. 5. 2.

1938년 「팔호기설八豪奇說」,《만몽일보》, 정확한 연재일 미상.

1940년 「선악일대善惡一代」,《만선일보》, 11. 1~연재종료일 미상.

1945년 「벌통」,《신시대》, 1.

1946년 「다섯개의 탄환」,『방송소설걸작집』1, 선문사.

1949년 「회천기回天記」,《자유신문》, 4~9(정확한 연재일 미상).

1950년 「태풍颱風」,《동아일보》, 2. 17~6. 27.

1952년 「야화野花」,《동아일보》, 8. 15~1953. 2. 15.

1953년 「낙조落照의 노래」,《경향신문》, 2. 12~8. 1.

「천추千秋의 한恨」,《희망》, 7~1954. 7.

「신비」,《문화춘추》1, 10.

「흥선대원군」,《자유신문》, 10~1954. 3.

1954년 「안류정의 노옹」,《애향愛鄕》1, 3.

「안류정」,《새벽》1, 9.

「소년수호지」,《학원》3권 4호~4권 3호, 4~1955. 3

기재일 미상 작품

「감고당의 눈물」,《중앙일보》.

「지옥의 봄」,《주간서울》.

「백일몽」, 《대구일보》.

「호몽」, 《주간경기》.

「황진이」, 《태평양신보》.

「무화과」, 《부산일보》.

「소년서유기」, 《학원》.

「난아일대기」, 소재미상.

「회적」, 소재미상.

■ 시

1909년　「조배공문弔裵公文」, 《대한흥학보》 4, 6.

「송우귀경성送友歸京城」, 《대한흥학보》 5, 7.

「대졸업생代卒業生ㅎ야 별부용봉別芙蓉峰(산명즉부사山名卽副士)」, 《대한흥
학보》 5, 7.

「하일제장춘사夏日題藏春寺」, 《대한흥학보》 6, 10.

■ 수필 기타

1909년　「결혼結婚한 낭자娘子의게 여與혼 서書」(번역), 《대한흥학보》 5, 7.

1929년　「이가만보」, 『조선문단』, 1.

「소매치기와 백금시계」, 《별건곤》 20, 4.

「내가 좋아하는 작가와 작품, 영화와 배우」, 《문예공론》, 5.

「소낙비, 약수藥水터」, 《별건곤》 22, 8.

「임진난시壬辰亂時의 통쾌기담痛快奇談, 기우노옹騎牛老翁」, 《별건곤》 22, 8.

1930년　「왕소군王昭君」, 《여성시대》.

원탁회의圓卓回議 제7분과第七分科 「조선문예운동朝鮮文藝運動」(좌담회),
《조선일보》, 1. 3.

「편싸홈, 조선의 정월正月노리」, 《별건곤》 26, 2.

「어린 날 보던 진달래꽃」, 《신생》 4권 5호, 5.

「이조李朝 연산군燕山君 괴사怪事, 백련당白蓮堂의 사死」, 《삼천리》 5, 4.

「목거리」, 《별건곤》 5권 6호, 7.

「조상俎上의 생선」, 《삼천리》 7.

초추初秋와 수필隨筆「추수秋水」,《별건곤》32, 9.

「금년 중 나의 독서」,《민성》61, 9.

1931년　「난득유심랑難得有心郎」,《동광》17, 1.

만담漫談「민국담초民國談草」,《별건곤》38, 3.

중국만화中國漫話「여아국女兒國」,《삼천리》14, 4.

「윤백남 남조선 야담순방 엽신」,《동아일보》, 5. 9~6. 22.

소품수필「냄새」,《실생활》1권 2호, 9.

「〈삼림森林〉의 무대면舞臺面」,《신동아》1권 1호, 11.

「중앙일보에 대한 각 방면 인사의 기대」,《중앙일보》, 11. 27.

「작거당斫去當한 노회老檜」,《신동아》1권 2호, 12.

1932년　「오공蜈蚣 유래기由來記」,《문예월간》, 1.

「고 박승필 씨의 영전에 곡함」,《영화시대》2권 2호, 2.

「편쌈」,《혜성》2권 2호, 2.

「석전石戰」,《혜성》2권 2호, 2.

「오공기문蜈蚣奇聞」,《조선》201~203, 2~4.

「탑동공원유래기」,《혜성》2권 3호, 3.

사화史話「우의友誼」,《실생활》, 4.

「파이롯트의 수난受難」,《신동아》2권 8호, 8.

기담奇談「천랑倩娘」,《동광》36, 8.

「입심쟁이 대좌담회」,《제일선》2권 7호, 8.

「구룡산의 토인형」,《신여성》, 8.

백일몽단화白日夢短話「십 년 후十年後의 경성京城」,《제일선》2권 8호, 9.

1933년　「문인좌담회」,《동아일보》, 1. 1~11.

「정월正月노리 회상回想」,《제일선》3권 2호, 2.

「노달魯達의 무용武勇－명작名作에 나타난 무협武俠」,《신동아》, 10.

「너무도 무심한－그러나 잇처지지 안는 어머니」,《신여성》, 12.

1934년　「목거리」,《별건곤》9권 1호, 1.

「개의전설 영구靈狗－유점사연기설화중의 백구전설」,《동아일보》, 1.
1~14.

「나의 아호雅號 나의 이명異名」,《동아일보》, 3. 30.

「명판관名判官 기담奇譚, 미인美人의 사사死와 수도승修道僧」,《삼천리》6권 9
호, 9.

「'운명運命과 사생관死生觀' 좌담회」,《삼천리》6권 9호, 9.

「사정蛇情」,《월간야담》1, 10.

「보은단報恩緞 유래由來」,《월간야담》2, 11.

「흑묘이변黑猫異變」,《월간야담》3, 12.

「황공黃公의 기적奇蹟」,《개벽》, 12.

수필隨筆「자선호慈善鎬」,《신인문학》3, 12.

1935년   「소설정획점고인掃雪庭獲覘故人」,《월간야담》5, 1.

「명판관名判官 이야기」,《삼천리》7권 1호, 1.

「연산군燕山君의 괴사건怪事件」,《삼천리》7권 2호, 2.

「십초기연拾草奇緣」,《월간야담》6, 3.

「대도전大盜傳」,《삼천리》7권 3호, 3.

「초일념初一念」,《월간야담》7호, 4.

「적괴유의賊魁有義」,《월간야담》8호, 5.

「명공名工의 신필神筆」,《월간야담》9호, 6.

「아랑각阿娘閣과 흰나비」,《삼천리》7권 5호, 6.

「서도미인西道美人과 영남미인嶺南美人」,《삼천리》7권 5호, 6.

「정열情熱의 낙랑공주樂浪公主」,《월간야담》10호, 7.

「순정純情의 호동왕자好童王子」,《월간야담》11호, 8.

「후백제비화後百濟秘話」,《월간야담》12호, 9.

「예술상藝術上으로 본 옛 기생妓生 지금 기생妓生」,《삼천리》7권 9호, 10.

「초췌연화편憔悴蓮花片」,《월간야담》14호, 11.

「괴승怪僧 신수信修」,《월간야담》15호, 12.

1936년   「자선」,《동아일보》, 1. 1.

「미추」,《동아일보》, 1. 17.

「도덕과 어머니」,《동아일보》, 1. 30.

「편주」,《동아일보》, 1. 31.

「별의 신비」,《동아일보》, 2. 1.

「편모」,《동아일보》, 2. 2.

「갈비 뜯는 개」,《동아일보》, 2. 4.

「전수료오불傳授料五佛」,《동아일보》, 2. 5.

「기지奇智」,《동아일보》, 2. 7

「도적맞은 부끄럼」,《동아일보》, 2. 11.

「절 한 번 더 해라」,《동아일보》, 2. 13.

「우정友情」,《동아일보》, 2. 14.

「맹인담설盲人談說」,《동아일보》, 2. 15.

「황우흑우黃牛黑牛」,《동아일보》, 2. 18.

「착각」,《동아일보》, 2. 19.

「유령幽靈」(상하),《동아일보》, 2. 20~23.

「홍윤성洪允成과 절부節婦」,《월간야담》 17호, 3.

「원수怨讎로 은인恩人」,《월간야담》 19호, 6.

「이식李植과 도승道僧」,《월간야담》 20호, 7.

「고 김옥균 선생」,《재만조선인통신》, 7~8.

「사각전기蛇角傳奇」,《월간야담》 22호, 9.

신전등신화新剪燈新話「야유도의也有道義」,《재만조선인통신》, 9.

「투환금은偸換金銀」,《월간야담》 23호, 10.

일제기담逸濟奇談「가소정문可笑旌門」,《사해공론》 2권 10호, 10.

「경벌포의警罰布衣」,《월간야담》 24호, 11.

「가련두십랑可憐杜十娘」,《월간야담》 25호, 12.

1937년 신전등신화新剪燈新話「대여대감大輿大監」,《재만조선인통신》, 2.

여창수필旅窓隨筆「만주소묘滿洲素描」,《사해공론》 3권 2호, 2.

신전등야화新剪燈夜話「업산業山이의 횡운橫運」,《재만조선인통신》, 3.

「상방기현廂房寄現」,《월간야담》 34호, 9.

1940년 「독사讀史의 여력餘力」,《실생활》, 5.

1946년 「일본의 대만음모와 조선동포」,《조선주보》 2권 3호, 2.

「동청수」,《태평양》 1권 1호, 3.

「3·1 운동運動 발발 당시勃發當時의 인상印象」,《신천지》 2호, 3.

「한자전폐漢字全廢의 가부可否와 국문횡서國文橫書의 가부可否」,《신천지》 3호, 4.

「속간 영화시대에 부탁하는 말―참된 향상과 발전이 있도록」,《영화시대》, 4.

「양화진두楊花津頭의 비극悲劇―사상사上에 나타난 여장부女丈夫의 일삽화―挿話」,《신천지》4호, 5.

「한말풍운록: 한노보호밀약음모」,《우리공론》1권 3호, 12.

「풍운아」,《화랑》1권 2호, 12.

1947년 「홍차기의 일생」,《영화시대》3권 1호, 2.

「조선형벌사 약사」,《민주경찰》6호, 9.

1948년 「배심제도에 관하여」,《민주경찰》11호, 12.

1949년 「을축년과 여성」,《부인》4권 1호, 1.

「지리산: 풍토기」,《부인》4권 6호, 11.

「서울특집(서울출신 인물론)」,《민성》40호, 11.

1950년 「한미관계사」,《아메리카》2권 1호, 1.

「민속상 '예방' 액풀이 행사유래」,《민성》6권 1호, 1.

「경인사록」,《신경향》2권 1호, 1.

「경인사화」(상하),《동아일보》, 1. 1, 5.

「한국문화에 기여한 미국시민들―헐벌 옹翁」,《아메리카》2권 3호, 3.

「50년 전 우리 국립극장: 원각사시대」, 국립극장 팜플렛, 4.

「풍운의 한말-대원군과 민비」,《민성》45호, 5.

「한국문화에 기여한 미국시민들―의사醫師 앨른」,《아메리카》2권 6호, 6.

「한국문화에 기여한 미국시민들―선교사 마포삼세」,《아메리카》2권 7호, 7.

「천정天庭」,《부산일보》, 11. 28.

1951년 「나의 군인생활」,《신천지》7권 1호, 12.

「한족의 반발력과 사적약고」,《학도》1, 12.

1952년 「용사지변: 임진년을 맞이하여」,《협동》33, 1.

「회고임진回顧壬辰」,《부산일보》, 1. 9~10.

「석세금세昔世今世」,《신천지》50~59, 2. 3~1954. 1.

「백련이 시드르매」,《지방행정》1권 7호.

「지예감인」,《지방행정》1권 8호.

「최장군과 홍분의 전설」,《지방행정》1권 10호.

1953년 「만복지사공려」,《지방행정》2권 1호.

「사변야설」,《동아일보》, 1. 1.

「영원의 스승」,《학원》2권 9호, 9.

어린이 사화「이 땅을 버리라고?」,《새벗》, 10.

1954년 갑오의 사화「내정개혁의 중대영향」,《동아일보》, 1. 1.

「애매한 당나귀」,《학원》3권 3호, 3.

■ 문예평론

1920년 「연극演劇과 사회社會─병井하야 조선현대극장朝鮮現代劇場을 논함論」,《동
아일보》, 5. 4~16.

1922년 「〈노라〉의 출현出現을 축하祝하야」,《시사평론》3, 7.

「위대偉大한 극작가 입센론」,《시사평론》4, 8.

1924년 「민족성民族性과 연극演劇에 취하就야」,《시대일보》, 4. 22~4. 24.

1929년 「영화업자映畫業者의 소원所願─영화제작자映畫製作者의 꿈은 위선爲先
'돈'과 '사람' 문제問題」,《조선일보》, 1. 1.

「조선신극운동朝鮮新劇運動의 연혁沿革」,《신생》4~5, 1~2.

1929년 「농민문예운동農民文藝運動에 대한 제가諸家의 의견意見─향토예술운동鄕土
藝術運動을 일으키자」,《조선농민》5권 2호, 3.

1931년 「세전극심사소감世傳劇審査所感」,《동아일보》, 2. 15~24.

1932년 「야담野談과 계몽啓蒙」,《계명》23.

「생활의식生活意識의 해석비판解釋批判」,《동아일보》, 1. 9.

1932년 「연극운동演劇運動에 대한 신제창新提唱」,《매일신보》, 1. 1~8.

「노래하는 처녀」,《동방평론》, 6.

1933년 「라디오 문화와 이중방송二重放送」,《매일신보》, 1. 7~10.

「현상희곡선후감懸賞戲曲選後感」,《중앙일보》, 1. 9~10.

「신세대의 음파신문音波新聞 라듸오의 사회적社會的 역할役割」,《신동아》3권
3호, 3.

「신문소설新聞小說 그 의의意義와 기교技巧」,《조선일보》, 5. 14.

「신문소설新聞小說과 작자심정作者心情─「봉화烽火」를 쓰면서」,《삼천리》

5권 10호, 10.

1934년 「조선연극운동朝鮮演劇運動의 이십년二十年을 회고回顧하며」, 《극예술》1, 4.

「주판과 극장算盤と劇場」, 《大阪每日新聞》, 7. 1~3.

1936년 「소규모이나마 극, 영화학원」, 《동아일보》, 1. 3.

「대중소설大衆小說에 대한 사견私見」, 《삼천리》, 2.

「조선 문학의 신정세와 현대적 제상」(7), 《조선중앙일보》, 2. 3.

1947년 「영화예술상으로 본 양식화 문제」, 《영화시대》, 5.

1952년 「우리시가의 신국면 개척—새가요 57조를 읽어보고」, 《지방행정》1권 9호.

■ 영화

1923년 4월 9일 〈월하月下의 맹서盟誓〉, 조선총독부, 모리 고이치林悟一 제작, 윤백남 감독 · 각본.

1925년 3월 28일 〈총희寵姬의 연戀〉(일명 운영전雲英傳), 조선키네마 주식회사, 나데 오토가츠茗出픕— 제작, 윤백남 감독 · 각본.

1925년 3월 28일 〈심청전深淸傳〉(일명 강상련江上蓮), 백남프로덕션, 윤백남 제작, 이경손 감독, 윤갑용 · 김춘광 각본.

1935년 7월 17일 〈개척자開拓者〉, 백남프로덕션/고려키네마 주식회사 합동, 이광수 원작(『개척자』), 이경손 外 제작, 이경손 감독, 윤백남 각본.

1930년 11월 20일 〈정의正義는 이긴다〉, 동아일보사, 이광수 원작(『정의는 이긴다』), 윤백남 감독 · 각본.

1935년 2월 16일 〈대도전大盜傳〉, 경성촬영소, 와케지마 슈지로分島周次郎 제작, 윤백남 원작(「대도전」), 김소봉 감독, 윤백남 각본.

1935년 5월 23일 〈홍길동전洪吉童傳〉, 경성촬영소, 와케지마 슈지로分島周次郎 제작, 김소봉 · 이명우 감독, 윤백남 각본.

|연구 목록|

■ 연구논문

곽 근, 「윤백남의 삶과 소설」, 《동악어문논집東岳語文論集》 32, 1997.

─────, 「동학농민운동 제재 역사소설 연구 ─ 윤백남의 역사소설 「회천기」를 중심으로」, 《반교어문연구泮矯語文硏究》 28, 2010.

김민정, 「《월간야담》을 통해 본 윤백남 야담의 대중성」, 《우리어문연구》 39, 2011.

김수남, 「윤백남의 영화인생 탐구」, 『한국영화감독론』 1, 지식산업사, 2002.

김용관, 「윤백남 연극과 대중적 문학관」, 『한국 근대희곡의 새 지평』, 푸른사상, 2002.

김하용, 「백남문학의 진수」, 『한국문학전집』 16, 지성출판사, 1978.

박종홍, 「윤백남의 역사소설고」, 《국어교육연구》 17집, 경북대학교 국어교육연구회, 1985.

─────, 「윤백남의 역사소설의 통속성과 민권의식」, 『현대소설의 시각』, 국학자료원, 2002.

백두산, 「식민지 조선 대중문화의 개척자 윤백남」, 『한국현대연극 100년 ─ 인물연극사』, 연극과 인간, 2009.

송백헌, 「윤백남 역사소설 연구」, 《논문집》 19권 1호, 충남대학교 인문과학연구소, 1992.

송재일, 「윤백남尹白南의 희곡작품론戲曲作品論」, 《어문논총》, 충남대학교, 1990.

송하섭, 「윤백남의 역사소설 이해」, 문화체육부 편, 『윤백남작품세계』, 1993.

양승국, 「윤백남 희곡 연구 ─ 「국경」과 〈운명〉을 중심으로」, 《한국극예술연구》 16, 2002.

오청원, 「윤백남론」 1, 2, 《연극학보》 20~21, 동국대학교 연극영화학과, 1989~1990.

우수진, 「윤백남의 〈운명〉, 식민지적 무의식과 욕망의 멜로드라마」, 《한국극예술연구》 17, 2003.

유민영, 「신극의 개척자 윤백남」, 문화체육부 편, 『윤백남작품세계』, 1993.

─────, 「신문화 초창기 선구적 대중문예 운동가 윤백남」, 『한국인물연극사』 1, 태학

사, 2007.

윤병로, 「윤백남론」, 『현대작가론』, 이우출판사, 1978.

이동월, 「윤백남의 야담 활동 연구」, 《대동한문학大東漢文學》 27, 2007.

──, 「근대 '야담가'의 존재와 구연 활동」, 《구비문학연구》 34, 한국구비문학회, 2012.

이명주, 「윤백남의 「대도전大盜傳」 연구」, 《대학원논총》 16집 1권, 경남대학교 대학원, 2001.

이민영, 「윤백남의 연극개량론 연구」, 《어문학》 116, 한국어문학회, 2012.

이승원, 「윤백남尹白南의 〈운명運命〉 고考」, 《선청어문先淸語文》 10, 서울대학교 국어교육과, 1979.

이영일, 「영화인 윤백남─1920년대 전반, 그의 영화초창기 활동을 중심으로」, 문화체육부 편, 『윤백남 작품세계』, 1993.

──, 「한국 최초의 영화감독, 시나리오 작가 윤백남」, 『한국영화인열전』, 영화진흥공사, 1982.

■ 학위논문

백두산, 「윤백남 희곡 연구─문예운동과의 관련양상을 중심으로」, 서울대학교 국어국문학과 석사논문, 2008.

윤지경, 「윤백남 역사소설 연구」, 대구대학교 교육대학원 석사논문, 1993.

이충희, 「윤백남의 역사소설연구─초기 작품을 중심으로」, 충남대학교 교육대학원 석사논문, 1985.

한국문학의재발견-작고문인선집

윤백남 선집

지은이 | 윤백남
엮은이 | 백두산
기   획 | 한국문화예술위원회
펴낸이 | 양숙진

초판 1쇄 펴낸 날 | 2013년 4월 1일

펴낸곳 | ㈜현대문학
등록번호 | 제1-452호
주소 | 137-905 서울시 서초구 잠원동 41-10
전화 | 2017-0280
팩스 | 516-5433
홈페이지 www.hdmh.co.kr

ISBN 978-89-7275-641-5 04810
ISBN 978-89-7275-513-5 (세트)